KB021985

중독

중독

로빈 쿡 지음
홍영의 옮김

오늘

아버지와 어머니, 그리고 사랑하는 아내에게

이 책을 바친다.

ㅣ로빈 쿡의 작품들

OUTBREAK

MINDBEND

COMA

MARKER

CRISIS

THE YEAR OF THE INTERN

ABDUCTION

GODPLAYER

VECTOR

ACCEPTABLE RISK

BRAIN

INVASION

CONTAGION

HARMFUL INTENT

발열을 소홀히 하지 마라. 혈액암(백혈병)의 시작은
발열부터다. 산업사회의 찌꺼기들이 모여 발열을 일으키고
그것이 암을 유발시킨다. 그리고 자연계의 순환과정을 통해
환경오염의 부산물은 최종적으로 인간에게 돌아온다.
최근 연구에 따르면 발암요인의 3분의 2가 환경오염 때문이라고 한다.

진실은 일정한 테두리에서 움직이지만 착오의 범위는 광대하다.

_H. 보링부르크 「추방에 관한 고찰」

차례

프롤로그

벤젠의 유독분자는 서서히 독성을 더해서 골수 내로 침입해간다. 이 화학적 이물질은 우선 혈액과 함께 뼈의 좁은 틈새로 뼛속 깊숙이 들어간다. 이것은 마치 옛날 로마에 몰려든 난폭한 야만족처럼 그 참화 역시 그보다 더하면 더했지 못하지 않다. 혈액 속의 세포를 만들기 위해 만들어진 복잡한 조직의 골수는 이 침입자 앞에 어이없이 굴복하고 만다.

벤젠 앞에 드러나게 된 세포는 모두 공격을 받게 되는데, 이 화학물질은 강철의 칼날처럼 거뜬히 세포막을 파괴한다. 그것은 적혈구 · 백혈구, 성숙 · 미성숙을 가리지 않는다. 벤젠 분자의 침입을 받은 세포 중에는 운 좋게 효소에 의해서 그 독성을 무력하게 하는 것도 있지만 대부분은 세포막이 순식간에 파괴당하고 만다.

벤젠은 단시간 내에 집중적으로 무수한 유독 분자를 골수 중심부의 섬세한 구조를 갖는 미숙한 간세포군으로 보낸다. 이 기능은 몇억 년에 걸친 진화의 증거로 증명되고 있기도 하지만, 이와 같은 시시각각의 활동이야말로 믿기 어려운 생명의 신비이다. 벤젠 분자는 재생에 바쁜 이 세포 내에 닥치는 대로 침입해서 DNA의 정연한 자기 복제를 저해한다. 대부분의 세포는 갑자기 단말마의 상태로 생명의 활동을 정지하거나 신비스런 중추통제기능에서 벗어나 미친 동물처럼 죽을 때까지 목표도 없는 광적인 움직임을 시작하게 된다.

벤젠 분자가 깨끗한 혈액에 의해 계속 씻겨 나가게 되면 골수는 1개의 간세포를 제외하고는 본래대로 회복될 수도 있다. 이 세포는 오랜 기간에 걸쳐 훌륭하게 백혈구를 계속 만들어내는데, 얄궂게도 그것이 침입하는 외적과 싸우는 데 도움이 되기도 하지만 한번 이 세포핵 내에 도달한 벤젠은 DNA분자의 가장 특수한 부분에 타격을 주고 만다. 그러나 세포 자체는 죽이지 않는다.

벤젠은 혈구의 재생과 성숙 사이의 미묘한 밸런스를 파괴하기 때문에 이때 세포가 죽어버리는 것이 좋지만 이 세포는 오히려 즉시 분열해서 같은 결합을 갖는 세포를 낳게 되는데, 이것은 이미 신비적인 중추기능의 지휘를 받지 못하고 또 정상적인 백혈구로 성숙하지도 못한다. 그러면서도 이전과는 다른 자신을 재생해나가게 된다. 이 세포는 골수 내에서는 그다지 병적으로 보이지 않지만 다른 신생백혈구들과는 달라서 세포 표면의 점착력이 없고 제멋대로 영양물을 흡수하면서 자기 집에서 기생물로 전락해간다.

이 제멋대로 움직이는 세포는 단지 20회의 분열로 100만 개가 넘게 되고, 27회의 분열로 10억 개 이상에 달하게 된다. 그들이 집단에서 풀려나 하나의 세포라도 혈액 내로 들어가면 이윽고 그것이 끊이지 않는 흐름이 되고 결국에는 급류로 변하고 만다. 그리고 많은 집단을 만들 수 있는 체내로 돌아다닌다. 이 세포는 40회의 분열로 1조 개를 넘는 수가 되기도 한다.

이것이 12월 28일, 12살 되는 생일을 맞이한 어떤 소녀의 몸속에 이틀 후 생긴 진행성 급성 골수성 백혈병의 시작이다. 그녀의 이름은 미셸 마텔, 그런데 증상이란 것은 아무것도 없었다. 단지 열이 있을 뿐이었다!

발병

차가운 뉴햄프셔 주 섀프츠베리의 풍경 위를 추운 1월의 아침이 머뭇거리면서 맴돌고 있었다. 겨울 하늘이 서서히 밝아지고 잿빛 눈을 덮고 있던 어둠이 걷히면서 날이 새기 시작했다. 당장에라도 눈이 내릴 듯한 혹한에도 불구하고 불쾌한 습기는 여전했다. 이것은 멀리 동쪽의 대서양에 끼어 있는 짙은 안개의 영향 때문이었다.

섀프츠베리의 낡은 붉은 벽돌 건물들은 유령마을처럼 포토맥 강가에 밀집해 있었다. 이 강은 마을의 생명줄같이 흘러온 것으로 북쪽의 눈 덮인 화이트 산맥으로부터 시작해서 동남쪽 바다로 흘러가고 있었다. 그러나 지금은 수많은 폐공장들이 옛날 직물공업의 중심지였음을 말해주듯이, 가장 화려했던 시대의 유물인 빈 건물들만 구획을 이루어 이 강가에 즐비해 있었다.

도시의 최남단 큰 거리의 막다른 곳에는 리사이클 주식회사라고 불리는 고무·플라스틱·비닐 재생공장이 있었다. 이 공장의 굵은 굴뚝에서는 코를 찌르는 듯한 잿빛연기가 뿜어져 나와 그것이 낮게 깔리는 구름과 섞이고 있었다. 공장부지 전체에는 불에 탄 고무와 플라스틱의 온통 숨 막히는 듯한 악취가 감돌고, 버려진 폐타이어가 산더미처럼 쌓여서 마치 거대한 괴물이 모여 있는 것처럼 보였다.

강은 도시 남쪽에서 숲으로 덮인 완만한 고개를 빠져나가서 눈이 쌓인 목장으로 들어가 300여 년 전에 개척자들이 만든 축벽 사이를 흐르고 있었다. 도시에서 10킬로쯤 떨어진 곳에서 강은 서서히 동쪽으로 돌아 6에이커(약 24㎢) 정도의 목가적 반도를 이루었다. 그 중앙에 얕은 못이 있었는데, 강과는 좁은 수로로 이어져 있었고, 그 못 뒤쪽 언덕에 빅토리아 왕조풍의 맞배지붕과 화려한 장식을 한 하얀 집이 있었다.

떡갈나무와 단풍나무가 줄지어 서 있는 사이로 통해 있는 꼬불꼬불하고 긴 현관 앞의 주차장은 남쪽 매사추세츠 주로 향하는 국도 301번과 이어져 있었다. 이 집에서 북쪽으로 25미터쯤 떨어진 곳에 상록수 잡목림으로 둘러싸인 헛간이 있었고, 또 냇가에는 본가와 똑같이 생긴 조그만 집이 땅속에 박은 말뚝 위에 세워져 있었는데 이것은 아이들의 놀이집으로 사용되고 있었다.

달력에나 나올 법한 아름다운 뉴잉글랜드의 풍경 같지만 그러나 어쩐지 약간 삭막한 느낌이 드는 곳이기도 했다. 못에는 물고기도 서식하지 않고 그 주위 2미터 안에는 풀도 나 있지 않았다.

그림처럼 아름다운 하얀 집 안에는 희미한 아침 햇살이 레이스 커튼을 통해 비치고 있었다. 그리고 점점 밝아져서 잠이 든 찰스 마텔을 깊은 잠에서 조용히 흔들어 깨웠다. 그는 왼쪽으로 돌아누워 지난 2년 동안 거의 느끼지 못했던 내밀한 만족감에 잠겨 있었다. 그의 생활에는 지금 절제된 일종의 안도감이 있었다. 그는 전처에게 림프종이라는 진단이 내린 이래 이런 안락한 기분을 맛보게 되리라고는 생각지도 못했다. 전처는 9년 전에 세 아이를 남겨놓고 죽었다. 그 이래로 인생은 그에게 있어서 참을 인(忍)자를 새기며 살아가게 했다.

그러나 아픈 상처는 이제 서서히 가라앉아 가고 있었다. 놀랍게도 찰스의 공허한 마음이 채워지게 된 것이다. 그는 2년 전에 재혼을 했다. 하지만 자신의 생활이 나아졌다는 것을 인정하기가 두렵기도 했다. 그는 새롭게 얻은 만족감을 순순히 받아들여서 본래 상처입기 쉬운 자신의 마음에 이 행복을 믿게 하기보다는 오히려 일이나 가정생활에 매일 필요한 자질구레하고 잡다한 일에 몰두하는 편이 훨씬 안심이 되었다. 하지만 새 아내 캐서린의 쾌활하고 헌신적인 성격 때문에 그의 태도가 조금씩 변해가고 있었다. 그녀와 처음 만난 날부터 사랑에 빠져 그로부터 6개월 후에 결혼했는데, 지난 2년 동안 그녀에 대한 애정은 깊어만 갔다.

날이 점점 밝아오자 잠자고 있는 아내의 온화한 옆얼굴이 찰스의 눈에 들어왔다. 그녀는 반듯이 누워서 오른팔을 머리 위 베개에 올려놓고 있었다. 그녀는 32살이었지만 훨씬 젊게 보여서 두 사람의 13살이라는 나이 차를 더욱 두드러지게 했다.

찰스는 팔꿈치로 몸을 받치고 찰스는 그녀의 품위 있고 아름다운 얼굴을 바라보면서 부드러운 머리를 길게 어깨까지 늘어뜨리고 있는 도발적인 앞이마를 눈으로 쫓고 있었다. 이른 아침의 햇살이 내리쬐는 그녀의 얼굴은 눈부시기만 했다. 완만한 코의 곡선과 숨 쉴 때마다 움직이는 콧방울을 뚫어지게 바라보면서 그는 반사적으로 가슴속 깊이 뭔가 소용돌이치는 것을 느꼈다.

시계를 보니 알람이 울리기까지는 아직 20분이 남아 있었다. 그는 감사하는 마음과 함께 따뜻한 침대 속으로 다시 들어가 새삼스레 행복감에 잠겼다. 그는 연구소의 장래 일에 대해서 생각했다. 다행히 그것이 점차 순조롭게 추진되고 있어서 그는 가벼운 흥분마저 느꼈다. 뉴저지 주 티넥 출신의 소년이었던 이 찰스 마텔이 만약 암의 신비를 해명하는 첫걸음을 내디딜 수 있다면 사람들은 어떻게 받아들일까? 그것이 차츰 가능해지고 있다는 것을 찰스는 알고 있었는데 애석하게도 그는 본래 정식훈련을 받은 연구가가 아니었다. 전처인 엘리자베스가 발병할 때까지 그는 알레르기를 전공한 내과의였는데 그녀가 죽은 후 돈벌이가 되는 임상의를 팽개치고 와인버거 연구소의 전임 연구원이 되었다. 그것은 아내의 죽음에 대한 일종의 반발이었는데, 동료 중에는 그런 일을 하기 위해서 전직하는 것은 자신을 위해서 좋지 않다고 충고하는 사람도 있었다. 그러나 그는 이 새로운 환경에 훌륭하게 적응해갔다.

캐서린은 남편이 먼저 깨어 있다는 것과 동시에 자신의 몸이 남편 품에 안겨 있는 것을 알게 되었다. 졸린 눈을 비비고 그녀는 찰스를 보며 미소를 지었다. 여느 때의 그답지 않게 장난기가 있어 보였다.

"뭘 생각하고 있어요?"

그녀가 그를 올려다보면서 물었다.

"그저 당신을 보고 있었어."

"틀림없이 미인으로 보였겠죠?"

"아니, 지독한 모습이었어."

찰스는 그녀의 머리카락을 올려주면서 장난스럽게 말했다. 잠에서 완전히 깬 캐서린은 남편이 이제 일어날 시간이라는 것을 알고는 그의 몸을 쓰다듬어 내리다가 발기된 남자의 심벌에 손이 닿았다.

"이게 왜 이러죠?"

"그건 내 책임이 아니야."

"폴란드 법왕이 말했어요. 남자는 아내에게 음란해서는 안 된다고."

"난 안 그래. 지금 일을 생각하고 있던 참이야."

찰스는 놀리듯이 말했다.

첫 눈송이가 맞배지붕 위에 떨어졌다. 두 사람은 깊고도 전율적인 사랑을 나누었다. 찰스는 행복했다. 이윽고 시계의 알람이 울리고, 하루의 일과가 시작되었다.

미셸은 캐서린이 아주 멀리서 부르는 소리를 듣고 그 순간 꿈에서 깼다. 아버지와 함께 들판을 뛰어다니는 꿈이었다. 미셸은 자신을 부를 소리를 무시하려고 했으나 다시 들려왔다. 그때 자기의 어깨에 손이 닿는 것을 느꼈다. 몸을 뒤치자 미소 짓고 있는 캐서린의 얼굴이 눈에 들어왔다.

"일어날 시간이야."

새엄마는 쾌활하게 말했다. 미셸은 심호흡을 한번 하고 나서 고개를 끄덕였다. 완전히 잠에서 깨어났지만 나쁜 꿈에 시달려서 온몸이 땀에 흠뻑 젖어 있었다. 이불 속으로 파고들면 덥고, 이불을 젖히면 추워서 밤에 몇 번씩이나 아버지 곁으로 갈까 하고 생각했을 정도였다. 만약 아버지가 혼자서 자고 있었다면 틀림없이 그렇게 했을 것이다.

"어머, 얼굴이 새빨갛구나."

캐서린은 이불을 걷어주며 미셸의 이마에 손을 댔다.

"또 열이 나는 모양이구나. 기분은 어떠니?"

캐서린은 이마가 뜨거운 것을 보고 안타까운 듯이 말했다.

"괜찮아요."

미셸은 반사적으로 대답했다. 그녀는 아픈 것도 싫었지만 학교를 쉬면서 집에 있는 것도 싫었다. 미셸은 아침에 일어나면 늘 해왔던 대로 오렌지주스를 만들고 싶었다.

"아무튼 열을 재보는 게 좋겠다."

캐서린은 욕실로 가서 체온계를 가져다가 그것을 여러 번 털었다가 들여다보며 다시 방으로 돌아왔다.

"1분이면 돼. 그럼 바로 알 수 있어."

그녀는 미셸의 입 안에 체온계를 끼었다.

"혀 밑이야. 남자들 좀 깨우고 올게."

그녀는 몸을 돌려 문을 닫고 나갔다.

미셸은 입에서 체온계를 뺐다. 아주 짧은 시간인데도 벌써 37.2도였다. 분명히 열이 있고 자신도 그것을 알고 있었다. 다리가 아프고 명치도 손가락으로 누르면 아팠다. 그녀는 다시 체온계를 입에 넣었다. 침대에 누우니 창밖이 내다보였다. 아버지가 만들어준 놀이집과 지붕에 첫눈이 쌓인 것이 보이자 그녀는 그 추운 경치에 몸을 떨었다. 몹시 봄이 기다려졌다. 그 꿈 많은 작은 집에서 멋대로 놀고 지내던 날들이 그리웠다. 그것은 아버지와의 단 둘만의 세계였다.

캐서린이 방문을 열자 15살의 장 폴은 벌써 깨어 침대 위에 앉아서 물리책을 읽고 있었다. 그의 뒤에 있는 조그만 라디오에서 로큰롤이 흘러나오고 있었다. 그는 캐서린에게서 크리스마스 선물로 받은 파란 장식이 달린 플란넬 잠옷을 입고 있었다.

"아직 20분 여유가 있겠구나."

캐서린이 활기찬 목소리로 말했다.

"고마워요, 엄마."

장 폴도 생긋이 웃으며 말했다.

캐서린은 문 앞에 서서 잠시 아이를 바라보았다. 그녀는 마음이 포근해져서 그대로 방으로 뛰어 들어가 그를 두 팔로 꼭 껴안아주고 싶었지만 꾹 참았다. 마텔 집안의 사람들은 몸의 접촉을 왠지 부끄러워했다. 그녀도 그 사실을 알고 익숙해지기까지 약간의 애를 먹었다. 캐서린은 보스턴의 이탈리아계 주민이 많이 사는 북부지역 태생으로 거기서는 서로가 껴안아주는 것을 당연한 것으로 여겼다. 또한 그녀의 아버지는 라트비아인으로 캐서린이 12살 되는 해에 가족을 버리고 가출했으므로 그녀는 아버지의 영향을 받지 않고 자랐다. 그래서 그녀는 비록 보스턴에 살고 있지만 이탈리아인이나 마찬가지였다.

"아침식사 때 만나."

그녀는 방문을 닫으며 말했다.

장 폴은 캐서린이 '엄마'라는 소리를 들으면 좋아한다는 것을 알고 있었고, 자신도 그렇게 부르는 것이 좋았다. 그녀가 자기에게 베풀어주는 애정과 호의에 비하면 아무것도 아니었다. 장 폴은 캐서린이 오기 전까지는 아버지가 너무 바쁜 데다 또 형인 척과 귀여운 미셸의 그늘에 아무래도 자기는 가려져 있다는 생각을 했다. 그럴 때 캐서린이 왔다. 아버지가 결혼함으로써 척, 장 폴, 미셸과 캐서린 사이에 법적인 자녀관계가 성립되었다. 그는 캐서린을 친어머니와 다름없을 정도로 좋아했다. 어머니가 사망했을 때 그의 나이는 겨우 16살이었기 때문이었는지도 모른다.

캐서린이 흔들어 깨웠지만, 척은 베개 밑에 머리를 틀어박고 계속 자는 체했다. 그대로 버티고 있으면 이번에는 좀 더 거칠게 흔들 거라는 것을 알고 있었기 때문이었다. 척은 18살이었고 노스이스턴 대학 1학년생으로 별로 공부에 관심을 두는 편은 아니었다. 그러나 코앞에 닥친 기말시험이 걱정이었다. 크게 낭패하게 될지도 모른다는 생각이 들었다. 적어도 심리학 외에는 모든 과목이 형편없었다. 생각했던 대로 그의 어깨가 거칠게 흔들렸고, 베개가 들어 올려졌다.

"15분이야."

캐서린은 그의 긴 머리카락을 휙 걷어 올리며 말했다.

"아빠는 일찍 연구소에 가실 모양이야."

"제기랄."

척은 불량스럽게 내뱉었다.

"찰스 주니어!"

캐서린은 깜짝 놀란 체하며 소리쳤다.

"난 안 일어날 거야."

척은 캐서린에게서 베개를 빼앗고 이불을 뒤집어썼다.

"일어나게 될걸?"

캐서린이 이불을 젖혔다.

속옷에 차가운 아침 공기가 스치자 척은 벌떡 일어나 모포를 끌어당겨서 몸을 감쌌다.

"그러지 좀 말라고!"

척이 날카롭게 외쳤다.

"그럼 나도 한마디 할게. 그런 말투는 학교 라커룸에서나 써라!"

캐서린은 척의 기분과 말투를 무시하고 다시 말했다.

"15분이야."

캐서린은 돌아서 나갔다. 한동안 실랑이를 벌였던 척은 얼굴이 빨개져서 미셸의 방을 향해 복도를 걸어가는 그녀를 꼼짝 않고 지켜보았다. 캐서린은 벼룩시장에서 산 유행에 뒤떨어진 실크 나이트가운을 입고 있었는데, 그 짙은 핑크는 그녀의 살결과 큰 차이가 없었다. 척은 쉽게 캐서린의 발가벗은 모습을 상상할 수 있었다. 그녀는 어머니로서는 너무 젊었다.

그는 손을 뻗어 문을 쾅 닫았다. 아버지가 8시 전에 연구소에 도착하고 싶어한다는 의미는 자신도 새벽녘에 두드려 깨우기 바쁘게 일어나야 한다는 뜻이기도 했다.

'대단한 과학자야. 에잇, 짜증나!'

척은 얼굴을 문지르다가 침대 옆에 펼쳐진 책을 보았다. 「죄와 벌」, 어젯밤은 거의 그 책을 읽으면서 보냈다. 그 책은 학과와 별로 관계가 없었기 때문에 더욱 좋아하게 되었다.

'화학공부를 해야 하는데… 낙제할 수도 있는데…, 제기랄, 만약 낙제하면 아버지는 뭐라고 하실까!'

전에도 아버지의 모교인 하버드 입시에 실패했을 때 무서운 벼락이 떨어진 적이 있었다. 만약 화학에서 실패한다면……. 게다가 화학은 아버지의 전문분야였다.

"어쨌든 난 의사가 되고 싶지 않아!"

척은 큰 소리로 외치면서 일어나 더러워진 리바이스 청바지를 입었다. 그것은 될 수 있는 한 세탁을 하지 않는 것이 자랑거리였다. 세수할 때도 수염을 깎지 않기로 했다. 수염은 그대로 길러도 좋다고 생각했다.

찰스는 프린트된 테리클로스를 입었는데, 이것이 멋없게도 10년 사이에 7킬로그램이나 늘어난 체중을 돋보이게 했다. 턱에 비누를 칠하고 최근의 연구계획에 관련된 무수한 문제를 정리해보고 싶었다. 생체의 면역은 극히 복잡해서 그 점이 놀랍기도 하고 재미있기도 했다. 특히 최근에는 암에 대한 어떤 해답에 손이 닿을 것 같은 느낌이 들었다. 이전에도 '이번에야말로' 하고 흥분하는 바람에 과오를 범한 일은 있었다. 그러나 지금은 다년간에 걸친 철저한 실험결과를 바탕으로 쉽게 재현할 수 있을 것 같았다.

찰스는 하루의 계획을 세웠다. 우선 유전성 유암종 소질을 갖는 신종 HR 7 생쥐를 사용해서 일을 시작하고 싶었는데, 그 쥐들이 자신의 종양에 대해서 꼭 '알레르기 반응'을 일으켜주기를 바랐다. 이것은 찰스가 바라는 목표이기도 했으며, 이제 그 결과가 박두하고 있었다.

캐서린은 욕실 문을 열자마자 찰스를 밀어젖히고 샤워장으로 뛰어들었다. 물과 증기가 샤워장의 커튼을 흔들고 있었다. 그녀는 커튼을 젖히고 찰스에게 말했다.

"미셸을 진짜 의사한테 진찰시켜보는 게 좋겠어요."

그렇게 말하고 그녀는 다시 커튼 뒤로 몸을 숨겼다.

찰스는 '진짜 의사'라는 빈정대는 투의 말에 될 수 있으면 신경 쓰지 않기로 하고 면도하던 손을 멈추었다. 이것은 두 사람 사이의 감정적인 논쟁점이었다.

"나는 의사와 결혼하면 적어도 집안사람의 병 정도는 돌봐주고 치료해줄 줄 알았어요!"

캐서린은 시끄러운 물소리 사이로 외치듯이 말했다.

찰스는 반쯤 면도질한 자신의 얼굴을 바라보다가 눈꺼풀이 부어 있다는 것을 알았다. 애써 말다툼은 하지 않기로 했다. 집안의 '의학적인 문제'는 24시간이 지나기 전에 저절로 해결되는 것인데도 캐서린은 그것을 알지 못했다. 갑작스럽게 눈을 뜬 그녀의 모성 본능은 콧물이 나오거나 아프거나 설사를 하면 막무가내로 전문의 진찰을 받아보려고만 했다.

"미셸은 아직도 컨디션이 안 좋은가?"

찰스가 물었다. 얘기는 곧바로 각론으로 들어가는 편이 좋다.

"내가 말할 것도 없잖아요. 그 앤 요즘 계속 안 좋아요."

찰스는 언짢아하며 샤워용 커튼자락을 들어올렸다.

"캐서린, 나는 암을 연구하는 사람이지 소아과 의사가 아니야."

"어머, 미안해요. 당신을 의사라고 생각했어요."

"날 끌어들여서 어찌해보려는 모양이지만 그렇게는 안 될걸. 감기는 누구나 걸리는 거라고. 미셸도 그런 거야. 누구나 1주일 정도는 보채기 마련이지. 하지만 그걸로 끝이야."

캐서린은 샤워기 밑으로 머리를 내밀고 찰스를 보며 말했다.

"문제는 그 애가 벌써 4주째나 그러고 있다는 거예요."

"4주째라고?"

찰스가 물었다.

"나도 감기쯤으로 놀라거나 하진 않아요. 아무튼 미셸을 소아과에 데려가서 와일리 선생님께 보이는 게 좋을 것 같아요. 간 김에 숀하우저 씨의 아이 문병도 하고……."

"알았어. 그러도록 하지."

찰스도 찬성하고 세면대로 돌아갔다. 감기가 4주째라면 너무 길다. 틀림없이 캐서린은 과장하고 있을 거다. 그러나 잔소리를 듣기보다는 병원에 가는 게 낫다고 생각했다. 우선은 화제를 돌리는 게 현명하니 말이다.

"숀하우저 씨 아이가 어떻게 됐는데?"

숀하우저는 이웃에 사는 사람인데 약 1.5킬로쯤 떨어진 강 상류에 살고 있었다. 헨리 숀하우저는 매사추세츠 공과대학 화학교수로 찰스가 즐겨 만나는 사람 중 하나였다. 그의 아들 테드는 미셸보다 한 살 위였지만 생일이 늦어 미셸과 같은 반이었다.

샤워를 마친 캐서린은 찰스에게 미셸을 진찰 받게 하는 작전이 교묘하게 들어맞은 것이 무엇보다 기뻤다.

"테드가 입원한 지 벌써 3주째예요. 증세가 아주 중하다고 하던데 입원한 후로는 아직 만나지 못했어요."

"병명이 뭐래?"

찰스는 왼쪽 얼굴에 면도기를 댔다.

"처음 듣는 병명이었어요. 재생불량성 빈혈인가 뭐 그런 거예요."

캐서린은 타월로 몸을 닦으면서 말했다.

"재생불량성 빈혈? 그게 진짜라면 그거 큰일인데……."

찰스는 믿을 수 없다는 표정으로 세면대에 몸을 기댔다.

"어떤 병인데요?"

캐서린도 반사적으로 상대의 쇼크를 느끼는 것 같았다.

"골수가 혈구를 만들지 못하는 병이야."

"중병이에요?"

"음, 중병이지. 죽는 일도 많고."

캐서린은 두 팔을 축 늘어뜨렸다. 젖은 머리는 짜지 않은 자루걸레 같았다. 그녀는 동정과 불안이 뒤섞인 기분을 맛보고 있었다.

"전염되는 병이에요?"

"아니."

찰스는 멍한 듯이 대답했지만 어떤 증상이었는지 열심히 생각해내려고 애썼다. 아무튼 흔한 병은 아니었다.

"미셸과 테드는 자주 함께 있었어요."

캐서린의 목소리는 망설이는 듯했다.

찰스는 그녀에게서 자신을 안심시켜 달라는 듯한 표정을 읽었다.

"잠깐, 당신 설마 미셸도 재생불량성 빈혈이라고 생각하는 건 아니겠지?"

"그런 일은 없겠죠?"

"당치 않은 소리. 꼭 의대생 같군. 당신은 새로운 병에 대한 얘기를 듣고 5분만 지나면 애들이나 당신이 그 병에 걸린 듯한 기분이 되지. 재생불량성 빈혈이라는 건 좀처럼 없는 병이야. 보통은 약이나 화학 제품이 관련되어서 그것에 중독되든지, 알레르기 반응이 나타나든지 하게 되지. 더구나 대개의 경우는 실제 원인은 모르고 말게 되는데 아무튼 전염병은 아니야. 어쨌든 테드가 안됐군."

"그런데도 난 그애의 엄마 마지한테 아직 전화도 걸지 못했어요."

캐서린은 몸을 굽혀서 거울에 비치는 자신의 모습을 들여다보았다. 마지가 얼마나 괴로워하고 있을지를 생각하고 어떻게든 결혼 전에 자주 했던 것처럼 할 일에 대한 스케줄을 짜두기로 했다. 이렇게 동정심이 없다니 변명할 여지도 없었다.

찰스는 재생불량성 빈혈이라는 병도 자신의 연구과제에 포함시키는 게 좋지 않을까 생각하면서 얼굴의 왼쪽을 면도질했다. 이것을 추구하는 것이 생명의 실체에 대한 해답을 제공해줄 수 있을까?

'골수를 황폐화시키는 힘의 원천은 어디에 있는 것일까?'

결국 이 원인론이 암을 이해하는 열쇠일 수도 있다고 생각하기 때문에 이것은 극히 당연한 의문이었다.

찰스는 손가락으로 미셸의 방문을 살짝 두드렸다. 귀를 기울이자 그 방과 연결된 다른 욕실에서 샤워하는 소리밖에 들려오지 않았다. 그는 살며시 문을 열었다. 미셸은 침대에서 벽 쪽을 향해 누워 있다가 갑자기 돌아누워 두 사람의 눈이 마주쳤다. 그녀의 홍조 띤 볼에 아침 햇살을 받아 빛나는 눈물이 주르르 흘러내리고 있었다. 찰스는 그 모습에 가슴이 뭉클해졌다.

미셸의 침대 모서리에 걸터앉아서 찰스는 몸을 굽혀 아이의 볼에 키스를 했다. 입술이 뜨거웠다. 아이에게 열이 있다는 것을 알 수 있었다. 몸을 일으켜 아이를 내려다보자, 그 얼굴에서 죽은 아내인 엘리자베스의 모습이 보였다. 검고 숱이 많은 머리, 튀어나온 광대뼈, 부푼 듯한 입술, 윤기 있는 올리브색 피부, 찰스를 닮은 것은 시리도록 파란 눈과 고운 치열, 거기다 약간 곤란한 넓은 코였다. 그러나 찰스는 이 세상의 12살짜리 소녀 중에서 가장 아름다운 아이는 미셸일 것이라고 생각했다. 그는 손등으로 딸의 볼에 흐르는 눈물을 닦아주었다.

"미안해요, 아빠."

미셸은 울먹이며 말했다.

"미안하다니 그게 무슨 소리냐?"

찰스는 상냥하게 물었다.

"또 병이 들었으니까요. 귀찮게 해드리고 싶지 않은데……."

찰스는 아이를 껴안았다. 그는 아이가 매우 쇠약해졌음을 느꼈다.

"귀찮을 거 없어. 넌 그런 소릴 하면 안 돼. 잠깐 볼까?"

미셸은 흘러내리는 눈물을 주체할 수 없어서 아버지가 진찰하려고 하자, 쑥스러운지 얼굴을 돌렸다. 찰스는 손바닥으로 아이의 턱을 잡고 얼굴을 자기 쪽으로 돌렸다.

"어떤 기분인지 말해봐."

"기운이 좀 없는 것 같아요. 그뿐이에요. 학교엔 갈 수 있어요. 정말이에요."

"목은 아프지 않니?"

"약간. 하지만 심하지는 않아요. 학교에 가면 안 된다고 엄마가 말했지만……."

"그리고 또? 두통은?"

"조금, 하지만 좋아졌어요."

"귀는?"

"아무렇지도 않아요."

"위는?"

"조금 아픈 거 같아요."

찰스는 미셸의 아래 눈꺼풀을 눌러서 밑으로 내렸다. 결막은 빈혈 상태였다. 사실 얼굴 전체에 핏기가 없다는 말이 맞을 것이다.

"혀를 내밀어봐."

생각해보니 자신이 환자를 본 지 꽤 오래되었다는 생각이 들었다. 미셸은 혀를 내밀고 뭔가 걱정스런 조짐이 있는 것이 아닌가 하고 긴장한 채 아버지의 눈을 바라보았다. 찰스가 턱 아래에 손을 대자, 아이는 내밀었던 혀를 들여보냈다. 림프선 몇 개가 만져졌다.

"아프니?"

찰스가 물었다.

"아뇨."

찰스는 미셸을 침대 가에 걸터앉게 하고 잠옷을 걷어 올렸다. 옆의 욕실에서 장 폴이 얼굴을 쑥 내밀고 욕실이 비었다고 말했다.

"나가! 오빠한테 나가라고 해주세요!"

미셸이 소리쳤다.

"저리 가거라!"

찰스가 말하자 장 폴의 모습이 사라졌다. 척과 함께 웃고 있는 소리가 들렸다.

찰스는 미셸의 등을 약간 어색하게 타진했지만, 폐에 이상이 없다는 것을 알 수 있었다. 그러고 나서 미셸을 침대에 반듯하게 눕히고 부풀어 오르기 시작한 유방 아래까지 잠옷을 걷었다. 여윈 복부가 리드미컬하게 오르내리고 있었다. 몹시 말라서 심장이 고동한 후에 수축하는 것까지도 잘 보였다. 찰스는 오른손으로 복부를 촉진했다.

"편하게 누워 있어. 아픈 데가 있으면 아프다고 말하고."

미셸은 꾹 참고 있으려고 했지만 아버지의 차가운 손길이 닿을 때마다 몸부림쳤다.

"어디?"

찰스가 묻는 말에 미셸은 손가락으로 짚었다. 찰스는 그 자리를 신중하게 눌렀다. 복부 중앙선상에 통증이 있었다. 숨을 들이마시라고 하고 오른쪽 늑골 아랫부분을 눌러봤다. 그러자 간장의 미끄럽지 않은 아래 가장자리가 손가락에 만져졌다. 그녀는 거기가 약간 아프다고 했다. 찰스는 그녀의 몸을 왼손으로 받치면서 비장을 찾았다. 그러자 놀랍게도 그것이 쉽게 만져지는 것이 아닌가. 임상의로 있을 무렵에는 늘 이 촉진에 애를 썼기 때문에 비장이 부어 있는 게 아닌가 하고 의심이 갈 정도였다.

그는 일어나서 미셸을 보았다. 확실히 말라 있었지만 원래 살은 찌지 않은 아이였다. 손을 다리 쪽으로 내려서 근육의 긴장을 살펴보려고 했지만 그는 거기서 피하 출혈반(出血班)을 몇 군데 발견하고는 자기도 모르게 손을 멈췄다.

"어디서 이렇게 검은 멍이 들었지?"

미셸은 어깨를 움츠렸다.

"다리가 아프거나 하진 않니?"

"조금. 평소에 체조를 하고 나면 무릎이나 발뒤꿈치가 아파요. 하지만 진단서를 가지고 있으면 체조는 하지 않고 쉬어도 돼요."

찰스는 다시 한 번 일어나서 딸을 물끄러미 바라보았다. 빈혈이 있고 약간의 통증과 림프선 두어 군데가 부었고, 열이 있었다. 대단치 않은 단순한 바이러스 질환이라고도 생각할 수 있었다. 그러나 4주 동안이나 계속된 열! 이것은 아마 캐서린이 말하는 대로일 것이다. '진짜' 의사에게 진찰을 받아보게 하는 것이 좋을지도 몰랐다.

"제발, 아빠. 내가 만약 아빠 같은 학자가 되려면 더 이상 학교를 쉴 수는 없어요."

찰스는 미소 지었다. 미셸은 지금까지도 조숙한 아이였고, 이 빗대어하는 말은 그 좋은 예였다.

"며칠 학교를 쉬었다고 해서 네 장래가 어떻게 되는 건 아니야. 오늘 와일리 의사한테 진찰 받도록 엄마가 널 소아과에 데려다줄 거다."

"그 의사는 갓난아기들이나 보는 의사잖아요!"

미셸은 당치도 않다는 식으로 말했다.

"그는 소아과 의사이고, 열여덟 살까지 보신단다."

"아빠가 데려다주면 좋겠어요."

"안 돼. 아빤 연구소에 가야 돼. 자, 옷 입고 아침 밥 먹으러 가자."

"배고프지 않아요."

"미셸, 그렇게 보채는 거 아니야."

"보채는 게 아니에요. 그저 배가 고프지 않은 것뿐이에요."

"그럼, 주스라도 마시러 가자."

찰스는 미셸의 볼을 살짝 꼬집었다.

미셸은 방에서 나가는 아빠의 뒷모습을 물끄러미 바라보았다. 다시 눈물이 쏟아졌다. 무서워졌고 병원에도 가고 싶지 않았다. 그리고 무엇보다 외톨이가 된 느낌이었다.

'나는 아빠한테 이 세상에서 제일 사랑받고 싶다. 하지만 우리 중에 누구 하나라도 병들면 아빠는 초조해한다.'

미셸은 간신히 침대 위에 앉는 자세를 하고는 파도처럼 덮쳐오는 현기증과 힘껏 싸웠다.

"아니, 척. 그냥 봐줄 수가 없구나."

찰스는 못마땅한 표정으로 말했다.

척은 아버지를 무시하고 차가운 시리얼을 꺼내서 드라이어어에 우유를 붓고 앉자마자 마구 먹어대기 시작했다. 아침식사 때의 규칙은 미셸이 늘 만들어두는 오렌지주스 외에 자유롭게 먹고 싶은 대로 먹게 되어 있었다. 아침식사 주스는 주로 캐서린이 만들었다.

척은 더러워진 스웨터와 진을 입고 있었는데 너무 오래 입어서 옷자락이 완전히 닳아서 떨어져 있었다. 머리는 빗질도 하지 않고 수염도 깎지 않은 것이 불결한 느낌을 주었다.

"너는 제정신으로 그렇게 꾀죄죄하게 하고 있는 거냐? 히피 스타일은 시대에 뒤떨어져도 한참 뒤떨어졌는데 말이다."

찰스가 말했다.

척은 시리얼 상자에서 얼굴을 들고 뭔가 말을 하려다 말았다. 장 폴은 시치미를 떼고 물리책을 펼쳤다.

'아버지는 내가 무얼 입고 있든 봐준 적이 없어. 항상 척뿐이지.' 하고 그는 생각했다.

"아, 척."

찰스는 계속해서 말했다.

"넌 그런 옷차림이 진심으로 좋다고 생각하니?"

척은 그 질문을 무시했다. 그러자 찰스는 화가 난 눈빛으로 식사하고 있는 아들을 뚫어지게 쳐다보았다.

"척, 네게 말하고 있는 거다."

캐서린은 손을 뻗어서 찰스의 팔을 잡았다.

"아침식사 땐 그런 얘기 하지 마세요. 다 큰 대학생한테……."

"대답 정도는 할 수 있잖아."

찰스도 가만히 있지 않았다. 자신의 곤혹스러움을 강조하기 위해서 그는 숨을 한번 크게 들이쉬고 코로 거칠게 내뿜었다. 척은 얼굴을 들어서 아버지를 마주하고는 말했다.

"난 의사가 아니니까 옷 입는 예절까지 지킬 필요는 없잖아요."

아버지와 아들의 눈이 맞부딪혔다. 척은 마음속으로 말했다.

'이보세요, 꼰대 같으니라고. 화학에서 좋은 점수를 땄다고 뭐든 다 잘 아는 체하는데, 당신이 뭘 그렇게 안다고…….'

찰스는 이 아들이 도대체 무엇 때문에 이렇게 건방져졌는지 놀라운 마음에 아들의 얼굴을 뚫어지게 쳐다볼 뿐이었다. 머리는 나쁘지 않은데 어쩔 도리 없는 게으름뱅이였다. 고등학교 때 성적은 하버드에 불합격될 정도였고 노스이스턴에서도 틀림없이 제대로 공부하는 것 같지 않았다. 찰스는 자신이 아버지로서 무엇이 잘못되었는가 하고 생각했다. 그러나 그와 같은 생각은 다른 한쪽의 아들 장 폴을 보면서 중단되었다. 장 폴은 착실하고 유순하고 공부도 열심히 했다. 어떻게 이 두 아들이 같은 배에서 나왔는지 믿을 수 없을 정도였다.

찰스의 시선은 다시 척 쪽으로 돌아갔다. 이 아들의 반항적인 태도는 달라지지 않았지만, 이 문제에 대한 찰스의 관심은 점차로 희미해져갔다. 좀 더 생각해야 할 중대한 일을 앞두고 있기 때문이었다.

찰스는 부드러운 말투로 말했다.

"네 복장과 성적이 같지 않기를 바란다. 대학에서 열심히 공부하고 있다고 믿고 있다. 그 얘기를 지금까지 물어보지는 않았지만……."

"잘하고 있어요."

척은 그렇게 말하고 자기 시리얼로 시선을 돌렸다. 아버지에게 정면으로 반항한 것은 척으로서는 처음이었다. 대학에 가기 전에는 될 수 있는 한 충돌을 피해 왔지만 이제는 그것을 바라고 있었다. 캐서린도 이런 사실을 알고 있었지만 어느 정도 눈감아 주고 있다고 확신했다. 아버지는 어머니에게도 폭군이었다.

"스테이션왜건을 타고 보스턴에 가려면 돈이 좀 있어야 할 것 같아요. 게다가 주유소에서 전화가 걸려 와서 지불이 끝나지 않으면 배달도 하지 않겠다고 하던데요."

화제를 바꾸려고 캐서린이 불쑥 말했다.

"오늘 밤 다시 한 번 얘기해줘."

찰스는 빠르게 말했다. 돈 얘기는 지금 하고 싶지 않았다.

"이번 학기 수업료도 아직 내지 않았어요."

척도 그렇게 말했다.

캐서린은 척의 말을 물고 늘어지지 말아달라는 표정으로 찰스를 바라보았다. 수업료는 상당한 금액이었기 때문이다.

"어제 고지서를 받았어요. 납부가 자꾸 늦어지니 납부하지 않으면 수업을 받을 수 없다고 했어요."

척이 말했다.

"그런데 통장에서 돈이 인출되었던데 어떻게 된 거죠?"

캐서린이 물었다.

"돈은 연구용으로 썼어."

"뭐라고요?"

캐서린은 기겁을 했다.

"그건 도로 채워 넣을 거야. 신종 생쥐가 필요한데 3월까지 연구비가 나오질 않아서……."

"당신, 척의 수업료로 쥐를 샀다는 거예요?"

"그냥 쥐가 아니고 실험용 생쥐야."

찰스가 정정했다.

척은 눈앞에 전개되고 있는 대화를 일종의 관음증적 태도로 지켜보고 있었다. 그는 요즘 수개월간 대학의 회계과에서 통지를 받았지만 그것을 집으로 가져오지 않았다. 성적에 대해서 추궁당하지 않을 시기를 기다리고 있었던 것이다. 이 이상 좋은 기회는 없었다.

"어쩌죠? 척의 수업료를 지불해주고 나서 3월까지 뭘 먹고 살죠?"

"그건 어떻게 해볼게!"

찰스는 대들 듯이 말했다. 수세에 몰리고 보니 그는 차츰 화가 났다.

"나도 일할까 하는데, 혹시 연구소에서 타이핑 할 사람 필요하지 않아요?"

"제발 이제 그만 해둬. 그렇다고 지금 당장 지내는 데 곤란한 건 아니잖아! 모든 게 잘되고 있어. 박사 논문을 정리하는 게 목하 당신의 일이야. 앞으로 당신의 실력을 유용하게 사용할 수 있는 직업은 얼마든지 있어."

캐서린은 3년간 문학 관련 박사 논문을 써 오고 있었다.

"그럼 척의 수업료를 지불할 수 없었던 건 내 박사 논문이 끝나지 않아서군요."

캐서린은 빈정대는 투로 말했다.

미셸이 부엌으로 들어왔다. 캐서린과 찰스는 얼굴을 든 순간 지금까지의 말다툼을 중단할 수밖에 없었다. 미셸은 하얀 면 셔츠에 이니셜이 새겨진 핑크 스웨터를 입고 있었다. 그래서 12살의 나이에 비해 더 커보였다. 검고 윤기 있는 머리에 싸인 얼굴빛은 아주 나빴다. 그녀는 싱크대로 가서 오렌지주스를 따랐지만 맛을 보고는 그대로 '욱' 하고 말았다.

"주스가 거품투성이야. 싫어."

"오, 그래? 사랑스런 여왕님이 학교를 빼먹기 위한 꾀병이 아니었으면 좋겠는데."

장 폴이 말했다.

"동생을 그렇게 놀리는 거 아냐."

찰스가 툭 쏘았다. 그때 갑자기 미셸이 머리를 앞으로 숙이고 심한 재채기를 하자 쥐고 있던 컵에서 주스가 바닥으로 쏟아졌다. 그녀는 코에서 물 같은 것이 흘러나오는 것을 느끼자 반사적으로 상반신을 앞으로 구부리며 손바닥으로 그 액체를 받았다. 무섭게도 그것은 피였다.

"아빠!"

미셸이 외쳤다. 피는 손바닥에서 넘쳐흘러서 바닥으로 줄줄 흘러 떨어졌다.

찰스와 캐서린은 놀라서 벌떡 일어났다. 캐서린은 행주를 쥐고 찰스는 미셸을 안고는 거실로 데려갔다.

두 오빠는 조그만 못을 이룬 피를 보고는 식사할 마음을 잃고 말았다. 캐서린이 달려와서 냉장고에서 얼음 접시를 꺼내더니 다시 거실로 뛰어갔다.

"에이, 100만 달러를 준다고 해도 난 의사는 안 될 거다. 피는 아주 싫거든. 미셸은 항상 묘하게 여러 사람의 이목을 집중시킨단 말이야."

척이 말했다.

"다시 한 번 말해봐."

장 폴이 말했다.

"그런 것도 몰라? 이 멍청아."

장 폴은 형을 놀리는 것이 재미있었다.

척은 일어나서 먹다 남은 그레이프 너트를 디스포저에 던져 넣고 바닥의 피를 피해서 자기 방으로 갔다. 장 폴은 네 번째 시리얼을 입에 잔뜩 넣은 다음 싱크대에 접시를 갖다놓고 종이 냅킨으로 미셸이 흘린 피를 닦았다.

"아이고, 맙소사."

찰스가 부엌에서 밖으로 나오면서 말했다.

날씨가 거칠어져 북동풍이 불면서 재생공장에서 타는 고무냄새가 풍겨왔다.

"웬 놈의 냄새가 이렇게 고약해. 사람 살 곳이 못 되는군."

척이 말했다.

평정을 잃은 찰스는 건방진 그 말이 마음에 거슬렸지만 더 이상 말하지 않았다. 그렇지 않아도 지독한 아침이었다. 그는 입을 꾹 다물고 양가죽 상의로 턱을 감싸고는 헛간 쪽으로 무거운 발걸음을 옮겼다.

"전 될 수 있는 대로 빨리 캘리포니아로 가서 살까 해요."

척은 아버지의 발자국을 따라 걸으면서 말했다. 벌써 3센티나 첫눈이 쌓여 있었다.

"옷만 단정하게 입으면 너도 훌륭하단 말이다."

찰스가 말했다.

장 폴이 따라 나오면서 둘의 얘기를 듣고 웃었다. 숨을 쉴 때마다 입김이 생겨났다. 척이 눈 더미 속으로 장 폴을 밀어 쓰러뜨리려고 하자, 장 폴이 뭔가 욕을 했지만 찰스는 모르는 체했다. 너무 추워서 잠시 쉬는 것조차 할 수 없었다. 약하게 부는 바람마저 몸을 베는 것 같은 데다 악취도 지독했다. 전에는 이렇게 심하진 않았었다.

고무공장은 찰스와 엘리자베스가 집을 산 이듬해에 가동을 시작했다. 이사를 한 것은 엘리자베스의 요구 때문이었다. 아이들을 깨끗하고 맑은 공기 속에서 키우고 싶다는 생각이었다. 이 얼마나 어처구니없는 짓이었던가 하고 찰스는 헛간을 열면서 생각했다. 그러나 그다지 나쁜 것은 아니었다. 공장의 악취는 북동풍이 불 때만 풍겨왔는데 고맙게도 그것은 그리 자주 불어오지는 않았다.

“제기랄, 또 눈이 오면 내 하키링크도 다시 쓸어야 하잖아. 아빠, 미셸의 놀이집 주변 물은 왜 얼지 않는 거죠?”

못을 들여다보며 장 폴이 말했다.

파이프 관을 문에 세워 걸쳐놓아 문이 닫히지 않게 한 찰스는 못을 한 바퀴 둘러보았다.

“모르겠는걸. 그런 건 생각해본 적도 없구나. 아마 물의 흐름과 어떤 관계가 있겠지. 못의 넓은 쪽이 강과 수로에서 만나고 있고 수로는 얼지 않으니까 말이야.”

“저것 봐.”

척이 놀이집 건너편을 가리키면서 말했다. 못을 둘러싼 언 땅에 물오리가 죽어 있었다.

“또 오리가 죽었어. 이 냄새 때문에 죽었을 거야.”

“그건 이상한데. 요 몇 년 동안 오리 모습을 본 적이 없는데. 처음 이사 왔을 때는 미셸의 놀이집에서 자주 총으로 쏘았었는데 그 후로는 없어졌단 말이야.”

찰스가 말했다.

“저기 또 한 마리 있어요! 근데 살아 있어. 어디가 아픈지 괴로워서 퍼덕거리네!”

장 폴이 외쳤다.

“꼭 취한 것 같아.”

척이 말했다.

“자, 가서 도와주자.”

찰스가 주의시켰다.

“별로 시간이 없다. 자, 가보자.”

장 폴은 언 눈 위를 밟기 시작했다. 찰스와 척도 그의 뒤를 따랐다. 두 사람이 바짝 다가갔을 때 장 폴은 이미 죽어가는 불쌍한 오리 쪽으로 몸을 구부리고 있었다.

"아, 이놈은 간질병 같다!"

척이 말했다.

"어디가 아픈 거죠, 아빠?"

장 폴이 물었다.

"도저히 영문을 모르겠다. 새 치료는 내 전공이 아니기도 하고 말이야."

장 폴은 몸을 구부려서 오리가 처절하게 경련하는 것을 어떻게든 멎게 해주려고 했다.

"만져서 좋을는지 모르겠구나. 앵무병(폐렴, 장티푸스와 비슷한 전염병)은 오리에서 전염될지도 모르니까 말이다."

찰스가 말했다.

"차라리 죽이는 게 좋지 않을까요? 그럼 고통 받지 않을 텐데."

척이 말했다. 찰스는 오리를 뚫어지게 바라보고 있는 장남 쪽을 힐끗 보았다. 척의 말은 한편으로는 지당하다고 생각되었지만 잔인하다는 느낌이 들어서 섬뜩했다.

"오늘 하루 이놈을 헛간에 넣어둬도 괜찮을까?"

장 폴이 애원하듯이 말했다.

"암, 좋고말고. 하지만 손으로 만져선 안 된다. 뛰어가서 상자든 뭐든 담을 걸 가지고 오너라."

장 폴은 토끼처럼 뛰어갔다. 찰스와 척은 오리를 둘러싸고 서로 얼굴을 마주보았다.

"불쌍하다고 생각되지 않니?"

찰스가 물었다.

"불쌍하다고? 아빠는 연구실에서 이런 동물을 마음대로 다루며 고통을 주고 있으면서 불쌍하지 않느냐고 묻다니, 농담도 잘하셔……."

찰스는 아들의 얼굴을 물끄러미 보았다. 무례하기 짝이 없는 태도라고 생각되어서 아이가 밉기까지 했다. 찰스로서는 척이 사춘기가 되고 나서는 이해할 수 없을 때가 많았다. 그는 아들을 때리고 싶은 기분을 간신히 억제했다.

장 폴은 평소의 기지대로 낡은 베개와 큰 판지 상자를 찾아왔다. 그는 베개를 가르고 안의 깃털을 판자 상자 안에 깔고는 부드러운 이불처럼 만들어서 오리를 안아 상자 안에 넣었다. 그가 아버지에게 설명한 것처럼 오리가 다시 경련을 일으켰을 때 이불로 상처 입지 않도록 해주는 것과 동시에 따뜻하게도 해줄 수 있는 것이다. 찰스는 수긍의 의미로 고개를 끄덕이고 함께 차에 탔다.

구입한 지 5년째가 되는 녹이 슨 빨간색 핀토는 찰스가 키를 돌려도 좀처럼 시동이 걸리지 않았다. 겨우 걸리자 소음기 구멍에서 핀토는 마치 AMX전차와 같은 소리를 냈다. 찰스는 차고에서 차를 꺼내서 전용차도로 내려가 국도 301번으로 달려 섀프츠베리로 향했다. 이 낡은 차가 스피드를 내기 시작하자 찰스는 비로소 안심했다.

가정생활이란 것은 좀처럼 순조롭게 잘되지가 않는다. 섀프츠베리로 가면 적어도 연구소의 잡다한 일은 말끔하게 정돈되어 있을 것이고 문제가 일어나도 과학적인 방법으로 자연히 처리될 것이다. 그러나 가정생활은 그렇지가 않다. 찰스는 인간이란 과연 어떤 존재인가 하는 회의에 사로잡혔다.

"아, 음악은 듣지 않기로 한다!"

그는 소리를 지르고는 라디오를 껐다. 어느 곡을 듣느냐로 두 아들이 다투고 있었던 것이다.

"하루를 시작할 때는 조용히 명상에 잠기는 것도 좋은 방법이다."

형제는 서로 마주보고 눈을 크게 떴다. 길은 포토맥 강가로 뻗어 있어서 전원풍경 속을 꾸불꾸불 흐르는 강물이 드문드문 보였다. 섀프츠베리에 가까워짐에 따라 리사이클 회사에서 나오는 악취가 차츰 심해졌다. 시내로 들어가서 첫 번째로 눈에 띄는 것이 하늘에 검은 연기를 뿜어내고 있는 공장의 굴뚝이었다.

서행 표지가 나붙어 있는 공장과 평행하는 길까지 다다랐을 때 정적을 깨는 피리소리 같은 불쾌한 소리가 들렸다. 그런데 화학공장을 지나쳐가자 악취는 마법처럼 사라졌다. 큰길을 달려감에 따라 왼쪽으로 폐옥이 된 물레방앗간이 어렴풋이 보였으나 사람의 그림자는 전혀 없었다. 아침 6시 45분이면 이곳은 유령도시와도 같았다. 3개의 녹슨 철교가 걸쳐 있었는데 이것도 세계대전 전 이 마을의 번성기의 유물이었다. 덮개가 있는 것도 있었지만 이쪽은 아무도 건너는 사람이 없었고 상당히 위험해서 그저 여행자를 위해 남겨두고 있는 것 같았다. 그런데 섀프츠베리에는 여행자들이 온 적도 없었다. 그것을 도시 유지들은 아직 깨닫지 못하고 있었다.

장 폴은 시내 북단에 있는 고등학교 앞에서 차를 내렸다. 하루의 시작에서부터 발산되는 그의 열의는 서둘러 남긴 인사말에도 잘 나타나 있었다. 이렇게 이른 시간인데도 친구가 몇 사람 기다리고 있다가 함께 교문 안으로 들어갔다. 장 폴은 주니어 농구 팀에 들어 있어서 수업 전에 연습을 해야 했다. 찰스는 차남의 뒷모습이 보이지 않을 때까지 바라보다가 193번으로 들어가는 길을 달려 보스턴으로 향했다. 매사추세츠 주로 들어갈 때까지 마주치는 차는 전혀 없었다.

찰스에게 있어서 운전은 최면효과가 있었다. 그의 머리는 언제나 항원·항체의 복잡한 관계, 단백질의 조직구조를 생각했는데, 오늘은 척의 여느 때와 같은 침묵에 민감해져서 초조해하는 자신을 깨닫기 시작했다. 이 장남이 도대체 무얼 생각하고 있는지 헤아려 보았지만 아무래도 알 수가 없었다. 지겨운 것 같은 아들의 표정을 힐끗 보고 찰스는 여자 친구라도 생각하고 있는가 하다가, 그렇다면 이 아이가 데이트를 하고 있는지 어떤지조차 알지 못했음을 깨달았다.

"학교는 어떠냐?"

찰스는 애써 아무렇지도 않은 듯이 물었다.

"그런대로 괜찮아요."

순간적으로 경계하며 척이 말했다. 다시 침묵이 계속되었다.

"뭘 전공할지 정했니? 이제 슬슬 정해야지. 내년 계획을 세워야 하지 않겠니?"

"아직 정해지지가 않아요."

"그럼 올해 과목에서 뭐가 좋으냐?"

"심리학요."

척은 차창 밖을 내다보았다. 지금 학교 얘기 같은 건 하고 싶지 않았다. 어차피 화학으로 돌아가고 말 텐데…….

"심리학은 안 돼."

찰스는 고개를 저었다.

척은 아버지의 말끔하게 면도질한 얼굴과 폭이 넓고 윤곽이 뚜렷한 코, 머리를 약간 뒤로 젖혀서 공손하게 얘기하는 태도를 관찰했다. 아버지는 자신감이 있고 판단도 민첩했다. 하지만 척은 아버지가 '심리학'이라고 말했을 때 그 목소리에서 조소를 느꼈다.

"심리학이 뭐가 나쁜데요?"

심리학은 아버지가 잘 알지 못하는 분야라고 확신하고 있었기 때문에 그렇게 물었다.

“심리학 같은 건 시간 낭비다. 그건 근본적으로 거짓 원리와 자극에 대한 반응에 바탕을 두고 있다. 뇌의 작용을 전혀 설명하고 있지 않아. 뇌는 공백상태가 아니라 항상 활동하고 있는 조직이다. 때로는 환경과 관계없이 사고나 감정까지 낳지. 내 말이 무슨 뜻인지 알겠니?”

“글쎄요!”

척은 시선을 다른 곳으로 돌렸다. 아버지가 무슨 말을 하는지 알 수는 없었지만 왠지 옳은 말인 것 같은 느낌이 들었다. 아무튼 앞으로 15분쯤 가면 되니 분위기를 맞추는 것은 어렵지 않았다. 한편 찰스는 심리학의 단점에 대해서 열심히 혼잣말을 계속했다.

“오늘 오후 연구소에 와보면 어떻겠니?”

찰스는 잠시 침묵했다가 말했다.

“내 일은 아주 잘 추진되고 있다. 완성까지는 이제 한걸음이야. 너도 관심을 가져주었으면 한다.”

“오늘은 안 돼요.”

척은 재빠르게 말했다. 모두가 아버지에게 굽실거리는 연구소 안을 안내받다니, 딱 질색이었다. 아버지는 유명한 과학자인데 아버지가 하고 있는 일을 전혀 모르는 것도 매우 불쾌한 일이었다. 아버지의 설명은 자신의 머리로는 아예 이해할 수 없었다. 게다가 무슨 말을 물으면 무지가 탄로 난다는 두려움도 있었다.

“언제라도 네가 편할 때 오면 된다, 척.”

찰스는 항상 자기의 연구에 대한 열의를 척과 같이 나누고 싶어했다. 그러나 척은 전혀 흥미를 보이지 않았다. 만약 이 아이가 실제로 활동하고 있는 과학의 세계를 엿볼 수 있다면 끌어들이는 건 시간문제라고 찰스는 생각했다.

"매일 실험실에서 실습하고, 또 모임이 있어서 쉽지 않을 거예요."

"그거 유감이구나."

"내일은 어떠냐?"

"네, 내일은 괜찮아요!"

척이 말했다.

척은 헌팅턴 가에서 차를 내려 적당하게 인사하고 습기 찬 보스턴의 눈 속을 걸어갔다. 찰스는 그의 뒷모습을 물끄러미 바라보았다. 그가 동료들과도 잘 어울리지 않는 만화 주인공처럼 보였다. 다른 아이들은 복장에도 신경을 쓴 듯 생기가 있어 보였고, 모두들 함께 모여 걷고 있었는데 그들과 다르게 척은 외톨이로 걷고 있었다. 엄마인 엘리자베스의 병과 죽음에 큰 쇼크를 받은 게 아닐까. 캐서린의 등장이 도움이 되기를 바랐는데, 자신이 재혼하고 나서 척은 한층 더 소극적이 되었고 그에게서 멀어져가고 말았다. 찰스는 기어를 변속하고 팬웨이를 지나 케임브리지를 향해 차를 몰았다.

음모의 시작

찰스는 보스턴 대학의 다리를 지나 찰스 강을 건너는 동안 그날의 계획을 세웠다. 그로서는 복잡한 세포 내의 생명을 다루는 것이 막연한 아이들 교육보다 훨씬 쉬웠다.

메모리얼 가에서 오른쪽으로 돌아 조금 더 달리다가 왼쪽으로 다시 돌아 와인버거 연구소의 주차장에 차를 넣었다. 그의 가슴은 고동치기 시작했다. 기분이 좋아진 것이다.

주차장에는 아침 시간에는 드물게 많은 차가 주차되어 있었다. 소장의 파란 메르세데스 벤츠까지 눈에 띄었다. 많은 차가 주차되어 있는 것을 이상하게 여기면서 그는 잠시 그 자리에 멈추었다가 연구소 쪽으로 걷기 시작했다.

연구소는 벽돌과 유리로 만들어진 4층의 현대식 건물로, 피라미드형의 윤곽을 제외하면 가까이 있는 하야트 호텔과 어딘가 닮은 것 같았다. 위치는 찰스 강에 연해 있으며 하버드와 매사추세츠 공과대학의 중간이었고 보스턴 대학과 바로 이웃하고 있었다.

유리창 너머로 찰스가 들어와서 버튼을 누르는 것을 보고 있던 접수계원이 두꺼운 유리문을 열었다. 여기서 행해지고 있는 중요한 과학적 작업과 연구, 특히 유전학 연구의 특성상 경비는 엄중했다. 찰스가 융단을 깐 접수처를 지나면서 새로 입소된 요염하고 아리따운 미스 앤드류에게 "굿모닝!" 하고 인사하자 그녀는 머리를 가볍게 숙여 정성들여 손질한 눈썹 사이로 찰스를 바라보았다. 찰스는 연구소의 접수계원이 자주 바뀌었으므로 이 여자는 언제까지 근무할까 하고 생각했다.

찰스는 중앙 복도에서 멈추고는 허풍스런 몸짓으로 되돌아가 대합실을 들여다보았다. 자욱이 낀 담배 연기 속에서 몇 사람이 흥분한 듯이 왔다 갔다 하고 있었다.

"닥터 마텔…… 닥터 마텔."

그중 한 사람이 말을 걸었다.

자기 이름을 부르는 소리를 듣고 놀란 찰스는 방안으로 들어서자마자 동시에 떠들어대기 시작한 사람들에게 둘러싸이고 말았다. 처음에 그의 이름을 부른 남자가 마이크를 찰스의 코앞에 들이댔다.

"저는 글로브지 기잡니다만 몇 가지 질문을 드려도 되겠습니까?"

남자는 큰소리로 말했다.

찰스는 마이크를 뿌리치고 복도 쪽으로 뒷걸음질 쳤다.

"닥터 마텔, 당신이 이 연구에 책임이 있다는 게 사실입니까!"

여기자인 듯한 사람이 그의 코트 주머니를 잡고 큰소리로 말했다.

"인터뷰는 사절하겠소!"

찰스는 소리쳤다. 그는 재빨리 그 무리를 빠져나갔지만 기자들은 여전히 웅성거리고 있었다.

"도대체 무슨 일이지?"

찰스는 잰걸음으로 걸으면서 중얼거렸다. 그는 매스컴을 싫어했다. 엘리자베스의 죽음이 어떤 이유에선지 독자의 주목을 끌었었다. 그 사적인 비극이 사람들이 모닝커피를 마시며 가십거리로 전락되는 것을 볼 때마다 찰스는 몇 번씩이나 폭행을 당한 것 같은 느낌이 들었다.

그는 연구실로 가서 문을 닫아버렸다. 지난 6년간 그의 연구조수로 있는 엘렌 셀던이 놀라서 펄쩍 뛰었다. 그녀는 조용한 실내에서 혈청단백을 분리하는 기구를 설치하는 일에 몰두하고 있었다. 이날 아침도 그녀는 7시 45분에 도착할 찰스를 기다리고 있었다. 찰스는 8시 정도에 일을 시작하는 걸 좋아했다. 만사가 순조로운 지금으로서는 더 말할 것도 없었다.

"그런 식으로 또 문을 닫으면 난 도망가고 말 거에요."

엘렌이 짜증내듯이 말했다. 그녀는 어딘지 모르게 묘한 매력이 있는 30살의 여자로 머리카락을 단정하게 올리고 몇 가닥만 목덜미에 늘어뜨리고 있었다. 그녀를 채용했을 때 동료들이 찰스를 시기했었지만 요 수년간 함께 일하고 나서야 그는 비로소 그녀의 이국적 아름다움을 느낄 수 있었다. 그녀가 뛰어난 용모를 가진 것은 아니었다. 그녀는 전체적으로 사람을 끄는 매력이 있었다. 그러나 찰스로서 제일 중요한 요소는 그녀의 지성과 열의, 그리고 매사추세츠 공과대학에서의 뛰어난 훈련성과였다.

"놀라게 해서 미안해."

찰스는 코트를 걸면서 말했다.

"저기 신문기자들이 많이 모여 있는데 신문기자를 내가 어떻게 생각하는지 엘렌도 알고 있지?"

"물론 어떻게 생각하시는지 저도 잘 알고 있죠."

엘렌은 다시 일을 시작하면서 말했다.

찰스는 책상 앞에 앉아 보고서를 들여다봤다. 그의 연구실은 직사각형의 넓은 방인데 뒤쪽으로 그의 개인 사무실과 연결되어 있었다. 개인 사무실을 동물실로 바꾸었기 때문에 기능적인 금속제 책상을 연구실에 배치해놓았다. 중앙 동물실은 연구소 뒤쪽의 병동에 있었지만 찰스는 자신의 실험동물을 언제나 바로 곁에서 돌볼 수 있도록 이렇게 꾸몄다. 좋은 실험 결과를 얻기 위해서는 정성을 들여서 동물을 돌보는 것이 절대적인 조건이어서 찰스는 특히 섬세한 점까지 주의를 기울이고 있었다.

"기자들은 저기서 도대체 뭘 하고 있는 거지? 두려움을 모르는 우리 보스가 어젯밤 욕조 안에서 과학적 대발견이라도 했단 말인가?"

찰스가 말했다.

"너무 심하게 말하지 마세요. 행정적인 일도 누군가 꼭 하지 않으면 안 되니까요."

"미안, 미안."

찰스는 놀리듯이 허풍스럽게 말했다.

"실은 귀찮은 일이 일어났어요. 브라이튼의 얘기가 뉴욕 타임스에 흘러들어간 것 같아요."

"이곳 신세대 닥터들은 매스컴을 좋아하니까 말이야."

찰스는 불쾌한 듯이 고개를 저었다.

"1개월 전에 나온 타임스 지 기사로 그놈은 만족했을 텐데. 도대체 무슨 짓을 저지른 거야?"

"선생님이 아직 모르셨다니, 설마."

엘렌은 믿을 수 없다는 표정이었다.

"엘렌, 나는 여기 일하러 와 있는 거야. 아무도 모르는 놈은 없겠지."

"네, 하지만 브라이튼 사건은…… 누구나 다 알고 있어요. 적어도

요 일주일 사이에 연구소 내에서는 그 얘기가 계속되고 있었어요."

"만약 내가 엘렌을 잘 몰랐다면 엘렌이 일부러 내 감정을 상하게 하려고 한다고 생각했을 거야. 엘렌이 얘기하고 싶지 않으면 안 해도 돼. 사실 엘렌이 말하는 투로 봐서 이건 모르는 체하는 게 좋을 거라는 생각이 드는군."

"네, 좋지 않은 얘기예요. 동물과 과장이 소장님께 보고한 바로는 닥터 토머스 브라이튼이 동물실에 몰래 들어가서 자기가 쓰고 있던 암에 걸린 쥐들을 건강한 쥐들과 바꿔놓았다는 거예요."

"대단하군. 그의 약이 기적적으로 효과를 나타낸 것으로 보이게 할 셈이었겠지."

찰스는 빈정대듯이 말했다.

"네, 좀 더 재미있는 건 그 닥터가 지금의 명성을 얻은 게 캔서랜이라는 그 약 덕분이었다는 거예요."

"그리고 이 연구소에서의 그의 지위도 올려놓았었단 말이지."

찰스는 모멸감으로 얼굴이 붉어지는 것을 느꼈다. 토머스 브라이튼이 꾸민 자기선전은 용서할 수 없었다. 그러나 그런 의견을 내세우면 사람들은 자신이 질투를 한다고 생각했다.

"잘못 들은 게 아닌가? 저런 교활한 놈을 엘렌은 딱하게 여기고 있어. 그런 사기꾼은 의학계에서 추방해야 돼. 그런데도 저놈은 의학자란 말이지. 연구에서의 부정은 환자 치료상의 부정과 마찬가지로 좋지 않아. 아니 그 이상이지. 연구에서는 더욱 많은 인간에게 해가 돼."

"저는 그렇게 간단히 단정할 수 없다고 생각해요. 그 사람은 틀림없이 명성을 위해 강한 압력에 눌리고 있었겠죠. 그 점을 참작해주지 않으면……."

"정직하게 하고 있으면 능력이고 나발도 없는 법이야."

"저는 반대예요. 전부 문제를 안고 있어요. 우리는 모두 선생님 같은 슈퍼맨이 아니니까요."

"그런 어리석은 심리적 얘길 하면 곤란해."

찰스는 심술 담긴 엘렌의 말에 내심 놀랐다.

"네, 좋아요. 이제 그만하겠어요. 하지만 타인의 관대함에 대해 고맙게 생각하는 일이 있을 거예요. 찰스 마텔 선생님, 선생님은 남의 기분을 이해하려고 하지 않으시고 자신의 일에만 빠져 계세요."

엘렌의 목소리는 히스테릭하게 떨렸다.

긴장된 침묵이 연구실 내에 감돌았다. 엘렌은 다시 일을 하는 체하고 찰스도 자기 일을 하려고 했지만 도저히 집중할 수가 없었다. 그렇게까지 화내서 말할 생각은 아니었는데 엘렌의 마음에 상처를 준 것이 확실했다. 자신은 정말 남의 기분에 무관심한 것일까? 엘렌이 자신에게 반박하는 것은 처음 있는 일이었다. 캐서린과 만나기 전에 있었던 일시적인 정사가 연루되어 있는지도 모른다. 이렇게 오랫동안 함께 일을 하고 있었으니 엘리자베스의 죽음으로 인해 완전히 침울해져 있던 때 그것은 로맨스라기보다 친밀함의 현상이었다.

1개월 정도밖에 지속되지 않았는데 그 후 캐서린이 여름 동안의 일시적 후원으로 이 연구소로 오게 된 것이다. 그 이후로는 정사에 대해서 입을 다물었고 그런 얘기를 과거 속에 묻어버리기는 쉬운 일이라고 그는 단정했다.

"내가 화낸 것같이 들렸다면 미안해. 그럴 생각은 아니었어. 결국 흥분하고 말았군."

"저도 그런 소릴 해서 죄송해요."

엘렌은 그렇게 말했지만 가슴속의 동요는 목소리에 남아 있었다.

찰스는 아직 믿을 수가 없었다. 그녀가 정말 자기를 남에게 무관심한 사내라고 생각하는지 묻고 싶었지만 그만한 용기가 나지 않았다.

"그런데 닥터 모리슨이 될 수 있으면 빨리 만나고 싶은 모양입니다. 선생님이 나오시기 전에 전화가 왔었어요."

엘렌이 말했다.

"모리슨은 기다리게 해도 돼. 여기 일부터 시작하지."

캐서린은 찰스에게 짜증을 내고 있었다. 그런 기분을 꾹 참고 있을 만한 여자가 아니었고 게다가 자기 쪽이 옳다고 생각하고 있었다. 미셸이 그렇게 코피를 쏟았으니 자기의 스케줄을 바꿔서 소아과에 딸을 데리고 가면 좋을 법도 한데, 아무튼 그는 의사가 아닌가. 차를 타고 있는 동안 내내 캐서린은 미셸의 코피 흘리던 무서운 광경이 눈앞에서 떠나지 않았다. 출혈로 죽는 게 아닐까? 모르긴 하지만 그런 일이 있을 수도 있다고 생각하니 더욱 무서워졌다.

캐서린은 병이나 피, 병원, 이런 낱말들을 매우 싫어했다. 왜 싫은지는 알 수 없지만 10살 때 충수염이 악화되었던 지긋지긋한 생각이 붙어 다니고 있는 것 같았다. 그때 진료소에서나 또 그 후 병원에서나 이렇다 할 진단을 내리지 못했었다. 그녀는 그때의 그 하얀 타일이나 소독약 냄새를 생생하게 기억해낼 수 있었다. 그러나 제일 괴로웠던 것은 콧속의 내진이었다. 어느 누구도 아무런 설명도 해주지 않고 그저 그녀를 억지로 밀어붙였다. 찰스는 그녀의 이런 사정을 잘 알고 있으면서도 자신은 일이 있었기 때문에 캐서린에게 미셸을 데려가라고 한 것이다.

차에 충분히 탈 수 있는 여유가 있다고 생각한 캐서린은 부엌의 전화기 앞에 앉아서 마지 숀하우저를 불러서 보스턴까지 함께 타고 갈 수 있는지 묻기로 했다. 만약 아직 테드가 입원하고 있다면 좋은 기회라고 생각했다. 전화를 받은 것은 숀하우저의 16살 난 딸 낸시였다.

"엄마는 벌써 병원에 가셨어요."

"그저 걸어보고 싶어서 했어. 저쪽에 가서 다시 전화할 수 있으면 할게. 혹시 연락이 안 되면 나한테 전화 왔었다고 전해줘라."

"네, 아주머니한테서 전화가 왔었다면 아주 기뻐하실 거예요."

"테드는 좀 어떠니? 곧 퇴원할 거 같니?"

"아뇨. 별로 좋은 상태가 아니에요. 골수 이식을 해야 한대요. 우리 형제들이 모두 테스트 받았는데 막내 리자만이 맞는대요. 세균이 감염되지 않게 테드는 지금 텐트에 들어가 있어요."

"그것 참, 어떡하니."

캐서린은 온몸의 힘이 빠져나가는 것 같은 느낌이 들었다. 골수 이식이라는 게 어떤 것인지 잘은 모르지만 중대하고 무서운 것이라는 생각이 들었다. 그녀는 낸시에게 잘 있으라고 인사하고 수화기를 놓았다. 마지와 만날 것을 생각하니 일찍 전화하지 못한 것이 후회되었다. 그녀는 잠시 그 자리에 앉아서 깊은 생각에 잠겼다. 테드의 병에 비하면 미셸의 코피에 대한 자기의 걱정 따위는 대수롭지 않은 것이었다. 깊은 한숨을 쉬고 캐서린은 거실로 들어갔다.

미셸은 긴 의자에 기대어 '투디 쇼'를 보고 있었다. 오렌지주스 같은 것을 마시고 휴식을 취했기 때문에 기분은 매우 좋아졌지만 마음은 여전히 가라앉지 않았다. 아버지는 아무 말도 하지 않았지만 매우 놀라고 있다는 것을 미셸도 알고 있었다. 코피가 결정적인 것 같았다.

"와일리 선생님한테 전화해뒀다. 될 수 있는 한 빨리 오는 것이 좋다고 간호사도 말했단다. 그렇지 않으면 많이 기다려야 한대. 그러니까 텔레비전 쇼는 나중에 중간에서 보도록 하자."

캐서린은 될 수 있는 한 밝은 표정으로 말했다.

"기분이 아주 좋아진걸."

미셸은 아무렇지도 않은 듯이 말했지만 입술은 떨고 있었다.

"그것 참 잘됐다. 하지만 아직 심하게 움직이지 말고 조용히 있어야 해. 옷은 내가 갖다 줄게."

캐서린은 계단 쪽을 향해 갔다.

"나 이제 다 나은 것 같아요. 학교도 갈 수 있을 것 같아요."

그런 생각을 입증이라도 해보이듯이 미셸은 두 다리를 바닥에 내려서 쑥 일어섰다. 그러나 역시 허약하다는 것을 느끼고 그 미소가 일그러졌다.

캐서린은 뒤돌아서서 의붓딸을 보면서 찰스가 끔찍이 사랑하는 이 소녀에게서 끓어오르는 사랑스러움을 느꼈다. 그녀가 자신만큼이나 병원을 무서워하고 있지 않다면 왜 이렇게 환자가 되기 싫어하는지 전혀 알 수가 없었다. 캐서린은 다시 가까이 다가가 두 팔을 벌려서 미셸을 꽉 껴안았다.

"무서워하지 않아도 돼, 미셸."

"난 무서워하고 있지 않아요."

미셸은 캐서린의 포옹을 거부했다.

"그래?"

캐서린은 뭔가 좀 더 할 말이 있을 것 같은 느낌이 들었다. 이 아이가 자기의 애정을 거부하고 있다는 것에도 놀랐다. 캐서린은 여전히 미셸의 어깨에 손을 얹은 채로 수줍은 듯이 미소 지었다.

"학교엘 가야 해요. 메모를 해서 내면 체육수업은 하지 않아도 되니까요."

미셸이 말했다.

"미셸, 넌 지난 한 달 동안 기분이 좋지 않았어. 오늘 아침은 열도 있었고, 무슨 조치를 하지 않으면 큰일 나."

"그렇지만 이제 기분이 좋아졌고 학교에 가고 싶어요."

미셸의 어깨에서 손을 뗀 캐서린은 말을 안 듣는 눈앞의 아이를 물끄러미 바라보았다. 여러 가지 점에서 미셸은 알 수 없는 존재였다. 나이보다 조숙하고 똑똑한 데다 착실한 아이인데 왠지 캐서린에게는 늘 쌀쌀한 데가 있었다. 혹시 3살 때 친어머니가 사망한 것에 원인이 있는 것은 아닐까 생각되었다. 그렇다면 자기도 아버지의 증발로 편모슬하에서 자라온 기억이 있었다.

"자, 이제부터 할 일을 말해줄게."

캐서린은 이럴 때 어떻게 하면 좋을지 궁리한 끝에 말했다.

"우선 다시 한 번 열을 재자. 그래서 만약 열이 있으면 병원에 가고, 없으면 그만두자."

미셸의 열은 38.2도였다.

1시간 반 뒤 캐서린은 낡은 다지 스테이션왜건을 주차시킨 뒤 소아과 병원 주차장에서 주차권을 뽑았다. 고맙게도 주행 도중에는 아무 일도 없었다. 미셸은 그 사이 거의 아무 말도 하지 않고 그저 묻는 말에만 대답할 뿐이었다. 미셸은 몹시 피곤해보였는데, 무릎에 손을 얹은 채 나갈 차례를 기다리는 꼭두각시 같은 모습으로 앉아 있었다.

"뭘 생각하고 있어?"

캐서린이 침묵을 깨뜨리면서 말을 걸었다. 주차장에는 차를 넣을 빈자리가 없어서 통로에서 통로로 차를 몰아갔다.

"아무것도."

미셸은 꼼짝도 않고 대답했다.

캐서린은 곁눈질로 미셸을 보았다. 어떻게 하든 이 아이의 경계심을 풀어서 자기의 애정을 받아들이게 하고 싶었다.

"네가 생각하고 있는 걸 나도 같이 할 수 없겠니?"

"기분이 별로 좋지 않아요. 차에서 내릴 때 손을 잡아줘요."

캐서린은 미셸의 얼굴을 힐끗 보고는 갑자기 차를 세운 뒤 손을 뻗어 미셸을 안았다. 이번에는 저항하지 않았다. 오히려 몸을 기대어 캐서린의 가슴에 머리를 꽉 밀어붙였다. 캐서린은 팔에 따뜻한 눈물이 떨어지는 것을 느꼈다.

"네게 손을 빌려줄 수 있게 돼서 기쁘구나. 언제라도 필요할 땐 도와줄게. 약속해."

캐서린은 이것으로 겨우 눈에 보이지 않는 두 사람 사이의 장벽이 제거되었다고 생각했다. 그렇게 되기까지는 2년 반이란 세월을 참고 견뎌야 했지만 지금에서야 그 보답을 받게 된 것이다.

요란스러운 경적소리에 캐서린은 얼른 정신을 차렸다. 기어를 넣고 차를 움직였다. 미셸이 그대로 몸을 찰싹 기대고 있는 것이 기뻤다. 캐서린은 지금까지보다 더 한층 친밀감을 느꼈다. 회전문을 들어섰을 때 미셸은 축 늘어져서 캐서린이 도와주는 대로 몸을 내맡겼다. 캐서린은 로비에서 휠체어를 빌렸다. 미셸은 처음에는 거절했지만 그것을 타고 캐서린이 하는 대로 고분고분 따랐다.

미셸과 처음 친밀하게 된 행복감이 캐서린의 꺼림칙한 기분을 약간은 가시게 해주었고 실내장식 또한 그녀에게 도움이 되었다. 로비에는 따뜻한 색깔의 멕시코 타일이 깔려 있었고 의자를 씌운 가죽도 밝은 오렌지색과 노란색으로 되어 있었다. 화분도 여기저기 많이 놓여 있어서 도시의 대병원이라기보다 오히려 호화로운 호텔 같은 느낌이 들었다.

소아과의 외래도 마찬가지로 두려움을 주지 않았다. 와일리 의사의 로비에는 이미 5명의 환자가 와 있었는데 미셸로서 싫었던 것은 그 환자들이 모두 2살 이하의 어린아이들이라는 것이었다. 미셸은 열린 문 너머로 진찰실을 들여다보고 왜 여기에 오게 되었는지 불평을 털어놓을 참이었다. 캐서린 쪽으로 몸을 의지하고 미셸은 속삭였다.

"나 주사 맞아야 돼요?"

"글쎄, 모르겠는걸. 하지만 네가 그걸 참는다면 네 소원을 뭐든 들어줄게."

"아빠한테 갈 수 있어요?"

미셸은 눈을 반짝였다.

"물론이지."

캐서린은 그렇게 말하고 빈 의자 옆에 휠체어를 세우고 그 의자에 앉았다. 어머니와 훌쩍거리며 울고 있는 5살쯤 되는 남자아이가 진찰실에서 나오고 대신 갓난아이를 안은 어머니가 들어갔다.

"전화를 할 수 있는지 간호사한테 물어보고 올게. 테드 숀하우저의 병실이 어딘지 알고 싶어서 그래. 너 혼자 있어도 괜찮겠어?"

"난 괜찮아요. 다시 기분이 좋아졌어요."

"정말 잘됐구나."

캐서린은 일어났다. 미셸은 캐서린이 간호사 옆에서 전화를 걸고 있을 때 긴 갈색 머리가 하늘거리는 것을 물끄러미 바라보았다. 아버지가 그 머리를 좋아한다고 하던 말을 생각하고 자기 머리도 같은 색깔이었다면 좋았을 거라고 생각했다. 그러자 갑자기 20살 정도의 어른이 되고 싶다는 생각이 들었다. 그렇게 되면 의사가 되어 아빠의 연구실에서 아빠와 함께 일할 수 있을 것이다. 의사는 자기가 주사를 놓지 않아도 된다, 간호사가 다 한다고 아빠는 말했었다. 주사는 맞고 싶지 않았다. 주사는 정말 싫었다.

"닥터 마텔, 연락을 받지 못하셨습니까?"

닥터 피터 모리슨이 찰스의 연구실 입구에 서서 말했다.

혈청 표본을 자동식 방사능 계수관으로 측정하고 있던 찰스는 일어나서 생리학부의 관리부장인 모리슨 쪽을 보았다. 모리슨은 문 옆 기둥에 기대어 좁은 반투명의 황색 안경 렌즈를 천장 형광등에 반사시키고 있었는데, 얼굴이 노여움으로 굳어져 있었다.

"10분이나 15분이면 끝납니다. 지금 중요한 일을 하고 있어서요."

찰스가 말했다.

모리슨은 잠깐 찰스의 말을 곰똘히 생각해보았다.

"내 방에서 기다리고 있겠소."

문이 조용히 닫혔다.

"저분을 화나게 해서는 안 돼요. 그럼 말썽만 일으키게 돼요."

모리슨이 나가자 엘렌이 말했다.

"저자는 그걸로 족해. 생각할 여유가 생길 테니까 말이야. 그 방에서 그가 하는 짓거리라면 뻔하지. 아무것도 생각할 수 없어."

"하지만 행정업무는 누군가는 해야 하잖아요?"

"그가 한때 상당히 유능한 연구가였다는 게 이상하군. 지금 그는 소장이 될 야심으로 가득 차 있어. 일이라고 해야 억지로 논문을 쓰게 하고 회합에 나가 점심 먹고 여러 가지 모금 모임에 출석하는 일 정도야."

"그렇게 모금운동을 하니까 돈을 들여오는 게 아니겠어요?"

"그야 그렇지. 하지만 그런 짓을 하기 위해서 생리학부에 전문 박사가 있을 필요는 없잖나. 그건 낭비라는 거야. 만약 기금 모금에 자금을 낸 자들이 모금액 중에서 아주 조금밖에 연구비에 충당되지 않는다는 사실을 알면 틀림없이 놀라서 기절하겠지."

"그건 저도 동감이에요 그런데 표본을 넣는 내 일을 왜 방해하시는 거예요. 빨리 닥터 모리슨한테 가서 정리해버리는 게 좋을 거예요. 쥐의 피를 채취하는 일을 거들어주셔야 하니까요."

10분 후에 찰스는 철제 비상계단을 통해 2층으로 올라갔다. 모리슨이 왜 만나자고 하는지 알 수는 없지만 아마 가까운 시일 안에 개최되는 학회를 위해 논문을 출판하라는 격려라도 하려는 게 아닐까 하고 생각했다. 찰스는 논문 출판에 대해서 동료들과는 상당히 다른 의견을 가지고 있었다. 인쇄를 서두를 마음이 그에게는 전혀 없었다. 학자의 업적은 출판, 발표하는 논문의 수에 의해서 평가되는 것이지만 그의 헌신적인 연구와 빛나는 성과는 동료로부터 많은 존경을 받고 있었다. 과학적인 대 발견을 하는 것은 찰스와 같은 사나이라야 가능하다는 사람도 많았다. 그를 못마땅하게 생각하는 것은 행정을 담당하는 사람들뿐이었다.

모리슨 부장의 방은 2층 관리과 안에 있었다. 복도는 쾌적한 베이지색으로 페인트칠이 되어 있었고 벽에는 가운을 입은 역대 소장의 희미해진 초상화들이 걸려 있었다. 이곳의 분위기는 실제로 활약하고 있는 지하층과 1층의 연구실과는 다르게 느껴졌다. 비영리 의료시설이라기보다 오히려 잘 나가는 법률사무소 같은 느낌이 들었다. 이 화려함은 찰스를 짜증나게 했다. 여기에 쓰인 돈도 전부 연구에 쓰는 줄 알고 기부한 사람들의 돈이라는 생각이 들었기 때문이다. 그런 기분으로 찰스는 모리슨의 방으로 걸어갔다.

안으로 들어가려고 하자 관리과의 직원들 전원이 자기 쪽을 주시하고 있는 것을 깨닫고 그는 오늘 아침에 맛본 것과 같은 조용한 흥분을 느꼈다. 그것은 마치 그녀들 한 사람 한 사람이 지금부터 한바탕 소동이 일어날 것이라고 기대하고 있는 것 같았다.

찰스가 방으로 들어갔을 때 모리슨은 큰 마호가니 책상에서 벌떡 일어나 손을 내밀면서 앞으로 나왔다. 조금 전 초조해하던 태도는 볼 수 없었다. 찰스는 습관적으로 악수는 했지만 태도는 그것과는 정반대였다. 그는 이 남자와는 별로 교제가 없었다. 모리슨은 가는 세로무늬 양복과 칼라가 빳빳한 와이셔츠를 입고 실크 넥타이를 매고 있었으며, 구두는 권위적으로 반짝반짝 윤이 나고 있었다.

한편 찰스는 여느 때처럼 파란 옥스퍼드 셔츠를 입고 옷깃을 벌려서 넥타이를 느슨하게 하여 두 번째와 세 번째 버튼 사이에 찔러 넣었다. 소매는 팔꿈치 위까지 걷어 올리고 있었으며 헐렁헐렁한 다갈색 바지에 다 닳은 코도반 구두를 신은 차림이었다.

"어서 오십시오."

모리슨은 오늘 아침 처음 만난 것 같은 말투로 인사하고 한쪽에 있는 가죽의자에 앉으라고 손짓해보였다. 거기서는 찰스 강 주변이 한눈에 내다보였다.

"커피는?"

아주 작고 하얀 이까지 보이면서 모리슨은 미소 지었다. 찰스는 거절하고 긴 의자에 깊숙이 앉아 팔짱을 꼈다. 뭔가 묘한 분위기가 감돌고 있어서 그의 호기심을 불러일으켰다.

"닥터 마텔, 오늘 아침 뉴욕 타임스 봤습니까?"

모리슨이 물었다.

찰스는 고개를 저었다. 모리슨은 책상 쪽으로 걸어가서 신문을 들어 첫 면의 헤드라인을 찰스에게 내보였다. 손으로 가리켰을 때 그의 와이셔츠 소매에서 이름이 새겨진 팔찌가 미끄러져 나왔다.

'와인버거 암 연구센터 스캔들'

찰스는 첫 문단을 읽었다. 엘렌이 아까 얘기한 것을 자세히 설명한 것이었다.

"끔찍하지 않아요?"

모리슨의 말에 찰스는 고개를 끄덕였다. 이런 사건이 기금 모금에 일시적으로 나쁜 영향을 미친다는 것은 충분히 알고 있었지만, 한편 그것이 신약 캔서랜에 대해 부당하게 높은 평가를 낮추어서 좀 더 적절한 선까지 내려갈 가능성도 있을 것이라고 그는 생각했다.

찰스가 보는 바로는 캔서랜은 알킬(alkyl)화를 약간 변화시켰을 뿐인 약품으로, 최근 신약이 계속 만들어지고 있다는 것은 알고 있었지만 암에 대한 올바른 해답은 면역학의 분야이지 화학요법은 아니라고 생각했다.

"닥터 브라이튼은 좀 더 공부해야 합니다. 그는 아직 젊고 너무 조급하게 서두르고 있죠."

모리슨이 말했다.

찰스는 모리슨이 대화의 핵심에 들어가기를 기다리고 있었다.

"우린 닥터 브라이튼에게 좀 더 연구를 추진하도록 해야 합니다."

모리슨이 브라이튼의 연구 태도에 대해서 설명하기 시작하자 찰스는 고개를 끄덕였다. 그리고 빛나는 모리슨의 대머리를 보았다. 귀 위로 약간 남은 머리카락을 공들여 빗질해서 뒤로 붙인 상태였다.

"잠깐만."

찰스는 모리슨이 말하는 도중에 끼어들었다.

"대단히 흥미 있는 얘기이긴 하지만 내게는 아래층에서 진행 중인 중요한 실험이 있습니다. 뭔가 특별히 할 얘기가 있으십니까?"

"물론입니다."

모리슨은 소매 끝을 고치면서 말했다. 그 목소리는 한층 진지했고 두 손의 손가락을 서로 맞대고 뾰족한 탑 모양을 만들고 있었다.

"연구소의 부장들이 뉴욕타임스에 기사가 게재될 것을 예상하고 어젯밤에 회의를 개최했답니다. 만약 우리가 빨리 손을 쓰지 않으면 이 브라이튼 사건의 진짜 희생자는 유망한 신약 캔서랜이 된다는 결론이 나왔습니다. 닥터 마텔도 이 중요성을 이해하시겠죠?"

"물론입니다."

찰스는 그렇게 대답은 했지만 마음 한구석에서 검은 구름이 끓어오르고 있었다.

"이 계획을 구제하는 유일한 방법은 가장 고명한 과학자를 지명해서 이 테스트를 완성케 하여, 이 연구소가 그 일을 해냈다는 것을 알려야 한다고 결정했습니다. 그리고 다행히 찰스 마텔 씨, 당신이 선임된 겁니다."

찰스는 눈을 감고 이마를 손으로 쳤다. 방에서 뛰쳐나가고 싶은 충동을 느꼈지만 꾹 참고 자신을 억제했다. 그리고 다시 천천히 눈을 떴다. 모리슨의 엷은 입술이 미소와 더불어 한 일자로 다물어져 있었다. 이 사나이가 자신의 기분을 눈치 채고 있는지 어떤지, 그래서 조소하고 있는지 어떤지, 또한 진심으로 좋은 소식을 전하고 있는지 어떤지도 헤아릴 수가 없었다.

"내가 얼마나 기뻐하고 있는지 아마 이해할 수 없을 겁니다."

모리슨은 계속해서 말했다.

"어쨌든 부장들이 내 부서에서 누군가를 선임하라고 했으니까요. 하지만 놀라지는 않았습니다. 우리는 모두 이 와인버거에서 꾸준히 노력해왔어요. 그저 가끔 이런 식으로 인정받는 것이 멋지다고 생각하는 겁니다. 그리고 물론 내가 많은 사람들 가운데서 뽑은 사람이 바로 당신입니다."

"과연."

찰스는 최대한 명확하고 침착하게 말하기 시작했다.

"나를 신뢰해서 인선해준 데 대해서 부장회의 여러분에게 감사의 뜻을 전해주시기를 바랍니다. 그러나 유감스럽게도 나는 이 캔서랜 계획을 수행할 입장이 아닙니다. 아시다시피 나 자신의 연구에 매진하고 싶습니다. 이 일은 다른 분에게 부탁할 수밖에 없습니다."

"농담하신다고 생각하고 싶군요."

모리슨의 미소가 희미해지다가 이윽고 사라졌다.

"아니, 농담이 아닙니다. 현재 진행 상태로 볼 때 나는 지금의 일을 그만둘 수 없습니다. 조수와 함께 나는 정말 좋은 결과를 얻고 있는 데다 그 속도가 빨라지고 있으니까요."

"하지만 당신은 요 수년간 전혀 논문을 발표하지 않았습니다. 게다가 당신의 일에 대한 자금 원조는 거의 이 연구소의 일반 유용기금에서 나오고 있는 겁니다. 오랫동안 당신은 외부로부터의 연구비에 대해 보답할 만한 일을 하고 있지 않습니다. 그것은 당신이 암 연구의 면역학 분야를 고집하고 있기 때문인데, 지금까지 나는 쭉 당신을 응원해왔다고 생각합니다. 하지만 이번에는 당신의 협력이 필요합니다. 그리고 캔서랜 계획이 끝나면 당신의 연구를 다시 할 수 있을 겁니다, 이만큼 단순한 얘기는 없을 겁니다."

모리슨은 일어나서 자기 책상으로 돌아갔다. 그쪽에서는 이미 회담이 끝났고 일은 결말이 났다고 말하고 싶은 모양이었다.

"하지만 나는 지금하고 있는 연구를 그만둘 수가 없습니다."

난처한 표정으로 찰스는 말을 이었다.

"지금은 안 됩니다. 인공 종양 세포를 만들어내는 내 연구가 막바지에 와 있습니다. 그것은 상당한 가치가 있다고 생각합니다만."

"아, 예. 그 종양 세포 말이죠. 그건 좋은 연구죠. 감작(의약품 따위가 몸 안에 들어감으로써 동일한 물질에 대해서 과민반응을 하는 상태를 만들어내는 일)을 한 림프 구(球)를 암세포와 융합해서 일종의 세포항체의 공장을 만들어낸다는 건 지금까지 아무도 생각해내지 못했던 거죠. 그건 훌륭하죠! 다만 거기에 두 가지 문제가 있습니다. 첫째는 그것이 벌써 이야기된 지 오래되었다는 것, 둘째로 당신은 그 발견을 논문으로 발표하기를 게을리 했다는 것! 우리가 그것을 이용했어야 했는데 다른 단체의 공적이 되고 말았지요. 부장들 회의에서의 의견은 그 인공 종양 세포의 일을 방패삼아서 당신의 현재 입장을 고수해서는 안 된다는 것입니다."

"그 종양 세포의 실험보고가 일부분밖에 안되어서 발표하지 않은 건 아닙니다. 원래 나는 논문발표에는 별로 관심이 없습니다."

"그건 우리도 잘 알고 있습니다. 사실 그 때문에 아마 당신은 현재의 지위에서 부장이 되지 못한 겁니다."

"나는 부장이 되고 싶은 생각은 없습니다!"

찰스는 참다못해 큰 소리를 쳤다.

"논문을 독촉 받는다거나 모금하는 데 찾아다니는 건 그만하고 오로지 연구만을 하고 싶습니다."

"그건 나에 대한 모독으로 들리는군요."

"어떻게 받아들이든 상관없습니다."

찰스는 더 이상 분노를 억제하지 않기로 했다. 그는 모리슨의 책상 가까이 다가가서 비난하듯이 상대에게 삿대질을 하며 말했다.

"캔서랜 계획을 받아들이지 못하는 가장 큰 이유를 말해드리죠. 나는 그것을 믿을 수가 없단 말입니다!"

"대체 그게 무슨 뜻입니까!"

모리슨의 분노도 한계에 이른 것 같았다.

"그건 캔서랜과 같은 세포 독은 암에 대한 궁극적 해답이 될 수 없다는 말입니다. 그 약이 정상 세포보다 빨리 암세포를 죽이고 그 독성이 없어진다면 환자는 정상 세포를 가질 수 있다는 말이죠? 하지만 시도하는 방법이 변변치가 않습니다. 올바른 암 치료는 생물세포의 생성법, 특히 세포간의 화학적 교류를 더욱더 잘 이해하는 데서부터 시작하지 않으면 안 됩니다."

찰스는 초조한 표정으로 머리카락을 다섯 손가락으로 빗어 올리면서 방안을 걷기 시작했다. 모리슨은 반대로 꼼짝도 하지 않고 그저 방안을 돌고 있는 찰스를 눈으로 쫓고 있을 뿐이었다.

"잘 들으세요! 모든 사람들이 암에 대한 연구를 어긋난 방향에서 하고 있습니다. 암을 감염증과 같은 병이라고 생각해서는 안 됩니다. 마치 항생물질과 같은 마술적인 집중요법이 있다고 착각하는 경향이 있기 때문입니다."

찰스는 크게 소리 내어 말했다. 그리고 걸음을 멈추고는 모리슨을 향해 책상 가까이 다가갔다. 말소리는 약간 부드러워졌지만 흥분은 점점 더해갔다.

"나는 이 일을 지금까지 많이 생각해왔습니다, 닥터 모리슨. 암은 전통적인 의미에서의 병이 아니라 마치 다세포생물이 등장해온 무렵에 생겨난 좀 더 원시적인 생명의 형태를 나타내게 된 것입니다. 아주 먼 옛날에 단세포 생물이 있었는데 그것이 제각기 상대를 무시하고 있었죠. 하지만 그로부터 수백만 년이 지나면서 집단을 만들어서 서로 화학적으로 연락을 취하고 그 연락이 필경은 우리 인간과 같은 다세포 생물을 만들어내게 된 거죠. 왜 간세포가 자기 일밖에 못하는가? 심장의 세포는? 뇌세포는? 그 해답이 화학적인 교류라는 겁니다. 그러나 암세포는 이 화학적인 교류에는 반응하지 않죠. 그들은 자유로

독립해서 몇백, 몇천 만 년 전에 존재한 것 같은 단세포 생물을 닮은 훨씬 원시적인 단계로 되돌아가고 있는 겁니다. 암은 병이 아니라 오히려 기본적인 생물의 조직을 알게 되는 단서가 될 겁니다. 그리고 면역학은 이 교류의 학문이 되는 겁니다."

찰스는 긴 얘기를 마치고 모리슨의 책상에 손을 얹고는 상체를 앞으로 굽혔다. 한동안 서먹서먹한 침묵이 흘렀다. 모리슨은 헛기침을 한번 하고 나서 의자를 끌어당겨 앉았다.

"대단히 흥미 있는 얘기였습니다. 다만 유감스럽지만 지금은 암 의학을 논하고 있을 시점이 아닙니다. 게다가 암의 면역학적 해석은 벌써 10여 년 전부터 행해지고 있으면서도 암 환자의 생존에는 거의 도움이 되지 못하고 있습니다. 이 점은 아무쪼록 상기하지 않으면 안 될 거요."

"그것이 문제입니다."

찰스는 말을 가로막고 말했다.

"면역학은 치유시키는 것이 목표이지 일시적인 관해(증상, 병세 등의 진행을 멈추게 하고 편하게 하는 것)를 생각하는 것은 아닙니다."

"부탁입니다."

모리슨은 부드럽게 말했다.

"당신의 얘기는 잘 들었습니다. 이번에는 내 말을 들어주시오. 현재의 면역학을 위해서는 약간의 금액밖에 돌릴 수가 없습니다. 그것은 사실입니다. 그러나 캔서랜 계획에는 국립암연구소와 암협회에서 거액의 연구비를 받고 있습니다. 와인버거는 그 돈을 원하고 있습니다."

찰스가 끼어들려고 했으나 모리슨이 그것을 가로막았다. 찰스는 다시 의자에 쿵 하고 앉았다. 마치 거대한 문어처럼 꼼짝달싹하지 못하게 칭칭 얽어매오는 연구소의 관료주의적 힘이 절실하게 느껴졌다.

모리슨은 말을 더 이어갔다.

"당신은 훌륭한 과학자요, 미스터 찰스. 우리는 그것을 잘 알고 있기 때문에 이 기회에 당신이 필요한 겁니다. 그런가 하면 또 당신은 한 마리의 저돌적인 이리이기도 하고 그런 의미에서 높이 평가된다기보다 묵인되고 있소. 여기는 당신의 적이 많소. 당신의 능력을 시기하는 부류와 또 당신의 독선적인 면을 증오하는 부류들, 그들에 대해서 이전에는 내가 당신을 변호해왔습니다. 그러나 지금으로서는 당신이 계속 고집 부린다면 당신이 그만두고 나가기를 기뻐하고 있는 사람들을 막을 수가 없습니다. 어젯밤 회의에서 당신이 이 캔서랜 계획을 맡기를 거절할지도 모른다고 말했더니 만약 그렇다면 여기서 당신의 지위를 박탈하는 것이 좋겠다고 의견을 모았습니다. 누군가가 당신을 대신하는 것은 극히 간단하니까요."

지위를 잃는다! 그 말이 찰스의 가슴에 호되게 와 닿았다.

모리슨이 단호하게 말을 이어갔다.

"부탁하겠소. 캔서랜 계획을 맡겠다고 말해주시오. 그 한마디를 묻고 싶소."

"아래층에서 나는 대단히 바쁩니다."

찰스는 모리슨의 마지막 말을 무시하고 말했다.

"게다가 일도 굉장히 빨리 추진되고 있소. 나는 일부러 공표하지 않고 있지만 암 그 자체와 그 치료의 해명에 바싹 가까워지고 있다고 생각합니다."

모리슨은 찰스의 의도를 조금이나마 헤아리려고 그의 얼굴을 찬찬히 들여다보았다. 이것은 계략이 아닐까? 아니면 대학자의 망상일까? 모리슨은 찰스의 빛나는 파란 눈과 약간 벗겨진 이마를 보았다. 모리슨은 아내의 죽음과 임상의에서 갑자기 연구생활로 옮긴 찰스의 과거에 대해서 모두 알고 있었다. 그는 훌륭한 연구학자지만 고독한 사나이라는 것도 알고 있었다. 그리고 '바싹 가까워지고 있다'고 하는 그의 연구가 앞으로 10년 이상도 더 걸리는 게 아닌가 하고 의심했다.

"암의 치료는……."

모리슨은 자기 목소리 속에 담긴 빈정대는 말투를 감추려 하지 않았다. 여전히 찰스의 얼굴을 뚫어지게 바라보면서 그는 말했다.

"아직 완벽이라고는 할 수 없소. 우리는 긍지를 가지고 나아가야 합니다. 그러나…… 그것은 캔서랜의 연구가 완성될 때까지 기다릴 필요가 있죠. 특허권을 가지고 있는 레슬리 제약회사가 제품의 대량생산을 하고 싶어 하고, 닥터 마텔, 좋으시다면 이것으로 결말을 내지요. 내게는 일이 있어서…… 캔서랜 연구에 대한 지금까지의 자료는 도움이 될 겁니다. 그럼 시작해주시오. 성공을 빕니다. 어려운 일이 있으면 뭐든지 말씀해주세요."

찰스는 휘청거리는 걸음으로 모리슨의 방에서 나왔다. 자신의 연구에서 억지로 손을 떼게 된다는 생각에 심한 타격을 받아 눈앞이 캄캄해졌다. 모리슨 비서의 냉소하는 듯한 시선을 느끼며 찰스는 비상계단 쪽으로 걸음을 재촉했다. 그는 소리 내서 문을 닫고 천천히 내려가기 시작했으나 마음은 천 갈래 만 갈래로 흐트러졌다. 지금까지 어느 누구한테서도 이렇게 협박을 받은 적은 없었다. 다른 직업을 얻을 수 있는 자신은 있었지만 단 며칠이라도 일정한 직업 없이 지내는 것은 부채에 대한 지불 문제도 있고 해서 불안했다. 임상의를 그만두고 나서 연구소의 급료로 간신히 생활을 유지할 뿐인데, 거기다 특히 척을 대학에 보내고 있으니 더 말할 것도 없었다.

찰스는 1층으로 내려가서 복도를 돌아 자기 연구실로 향했다. 잠시 동안 생각할 시간이 필요했다.

병원 내 갈등

드디어 미셸의 차례가 되었다.

1950년대의 도리스 데이의 영화에라도 나오는 듯한 간호사가 미셸의 이름을 부르고는 문을 활짝 열어놓았다. 진찰실로 들어가며 미셸은 새엄마의 손을 꼭 쥐었다. 두 사람 다 긴장하지 않을 수 없었다.

와일리 박사는 차트에서 얼굴을 들고 작은 돋보기안경 너머로 그들을 쳐다보았다. 캐서린은 지금까지 조던 와일리 박사를 만난 적은 없었지만 아이들은 모두 그를 알고 있었다. 미셸은 4년 전, 8살 때 수두에 걸려서 진찰받은 적이 있다고 캐서린에게 말했다. 캐서린은 이 의사의 매력에 끌렸다. 그는 50대 후반 정도로 보였는데 의사라고 하면 누구나가 연상하는 마음 편하게 대할 수 있는 아버지와 같은 분위기를 풍겼는데, 키가 크고 짧게 자른 반백머리에 짙은 콧수염을 기르고 있었다. 또 목에 맨 빨갛고 조그만 나비넥타이가 그를 정력적인 인물로 돋보이게 했다. 책상 위에 차트를 놓고 몸을 구부린 모습이 매우 친절해보였고, 손은 큰 편이었지만 부드러워 보였다.

"야, 이거. 마텔 아가씨, 아주 예쁜 숙녀가 되셨구나. 얼굴색은 좀 창백하지만 말이다. 자, 새 어머니를 소개해주지 않겠니?"

와일리 박사가 말했다.

미셸은 몹시 화난 표정으로 말했다.

"새 어머니가 아니죠. 벌써 어머니가 된 지 2년이나 지났는걸요."

캐서린과 와일리 박사가 동시에 웃는 바람에 미셸도 잠시 주저하다가 자신도 따라 웃었지만, 별다른 농담을 한 것도 아닌데, 하고 생각했다.

"자, 어서 앉으세요."

와일리 박사는 자기 책상 앞 의자를 가리켰다. 최고의 임상의로서 그는 미셸이 방안으로 들어온 순간부터 진찰을 시작하고 있었다. 창백한 얼굴에다가 불안정한 길음길이, 상체를 앞으로 굽힌 자세, 생기 없는 파란 눈 등에서 이상증세를 알아챘다. 미리 대충 훑어보아둔 차트를 펴고 그는 펜을 들었다.

"그런데 증세가 어떻습니까?"

캐서린이 미셸의 증상을 얘기하고 미셸이 가끔 덧붙였다. 열과 불쾌감으로 서서히 시작되어서 감기라고 생각했는데 좀처럼 낫지 않고, 어느 날 아침에는 멀쩡하다가도 또 어느 날 아침에는 기분이 몹시 나빠지는 상태라고 캐서린은 그동안의 증상을 설명했다.

"잘 알겠습니다. 그런데 잠깐 미셸과 단둘이 있고 싶은데, 부인만 괜찮으시다면 말입니다."

와일리 박사는 책상에서 일어나 로비로 들어가는 문을 열었고, 캐서린은 망설이면서 일어났다. 미셸과 계속 함께 있을 수 있다고 생각했기 때문이었다.

와일리 박사는 따뜻한 미소를 지으며 그녀의 마음속을 알아챈 듯이 말했다.

"하하, 미셸은 나와 함께 있어도 괜찮습니다. 우리는 옛날부터 친구니까요."

캐서린은 미셸의 어깨를 감쌌다. 그러고는 로비 쪽으로 걸어가다가 문 앞에서 멈추어 섰다.

"시간이 얼마나 걸릴까요? 환자를 좀 만나고 올까 하는데 시간이 괜찮겠어요?"

"네, 다녀오세요. 30분 정도 걸릴 겁니다."

"그 전에 돌아올게, 미셸."

캐서린이 말하자 미셸은 손을 흔들었고, 문이 닫혔다.

간호사의 안내로 캐서린은 중앙 로비 쪽으로 되돌아 나왔다. 엘리베이터에 탈 때까지는 옛날부터 가졌던 병원에 대한 공포는 없었지만 휠체어에 탄 불쌍한 소녀를 보자, 소아과 병원은 사람의 기운을 빼앗는 곳이라고 생각되었다. 아픈 아이를 보면 그만큼 마음이 약해지기 때문에 층수를 나타내는 숫자를 애써 올려다보고 있었지만, 그래도 뭔가 강력한 힘이 뒤에 있는 아픈 아이 쪽을 보게 만들었다. 5층 입구가 열리고 밖으로 나오자, 두 다리가 마비되고 손바닥에는 땀이 배어 있었다.

캐서린은 마셜 메모리얼 격리병동으로 향했지만 이 5층에는 일반 집중치료실과 외과 회복실이 있어서 캐서린은 싫어도 중환자를 만나게 되고, 거기서 나는 갖가지 소리를 듣지 않을 수 없었다. 무서워하는 아이의 울음소리에 섞여 심장 감시 장치의 울림도 들려왔다. 곳곳에 튜브와 병, 소리를 내는 기계들이 가득 놓여 있었고 많은 직원들이 일하고 있었는데, 그것은 그 주변을 둘러싼 무거운 분위기와는 전혀 다른 세계처럼 느껴졌다. 캐서린은 이 아이들이 결국은 생명을 구제받는다는 사실을 망각해버렸다.

창이 나란히 있는 좁은 복도에서 걸음을 멈추고 숨을 가다듬었다. 캐서린은 이곳이 이쪽 건물에서 중앙병원의 다른 건물로 건너가는 복도라는 것을 알았다. 그곳은 조용한 육교였는데 그녀는 얼마 동안 혼자였다. 그러다 이윽고 뒤에 '수송계'라고 쓴 모터가 달린 휠체어에 탄 남자가 그녀를 앞질러갔다. 안에는 온갖 인간의 체액 검사물이 든 유리시험관과 병들이 금속선반 위에서 달그락거리는 소리를 내고 있었다. 남자는 생긋 웃었다. 그녀도 웃음으로 답했다. 거기서 그녀는 마음을 새롭게 환기하고는 다시 걷기 시작했다.

마셜 메모리얼 격리병동은 곧바로 찾을 수 있었다. 문이 모두 닫혀 있어서 환자의 모습은 보이지 않았다. 그녀는 간호사실로 다가갔는데 거기는 병동의 신경 센터라기보다 현대식 공항의 카운터처럼 보였고, 넓고 네모난 방 안에 뭔가를 나타내는 모니터들이 일렬로 나란히 있었다. 사무직원이 얼굴을 들고 쾌활하게 무슨 일이냐고 물었다.

"손하우저 씨의 아들을 찾고 있습니다."

캐서린이 말했다.

"521호입니다."

남자는 손가락으로 가리키면서 말했다. 캐서린은 고맙다는 인사를 하고 닫혀 있는 문 쪽으로 가서 노크했다.

"그대로 들어가도 됩니다. 가운 입는 것을 잊지 마세요."

사무직원이 말했다.

캐서린은 문을 열었다. 그곳은 큰 방에 붙어 있는 좁은 방으로 린넬 등의 보급품 선반과 약품 로커, 세면대, 더러워진 것을 넣는 큰 세탁 바구니가 놓여 있었다. 그 바구니 맞은편에 작은 유리창이 붙은 문 하나가 닫혀 있었는데 캐서린이 가기 전에 그 문이 열리면서 가운을 입고 마스크를 한 사람이 나왔다. 그는 재빠른 손놀림으로 종이 마스크와 모자를 벗어서 휴지통에 버렸는데, 자세히 보니 붉은 머리에 주근깨가 있는 젊은 간호사였다.

"안녕하세요?"

그녀는 상냥하게 말하고 장갑은 휴지통에, 가운은 세탁 바구니에 넣었다.

"테드를 만나러 오셨습니까?"

"네, 숀하우저 부인도 안에 계세요?"

"네, 딱하게도 매일 와 계십니다. 가운 입는 것을 잊지 마시고요. 환자에게 감염시키지 않기 위한 엄중한 예방법이니까요."

"난……."

캐서린이 말을 걸려고 했으나 간호사는 벌써 문을 열고 나가버렸다. 그녀는 선반에서 모자와 마스크를 찾아 그것을 착용했다. 묘한 느낌이었다. 다음으로는 가운을 코트처럼 입었는데, 고무장갑은 잘 끼워지지 않았고 왼손 쪽은 아무래도 꽉 들어가지 않았다. 손가락을 끼다 만 채로 그녀는 안의 문을 열었다.

처음에 눈에 들어온 것은 침대를 둘러싸는 큰 플라스틱 커튼이었다. 그것 때문에 명확하게 보이지는 않았지만 캐서린은 테드 숀하우저의 몸을 분간할 수 있었다. 형광등 불빛 아래에서 보는 소년은 창백하고 약간 녹색을 띤 얼굴빛이었다. 슈슈 하는 산소 소리도 나고 있었다. 마지 숀하우저는 침대 왼쪽에 앉아 창문으로 들어오는 밝은 빛을 이용해 책을 읽고 있었다.

"마지."

캐서린은 낮은 목소리로 불렀다.

마스크를 쓰고 가운을 입은 부인이 얼굴을 들었다.

"캐서린이에요."

"캐서린?"

"캐서린 마텔."

"어머, 이걸 어쩌나."

마지는 상대의 이름을 알고 책을 놓으며 일어났다. 그리고 캐서린의 손을 잡고 옆방 쪽으로 데리고 갔다. 문이 닫히기 전에 캐서린은 다시 한 번 테드 쪽을 보았다. 소년은 눈을 뜨고 있었으나 몸은 꼼짝도 않고 있었다.

"와주셔서 정말 고맙고 기뻐요."

마지가 반갑게 인사했다.

"용태는 어때요?"

캐서린이 물었다. 낯설고 이상한 방, 게다가 백의를 입은 채……, 우울해질 뿐이었다.

"아주 나빠요."

마지는 마스크를 벗었다. 그 얼굴은 몹시 여위고 굳어져 있었다. 눈도 벌겋게 부어 있었다.

"리자한테서 두 번 골수이식을 했지만 효과가 없어요. 조금도요."

"오늘 아침 전화해서 낸시와 얘기했어요. 이렇게 중한 병인 줄은 꿈에도 생각지 못했어요."

마지의 참담한 기분이 캐서린에게도 절실히 전달되었다. 마치 화산처럼 속에 숨어 있어서 지금에라도 당장 폭발할 것 같았다.

"재생불량성 빈혈이란 건 지금까지 들어보지도 못했는데."

마지는 미소 지으려 했으나 대신 눈물이 쏟아져 나왔다. 캐서린은 자기도 모르게 따라 울면서 두 사람은 선 채로 서로 상대의 어깨 위에서 얼마 동안 흐느껴 울었다. 이윽고 마지는 한숨을 쉬고 약간 뒤로 물러서서 캐서린의 얼굴을 보았다.

"이렇게 와주시다니 정말 고마워요. 내가 지금 얼마나 고마워하는지 잘 모를 거예요. 이럴 때 괴로운 건 사람들의 무관심이에요."

"이렇게 위중하리라고는 꿈에도 생각 못하고……."

캐서린은 미안한 마음에 같은 말을 되풀이했다.

"당신을 나무라는 건 아니에요. 다른 사람들을 말한 거예요. 틀림없이 뭐라고 인사해야 할지 모르거나 무서워서일 거예요. 하지만 가장 사람들을 의지하고 싶을 때가 바로 이런 때예요."

"정말 드릴 말씀이 없어요."

캐서린은 말이 궁해서 그렇게 말했다. 일찍 전화라도 했더라면 좋았을 텐데 하고 생각했다. 마지는 찰스와 비슷한 연배였다. 양가는 서로 왕래하며 의좋게 지내는 사이였다. 캐서린이 처음에 섀프츠베리로 이사 왔을 때 다른 뉴잉글랜드인은 매우 냉정했지만 마지는 친절하게 많이 도와주었다.

"난 지금 어떻게 해야 할지 모르겠어요. 오늘 아침에 테드는 이제 가망이 없다는 의사 선고를 받았어요. 내게 마음의 준비를 시키려고 한 모양이에요. 그 애에게 더 이상 힘들고 괴로운 상태를 지속시키게 하고 싶지 않지만, 그렇지만…… 그렇지만 더더욱 죽게 하고 싶지는 않아요."

캐서린은 가슴이 섬뜩했다. 가망이 없다? 죽는다? 그것은 노인에게나 사용하는 말이 아닌가. 2, 3주 전만 해도 그렇게 건강하게 뛰어다니던 아이였는데 그런 말을 하다니. 캐서린은 계단 아래로 뛰어 내려가고 싶은 충동을 간신히 억제하고 마지를 껴안았다.

"왜 그래야만 하느냐고 말하지 않을 수가 없어요."

마지는 캐서린에게 안긴 채 어떻게든 자제하려고 하면서도 흐느껴

울었다.

"하느님의 뜻이라고는 하지만…, 하지만 무엇 때문이냐고 묻고 싶어요. 얼마나 착한 애인데, 불공평해요."

캐서린은 마음을 가라앉히고 말하기 시작했다. 무슨 말을 어떻게 해야 할지 생각하고 있었던 것은 아니지만 아무튼 입에서 술술 나왔다. 그녀는 종교를 가지고 있지 않았기 때문에 자신도 깜짝 놀라면서 하느님과 죽음에 대해 얘기를 했다. 그녀는 가톨릭 집안에서 자라서 10살 때 수녀가 되겠다고 한 적도 있었지만 대학 때 교회의식에 반발해서 일종의 불가지론자가 되어 자신의 신앙심을 별로 돌이켜보는 일도 없었다. 그러나 여기서는 마지가 그에 반응을 보여주었기 때문에 어떻게든 얘기를 조리 있게 해야 했다. 그것이 충분히 만족할 수 있는 것이었는지 아니면 친구로서의 단순한 위로로 끝났는지 캐서린으로서는 잘 알 수 없었다. 그렇지만 마지는 어느 정도 진정되었고 희미한 미소나마 짓게 되었다.

"이만 실례해야겠어요. 미셸과 만나야 해서. 하지만 다시 올게요. 오늘 밤 꼭 전화도 드릴게요."

캐서린이 말하자 마지는 고개를 끄덕이고 아들 곁으로 가기 전에 캐서린에게 키스를 했다. 캐서린은 복도로 나왔지만 문 옆에 서서 숨을 몰아쉬었다. 아무튼 병원이란 그녀에게 불안을 가중시키는 달갑지 않은 곳이었다.

"달리 좋은 방법은 없을 것 같아요."

엘렌은 카운터 위에 커피 잔을 놓으면서 말했다. 그녀는 연구실 책상 앞에 웅크리고 있는 찰스를 내려다보았다.

"이제 와서 우리 일이 늦어지는 것은 몹시 유감스럽지만 어쩔 도리가 없잖아요? 모리슨에게 우리 일의 진척을 알려줬어야 했어요."

"아니야."

찰스는 커피에는 손도 대지 않은 채 책상에 팔꿈치를 대고 얼굴을 두 손으로 받치고 있었다.

"만약 그랬다면 그놈은 그 부정한 논문을 쓰게 하려고 몇 번이고 이쪽 일을 방해했을 거야. 그 때문에 아마 몇 년은 늦어졌을 거야."

"상대를 따돌리려면 그 수밖에 없었을 거예요."

엘렌은 손을 뻗어서 찰스의 팔에 얹었다. 아마 어느 누구보다도 그녀는 그의 괴로운 마음을 가장 잘 알 것이다. 그는 자기의 연구가 방해받는 것을 싫어한다. 특히 관리 쪽의 방해에는 증오심까지 가지고 있었다.

"그래요. 선생님 쪽이 옳은 것 같아요. 만약 우리 일의 상황을 알았다면 그 사람들은 매일이라도 여기에 몰려올지 모르겠군요. 괜찮아요. 우리 일을 조금씩 천천히 늦춰서 하면 돼요."

그녀는 찰스의 팔에 손을 얹은 채 말했다.

눈동자와 홍채를 분간할 수 없을 정도로 새까만 엘렌의 눈을 찰스는 올려다보았다. 그러다가 갑자기 자기의 팔에 얹어놓은 그녀의 손길을 느꼈다. 그들의 정사가 끝난 이래 그녀는 그와의 접촉을 신중하게 피하고 있었다. 바로 그날 아침 그의 무관심한 태도를 비난했었는데 이번에는 그의 팔에 매달려 있었다. 정말 모순된 태도였다.

"그 어처구니없는 캔서랜 일을 당분간 해보도록 하자. 반년이나 1년 동안이다. 그러면 만사가 원만히 해결되겠지."

그는 말했다.

"캔서랜과 우리 일을 병행해서 하면 안 되나요? 시간을 연장해서 밤에도 하는 거예요. 전 기꺼이 거들게요."

찰스는 일어났다. 밤에라고? 그는 엘렌을 바라보았다. 침대에서 함께 했던 추억이 떠올랐다. 매우 오래된 얘기지만. 그녀의 피부는 엘리자베스나 미셸과 마찬가지로 올리브색이었다. 육체적으로는 엘렌에 끌려 있었으나 그녀를 그런 눈으로 보는 것은 옳지 못한 것이다. 두 사람은 동료이며 협력자였고, 연인 사이는 아니었다. 그것은 어색한 정사, 젊은이들과 같은 서툰 성교였다. 캐서린은 엘렌만큼 미인은 아니지만 처음부터 평온함이 있었고 흡족하게 해주었다.

"좀 더 좋은 생각이 있어. 처음부터 캔서랜을 놓고 소장과 직접 부딪쳐 볼걸 그랬어. 그러니까 우리한테는 우리 일을 계속하는 것이 절대적으로 필요하다는 걸 설명하고 테이블 위에 우리 카드를 펼쳐 보이는 거야."

찰스가 말했다.

"저는 그게 도움이 된다고는 생각지 않아요. 그게 부장회의의 결정이라고 모리슨도 말했다죠? 이바네스 소장이 그것을 반복하는 일은 있을 수 없어요. 선생님이 그렇게 하면 오히려 일이 복잡해질 뿐이라고 생각해요."

"하지만 이건 한번 해볼 가치가 있어. 연구 자료를 정리하도록 거들어주겠나? 우리의 연구 성과를 소장에게 보여줘야겠어."

엘렌은 의자에서 일어나 복도로 나가는 문 쪽으로 걸어갔다.

"엘렌."

그녀의 행동에 놀라서 찰스가 불러 세웠다.

그녀는 멈춰 서지 않았다.

"하고 싶은 대로 하세요, 찰스. 당신은 언제나 당신 생각대로 하시는 분이니까요."

그녀가 나가고 문이 닫혔다.

찰스는 처음에 그녀의 뒤를 쫓아갈까 하는 충동에 사로잡혔지만 그것도 곧 사라졌다. 엘렌은 결국은 꼭 거들어줄 것이고, 그리고 그녀의 기분이나 태도에 신경 쓰는 것보다 더욱 중요한 일이 그에게 있었다.

화를 내면서 그녀에 대한 생각을 털어버리고 그는 책상에서 주요 연구 노트를 꺼내고 작업대에서는 가장 최근의 실험 데이터를 꺼냈다. 그리고 말해야 할 대사를 복창하면서 다시 비상계단을 오르기 시작했다.

죽 늘어앉아 있는 비서들은 복도를 걷고 있는 그의 발걸음을 물끄러미 바라보았다. 그가 캔서랜 계획을 맡도록 강압적인 분부를 받고 불쾌해 한다는 것은 누구나가 잘 알고 있었다.

카로스 이바네스 소장의 비서 미스 베로니카 에번스에게 가까이 갔을 때 자신이 닭장에 들어간 늑대 같다는 느낌이 들었으나 찰스는 그들의 시선을 못 본 체했다. 비서 자리는 그녀의 지위에 어울리게 방의 일부를 칸막이로 막은 곳에 있었다. 그녀는 이 와인버거에 이바네스보다 오래 근무하고 있으며 옷차림이 좋고 야무진, 그리고 중년이 넘었는데도 나이를 짐작할 수 없을 정도로 젊게 보이는 여자였다.

"소장님을 만나고 싶은데요."

찰스는 막연하게 말했다.

"약속이 있으셨어요?"

미스 에번스는 누구를 만나도 동요하는 빛이 없는 여자였다.

"내가 와 있다고 전해줘요."

"미안하지만……."

"전해주지 않으면 이대로 들어가겠소."

찰스는 조금도 태도를 바꾸지 않고 말했다.

사람을 깔보는 듯한 미스 에번스의 표정은 유명하지만 이때도 그녀는 그런 얼굴로 떨떠름하게 일어나서 안쪽 방으로 들어갔다가 다시 나타나서는 문을 활짝 열어놓은 채 몸짓만으로 들어가라고 했다.

이바네스 소장의 사무실은 동쪽과 남쪽을 면한 모퉁이 방으로, 보스턴 대학의 건물과 얼어 있는 찰스 강 맞은편의 고층빌딩들이 내다보였다. 이바네스는 커다란 스페인 풍의 의자에 앉아서 창밖의 전망을 등지고 있었다. 책상 앞에는 닥터 토머스 브라이튼이 앉아 있었다. 찰스가 들어오기 전에 서로 이야기를 주고받은 것을 알 수 있었다.

피우던 시거를 입에 문 채 카로스 이바네스 소장이 찰스에게 의자를 권하는 몸짓을 했다. 회색 연기가 마치 열대 섬을 덮는 비구름처럼 소장의 머리 위에서 떠돌고 있다. 그는 60대 초반의 몸집이 작은 남자로 언제나 당차보였다. 은색 머리와 은색 산양 수염이 햇볕에 탄 얼굴을 감싸고 있었고 그 목소리는 놀랄 정도로 야무졌다.

찰스는 닥터 브라이튼과의 동석에 당황하면서 자리에 앉았다. 직무상으로나 개인적으로나 이 남자에게 화를 내고 있었지만 한편으로는 스캔들의 표적이 되어 느닷없이 생활의 위협을 받고 있는 그를 딱하게 생각하고도 있었다.

닥터 토머스 브라이튼은 몹시 경멸하는 듯한 눈빛으로 찰스를 힐끗 쳐다보고 이바네스 쪽을 다시 보았다. 찰스는 브라이튼의 옆얼굴을 잘 관찰했다. 그는 31살에 아주 젊은 데다 나이보다도 더 젊게 보였으며 아이비리그 대학 출신의 퇴폐적인 블론드의 미남자였다.

"오, 찰스."

이바네스는 약간 난처해서 당황하는 듯이 입을 열었다.

"방금 토머스가 나가려던 참이었지. 그가 캔서랜 연구를 마무리하느라 열중한 나머지 무분별한 짓을 한 건 정말 유감스런 일이오."

"무분별이라뇨. 범죄행위라는 표현이 옳을 겁니다."

찰스가 참을 수 없다는 듯이 말하자 토머스는 얼굴을 붉혔다.

"이봐, 찰스. 그의 동기는 최선이었소. 연구소에 폐를 끼칠 생각은 없었다는 것을 우리도 잘 알고 있어. 진짜 범죄 행위는 이 정보를 신문기자에게 누설한 놈이야. 그 인간을 찾아내서 엄하게 처벌할 작정이야."

"그럼 토머스에 대해서는? 그가 한 짓은 너그러이 봐주는 겁니까?"

찰스는 마치 그가 그 자리에 없는 것처럼 물었다.

"물론 그렇지는 않지. 그러나 신문에서 입은 불명예로 그는 충분한 벌을 받았다고 생각하네. 그래서 앞으로 2, 3년은 그의 재능에 맞는 일을 맡아 하기가 어려울 걸세. 이 와인버거도 아마 앞으로 그를 그대로 둘 수가 없을 거야. 사실 나는 그에게 플로리다의 내과학 학회 얘기를 하던 참인데 거기서 일하게 될 거라고 봐."

불쾌한 침묵이 계속되었다.

"그런데,"

이바네스 소장은 일어나 책상 앞으로 나왔다. 그가 가까이 오자 브라이튼도 일어났다. 이바네스는 브라이튼의 어깨에 손을 얹더니 찰스의 존재를 무시하고 그를 문 쪽으로 배웅했다.

"여러 가지로 도와주셔서 감사합니다."

브라이튼이 말했다.

"이렇게 빨리 이 연구소에서 자네를 보내게 된 진의를 아무쪼록 잘 이해해주기 바라네."

이바네스가 말했다.

"물론입니다. 신문이 한번 이런 일에 덤벼들기 시작하면 철저하게 폭로하겠죠. 저에 대해서는 아무쪼록 걱정 마십시오. 당분간은 기꺼이 사람 눈을 피해 있도록 하겠습니다."

브라이튼의 등 뒤에서 문이 닫히자 이바네스는 책상으로 돌아가 의자에 앉았다. 그의 기분은 갑자기 피로에 지친 초조로 변했다.

"지금 내가 목 졸라 죽이고 싶은 인간이 둘 있소. 하나는 연구소에서 얘기를 누설한 놈이고 또 하나는 그것을 신문에 쓴 기자입니다. 신문이란 놈은 과대하게 허풍을 떠는 버릇이 있는데 이것이 그 좋은 예죠. 뉴욕타임스 1면이 된다! 어처구니없는 노릇이지!"

"제 생각에는 소장님이 사람을 잘못 짚고 비난하는 것 같습니다. 아무튼 이건 성가시다든가 피해라든가 하는 것을 떠나서 '도덕적인 문제'입니다."

이바네스 소장은 책상 너머로 찰스를 뚫어져라 바라보았다.

"미스터 브라이튼은 그런 짓을 하지 말았어야 했소. 하지만 나는 도덕적인 문제를 걱정하고 있진 않네. 적어도 연구소와 그 신약이 피해를 받게 될지도 모른다는 점이 걱정이오. 하잘 것 없는 사건이 파국을 맞게 될지도 모르는 것이고."

"직업상의 고결성이 하잘것없다고는 생각되지 않습니다."

"내게 설교하려 들지 말게, 미스터 마텔. 조금만 더 내게 말할 수 있게 해주겠나. 미스터 브라이튼은 특별한 악의가 있어서 한 짓이 아니오. 단지 캔서랜을 믿고 세상을 위해 도움이 되기를 서둘렀을 뿐이지. 그가 속임수를 썼던 건 젊음의 조급함 탓이고 그것은 어느 정도는 우리 모두의 잘못이라고도 할 수 있소. 이 사건은 그가 너무 열중한 나머지 상궤를 벗어난 것이오. 그 때문에 대단히 유능한 사람, 소위 황금알을 낳는 새를 잃은 결과가 되고 말았지."

찰스는 의자에서 상체를 앞으로 내밀었다. 이 문제는 그에게 있어서 명명백백하며 그와 이바네스는 근본적으로 다른 각도에서 보고 있다는 데 놀라지 않을 수 없었다. 이 선악의 차이에 대해서 그가 바로 비난의 창끝을 들이대려고 했을 때 이미 에번스가 끼어들었다.

"소장님. 벨먼 씨가 오면 알리라고 하셨는데 방금 오셨습니다."

그녀가 출입구에서 말했다.

"안으로 들어오라고 해!"

이바네스는 마치 종소리를 들은 복서처럼 벌떡 일어나서 외쳤다.

이 연구소의 홍보담당 존스 벨먼이 두 다리 사이에 꼬리를 낀 강아지처럼 문으로 들어왔다.

"어쩌다가 이렇게 됐는지 모르겠습니다. 저의 과에서는 아무도 그것을 얘기한 사람이 없습니다. 공교롭게도 많은 사람들이 알고 있지만……."

"제 조수도 이것은 연구소 내에 이미 소문나 있었다고 말했습니다. 이 얘기를 몰랐던 건 저 혼자뿐이었던 모양입니다."

찰스는 벨먼을 도와서 말했다.

이바네스는 잠시 동안 못마땅해서 오만상을 찌푸리고 있었다.

"알았어요. 누가 누설했는지 그걸 알고 싶군요."

그는 이 PR담당 계원에게 앉으라는 말을 하지 않았다.

"틀림없이."

벨먼은 어조를 강하게 하며 말했다.

"제게 마음에 짚이는 사람이 있습니다."

"그래?"

이바네스는 눈살을 찌푸렸다.

"브라이튼에 대해서 맨 처음에 소장님에게 알려드린 그 동물사육담당계원입니다. 그놈이 특별수당을 받지 못해서 기분이 나쁘다고 말하던 것을 들었습니다."

"무슨 소리야! 너나 할 것 없이 자기 일에 대해서 훈장을 받고 싶어하다니! 아무튼 확실한 것을 알 때까지 당분간 비밀로 해주게. 그런데 여기서 신문 얘기를 해야겠군. 그에 대응할 자네의 방법인데 말일세. 우선 회견을 갖도록 하는 거야. 그래서 엄격한 시간 제약 때문에 캔서랜 실험보고 중에 착오가 있었다고 말하게. 그러나 속임수가 있었다는 것을 시인해서는 안 돼. 그리고 그 착오는 관리 쪽 감사 결과로 발견되고, 닥터 브라이튼은 통상 휴가를 얻을 거네. 그가 이 신약을 세상에 내놓도록 주위에서 몹시 서두르고 있었다는 것도 얘기해두게. 특히 강조해둘 건 그 캔서랜이 장기간에 걸쳐 효과가 있는 가장 유망한 약이라는 거야. 그리고 이 실패는 브라이튼 한 사람에 한하는 것이며 와인버거 연구소는 캔서랜에 전폭적인 신뢰를 두고 있다는 것도 함께 말일세. 이 회견에 즈음해서는 이 실험계획을 가장 고명한 과학자 찰스 마텔 박사에게 의뢰했다는 성명을 내주도록 해주게."

"소장님, 저는……."

찰스가 말하려고 했다.

"잠깐 기다려주게, 찰스."

이바네스가 말을 가로막았다.

"존스에게 자리 좀 비켜달라고 하지. 이제 얘기는 전부 마무리된 것 같은데 어떤가, 존스?"

"소장님."

찰스가 다시 끼어들었다.

"꼭 드려야 할 말씀이 있습니다."

"잠깐, 찰스. 이봐, 존스. 이 찰스는 루이 파스퇴르의 화신으로 생각하게 해주게, 알겠나?"

"알겠습니다."

벨먼은 흥분한 듯이 말했다.

"자, 닥터 마텔, 최근 발표하신 게 뭐였죠?"

"그만 하시오!"

찰스가 큰소리로 외치며 이바네스의 책상 위로 자기의 연구 노트를 내던졌다.

"정말 어처구니없는 얘깁니다. 내가 최근에 아무것도 발표하지 않았다는 건 알고 있을 텐데요. 그런 일로 시간을 낭비하고 싶지 않기 때문입니다. 논문이 있든 없든 내 일은 훌륭하게 진척되고 있습니다. 그리고 그 자료가 여기 준비돼 있소. 하나 보여드리죠."

찰스가 서류를 펼치려고 손을 내밀자 이바네스가 그 손을 막았다.

"찰스, 진정하게. 자네는 지금 여기서 시험받고 있는 게 아니야. 정말이지 자네가 발표하지 않은 게 현명한지도 몰라. 지금으로는 암의 면역법에 대해서는 관심도 자금 원조도 충분하지 못하네. 자네가 이 분야에서 전문적으로 일을 하고 있다는 것을 오히려 존스가 모르는 것으로 해두는 게 좋을 걸세. 그렇지 않으면 신문이 자네를 캔서랜 담당으로는 부적임자라 생각할지도 모르니까."

"제 말을 들어보시오."

찰스는 이를 악물며 숨을 내뱉고는 이바네스를 노려보았다.

"제게도 말할 수 있게 해주세요! 의학계는 모두가 잘못된 방향에서 암에 접근하려 하고 있습니다. 캔서랜 같은 화학요법의 약을 만들려는 것은 단지 일시적인 관해를 목적으로 하고 있는 것뿐입니다. 근본적인 치료를 위해서는 세포간의 화학적 작용을 잘 이해하는 것밖에 없습니다. 그 세포에 면역계가 직접 작용하고 있기 때문이죠. 진정한 해답이야말로 면역학에 있습니다!"

찰스의 목소리는 차츰 흥분해서 마지막 말에는 광신적인 정열마저 보이고 있었다. 벨먼은 아래를 보면서 조금씩 발을 움직이고 있었고,

이바네스는 시거를 깊이 들이마시고 가느다란 연기를 내뿜었다.

"과연."

이바네스 소장은 서먹서먹한 침묵을 깼다.

"그건 재미있는 얘기네, 찰스. 그러나 요컨대 자금은 화학요법 쪽을 특히 많이 지원하고 있고 면역학으로는 거의 나오고 있지 않네……."

"때문에 면역학을 위해 있어야 할 특허가 캔서랜 같은 약에 주어지는 겁니다."

찰스는 흥분을 참지 못하고 이바네스의 얘기에 끼어들었다.

"자기를 키워주는 손은 물지 말라는 옛 속담이 이에 적합할 것 같군. 암학회는 자네를 지지하고 있다네. 미스터 마텔."

"그 점에 대해서는 감사하고 있습니다. 저는 반역자도 아니고 혁명가도 아닙니다. 그런 것과는 거리가 멉니다. 제가 바라는 것은 그저 저를 자신의 일에 전념하게 내버려달라는 겁니다. 사실 그 때문에 저는 우선 소장님을 찾아뵙고 캔서랜 일은 할 수 없다고 말씀드리고 싶었던 겁니다."

"당치 않은 소리! 자네가 할 수 없다는 건 생각도 못할 일이지. 부장회의에서도 이미 결정을 내렸네."

"제가 할 수 있는지 없는지에 대한 지적능력 얘기를 하러 온 게 아니라 제게는 관심이 없다는 걸 얘기하고 있는 겁니다. 저는 캔서랜을 사용해서 암을 치료한다는 것도 일체 믿지 않고 있습니다."

"미스터 마텔."

이바네스는 찰스의 얼굴을 뚫어져라 쳐다보다가 서서히 말했다.

"자네는 우리가 한창 위기에 있다는 걸 모르고 있나? 그저 관심이 없기 때문에 거기 그대로 앉은 채로 도울 수 없다는 건가? 내가 국가에서 돈을 받으면서 이 연구소를 운영하고 있다는 것을 자네는 어떻게 생각하고 있나? 만약 캔서랜에 대한 원조가 나오지 않으면 연구소 전체가 재정적으로 위기에 빠지게 되네. 지금까지 국립 암연구소에서 연구비를 받지 않고 일을 하고 있는 건 자네뿐이야. 게다가 자네가 해주기만 하면 이 불행한 사건은 잘 해결되네. 학계에서 자네의 명성이 그만큼 높단 말일세."

"하지만 저의 연구도 성공이냐 실패냐 하는 갈림길에 접어들고 있습니다. 제가 논문을 발표하지 않은 것은 저도 잘 알고 있습니다. 그리고 다소 비밀로 하고 있다는 것도 알고 있습니다. 잘못된 일인지도 모르죠. 그러나 좋은 결과가 나오고 있어서 놀라운 발전을 이룩했다고 생각합니다. 그것이 바로 여기에 있습니다."

찰스는 자기의 노트 표지를 두드렸다.

"아시겠습니까? 저는 어떤 암세포라도 상관없이 택해서 같은 개체 내의 정상세포와 화학적인 다른 점을 확실히 분리해낼 수 있습니다."

"어떤 동물이 대상이었죠?"

이바네스가 물었다.

"생쥐, 쥐, 원숭이입니다."

"그럼 사람은 어떻습니까?"

"아직 실험을 하지 못했습니다. 그러나 분명히 가능합니다. 제가 실험한 어떤 동물도 완벽하게 해냈으니까요."

"그 화학적으로 다른 것이 숙주에게 항원으로써 작용하는 건가?"

"작용할 겁니다. 어떤 경우라도 단백질은 각각 전혀 다른 항원이 되는 것 같습니다. 하지만 유감스럽게도 암에 걸린 동물에게 감작시키는 데까지는 아직 이르지 못했습니다. 하지만 어떤 종류의 저지작용을 발견했습니다. 그리고 그것이 지금의 저의 일입니다. 다시 말해서 저는 이 저지인자를 분리시키려는 겁니다. 이번에는 인공 종양 세포로 실험한 방법을 사용해서 이 저지인자에 대한 항체를 만들어보려고 합니다. 이 저지인자를 제거할 수 있으면 동물은 종양에 대해서 면역학적으로 반응하기 마련입니다."

"휴!"

벨먼은 자기의 수첩에 뭐라고 써야 할지 몰라서 휘파람을 불었다,

"가장 감동적인 건."

찰스는 여전히 열심히 얘기를 계속했다.

"이것이 과학적으로 논리 정연하다는 겁니다. 오늘날의 암은 소위 태고의 생체 흔적의 모습입니다. 다시 말해서 그 무렵에는 생물이 새로운 세포성분을 자유롭게 받아들일 수 있었으니까요."

"저는 이만 물러가겠습니다."

벨먼은 탁 소리를 내며 자기 수첩을 덮었다.

"그래서 미스터 마텔, 이제부터 자네가 말하고 싶은 건."

이바네스 소장이 말했다.

"앞으로도 계속 자기 일만을 계속하겠다는 거로군."

"물론입니다. 게다가 속도도 빨라지고 있습니다."

"그렇다면 자네가 어느 기간 동안 자기 일을 중지할 수 없다는 이유는 없겠군. 자네가 좋고 나쁜 건 별도로 치고 말일세."

"전망이 아주 좋기 때문입니다. 만약 이것이 제가 생각하고 있던 것처럼 성과가 좋은데도 불구하고 이것을 중지하는 것은 범죄라고까지는 할 수 없더라도 비극적이라고 할 수 있겠죠. 치료에 활용할 수 있는 기회가 늦춰지니 말입니다."

"전망이 좋다는 것은 자네만의 생각이겠지. 흥미가 있을 것 같다는 점은 나도 인정하지 않을 수 없네. 그리고 이 와인버거도 지금까지와 마찬가지로 자네를 지원하겠다고 단언할 수 있네. 하지만 먼저 자네

쪽에서 와인버거를 도와주지 않으면 곤란하네. 자네 자신의 관심사는 당분간 연기해둬야 하겠네. 당장에 캔서랜 계획을 착수해주기 바라네. 만약 자네가 이것을 거절한다면 자네의 연구는 어디 다른 곳에 가서 하지 않으면 안 될 걸세. 이 이상 얘기하고 싶지 않네. 일은 결정된 거네."

찰스는 얼빠진 표정으로 잠시 그 자리에 앉아 있었다. 자신의 일을 펼쳐 보이고 열심히 설명하면 이해할 거라는 기대가 컸던 만큼 이바네스의 거절과 함께 연구소의 해고라는 협박에는 그저 맥이 풀릴 수밖에 없었다. 해고라는 말은 모리슨이 한 말보다 이바네스로부터 들은 말이 더 위협적이었다. 연구와 찰스의 자의식은 너무 밀착되어 있어서 각각 구별해서 생각할 수 없을 정도였다. 그는 간신히 생각을 가다듬어 연구노트를 다시 모았다.

"자네는 연구진 중에서 별로 인기가 있는 사람은 아니야."

이바네스는 온화하게 말했다.

"하지만 이 일을 함으로써 그 평가도 바뀌게 되겠지. 미스터 마텔, 한마디 해보게. 어때, 함께 일을 해주겠나?"

찰스는 최종적으로 무조건 항복이라는 굴욕적인 상황 하에서 얼굴도 들지 않고 고개를 끄덕였다. 그리고 한마디도 하지 않고 몸을 돌려 방에서 나왔다.

문을 닫자 벨먼이 이바네스를 향해 말했다.

"전혀 다른 반응을 보이는군요. 말썽을 일으키지 않았으면 좋겠는데, 그 전도사 같은 태도를 보고 있으면 저는 너무 무서워집니다."

"나도 마찬가지야. 유감스럽게도 찰스는 과학의 광신자가 되고 말았네. 그리고 광신자는 다 그렇겠지만 아마 자네가 다루기 어려울 걸세. 그가 일류 연구학자로 우리 중에서는 최고의 사내인 만큼 부담스러운 존재야. 그런 놈은 우리를 길거리에 헤매게 하지 않는다고 장담할 수 없어. 특히 이처럼 연구비 부족 시대에는 말일세. 이 연구소를 꾸려나갈 돈이 도대체 어디서 들어온다고 생각하고 있는 걸까. 그 국립 암연구가들이 화학요법에 대한 그의 장황한 역설을 들으면 틀림없이 기절할 거야."

"그가 신문기자들을 만나지 못하게 해둡시다."

이바네스는 웃었다.

"그쪽은 걱정 안 해도 돼. 찰스는 세상에 알려지는 일 따위는 전혀 생각하고 있지 않으니까."

"그가 캔서랜 계획에 최적의 인물이라고 생각하고 계십니까?"

"그 사내 정도밖에 없잖나. 연구가로서의 평판을 이용할 수 있는 건 달리 없으니까. 어떻게 하든 그가 해내도록 하지 않으면 안 돼."

"하지만 만약 뭔가 산통을 깨버린다면……."

"그런 소린 하지 마. 만약 그가 캔서랜에서 실패하면 단호한 조치를 해야겠지. 그렇지 않는 한 우리는 그저 성과를 관망하고 있으면 되는 거야."

찰스는 자신에게 넌더리를 내면서 발을 질질 끌듯이 하며 연구실로 돌아가고 있었다. 10여 년 동안 임상의로 지내던 시절이 그리운 추억으로 머리에 떠올랐다. 그것은 그가 바라고 있던 만큼의 임상의학 지식을 많이 모으진 못했지만 아무튼 자유로운 생활이었다. 자신을 자유롭게 컨트롤하는 데 익숙해졌기 때문에 이 와인버거에서는 그렇지 못하다는 것이 뼈저리게 느껴졌다.

그날 문을 꽝 닫아 선반 유리기기를 울려서 동물실의 실험용 쥐들을 놀라게 한 것은 이번이 두 번째였다. 엘렌도 두 번이나 놀라게 한 셈이었다. 한 바퀴 빙 도는 순간 카운터에 부딪힐 뻔한 피펫을 그녀는 멋지게 잡았다. 그리고 불평을 늘어놓기 시작했으나 찰스의 얼굴을 보자 아무 말도 할 수 없었다.

찰스는 분노를 참을 수가 없어서 두꺼운 연구 노트를 카운터를 향해 내던졌으나 일부는 바닥에 떨어졌고 나머지는 증류기에 부딪혀서 유리 파편이 방안에 흩뿌려졌다. 엘렌은 뒤로 홱 비켜서서 손으로 얼굴을 감쌌다. 찰스는 그래도 시원치가 않아서 엘렌 마이어 플라스코를 집어 들어 세면대 속에 내던졌다. 엘렌은 함께 일을 해온 6년 동안 찰스가 이토록 화를 내는 것을 처음 보았다.

찰스는 금속제 회전의자에 쿵 하고 앉았다,

"이바네스 소장이 얘기를 들어주지 않았어요?"

엘렌은 두려워서 눈치를 보며 물었다.

"들어주긴 했지. 그저 받아들여주지 않은 것이지. 나는 허세부리는 사람처럼 항복하고 왔어. 정말 참혹했다고."

"어쩔 도리가 없다고 생각해요. 자책하지 마세요. 이제부터 어떻게 하실 생각이에요?"

"이쪽 계획은 캔서랜 효과를 조사하고 나서야……."

"곧 시작하실 거예요?"

"검토해봐야지."

찰스는 지친 듯한 목소리로 대답했다.

"아무튼 캔서랜 연구 노트를 가져다줬으면 좋겠군. 당분간 나는 아무하고도 얘기하고 싶지 않아."

"좋아요."

엘렌은 상냥하게 말했다. 비록 2, 3분간이지만 자리를 피할 수 있어서 이 방을 나갈 수 있다는 것이 그녀로서는 숨통이 트이는 것 같았다. 게다가 잠시 찰스를 혼자 있게 해둘 필요가 있다고 생각했다.

엘렌이 나가고 나서도 찰스는 몸을 움직이지 않았고 또 무엇을 생각하지도 않았다. 그러나 그런 상태가 오래 지속되지는 않았다. 갑자기 문이 열리며 모리슨이 방안으로 뛰어 들어왔다.

찰스는 의자를 돌려서 모리슨의 얼굴을 보았다. 그는 이마 양옆에 스파게티 같은 굵고 파란 핏대가 솟은 채 미친 듯이 화를 냈다.

"나는 참을 만큼 참았다고 생각해!"

그는 입술이 창백해진 채 소리쳤다.

"자네의 얕은 소견에 넌덜머리가 나는군. 당연한 약속을 깡그리 휴지 취급해도 좋을 만큼 자네에게 뭐가 그렇게도 중요한가? 적어도 나는 자네의 부장이야. 그 점을 명심해주게. 관리상의 의문이 있으면 소장이 아니라 이 나를 통해서 얘기해주지 않으면 곤란해."

"모리슨, 제발 이 방에서 나가주지 않겠나?"

모리슨의 작은 눈은 순식간에 충혈 되었고 작은 땀방울이 이마에 배어나왔다.

"이것만은 얘기해두지. 이 얘기가 목하 긴급사항만 아니었다면 자네를 이 와인버거에서 오늘이라도 당장 내쫓을 참이었다는 걸 말이야. 자네에게 다행스러운 건 우리는 더 이상 스캔들을 안고 있을 수 없다는 거야. 그러나 자네가 앞으로도 계속 근무하고 싶다면 가능한 한 캔서랜 일을 열심히 해주어야 한다는 걸 잊지 말게."

대답도 기다리지 않고 모리슨은 육중하게 방에서 걸어 나갔다. 냉장고의 컴프레서가 낮게 윙윙거리는 소리와 자동 방사능 계수관이 달그락거리는 소리 속에 찰스는 혼자 남겨졌다. 귀에 익은 그 소리가 그의 기분을 진정시켜 주었다. 캔서랜 계획은 의외로 나쁘지 않을지도 모른다. 실험 데이터만 갖추어져 있다면 빨리 마칠 수 있을지도 모른다. 그리고 엘렌이 말하는 대로 둘이서 잔업을 하면 이 양쪽 연구를 마칠 수도 있을 것 같았다.

그때 갑자기 전화벨이 울렸다. 전화를 받을까 말까 생각하다가 다섯 번째 벨이 울리고 나서야 그는 수화기를 들었다.

"여보세요. 여기는 노스이스턴 대학 회계과 미세스 크레인이라고 합니다."

상대방이 말했다.

"네."

찰스는 학교와 척을 결부시는 데 얼마간의 시간이 걸렸다.

"바쁘신데 죄송합니다만 댁의 아드님한테 전화번호를 알게 돼서……. 실은 수업료 1,650달러가 체납돼 있어서요."

찰스는 작은 종이 클립을 만지작거리면서 뭐라고 대답하면 좋을지 생각했다. 빚을 갚지 못한 경험은 처음이었다.

"미스터 마텔, 들리세요?"

"네, 듣고 있습니다만."

찰스는 곧 바보 같은 소리를 했다는 것을 깨달았다.

"죄송합니다, 닥터 마텔. 가까운 시일 내에 납부해주실 수 있으시겠습니까?"

미세스 크레인이 말했다.

"물론입니다. 수표는 준비돼 있습니다. 죄송합니다."

찰스는 수화기를 놓았다. 앞으로는 빚을 얻어야 한다고 생각하면서 그런대로 척이 열심히 공부해서 심리학 같은 것을 전공하지 말아주기를 바랐다. 그는 다시 수화기를 들었지만 전화를 걸지 않았다. 직접 은행에 가는 것이 시간을 단축시킬 수 있다고 생각되었다. 게다가 신선한 공기를 마실 수 있고 잠시만이라도 모리슨이나 이바네스가 있는 세계에서 떠나 있을 수 있었다.

배신

낡은 〈타임〉지를 넘기면서 캐서린은 다시 끓어오르는 불안과 싸우고 있었다. 와일리 박사의 로비는 병원이라고 생각할 수 없을 정도로 평온했는데 시간이 갈수록 의심과 불길한 예감이 만연하는 세계가 되었다. 그녀는 시계를 보고 미셸이 검사실로 들어간 지 벌써 1시간 이상이 지났다는 것을 알았다. 뭔가 나쁜 일이 있음에 틀림없었다!

그녀는 시계를 들여다보다가 다리를 꼬았다가 내려놓았다 하면서 안절부절 못하고 불안해하기 시작했다. 불쾌하게도 그 공간에는 뜨개질하는 부인과 블록을 갖고 노는 아기 외에는 거의 아무런 움직임도 없이 조용했다. 마치 3차원의 풍경을 2차원으로 보고 있는 것처럼 모두가 감정을 잃은 풍경이었다. 그러자 갑자기 캐서린은 자신의 걱정이 무엇인지를 깨달았다.

그녀는 더 이상 앉아 있을 수가 없어서 일어나 간호사 옆으로 다가가서 말을 걸었다.

"죄송하지만 우리 딸의 진찰이 끝나려면 얼마나 걸릴까요?"

"선생님께서 아무 말씀도 안 하셨는데요."

간호사는 정중하게 대답했다. 캐서린은 의자에 털썩 앉았다.

"저쪽 방으로 들어간 지 상당히 오래됐어요."

애타는 심정으로 그녀는 말했다.

"와일리 선생님은 꼼꼼하게 보시는 분이니 시간이 걸리겠지만 이제 곧 나올 겁니다."

"항상 이렇게 1시간씩이나 걸리나요?"

캐서린은 질문에 따라서 최종 결과가 좌우되는 것 같은 느낌이 들어서 질문할 때마다 미신 같은 마음의 동요를 느꼈다.

"네, 그래요. 필요한 만큼 시간이 걸립니다. 선생님은 결코 서두르지 않으시거든요."

접수담당 간호사가 대답했다.

의자에 돌아가서도 캐서린은 왜 그리 시간이 걸리는지 답답하기만 했다. 심각해보이던 테드의 모습이 이런저런 생각과 함께 그녀의 머릿속에 되살아났다. 아이들도 죽을병에 걸린다는 생각에 머리가 어지러웠다. 이런 일은 막연하게 어떤 특별한 아이가 걸리는 드문 병이라고 생각해왔는데 막상 이웃집 아이가, 게다가 딸의 친구가 걸리고 보니 캐서린은 자기도 모르게 섬뜩했다.

잡지를 손에 들고 광고를 뒤적여보았다. 거기에는 웃고 있는 행복한 사람들, 번쩍번쩍하게 닦은 마룻바닥, 갓 출시된 새 자동차 등이 눈길을 끌었다. 그녀는 저녁식사를 무엇으로 할까 생각하기도 했지만 다른 생각은 도저히 할 수 없을 정도로 불안했다. 미셸에게 어떤 문제가 있는 걸까.

한 엄마가 핑크빛 아기 포대기로 싼 갓난애를 안고 들어왔다. 그리고 또 다른 엄마와 아기가 들어왔다. 아기는 2살 정도로 보였는데 보랏빛의 큰 부스럼이 얼굴을 반쯤 덮고 있었다.

병원 로비는 이미 만원이었고 캐서린은 숨이 답답해지기까지 했다. 그녀는 아기를 데려온 두 번째 엄마에게 자리를 양보하고 일어나면서 2살쯤 된 아기의 무섭고 흉한 부스럼을 될 수 있는 한 보지 않으려고 애썼다. 불안이 점점 더해져 갔다.

미셸을 두고 나온 지 벌써 1시간 20분이나 지났다. 이제 캐서린은 몸마저 떨려 왔다. 그녀는 다시 간호사 옆으로 가서 상대가 자기를 알아차릴 때까지 남들의 눈을 의식하면서 책상 앞에 서 있었다.

"무슨 일이세요?"

간호사는 정중한 말투로 물었다. 빳빳하게 풀을 먹인 새하얀 가운을 보자 캐서린은 어지러워져서 하마터면 손을 뻗어 상대의 몸을 잡아 마구 흔들 뻔했다. 정중한 태도는 필요 없었다.

"왜 이렇게 시간이 걸리는지 알아보는 방법은 없어요?"

접수계가 채 대답을 하기도 전에 왼쪽 문이 열리고 와일리 박사가 기웃거리며 들여다보다가 로비에서 캐서린을 발견했다.

"미세스 마텔, 잠깐 얘기하고 싶은데 괜찮겠습니까?"

그 목소리는 아무런 암시도 없이 들렸다. 그는 문을 열어놓은 채 등을 보이며 안으로 들어갔다. 캐서린은 머리에 꽂았던 꽃핀을 초조하게 만지면서 급히 의사 뒤를 따라가 조심스럽게 문을 닫았다. 와일리는 책상으로 돌아갔지만 의자에 앉지 않고 책상에 걸터앉아 가슴에 팔짱을 꼈다. 조그만 움직임에도 몹시 민감해진 캐서린은 무척 넓어 보이는 와일리 박사의 얼굴을 찬찬히 바라보았다. 처음 만났을 때는 깨닫지 못했지만 그의 이마는 크게 벗겨져 올라가 있었다. 의사는 이제 미소를 짓고 있지 않았다.

"검사를 하고 싶은데 부인의 허락을 받고 싶어서요."

와일리 박사가 말했다.

"많이 안 좋은가요?"

캐서린은 될 수 있는 한 침착하게 말한다고 했는데도 그 목소리는 상당히 흥분되어 있었다.

"모든 게 잘되고 있습니다."

와일리 박사는 팔짱을 끼고 있던 팔을 풀어서 책상 위의 차트를 집었다.

"하지만 진단을 내리기 위해서 특별한 검사가 필요합니다. 이 서류에 서명을 해주십시오."

그는 서류를 캐서린에게 건네주었다. 그것을 받아 쥐는 그녀의 손은 떨리고 있었다.

"미셸은 어디 있어요?"

캐서린이 서류를 보니 그것은 의학용어로 가득 메워져 있었다.

"따님은 검사실에 있습니다. 원하신다면 만나보셔도 좋습니다만 그 전에 검사를 해야 합니다. 이것은 골수 흡인이라는 겁니다."

"골수라고 하셨어요?"

캐서린은 굳어진 표정으로 머리를 들었다. 그 말은 테드 촌하우저의 무서운 이미지를 되살아나게 했다.

"이건 조금도 놀라실 일이 아닙니다."

와일리 박사는 쇼크를 받은 캐서린의 반응을 알아채고는 말했다.

"간단한 검사입니다. 표본을 뜨기 위해서니까 걱정하지 않으셔도 됩니다."

"미셸은 설마 재생불량성 빈혈은 아니겠죠?"

캐서린의 입에서 무심코 이 말이 튀어나왔다.

"절대로 그렇지 않습니다."

와일리 박사는 그녀의 응답에 당황한 채 말했다.

"단순히 진단을 내리기 위해서 검사를 해보는 것뿐입니다. 미셸이 재생불량성 빈혈이 아니란 것은 보증하겠습니다. 그런데 왜 그런 질문을 하셨는지 물어봐도 되겠습니까?"

"방금 재생불량성 빈혈에 걸린 이웃집 아이를 문병하고 왔어요. 선생님이 골수라고 하셔서 그게……."

캐서린은 어깨를 움츠리고는 말끝을 흐렸다.

"네, 그렇군요. 아뇨, 걱정 마세요. 이 기회에 재생불량성 빈혈은 염려할 필요가 없다고 말씀드릴 수 있습니다."

"찰스를 부르는 게 좋을까요?"

캐서린이 물었다. 그녀는 재생불량성 빈혈이 아니라는 말에 안심하고 그 가능성을 부정해준 와일리 박사가 고마울 따름이었다. 찰스가 그 병이 전염성이 아니라고 했지만 그래도 이웃의 아이였기 때문에 두려웠다.

"미스터 찰스를 부르고 싶으시면 부르셔도 됩니다. 하지만 좀 더 얘기를 해두고 싶군요. 골수 흡인은 늘 우리가 혈액을 채취하는 것과 아주 비슷한 바늘로 합니다. 국소마취를 하기 때문에 거의 아프지도 않고 눈 깜짝할 사이에 끝나게 됩니다. 골수의 혈액이 채취되면 그것으로 검사는 끝납니다. 아주 간단한 방법으로 우린 그걸 자주 하고 있어요."

캐서린은 애써 미소를 띠며 말했다.

"검사를 하면 그만큼 정확한 진단이 되는 셈이군요."

그녀는 와일리 박사를 전적으로 신뢰할 수 있다는 생각이 들었다. 특히 척이 태어났을 때 알게 된 소아과의사 중에서 찰스가 주저하지 않고 그를 택했을 정도였기 때문이다. 그녀는 와일리 박사가 가리킨

부분에 서명을 하고 방을 나와 로비로 돌아왔다.

미셸은 진찰대 위에 가만히 누워 있었다. 베개에서 머리를 들어봐도 보이는 것은 불투명 유리로 씌워진 형광등이 붙어 있는 천장이 고작이었다. 그렇지만 어릿광대와 흔들 목마, 풍선을 가진 아이들 그림이 그려져 있는 벽지도 약간은 보였다. 방에는 세면대가 있어서 그녀가 있는 곳에서는 보이지 않았지만 물방울 떨어지는 소리가 들렸다.

미셸에게 있어서 병원은 정말 공포로 가득 찬 곳이었다. 그녀는 지금까지 3번 주사를 맞았다. 양팔과 손가락이었다. 그때마다 그녀는 "이걸로 마지막이에요?" 하고 물었지만 그에 대답해주지 않았다. 그래서 또 주사를 맞아야 하는가 하고 걱정했다. 더구나 움직이면 더 맞게 되는 것 같아서 얌전하게 있어야 했다.

미셸은 자신이 걸치고 있는 얇은 옷에 상당히 신경이 쓰였다. 잠옷 같은 것인데 게다가 등이 벌어져 있었기 때문에 침대를 싸고 있는 종이가 직접 살에 닿는 것을 느낄 수 있었다. 아래를 보니 몸을 덮고 있는 하얀 시트가 발목이 있는 곳에서 불룩해져 있는 것이 보였다. 두 손도 덮개에 싸여서 위 언저리에서 깍지를 끼고 있었다. 약간 한기를 느꼈지만 아무에게도 말하지 않았다. 지금은 옷을 입고 싶고, 집으로 돌아가고 싶은 마음뿐이었다.

다시 열이 오르는 것 같은데 누군가가 그것을 알아채고 다시 주사를 놓겠다고 말하지 않을까 그것이 무서웠다. 의사는 왜 열이 나는지 알아내기 위해서 피를 뽑는다고 했다.

뭔가 긁는 듯한 소리가 나고 검사실 문이 열렸다. 들어온 사람은 살찐 간호사였는데 뒤로 돌아 있었기 때문에 몸이 출입구를 완전히 가리고 있었다. 그녀는 뭔가를 끌고 왔는데 금속과 금속이 부딪치는 소리가 미셸의 귀에 들렸다. 간호사는 문을 활짝 열고 뒤로 돌아서서 바퀴가 달린 작은 테이블을 이번에는 밀면서 들어왔다. 테이블에는 파란 타월이 씌워져 있었는데 미셸로서는 별로 좋은 것이라고 생각되지 않았다.

"그게 뭐예요?"

걱정이 되어서 미셸이 물었다.

"선생님 거예요, 아가씨."

미스 해머스미스가 대답했다. 그녀의 명찰은 어깨쯤에 핀으로 꽂혀 있어서 마치 종군기장처럼 보였다. 그녀의 등에도 가슴과 같은 정도의 살이 있는 것 같았다.

"그거 아파요?"

"아가씨, 왜 그런 걸 묻죠? 우린 아가씨를 도우려고 최선을 다하고 있어요."

미스 해머스미스는 화가 난 듯이 말했다.

"선생님이 하는 건 전부 아픈걸."

"그럴 리 없어요."

미스 해머스미스가 놀리는 듯한 말투로 말했다.

"오, 내가 아주 좋아하는 환자님."

와일리 박사는 어깨로 문을 밀면서 말했다. 그러나 두 손이 젖어서 물방울이 떨어지고 있었기 때문에 몸에 묻지 않도록 손을 벌리고 있었다. 미스 해머스미스가 종이로 싼 것을 찢자 와일리 박사가 엄지손가락과 집게손가락으로 조심스럽게 소독된 타월을 꺼냈다. 미셸이 가장 놀란 것은 의사가 수술용 마스크를 하고 있는 것이었다.

"뭐 하는 거예요?"

두 눈을 크게 뜨고 미셸이 물었다. 그리고 조용히 하고 있겠다는 결심을 잊고 한쪽 팔꿈치를 딛고 일어나려고 했다.

"그래, 좋은 얘기와 나쁜 얘기가 있단다."

와일리 박사가 말했다.

"유감스럽게도 한 번만 더 조그만 주사를 맞아야겠어. 하지만 좋은 얘기라는 건 말이지, 이제 이걸로 마지막이라는 거야. 당분간은 맞지 않아도 돼."

와일리 박사는 타월을 세면대 옆 카운터 위에 던지고 미스 해머스미스가 열어놓은 포장에서 고무장갑을 꺼냈다. 그것을 한쪽씩 손에 끼워 손목까지 끌어올려서 교대로 손가락을 밀어 넣는 것을 미셸은 점점 더해지는 불안 속에 바라보고 있었다.

"이제 주사는 싫어."

두 눈에 눈물이 가득한 채 미셸이 말했다.

"집에 가고 싶어."

울지 않으려고 했지만 참으면 참을수록 오히려 눈물은 멎어지지 않았다.

"자, 자."

미스 해머스미스는 미셸의 머리를 쓰다듬으면서 달랬다. 미셸은 해머스미스의 손을 뿌리치고 일어나려고 했으나 허리를 꽉 눌려서 꼼짝할 수 없었다.

"제발."

간신히 그녀는 말했다.

"미셸!"

와일리 박사는 엄하게 불렀지만 곧바로 목소리를 부드럽게 했다.

"기분이 나쁘다는 것도, 또 주사가 고통스럽다는 것도 잘 알고 있어. 하지만 이건 어떻게든 해야 되는 거란다. 네가 얌전하게 있으면 빨리 끝날 테니까. 알았지?"

"싫어! 아빠한테 갈래."

와일리 박사는 미스 해머스미스에게 눈짓을 했다.

"아마 미세스 레비가 와서 도와줄 거야."

미스 해머스미스는 무거운 몸을 움직여서 방을 나갔다.

"알았어, 미셸. 거기 누운 채로 잠시 편안하게 있는 거야. 네가 얼마나 잘 참았는지 나중에 아빠한테 얘기하면 아빤 틀림없이 장하다고 하실 거다. 아주 조금만 참으면 돼. 약속할게."

미셸은 누워서 눈을 감았다. 눈물이 볼을 타고 흐르고 있었다. '내가 마치 갓난애처럼 행동한 것을 아빠가 알면 틀림없이 실망하겠지.' 하고 미셸은 생각했다. 아무튼 이것이 마지막 주사다. 두 팔에는 벌써 주사를 맞은 상태였다. 이번에는 어디에 맞게 될까.

문이 다시 열리자 미셸은 누가 들어왔을까 하고 머리를 들었다. 미스 해머스미스가 간호사 2명을 데리고 들어왔는데 그중 한 사람은 가죽 끈을 가지고 있었다.

"묶을 필요가 없을 것 같은데."

와일리 박사는 간호사들에게 말하고 다시 미셸을 들여다보고는 말했다.

"자, 미셸. 조금만 얌전히 자고 있는 거야, 알겠지?"

"자, 아가씨."

미스 해머스미스는 미셸의 옆으로 와서 달래듯이 말했다. 간호사 한 사람은 그 반대쪽으로 돌았고, 가죽 끈을 가진 간호사는 침대 다리 밑으로 갔다.

"와일리 박사님은 세계에서 제일가는 의사선생님이니까 말이야. 그런 선생님께 진찰받게 된 걸 고맙게 생각해야지."

미스 해머스미스는 미셸의 시트를 발밑까지 끌어내리면서 말했다. 미셸은 두 팔을 몸 옆으로 붙이면서 어떻게든 저항하려고 했고, 미스 해머스미스는 잠옷을 걷어 올려서 미셸의 가슴에서 뼈가 앙상한 무릎까지 발가벗겼다.

간호사가 바퀴가 달린 테이블에서 타월을 집는 것이 보였고, 와일리 박사는 그녀에게 등을 돌려서 테이블 위의 기구를 줄곧 만지작거리고 있었다. 짤그랑거리는 유리소리와 액체가 찰랑이는 소리가 들렸다. 의사는 두 손에 젖은 탐폰을 가지고 있었다.

"잠깐 피부를 깨끗이 닦아줄게."

의사는 설명하고 나서 미셸의 허리뼈 언저리를 문지르기 시작했다.

물이 허리를 따라 흘러 떨어져 엉덩이 아래에 고여서 미셸은 너무 차갑게 느껴졌다. 이것은 아까 주사 때와는 다른 새로운 경험이었다. 무엇을 하는지 보려고 애썼으나 의사는 상냥하게 그녀를 수술대 위에 눕혔다.

"이제 곧 끝난다."

미스 해머스미스도 말했다. 미셸은 간호사들의 얼굴을 보았다. 미소를 짓고 있었지만 모두가 거짓웃음처럼 보였다. 미셸은 모든 것이 무서워졌다.

"어디다 주사를 놓으려고 하는 거야!"

미셸은 그렇게 외치며 다시 일어나려고 했지만 그 순간 힘센 팔이 미셸을 잡고 억지로 눕히더니 발목을 꽉 눌렀다. 수술대 위에서 몸을 움직이지 못하게 되자 미셸의 공포는 더욱 커졌다. 몸부림치려고 했지만 손발이 단단히 눌려 있었다.

"싫어!"

미셸이 외쳤다.

"마음을 편하게 가져요."

와일리 박사는 그렇게 말하고 한복판에 구멍이 뚫린 암회색 천을 골반 위에 펼쳐서 구멍부분을 허리뼈 있는 곳에 댔다. 그리고 작은 테이블 쪽으로 다시 돌아서서 뭔가 바쁘게 손을 움직였다. 다시 미셸의 시야에 나타났을 때 그는 큰 스테인리스 주사기를 가지고 있었다.

"싫어!"

미셸은 외치고 내리누르는 간호사의 팔에서 열심히 도망치려고 했다. 그때 미스 해머스미스의 무거운 체중이 가슴 위로 덮쳐누르는 바람에 갑자기 숨을 쉴 수 없게 되었다. 그와 더불어 허리뼈 위의 피부에 바늘이 꽂히는 예리한 통증과 불에 닿은 듯한 열기를 느꼈다.

찰스는 소금으로 절인 고기의 비계부분을 한 입 베어 먹고 책상 위에 떨어지려던 고기조각을 손가락으로 집어 올렸다. 그것은 연구소의 카페테리아가 제공하는 음식 중에서 가장 괜찮다는 커다란 샌드위치로, 찰스가 아무도 만나고 싶지 않다는 바람에 엘렌이 사온 것이었다.

그날 찰스는 퍼스트내셔널 은행에 잠깐 다녀온 것 외에는 책상에 앉은 채 계속 캔서랜 실험보고서를 읽었다. 연구노트를 모두 훑어보고는 아주 잘 정리되어 있는 점에 매우 놀랐다. 그는 이 일을 마치는 것이 처음 생각했던 것보다 어렵지 않을 것 같다는 생각을 하고 약간 낙관하기 시작했다.

"이 연구 계획에서 좋은 건 말이야. 장려금이 많다는 거야. 우리에게도 비로소 돈이 들어오게 됐어. 이것으로 전부터 원했던 새로운 자동 계수관과 최신식 원심분리기를 살 수 있겠지."

찰스는 손등으로 입을 닦으면서 말했다.

"새로운 크로마토그래피(색층 분석) 장치도 사는 게 좋을 것 같은데 어떠세요?"

엘렌이 말했다.

"좋지. 이 계획에 길이 트인 거야. 그놈을 우리 것으로 만들 거다."

찰스는 샌드위치를 종이 접시에 놓고 연필을 들었다.

"이것이 우리 연구방법이야. 우선 50퍼센트 치사량의 16분의 1의 양부터 시작해보자."

"잠깐만요. 면역학에서 제가 좀 전에 이 일을 한 적이 있어요. 생각해내 볼게요. 50퍼센트 치사량이란 것은 실험동물들의 절반을 사망시키는 양이었어요. 그거면 되겠어요?"

"맞았어. 캔서랜 효력시험 전에 생쥐, 쥐, 토끼, 원숭이에게 50퍼센트 치사량의 독성시험을 해보자고. 우선 생쥐부터 하자. 브라이튼이 주문한 것이 와 있으니 RX7종에 유암을 심은 놈을 사용하기로 하지."

찰스는 연필로 연구 계획의 순서도를 만들기 시작했다. 그는 쓰면서 엘렌에게 각 단계를 설명해주었다. 특히 약 분량의 증가법과 생쥐에서의 예비실험 데이터가 나오면 곧 쥐나 토끼를 사용해서 실험범위를 넓혀가는 방법 등이었다.

왜냐하면 원숭이는 너무 비싸서 다른 동물에서 얻어진 성적이 통계적으로 유익하다고 추정되어 이용되는 최종단계까지는 사용할 수 없기 때문이었다. 그리고 좋은 결과를 예상하여 적절한 대조를 한 다음 각종 동물에게 무작위 추출 방식이 채용된다. 다시 말해서 아무렇게나 되는 대로가 아니라 추측 통계학상 순서가 같은 확률로 배열되도록 하는 것이다. 그리고 건강한 동물에게 실험의 최초 단계에서 정해진 캔서랜의 최적량이 주어진다. 이 시점에서 어떤 동물이 캔서랜으로 처치되었는지는 찰스나 엘렌도 모르게 되어 있었다.

"휴~."

엘렌은 기지개를 켜면서 한숨을 쉬었다.

"그렇다면 어떤 것이 당했는지 모르겠군요."

"유감이지만 그뿐만이 아니야. 그놈을 한 마리 한 마리 해부해서 현미경뿐만 아니라 전자 현미경까지 사용해서 검사하는 거지. 게다가……."

"이제 그만! 대강은 알았어요. 그럼 우리가 하는 일은 뭐죠? 뭘 하면 되는 거죠?"

"잘 모르겠어. 아무튼 이건 우리 두 사람의 책임이 될 테니."

찰스는 연필을 놓았다.

"우선 책임이 있는 사람은 선생님이겠죠."

엘렌은 표면에 슬레이트를 깔아놓은 작업대에 등을 돌리고 높은 의자에 앉아 있었다. 그녀는 흰 연구복의 앞 단추를 풀어서 베이지색 스웨터와 천연 진주를 내보이며 부드러운 두 손을 깍지 껴서 무릎 위에 올려놓았다.

"밤 새워 하자고 엘렌이 말한 건 진심이었나?"

찰스가 말했다. 속으로 그는 캔서랜의 일을 하는 한편 자기의 이상한 저지인자 연구를 계속할 수 있는지를 생각해보았다. 그러기 위해서는 시간도 걸리고 일의 템포도 상당히 떨어뜨려야 하지만 할 수는 있을 것 같았다. 그러나 가령 한 마리의 동물에서 저지인자로서 작용하는 미량의 단백질을 빼냈다고 하면 그것만으로도 대단한 것이고, 비록 한 마리의 생쥐라도 자기의 종양에 대한 면역성이 생겼다고 하면 그야말로 쾌거였다. 물론 일례의 성공으로 전체를 다룰 수 없다는 것을 충분히 알고는 있었지만 일례라도 치유되면 앞으로 자기 연구에 전념할 수 있도록 연구소 사람들을 납득시킬 수 있을 것이라고 생각했다.

"저도 이 연구가 선생님에게 얼마나 중요한가는 알고 있어요. 게다가 벌써 그것이 거의 다 완성돼 가고 있다는 것도요. 최후의 분석으로 그것이 어떤 결과를 가져올지 저는 몰라요. 하지만 어떻게 되든 상관없어요. 그리고 선생님은 그것을 해낼 거예요. 선생님은 제가 지금까지 만난 사람들 중에서 제일 외고집쟁이니까요."

찰스는 엘렌의 얼굴을 찬찬히 보았다. 외고집쟁이라는 것은 무슨 뜻인가? 그것이 인사치레인지 욕을 하는 건지 모르지만, 얘기가 어째서 갑자기 자기의 성질에 미치게 되었는지 전혀 알 수가 없었다. 더구나 엘렌의 그 움직이지 않는 눈을 보고는 아무것도 알아챌 수 없었다.

찰스의 눈길을 느낀 엘렌은 미안한 듯한 표정을 지었다.

"그렇게 놀란 눈으로 보지 마세요. 선생님이 나서서 철야 일을 하신다면 저도 함께 할게요. 그럴 때는 점심 때 먹을 걸 갖다둘 테니 이 방에서 저녁을 드실 수 있을 거예요."

"이것이 얼마나 귀찮은 일이 될지 당신은 모를 거야. 실제 여기서 생활하다시피 하는 거라고."

"이 방은 내 아파트보다 넓어요. 우리 집 고양이도 혼자서 어떻게 해나가겠죠."

엘렌은 웃으면서 말했다. 찰스는 아까 만든 순서도 쪽으로 시선을 돌렸으나 캔서랜에 대해 생각하는 것이 아닌, 엘렌과 철야를 한다는 것에 대해 여러 가지로 곰곰이 궁리하고 있었다.

"모리슨이 당신의 시간 외 수당을 지불해줄지 어떨지는 모르지만 그걸 알고는 있나?"

"저는……."

엘렌이 말하려는 순간 전화벨이 울려서 이야기가 중단되었다.

"받아 봐. 난 지금 아무하고도 얘기하고 싶지 않으니까."

엘렌은 의자에서 미끄러져 내려서 찰스의 어깨에 기대면서 전화 쪽으로 손을 뻗었다. 그러고는 "여보세요." 하고 말할 때까지 그대로 손을 얹어놓고 있었다. 그러다가 갑자기 손을 떼고 수화기를 그의 무릎에 내던지듯 하며 일어섰다.

"부인한테서예요."

두 다리 사이에 미끄러져 떨어진 수화기를 손으로 더듬어 잡은 찰스는 코드를 끌어당겨 고쳐 잡고는 캐서린이 무분별하게 전화를 한다고 생각했다.

"왜 그래?"

찰스는 짜증내는 듯한 말투로 전화를 받았다.

"와일리 선생님한테 와주었으면 해서요."

캐서린은 마음을 진정시키며 겨우 말을 했다.

"어떻게 됐지?"

"전화로는 얘기하고 싶지 않아요."

"캐서린, 오늘 아침 이쪽은 좋지 않은 일뿐이야. 도대체 어떻게 됐다는 거야. 조금만 얘기해 봐."

"찰스, 이리 와주면 좋겠어요!"

"나도 오늘 아침은 야단법석이야. 아주 난리도 아니라고. 지금은 갈 수 없어."

"기다리고 있을게요."

캐서린은 그렇게 말하고 전화를 끊어버렸다.

"바보 같으니라고!"

찰스는 수화기를 탕 내려놓고 소리쳤다. 의자를 돌려서 자기 책상으로 돌아가는 엘렌의 모습이 보였다.

"무엇 때문에 진찰실로 빨리 오라는 거야. 빌어먹을! 오늘은 또 무슨 일이 일어날지 모르겠군."

"타이피스트하고 결혼하니까 그렇죠."

"뭐라고?"

찰스가 들은 말은 이 상황과는 전혀 관계없는 소리였다.

"캐서린은 우리 일을 전혀 모르는 모양이죠? 지금 선생님의 고민 따위는 이해하지 못하는 게 아닐까요?"

찰스는 엘렌 쪽을 의아한 듯이 바라보고 어깨를 움츠렸다.

"당신 말이 맞는지도 모르지. 내가 당장에라도 일을 내던지고 달려갈 수 있다고 생각하는 모양이야. 와일리에게 전화해서 무슨 일인지 물어보는 게 좋겠군."

찰스는 수화기를 들고 전화를 걸다가 도중에서 끊고는 천천히 수화기를 내려놓았다. 미셸에 대해 생각하자 그의 초조한 마음속에 한 가닥 불안한 조짐이 일기 시작했다. 오늘 아침 미셸이 흘렸던 코피가 선명하게 떠올랐다.

"잠깐 빨리 다녀오는 게 좋을 것 같군. 그렇게 오래 걸리지는 않을 거야."

"그렇지만 우리 계획은 어떻게 되는 거죠?"

"돌아와서 계속 의논하도록 하지. 그 사이 생쥐에게 심을 캔서랜의 희석액을 준비해줘. 돌아오면 곧 첫 번째 주사를 놓을 테니까."

찰스는 문 옆에 금속제 로커가 있는 곳으로 가서 코트를 꺼냈다.

"여기 동물실에서 사육하는 생쥐를 사용하지. 그러는 편이 훨씬 간단하겠어."

엘렌은 찰스가 문을 닫고 나가는 것을 배웅했다. 그녀가 연구소 밖에서 어떤 결심을 하든 그와 얼굴을 마주 대하고 있는 동안 늘 그녀의 가슴은 아팠다. 어리석은 일이라고 생각하면서도 자기로서도 어쩔 도리가 없었다. 밤에 함께 일을 한다고 생각하면 마음이 부풀어 오르는데 그것도 소녀와 같은 어리석은 생각이었다. 그래봤자 뾰족한 수도 없었고, 결국은 더욱 마음만 아플 뿐이기 때문이었다.

아무튼 할 일이 있다는 것은 고마운 일이라고 생각하고 엘렌은 멸균된 캔서랜 병이 놓여 있는 카운터 쪽으로 갔다. 그것은 정제된 설탕 같은 새하얀 가루로 멸균액에 용해되기를 기다리고 있었다. 이 용액은 분말 때보다도 불안정해서 사용하기 직전에 용해하기로 되어 있었다. 그녀는 멸균수를 꺼내서 적량의 용액을 만들기 위해 컴퓨터를 사용하기로 했다.

그녀가 주사기를 꺼내려고 하자 모리슨이 방으로 들어왔다.

"닥터 마텔은 지금 안 계신데요."

"알고 있어. 여기서 나가는 걸 봤어. 그를 찾고 있는 게 아니야. 당신과 잠깐 얘길 하고 싶어서."

주사기를 놓고 엘렌은 재킷의 포켓에 두 손을 찔러 넣고 카운터 끝을 돌아 나왔다. 생리학부 부장이 특히 찰스가 없는 때 자기를 만나러 오다니 희한한 일이었다. 그러나 오늘 아침에 그런 일이 있었으니 별로 놀랄 것도 없었다. 게다가 모리슨의 얼굴은 자못 어떤 음모를 꾸미려는 듯한 마키아벨리적인 표정을 띠고 있었다.

그녀 옆으로 다가온 모리슨은 금으로 된 얄팍한 담배 케이스를 꺼내더니 그것을 열어 엘렌에게 내밀었다. 그녀가 고개를 흔들자 그는 담배 한 가치를 꺼내면서 물었다.

"여기서 피워도 괜찮나?"

엘렌은 어깨를 움츠렸다. 찰스에게는 건강이 좋지 않아서가 아니라 냄새가 싫었기 때문에 허락하지 않았었다. 엘렌은 그것을 묵인하자 왠지 일종의 반항적인 기쁨 같은 것이 느껴졌다.

모리슨은 가슴 포켓에서 담배 케이스에 어울리는 금으로 된 라이터를 꺼내어 느린 동작으로 불을 붙였다. 그것은 확실히 엘렌을 기다리게 하기 위해 꾸며낸 몸짓의 연기 같았다.

"오늘 아침 브라이튼 문제로 일어난 일을 알고 있으리라 생각하는데……."

모리슨은 겨우 입을 열었다.

"조금은요."

엘렌이 맞장구쳤다.

"캔서랜의 연구계획을 계속하기 위해 찰스가 선임된 것도 알고 있겠군."

엘렌은 고개를 끄덕였다.

모리슨은 거기서 숨을 한번 쉬고 묘하게 담배연기 고리를 뿜어냈다.

"이 계획을 완성하는 것이 연구소로서는 대단히 중요한 거야……. 성공리에 마치도록 하는 것이."

"닥터 마텔은 벌써 그것에 착수하고 있습니다."

"좋아, 좋아."

다시 침묵이 계속되었다.

"이것을 어떤 식으로 해나갈 것인지 나는 잘 모르지만 혹시나 찰스가 이 실험을 잡쳐버리는 게 아닌가 걱정이야."

"걱정할 건 아무것도 없다고 생각하는데요. 단 한 가지 찰스에게 기대하는 것이 있다면 그건 과학에 대한 성실성 아닙니까?"

"내가 걱정하는 건 그의 지적 능력이 아니라 감정적으로 안정돼 있느냐 없느냐 하는 거야. 솔직히 말해서 그에게는 약간 충동적인 데가 있어. 남의 일에는 굉장히 비판적이고, 과학적인 방법은 자기 혼자만 독점하고 있다고 믿고 있는 것 같아."

충동적? 이 말로 인해 엘렌의 기억에 아련히 떠오르는 것이 있었다. 마지막 날 밤, 찰스와 하룻밤을 함께 한 것이 마치 어제의 일처럼 생각났다. 두 사람은 하베스트 식당에서 식사를 하고 프레스코트 가에 있는 그녀의 아파트로 가서 정을 맺었던 것이다. 매우 따뜻하고 조용한 밤이었다. 그러나 찰스는 평소와 마찬가지로 오래 있지는 않았다. 아이들이 일어날 시간에는 집으로 돌아가 있어야 한다는 것이었다.

이튿날 일을 할 때 그는 평소처럼 행동했고 그로부터 두 번 다시 함께 하는 일은 없었다. 찰스는 그에 대해서 아무런 설명도 하지 않았으며, 그 후 그는 임시 고용 타이피스트와 결혼했다. 그가 그녀와 만난 것은 겨우 하루뿐이라고 들었는데 결혼까지 하고 만 것이다. 충동적이란 단어는 찰스에게 꼭 맞는 표현이라고 엘렌은 생각했다. 충동적인 외고집쟁이.

"제가 뭐라고 말하면 되죠?"

겨우 생각을 되돌리고 엘렌이 말했다.

"나를 안심하게 해줬으면 하는 거지."

"좋아요. 찰스가 기분파라는 건 인정하지만 그게 일에 영향을 미친다고는 생각지 않아요. 캔서랜 계획을 추진하는 데 대해서 그를 신용하는 게 좋지 않을까요?"

모리슨은 안심하고 미소를 띠며 그 엷은 입술 사이에서 하얀 이를 슬쩍 내비쳤다.

"고마워, 미스 셀던. 꼭 그 얘기를 듣고 싶었어."

그는 세면대 쪽으로 가서 피우던 담배에 물을 끼얹고 그것을 휴지통에 버렸다.

"또 한 가지, 나와 이 연구소를 위해 힘이 돼주었으면 해, 미스 셀던. 캔서랜 계획에 관해서 찰스에게 뭔가 이상한 기미가 보이면 꼭 보고 해줬으면 하는 거지. 말하기 어려운 부탁이지만 미스 셀던이 협력해 주면 부장회의 전원이 감사할 거야."

"좋아요."

이런 일에 대해서 자신이 어떤 느낌을 받았는지 잘 모르긴 하지만, 아무튼 그녀는 재빠르게 대답했다. 그와 동시에 찰스에게는 그것이 당연하다는 느낌도 들었다. 그에게는 전력을 기울여왔다고 생각하는데 그는 그것을 별로 높이 사주지 않았잖은가.

"제 이름을 밝히지 않는다는 조건으로 받아들이겠습니다."

"절대로 밝히지 않을 거야. 말할 것도 없잖은가. 그리고 물론 내게 직접 알려주기 바라네."

문 앞에서 모리슨은 발을 멈추었다.

"미스 셀던과 얘기가 잘돼서 정말 다행이야. 벌써 전부터 얘기하고 싶었는데……. 뭐든 필요한 게 있으면 언제든 나를 찾아오도록 해."

"감사합니다."

"언제 식사라도 함께 하지."

"네, 그러죠."

그녀는 문이 닫히는 것을 물끄러미 바라보았다. 이 사람은 색다른 데가 있지만 과단성 있는 권력자라는 생각이 들었다.

그럴 리가 없어요!

하버드 다리에서 강을 건너가면서 찰스는 좀처럼 듣지 않는 자동차 히터와 싸우고 있었다. 레버가 난방 쪽으로 가지 않는 것이다. 이렇게 저렇게 하고 있는 사이에 핀토가 갑자기 옆으로 향하는 바람에 옆을 달리던 차의 운전사들이 놀라서 경적을 울렸다. 자포자기한 그가 손목으로 레버를 탁 치자 플라스틱으로 된 레버가 뚝 부러져서 바닥에 떨어졌다.

히터 트는 것을 단념하고 찰스는 운전에 전념하기로 했다. 그러는 사이에 매사추세츠 거리를 오른쪽으로 돌게 되었다. 전에는 매력 있는 주택가였는데 지금은 잊힌 쓰레기투성이인 공원이었다.

이윽고 보스턴 미술관과 가드너 박물관을 지났다. 길이 한가로워지자 그는 여러 가지 생각을 하기 시작했다. 이런 식으로 공상이 항상 붙어 다니며 괴롭히는 것은 캐서린이 감정적으로 지나친 탓이라고 생각했다. 미셸의 코피가 다시 시작된 것일까? 아니 그럴 리가 없었다. 그것은 단순한 출혈이었을 것이다. 아니면 정맥 깔때기 조영술과 같은 검사를 하는 데 캐서린이 동의하지 않았는지도 모른다. 아니 그 정도의 일이라면 그녀는 전화로 설명해주었을 것이다. 뭔가 의학적인 문제임에 틀림없었다. 그렇다면 충수염인가? 그러고 보니 가벼운 복통과 미열이 있었던 것이 생각났다. 아마 급성 충수염이어서 수술을 하자는 것이겠지. 병원이 캐서린의 기분을 혼란시켜서 좀 흥분했을지도 모르는 일이었다.

조던 와일리 박사 사무실로 들어간 찰스는 곧바로 걱정스러워하는 엄마와 울부짖는 아이들 속에 휩쓸려들고 말았다. 북적이는 로비… 그곳은 찰스가 잘 알고 있는 임상의의 세계였다. 어느 진료소나 마찬가지지만 가벼운 외래 환자를 위한 시간대에 끼어드는 수많은 신규 검사나 엑스레이 촬영 등의 신청에 직원들은 짜증을 내는 경향이 있었고 그 때문에 더욱 어쩔 도리 없이 환자가 늘어갔다. 찰스가 아무리 말해도 그 상태는 변함이 없었고 그는 진찰실에 틀어박힌 채 언제나 환자에게 사과를 해야 했다.

찰스는 여자아이들이 붐비는 속에서 캐서린의 모습을 찾았으나 어디에서도 그녀를 찾을 수 없었다. 그는 결국 간호사 쪽으로 갔지만 그녀도 언제 진찰받게 되느냐고 몰아세우는 한 무리의 어머니들에게 둘러싸여 있는 중이었다. 찰스는 그 사이에 끼어들려고 했으나 곧 자기도 순번을 기다려야 한다는 것을 깨달았다. 간신히 간호사가 그를 알아챘는데, 그 침착성에 그는 정말 탄복했다. 그녀는 주위의 혼란에 말려들고 있기는 했지만 조금도 얼굴에 불쾌감을 나타내지 않았다.

"아내를 찾고 있어요!"

찰스는 상대에게 들릴 수 있도록 큰 소리로 외칠 수밖에 없었다.

"이름은?"

손에 차트를 잔뜩 들면서 간호사가 물었다.

"마텔, 캐서린 마텔."

"잠깐 기다리세요."

의자를 돌려서 일어났을 때 그녀는 정색을 했다. 책상 주위에 떼 지어 있던 여자들이 경의와 분노가 뒤섞인 표정으로 찰스를 바라보았기 때문이다. 간호사가 그에게만 응대한 것에 대해 분명히 화가 난 것 같았다.

간호사는 매우 몸집이 큰 여성을 데리고 곧 돌아왔는데 찰스는 잠시 미쉐린타이어 광고에 등장하는 큰 사나이를 연상했다. 명찰을 보고 그녀가 미스 해머스미스라는 것을 알 수 있었다. 그녀는 찰스에게 따라오라는 눈짓을 하고 책상 모퉁이를 돌아갔다.

주름진 양쪽 볼 사이에 매달려 있는 듯한 그녀의 입은 말을 할 때 얼굴의 아주 조그만 부분처럼 보였다.

찰스는 그녀의 말을 듣고 앞쪽 시야가 덮일 정도인 미스 해머스미스의 거대한 체구를 뒤따르면서 복도를 급히 걸어서 진찰실 같은 몇 개의 방을 지나쳤다. 복도의 막다른 곳에서 그녀는 거울이 달린 문을 열고 몸을 비켜서서 찰스를 지나가게 했다.

"실례합니다."

찰스는 간신히 그녀의 옆을 스치며 빠져나갔다.

"우리가 함께 몇 킬로씩 체중을 빼면 좋을 텐데요."

미스 해머스미스가 말했다.

찰스가 방으로 들어가자 미스 해머스미스는 바깥 복도에 멈춰 서서 살며시 문을 닫았다. 한쪽 벽을 꽉 채운 서가에는 많은 의학 잡지와 의학서가 꽂혀 있었다. 방의 중앙에는 다갈색 둥근 테이블이 있고, 그 주위에 여러 개의 의자가 놓여 있었는데 그중 하나가 뒤로 끌리면서 캐서린이 일어났다. 거친 호흡 소리가 찰스에게도 들릴 정도였다. 그녀는 떨고 있는 것 같았다.

"어떻게 된 거야……."

찰스가 물었다. 그러나 말을 계속하기도 전에 캐서린이 달려들어서 그의 목을 껴안았다. 찰스도 캐서린의 허리에 두 손을 돌려 몸의 균형을 잡기 위해 잠시 껴안은 채로 있었다.

"캐서린."

그는 겨우 말했다. 씁쓰레한 불안이 느껴지기 시작했다. 캐서린의 태도를 보자 충수염이라든가 수술이라든가 그런 가벼운 것은 그의 머릿속에서 이미 사라져가고 있었다.

찰스의 머릿속에는 마주하고 싶지 않은 두려운 생각이 끓어올랐다. 그것은 전처인 엘리자베스가 림프종인 것을 알게 된 날의 일이었다.

"캐서린! 도대체 무슨 일이 있었어? 어떻게 된 거야?"

그는 거친 어조로 물었다.

"내가 나빴어요."

그렇게 말하자마자 캐서린은 울기 시작했다. 흘러나오는 눈물과 함께 그녀의 몸이 떨리고 있다는 것을 그는 알았다. 그는 방안을 한 바퀴 둘러보면서 기다렸다. 서가 맞은편 벽에는 히포크라테스의 초상화가 걸려 있었고 바닥에는 호화로운 모자이크, 그리고 테이블 위에는 넬슨의 소아과학 교과서가 놓여 있었다.

"캐서린, 도대체 무슨 일이야. 뭐가 나빴는지 말해봐."

찰스가 천천히 말했다.

"미셸을 빨리 데려와야 했어요. 그래요."

캐서린의 말은 흐느껴 우는 바람에 중단되었다.

"미셸이 어떻게 됐다는 거야?"

찰스는 가슴을 죄는 강한 공포감을 느꼈다. 그것은 몸서리쳐지는 듯한 기시감을 경험한 적이 없는데도 마치 경험한 듯한 느낌이었다.

캐서린은 그것이 유일한 구제책인 것처럼 찰스의 목을 껴안은 손에 더욱 힘을 주었다. 그가 오기 전에는 그런대로 유지하고 있던 자제심이 지금은 완전히 없어진 것 같았다. 찰스는 있는 힘을 다해서 목을 껴안고 있는 캐서린의 팔을 풀었고, 그녀가 실신할 것 같다는 생각이 들었다. 의자에 앉히자 그녀는 공기가 빠진 풍선처럼 거기에 푹석 주저앉았다. 그는 그녀 옆에 걸터앉았다.

"캐서린, 대체 왜 이러는 거야. 말해봐."

그녀는 간신히 얼굴을 들었다. 녹색에 가까운 파란 눈에 눈물이 가득했다. 입을 열어 이야기를 시작하려고 할 때 문이 열리며 조던 와일리 박사가 들어왔다. 캐서린의 어깨에 손을 얹고 있던 찰스는 와일리 박사의 모습을 보자 그 얼굴에서 뭔가 실마리를 잡을 수 있을 거라는 생각을 하면서 일어났다.

와일리 박사를 알게 된 지 거의 20년이 되어 가는데 그것은 사교적인 관계라기보다 의대 시절부터의 동료 의사로서였다. 와일리는 찰스가 의대 3학년 때 소아과 지도교관이었는데 찰스의 지식과 총명이 마음속에 깊이 감동으로 새겨져 있었다. 찰스도 훗날 소아과 의사가 필요하게 되었을 때 주저하지 않고 이 조던 와일리에게 부탁했었다.

"다시 만나게 돼서 반갑네, 찰스."

와일리 박사는 찰스의 손을 잡고 말했다.

"이런 일로 만나서 유감이지만."

"이런 일이라뇨, 미셸에게 무슨 문제가 있습니까?"

찰스는 공포를 그저 곤혹스런 표정으로 감추고는 말했다.

"아직 얘기하지 않았습니까?"

와일리 박사의 물음에 캐서린은 고개를 저었다.

"잠깐 자리를 비워줄까?"

와일리가 문 쪽으로 걸어가자 찰스는 그의 팔을 잡고 말했다.

"선생님께 직접 듣고 싶습니다."

와일리 박사가 캐서린 쪽을 힐끗 보자, 그녀는 고개를 끄덕이며 좋다는 표시를 했다.

"좋아."

와일리는 다시 찰스 쪽으로 돌아섰다.

"미셸이 말이야……."

"왜 빨리 얘기해주지 않습니까?"

와일리는 걱정스러워하는 찰스의 얼굴을 물끄러미 바라보았다. 찰스도 학생 때에 비해서 상당히 나이가 들었구나 하고 그는 생각했다. 그리고 앞으로 겪어야 할 큰 괴로움을 생각하니 딱하게 여겨졌다. 이것은 그가 늘 꺼려하는 의사로서의 책무 가운데 하나이긴 하지만.

"미셸이 백혈병이라네, 찰스."

찰스의 입이 서서히 열리고 그의 파란 눈은 마치 망아의 경지에 있는 것처럼 멍하니 흐려졌다. 손가락도 움직일 수 없고 호흡도 중지된 것만 같았다. 와일리 박사의 이 한마디가 잊고 있던 기억의 물결을 다시 한 번 불러들였다.

'유감스럽지만 닥터 마텔, 부인은 악성 림프종입니다……. 대단히 유감스럽지만 부인은 백혈병 말기입니다……. 닥터 마텔, 정말 애석하게도 부인께서는 방금 돌아가셨습니다.'

"아니! 그건 거짓말이야. 그럴 리가 없어요!"

찰스는 와일리 박사와 캐서린이 깜짝 놀랄 정도로 맹렬한 기세로 외쳤다.

"찰스."

와일리 박사는 손을 뻗어서 동정하듯이 찰스의 어깨에 손을 얹었다. 찰스는 재빨리 와일리의 손을 뿌리쳤다.

"오진을 하셨군요."

와일리 박사는 놀라서 뒷걸음질 쳤고, 캐서린은 울고 있었음에도 불구하고 달려들어서 찰스의 손을 잡았다.

"이렇게 무서운 농담을 함부로 하다니요?"

찰스는 캐서린의 손을 뿌리쳤다.

"농담이 아니네."

와일리 박사는 온화하지만 단호하게 말했다.

"찰스, 자네의 괴로운 심정은 잘 아네. 특히 엘리자베스의 일이 있었으니 더 말할 것도 없겠지. 하지만 그럴수록 정신 차려야 하네. 미셸에게는 자네가 필요하다네."

찰스는 생각도 감정도 정리되지 못한 채 천 갈래 만 갈래로 흐트러져 있었다. 어떻게 하든 생각을 정리하려고 필사적으로 버둥거렸다.

"어떻게 미셸이 백혈병이라고 생각했습니까?"

찰스는 간신히 그 한마디를 했다. 캐서린은 다시 의자에 앉았다.

"진단은 확실하다네."

와일리 박사는 조용히 말했다.

"어떤 종류의 백혈병입니까?"

찰스는 손으로 머리를 올리며 옆 건물의 벽돌 벽이 보이는 창밖을 바라보았다.

"림프성입니까?"

"아니, 유감스럽지만 급성 골수성이야."

유감스럽지만…… 유감스럽지만…… 손쓸 수 없을 때 흔히 쓰는 의사의 용어. 찰스에게는 그 말이 견딜 수 없이 불쾌하게 들렸다. 유감스럽지만 부인께서는 돌아가셨습니다……. 그것은 마치 잘 드는 칼날이 가슴을 꿰뚫는 것과 같은 것이었다.

"유혈중의 백혈병 혈구는?"

엘리자베스에 대한 생각을 지우려 애쓰면서 찰스는 물었다.

"유감스럽지만 있네. 백혈구 총수는 5만을 넘고 있다네."

죽음 같은 정적이 실내에 퍼져갔다. 그러자 갑자기 찰스는 걷기 시작했다. 두 손을 거칠게 움직이면서 걷고 있었다.

"백혈병 진단은 골수 천자(몸의 일부에 주사바늘을 꽂아 체내의 액체를 뽑아냄)를 하지 않으면 확정지을 수 없을 텐데요."

그는 불쑥 말했다.

"그것도 했네."

"그건 내가 승낙하지 않아서 할 수 없었을 텐데요."

"내가 했어요."

캐서린은 뭔가 잘못이라도 저지른 것을 걱정하듯이 쭈뼛거리면서 말했다.

찰스는 캐서린 쪽을 무시하고 여전히 와일리 박사를 노려보았다.

"염색 표본을 직접 보고 싶은데요."

"내가 벌써 슬라이드를 혈액학자한테 봐달라고 했다네."

"그런 건 상관없으니 꼭 보고 싶습니다."

"보고 싶다면 그러지."

그가 옛날에는 경솔했지만 나무랄 데 없는 학생이었음을 와일리 박사는 아직 기억하고 있었다. 분명히 그는 변했다. 진단을 확인하는 것이 찰스로서는 중요한 일이긴 하지만 지금은 오히려 앞으로 미셸의 오랜 치료에 관해서 얘기했으면 하는 것이 와일리 박사의 생각이었다.

"날 따라오게."

그는 마지막으로 그렇게 말하고 찰스를 회의실에서 복도로 데리고 나갔다. 회의실의 문을 여는 순간 앙~ 하고 갓난애 우는 소리가 들렸다. 캐서린도 처음에는 어떻게 할까 하고 망설이다가 곧 두 사람의 뒤를 따랐다.

복도의 반대쪽 끝에서 그들은 임상검사실로 사용되는 좁은 방으로 들어갔다. 거기에는 카운터와 일렬로 나란히 키 높은 의자가 있을 뿐, 그 밖에는 소변 검사를 하는 선반이 방안에 비린내를 풍기고 있었다. 더러워진 가운을 입은 여드름투성이의 젊은 여자가 정중하게 가까이 있던 의자에서 미끄러져 내렸다. 소변 분석을 하는 중이었다.

"여기야, 찰스."

와일리 박사는 덮개를 덮은 현미경을 가리키며 플라스틱 커버를 벗겼다. 그것은 쌍안경의 칼 사이스 제품이었다. 찰스는 앉아서 접안렌즈를 조절하여 밝게 했다. 와일리 박사는 가까이 있는 서랍을 열고 판지로 된 슬라이드 홀더를 꺼내어 그 속에서 한 장의 끝을 잡아 신중하게 들어올렸다. 그가 찰스에게 그것을 건네줄 때 두 사람의 눈이 마주쳤다. 와일리에게는 찰스가 마치 궁지에 몰린 동물처럼 보였다.

찰스는 왼손 엄지와 집게손가락으로 슬라이드를 쥐었다. 슬라이드 중앙에는 얼룩과 같은 것 위에 커버 글라스가 올려 있고, 유리 끝 부분에 '미셸 마텔#882673, 골수'라고 적혀 있었다. 현미경대 위에 슬라이드를 올려놓은 찰스는 손을 떨면서 커버 글라스 위에 오일을 한 방울 떨어뜨렸다. 슬라이드를 확인하고 나서 그는 에멀전 렌즈를 내려서 슬라이드와 오일에 선단을 붙였다.

심호흡을 한 번 하고 그가 현미경 통을 올리는 순간 어슴푸레한 가운데 파르스름한 혈구가 시야에 나타났다. 그는 무의식중에 숨을 삼키고 관자놀이의 맥이 뛰는 것을 느꼈다. 그리고 마치 현실에서 자신의 사망증명서를 본 것처럼 몸서리쳐지기만 하는 공포가 가슴속을 스쳐가는 것을 느꼈다. 미셸의 골수에는 여러 가지 성숙단계의 정상적인 혈구 대신에 수많은 조그만 알갱이를 포함한 불규칙한 핵을 지닌 대형 미분화 세포가 그 대부분을 차지하고 있었다. 그는 압도하는 공포감에 사로잡혔다.

"이것이 결정적이라고 자네도 인정하겠지?"

와일리 박사는 온화하게 말했다. 찰스는 벌떡 일어나 꽝 하고 의자를 뒤로 넘어뜨렸다. 생각하면 오늘 아침부터 끓어오르던 분노, 그 억제할 수 없는 분노가 미셸의 병에 의해 새삼 그를 맹목적이 되게 만든 것 같았다.

"뭣 때문에요!"

그는 마치 이 소아과 의사가 자기를 둘러싼 음모자들과 한패거리라도 되는 것처럼 와일리를 향해 외쳤다. 그는 와일리의 와이셔츠를 힘껏 거머쥐고 난폭하게 흔들었다.

캐서린이 재빠르게 두 사람 사이에 끼어들어 남편을 팔로 껴안아 꼼짝 못하게 하고 외쳤다.

"찰스, 그만둬요!"

캐서린은 자기들의 조력자가 될 그 사람과 틀어지게 될까 봐 염려스러웠다.

"이건 와일리 선생님이 잘못한 게 아니잖아요. 굳이 나쁜 사람이라면 그건 우리예요."

꿈에서 깨어난 사람처럼 찰스는 당혹한 듯이 놀라는 와일리 박사의 나비넥타이를 비틀어지게 해놓은 채 그의 와이셔츠에서 손을 떼었다. 그리고 몸을 굽혀 의자를 일으키고 다시 일어나서 두 손으로 얼굴을 감쌌다.

"누가 나쁘냐 하는 따윈 문제가 아냐. 딸을 돌보는 게 문제라고."

신경질적으로 넥타이를 만지작거리면서 와일리 박사가 말했다.

"미셸은 어디 있어?"

찰스가 말했다. 캐서린은 아직 그의 팔을 잡고 있었다.

"그 앤 벌써 여기 입원하고 있다네. 앤더슨 6병동, 뛰어난 간호사가 돌보는 중이지."

"만나고 싶어."

가냘픈 목소리로 찰스가 말했다.

"만날 수 있지. 하지만 그보다도 먼저 그 애의 치료에 대해서 얘기하고 싶네. 알겠나, 찰스."

와일리 박사는 위로하듯이 손을 내밀다가 다시 생각하고 그만두었다. 찰스의 분노에 기가 꺾인 것이다. 그 대신에 그는 두 손을 포켓에 넣었다.

"이곳 소아과에 소아 백혈병으로는 세계에서 최고 권위자인 스티븐 카이츠맨 박사가 있네. 캐서린의 승낙을 얻어 이미 그와 연락을 취해놓았다네. 아무튼 미셸은 중병이니 조금이라도 빨리 소아 종양학자가 치료에 임해주면 그만큼 좋을 거라네. 그는 자네가 도착하는 대로 곧 만나겠다고 했으니 그와 만나고 나서 미셸을 만나는 것이 좋겠네."

처음에 캐서린은 스티븐 카이츠맨 의사를 별로 신용하고 싶지 않았다. 외관상 그는 와일리 박사와 정반대로 젊게 보이고 몸집이 작은 사람이었다. 게다가 머리가 유난히 크고 더부룩한 곱슬머리였으며, 털구멍투성이고 뼈가 앙상하게 나온 코에 테가 없는 안경을 걸치고 있었다. 태도는 무뚝뚝하고 표정은 신경질적이며 얘기하는 동안 실룩실룩 얼굴에 경련을 일으키는 독특한 버릇이 있었다. 느닷없이 코웃음 치듯이 윗입술을 말아 올려서 힐끗 금니를 엿보이게 하고 콧방울을 벌름거리기도 했다. 그것은 처음 그와 만나는 사람에게 불안한 생각을 품게 했다. 그러나 그는 자신만만했고 그의 얘기에는 설득력이 있어서 캐서린도 결국 그를 신뢰하게 되었다.

그의 얘기를 들어도 잊어버리고 말 것 같아서 그녀는 노트와 볼펜을 꺼냈다. 그러나 찰스는 경청하고 있는 것 같지 않아서 그녀는 당황했다. 그는 창밖의 롱우드 거리를 느릿느릿 달리는 차의 행렬을 보고 있는 모양이었다. 동남풍이 대서양의 공기를 보스턴으로 몰아와서 조금씩 오던 진눈깨비가 지금은 제법 큰 눈으로 내리고 있었다. 캐서린은 자기가 무능하다고 생각되었기 때문에 찰스가 여기에 이렇게 침착하게 있어 주는 것이 안심이 되었다. 그러나 그의 행동은 기묘해서 화를 막 내다가는 곧 무관심한 표정으로 바뀌곤 했다.

"바꿔 말해서."

카이츠맨은 결론적으로 말했다.

"급성 골수성백혈병이란 진단은 의심할 여지가 없습니다."

찰스는 머리를 돌려서 실내를 한 바퀴 둘러보았다. 자기의 감정을 제대로 제어하지 못해서 카이츠맨의 얘기에 정신을 집중하지 못하고 있다는 것도 잘 알고 있었다. 사람들이 자신의 안정을 위태롭게 하고, 생활을 혼란하게 하고, 가정을 파괴하고, 새로 발견한 행복을 빼앗는 것을 이날 아침 한꺼번에 경험해야 하는 것이 무엇보다 화가 났다.

한쪽은 모리슨과 이바네스, 또 다른 한쪽은 와일리와 카이츠맨, 물론 이 양자에게 큰 차이가 있다는 것은 충분히 알고 있었다. 그러나 이들은 지금 모두 손을 잡고 똑같이 까닭 모를 분노를 폭발시키려 하고 있었다.

찰스는 미셸이 백혈병에 걸렸다는 사실을 도저히 받아들일 수가 없었다. 게다가 그중에서도 최악의 경우, 가장 사망 가능성이 많다니 이런 불행은 전에 한 번 경험했으니 이번에는 누구 다른 인간의 차례가 되어야 하는 것이 아닌가.

건성으로 이야기를 들으면서 찰스는 스티븐 카이츠맨 의사를 관찰했다. 현장의 의사에게 잊기 쉬운 고압적인 태도가 아닌 마치 강의를 하듯이 지식을 조금씩 내놓고 있었다. 카이츠맨은 분명히 지금까지 이런 자리를 수없이 경험했을 것이다. 그는 '참으로 유감스럽지만'이란 상투어를 남용했고, 위선적인 여운을 풍겼다. 찰스는 이 남자의 스스로 즐기고 있는 듯한 태도가 불쾌했다. 그것은 영화나 맛있는 음식을 즐기는 것 같지는 않지만 좀 더 미묘한 자기만족의 형태를 취하고 있었다. 그 태도는 찰스의 감정을 더욱 건드렸다. 특히 카이츠맨이 담당하는 일반 환자에 대해서 지나칠 정도로 잘 알고 있는 만큼 더더욱 말할 것도 없었다.

찰스는 애써 신중하게 듣는 체하며 마음속으로는 미셸을 키워온 지난 시절의 모습을 영화처럼 떠올렸다.

"어디가 나쁘다고 여겨지는 것은 피할 수 없는 것이지만 그것을 경감시키기 위해서 특히 말씀드리고 싶은 건."

카이츠맨은 초조하게 얼굴을 찌푸리고 윗니를 드러내면서 이야기를 계속했다.

"미셸의 경우와 같은 백혈병은 원인과 발병 시기를 전혀 알 수 없다는 겁니다. 따라서 양친께서는 이 병을 일으키게 한 특정 원인을 규명하려고 생각해서는 안 됩니다. 종국적인 목표는 증상에 대해서 치료하고 관해로 이끌어가는 데 있습니다. 우리는 다행히도 급성 골수성 백혈병에 대해서 대단히 좋은 결과를 얻고 있다고 말씀드리고 싶습니다. 이것은 10년 전에는 있을 수 없었던 것이지만 지금은 전체의 80퍼센트를 관해 시키는 데 성공하고 있습니다."

"그건 훌륭하군요."

찰스는 비로소 입을 열었다.

"그러나 다른 형의 백혈병 치료에서 5년간 생존하고 있다고 하는데 대체 미셸 같은 형의 병에는 어느 정도 관해 상태가 계속된다고 생각하십니까?"

찰스는 카이츠맨에게 이 자리에서 최악의 경우가 있다는 것을 말하게 하려는 듯이 말했다.

카이츠맨은 안경을 밀어올리고 헛기침을 했다.

"닥터 마텔, 당신은 내가 담당하는 다른 환자들보다 따님의 병에 대해서 훨씬 잘 알고 계시리라 생각합니다. 그러나 당신은 아이들 백혈병의 전문이 아니니 어느 정도를 알고 계신지 그건 나로서도 전혀 모릅니다. 그래서 나는 당신이 일단은 아무것도 모르는 것으로 간주하고 얘기하는 것이 좋다고 생각합니다. 설사 이미 알고 있다고 하더라도 뭔가 도움이 될 것이라고 생각했습니다."

"왜 내 질문에는 대답해주지 않는 겁니까?"

"우리가 관해 시키는 일에 전력을 기울이면 반드시 성공하리라 생각합니다."

카이츠맨의 신경질적인 경련은 점점 자주 일어나고 있었다.

"내 경험에 의하면 화학요법의 진보와 더불어 백혈병은 매일 정복돼가고 있다고 말씀드릴 수 있습니다. 그동안 극적인 예를 많이 봐왔으니까요."

"미셸과 같은 형태는 제외하고서겠죠."

찰스는 물고 늘어지듯이 말했다.

"자, 얘기해주시오. 급성 골수성 백혈병 환자가 5년간 살 수 있는 확률이 얼마나 되는지를."

카이츠맨은 도전적인 찰스의 눈에서 두려움에 떨고 있는 듯한 캐서린의 얼굴로 시선을 돌렸다. 이 모임이 아무래도 잘못 나가고 있다고 생각되어서 도움을 구하려는 듯이 와일리 박사 쪽을 힐끗 보았으나 그는 고개를 숙이고 손가락만 만지작거리고 있었다. 찰스의 눈을 피하려고 카이츠맨은 낮은 목소리로 말했다.

"급성 골수성 백혈병은 5년 생존율이 가능하다고는 쉽게 말할 수 없지만 결코 불가능한 건 아닙니다."

"겨우 실토하기 시작했군요."

찰스는 벌떡 일어나서 카이츠맨의 책상으로 가까이 다가가 말했다.

"좀 더 정확히 말해서 급성 골수성 백혈병의 평균 생존율은 비록 관해가 있었다고 해도 고작 1, 2년이겠죠. 게다가 미셸의 경우는 벌써 유혈 중에 백혈병 세포가 들어가 있으니 관해의 가능성은 80퍼센트를 훨씬 밑돌고 있을 것이오. 그렇지 않습니까, 카이츠맨 박사?"

카이츠맨은 안경을 벗고 이럴 때 어떻게 대답하면 좋을까 하고 궁리했다.

"당신 말에도 일리는 있지만 그렇게 되면 병을 적극적으로 생각할 수 없을 거요. 전부 한결같지는 않을 테니까 말이오."

찰스는 성큼 창가로 가서 하얀 눈송이가 내리는 것을 바라보았다.

"왜 당신은 내 아내에게 솔직하게 말하지 않는 겁니까? 약이 듣지 않는 환자…… 다시 말해서 관해하지 않는 환자가 얼마나 살 수 있는가를 말이오."

"그런 것은 아무 도움도 안 된다고……."

카이츠맨이 말하기 시작하자 찰스는 홱 돌아섰다.

"무슨 도움이 되겠느냐 그런 말입니까? 그렇다면 내가 도움 되는 것을 하죠. 병들었을 때 가장 나쁜 건 상태를 모르는 겁니다. 뭔가를 알고 있으면 그 범위에서 사람은 그에 대처할 수 있죠. 그러나 아무것도 모르고 몸부림치기 때문에 그것으로 화가 나게 되는 거요."

이렇게 말하면서 찰스는 서슬이 시퍼런 표정으로 다시 카이츠맨 의사의 책상으로 돌아갔다. 그리고 캐서린의 노트를 발견하자 그것을 휴지통에 던져 넣었다.

"이런 모임에 필기가 무슨 필요가 있나! 이건 어처구니없는 강의야. 게다가 나는 백혈병에 대해서 잘 알고 있어."

그리고 카이츠맨 의사 쪽을 향해 다시 돌아섰다. 얼굴이 몹시 붉어져 있었다.

"자, 카이츠맨. 약이 듣지 않는 환자가 얼마나 살 수 있는지 말해보시오."

카이츠맨은 의자에 몸을 기대고 마치 당장에라도 도망치려는 자세로 책상 가장자리를 잡았다. 그리고 간신히 말했다.

"그런 건 아무런 도움도 되지 않소."

"그렇겠죠. 어차피 아무 도움도 못 되겠죠. 좀 더 전문적으로 해주었으면 좋겠는데."

"좋아, 알았어! 고작해야 몇 주일이나 몇 개월이 되겠지."

찰스는 대답하지 않았다. 카이츠맨을 교묘하게 궁지에 몰아넣자 오히려 그는 갑자기 긴장이 풀린 것 같았다. 그는 천천히 의자에 털썩 앉았다.

카이츠맨의 얼굴에서는 계속되던 경련이 점점 사라졌다. 그는 와일리 박사와 동정하는 듯한 눈길을 교환했다. 그리고 캐서린 쪽을 향해서 이야기를 계속했다.

"이것은 늘 내가 말하는 건데, 백혈병은 결코 치명적인 병이 아니라는 생각으로 될 수 있는 한 매일 마음을 편하게 유지하는 것, 그것이 가장 좋은 겁니다."

"그건 사선을 방황하는 인간에게 죽는다는 것을 생각하지 말라는 것과도 같군요."

찰스는 중얼거리듯이 말했다.

"닥터 마텔. 나는 의사로서 이 중대한 사태에 대해 당신의 인식을 철저하게 바꿔줬으면 하오."

카이츠맨은 굳은 표정으로 말했다.

"인식을 바꾸는 건 어렵지 않겠지. 이것이 당신 가족에게 일어난 게 아니니까. 불행하게도 나는 이전에도 똑같은 경험을 했단 말이오."

"이제 우리는 치료에 관한 얘기를 하는 게 좋을 것 같은데요."

비로소 와일리 박사가 끼어들어서 제안했다.

"나도 찬성이오. 우리는 하루라도 빨리 치료를 시작해야 하오. 실제로 기본적인 검사를 마친 시점에서 오늘 당장이라도 시작하고 싶은 겁니다. 하지만 물론 약의 성질상 당신네들의 동의가 필요하지만."

"관해의 가능성이 적은데도 미셸에게 부작용으로 인한 고통을 받게 할 만한 가치가 있을까요?"

찰스는 여기서 일단은 말투가 부드러워졌으나 한편으로는 엘리자베스가 마지막 몇 개월간 무섭게 고통스러워하던 것을 생생하게 기억해내고 있었다. 격심한 구토, 탈모…… 그는 눈을 감았다.

"네, 있습니다. 아이의 백혈병 치료는 장족의 진보를 이루고 있소. 그건 증명이 됐습니다."

카이츠맨은 단호하게 말했다.

"그 점은 절대적으로 확실합니다."

와일리 박사도 단언했다.

"그건 진보했는지도 모르지. 그러나 유감이지만 그건 미셸과는 다른 형의 백혈병에 대해서겠죠."

캐서린의 눈은 재빠르게 찰스로부터 카이츠맨에게로 그리고 와일리에게로 움직였다. 그녀는 모두의 의견이 일치하기를 기대하고 있었다. 그래야 희망도 가질 수 있었다. 그러나 반대로 여기서는 충돌과 증오밖에 없는 것처럼 생각되었다.

"그런데."

카이츠맨이 다시 말했다.

"관해의 가능성이 어떻게 되든 나는 전 증례에 강력한 치료를 해야 한다고 믿고 있습니다. 어느 환자에게도 살 기회를 주어야 한다는 겁니다. 설사 비용이 얼마가 든다 해도 매일, 매월이 귀중한 겁니다."

"설사 이 환자가 죽는다 해도."

찰스는 엘리자베스의 최후의 날들을 회상하면서 말했다.

"관해의 가능성이 — 치료를 받고 있어도 — 20퍼센트 이하라면 아이에게 쓸데없는 고통을 줄 만한 가치가 있는 건지, 나로서는 뭐라고 말할 수 없소."

카이츠맨은 의자를 뒤로 밀고는 벌떡 일어났다.

"당신과 나는 아무래도 생명의 가치를 생각하는 견해가 아주 다른 것 같소. 나는 화학요법이 암에 대해서 진짜 강력한 무기라고 믿고 있소. 그러나 당신은 자신의 생각을 옳다고 생각하고 있겠죠. 당신 따님의 치료를 담당해줄 다른 종양학자를 찾도록 하는 게 좋겠소. 그것이 확실할 것 같소. 성공을 기원하겠습니다!"

"안 돼요!"

캐서린은 펄쩍 뛰면서 외쳤다. 와일리 박사가 최고라고 말한 카이츠맨 의사가 여기서 손을 뗀다는 것이 두려웠다.

"카이츠맨 선생님, 당신이 필요합니다. 미셸은 당신을 필요로 하고 있어요."

"하지만 당신의 부군께서는 그렇게 생각하고 있지 않은 것 같소, 미세스 마텔."

"아녜요. 그렇게 생각하고 있어요. 그 사람은 그저 자제심을 잃고 있는 것뿐입니다. 부디 카이츠맨 선생님."

캐서린은 찰스 쪽의 목에 손을 얹었다.

"찰스, 제발 부탁이에요! 우리만으로는 할 수 없어요. 오늘 아침도 당신은 자신이 소아과 의사가 아니라고 말했잖아요. 내게는 카이츠맨 선생님과 와일리 선생님 모두가 필요해요."

"자네도 부인의 의견에 따르는 게 좋을 것 같네."

와일리 박사도 옆에서 다그쳤다. 찰스는 자신이 무력하다는 생각에 갑자기 어깨에 힘이 빠졌다. 설사 미셸의 병에 대해서 지금의 치료법이 잘못되어 있는 것을 안다 해도 자신이 아무것도 할 수 없다는 것을 더 잘 알고 있었다. 이 판국에 그는 아무것도 얘기할 수 없었고 생각은 무겁고 자꾸 흐트러질 뿐이었다.

"찰스, 부탁이에요."

캐서린은 간청했다.

"미셸은 병든 어린아이라네."

와일리 박사도 말했다.

"좋아."

찰스는 조용하게 말했다. 다시 한 번 항복을 강요당한 모양이 되었다. 캐서린은 카이츠맨의 얼굴을 보았다.

"보세요! 이이도 좋다고 했잖아요."

"닥터 마텔, 이 환자의 치료에 대해 나를 종양학자로서 필요하다고 생각하시겠습니까?"

한숨을 한 번 크게 쉬고 나서 찰스는 마지못해 고개를 끄덕였다.

카이츠맨은 앉아서 책상의 어질러진 서류를 정리했다.

"좋습니다. 골수성 백혈병에 대한 우리의 치료에는 이런 약이 들어 있소. 다우노루비신, 치오구아닌, 시타라빈이오. 검사가 끝나는 대로 60mg/㎡의 다우노루비신을 점적으로 빠르게 주입하겠소."

카이츠맨 의사가 치료 계획의 골자를 설명하자 찰스는 다우노루비신의 부작용의 가능성에 몹시 번민했다. 미셸의 발열은 필시 감염에 의한 것일 터이고 세균과 싸울 만한 체력이 소모되어 있기 때문일 것이라는 생각이 들었다. 다우노루비신은 그것을 더욱 악화시킬 것임에 틀림없었다. 대량의 세균이나 곰팡이에 대해서 저항력이 없어질 뿐만 아니라 이 약은 소화기 계통을 손상시키고 아마 심장도…… 그뿐만이 아니었다…… 모발도…… 빌어먹을!

"미셸을 만나고 싶은데."

찰스는 자기의 생각을 부정하려고 벌떡 일어나서 불쑥 그렇게 말했다. 그러나 곧 얘기하고 있는 카이츠맨을 방해했다는 것을 깨달았다. 일동은 그가 뭔가 터무니없는 짓이라도 한 것처럼 일제히 그를 물끄러미 바라보았다.

"찰스, 자네는 얘기를 더 들어야 한다고 생각하는데."

와일리 박사가 다가가서 찰스의 팔을 잡았다. 그것은 반사적인 동작이었고 그러고 난 후에 그는 왜 그런 짓을 했는지 반성했다. 그러나 찰스는 아무 반응도 없이 그저 팔이 저려오는 것을 느끼고 잠깐 돌아보았을 뿐 다시 의자로 돌아갔다.

"항상 말하는 거지만……."

카이츠맨이 계속해서 말했다.

"환자에게는 심리학적인 치료도 병행해서 해나가는 것이 중요합니다. 그것도 나이에 따라서 작업을 고려하죠. 다시 말해서 다섯 살 이하, 초등학교 아동, 그리고 사춘기로 구분해야 합니다. 다섯 살 이하의 아이는 단순해서 항상 애정으로써 치료를 계속합니다. 문제는 초등학교 아동들로, 이들은 부모와 헤어져 있는 공포, 게다가 병원의 처치의 고통이 그들의 주된 관심사가 됩니다."

찰스는 의자 위에서 머뭇거렸다. 미셸을 대상으로 이 문제를 생각하고 싶지가 않았다. 그러기에는 너무 괴로웠다. 카이츠맨은 얼굴에 경련을 일으킬 때마다 금니를 번쩍이면서 얘기를 계속했다.

"초등학교 아동의 경우에는 알고 싶어하는 것 외에는 얘기하지 않아야 합니다. 심리학적인 면에서는 부모와 헤어져 있음으로 해서 일어나는 불안을 경감하는 데에 초점을 맞추어야 합니다."

"미셸은 헤어져 있는 것을 특히 고통스러워할 것 같아요."

캐서린은 카이츠맨의 설명에 열심히 따르려 했고, 또 될 수 있는 한 그의 마음에 들도록 협력해 나가려는 마음에서 그렇게 말했다.

"사춘기에 대해서는."

카이츠맨은 캐서린의 말을 알아차리지 못하고 이야기를 계속했다.

"치료방법이 어른의 그것에 가깝습니다. 심리학에서의 지원은 환자가 거절하는 경우 그것이 무의식적 방어반응의 일부라면 그것을 무턱대고 꺾지 말고 곤혹스러움이나 의혹을 제거해주도록 최선을 다해야 합니다. 그런데 미셸의 경우는 초등학생인 데다 사춘기여서 어떻게 하는 게 좋을지 모르겠습니다. 부모로서 어떤 의견이 있으실 거라고 생각합니다만."

"미셸에게 백혈병이라는 것을 알리는 것이 좋을지, 알리지 않는 것이 좋을지 그 점을 얘기하는 겁니까?"

캐서린이 물었다.

"그것도 문제 중 하나입니다."

카이츠맨이 동의했다. 캐서린은 찰스의 얼굴을 보았지만 그는 다시 눈을 감고 있었다. 와일리 박사가 그녀의 시선에 동정의 눈길을 보내는 바람에 캐서린은 그것으로 약간 기운이 났다.

"그런데 신중히 생각해야 할 문제인데, 지금 당장 결정할 필요는 없을 겁니다. 우선 미셸에게 얘기할 것은 어디가 나쁜지 우리가 지금 그것을 알아보는 중이라는 정도로 해둡시다. 먼저 그 전에 묻고 싶은 건 미셸에게 형제가 있습니까?"

카이츠맨이 말했다.

"네, 오빠가 둘."

"그건 잘됐습니다. 그 오빠들이 미셸의 이식항원 HLA, 혈액형 ABO와 맞는지 검사해볼 필요가 있겠군요. 아마 혈소판과 과립 백혈구, 거기다 골수도 필요하게 될 테니 맞는다면 좋을 것 같습니다."

캐서린은 도움을 구하려는 듯이 찰스를 보았으나 그는 역시 여전히 눈을 감고 있었다. 그녀는 카이츠맨의 얘기를 정확히 알 수는 없었지만 찰스는 알고 있을 것이라고 생각했다. 그러나 그 얘기를 듣고 그녀보다도 찰스가 훨씬 더 괴로워하는 것 같았다.

위로 올라가는 엘리베이터 안에서 찰스는 열심히 자신을 억제하려고 애썼다.

지금까지 이렇게 모순된 괴로움에 빠졌던 적은 없었다. 빨리 딸을 만나서 꼭 안아 지켜주고 싶은 마음이었다. 그러나 다른 한편으로는 딸의 병명을 싫어도 인정하지 않을 수 없기 때문에 만나는 것을 피하고도 싶었다. 분명 딸은 아버지의 얼굴을 보고 뭔가를 헤아릴 것이다.

엘리베이터가 멎고 문이 열렸다. 그 앞에는 판박이 그림처럼 동물 그림을 직접 벽에 붙인 파르스름한 복도가 이어져 있었다. 불이 켜진

계단 주변에는 크고 작은 여러 가지 파자마 모습의 환자복을 입은 아이들, 간호사, 부모들 그리고 병원의 직원들까지 떼 지어 모여 있었다.

와일리 박사가 복도를 안내하여 계단을 돌아 바삐 움직이는 듯한 간호사실을 지나쳐 갔다. 차트 선반 뒤에서 와일리 박사의 모습을 발견한 담당간호사가 달려와서 일동의 뒤를 따랐다. 찰스는 자기의 발밑을 물끄러미 바라보고 걸었고, 캐서린은 곁에 붙어 서서 그의 팔을 꼭 붙잡고 걸었다.

미셸은 1인실에 있었다. 벽은 복도와 같은 엷은 청색으로 칠해져 있었고 왼쪽 벽, 화장실로 통하는 문 옆에는 하마가 뜀박질하는 그림이 그려져 있었다. 방에는 차양이 붙어 있는 창이 있었고, 왼쪽에는 찬장과 옷장, 나이트테이블 그리고 침대가 갖추어져 있었다. 그리고 침대 곁에는 링거대가 있었는데 튜브가 구불구불 내려져서 미셸의 팔에 꽂혀 있었다. 사람들이 들어오는 소리를 듣고 창밖을 보고 있던 미셸이 이쪽으로 돌아다보았다.

"여~, 피넛 같은 아가씨, 누굴 데려왔는지 봐요."

와일리 박사가 쾌활하게 말했다. 찰스는 딸을 언뜻 본 순간 만나기를 두려워하던 지금까지의 기분이 사라지고 애정과 걱정의 두 파도가 와르르 몰려오는 느낌이 들었다. 그는 딸에게 달려가서 머리를 팔로 안고 얼굴을 가슴에 붙였다. 미셸도 그에 답하듯이 비어 있는 팔을 아버지의 목에 감고 꼭 끌어안았다.

캐서린은 침대를 돌아서 반대쪽으로 갔을 때, 억지로 나오는 눈물을 참고 있는 찰스를 보았다. 잠시 후에 그는 겨우 팔을 풀어서 미셸의 머리를 베개 위에 올려놓고 창백한 얼굴을 보며 머리를 쓰다듬어 주었다. 미셸은 캐서린 쪽으로 손을 내밀어서 그녀의 손을 꼭 쥐었다.

"좀 어떠니?"

찰스가 물었다. 동요되는 자기의 심중을 미셸이 알아챌까 봐 두려웠다.

"기분은 이제 좋아졌어."

미셸은 부모를 만나자 기뻐서 어쩔 줄 모르는 것 같았다. 그러나 이윽고 표정이 어두워지면서 찰스에게 물었다.

"그거 정말이야, 아빠?"

찰스는 무의식중에 가슴이 철렁했다. 딸이 알고 있는 것일까. 그는 카이츠맨의 얼굴을 힐끗 보고 적당한 심리요법에 대해 그가 아까 뭔가 얘기하고 있었음을 상기해내려고 애썼다.

"뭐가 정말이야?"

와일리 박사가 침대의 발쪽으로 다가서며 아무렇지도 않게 물었다.

"아빠, 오늘 밤 여기 있어야 한다는 게 정말이야?"

처음에는 미셸이 자기의 병명을 알고 있어서 그런 줄 알고는 깜짝 놀랐다. 제발 모르고 있기를 바라는 마음으로 눈만 깜빡이고 있던 찰스는 미셸이 아직 자신의 병을 모르고 있다는 것을 확인하게 되어 안도의 한숨을 내쉬었다.

"뭘, 그저 2, 3일 정도만 있으면 되는데……."

"하지만 학교는 쉬고 싶지 않아."

"학교 일은 걱정하지 않아도 돼."

찰스는 긴장을 풀고 웃음 띤 목소리로 말했다. 그리고 얼빠진 듯이 웃고 있는 캐서린 쪽을 힐끗 보았다.

"검사하기 위해서 조금만 여기 입원하고 있어야 하는 거야. 그렇게 하면 왜 열이 나는지 알게 되거든."

"이제 더 이상 검사는 하고 싶지 않아."

미셸은 지금까지도 많은 고통을 느껴왔기에 두려움에 사로잡혀 눈을 크게 떴다. 찰스는 침대에 누워 있는 아이의 몸이 몹시 수척해졌다는 것을 알고는 놀랐다. 환자복 소매에 나와 있는 가는 팔은 당장에라도 부러질 것 같았고, 늘 튼튼하다고 여겼던 목도 자기의 팔뚝 정도밖에 되지 않았다. 미셸은 마치 여윈 작은 새처럼 보였다. 그 어딘가 골수 한가운데서 아이의 혈구가 열심히 싸우고 있음을 찰스는 알고 있었다. 게다가 자신은 아이를 도와줄 수가 없었다—절대로 불가능한 것이다.

"와일리 선생님이나 카이츠맨 선생님은 꼭 필요하다고 생각되는 검사만 하실 거란다."

미셸의 머리를 쓰다듬어주면서 캐서린이 말했다.

"꾹 참고 착한 애가 돼야지. 미셸, 알겠지?"

캐서린의 그 말은 찰스에게 어떻게 해서든지 이 아이를 지켜주어야겠다는 마음을 불러일으켰다. 미셸에게는 무엇 하나 해줄 수 없지만 적어도 불필요한 고통을 주지 않을 수는 있을 것이었다. 이런 희귀한 병의 환자는 주치의의 일시적 기분으로 인해서 여러 가지로 쓸데없는 고통을 받게 되는 일이 있다는 것을 찰스는 잘 알고 있었다. 그는 라벨을 보기 위해 오른손으로 부드러운 플라스틱 병을 돌려보았다. '혈소'라고 쓰여 있었다. 그는 병을 든 채 와일리 박사 쪽을 향했다.

"당장에라도 혈소판 보급이 필요하다고 생각합니다. 지금은 겨우 2만 정도밖에 없으니까요."

와일리 박사가 말했다. 찰스는 고개를 끄덕였다.

"난 이만 가야겠는데……."

카이츠맨이 이불 위로 미셸의 무릎을 쓰다듬으면서 말했다.

"나중에 다시 만나요, 미스 마텔. 오늘은 다른 선생님 몇이 가끔 얘기하러 올 테니까 말이야. 이 튜브 안에 약이 들어 있으니까 팔을 움직이지 말고 얌전히 있어야 해요."

찰스는 플라스틱 튜브를 들여다보았다. '다우노루비신!' 새삼스럽게 공포의 파도가 그를 덮쳤다. 빨리 손을 뻗어 이 사랑스런 딸을 병원의 속박에서 구출하고 싶었다. 불합리한 생각이 그의 마음속을 스쳐갔다. 미셸을 이들의 손에서 구해낸다면 이런 악몽은 모두 사라질지 모른다.

"뭐든지 내게 할 말이 있으면 언제라도 상관없습니다."

카이츠맨은 그렇게 말하고 문 쪽으로 걸어갔다. 캐서린은 미소 짓고 고개를 끄덕여 보이면서 그의 말을 받아들였다. 그러나 찰스는 얼굴도 들지 않고 침대 가장자리에 앉아서 미셸의 귀에 대고 뭔가를 속삭이고 있었다. 그가 잠자코 있는 것이 종양 학자의 비위를 더 이상 거스르지 않겠다는 암시이기를 캐서린은 바랐다.

"나도 이만 나가보겠네."

와일리 박사는 카이츠맨의 뒤를 따랐다. 담당간호사도 아무 말 없이 나가버렸다. 복도에 나간 카이츠맨은 와일리 박사가 따라오도록 걸음을 늦추었다가 함께 간호사실로 향했다.

"찰스 마텔이란 놈, 아주 성가시게 할 것 같은데……."

카이츠맨 의사가 말했다.

"그럴 거야."

와일리 박사도 장단을 맞췄다.

"그 가엾은 병든 아이에게 도움이 될 것 같지 않으면 마텔에게 말해서 중지시켜야겠지. 화학요법을 사용하지 말라는 그의 말투를 자넨 신용할 수 있겠나? 도대체 그게 무슨 소리야! 그런 지위에 있는 인간이라면 우리가 하고 있는 화학요법이 진보하고 있다는 것 정도는 납득하고 있으면 좋으련만. 특히 림프성 백혈성과 호지킨 씨 병에 대한 치료에 대해서 말이야."

"그도 그 정도는 알고 있을 거야. 그저 화내고 있을 뿐이지. 그것도 이해할 수 있네. 아내가 죽었을 때 모두 경험했을 테니까 말이야."

"그렇다고는 하지만 그의 태도에 정말 화가 나. 그놈도 의사니까 말이야."

"하지만 그의 일은 완전히 기초연구야. 임상은 거의 10여 년간 하지 않고 있어. 시야를 좁히지 않기 위해 임상의학에도 한쪽 발을 들여놓는 게 연구가로서도 좋은 건데 말이야. 하기야 사람의 병만을 다루고 있으면 그것에만 매달리고 마는 경향이 있지만……."

두 사람은 간호사실로 들어가 카운터에 기대서서 주위에서 바삐 움직이고 있는 모습들을 멍하니 바라보았다.

"찰스가 그 정도로 화내는 것을 보니 은근히 겁이 나던데. 마텔은 자제심을 잃고 있어."

와일리 박사가 말했다.

"그자는 내 진료가 아무래도 탐탁지 않은 거야."

"자네도 그렇겠지만 나도 전에 화를 내는 놈을 만났던 경험이 있지. 하지만 오늘과 같은 일은 처음이야. 일반적으로 악운에 처하게 된 것에 화를 내긴 해도 진단 내린 의사에게 사납게 대드는 일은 없는 법인데 말이야."

두 사람은 수술을 마친 환자를 이동침대에 싣고 환자용 엘리베이터에서 복도로 능숙하게 밀고 가는 사람들을 바라보았다. 그러고는 얼마 동안 두 사람 모두 할 말을 잃고 있었다.

"내가 뭘 생각하고 있는지 알고 있나?"

카이츠맨이 물었다.

"알 것 같네. 나는 미스터 찰스가 얼마큼 제정신인지를 생각하고 있는 중이네."

"그렇다면 우리의 생각이 완전히 일치한 셈이군."

와일리 박사는 고개를 끄덕였다.

"사정이 어떻든 간에 그의 반응은 상식에서 벗어나 있네. 아무튼 그는 항상 별난 사나이였어. 그 친구는 뉴햄프셔 어딘가에 이름도 모르는 곳에서 살고 있어. 그곳이 전처가 택한 장소라고 말하던데 아내가 죽었는데도 이사를 하지 않는 거야. 재혼을 하고서도 여전히 거기서 살고 있어. 도대체 이유를 모르겠어. 물론 나름대로 생각이 있어서겠지만."

"이번 아내는 꽤 괜찮아 보이던데."

"응, 훌륭한 여자야. 아이들을 친자식처럼 돌보고 있는 모양이야. 결혼할 무렵에는 도저히 그녀가 감당할 것 같지 않다고 걱정했는데 실로 적격이야. 미셸이 백혈병이라고 말했을 땐 매우 낙담한 듯이 보였는데, 그래도 찰스보다는 잘해나갈 것 같은 생각이 들어. 내가 우선 그녀에게 털어놓고 얘기한 것도 그 때문이었다네."

"아마 당분간은 그녀하고만 얘기하는 게 좋을 것 같은데. 자넨 어떻게 생각하나?"

"그렇게 한번 해보지."

와일리 박사는 간호사실 쪽으로 얼굴을 돌렸다.

"미스 샤논, 잠깐 이리 좀 와주겠나?"

담당간호사가 두 사람 앞으로 왔다. 와일리 박사는 남편을 빼놓고 마텔 부인과 얘기하고 싶으니 미셸의 방에 가서 그런 식으로 잘 조처해달라고 간호사에게 부탁했다.

미스 샤논이 빠른 걸음으로 걸어가는 것을 보면서 카이츠맨은 다시 얼굴에 경련을 일으키며 말했다.

"그 애가 중증이라는 건 얘기하지 않기로 하지."

"혈액 도말표본을 봤을 때 나도 그렇게 생각했는데 골수를 들여다보고는 그것을 확신했다네."

"그 애가 아주 빨리 죽는 증례가 되는 게 아닐지, 그 점이 마음에 걸리는구먼. 이미 중추신경계가 침해당했다고 생각하네. 그래서 오늘 부랴부랴 치료를 시작할 걸세. 미스터 나카노와 미스터 시트맨에게도 곧 진찰을 부탁할 작정이네. 마텔의 의견이 단 하나 옳은 게 있어. 미셀의 관해는 가능성이 대단히 희박하다는 것이지."

카이츠맨이 말했다.

"하지만 해볼 수밖에 별 도리가 없지 않나. 이런 때는 자네 일도 별로 부럽다고는 생각할 수 없군."

"물론 해보는 거지. 아, 마텔 부인이 왔네."

캐서린이 미스 샤논의 뒤를 따라 복도를 걸어왔다. 누가 만나고 싶어 한다는 간호사의 말을 듣고 마지 순하우저겠지 하고 간호사를 따른 것이다. 이 병원에 달리 아는 사람이라고는 없었기 때문이다. 그러나 병실을 나오자 미스 샤논은 의사가 단둘이서 얘기하고 싶어 한다는 말을 전했다. 그래서 아무래도 좋은 얘기는 아닐 것 같은 느낌이 들었다.

"오시라고 해서 죄송합니다."

와일리 박사가 말했다.

"별말씀을요. 그런데 뭐 좋지 않은 일이라도?"

캐서린은 두 사람을 번갈아 보면서 말했다.

"부군에 대해서인데 말입니다."

카이츠맨은 신중하게 말을 꺼냈으나 조심하려고 잠깐 동안 입을 다물었다.

"우리는 부군께서 미셸의 치료를 방해하지 않을까 그것을 걱정하고 있습니다. 부군께서는 정말 괴로우실 겁니다. 우선 그는 병에 대해서 잘 알고 있죠. 게다가 전에 화학요법을 썼는데도 불구하고 사랑하는 사람을 잃은 경험도 있으니까요."

와일리 박사가 생각을 정리해서 말했다.

"우리가 부군의 마음을 모르는 건 아닙니다. 다만 부작용이 있든 없든 관해할 수 있는 희망을 미셸이 갖도록 해야 한다는 생각이 들어서 말입니다."

캐서린은 카이츠맨의 매부리코가 주는 강인함과 와일리 박사의 폭넓고 둥근 얼굴을 찬찬히 바라보았다. 이 두 사람은 겉보기가 이렇게 다른데도 그 열의가 아주 똑같았다.

"무슨 말씀을 하시는지 잘 모르겠는데요."

"우리는 그저 부군이 어떤 감정 상태에 있는지 얘기를 들어보고, 또 앞으로 어떻게 대처해야 할지 그것을 알아두고 싶은 겁니다."

카이츠맨이 말했다.

"저는 크게 문제 될 것은 없을 거라고 생각합니다. 저번에 부인께서 돌아가셨을 때 마음을 가다듬는 데 상당히 고생한 모양이지만 딸의 치료를 방해하는 일은 결코 없을 겁니다."

"부군께서는 오늘처럼 자제심을 잃는 일이 종종 있습니까?"

카이츠맨이 물었다.

"쇼크가 심했기 때문이겠죠. 저는 그이를 이해할 수 있을 것 같아요. 게다가 저번에 부인이 돌아가신 이후로 암에 대한 연구가 그이의 최대의 관심사가 됐답니다."

"그건 정말 얄궂은 얘기군요."

와일리 박사가 말했다.

"하지만 오늘 보인 그런 감정 폭발은 어떻습니까?"

카이츠맨이 물었다.

"그이는 짜증을 잘 내지만 자제도 잘하고 있어요."

"과연 그건 정말 큰 참고가 되는 얘기군요. 문제될 일을 일으키지는 않겠지요. 아무튼 감사합니다. 미세스 마텔. 당신은 정말 믿을 만한 분이십니다. 특히 당신도 큰 쇼크를 받았다는 걸 알고 있기에 더욱 그렇군요. 뭔가 마음에 거슬리는 일이 있었다면 사과드려야겠지만 미셸에 대해서는 우리도 최선을 다하겠습니다. 이것은 약속드릴 수 있습니다."

카이츠맨은 와일리 박사를 돌아다보며 말했다.

"나는 여러 가지 일이 있어서 먼저 가봐야겠네. 자네와 나중에 얘기하도록 하지."

그렇게 말하자마자 그는 달리다시피 걸어가 순식간에 사라졌다.

"별난 버릇이 있는 사람이긴 하지만 그 이상의 종양학자는 드물지요. 소아 백혈병에 관해서는 세계적인 권위자니까요."

"찰스는 아이의 치료를 방해하지는 않을 거예요."

"제발 그래 주기를 바랍니다. 하지만 우리는 당신의 힘을 믿고 있습니다, 미세스 마텔."

"저의 힘이라고 하셨어요? 병원이나 의학적인 면에 저는 전혀 지식이 없어요."

캐서린은 어안이 벙벙한 듯이 말했다.

"어떻게 하든 서로가 극복해할 문제입니다. 미셸의 치료법은 대단히 어려운 문제니까요."

그때 찰스가 미셸의 병실에서 나오는 것이 보였다. 찰스는 캐서린을 보자, 간호사실을 향해 가까이 다가왔다. 그녀는 그런 찰스에게 달려갔고, 두 사람은 잠시 동안 입을 다문 채 힘껏 껴안았다. 두 사람은 와일리 박사 쪽으로 걸어가기 시작했고, 찰스는 마음의 안정을 되찾은 것처럼 보였다.

"미셸은 착한 애야. 그 애의 걱정은 오로지 오늘 밤 여기서 묵게 되는 것뿐이야. 아침엔 집에서 오렌지주스를 만들고 싶다고 말하고 있어. 믿을 수 없을 정도로 말이야."

"그 애는 책임을 느끼고 있는 거예요. 입원할 때까지 집에서 주부 역할을 하고 있었거든요. 그래서 아빠와 함께 있을 수 없는 게 제일 걱정인 거예요, 찰스."

"당신이 자기 아이들에 대해서 아무것도 모르고 있다는 건 놀라운 일인걸. 내가 연구소에 돌아가도 괜찮겠느냐고 그 애에게 물었더니, 당신이 함께 있어주면 상관없다는 거야, 캐서린."

캐서린은 눈시울이 뜨거워졌다.

"병원에 오는 도중에 조금 얘기했는데 처음으로 그 애가 마음속으로 나를 엄마라고 생각한 모양이에요."

"당신이라는 엄마가 생겨서 그 애는 행복해하고 있어. 그리고 나도 마찬가지야. 여기에 당신을 두고 가도 상관없겠지? 당신도 알아줬으면 하는데 나는 지금 몹시 무력감을 느끼고 있어. 여러 가지로 해야 할 일들이 있어서 말이야."

"알고 있어요. 지금 여기서 당신이 해주실 일은 별로 없는걸요. 다른 일에 전념할 수 있으면 그 편이 좋아요. 저는 기꺼이 여기 있겠어요. 그리고 어머니도 오시도록 하겠어요. 오시면 집안일은 뭐든 해주실 테니까요."

와일리 박사는 자기 쪽을 향해 오는 부부를 보고 있다가 넘치는 듯한 애정과 서로를 격려하는 모습을 물끄러미 바라보았다. 쌍방이 서로 인정하고 슬픔을 나누는 것은 무엇보다 건전하고 좋은 징표였다. 와일리 박사는 그 모습을 보며 힘을 얻었다. 진료실 쪽은 붐비고 있을 테니 빨리 돌아가야 하지만, 그래도 아직 자신을 필요로 한다면 좀 더 있어 주기로 했다.

"미셸의 혈액을 여유 있게 채취해뒀습니까?"

찰스가 물었다. 그 목소리는 매우 사무적이었다.

"그렇게 해두었다네."

와일리 박사가 대답했다. 그것은 그가 생각하고 있던 질문이 아니었다. 찰스라는 사나이는 사람을 놀라게 하는 이상한 힘을 가지고 있다고 와일리 의사는 생각했다.

"그건 어디에?"

"임상검사실."

"좋습니다. 갑시다."

찰스는 엘리베이터 쪽으로 향했다.

"저는 미셸에게 가 있을게요. 무슨 일이 있으면 전화하겠지만 그렇지 않으면 저녁 때 집에서 만나요."

"그래, 알았어."

찰스는 캐서린에게 말하고 일부러 위세 있게 걸어갔다. 와일리 박사는 곤혹스러워하며 캐서린에게 작별 인사를 한 뒤 찰스의 뒤를 따랐다. 찰스의 태도에 안심이 되기도 했지만 어쩐지 수상해보이기도 했다. 이 사나이의 기분은 다시 묘하게 변한 것처럼 보였다. 딸의 혈액이라니…, 당연하겠지. 그도 의사니까.

벤젠이다!

미셸의 혈액이 든 플라스크를 들고 찰스는 와인버거 연구소의 로비를 급히 지나갔다. 접수계 여직원의 아양 떠는 듯한 인사도, 수위의 인사도 무시하고 그는 자기 방을 향해 복도를 달려갔다.

"돌아오셔서 다행이에요. 생쥐에 캔서랜을 주사하려던 참이거든요. 이제 손을 빌릴 수 있겠네요."

엘렌이 말했다. 찰스는 모르는 체하고 미셸의 혈액을 혈액세포 성분을 분리하는 기계 쪽으로 가지고 가서 단위를 측정하기 위한 복잡한 작업을 시작했다. 엘렌은 몸을 구부리고 글라스 기구의 선반 아래서 잠시 찰스 쪽을 엿보고 있다가 다시 말을 걸었다.

"내가 도와달라고 했는데."

찰스는 회전 펌프의 스위치를 넣었다. 엘렌은 손을 닦고 작업대를 돌아 찰스가 무엇에 그렇게 열중하고 있는지 이상하게 생각하면서 들여다보러 갔다.

"첫 번째 생쥐에는 주사를 놓았어요."

그녀는 찰스가 들릴 수 있는 곳까지 다가가서 되풀이해 말했다.

"그거 잘했군."

찰스는 무심하게 대답하고 미셸의 혈액 일부를 신중하게 기계 속에 삽입하고는 압착 펌프의 스위치를 넣었다.

"뭘 하고 계세요?"

엘렌은 그가 움직일 때마다 뒤를 쫓았다.

"미셸이 골수성 백혈병이야."

찰스는 날씨 얘기라도 하고 있는 듯이 침착한 말투로 담담하게 말했다.

"어머!"

엘렌은 외마디소리를 질렀다. 그러고는 무슨 말을 해야 좋을지 말문이 막혔다. 잠시 후 그녀는 "찰스, 어쩌면 좋아요. 가엾게도!" 하고 말하고 손을 내밀어 위로하고 싶었으나 그것만은 그만두었다.

"놀랐나?"

찰스는 웃었다.

"오늘의 불행한 사태가 단지 이 와인버거의 문제뿐이었다면 나는 그저 아우성만으로 끝났을 거야. 그런데 이번에는 미셸이 불치병이라니. 아주 완전히 손들었어, 제기랄!"

엘렌은 찰스의 얼빠진 듯한 웃음이 왠지 어울리지 않게 느껴졌다.

"괜찮으세요, 선생님?"

"암, 괜찮아."

"미셸의 기분은 어때요?"

"지금은 아주 좋아. 무엇 때문에 입원했는지 모를 정도로 좋아. 점점 나빠져 갈지 모르니 그게 걱정이지."

엘렌은 할 말을 잃고 그저 멍하니 검사하고 있는 찰스를 바라보고 있었다. 그러다가 겨우 물었다.

"찰스, 뭘 하고 있는 거예요?"

"이건 미셸의 혈액이야. 이 백혈병 세포에서 암의 항원을 분리하는 내 이론이 어느 정도 효력이 있는지 알아보려는 거지. 그 애를 살리기 위해 뭔가 해야 하지 않겠나."

"아, 찰스."

엘렌은 동정하듯이 그의 이름을 불렀다. 그가 자신의 약함을 알고 있기에 더욱 안타까웠다.

그가 적극적인 활동가라는 것을 엘렌은 잘 알고 있었다. 엘리자베스가 병들었을 때 무엇보다 괴로워했던 것은 자신의 무력함이었다고 찰스가 말했었다. 그는 그저 앉아서 엘리자베스가 죽어가는 것을 지켜보는 도리밖에 없었던 것이다. 그런데 이번에는 미셸이라니!

"나는 내 일을 그만두지 않기로 했어. 캔서랜 쪽도. 하지만 이쪽도 계속할 거야. 부득이하면 밤샘을 해서라도 말이야."

"하지만 모리슨은 어떻게든 캔서랜 연구에만 몰두하라고 했어요. 대단한 집념이었어요. 실은 선생님이 안 계실 때 다짐하러 온 정도였으니까요."

엘렌은 모리슨이 찾아왔던 진짜 이유를 찰스에게 털어놓을까 말까 잠시 골똘히 생각하다가 그밖에 여러 가지 사건도 있었던 만큼 입을 다물기로 했다.

"모리슨이 뭐라든 상관할 바 아니야. 미셸의 병 때문에 암은 이제 내게 있어서 추상적인 개념으로 그칠 수 없게 되었어. 우리의 일은 다른 화학요법 약을 개발하는 것보다 훨씬 가망성이 있어. 우리가 뭘 하고 있는지 모리슨 따위에게 알릴 필요가 없는 거야. 우리가 캔서랜 일을 하고 있다고 생각하면 그놈은 그것만으로 기쁜 거야."

"관리 쪽에서 얼마나 캔서랜을 기대하고 있는지 당신은 모르는 것 같아요. 그래서 그들을 거슬리게 하는 건 득이 안 된다고 생각해요. 특히 그 이유가 개인적인 것이라면 더 말할 것도 없고요."

찰스는 순간 우뚝 서 있더니 이윽고 무섭게 화를 내기 시작했다. 그리고 윗 선반에서 비커가 몇 개 굴러 떨어질 정도로 힘껏 슬레이트 판 카운터를 손바닥으로 내려쳤다.

"그만하면 충분해, 이제!"

동작을 멈추고 그는 외쳤다.

"이거 해라 저거 해라 지시하는 사람만 있고, 이젠 지긋지긋하다. 너도 나와 일하고 싶지 않으면 여기서 냉큼 나가버려!"

찰스는 흐트러진 머리를 초조하게 쥐어뜯다가 갑자기 다시 하던 일에 매달렸다. 그대로 얼마 동안 말없이 일을 계속하더니 뒤돌아선 채 말했다.

"거기 그대로 우두커니 서 있지 말고 '방사성'이라는 라벨이 붙어 있는 뉴클레오티드 좀 집어줘."

엘렌은 방사성 물질이 놓여 있는 곳으로 가서 열쇠로 문을 열었다. 그 순간 손이 떨려왔다. 찰스는 지금 자신을 억제하고 있는 상태였다. 모리슨에게 뭐라고 할까를 생각했다. 그녀는 공포가 진정되자 화가 치밀어 올랐다. 그래서 여기서 뭔가 한마디 해주어야겠다고 생각했다. 찰스에게 그런 취급을 받는 것은 도저히 용납할 수 없었다. 자신은 그의 하녀가 아니었다. 그녀는 화학약품을 가지고 와서 카운터 위에 나란히 놓았다.

"고마워."

아무 일도 없었다는 듯이 찰스는 불쑥 말했다.

"B림프구가 채취되면 뉴클레오티드와 백혈병의 혈구를 함께 배양하자."

엘렌은 고개를 끄덕였으나 그의 재빠르게 변하는 감정의 기복에는 도저히 따를 수가 없다는 생각이 들었다.

"여기 돌아오는 도중에 차 안에서 생각난 게 있었어."

찰스는 계속해서 말했다.

"이 연구의 최대 장해는 이 저지인자로, 암에 걸린 동물은 암 항원에 작용하는 항체를 만들어낼 수 없다는 점이야. 아, 좋은 생각이 떠올랐어. 시간을 절약할 것을 생각해보는 거야. 암을 가지고 있지 않은 동종의 동물에게 암 항원을 주사하면 거기서 반드시 항체반응이 생기게 될 거야. 지금까지 왜 그 생각을 못했을까?"

엘렌은 찰스의 얼굴을 찬찬히 바라보았다. 그는 눈 깜짝할 사이에 미친 듯 화내는 아이에게서 연구에 몰두하는 과학자로 변모해 있었다. 이것이 미셸의 비극 탓인가 하고 엘렌은 생각했다.

대답도 기다리지 않고 찰스는 말을 계속했다.

"암을 가진 동물이 암 항원에 대한 면역성을 얻지 못하고 그 감작한 T림프구를 분리, 채취해서 전달인자의 단백질을 순수 형태로 뽑아내어 암에 걸린 동물에게 그 감수성을 이식해주는 거야. 지금까지 이런 생각이 떠오르지 않았다니 믿을 수 없을 정도야. 그런데 엘렌은 어떻게 생각하나?"

엘렌은 어깨를 움츠렸다. 사실 무슨 말이든 꺼내기가 두려웠다. 기본적인 전제는 가능성이 있을 것 같으나 신비적인 전달인자라는 것이 평소 이곳에서 사용하는 종류의 동물로서는 잘 안 될 것이라고 그녀는 생각했다. 사실 가장 잘 되는 것은 인간이었다. 그러나 맨 먼저 그녀의 머리에 떠오른 것은 그런 기술적인 것이 아니었다. 여기서 도중에 자리를 떠나 곧바로 모리슨의 방으로 가면 너무나 속이 빤히 들여다보일 것이라는 점이었다.

"폴리에틸렌 글리콜을 손에 넣는 건 어떨까? 미셸의 T림프구를 사용해서 인공 종양 세포를 만드는 도구를 갖추고 싶군. 그리고 동물 사옥에 전화해서 건강한 대조 생쥐를 가지고 오는 거야. 그놈에게 위암의 항원을 주사하는 거지. 빌어먹을, 하루가 24시간밖에 안 되다니."

장 폴은 저녁식사 식탁 주위에 깔린 침묵을 여기서 깰까 말까 잠시 생각하다가 끝내 그 분위기를 깼다.

"매시드 포테이토 좀 집어줄래요?"

차고에 넣어두었던 물오리가 '빳빳해져서 죽어가고 있다'는 얘기를 하고 나서 아무도 입을 열지 않았다. 마지막에는 식욕이 더 앞서는 바람에선지 모두가 먹는 데 열중했다.

"내 폭찹하고 바꿔 먹자."

척이 눈을 가리던 머리카락을 뒤로 넘기면서 말했다. 두 사람은 접시를 바꾸다가 부딪쳐 쨍그랑 하는 소리를 냈다.

캐서린의 어머니 지나 로렌저는 딸의 가족들을 둘러보았다. 캐서린은 어머니를 닮아 콧날이 똑같이 높고, 표정이 풍부한 큰 입도 똑같았다. 스물 몇 살이라는 나이 차를 고려하지 않는다면 지나 쪽이 훨씬 살이 쪄 있었다. 10킬로그램 정도는 체중이 더 나갈 것이라고 자신도 인정하고 있었지만 실제로는 30킬로그램 이상일 것 같았다.

파스타 요리가 지나의 특기였다. 지나는 피트티네 그릇을 들어서 손대지 않은 캐서린의 접시에 그것을 떠 넣으려고 했다.

"좀 더 영양을 섭취해야지."

캐서린은 억지로 미소를 지어 보이고는 필요 없다고 고개를 저었다.

"왜? 맛이 없어?"

“아니, 맛있어. 하지만 별로 배고프지 않아요.”

“먹어야 돼. 자네도, 찰스.”

지나가 말했다. 찰스는 고개를 끄덕였다.

“디저트를 준비했다.”

지나가 말했다.

“멋지다!”

장 폴이 말했다. 찰스는 의무처럼 페투치네를 한 입 먹었으나 속에서 받아들이지 않았다. 그는 파스타를 삼키기 전에 입 안에 잠시 동안 물고 있었다. 그가 연구소 안에서 벌였던 광란의 분위기에서 도망쳐 나왔던 그날의 불행한 현실이 마치 허리케인의 돌풍처럼 그에게 덮쳐왔다. 일이 감정을 진정시키는 마취제 역할을 해주었지만 일을 마치고 척을 데리고 집으로 향하는 시간이 되자 반성과 함께 슬픔이 더욱 솟구쳤다. 게다가 척은 아무런 도움도 되지 못했다.

찰스는 보스턴 시내 차들이 러시아워를 빠져나갈 때까지 기다렸다가 아들에게 여동생이 매우 위중한 백혈병이라는 것을 얘기해주었다. 척의 반응은 단지 “넷!” 하고 한마디 했을 뿐 입을 다물었다. 그 다음은 자기도 그 병에 걸릴 수 있느냐고 묻는 데서 그쳤다. 그때 찰스는 아무 말도 하지 않고 그저 핸들을 꽉 쥐면서 이 장남의 알 수 없는 반응에 놀랐다. 미셸이 어떻게 하고 있느냐는 등 한마디도 묻지 않은 것이다. 게다가 폭찹을 마구 먹어대기나 하는 이 방자한 녀석을 휘어잡아 밖으로 내쫓아버리고 싶은 마음에 사로잡혔다.

그러나 찰스는 꼼짝도 하지 않고 자기 생각에 어리둥절해하면서 페투치네를 기계적으로 씹었다. 적어도 장 폴 쪽이 적절한 반응을 보였다. 그는 울면서 미셸이 언제 돌아올 수 있느냐, 또 자기도 병원에 가서 미셸을 만날 수 있느냐고 물었다. 착한 아이였다.

찰스는 캐서린 쪽을 보았다. 그녀는 고개를 숙인 채 접시 위의 음식을 쿡쿡 찌르면서 식사를 준비해준 어머니를 생각해서 먹는 체하고 있었다. 그런 그녀를 보자 갑자기 작은 감동이 일었다. 찰스는 그녀와 결혼하기를 정말 잘했다고 생각했다. 자기 혼자서는 미셸을 도저히 돌볼 수 없었을 것이다. 또 동시에 캐서린으로서는 큰 부담일 것이라고 생각했다. 그래서 그는 일부러 연구소에서의 복잡한 일에 대한 자기의 생각 따위는 한마디도 하지 않았다. 그렇지 않아도 그녀에게는 걱정거리가 너무 많았기 때문이다.

"폭찹을 좀 더 먹게나, 찰스."

지나는 손을 뻗어 음식을 그의 접시에 제멋대로 갖다놓았다. 그는 필요 없다고 말하려고 했으나 이미 미사일처럼 탄도를 그리며 요리는 접시 위에 얹히고 말았다. 그는 될 수 있는 한 침착하게 있으려고 그녀의 눈을 피했다. 가장 행복해 보이는 척하지만 지나가 뭔가 참고 있음을 찰스는 알 수 있었다. 자기의 딸이 13살 위인 데다 아이가 셋씩이나 딸린 사람과 결혼한 실망감을 감추려고 하지 않았기 때문이다. 찰스가 또다시 살며시 음식을 갖다놓는 소리에 눈을 떠보니 자기 접시 위에 페투치네가 수북이 올라가 있었다.

"자네의 건강을 위해서는 좀 더 고기가 필요해."

지나가 말했다. 찰스는 페투치네를 듬뿍 집어서 그릇 속에 던져 넣고 싶은 충동을 간신히 참았다.

"미셸이 백혈병이라는 걸 병원에서 어떻게 알았을까?"

장 폴이 솔직하게 물었다. 일동은 그것에 관해 말하기가 두려워서 한결같이 찰스 쪽을 보았다.

"그 애의 피를 검사하고 또 골수도 검사했단다."

"골수? 어떻게 골수를 검사한 거지?"

척은 얼굴을 찡그린 채 물었다. 찰스는 왜 이 아이는 짜증스러운 말만을 골라서 묻는지 기가 막힌다는 듯이 그의 얼굴을 보았다. 다른 누구도 이 질문은 악의가 없다고 생각할 텐데 찰스만은 이 아이의 동기는 병적인 흥미에서 나오는 것이지, 여동생의 몸을 걱정하는 게 아니라는 생각이 들었다.

"굵은 바늘을 흉골이나 허리뼈에 찔러 넣고 골수를 빨아들여서 채취하는 거야."

찰스는 이것으로 척에게 쇼크를 주어서 미셸을 동정하는 마음이 되어 주었으면 좋겠다고 생각했다.

"와, 그럼 아프겠지?"

"그야 무지하게 아프지."

캐서린은 자기도 그 검사에 동의한 한 사람이었다는 것을 생각하는 순간, 통증을 상상하고 몸이 굳어졌다.

"젠장! 난 그런 골수 검사 따윈 안 해!"

척이 말했다.

"그건 알 수 없는 거다. 미셸의 주치의는 너희들의 조직형 시험을 하고 싶어 하고 있어. 미셸과 형이 맞을지도 모르고 그렇게 되면 혈소판이나 과립구를 제공할 수 있어서 골수 이식도 하게 될 거다."

찰스가 말했다.

"난 싫어! 내 뼈에 바늘 따윈 찌를 수 없어. 안 돼!"

척은 포크를 놓고 말했다. 찰스는 천천히 식탁 위에 팔꿈치를 올려놓고 나서 척 쪽으로 상체를 내밀었다.

"나는 네가 좋고 싫은 걸 묻고 있는 게 아니야, 찰스 주니어. 내가 말하는 건 소아과 병원에 가서 조직형을 검사받으라는 거다. 알겠니?"

"식사 때 그런 얘기는 그만두세요."

캐서린이 가로막았다.

"내 뼈에 정말 바늘을 찌르는 거야?"

장 폴이 물었다.

"찰스, 제발! 척에게 그런 얘기를 해서는 안 돼요!"

"안 돼? 이 아이의 이기주의가 난 아주 지긋지긋해. 미셸이 걱정된다는 그런 말은 한마디도 안 하잖아."

찰스도 큰소리를 냈다.

"뭣 땜에 내가? 왜 내가 그래야 하는 거야? 아버지는 아버지잖아. 왜 아버지가 제공하지 않는 거야? 위대한 의사는 골수를 제공하지 않아도 된다는 건가?"

찰스는 벌떡 일어나 떨리는 손가락을 척에게로 향했다.

"너의 이기주의가 너의 무지와 잘 어울리는구나. 너도 생물학을 배웠을 거다. 아버지는 아이들의 염색체를 절반만 나눠주고 있다. 특히 골수이식이라면 조건이 까다롭다. 그러니 나와 미셸과는 적합할 리가 없어. 만약 될 수 있다면 그 애를 대신해주고 싶은 심정이다."

"그렇겠죠! 그렇겠죠! 말은 쉬우니까."

척은 비웃듯이 말했다. 찰스가 식탁을 돌아서 척을 잡으려고 하자 캐서린이 일어나서 그를 막았다.

"찰스, 제발. 제발 진정해요!"

왈칵 울음을 터뜨리면서 그녀가 말했다. 척은 의자에 못 박힌 듯 서서 주먹을 허리에 갖다 댔다. 그는 자기에게 덮칠 재난을 막는 데는 캐서린밖에 없다는 것을 알고 있었다.

"성부와 성자와 성령의 이름으로."

지나가 십자가를 그으면서 말했다.

"찰스! 지옥에 떨어지기 전에 하느님께 용서를 구해라. 악마의 소행에 놀아나지 마라."

"제기랄! 누구한테 설교를 하는 거예요!"

찰스는 고함쳤다.

"하느님을 무서워할 줄 알아야 해."

지나가 단호하게 말했다.

"하느님 따위가 어딨어!"

찰스는 캐서린의 손을 뿌리치면서 소리를 질렀다.

"하느님이 있다면 왜 그 불쌍한 열두 살짜리 딸에게 백혈병이 걸리게 했단 말이야?"

"하느님께서 하신 일에 질문은 금물입니다."

지나가 엄숙하게 말했다.

"어머니! 이제 그만 하세요!"

이번에는 캐서린이 소리쳤다. 찰스는 얼굴을 붉히고 무슨 말인지 들리지 않는 소리로 투덜거리다가 갑자기 뒤쪽 문을 열고 밤의 어둠 속으로 뛰쳐나갔다. 문이 꽝 닫히자 거실에 놓여 있던 골동품이 흔들렸다.

캐서린은 아이들을 위해 다시 기운을 차리고는 될 수 있는 한 얼굴을 외면하면서 부지런히 식탁을 치웠다.

"저런 천벌 받을 짓을!"

지나는 가슴에 손을 얹고 도저히 믿을 수 없다는 표정을 지었다.

"악마와 거래하고 있는 게 아니라면 좋으련만……."

아버지가 나가버리자 척은 들뜬 기분이 되었다. 이제는 아버지에게 대항해도 이길 수 있다고 생각했다. 그리고 식탁을 치우고 있는 캐서린을 지그시 바라보면서 자기 쪽을 보게 하려고 했다. 자기가 유리한 입장에 서게 되었다는 것을 그녀도 알아차리고 있을 것이다. 척은 그녀가 자기편이 되어준 것을 기억하고 있었다. 그는 의자를 비켜놓고 접시를 설거지통으로 나른 다음 말끔하게 설거지를 했다.

찰스는 집을 뛰쳐나오긴 했지만 화가 나는 분위기에서 도망쳐 나왔을 뿐 어디 갈 곳이 있는 것도 아니었다. 얼어붙은 눈을 짓밟으면서 그는 못 쪽으로 뛰어갔다. 뉴잉글랜드의 기후는 이제 완전히 변화하고 있었다. 북동풍이 대서양으로 빠져나가자 이번에는 북극해 저기압이 뻗어 길가에 있는 모든 것들을 꽁꽁 얼어붙게 하고 있었다. 거리를 뛰고 있음에도 불구하고 그는 몹시 떨렸다. 특히 코트를 입고 나올 여유가 없었기 때문에 추위는 말할 것도 없었다. 무의식중에 왼쪽으로 돌아서 놀이집을 향해 갔다. 바람이 변해서 화학공장에서 나오는 악취가 약해진 것이 고맙게 느껴졌다.

입구의 눈을 제거하기 위해서 주위를 발로 밟아 고르게 하고 찰스는 몸을 굽혀 집안으로 들어갔다. 안에는 길이가 고작 3미터 정도인 아치가 한가운데 놓여서 실내를 거의 절반으로 나누고 있었다. 한쪽은 붙박이 긴 의자가 있는 거실, 다른 한쪽은 부엌으로 작은 책상과 싱크대가 있었는데, 이 집에는 여름이 되면 물이 흘러들어왔다. 전기 콘센트가 그의 눈에 들어왔다. 미셸은 6살부터 9살까지 여름날 일요일 오후가 되면 아버지를 위해 차를 끓였었다. 그녀가 사용하던 핫플레이트가 있어서 조금이라도 몸을 따뜻하게 하기 위해 그는 스위치를 켰다.

긴 의자에 앉아서 다리를 뻗었다가 다시 꼬면서 그는 될 수 있는 한 몸의 열을 유지하려고 했다. 그러나 금세 몸이 떨리기 시작했다. 그 공간이 차가운 바람만은 막아주고 있었지만 냉기는 아무래도 어쩔 수가 없었다.

혼자 조용히 있다 보니 찰스는 곧 마음이 안정되고 아까 척에게 심하게 했다는 생각이 들었다. 그리고 아무튼 지독했던 하루를 잊어야 한다고 생각했다. 생각해보니 요 몇 년간은 거짓말처럼 태평하게 지내온 것 같았다. 그는 오늘 아침의 일을 다시 생각해보았다……. 캐서린과 정을 나누고 나서 12시간 만에 자기가 신중히 쌓아올린 이 세계가 어처구니없이 무너져버린 것이다.

몸을 내밀고 찰스는 창 앞에 서서 하늘을 물끄러미 바라보았다. 하늘은 맑게 개어 있었고 별이 반짝이는 밤하늘에 은하수도 가로 질러 흘러가고 있었다. 아름답지만 죽은 듯한 경치여서 그는 갑자기 압도당하는 듯한 허무함과 외로움을 느꼈다. 눈에서 눈물이 흘러내렸다. 의자에 기대앉아 밖을 내다보니 별이 반짝이던 아름다운 겨울 하늘은 보이지 않게 되었지만 대신에 흰 눈에 덮인 얼어붙은 못이 눈에 들어왔다. 그의 눈앞에 장 폴이 오늘 아침 이렇게 추운데 왜 강물이 얼지 않느냐고 묻던 그 수면이 넓게 자리하고 있는 것이 보였다.

찰스는 미셸이 벌써 죽은 것 같은 깊은 고독감을 느끼고는 깜짝 놀랐다. 미셸의 증상에 좀 더 주의를 기울였더라면, 또 가족에게 좀 더 신경을 썼더라면, 자기의 연구를 빨리 추진했더라면 하는 여러 가지 죄의식은 있었지만 이런 깊은 고독감을 느끼게 된 것을 자신으로서도 이해할 수 없었다. 그는 다른 일은 모두 옆으로 제쳐놓고 그저 자신의 연구계획에만 몰두하고 싶었다. 그러면 혹시 미셸에게도 적용할 수 있는 치료법을 발견할 수 있을지도 몰랐다.

그러나 그것은 불가능한 일이었고 그렇다고 이바네스와 정면으로 부딪칠 수도 없었다. 실직을 하고 자신의 연구실을 잃을 수는 없었다. 그는 재빨리 캔서랜 계획을 자기에게 밀어붙인 소장의 머리가 영리하다는 것을 새삼 깨달았다. 자기는 한 마리의 미운 오리새끼처럼 따돌

림 당하고 있었지만 아무튼 과학자로서의 능력에 대해서는 존경받고 있었다. 계획을 필요로 하고 있는 지금 시점에서의 명분으로는 자신이 최적임자임에 틀림없지만 만약 실패할 경우에는 완전히 희생양이 될 것이다. 그것이 천재적인 관리자의 최종 결정이었다.

멀리서 자신의 이름을 부르는 캐서린의 목소리가 들렸다. 얼어붙은 공기 속에서 그녀의 목소리는 마치 금속이 울리는 것 같았다. 그러나 찰스는 움직이지 않았다. 그 순간 자기도 대답하고 싶은 마음은 있었지만 곧 전신의 힘이 빠져버린 듯이 약해졌다. 그것은 그렇다 치고 미셸은 어떻게 하면 좋단 말인가! 관해의 희망이 희박해졌을 때 부작용에 의한 그 아이의 고통을 잠자코 보고 있을 수 있을까?

그는 창가로 다가가서 입김을 불어 서리를 녹였다. 닦아낸 틈새에서 온통 은청색의 설경과 바로 눈앞의 웅덩이가 보였다. 기온이 영하 20도는 될 텐데 왜 물이 얼지 않는 것일까 하고 그는 의아해했다. 오늘 아침 장 폴에게 설명한 바로는 물이 계속 흐르고 있어서 얼지 않을 거라고 말했지만 그것은 기온이 결빙점 정도 때의 얘기였다. 지금은 그보다 20도 정도는 낮게 내려가 있었다. 이 시기에 물의 흐름이 얼마나 많다는 것인가? 봄이 되어 북쪽 산의 눈이 녹으면 물의 양은 많아질 것이고 못의 수면도 4, 5센티는 높아진다. 그렇다면 흐름의 탓이라고 할 수 있겠지만 지금은 달랐다.

바로 그때 갑자기 찰스는 방향성 냄새를 맡았다. 그것은 지금까지도 감돌고 있었지만 그때까지 그것을 느끼지 못했었다. 막연하게 알고 있는 냄새지만 무엇과도 결부시킬 수가 없었다. 분명히 이전에 그 냄새를 맡은 적이 있었다. 그러나 어디서였을까? 기분 전환을 위해 그는 열심히 그 주변을 냄새 맡고 다녔다.

그 독한 냄새는 2개의 방 모두에서 났으며 바닥 주변이 더 심했다.

되풀이해서 냄새를 맡으면서 찰스는 이전에 그 냄새가 났던 곳을 생각해내려고 애썼다. 그러자 갑자기 짚이는 데가 있었다. 연구소의 유기 화학실이었다! 벤젠이라든가 톨루엔(시너에 함유된 휘발성 액체로 마취성이 강해 호흡하면 환각을 일으키고 때로는 급성 중독으로 죽는 수도 있음) 또는 크실렌과 같은 유기화합물의 용액이 이런 냄새였다. 그런데 이 놀이집에서 왜 이런 냄새가 나는 걸까?

차가운 바람도 아랑곳하지 않고 찰스는 살을 베는 듯한 밤의 대기 속으로 나갔다. 오른손으로 스웨터 깃을 목에 꼭 여미고 밖으로 나가자 좀 전의 냄새는 바람으로 인해 별로 느낄 수 없게 되었다. 그러나 놀이집의 옆쪽으로 몸을 굽히자 그 냄새는 집의 아래와 주변의 반쯤 언 진흙에서 풍겨오고 있었다. 찰스는 언 물을 약간 떠서 코 가까이 갖다 댔다. 틀림없이 냄새는 못에서 풍겨오고 있었다.

그는 못가의 완만한 커브 길을 따라 얼지 않은 물가를 걸어서 강 입구와 합류하는 지점까지 갔다. 그리고 거기서 다시 몸을 굽혀서 물을 코끝에 갖다 댔다. 냄새는 더욱 강해졌다. 그는 우뚝 일어서서 이번에는 포토맥 강과의 합류점까지 걸어갔다. 그곳도 역시 얼지 않았다. 그는 다시 물을 떠서 코에다 대보았다. 냄새는 점점 강했다. 분명히 강에서 풍겨오고 있었다. 일어나 몸을 떨면서 그는 상류 쪽을 바라보았다. 리사이클 주식회사—플라스틱, 고무 재생공장이 그쪽에 있었다. 그 플라스틱이나 고무 용제로 벤젠이 사용된다는 것을 찰스는 알고 있었다. 벤젠이다!

강렬한 생각이 그의 마음을 꽉 잡았다. 벤젠은 백혈병을 일으킨다. 분명히 골수성 백혈병의 원인이 된다! 머리를 돌려 찰스는 얼지 않은 물의 흐름을 눈으로 좇았다. 그것은 곧장 놀이집으로 흘러들어가고 있었다. 미셸이 다른 누구보다도 가장 많은 시간을 보낸 바로 그 장

소였다.

그는 미친 듯이 집을 향해 뛰어가기 시작했다. 울퉁불퉁한 눈길에 발길이 채인 그는 손을 가슴에 댄 채 쓰러졌다. 턱을 약간 베었을 뿐 별로 상처는 없었다. 그는 다시 일어나서 이번에는 약간 천천히 달렸다. 집에 도착하자 그는 부리나케 뒤쪽 계단을 달려 올라가 거칠게 문을 열었다. 그때까지 팽팽한 활줄처럼 긴장하고 있던 캐서린은 찰스가 숨도 쉬지 않은 듯이 헐레벌떡 부엌까지 달려오자 무의식중에 비명을 지르면서 접시를 떨어뜨려 산산조각이 났다.

"그릇 좀 줘."

찰스는 놀라는 캐서린을 거들떠보지도 않고 헐떡이면서 말했다. 지나도 마찬가지로 공포의 빛을 얼굴에 띠고 식당으로 통하는 문 앞에 모습을 보였다. 척은 그 뒤에서 얼굴을 내밀었지만 부엌으로 들어가려고 지나의 옆을 스쳐 지나서 찰스와 캐서린 사이에 가로막아 섰다. 척은 아버지가 자기보다 큰 것쯤은 마음에 두지 않았다.

찰스는 괴로운 듯이 숨을 쉬고는 잠시 후 같은 말을 되풀이했다.

"그릇이라니요?"

약간 안정을 되찾은 캐서린이 물었다.

"어떤 용기 말이에요?"

"유리그릇, 뚜껑을 꼭 닫을 수 있는 유리그릇 말이야."

"뭘 담을 건데요?"

캐서린이 되물었다. 뭔가 어처구니없는 요구처럼 들렸기 때문이다.

"못의 물을 담을 거야."

장 폴이 그를 부엌으로 들어갈 수 없도록 팔을 뻗고 있는 지나 옆에서 얼굴을 내밀었다.

"못의 물은 무엇에 쓰려고요?"

"제기랄! 심문하는 거야?"

찰스는 짜증을 내며 냉장고 쪽으로 걸어갔다. 척이 가로막으려고 했지만 찰스가 손으로 뿌리치는 바람에 척은 비틀거렸다. 캐서린은 그 팔을 잡고 쓰러지려는 것을 막았다. 찰스는 소란한 소리를 듣고 뒤돌아보다가 아들을 떠받쳐주고 있는 캐서린을 보았다.

"거기서 뭘 하고 있나?"

척은 몸부림치면서 힐끗 아버지를 노려보았다. 척은 차례차례로 식구들의 얼굴을 살펴보았다. 지나와 장 폴은 쇼크를 받은 것 같았다. 척은 미친 듯이 화를 내고 캐서린은 겁을 먹고 있었다. 그러나 아무도 무언가 말하는 사람은 없었다. 그것은 마치 영화의 한 장면을 정지시킨 듯한 모습이었다. 찰스는 믿을 수 없다는 듯이 고개를 저으며 다시 냉장고 쪽으로 눈길을 돌렸다.

그는 냉장고에서 사과 주스 병을 꺼내서 남아 있던 주스를 설거지통에 비우고 병을 깨끗이 씻었다. 그리고 자신의 양가죽 코트를 옷걸이에서 벗겼다. 문 앞에서 그는 다시 한 번 뒤돌아서서 가족들 쪽을 힐끗 보았으나 아무도 움직일 기미를 보이질 않았다. 찰스는 그 자리의 상황은 전혀 알 수 없었으나 이제부터 자기가 하려는 일은 충분히 알고 있었다. 그는 문을 닫고 그 묘한 장면에 종지부를 찍었다.

캐서린은 척의 팔을 놓고 멍하니 문 쪽을 바라보다가 카이츠맨, 와일리 박사와 서로 주고받은 부드러운 대화를 생각했다. 찰스의 감정에 대한 그들의 질문이 터무니없다고 그때는 생각했지만 지금은 그것이 의심스러워지고 있었다. 분명히 이 한겨울에 코트도 입지 않고 화가 나서 뛰어 나갔는가 했더니 30분쯤 후에 몹시 흥분해서 돌아와 못의 물을 담는다면서 용기를 찾고 있는 것이다. 아무리 생각해도 이상했다.

"나는 아버지가 결코 엄마에게 손을 대지 못하게 할 거예요."

척은 안절부절 못하고 손으로 머리를 끌어올렸다.

"내게 손을 대다니? 아버지는 내게 아무 짓도 안 해!"

캐서린은 깜짝 놀라서 말했다.

"악마의 꼬임에 빠진 게 아닐까. 그 사람이 무슨 짓을 할지 누가 알겠니."

지나가 말했다.

"어머니! 제발!"

캐서린이 소리쳤다.

"신경에 이상이 생긴 게 아닐까요?"

장 폴은 출입구가 있는 곳에서 비웃듯이 말했다.

"아버지가 전에도 한 번 그랬어요."

그 말을 받아서 척도 한마디 했다.

"그런 얘긴 이제 그만해."

캐서린이 단호히 말했다.

"아버지한테 그런 무례한 말투는 좋지 않아. 미셸의 병 때문에 놀라서 어찌할 바를 모르시는 거야."

캐서린은 깨진 접시 쪽으로 주의를 돌렸다. 찰스가 정말 정신이 이상해진 걸까? 내일 아침, 와일리 박사에게 그런 일이 있을 수 있는지 상담해보기로 했다. 생각만 해도 무서운 일이었다.

찰스는 반쯤 언 진흙을 조심스럽게 밟고 물가로 가까이 가서 병 가득히 물을 넣었다. 그리고 뚜껑을 단단히 닫고 집으로 달려왔다. 그가 다시 허둥지둥 돌아온 바람에 캐서린은 아까보다 더 놀랐지만, 이번에는 찰스가 냉장고로 걸어가는 사이에 마음을 가다듬고 그의 팔을 잡았다.

"찰스, 뭘 하고 있는지 말해줘요."

"못에 벤젠이 흘러들어오고 있어."

그녀의 손을 뿌리치고 찰스는 증기와 같은 숨을 내쉬었다. 그리고 못의 물을 담은 병을 냉장고 안에 넣었다.

"게다가 그 놀이집 안에서 냄새가 폭폭 나고 있어."

찰스는 다시 몸을 돌려 문 쪽으로 걸어갔다. 캐서린은 그 뒤를 쫓아가 겨우 코트를 잡았다.

"찰스, 어디 가는 거예요? 대체 뭐가 어떻게 됐다는 거예요?"

찰스는 필요 이상의 힘으로 그녀의 손에서 코트를 잡아 뺐다.

"이제부터 리사이클 회사에 다녀올게. 그 무서운 벤젠이 거기서 흘러나오고 있어. 그건 분명해."

갈림길

찰스는 붉은 핀토를 몰아 큰 거리를 달려서 리사이클 회사를 둘러싼 바람막이 담의 입구에 차를 세웠다. 문에는 자물쇠가 채워져 있지 않아서 곧 열 수 있었다. 그는 다시 차를 몰아 공장의 주차장으로 들어갔다.

벽돌로 지은 낡은 공장 입구 가까이 왼쪽으로는 버려진 타이어가 마치 산더미처럼 쌓여 있고, 건물과 헌 타이어 사이에는 플라스틱과 비닐 쓰레기가 작은 산을 이루고 있었다. 또 오른쪽은 쓰레기장인 공터였는데 포토맥 강 쪽으로 내려가는 바람막이 담으로 갈라져 있었다. 담 맞은편에는 사용하지 않는 공장 건물이 북쪽으로 4, 5백 미터나 늘어서 있었다.

차에서 내리자마자 오늘 아침 집을 휩쌌던 그 냄새가 찰스를 둘러쌌다. 바람이 불어가는 시내 바로 서쪽에도 용케 사람이 살고 있구나 하고 찰스는 탄복했다. 그는 차를 세우고 초라한 알루미늄 문이 있는 입구 쪽으로 걸어갔다. 그 위에는 블록체로 '리사이클 주식회사, 관계자 외 출입금지'라고 쓰여 있고 유리 안쪽으로 '접수'라는 글씨와 전화번호를 쓴 판지가 테이프로 붙여져 있었다.

문을 밀자 빗장이 걸려 있지 않아 쉽게 열렸다. 악취는 외부뿐인가 하고 생각했는데 건물 안은 더욱 심했다. 사무실 같은 작은 방으로 들어가자 화학물질이 함유된 답답한 공기에 숨이 막힐 지경이었다. 사무실 벽은 베니어판으로 되어 있었고, 작은 스테인리스 벨이 달려 있었다.

찰스가 그 벨을 울렸지만 공장 내부에서 울리는 잡다한 소음에 흡수되고 말았다. 안쪽 문을 열어보려고 하자 처음에는 열리지 않았으나 세게 밀어보니 안으로 열렸다. 그 순간 그곳이 왜 밀폐되어 있는지 깨달았다. 마치 지옥의 입구처럼 내부는 악취와 소음으로 혼란스러웠다.

2층 높이의 아주 넓은 방으로 들어가니 내부에는 거대한 압력솥이 나란히 놓여 있었고, 금속제 사다리와 통로가 위로 뻗치며 어지럽게 교차되어 있었다. 그리고 굵은 컨베이어벨트가 플라스틱과 비닐과 잡동사니들을 힘차게 운반하고 있었다. 찰스가 처음 발견한 것은 소매 없는 언더셔츠를 입은 탄광의 광부처럼 얼굴이 검게 그은 두 사람의 공원이었다. 그들은 플라스틱 속에서 유리와 나뭇조각, 빈 깡통 등을 선별하고 있었다.

"여기 관리인 없어요!"

찰스는 소음에 지지 않으려고 큰소리를 냈다.

공원 중의 한 사람이 곧 얼굴을 들었지만 들리지 않는다는 몸짓을 하고 그대로 선별하던 일을 계속했다. 컨베이어벨트가 멈추지 않으니 그들도 손을 멈출 수 없었던 것이다. 벨트의 종점에는 깔때기 형으로 된 큰 호퍼(석탄이나 자갈 등을 속에 넣고 필요에 따라 아래 구멍으로 조금씩 나오게 하는 장치)가 있어서 가득히 차면 들고 올라가 가까이 있는 압력솥 안으로 플라스틱 쓰레기를 떨어뜨리고 있었다. 좁은 통로 위에 초승달같이 생긴 큰 칼을 가진 남자가 서서 흑백의 두 가지 화학약품이 든 자루를 열고 있는 것이 보였다. 남자는 몹시 힘들게 2개의 자루를 가마 안으로 넣으면서 자욱한 먼지를 냈다. 잠시 동안 그의 모습이 보이지 않게 되었다가 다시 나타나자 해치를 닫고 증기를 일으켜서 방안에 온통 연기와 취기와 소음을 퍼뜨리기 시작했다.

찰스는 누구의 주의도 끌지 않았고 또 그에게 나가라고 하는 사람도 없었다. 그는 잡동사니가 어지러이 여기저기 흩어져 있고 기름과 쓰레기가 흘려 있는 바닥에 주의하면서 대담하게 컨베이어벨트를 멀리 돌아서 타이어를 녹이는 자동식 기계가 설치된 블록 벽을 지나쳐 갔다.

찰스가 공장과 결부시켜서 생각하던 악취는 확실히 그 부근에서 나오고 있었다. 벽 맞은편에 튼튼한 자물쇠를 채운 커다란 철망우리 같은 것이 있고, 안에는 예비부품과 도구, 화학약품 용기를 넣은 선반이 보여서 찰스는 저것이 저장실이구나 하고 생각했다. 벽은 바깥의 바람막이 담과 같은 재료로 되어 있었다. 그는 그물코에 손가락을 걸어 몸을 지탱하면서 안에 있는 용기의 라벨을 읽었다. 찾고 있던 것이 바로 눈앞에 있었다. 2개의 철제 드럼통 옆에 '벤젠'이란 글씨가 인쇄되어 있었고, 거기에 내용물이 독극물이라는 것을 뜻하는 교차된 2개의 뼈와 해골을 그린 낯익은 마크가 붙어 있었다. 그 드럼통을 본 찰스는 새로운 분노가 불길처럼 솟구쳐 오르는 것을 느꼈다.

그때 누군가가 찰스의 어깨에 손을 댔다. 그는 철망에 몸을 기대고 돌아다보았다.

"무슨 용건이죠?"

한 몸집 큰 사나이가 울려 퍼지는 기계소리 못지않게 큰 소리로 물었다. 그러나 그와 동시에 회전을 멈춘 한 대의 압력솥이 머리 위에서 피리소리를 내는 바람에 그 뒤의 대화는 할 수 없게 되었다. 가마는 소리를 내며 입을 벌려서 걸쭉하고 검은 플라스틱 용해물을 토해냈고, 그 뜨거운 액체는 자극성 증기를 자욱이 뿜으면서 냉각조 안으로 쏟아져 들어갔다.

찰스는 눈앞의 사나이를 보았다. 사나이는 찰스보다 머리 하나 정도는 더 크고 땀투성이의 얼굴은 두 눈이 가늘게 보일 정도로 부풀어 올라 있었다. 복장은 아까 찰스가 본 사람들과 마찬가지로 소매 없는 언더셔츠가 큰 배 밑까지 드리워져 있었다. 찰스는 그의 어깨에 훌라 댄서 문신이 새겨져 있고, 왼쪽 손등에는 자기가 직접 새긴 듯한 나치의 기장이 새겨져 있는 것을 보았다.

소음이 보통 정도로 줄어들자 그 공원은 다시 지껄이기 시작했다.

"당신은 이곳의 화학제품을 조사하고 있는 사람이오?"

역시 큰 소리로 말해야 했다. 찰스는 고개를 끄덕였다.

"카본 블랙이 좀 더 필요할 것 같아요!"

사나이가 외쳤다. 찰스는 그가 자기를 이곳 회사 사람으로 알고 있다는 생각이 들었다.

"벤젠은 어떤가요?"

"그건 많이 있어요. 100갤런들이 드럼통에 연거푸 들어오니까요."

"사용한 다음엔 어떻게 하죠?"

"다 쓴 벤젠 말인가요? 잠깐 이리로 오세요. 보여줄 테니까요."

철망에 광차를 세워 걸어놓고 사나이는 찰스를 데리고 무서운 방사열을 내는 2대의 고무 가마 사이에 있는 방으로 빠져나갔다.

식당으로 통하는 복도로 들어가자 소음은 약간 줄어들었다. 식당에는 접는 테이블과 소다수와 담배 자동판매기가 있었고, 그 2대의 자동판매기 사이는 창으로 되어 있었다. 사나이는 찰스를 거기까지 데려가서 밖을 가리켰다.

"저기 탱크가 보이죠?"

찰스는 두 손을 이마에 대고 바깥을 내다보았다. 15미터 정도 저편의 강 제방 바로 옆에 원통형의 탱크 2대가 있었다. 달빛이 밝게 내리비치고 있음에도 불구하고 자세하게 보이지는 않았다.

"벤젠을 조금이라도 강으로 흘려보낼 때가 있나요?"

찰스는 공원 쪽을 돌아다보고 물었다.

"대부분은 어딘지 모르지만 트럭으로 운반해가죠. 하지만 그건 처리해주는 회사 일이니까요. 탱크가 가득 차게 되면 우린 강으로 흘려보내요. 문제 같은 건 없어요. 밤중에 버려서 씻어내는 것뿐이니까 별일 아니죠 뭐. 그 다음에 바다로 흘러가버리죠. 사실은……."

거기서 사나이는 비밀을 털어놓으려는 듯이 몸을 굽혔다.

"그 처리 회사 놈들도 역시 강에다 흘려버리는 것 같아요. 그러면서 큰돈을 교묘하게 집어삼키고 있으니 말이야."

찰스는 무의식중에 이를 악물었다. 병실에서 점적 튜브를 가슴에 붙이고 누워 있는 미셸의 모습이 뚜렷이 떠올랐다.

"감독관은 어디 있나요?"

갑자기 노기를 띠며 찰스가 다그치듯이 물었다.

"감독관?"

인부는 이상하다는 듯이 찰스의 얼굴을 보았다.

"공장장, 감독, 관리하고 있는 자라면 누구라도 상관없어요."

"책임자 말인가요? 너트 아서, 방에 있죠."

"어딘지 말해요."

찰스는 명령조로 말했다.

공원은 의아한 듯이 찰스를 물끄러미 쳐다보다가 몸을 돌려 아까 왔던 길을 되돌아가 중앙에 있는 방 앞에서 멈춰 섰다. 그리고 좁은 복도 끝에 창이 달린 문을 가리켰다.

"저 위야."

사나이는 짧게 말했다.

방 밖에서 찰스는 한순간 망설였으나 큰 맘 먹고 문을 열어보았다. 문이 쉽게 열려 그는 안으로 들어갔다. 방은 방음장치가 설치되어 있었고 창에서는 작업장 전체를 내려다볼 수 있게 되어 있었다. 찰스가 들어가자 너트 아서는 의자를 돌렸다. 그러고는 놀라서 어찌할 바를 모르는 듯한 미소를 띠면서 일어났다.

찰스는 하마터면 상대에게 고함칠 뻔하다가 마침 그 남자와 안면이 있다는 것을 깨달았다. 장 폴의 친구인 스티브 아서의 부친으로 그의 집안은 섀프츠베리에서는 드문 흑인 집안이었다.

"찰스 마텔이 아닌가!"

너트는 그렇게 말하고 손을 내밀었다.

"설마 당신이 그 문으로 들어오리라고는 생각지 못했는걸."

너트는 붙임성 있고 사교적인 남자로, 그 동작도 마치 잘 훈련된 스포츠맨처럼 느긋하고 침착했다. 상대가 안면이 있다는 것을 깨닫고 당황한 찰스는 무례한 방문을 머뭇거리며 사과했다.

"좋아, 앉게나."

너트는 더 가까이 와서 찰스를 쳐다보았다.

"아니, 서 있어도 돼. 그보다 이 리사이클 회사의 주인이 누군지 알고 싶다네."

너트는 잠시 망설였으나 겨우 말하기 시작했을 때는 약간 경계하는 듯한 기색이었다.

"뉴저지의 브루어 화학이 모회사라네. 그런 건 왜 묻나?"

"여기 지배인은 누군가?"

"카보드 거리에 살고 있는 해럴드 도슨인데. 찰스, 도대체 왜 그러는지 얘길 해줘야 하지 않나. 성가신 일이 있다면 내 손에서 어떻게 해결할 수 있을 텐데."

찰스는 그를 물끄러미 쳐다보았다. 가슴에 팔짱을 끼고 단단히 방어하는 태도는 처음의 우호적인 그것과는 전혀 다른 모습이었다.

"내 딸이 오늘 백혈병으로 진단이 났는데 말이지."

"그거 안됐군."

너트는 당혹과 동정이 뒤섞인 표정을 지었다.

"자네의 공장에서 벤젠을 강에 흘려보내고 있어. 벤젠은 백혈병을 일으키는 물질이지."

"무슨 소릴 하는 거야? 우린 벤젠 같은 건 버리지 않아. 차로 운반해서 버리고 있다네."

"그렇게 어처구니없는 소릴 하는 게 아냐."

찰스는 단호히 말했다.

"자네 여기서 나가는 게 좋겠군."

"그럼 내가 어떻게 할 건지 알려주지. 이 빌어먹을 놈의 공장을 어떤 방법으로든지 부숴버릴 거야. 좋은 구경거리가 될 거라고!"

"도대체 뭐가 어떻게 됐다는 거야? 정신이라도 나갔나? 아무것도 흘려보내고 있지 않다고 말했지."

"허! 문신한 몸집 큰 친구가 밑에서 특별히 들려줬다네. 벤젠을 버리고 있다고 말일세. 그러니까 흘려보내고 있지 않다는 그 따위 소린 하지 말게."

너트 아서는 수화기를 들고 윌리 크랩에게 급히 자기 방으로 올라오라고 했다. 그러고는 찰스에게 말했다.

"이보게, 자네. 머리 좀 검사해보면 어떻겠나. 한밤중에 난데없이 나타나서 벤젠이 이러쿵저러쿵 지껄이고 있으니. 뭐가 어떻다는 거야? 오늘밤엔 텔레비전에 재미있는 프로가 없던가? 그야, 자네 아이는 안됐지만 말이야. 첫째 자넨 여기에 불법 침입을 하고 있어."

"이 공장은 사회 전체의 해충이야."

"뭐? 그 사회가 자네 얘길 귀담아 들어줄지 의문일세."

윌리 크랩은 화재라도 났는지 해서인지 뛰어 들어와 허둥거리며 발을 멈추었다.

"윌리, 우리가 벤젠을 강에 버리고 있다는 말을 자네가 지껄였다고 이 자가 말하고 있는데 그게 사실인가?"

"어림없는 소리!"

윌리는 숨을 헐떡이며 말했다.

"벤젠은 드레이퍼 형제 처리 회사가 가지고 간다고 말했는데."

"이 거짓말쟁이!"

찰스는 고함쳤다.

"나를 거짓말쟁이라고 한 놈은 아직까지 없었다."

윌리는 찰스에게 덤벼들려고 했다.

"그만둬!"

너트는 손으로 윌리의 가슴을 막았다.

"넌 분명히 얘기했다. 탱크가 가득 차면 밤중에 강에다 흘려버린다고. 나는 단지 그 말을 듣고 싶었을 뿐이다. 두고 봐라. 이제 이 공장 문을 닫게 해줄 테니!"

찰스는 윌리의 화난 얼굴을 가리키며 따지듯이 외쳤다.

"진정해!"

너트는 그렇게 외치고는 월리 대신 찰스의 팔을 잡고 문 쪽으로 걸었다.

"이 팔을 놔."

찰스는 손을 뿌리치고 너트를 떠밀었다. 그래서 하마터면 넘어질 뻔한 몸의 균형을 되찾아 찰스를 밀어서 벽 쪽으로 보냈다.

"다시는 내 몸에 손대지 마. 네게 한마디 훈계해줄 게 있다. 여기서 제발 말썽 피우지 마. 너는 불법 침입자라는 걸 알란 말이다. 또다시 찾아오면 그야말로 죽은 목숨이 될 거야. 밖으로 내던지기 전에 빨리 나가!"

찰스는 이대로 얌전히 있는 것이 좋겠다고 직감적으로 느꼈다. 여기서 도망칠 것이냐 싸울 것이냐, 순간적으로 마음을 정하기가 어려웠다. 그러나 달리 방법이 없다고 생각하고 몸을 돌려 금속제 계단을 쿵쿵 울리면서 내려가서 무서운 기계들 사이의 미로를 걸어 중앙복도로 향했다.

밖으로 뛰어나가서 주차장의 맑고 차가운 공기를 들이마시자 자기도 모르게 안도의 숨이 내쉬어졌다. 그는 차에 올라타고는 마음껏 시동을 걸어 쏜살같이 문을 빠져나갔다.

리사이클 회사가 멀어지면서 차츰 공포감이 사라지고 대신 분노와 굴욕이 끓어올랐다. 핸들을 두드리면서 그는 어떤 수단을 써서라도 미셸을 위해 그 공장 문을 닫게 해야겠다고 마음속으로 다짐했다. 그러나 그 수단을 생각하려고 해도 너무 화가 나서 좀처럼 떠오르지 않았다.

'그렇다, 연구소에는 고문 변호사가 있다. 우선 그와 상담하는 게 좋겠다.'

찰스는 301번 도로에서 집으로 들어가는 차도로 차를 몰아넣었다. 그러고는 액셀러레이터를 힘껏 밟아 핸들을 돌려 자갈을 펜더 안에까지 부딪혀 튕겨져 나가게 했다. 차는 좌우로 미끄러졌다. 거실 창의 레이스 커튼과 커튼 사이로 힐끗 내다보고 있는 캐서린의 얼굴이 시야에 들어왔다. 뒤쪽 입구 바로 앞에 차를 세우고 키를 돌렸다. 그는 잠시 핸들을 잡은 채 차가운 공기 속에 사라져가는 엔진소리를 듣고 있었다.

무모한 운전 덕분에 오히려 마음이 진정되고 생각할 여유도 생기게 되었다. 이런 야밤에 리사이클 회사에 달려가 따지려고 했던 것 자체가 어리석은 일이었는지도 모른다. 그러나 그것으로 한 가지 일은 처리했다. 벤젠이 어디서부터 못으로 흘러들어오고 있는지 이제 확실히 안 것이다. 그러나 그것은 그렇다 치고 지금 중요한 것은 미셸을 돌보는 것과 어려운 치료를 결정하는 일이었다. 과학자로서 못에 그저 벤젠이 들어 있었다고만 해서 미셸이 백혈병에 걸렸다고 주장할 수는 없었다. 벤젠이 백혈병을 일으킨다는 것을 확실히 증명할 수 있는 것은 동물의 경우뿐이고 인간에게서는 아직 확인되지 않은 상태였다. 게다가 그들은 미셸의 병으로 인한 적의와 분노의 발산으로 리사이클 회사를 걸고넘어진 데 불과한 것이라고 여길 것이다.

그는 딸을 위해 뭔가 해줄 수 있도록 앞으로 4, 5년은 속도를 내서 자기 연구에 몰두해야겠다고 새삼스레 생각하면서 천천히 차에서 내렸다.

생각에만 몰두하고 있었기 때문에 입구에서 캐서린과 딱 마주치자 그는 깜짝 놀랐다. 그녀의 얼굴은 아까와는 달리 뭔가 더 슬퍼보였고, 솟구치는 울음을 억지로 참느라 떨고 있었다.

"도대체 어떻게 된 거야? 무슨 일이 있었어?"

찰스는 순간 가슴이 철렁해서 물었다. 맨 먼저 머리에 떠오른 것은 미셸의 몸에 무슨 일이 일어나지 않았는가 하는 것이었다.

"낸시 숀하우저한테서 전화가 왔는데 테드가 오늘 밤 죽었다는 거예요. 그렇게 착하던 애가 불쌍하게도……."

캐서린은 가느다란 목소리로 말했다. 찰스는 손을 내밀어 아내를 끌어당기고 위로했다. 처음에는 미셸의 생명이 무사하다는 안도감이 들었다. 하지만 테드가 시내와는 좀 더 가깝지만 자기들과 마찬가지로 포토맥 강가에 살고 있었던 것이 생각났다.

"바로 마지를 만나러 가려고 했는데… 이번에는 그가 입원했다네요. 소식을 듣고 졸도했나 봐요. 아무튼 그의 집에 가서 뭔가 할 수 있는 일이 있는지 보고 와야겠어요."

찰스는 더 이상 묻지 않았다. 벤젠은 백혈병과 마찬가지로 재생 불량성 빈혈도 일으킨다! 테드에 대해서는 잊고 있었지만 골수를 침해당한 환자는 미셸만이 아니었다. 포토맥 강가에 사는 가정에서 얼마나 많은 환자가 발생하고 있는지 모른다고 찰스는 생각했다. 일찍부터 일던 분노가 지금 새삼스럽게 불길처럼 타올랐다. 그는 자신의 품에 안겨 있던 캐서린을 밀어냈다.

"내 얘기 듣고 있어요?"

방 한복판에 우두커니 선 채로 캐서린은 물었다. 그리고 전화기 쪽으로 걸어가서 전화를 거는 찰스를 물끄러미 쳐다보았다. 그가 자기를 잊고 있는 것 같아서 마치 자신이 투명인간처럼 여겨졌다.

"찰스, 당신 듣고 있어요?"

그는 이상한 표정으로 캐서린을 쳐다보다가 전화가 걸리자 그쪽으로 주의를 돌렸다.

"해럴드 도슨 씨입니까?"

"네, 그렇습니다만."

지배인이 대답했다.

"난 찰스 마텔이라는 사람이오. 오늘 밤 리사이클 회사에 갔던 사람입니다."

"알고 있습니다. 바로 전에 너트 아서에게서 전화를 받았습니다. 당신의 무례한 행동은 참으로 유감입니다. 정규시간에 오시면 만나 뵙도록 하지요."

"무례한 건 조금도 문제가 되지 않아. 벤젠 같은 독물을 강에 버리는 게 문제지."

"우리는 강에 아무것도 버리지 않소. 독성 화학물질 취급에 대해서는 엄연히 환경보호국의 인가를 받고 있어."

해럴드는 오히려 큰소리쳤다.

"인가라고?"

찰스는 비웃었다. 그리고 다시 말을 이었다.

"벤젠은 상당한 독물인데 강에는 벤젠이 흘러들고 있고, 공장에서 강에다 직접 버리고 있다고 당신네 공장의 공원이 스스로 실토하더군. 게다가 우리 딸은 지금 백혈병에 걸려 있고, 또 우리 집 상류에 사는 아이 하나가 재생불량성 빈혈로 오늘 죽었어. 이건 우연의 일치가 아니야. 이제부터 당신네 공장 문을 닫게 해야겠어. 가능한 한 많이 보험을 들어두는 게 좋을 거야."

"그건 무책임하고 난폭한 생트집이야."

해럴드는 침착했다.

"리사이클 회사는 브루어 화학공업 주식회사의 하청 공장이라는 걸 특히 말해두겠네. 그리고 사회에 봉사하고 있다고 생각하기 때문에 공장을 운영하고 있는 거야. 만약 그런 생각이 아니라면 스스로 공장을 폐쇄하겠지."

"그런 괘씸한 공장은 폐쇄해야 마땅하지."

찰스는 큰 소리로 말했다.

"이 시에 살고 있는 180명의 공원들은 납득하지 않을 텐데. 만약에 당신이 말썽을 일으킬 것 같으면 당신 쪽이 호된 맛을 볼 뿐이야. 그 점만은 내가 보장하지."

해럴드는 결국 참지 못하고 말했다.

"나는,"

찰스는 더 말하려고 했으나 소리 나지 않는 수화기를 손에 들고 있다는 것을 알았다. 해럴드 도슨이 전화를 끊어버린 것이다.

"개새끼."

찰스는 화가 나서 수화기를 휘둘렀다. 캐서린이 수화기를 빼앗아 전화기 위에 올려놓았다. 지금까지 일방적으로 찰스의 얘기만을 듣긴 했지만 그녀는 놀라서 어찌할 바를 몰랐다. 찰스를 억지로 부엌의 의자에 앉히고 어머니가 출입구에 모습을 나타내자 그녀를 물러나게 했다. 눈물이 볼에 흘러내리고 있었으나 그래도 소리 내서 울지는 않았다.

"내게 벤젠 얘기를 해주세요."

"그게 독이야. 원인은 모르지만 골수의 기능을 침해하는 거야."

찰스는 여전히 화가 나서 씩씩거렸다.

"그건 입에 들어가지 않아도 독이 되는 거예요?"

"입으로 들어가지 않아도 들이쉬기만 해도 독이 되는 거야. 그것이 직접 혈액에 흘러들어가는 거야. 낡은 얼음 창고를 놀이집으로 만든 것이 잘못이었어."

"그래서 미셸의 백혈병이 그곳에서 발병했다고 생각하는 거군요?"

"확실히 그래. 그 애가 거기서 놀고 있는 동안에 계속 벤젠을 들이쉬고 있었던 것 같아. 벤젠은 그 애처럼 드문 형의 백혈병을 일으키는 거야. 우연치고는 아무래도 납득할 수 없어. 특히 테드의 재생불량성 빈혈도 있으니까 말이야."

"벤젠이 그 병도 일으키는 거예요?"

"그건 절대적이야."

"그래서 리사이클 회사가 벤젠을 강으로 흘려보내고 있다고 당신은 생각하는 거예요?"

"그건 확실해. 뻔한 거지. 오늘 밤 그걸 발견했어. 그래서 놈들은 그 보복을 받게 되겠지. 나는 어떻게 하든 그곳을 폐쇄시킬 거야."

"어떻게요?"

"거기까지는 아직 몰라. 내일 누구하고 상담해보지. 환경보호국에 연락을 취해볼 거고. 누군가 얘기를 듣고 싶어하는 사람이 있을 거야."

캐서린은 카이츠맨과 와일리 두 의사의 말을 생각하면서 찰스의 얼굴을 물끄러미 바라보았다.

"여보."

캐서린은 한마디 다정하게 부르고는 용기를 내어 말했다.

"그건 모든 사람이 관심을 갖고 있는 중요한 일이라고는 생각하지만 지금은 그럴 때가 아니라는 느낌이 들어요."

"그럴 때가 아니라고?"

찰스는 믿을 수 없다는 표정으로 되받아 물었다.

"그래요. 우리는 지금 미셸이 백혈병이라는 걸 막 알았을 뿐이잖아요. 가장 중요한 건 미셸을 간호하는 것이지, 그 공장을 폐쇄시키는 건 아니라고 생각해요. 그걸 캐내는 데는 그 나름의 때가 있겠죠. 지금의 미셸에게는 당신이 필요해요."

찰스는 이 젊은 아내의 얼굴을 찬찬히 들여다보았다. 그녀는 지금 대단한 노력으로 어려운 상황에 맞서고 있었다. 의사 아버지로서 자기가 미셸을 사랑한다는 것 외에 무엇 하나 도와주지 못한다는 것, 그것이 문제의 핵심이라는 것을 어떻게 그녀에게 이해시키면 될까? 자신은 암 연구학자로서 미셸의 병에 대해서 너무나 잘 알고 있었다. 따라서 의사로서 불완전한 치료에 미셸을 맡기고 있을 수가 없었다. 전처에게서 같은 경험을 했던 만큼 미셸이 직면하고 있는 상황이 진심으로 두려웠다. 게다가 그는 행동주의자이기 때문에 뭔가 하지 않으면 안 되었다. 그러고 보면 리사이클 회사를 만나게 된 것이 다행이었다. 그만한 상대라면 미셸의 병이라는 현실이나 와인버거 연구소에서의 악화된 자기 입장도 당분간 잊을 수가 있을 것 같았다.

찰스는 이런 얘기를 전부 캐서린에게 들려줄 수는 없다고 생각했다. 아마 그녀로서는 이해할 수 없을 것이고, 만약 할 수 있다고 해도 그것은 오로지 그녀의 작은 희망마저 꺾어버리게 될 뿐이라는 생각이 들었다. 서로의 깊은 애정에도 불구하고 찰스는 자기의 무거운 짐을 혼자서 짊어지고 견뎌나갈 수밖에 없다고 생각했다. 생각이 거기서 끊기자 그는 캐서린의 팔에 몸을 맡겼다.

"오늘은 정말 피곤한 날이었어요."

캐서린은 찰스를 힘껏 껴안으며 낮은 목소리로 말했다.

"자, 침대로 가서 쉬어요."

찰스는 또다시 생각하면서 고개를 끄덕였다.

'만약 내 일이 좀 더 빨리 진척되었더라면…….'

미셸은 어느새 병실이 밝아지고 있음을 느꼈다. 복도에서 들려오는 활기에 넘치는 소리가 아침이 왔음을 알려주고 있었다. 20센티 정도 열린 병실 문틈에서는 눈부신 노란 햇빛이 쏟아져 들어왔다. 그 빛은 지긋지긋하게 기나긴 밤을 보낸 그녀에게 조그만 위로가 되었다.

미셸은 아빠와 엄마가 언제 와줄까 하고 기다리고 있었다. 그것은 빠를수록 좋았다. 무엇보다 얼른 집으로, 자신의 방으로 돌아가고 싶었다. 왜 병원에 있어야 하는지 자기로서는 도무지 이해할 수가 없었다. 어제 저녁에 식사를 거의 하지 않았고, 누군가가 병실을 들여다보고는 괜찮다고 하고 가버린 것 외에는 아무 일도 없었는데…….

미셸은 엄습해오는 현기증에 침대 옆으로 다리를 늘어뜨린 채 앉아서 눈을 감고 있었다. 일단 몸을 움직일 수가 없었다. 밤새 구토증이 심해서 괴로웠는데, 일어나자 타액이 혀 밑에 고여 있었다. 구토가 일어서 변기의 가장자리를 잡고 있었지만 아무것도 나오지 않았다.

어젯밤에는 이래저래 한잠도 이루지 못했다. 구역질 외에도 관절과 배가 아팠고 한기까지 있었다. 전날 오후에는 내렸다고 생각했던 열이 다시 오르기도 했다.

미셸은 점적 주사 병을 걸어놓는 링거대를 잡고 천천히 침대에서 미끄러져 내렸다. 링거대를 앞으로 밀면서 다리를 질질 끌며 욕실 쪽으로 걷기 시작했는데, 왼팔은 될 수 있는 한 움직이지 않았기 때문에 점적 튜브가 빠질 리는 없었다. 튜브 끝에 바늘이 붙어 있어서 팔을 움직이면 그 바늘이 다른 곳을 뚫고 들어가 큰일이 나는 게 아닌가 걱정스러웠다.

화장실에 갔다가 미셸은 다시 침대로 돌아왔다. 더 이상의 쓸쓸함과 비참한 일은 없을 것 같은 생각이 들었다.

"어머, 벌써 일어났네. 우리는 부지런한 사람들이지?"

붉은 머리칼의 간호사가 요란스럽게 병실로 들어와서 밝은 표정으로 말했다. 그녀는 커튼을 열고 아침 햇볕이 활짝 들어오도록 했다.

미셸은 그녀의 움직임을 보고 있었지만 아무 말도 하지 않았다. 간호사는 침대 맞은편으로 가더니 가늘고 긴 스테인리스 컵에서 체온계를 꺼냈다.

"왜 그래? 고양이한테 혀를 빼앗겼나? 말이 없네."

그녀는 체온계를 흔들어 잠깐 들여다보고 나서 몸을 굽혀 미셸의 입에 끼웠다.

"곧 돌아올게."

간호사가 나가는 것을 확인한 미셸은 체온계를 빼냈다. 아직 열이 있다는 것을 아무에게도 알리고 싶지 않았다. 그렇지 않으면 입원을 계속하고 있어야 한다고 생각했다. 체온계를 오른손에 쥐고 얼굴 가까이로 가져갔다가 간호사가 오면 바로 입 안에 넣을 수 있게 했다.

다시 누군가가 들어왔으나 간호사는 아니었다. 미셸은 체온계를 재빨리 입 안에 넣었다. 그 남자의 더러워진 가운의 포켓에는 많은 펜이 꽂혀 있었다. 손에 든 철망 바구니 속에는 갖가지 색의 캡을 씌운 유리시험관이 꽉 들어차 있었고, 그 바구니 끝에 고무 튜브가 여러 개 칭칭 감겨 있었다. 미셸은 그 남자가 필요한 것이 무엇인지를 알았다. 피였다.

남자가 곁으로 다가와 뭔가 준비하는 모습을 본 미셸은 소름이 끼쳤다. 남자는 미셸의 팔에 손가락이 아플 정도로 고무 튜브를 칭칭 감았다. 그러고는 어제 팔꿈치 안쪽의 피를 뽑아서 아직도 아픈 부위를 알코올 솜으로 싹싹 문지르고는 바늘 캡을 이로 뽑았다. 미셸은 비명을 지르고 싶었지만 얼굴을 돌려 눈물을 감추었다. 고무 튜브가 벗겨지자 꽉 죄었을 때와 같은 정도의 통증이 느껴졌다. 철망의 바구니 속에 시험관을 넣는 소리가 들리고 바늘을 뺄 때 다시 통증이 느껴졌다. 남자는 찌른 자리에 탐폰을 대고 팔을 굽히게 한 다음, 한마디 말도 없이 나가버렸다.

탐폰과 점적으로 미셸은 전혀 움직일 수 없게 되었다. 팔을 살짝 펴자 탐폰이 굴러 떨어지고 검푸르게 된 멍 한가운데에 빨간 바늘자국이 보였다.

"자, 열이 얼마나 되는지 볼까?"

붉은 머리 간호사가 다시 들어와서 말했다.

미셸은 체온계를 입안에 넣어둔 채였다는 것을 깨닫고는 아차 했다. 간호사는 솜씨 있게 그것을 뽑아서 눈금을 보고는 나이트테이블 위에 있던 금속제 케이스에 넣었다.

"아침밥을 곧 가져올게."

그녀는 쾌활하게 말했으나 열에 대해서는 아무 말도 하지 않았다. 그리고 들어왔을 때와 마찬가지로 허둥지둥 나가버렸다.

"아, 아빠 날 데리러 와줘. 빨리, 제발."

미셸은 마음속으로 중얼거렸다.

찰스는 누군가가 자신의 어깨를 흔들고 있다는 것을 알았다. 아직 좀 더 자고 싶어서 모르는 체했으나 흔드는 손길은 여전했다. 눈을 뜨자 캐서린이 벌써 옷을 입고 김이 나는 커피 컵을 손에 들고 침대 곁에 서 있는 것이 보였다. 찰스는 팔꿈치로 몸을 받치고 일어나 커피를 받아들었다.

"벌써 7시예요."

캐서린이 미소 지으면서 말했다.

"7시?"

찰스는 알람시계를 보면서, 연구를 서두르고 있는 판국에 늦잠을 자서는 곤란하다고 생각했다.

"잘 주무시던데요."

캐서린은 그의 이마에 키스를 하고는 말했다.

"도저히 빨리 깨울 마음이 나지 않을 정도였어요. 맛있는 아침식사가 기다리고 있으니 얼른 일어나세요."

캐서린은 그렇게 말하고 문 쪽으로 걸어갔다.

찰스는 손에 든 컵을 내려다보았다. 지나가 아직 있다는 것은 재미없는 일이었다. 아침부터 그녀의 시중을 받는 것은 생각하기도 싫었다. 미셸이 입원해 있는 동안 캐서린이 하는 것처럼 이렇게 커피 잔을 손에 들고 있을 것이고, 음식이 맛있느냐고 물을 것이다.

찰스는 고개를 저었다. 이런 재미없는 일을 생각하는 것은 하루의 시작에 어울리지 않을 것 같았다. 결국 커피를 즐기기로 하고 지나가 맛을 물어보기 전에 먼저 맛있다고 말하고 다른 사람들보다 일찍 일어났다는 것을 말하기 전에 먼저 고맙다는 인사를 하리라 마음먹었다.

찰스는 커피 잔을 들고 복도를 걸어가 미셸의 방문 앞에 멈춰 서서 문을 살며시 열었다. 딸이 아직 편하게 침대에서 자고 있으면 좋으련만 하고 언뜻 생각했다. 그러나 침대는 말끔하게 정돈된 채였고 책과 노트도 잘 정돈되어 있었다.

"좋다. 미셸은 골수성 백혈병이다. 그 애에게 최신의 치료를 해서 꼭 효과를 보게 할 것이다. 그것만이 내 소원이다."

찰스는 마치 절대 권력을 가진 심판과 얘기하듯이 혼잣말을 했다.

아침식사는 지나가 억지로 꾸며대는 쾌활함과 찰스의 과묵이 지배하는 긴박한 분위기였다. 즉 가족이 서로 만족할 만큼 음식을 나누었지만 결국 지나가 혼자서 그칠 새 없이 이야기를 했고, 찰스는 계속 입을 다물고 있었다. 캐서린은 사이에 끼어들어서 누가 언제 무엇을 할 것이냐 하는 복잡한 계획을 얘기하기 시작했다. 찰스는 가정 내의 결정에는 가담하지 않고 하루의 연구 계획을 곰곰이 생각하고 있었다. 우선 처음에 해야 할 일은 암 항원을 주사한 건강한 생쥐가 면역을 갖게 되었는지를 조사하는 것이다. 그렇지만 그런 소량으로는 기대할 수 없을 것이므로 오후에 다시 실험을 하면 될 것이다. 다음에 캔서랜을 주사한 생쥐를 조사하고 다시 주사한 다음, 저지인자가 작용하는 것을 예상한 컴퓨터의 모의실험에 착수하는 것이다.

"찰스, 당신도 찬성하실 거예요?"

캐서린이 물었다.

"뭔데?"

찰스는 다른 사람 얘기는 전혀 귀담아 듣고 있지 않았다.

"오늘 아침은 당신과 함께 차를 타고 갈 테니 병원에서 좀 내려주세요. 척은 스테이션왜건으로 학교에 가면서 장 폴을 내려주면 되고…, 음, 어머니는 집에서 저녁식사를 준비하겠다고 했어요."

"내가 너희들 좋아하는 걸 만들어줄게. 그노치를 만들 거야."

그노치라니! 찰스는 그런 이름을 처음 들어서 어리둥절했다.

"만약 빨리 돌아오게 되면 나는 노스이스턴으로 가서 스테이션왜건을 타고 오든가 아니면 당신과 함께 돌아오는 거예요. 어때요?"

찰스는 이런 정밀한 계획을 어떻게 쉽게 생각해낼 수 있었는지 짐작할 수가 없었다. 여느 때처럼 자기는 아이들을 태우고 가고, 스테이션왜건을 캐서린에게 두고 가는 것이 좀 더 간단하다고 생각했지만 그것은 아무래도 상관없었다. 사실 이쪽은 철야로 일을 하기로 했으므로 척이 차를 운전해서 오후에 캐서린을 태우고 돌아오도록 하는 것이 제일 좋을 것이다.

"나는 그래도 상관없어."

찰스는 그렇게 말하면서도 눈을 척 쪽으로 주시하고 있었다. 척은 평소와 같이 시리얼 상자를 마치 성서를 읽듯이 관찰하고 있었다. 오늘도 여전히 단정하지 못한 옷을 입은 채였다.

"어제 회계과에서 전화가 왔었다."

찰스가 말했다.

"네, 전화번호를 가르쳐줬어요."

얼굴도 들지 않고 척이 대답했다.

"은행에 대출을 부탁해뒀으니 아마 하루나 이틀 후면 지불할 수 있을 거다."

"그거 잘됐군요."

상자 옆에 적혀 있는 영양가 안내표를 읽으려고 뒤집으면서 척이 말했다.

"할 말은 그뿐인가? 그거 잘됐군요?"

찰스는 캐서린 쪽으로 얼굴을 돌렸다.

"당신은 이 녀석을 믿을 수 있나?"

척은 일부러 못 들은 체했다.

"슬슬 나가는 게 좋겠어요."

캐서린은 일어나서 냉장고에 넣을 우유와 버터를 그러모았다.

"그대로 둬라. 내가 치울 테니."

지나가 말했다.

찰스와 캐서린이 먼저 집을 나갔다. 겨울 해가 동남쪽 하늘에 낮게 떠 있었다. 차 안에서도 꽤 추웠지만 캐서린은 살을 찌르는 듯한 바람을 맞지 않는 것만으로도 살 것 같았다.

"빌어먹을. 물병을 잊고 왔네."

찰스는 손가락마디를 꺾으며 말했다.

찰스는 걸리지 않는 차의 엔진을 겨우 걸어놓고 못의 물을 담은 병을 가지러 부엌으로 뛰어갔다. 그리고 쏟아지지 않게 좌석 뒤에 잘 놓은 뒤 시트 벨트를 착용했다.

캐서린은 약간 불안한 듯이 못의 물을 다루고 있는 찰스의 거동을 물끄러미 쳐다봤다. 어젯밤에 찰스와 잠깐 얘기한 후로 그녀는 그가 미셸에게 전념해주기를 간절히 원했는데 오늘 아침 그를 깨웠을 때부터 그의 행동이 아무래도 수상쩍어서 두려워지기까지 했다.

말없이 운전하는 찰스의 옆얼굴을 바라보면서 그녀는 여러 가지 얘기를 걸어보다가 결국은 그만두고 말았다. 이유는 많았지만 특히 무슨 말을 해도 남편을 화나게 할 우려가 있었기 때문이었다.

301번이 국도 93번과 합류하는 부근에서 캐서린은 큰맘 먹고 얘기를 해보았다.

"오늘은 기분이 어때요, 찰스?"

"응? 괜찮아. 아주 좋아."

"왜 그렇게 말이 없어요, 당신답지 않아요."

"생각을 좀 하고 있어서 그래."

"미셸에 대해?"

"응, 일에 대해서도……."

"리사이클 회사 일은 생각하지 않는 거죠, 그렇죠?"

찰스는 캐서린 쪽을 힐끗 보고 다시 곧 전방도로에 주의를 돌렸다.

"조금은. 그 공장은 아주 위험천만이야. 당신이 듣고 싶은 게 그런 의미라면 말이지만……."

"여보, 당신 아직 내게 얘기해주지 않은 게 있죠?"

"아니, 왜 그런 소릴 하지?"

"모르겠어요. 하지만 나는 미셸이 이렇게 된 후로 당신이 왠지 아주 멀리 떠나버린 사람처럼 느껴져요. 기분도 걸핏하면 변하고."

이 마지막 말에 찰스가 어떤 반응을 보일까 하고 캐서린은 기다렸다. 그러나 찰스는 그저 운전을 계속할 뿐이었다.

"생각하는 건 많지만."

"그걸 내게 들려줘요. 괜찮죠, 찰스? 그러기 위해서 내가 있는 거잖아요. 아이들을 내 아이로 한 것이고요. 뭐든지 나와 나눠줬으면 좋겠어요."

캐서린은 손을 뻗어서 찰스의 허벅지 위에 놓았다.

찰스는 눈앞의 도로를 꼼짝 않고 주시한 채 있었다. 그가 어제까지 품고 있던 확신을 캐서린이 지적하는 것이다. 그러나 지금으로서는 그녀에게 모든 것을 나누어줄 수가 없다는 것을 깨닫고 있었다. 의사로서 자신의 경력으로 본다면 그 경험에 캐서린이 이해할 수 없는 부분이 있었다. 앞으로 미셸의 병이 어떻게 전개될지 그녀에게 얘기하면 그녀는 틀림없이 절망하고 말 것이다.

그는 핸들에서 한쪽 손을 떼어 캐서린의 손 위에 얹었다.

"아이들은 얼마나 행복한지 모르는 모양이야."

두 사람은 얼마 동안 입을 다문 채 차를 몰았다. 캐서린은 그것으로 만족한 것은 아니지만 그렇다고 해서 달리 할 말이 없었다. 저 멀리 플루덴셜 빌딩 꼭대기가 보였다. 차들이 많아져서 속도를 시속 60킬로 정도로 낮추어야 했다.

"조직형인가 뭔가를 나는 잘 모르지만 척이 하기 싫다는 걸 억지로 강요하지 않는 게 좋겠어요."

캐서린이 침묵을 깨고 입을 열었다.

찰스는 힐끗 캐서린을 노려보았다.

"척도 결국은 하겠다고는 하겠지만 그래도 자신이 납득해야 할 문제가 아닐까요."

찰스는 캐서린에게서 손을 떼고 핸들을 잡았다. 척의 얘기가 잠깐 나왔을 뿐인데 가슴속에 다시 한 번 불을 붙이는 느낌이 들었다. 그러나 캐서린의 말이 전적으로 옳았다.

"누구한테도 이기주의자가 되지 말라고 강요할 수는 없겠지요. 더구나 척과 같은 애한테는 말예요."

"그놈은 자기밖에 생각하지 않는 놈이야. 미셸에 대한 배려심 같은 건 조금도 없다고."

"하지만 느끼고는 있을 거예요. 그저 그 기분을 말로 표현하기가 어려울 뿐일 거예요."

찰스는 빈정대는 듯한 웃음을 지었다.

"나도 그렇게 생각하고 싶지만 그놈은 어쩔 수 없는 이기주의자라고. 그놈의 수업료를 은행에서 대출받기로 했다고 내가 말했을 때 그 껄끄러운 말투를 당신도 들었지?"

"그렇다면 그 애가 어떻게 해주기를 원했던 거죠? 재주넘기라도 해주기를 바랐어요? 게다가 그 수업료는 벌써 몇 개월 전에 납부했어야 하는 거였잖아요."

찰스는 입술을 깨물고 살며시 혼자서 대답했다.

"좋아. 그놈을 두둔할 셈이로군…… 그렇다면 그걸로 됐어!"

캐서린은 그것이 당연한 일이었지만 입에 담은 것이 잘못이었다고 곧 뉘우쳤다. 그래서 찰스의 어깨에 손을 얹었다. 그저 찰스가 무슨 말이든 해주기를 원했기 때문이지 입을 다물게 할 생각은 아니었다.

"그런 말을 해서 미안해요. 하지만 찰스, 척은 당신과 성격이 다르다는 것을 아셔야 해요. 그 애도 원래는 착한 애예요. 단지 당신의 그늘에 가려서 힘들게 성장해온 탓이에요."

찰스는 다시 곁눈질로 아내를 힐끗 보았다.

"당신이 알고 있든 모르고 있든, 당신은 대단한 일을 해온 데다 뭐든 잘 처리해오고 있잖아요."

찰스는 그 의견에는 찬성하기가 어려웠다. 일은 수없이 많이 처리해왔지만 비참한 실패도 적지 않았다. 그러나 지금은 그런 얘기를 할 계제가 아니었다.

"그놈은 이기주의자인 데다 게으름뱅이야. 나는 그놈한테는 이제 넌덜머리가 나. 미셸의 병에 대해 그놈의 태도는 결정적이라고."

"이기주의자가 되는 것도 당연하죠. 대학생활이라는 것이 결국 개인적이기 때문이겠죠."

차는 193번 도로가 남동쪽 고속도로와 스터로우가 교차하는 부근에서 나갔다 멎었다 하고 있었다. 느릿느릿 운전하는 사이에 두 사람 모두가 입을 열지 않았다.

"걱정해야 하는 건 그런 문제가 아니에요."

"그래, 척에게 강요해선 안 된다는 것도 당신 말이 옳아. 하지만 자신이 검사할 각오가 되어 있지 않으면 다음 학기 수업료는 훨씬 늦어지게 될 거야."

캐서린은 찰스를 날카로운 시선으로 바라봤다. 이것이 고압적인 태도가 아니고 무엇이란 말인가.

아침에는 외래환자도 적은 편인데 오늘은 웬일인지 병원 안이 벌써 활기차 보였다. 찰스와 캐서린은 환자를 태우고 오가는 이동침대 사이를 계속 비켜가야 했다, 캐서린은 찰스가 함께 있어서 마음이 든든했다. 그러나 손바닥은 땀으로 흠뻑 젖어 있었다. 긴장하고 있다는 징표였다.

복잡한 앤더슨 6병동의 간호사실 앞을 지나갈 때 담당간호사가 두 사람의 모습을 발견하고 손을 흔들어 인사했다.

찰스는 카운터로 다가갔다.

"잠깐만, 나는 닥터 마텔인데, 우리 딸이 화학요법을 벌써 시작했는지 알고 싶습니다."

찰스는 일부러 평온한 목소리로 말했다.

"그런 것 같은데요. 잠깐만요, 알아보겠어요."

옆에서 얘기를 듣고 있던 직원이 미셸의 차트를 가지고 왔다.

"어제 오후, 다우노루비신을 주사했습니다. 오늘 아침은 처음으로 치오구아닌을 복용하게 할 것이고, 오후에는 시타라빈 투여가 시작될 예정입니다."

약의 이름을 듣고 찰스는 충격을 받았으나 다시 억지로 미소를 지었다. 부작용이 일어날 가능성에 대해서 잘 알고 있다 보니 간호사의 말이 머릿속에 살며시 메아리로 남았다.

'제발 관해 되었으면…….'

찰스는 마음속으로 빌었다. 관해가 일어난다면 곧 증상이 나타나게 된다는 것을 알고 있었다. 그는 간호사에게 인사하고 돌아서서 미셸의 병실로 향했다. 그러나 그곳으로 다가갈수록 초조해졌다. 그는 넥타이를 느슨하게 풀고 와이셔츠의 윗 단추를 벗겼다.

"분위기를 밝게 하기 위해 장식해놓으니 참 좋네요."

동물 그림을 발견하고 캐서린이 말했다. 찰스는 병실 밖에서 잠시 발걸음을 멈추고 애써 침착해지려고 애썼다.

"여기예요."

찰스가 병실 호수를 잘 모르는 모양이라고 생각한 캐서린이 그렇게 말하고 문을 밀고 들어가 찰스를 끌어들였다.

미셸은 베개를 여러 개 쌓아올리고 기대 앉아 있다가 찰스의 모습을 보자 순간 얼굴을 찌푸리더니 왈칵 울음을 터뜨렸다. 그 모습을 보고 찰스는 자기도 모르게 흠칫했다. 그 모습이 매우 뜻밖이었기 때문이다.

미셸은 어제보다 더 창백해보였다. 두 눈은 확실히 움푹 들어갔고 언저리가 거무스름해져서 마치 매를 맞아 생긴 멍처럼 보였다. 병실 안에는 새로 토해낸 오물의 시큼한 냄새가 감돌고 있었다.

찰스는 달려가서 껴안고 싶은 심정에 사로잡혔으나 몸이 움직여주지 않았다. 미셸이 그를 향해 손을 내밀었는데도 왠지 그 자리가 고통스러워서 발이 떨어지지 않았다.

미셸의 병은 중병이었다. 그런데도 8년 전의 엘리자베스 때와 마찬가지로 그 애에게 아무것도 해줄 수가 없었다. 그때의 악몽이 되살아났다. 공포에 사로잡힌 찰스는 미셸이 이미 회복할 수 없는 단계까지 왔다고 생각했다. 그리고 이 세상의 어떠한 대증요법도 미셸의 병을 막아낼 수가 없다는 것을 알기 때문에 눈앞이 캄캄했다. 그 답답한 생각에 견딜 수 없어서 찰스는 비틀거리며 침대에서 뒷걸음질 쳤다.

캐서린은 그것을 눈치 채지 못한 채 팔을 내민 미셸에게로 달려갔다. 미셸은 캐서린의 어깨너머로 아빠의 눈을 보았다. 가냘프게 미소를 지어 보이는 아빠가 화를 내고 있는 것이라고 미셸은 생각했다.

"만나서 기뻐. 기분은 어때?"

캐서린은 넋을 잃은 채 미셸의 얼굴을 보며 말했다.

"괜찮아. 그저 집에 가고 싶어. 집에 가면 안 돼, 아빠?"

미셸은 눈물을 꾹 참으면서 말했다. 침대로 다가갔을 때 찰스는 손이 떨려서 침대의 쇠 난간을 꽉 잡아야 했다.

"아마 그럴 거야."

찰스는 애매한 대답을 했다. 어서 아이를 병원에서 데리고 나가야 할 것이다. 데리고 가서 아이를 마음 편히 해주는 것, 그것이 가장 좋을 것 같았다.

"미셸, 네가 좋아질 때까지 여기 있어야 되는 거야. 와일리 선생님이나 카이츠맨 선생님도 될 수 있는 한 빨리 좋아지게 하려고 애쓰고 계셔. 이렇게 있는 게 괴롭겠지만 우리도 많이 힘들단다. 그렇지만 미셸은 착한 사람이 되지 않으면 안 돼요."

"제발 아빠, 응?"

찰스는 결단을 내리지 못하고 어찌할 바를 몰라 쩔쩔 매고 있었다.

"미셸, 너는 여기 입원하고 있어야 돼. 아빠도 너와 헤어져 있는 게 가슴 아프지만 참고 있잖니?"

"왜 그래야 돼, 아빠? 내가 아주 많이 아파서 그래?"

찰스는 도움을 청하려고 캐서린 쪽을 보았으나 그녀는 아무 말도 하지 않았다. 아무튼 그는 의사였던 것이다.

"우리도 그걸 알고 싶은 거야."

찰스는 거짓말하는 자신을 원망스럽게 생각하면서도 사실을 얘기할 수는 없었다.

"아빠, 나 진짜 엄마하고 똑같은 병이야?"

미셸이 진지하게 물었다.

"아냐, 그럴 리 없어. 절대로 아니야."

이것도 절반은 거짓말이었다. 엘리자베스는 림프종이었지만 최후에는 백혈병과 비슷한 심한 증상을 보였었다. 찰스는 궁지에 몰린 꼴이 되었다. 무슨 변명이라도 만들어서 이 상황에서 벗어나야만 했다.

"그럼 뭐야?"

미셸은 여전히 물러서지 않고 캐물었다.

"아직은 몰라."

찰스는 그렇게 말하고는 양심의 가책을 견디지 못하고 시계를 들여다보았다.

"그러니까 입원하고 있는 거란다. 그걸 확실히 알기 위해서 말이야. 엄마가 여기 있어줄 거야. 아빠는 연구소에 가야 하니까. 또 올게."

그때 미셸이 갑자기 토했다. 가냘픈 몸을 마구 출렁이며 막 먹은 아침식사를 토한 것이다. 캐서린이 그것을 멎게 해주려고 하다가 왼쪽 소매에 토해낸 오물이 약간 묻었다.

찰스는 급히 복도로 뛰어나가 큰 소리로 간호사를 불렀다. 간호사가 달려와서 병이 악화된 것인가 하고 살피다가 그렇지 않다는 것을 알고는 안심한 듯이 말했다.

"걱정 안 해도 돼요, 공주님. 이걸 세탁해드릴게요."

간호사는 아무렇지도 않게 더러워진 시트를 빼냈다.

찰스는 손등을 미셸의 이마에 대보았다. 축축하고 열이 있었다. 열이 아직 있고, 토한 이유를 찰스는 잘 알고 있었다. 약 탓이었다. 불안이 파도처럼 엄습해왔다. 이 좁은 방이 그를 폐소공포증 환자가 되게 한 것 같았다.

미셸은 마치 깊은 구덩이 속에 빠진 것처럼 아버지의 손을 잡고 놓지 않았다. 아버지가 오로지 유일한 구원자라고 여겼던 것이다. 그리고 자기의 눈에 비치는 아버지의 파란 눈을 넋을 잃고 바라보았다. 그 눈에는 이해하려는 마음보다 초조함이 깃들어 있다는 것을 알아챘다. 아이는 손을 놓고 베개 위에 쓰러졌다.

"그럼 나중에 만나, 미셸. 응?"

찰스는 약의 위험한 부작용이 벌써 나타나고 있다는 사실에 놀라서 어찌할 바를 몰랐다. 그래서 간호사에게 물었다.

"구역질이나 구토를 억제할 수 있는 약이 뭔가 지시돼 있나?"

"네. 콤파진 처방이 나 있는데 이제 곧 가져오겠습니다."

"그건 주사야?"

미셸이 큰 소리로 물었다.

"아니, 알약이야. 토하는 걸 멎도록 해주지. 괜찮지? 그래도 안 되면 엉덩이를 내놓아야 하는 거야."

간호사는 미셸의 다리를 살짝 꼬집었다.

"아빠를 엘리베이터까지 모셔다드리고 올게, 미셸."

문 쪽으로 걸어가기 시작한 찰스를 보고 캐서린은 그렇게 말하며 그를 뒤쫓아 가서 그의 팔을 잡았다.

"찰스, 도대체 어떻게 된 거예요?"

찰스는 발걸음을 멈추지 않았다.

"여보!"

캐서린은 외치고는 그를 잡아끌어 자기 쪽으로 향하게 했다.

"어떻게 된 거예요?"

"아무래도 여기서 나가야 할 것 같아서 그래. 미셸의 고통을 도저히 보고 있을 수가 없어. 몹시 좋지 않은 것 같아. 도대체 어떻게 해야 할지 모르겠다고. 아무튼 그 약을 더 이상 쓰지 않는 게 좋겠어."

찰스는 초조한 듯 그녀의 머리를 쓰다듬었다.

"약 없어요!"

캐서린은 외쳤다. 그 순간 찰스가 미셸의 치료를 방해하지 않을까 하던 카이츠맨과 와일리 박사가 떠올랐다.

"그 애가 구토하는 걸 봐. 그게 바로 시초란 말이야."

찰스는 화가 난 듯이 말했다. 그는 '미셸은 아마 관해 될 가망이 없을 거야.' 하고 말하려다가 당황해서 입을 다물었다. 캐서린에게는 어차피 언젠가 나쁜 소식을 들려줄 때가 올 것이다. 지금은 희망을 잃게 하고 싶지 않았다.

"하지만 약만이 구제책이잖아요."

캐서린은 간절히 원하듯이 말했다.

"나는 아무래도 가야겠어. 무슨 변화가 있으면 전화해줘. 연구소에 있을 테니까."

캐서린은 복도에서 붐비는 사람들을 헤치고 빠른 걸음으로 가는 찰스의 뒷모습을 물끄러미 쳐다보았다. 엘리베이터도 기다리지 않고 그는 계단으로 뛰어갔다. 와일리 박사가 '우리는 당신의 힘을 믿고 있다'고 말했을 때 그 의미를 몰랐지만 그녀는 이제야 겨우 그 뜻을 알 것 같았다.

미친 추적

찰스는 연구소 주차장에 차를 주차시키고 의자 뒤에서 못의 물을 담은 병을 꺼냈다. 그리고 도로를 뛰어서 접수계가 문을 열기도 전에 유리문을 박차고 들어갔다. 중앙 복도를 평소와 다르게 오른쪽으로 돌아서 그는 분석실로 서둘러갔다. 거기엔 찰스가 평소 존경하던 기사 한 사람이 카운터에 앉아서 모닝커피를 마시고 있었다.

"이 물의 불순물을 분석해주었으면 합니다."

찰스는 헐떡이면서 말했다.

"급하십니까?"

기사는 흥분하는 찰스를 힐끗 쳐다보며 물었다.

"그런 편입니다. 특히 유기물이 용해되어 있는지를 알고 싶은데, 그 밖에 무엇이든 검출해주시면 감사하겠습니다."

기사는 뚜껑을 열고 냄새를 맡고는 놀라서 눈을 크게 뜨고 끔벅거렸다.

"휴, 이건 스카치와 섞어 마시지 않는 게 좋겠는데요."

찰스는 급히 자기 연구실로 갔다. 순식간에 의식 속에 떠올랐다가 사라지는 생각이 머릿속을 혼란시키고 있었다.

미셸의 치료에 대한 딜레마를 이론적으로 해결할 방법은 없었고, 설사 미셸에게 때늦지 않은 훌륭한 성과를 기대할 수 없다 하더라도 아무튼 지금으로선 자기 연구를 강행해나갈 수밖에 없다고 생각했다. 리사이클 회사에 대한 분노도 한몫을 했다. 복수는 강력한 결심이었고, 그 덕분에 미셸에 대한 걱정을 조금은 줄일 수 있을지도 몰랐다. 찰스는 자기 방으로 오는 동안에 자기도 모르게 주먹을 꽉 쥐고 있는 것을 깨달았다. 그러나 감정에 휩쓸리지 말고 이성적으로 움직이자고 오늘 아침에 맹세했던 것을 떠올리고는 약간 망설였다. 기운을 내서 그는 문을 열었다.

찰스의 책상에서 줄곧 캔서랜의 기록을 읽고 있던 엘렌은 천천히 노트를 덮었다. 그 움직임에는 계산에 짜인 깊은 사려가 있었으나 자제심을 잃고 있는 찰스에게는 그것이 귀찮았다.

"생쥐 전부에게 유암의 항원을 주사해주었나?"

"네. 하지만……."

"좋아."

찰스는 그 말을 가로막고 작은 흑판 쪽으로 걸어갔다. 그리고 초크를 들어 흑판의 글씨를 지우고 예정표를 쓰기 시작했다. 우선 주사한 생쥐의 T림프구의 반응을 검사하고 그 면역반응을 도식화할 것 등이었다. 작은 흑판은 각 단계의 정밀한 진행계획으로 가득 찼다.

"그런데 다른 방법을 시도해보려고 생각하고 있어. 그것이 반드시 과학적이라고 할 수는 없지만 연구 속도를 빨리 하는 것이 목적이니까. 암 항원의 용액을 많이 만들어서 한 마리씩 생쥐에게 각각 다른 농도액을 주입해보는 거야. 통계학적인 의의는 없지만, 말하자면 목표도 없이 함부로 마구 주입하는 방식인데 이것은 도움이 될 거야. 어제의 생쥐를 검사하고 암 항원을 거듭 주사하도록 해. 난 전화 좀 걸 테니까."

찰스는 바지에 묻은 초크를 털고 수화기를 들었다.

"잠깐 얘기 좀 해도 되겠어요?"

엘렌은 말을 못할 것도 없다는 표정으로 고개를 약간 옆으로 갸웃하면서 말했다.

"웅, 무슨 말인데."

찰스는 수화기를 든 채 말했다.

"최초에 캔서랜을 주사한 생쥐를 검사해봤어요."

그녀는 거기서 말을 끊었다.

"웅?"

찰스는 무슨 일인가 하고 생각하면서 되물었다.

"거의 전부가 어제 저녁에 죽었어요."

찰스는 믿을 수 없다는 듯이 어두운 표정을 지었다.

"도대체 어떻게 된 거야?"

"모르겠어요. 캔서랜 탓이라고밖에 생각할 수가 없어요."

"용액의 농도는 검사했겠지?"

"네, 아주 정확히."

"감염으로 죽었다고 할 만한 징조는?"

"없어요. 수의사한테 진찰시켜봤어요. 해부한 결과 심장장애로 죽었다는 거예요."

"약의 독성이야!"

찰스는 고개를 가로저었다.

"그런 것 같아요."

"캔서랜의 본래 기록은 어디 있지?"

"그 책상 위에. 아까 오셨을 때 그걸 훑어보고 있었어요."

찰스는 노트를 들고 훌훌 넘겨서 독성 부분을 펼쳤다. 그리고 어제 만든 준비단계의 기록을 펼쳐서 숫자를 세밀하게 살폈다. 다 읽고 나자 그는 새로운 기록을 내던지고 원본을 책상 위에 놓았다.

"그 멍청한 놈이!"

찰스는 고함쳤다.

"이건 설명이 필요하겠어요."

"브라이튼 녀석, 독성의 데이터까지도 조작한 모양이야. 놀랍군. 브라이튼이 2년간에 걸쳐 해온 캔서랜 연구 전체가 아무 소용도 없었다는 거라고. 캔서랜은 브라이튼의 보고보다 훨씬 독성이 강할 거야. 어처구니없군! 이 약의 테스트에 국립 암연구소가 얼마나 많은 돈을 내놓고 있는지 알고 있나?"

"아뇨, 대강은 짐작하지만."

"몇천 만 달러야!"

찰스는 이마를 쳤다.

"이제부터 어떻게 해야죠?"

"난들 알겠나? 어떻게 할 건가는 놈들이 알겠지! 모든 계획을 처음부터 다시 시작해야겠지. 앞으로 3년은 더 걸릴 거야!"

찰스는 냉정하게 일정한 거리를 유지하려는 결심이 무너지는 것을 깨달았다. 실익이 많은 일을 완성한다면 모르지만 캔서랜 계획을 제로에서 다시 시작하는 것은 별문제였다. 이것은 도저히 받아들일 수 없었다. 특히 미셸의 병 때문에 자기 일의 속도를 서둘러야 하는 때이기도 했다.

"저쪽에서는 아직 우리에게 캔서랜 일을 시키고 싶어하고 있겠죠."

엘렌이 말했다.

"아니 그건 내가 알 바가 아냐. 캔서랜은 이것으로 끝난 거야. 만약 모리슨이나 이바네스가 잔소리하면 이런 독물의 연구 따윈 논문으로 발표할 가치가 없다고 그 증거를 면전에 내팽개쳐줄 거다. 신문에 내버리겠다고 위협해도 괜찮아. 이건 일종의 스캔들인 데다가 국립 암연구소 역시 그 돈이 도대체 어디로 들어갔느냐고 고개를 갸웃할 거라고."

"얘기가 그렇게 뜻대로 쉽게 될 것 같지 않아요. 틀림없이……."

"이제 그만하면 충분해, 엘렌! 그리고 우선 제1군의 생쥐에게 항체가 생겼는지 조사해줘. 그 다음엔 다시 주사를 놓고, 캔서랜에 대해서는 내가 관리 쪽에 잘 마무리 짓도록 할 테니."

엘렌은 불끈해서 얼굴을 돌렸다. 항상 있는 일이지만 찰스에게는 도저히 당할 수가 없었다. 그녀는 유리기구와 기계를 일부러 험하게 다뤄서 쨍그랑 소리를 내면서 일을 시작했다.

찰스의 팔 밑에서 전화벨이 울렸다. 그는 벨이 한 번 울리자 바로 수화기를 들었다. 그것은 분석을 해준 기사로부터 걸려온 전화였다.

"우선 구두 보고를 해드릴까요?"

"네, 부탁합니다."

"불순물의 주체는 벤젠이고, 그것으로 오염돼 있습니다. 그 밖에 양은 적지만 톨루엔, 그리고 트리클로로에틸렌(유기 염소계 용제의 하나로 발암성의 의혹이 있음)과 사염화탄소가 약간 들어있는데 지독합니다! 페인트 브러시를 그 속에서 씻은 정도입니다. 보고는 정리해서 오후에 전해드리겠습니다."

찰스는 고맙다는 인사를 하고 전화를 끊었다. 이 보고는 별로 놀랄 것도 없었다. 그러나 결과를 문서로 작성해놓을 수 있다는 것은 고마운 일이었다. 미셸의 모습이 다시 눈앞에 떠올랐지만 그는 그것을 억지로 지우면서 책상의 선반에서 보스턴 지구의 전화번호부를 꺼내어 연방정부란에서 환경보호국의 번호를 찾았다. 그리고 안내계로 전화를 돌리자 테이프 목소리가 들려왔다. 환경보호국은 오전 9시부터 오후 5시까지 근무를 한다고 알려주었다. 아직 9시가 안 되어 있었다.

찰스는 다시 매사추세츠 주 난을 펼쳤다. 포토맥 강가 지역의 백혈병과 림프종의 발생률을 알고 싶었기 때문이었다. 그러나 종양이나 암 기록을 보존해두는 계는 찾지 못하고 대신 '인구동태 통계과'라는 글자가 눈에 띄었다. 그 번호에 전화를 걸어보았으나 환경보호국과 마찬가지로 녹음된 소리만 들릴 뿐이었다. 시계를 보니 관청이 문을 열려면 아직 20분이나 남아 있었다.

그는 엘렌의 곁으로 가서 유암 항원을 주사한 생쥐에게 면역성이 생겼는지 검사하는 것을 거들기 시작했다. 엘렌은 아직 입을 열지 않고 있었다. 엘렌은 화를 내면서도 서로의 친밀감을 교묘하게 이용하고 있구나 하고 찰스는 생각했다.

일을 계속하면서 찰스는 최근의 연구에 대해서 생각해보았다. 만약 유암 항원을 주사한 생쥐가 빨리 항원에 반응을 나타냈을 때, 얻어낸 항체를 암에 걸린 생쥐에게 주입할 수 있다면 어떻게 될까? 그렇게 되면 같은 종류의 생쥐라면 그 암은 치유해나갈 수 있게 되는 것이다. 그것은 정말 단순했다…… 필시 그것은 단순히 성과라고 찰스는 생각했다. 다만 그것이 잘 추진된다면 말이다. 그래서 미셸을 위해 이 일 전체를 어떻게든 빨리 추진할 수 있다면…….

찰스가 얼굴을 들었을 때는 9시가 훨씬 지나 있었다. 아직 뱌로통해 있는 엘렌을 두고 찰스는 책상으로 돌아가 환경보호국의 안내계로 전화를 했다. 이번에는 김빠진 듯한 보스턴 사투리의 여자가 나왔다.

찰스는 이름을 대고 강에 독물을 흘려보내고 있는 중대한 보고가 접수되어 있는지의 여부를 물었다. 그녀는 별로 놀라는 기색도 없었다. 찰스는 전화를 끊지 않고 기다렸다.

다른 여자의 목소리가 들려왔다. 그래서 다시 한 번 같은 말을 되풀이해 들려주자 그 여자의 태도 역시 앞의 여자와 똑같았다. 놀란 것은 오히려 찰스 쪽이었다.

"내선이 틀렸어요. 여기는 급수계획과예요. 그런 폐기물 관계는 취급하지 않습니다. 그건 독물화학 쪽이에요. 잠깐 기다리세요."

찰스는 다시 그대로 기다리고 있었으나 전화가 끊기고 발신음이 달라졌다. 그는 수화기를 놓고 전화부에서 환경보호국란의 독물화학과 번호를 찾아서 전화를 걸었다.

같은 사람의 목소리가 들렸다. 환경보호국 놈들은 모두 복제인간인가 하고 생각하며 찰스는 같은 말을 되풀이했다. 그러나 독물화학과에서는 위반사항은 취급하고 있지 않았다, 기름이나 위험물 폐기계에 걸어보라는 한마디를 하고는 이쪽에서 말하기도 전에 상대는 전화를 끊어버렸다.

그는 다시 한 번 전화를 걸었다. 번호를 누르는 것이 힘들어서 가운뎃손가락이 아파왔다.

다른 여자가 나왔다! 찰스는 이제 짜증나는 어투를 감추지 않고 같은 말을 반복했다.

"새어든 것이 언제 일이죠?"

상대 여자가 물었다.

"계속 방류하고 있습니다. 한두 번이 아닙니다."

"그렇다면 유감이지만 이쪽은 새어나온 것만 취급하고 있기 때문에……."

"당신네 상사와 얘기하고 싶은데요."

찰스는 대들듯이 말했다.

"잠깐 기다리세요."

여직원은 한숨을 쉬었다.

찰스는 손으로 얼굴을 닦으면서 바짝바짝 속을 태우며 기다렸다. 땀을 흘리고 있었던 것이다.

"무슨 일이세요?"

다른 여자가 나왔다.

"실은 어떤 공장에서 독물인 벤젠을 계속 방출하고 있어서 전화했습니다."

"글쎄요, 그건 여기서 취급하지 않는데요."

그 여직원은 그의 말을 가로막듯이 말했다.

"지방담당계로 전화해보세요."

"뭐라고요!"

찰스는 고함쳤다.

"그럼 환경보호국은 도대체 뭘 하고 있는 겁니까?"

"여기는 관리계입니다. 환경을 관리하는 일을 하고 있습니다."

상대 여직원은 부드럽게 대답했다.

"독물을 강에 흘려보내고 있다는 사실은 관리계에서도 관심 있는 일이라고 생각하는데요."

"그야 당연한 말씀이지만 지방담당이 조사한 연후의 일이 되겠습니다. 담당계 전화번호를 가르쳐드릴까요?"

"가르쳐주십시오."

찰스는 넌덜머리를 내면서 말했다. 수화기를 내려놓았을 때 엘렌이 이쪽을 보고 있다는 것을 느꼈다. 그녀를 주시해보고 나서 그는 다시 전화를 걸었다.

"좋습니다. 당신이 얘기하는 곳은 어느 강입니까?"

"포토맥 강입니다. 맙소사, 이제야 겨우 담당자와 얘기하게 된 겁니까?"

"그래요. 그래서 그 폐기하고 있다는 공장은 어디에 있는 거죠?"

"섀프츠베리에 있습니다."

"섀프츠베리라고요? 그럼 뉴햄프셔 주군요."

"네, 그렇습니다. 하지만……."

"그런데 여기선 뉴햄프셔는 취급하지 않습니다."

"그 강은 거의 매사추세츠 주입니다."

"그건 그렇지만 수원은 뉴햄프셔 줍니다. 그쪽으로 전화하셔야겠어요."

"어떻게 좀 도와주십시오."

"뭐라고 하셨죠?"

"그쪽 전화번호를 아십니까?"

"모릅니다. 전화국에 물어보세요."

전화는 끊어졌다.

찰스는 뉴햄프셔 전화국에 전화해서 주청의 번호를 알아냈다. 수질오염방지라는 계는 없었지만 대표전화로 걸어서 얘기할 수 있는 상대의 내선번호를 알았다. 테이프가 돌아가는 듯한 소리가 들리기 시작해서 다시 한 번 아까의 말을 되풀이했다.

"그 투서를 익명으로 하고 싶으신가요?"

또다시 여직원의 목소리였다.

그 질문에 놀라서 찰스는 대답하는 데 잠시 주저했다.

"아니, 나는 섀프츠베리에 사는 닥터 마텔입니다."

"알겠습니다."

여직원은 그것을 기록하는 모양인지 천천히 대답했다.

"당신이 말씀하시는 그 폐기물은 어디서 나오고 있습니까?"

"섀프츠베리입니다. 리사이클 회사라는 공장인데 벤젠을 포토맥 강에 그대로 흘려보내고 있습니다."

"알겠습니다, 감사합니다."

상대 여직원이 말했다.

"잠깐만. 그럼 그쪽에선 어떻게 하는 겁니까?"

"제가 이것을 기사에게 전하면 그가 조사할 겁니다."

"언제요?"

"그건 확실히 말씀드릴 수 없습니다."

"그래도 대충 예정을 얘기해줄 수 없습니까?"

"포토맥 강으로 유류가 새나가는 곳이 많아서 몹시 바빠요. 그래서 아마 몇 주 후에나 될 거예요."

몇 주 후라는 것은 찰스가 가장 듣고 싶지 않은 말이었다.

"지금, 기사 누구 없습니까?"

"네, 지금 두 사람 다 외출중입니다. 잠깐만 기다리세요! 지금 돌아왔으니까요."

"부탁합니다."

잠시 후 기사가 전화를 받았다.

"라리 스펜서입니다."

찰스는 그와 통화하게 된 이유와 하루 빨리 폐기사실을 확인해주기를 바란다고 말했다.

"이 과에는 인원이 한정돼 있습니다."

기사는 점잖은 목소리로 설명했다.

"하지만 이건 대단히 중대한 일입니다. 벤젠은 독극물인데 많은 사람이 강가에 살고 있습니다."

"그건 중대하군요."

"가급적 빨리 해줬으면 하는데 내가 뭐 할 일은 없습니까?"

"없을 겁니다. 환경보호국에서 직접 당신 얘기를 들어줬으면 좋겠는데 말입니다."

"거기는 처음에 전화를 걸어봤습니다. 거기서 당신네 과를 알려준 겁니다."

"그렇겠죠! 어떤 얘기라야 나서줄는지 알 수가 없군요. 우리가 이런 더러운 일을 하고 나서야 그쪽에서 겨우 손을 댈 정도니 말입니다. 물론 처음부터 마음이 내켜서 나서는 일도 있긴 하지만, 정말 터무니없고 도움이 안 되는 곳입니다. 그래도 그 수밖에 없으니까요."

찰스는 인사를 하고 전화를 끊었다. 그 기사는 성실했고, 환경보호국이 경우에 따라서는 귀를 기울일지도 모른다고 말했다. 찰스는 환경보호국이 보스턴 관청가의 중심에 있는 존 F. 케네디 빌딩 안에 있다는 것을 생각해내고 전화보다는 직접 찾아가기로 마음먹었다.

"곧 돌아올 거야."

찰스는 코트를 입고 엘렌에게 말했으나 그녀는 대답하지 않았다.

문이 닫히고 나서 한참만에야 엘렌은 복도를 확인했다. 찰스의 모습은 어디에도 보이지 않았다. 그녀는 책상으로 돌아가서 모리슨 부장에게 전화를 걸었다. 딸의 병을 고려한다 해도 찰스의 행동은 무책임했고, 자신의 일뿐만 아니라 엘렌 자신의 일마저도 위태롭게 하고 있다는 것은 정당하지 못하다고 생각했다. 모리슨은 엘렌의 얘기를 진지하게 듣고 나서 더 이상 참을 수 없다고 말했다. 그리고 이 골치 아픈 사태에 즈음해서 그녀의 협력을 결코 잊지 않겠다고 덧붙였다.

와인버거를 나올 때 찰스는 자기가 작은 일에도 참지 못하고 흥분하는 것은 아닌가 하고 생각했다. 만사가 뜻대로 되지 않으니 자기의 복수심까지 이상해지고 있는 것 같았다. 사방에 전화를 걸고 나서 그는 리사이클 회사에는 낡은 엽총을 가지고 들어가는 수밖에 없다고 생각했다. 입원한 미셸의 모습이 다시 눈앞에 떠올랐다. 왜 자기만이 미셸의 병에 화학요법이 듣지 않는다고 단정하는지 알 수가 없었다. 그것은 화학요법이 미셸에게 단 하나의 희망인 만큼 지금부터 모든 것이 최악의 경우임을 각오하자는 미치광이 같은 사고방식인지도 몰랐다.

"만약 그 애가 백혈병이 틀림없다면 왜 화학요법에 듣는 그런 림프구를 가지고 있지 않은 거야!"

찰스는 차의 핸들을 움직이면서 외쳤다. 그는 무의식중에 차의 속도를 시속 60킬로 이하로 떨어뜨려서 다른 운전자들을 화나게 했다. 경적소음이 일제히 울렸고, 운전자들은 옆으로 빠져나가며 주먹을 치켜 올렸다.

찰스는 시영 주차장에 차를 넣고 존 F. 케네디 빌딩과 기하학적인 시청 사이의 큰 벽돌담을 따라서 걸었다. 줄지어 서 있는 빌딩들 사이는 바람이 터널을 만든 듯해서 돌풍 속에서 몸을 웅크리면서 나아가야 했다. 그때 태양 빛은 희미했고 회색 구름 떼가 서쪽에서 몰려들고 있었고, 기온은 영하 5도 가까이 내려가 있었다.

찰스는 회전문 안으로 들어가서 안내판을 찾았다. 왼쪽에서는 존 F. 케네디의 사진전이 열리고 있었고, 막다른 곳에 있는 엘리베이터 옆의 가설매점에서는 커피와 도넛을 팔고 있었다.

매점의 웨이트리스가 안내판을 가리켜주었는데, 그것은 일렬로 나열된 존 F. 케네디의 미소 짓는 사진 그늘에 가려져 있었다.

찰스는 안내판을 보고 환경보호국이 23층에 있다는 것을 알았다. 그는 문이 막 닫히려는 엘리베이터로 뛰어가서 탔다. 엘리베이터에 탄 사람들을 둘러보니 그들은 모두 기묘한 녹색 폴리에스터의 옷차림뿐이어서 의아하게 생각되었다.

찰스는 23층에서 내려 '국장'이라는 표찰이 붙어 있는 사무실을 향해 걸어갔다. 제일 먼저 뛰어들기에는 그곳이 알맞은 곳이라고 생각되었다.

사무실 바로 안쪽에는 금속제의 큰 책상과 타이프라이터 테이블이 놓여 있었고 숱이 많은 짧은 머리에 파마를 한 몸집 큰 여직원이 앉아 있었다. 그녀는 아주 가늘고 긴 담배를 멋지게 입에 물고서 옷을 팽팽하게 당기며 불룩 솟은 커다란 가슴을 과시하고 있었다. 찰스가 가까이 갔을 때 그녀는 손거울을 들여다보면서 관자놀이에 드리워진 머리카락을 매만지고 있었다.

"실례합니다."

이 여직원이 아까 전화를 받았던 사람이었나 생각하면서 찰스가 말했다.

"저, 재생공장이 지방 하천에 벤젠을 폐기하고 있다는 것을 알려드리러 왔습니다. 어느 분에게 말씀드리면 될까요?"

그녀는 여전히 머리를 매만지면서 의아한 표정으로 찰스를 빤히 쳐다보았다.

"벤젠이란 게 그렇게 위험한 건가요?"

"대단히 위험합니다."

"19층 위험물 처리과로 가시는 게 좋을 거예요."

여자는 마치 '이 예의도 모르는 얼간이!'라고 말하고 싶어하는 듯한 말투로 말했다.

4층을 더 내려와서 분위기가 다른 19층으로 들어갔다. 그곳은 무게를 떠받치는 벽 외에는 아무것도 없었기 때문에 건물의 한쪽 끝에서 끝까지 훤히 내다보였다. 가슴 높이의 금속성 칸막이가 미로처럼 종횡으로 놓여 있어서 그 층을 작은 구획으로 가르고 있었다. 그 위로 자욱한 담배연기와 까닭 모를 많은 사람들의 목소리가 떠들썩하게 들려왔다.

찰스는 그 미로 속으로 들어가며 과를 가리키는 도로표지와 비슷한 막대기가 곳곳에 서 있는 것을 발견했다. 위험물 처리과는 다행히도 찰스가 내려온 계단 바로 옆에 있었기 때문에 과를 분류하고 있는 각 처리계 표지를 찾을 수 있었다. 소음, 대기오염, 살충제, 방사선 등 각 계를 지나서 불연폐기물 처리계 맞은편에 있는 독성폐기물 처리계를 발견하고 그쪽으로 걸어갔다.

그리고 중앙 복도를 지나서 안쪽으로 장벽 역할을 하고 있는 책상 앞에 섰다. 그것은 아주 작은 책상으로, 고수머리를 열심히 펴려는 듯이 보이는 여윈 흑인남자가 앉아 있다가 찰스에게 주의를 돌렸다. 남자는 까다로운 듯한 몸차림이었다. 찰스의 얘기를 다 듣고 난 그는 악센트가 아주 정확한 영국 영어로 말했다.

"잘못 찾아오신 것 같습니다."

"그럼 여기선 벤젠을 취급하지 않습니까?"

"물론 취급하고 있지만 우리는 그저 위험물 허가와 면허를 취급하고 있을 뿐이어서 말입니다."

"그럼 어디로 가야 합니까?"

찰스는 애써 자제하면서 물었다.

"음, 모르겠는데요. 이런 일은 지금까지 없었던 일이어서……. 잠깐만 기다리십시오. 좀 물어보고 올 테니……."

남자는 매니큐어를 칠한 손가락을 코끝에 대고 생각하다가 그렇게 말했다. 그러고는 경쾌한 발걸음으로 책상을 돌아 찰스에게 미소 짓고는 미로 속으로 사라졌다. 그의 구두는 쇠장식이 붙어 있어서 그 소리가 옆의 타이프라이터 치는 소리와는 별개로 들려왔다. 찰스는 기다리고 있는 동안에도 안절부절 못하고 자신의 노력이 수포로 돌아가 버리는 것이 아닌가 해서 견딜 수가 없었다.

젊은 흑인이 돌아왔다.

"어디로 가야 하는지 아무도 모르고 있습니다. 하지만 22층 급수과로 가보시는 게 좋을 거라고 하던데요. 거기서라면 들어줄 거라 생각합니다."

찰스는 그에게 고맙다는 인사를 하고 다시 계단 쪽으로 걸어갔다. 열은 식어버리고 반대로 분노가 치밀었다. 찰스는 3층을 다시 올라가서 22층에 도착했다. 21층에서는 서로가 손을 잡은 세 젊은이들과 스쳐서 피해야 했다. 그들은 오만한 눈초리로 찰스를 빤히 쳐다보았다. 22층은 보통의 석회 벽과 가슴 높이의 칸막이 등 여러 가지 모양으로 사무실이 갈라져 있었다. 음수대 옆에 '급수과'라는 표지가 있었다.

찰스는 접수계 책상을 발견했으나 사람이 없었다. 담배연기가 자욱했고, 부근에 인기척은 있는데 기다려 봐도 아무도 모습을 보이지 않았다. 흥분된 발걸음으로 그는 책상을 돌아서 안쪽 사무실로 발을 들여놓았다. 작은 칸막이로 나누어진 사무실 안에는 몇 사람이 전화를 받기도 하고 자판을 두드리기에 여념이 없었다. 한 남자가 정부 간행물을 한 무더기 들고 오는 것을 보고 찰스는 무턱대고 그를 기다렸다.

"수고하십니다."

남자는 팸플릿 무더기를 책상에 놓으며 찰스를 힐끗 쳐다보았다. 찰스는 벌써 여러 번 했던 말을 무의식중에 다시 반복했다. 남자는 뭔가를 생각하면서 팸플릿 더미를 가지런히 정돈한 다음에야 찰스를 주목했다.

"여기는 그런 걸 처리하는 데가 아닌데요."

"무슨 소리 하는 거요! 여긴 급수과잖소. 나는 수질오염을 알리러 왔단 말이오!"

찰스는 울화통이 터져서 소리쳤다.

"이봐, 어디다 대고 큰소리야. 여긴 급수설비와 하수도의 배수상황을 감시하고 있을 뿐이야."

"미안하게 됐소."

찰스는 약간 멋쩍어하며 사과했다.

"이것이 얼마나 곤란한 문제인지 아마 당신은 모를 거요. 아무튼 이건 단순한 고충인데, 벤젠을 강에 버리고 있는 공장을 알고 있어서 말이오."

"그럼, 위험물 처리과에 가는 게 좋을 것 같은데……."

"거긴 벌써 가봤소."

남자는 생각하다가 말했다.

"아, 그럼 왜 23층 집행과로 가보지 않소?"

찰스는 당황해서 상대의 얼굴을 물끄러미 쳐다보았다.

"집행과? 왜 지금까지 아무도 그곳을 가르쳐주지 않았을까?"

"글쎄 말입니다."

남자는 아무 생각 없이 말했다.

찰스는 혼자서 욕지거리를 중얼거리면서 계단을 찾아서 23층으로 올라갔다. 그리고 재무과, 인사과, 기획추진과를 지나서 화장실 맞은편에 있는 집행과를 발견하고는 안으로 들어갔다.

연보라색의 큰 안경을 낀 흑인 여직원이 시드니 셸던의 신간소설을 읽다가 얼굴을 들었다. 읽던 곳이 상당히 재미있는 부분이었는지 그녀는 방해꾼에게 짜증스러움을 감추려고도 하지 않았다.

찰스는 또다시 반복해서 희망사항을 말했다.

"그런 건 모르겠어요."

상대 여직원이 말했다.

"그럼 누구한테 얘기하면 될까요?"

찰스는 천천히 말했다.

"모르겠어요."

여직원은 다시 책을 읽기 시작했다.

찰스는 왼손을 책상에 기대며 오른손으로 그녀가 읽던 문고판 책을 잡아채서 책상 위에 '탕' 하고 내려놓았다. 여직원은 그 바람에 홱 뒤로 물러섰다.

"애써 일하는 것을 방해해서 미안하오. 하지만 당신의 상사와 얘길 좀 하고 싶소."

"미스 스티븐스 하고 말입니까?"

그녀는 찰스의 다음 태도를 알아채지 못한 채 물었다.

"미스 스티븐스하고라면 좋겠지."

"오늘은 쉽니다."

찰스는 주먹을 들이대고 상대를 위협해줄까 생각했으나 그것을 꾹 참고 책상을 손가락으로 두드렸다.

"그럼, 그 다음으로 높은 사람 중에 지금 있는 사람은?"

"미세스 아멘들러 말입니까?"

"이름은 아무래도 상관없어."

젊은 여직원은 찰스를 방심하지 않고 말똥말똥 쳐다보면서 일어나서 나갔다.

5분 후에 그 여직원은 35살쯤 되는 걱정스런 얼굴을 한 여자를 데리고 왔다.

"저는 미세스 아멘들러입니다. 여기 부주임인데, 무슨 일이세요?"

"나는 닥터 찰스 마텔이오. 강에 독극물을 버리는 공장이 있어서 그걸 알리러 왔소. 지금까지 여기저기 과마다 가라는 데를 찾아다니다가 겨우 여기 집행과를 가르쳐줘서 왔는데, 이 안내양이 너무 협조를 안 해줘서 상사와 만나 얘기하고 싶다고 했소."

"독극물을 버리고 있다니까 나는 그런 얘긴 모른다고 말했을 뿐이에요."

흑인 여직원이 말했다.

미세스 아멘들러는 잠시 앞뒤 사정을 생각하고는 찰스에게 따라오라면서 앞서 걸어갔다.

작은 칸막이를 제법 많이 지나서 두 사람은 온통 여행 포스터로 덕지덕지 치장된 창 없는 조그만 방으로 들어갔다. 미세스 아멘들러는 찰스에게 소파를 권하고 자기는 책상 뒤로 몸을 비집고 들어갔다.

"여기에 당신과 같은 고충을 가지고 오는 분은 없습니다. 그 점은 이해해주셔야겠습니다. 그렇다고 물론 실례되는 일을 범한 변명은 될 수 없지만……."

"그것이 환경을 파괴하는 것이 아니라면 집행과는 도대체 뭘 집행한다는 겁니까?"

찰스는 적의를 보이면서 말했다. '결국 이 여자도 나를 달래기 위해서 자기 방으로 데리고 들어와 놓고는, 또 다른 과로 가라고 할 작정이겠지.' 하고 찰스는 생각했다.

"우리의 일은 위험 폐기물을 취급하는 공장이 정식으로 허가를 받고 면허를 받았는지 그 법의 위반유무를 감독 감시를 하는 곳입니다.

때로는 재판에 회부해서 벌금을 물게 할 때도 있습니다."

그녀가 말했다. 찰스는 두 손으로 얼굴을 덮었다가 머리를 문질렀다. 이 미세스 아멘들러는 자신의 말이 어처구니없는 얘기임을 알지 못하고 있는 모양이었다.

"기분이 나쁘세요?"

미세스 아멘들러는 의자를 앞으로 기울여 상체를 앞으로 내밀었다.

"아무래도 당신 얘기는 이해가 안 되는데, 말하자면 이 환경보호국 집행과의 첫째 일은 적법절차를 거친 서류를 보유하고 있는지를 확인하는 거군요. 그렇다면 수질정화법인가 뭔가 하는 법률 집행은 전혀 하고 있지 않다는 얘기가 아닙니까?"

"그것이 전적으로 옳다고는 할 수 없습니다. 환경에 관심을 갖게 된 건 비교적 최근의 일로 그 규제도 겨우 법령화돼가고 있는 것이 현실입니다. 우선 첫 단계로 위험물을 취급하는 업자를 남김없이 등록시키고, 그들에게 규제 대상임을 알립니다. 위반자를 적발하는 체제를 정리하는 것은 그러고 나서이고, 그때까지는 할 수 없는 겁니다."

"그럼 지금으로선 무절제한 공장을 제멋대로 날뛰게 내버려둔다는 말이군요."

"그것도 전적으로 옳은 의견이라고는 할 수 없습니다. 우리의 분석 실험실 지부에 감시하는 기관은 있습니다. 아무튼 현재의 관리체제로는 예산이 적고 그 지부도 아주 소규모인데, 당신의 고충을 받아들이기는 할 겁니다. 그 위반 사실을 문서화해서 우리한테 보내면 우리는 그것을 환경보호국 변호사에게 돌립니다. 닥터 마텔, 당신이 말씀하시는 공장 이름을 알려주시겠습니까?"

"섀프츠베리에 있는 리사이클 주식회사입니다."

"그럼 우리의 서류를 조사해보도록 합시다."

미세스 아멘들러는 책상에서 일어났다. 찰스는 그녀를 따라서 작은 방을 나와 긴 복도를 걸었다. 그녀는 엄중히 닫혀 있는 문 앞에 멈춰서서 플라스틱 카드를 틈새로 밀어 넣었다.

"매우 정밀한 데이터가 있으니 그 회사를 볼 수 있을 겁니다."

찰스에게 문을 열어주면서 미세스 아멘들러가 말했다.

실내의 공기는 더 춥고 깨끗해서 담배연기 냄새도 나지 않았다. 컴퓨터 단말기 취급은 공무원의 건강보다 중요한 모양이었다. 미세스 아멘들러는 컴퓨터 앞에 앉아서 '리사이클 주식회사, 섀프츠베리 뉴햄프셔'라고 입력했다. 10초 정도 지나자 리사이클 주식회사라는 글씨가 컴퓨터 화면에 나타났다. 이어서 뉴햄프셔 주 브루어 화학의 소유자와 공장의 취급위험물 리스트, 인가, 면허의 출원일, 교부일자 등이 나타났다.

"당신이 관심 있는 건 어떤 화학물질이죠?"

미세스 아멘들러가 물었다.

"벤젠입니다. 대부분이……."

"여기 나와 있군요. 환경보호국 위험 화학제품 번호 U019. 모든 것이 타당한 것 같습니다. 법률위반은 없는 것 같은데……."

"하지만 그들은 그것을 직접 강에 흘려보내고 있습니다! 법률위반이 틀림없습니다."

실내에 있던 사람들이 찰스의 불끈한 태도에 깜짝 놀란 듯이 고개를 들었다. 이 컴퓨터 룸에서의 대화는 교회 안에서의 속삭임처럼 작은 소리로 주고받는 것이 불문율로 되어 있었기 때문이었다.

찰스는 목소리를 낮추어 말했다.

"당신의 사무실로 돌아갈까요?"

미세스 아멘들러가 고개를 끄덕였다.

작은 방으로 돌아온 찰스는 앉았던 의자에서 상체를 앞으로 내밀고 말했다.

"미세스 아멘들러, 이제부터 이것저것 전부 얘기하죠. 그럼 당신에게도 도움을 받을 수 있으리라 생각합니다."

찰스는 미셸이 백혈병에 걸렸다는 것, 테드 숀하우저가 재생 불량성 빈혈에 걸려 죽었다는 것, 강에 벤젠이 섞여 있는 것을 발견하고 확인했다는 것, 리사이클 회사에 들어갔던 것 등 그 모든 것을 이야기했다.

"어머나!"

찰스가 얘기를 마쳤을 때 그녀가 외치듯이 말했다.

"당신에게 아이들이 있습니까?"

"있고말고요!"

미세스 아멘들러의 목소리에는 일말의 공포가 서려 있는 듯했다.

"이 정도면 내게 닥쳐온 일들이 어떤 것인가를 이해하실 수 있을 겁니다. 그리고 내가 왜 리사이클 회사에 대해서 어떤 조처를 하고 싶어하는지도 이해하시겠죠. 포토맥 강 주변에는 아이들이 많이 살고 있습니다. 나는 정말로 도움이 필요합니다."

"당신은 내게 이 환경보호국이 말려들도록 조처하라는 겁니까?"

미세스 아멘들러가 말했다. 질문이라기보다 오히려 항변 같았다.

"네, 그렇습니다. 아니면 어떻게 하면 좋을지 가르쳐주십시오."

"당신의 고충을 문서화해주시는 것이 가장 좋은 방법일 거예요. 그걸 내 앞으로 보내주세요!"

"그건 간단합니다."

"문서화할 때 증거를 제시할 수 있나요? 그걸 손에 넣을 수 있으세요?"

"이미 못의 물 분석표가 작성돼 있습니다."

"아니, 그런 것보다는 공장 내부에서 일어나는 뭔가를 말이에요. 말하자면 그만둔 종업원이라든가 의사의 기록이라든가, 폐기 현장의 사진이라든가 그런 것 말입니다."

"그건 할 수 있을 것 같습니다."

그녀의 마지막 말을 생각하면서 찰스는 말했다. 집에 있는 폴라로이드 카메라를 이용하면 될 것 같았다.

"뭔가 증거를 내게 보내주면 우리 감시반에게 확인시키고, 그 전모를 적발 조사하도록 허가할 수 있어요. 그러니까 모든 건 당신에게 달려 있습니다. 아니면 형세가 변하는 것을 기다릴 수밖에 없겠네요."

존 F. 케네디 빌딩을 나왔을 때 찰스는 다시 우울한 기분과 싸우고 있었다. 이젠 리사이클 회사를 상대로 뭔가 하려고 해도 당국의 도움을 기대한다는 것조차 어려워진 느낌이었다. 아니 사실이 그랬다. 혼자 부딪혀 나가야 할 것 같았다.

그 브루어 화학에서는 한 무리의 무능한 사원들이 뉴저지의 떡갈나무 판자를 둘러친 회의실에 모여서 지금껏 쌓아온 자신의 행복을 파괴하고 있으며, 사랑하는 딸의 생명을 빼앗으려 하고 있었다. 그것을 생각하면 찰스는 점점 분노가 치밀어 올랐다. 와인버거에 가까워지면서 그는 그 모회사에 전화를 걸어 자신의 생각을 알려주기로 했다.

브라이튼의 스캔들 이래 와인버거에서는 경비가 엄중해졌다. 그래서 찰스는 큰 유리문을 노크해서 열어주기를 기다렸다가 들어가야 했다. 그는 수위인 로이에게 인사를 했으나 수위는 신분증명서를 보여 달라고 했다.

"나야, 로이. 닥터 마텔."

찰스는 로이의 눈앞에 손을 흔들며 말했다.

"명령입니다."

손을 펼친 채로 로이가 말했다.

"멍청한 관리과 놈들."

신분증명서를 찾으면서 찰스는 투덜거렸다.

로이는 어깨를 움츠리고 찰스가 자신의 눈앞에 증명서를 들이밀 때까지 기다리고 있었다. 그러고는 의례적으로 옆으로 한두 걸음 다가섰다. 뿐만 아니라 항상 매력이 넘치는 미스 앤드류도 평소처럼 '잠깐 얘기하다 안 가실래요?' 하는 식의 미소로 그를 맞이하지 않았다. 그녀는 애써 찰스를 외면하고 있었다.

찰스는 코트를 벗어던지고 뉴저지의 안내계를 호출해서 브루어 화학에 전화를 걸었다. 상대가 나올 때까지 그는 엘렌이 아직도 뾰로통해 있는가 하고 방안을 둘러보았으나 그녀의 모습은 보이지 않았다. 아마 동물실에 있는 모양이라고 찰스는 생각했다. 그때 브루어 화학에 전화가 연결되었다.

찰스는 그제야 '전화를 거는 것이 아니었는데.' 하고 절실하게 느꼈다. 오늘 아침도 큰 협력을 얻으려고 했으나 성가신 푸념으로밖에 취급해주지 않았던 씁쓸한 경험을 하지 않았던가.

브루어 화학 홍보과의 말단 직원이 전화를 받았다. 그런데 상대방은 찰스를 달래주기는커녕 그런 터무니없고 증거도 없는 환경 걱정 따위는 그저 미국 산업을 외국과 겨룰 수 없게 할 뿐이라고 대들었다. 대화는 거칠어져서 찰스는 벤젠을 버렸다고 하고 상대는 버리지 않았다고 서로가 고함치는 상황까지 치달았다.

그는 수화기를 던져버리고 풀 길 없는 분한 마음을 어디에 분풀이할까 하고 주변을 돌아다녔다.

복도로 통하는 문이 열리고 엘렌이 들어왔다.

"모르세요?"

초조한 얼굴 표정을 숨기며 태연한 채로 엘렌이 물었다.

"모르다니, 뭘?"

찰스는 대들 듯이 말했다.

"연구 노트를 전부 잃어버렸어요."

찰스는 깜짝 놀라서 일어나 책상 위와 카운터 주변을 둘러보았다.

"찾아도 소용없을 거예요. 틀림없이 2층에 가 있을 거예요."

"뭐라고? 그 따위……."

"오늘 아침 선생님이 나가고 나서 모리슨 씨가 캔서랜의 진척을 확인하러 왔었어요. 그리고 암의 항원을 생쥐에게 주사하고 있는 나를 본 거예요. 말할 것도 없이 우리가 캔서랜 일을 하고 있지 않는 걸 보고 쇼크를 받았나 봐요. 선생님이 돌아오는 대로 소장님 방으로 오도록 전하라고 했어요."

"그렇다고 노트를 가지고 가다니 어떻게 된 거야?"

공포가 오히려 분노를 진정시키는 역할을 했다. 관리자의 권위를 증오하면서도 두려워하고 있었기 때문이었다. 대학시절에 학장의 전단 하나로 전 생애에까지 영향을 미치는 일이 있었지만, 그 이래로 언제나 마찬가지였다. 지금 또 관리체제가 그의 생활 속에 파고들어서 마치 인질처럼 그의 연구 노트를 가져가버린 것이다. 그 노트의 기록은 실현되기 어려울지 모르지만 미셸을 살리고 싶은 일념과 결부되어 있는 게 아닌가.

"닥터 모리슨과 소장님한테 왜 노트를 가져갔는지 물어보는 게 좋겠어요. 솔직히 말해서 난 이런 일이 일어날 것 같은 느낌이 들었어요."

엘렌은 한숨을 쉬고 그것보라는 듯이 머리를 번쩍 쳐들었다. 찰스는 그 태도에 놀라 새삼스레 고독감이 더 느껴지는 것 같았다.

그는 방을 나와서 터벅터벅 비상계단을 통해 2층으로 올라갔다. 낮익은 비서들 앞을 지나서 미스 베로니카 에번스 앞으로 갔다. 어제에 이어서 두 번째 방문이었다. 그녀를 언뜻 보니 한가로운 것 같은데, 그녀는 한참만에야 안경너머로 찰스를 올려다보았다.

"무슨 일이세요?"

그녀는 찰스를 마치 하인 대하듯 말했다. 그리고 조그만 의자를 가리키며 앉아서 기다리라고 했다. 왠지 기다리는 것이 인질로 잡힌 것 같은 느낌이 들었다. 그리고 분노, 공포, 낭패 중에서 과연 어떤 감정이 지금 가장 솟구치는지 자신으로서도 알 수 없었다. 그러나 노트를 되찾기 위해서는 기다리고 있어야 했다. 지금까지 연구해놓은 자료들이 자신의 재산인지 연구소의 것인지 잘 모르겠지만…….

한참 앉아 있는 동안 최근 연구를 상세하게 기록한 그 노트가 강력한 흥정거리가 되어버렸다는 것을 깨달았다. '이바네스는 실제로 나를 해고할 셈일까. 그리고 만약 다른 연구소에 일자리를 얻었다고 해서 내가 무엇을 할 수가 있을까.' 하고 그는 생각했다.

임상 일은 오랫동안 하지 않았으니 도저히 할 수 없을 것이다. 게다가 만약 해고당하면 그래도 건강보험을 사용할 수 있을지 생각하자 새삼 동요되지 않을 수 없었다. 미셸의 병원비는 천문학적 숫자가 될 테니 그것이 가장 걱정이었다.

실내 전화벨이 낮게 울렸다. 미스 에번스가 찰스 쪽으로 건방진 태도로 돌아서서 말했다.

"소장님이 시간을 내주실 모양입니다."

카로스 이바네스 소장은 찰스가 들어서자 골동품 책상 쪽에서 일어났다. 창의 역광으로 그의 머리와 산양 수염은 은색으로 빛났다.

책상 바로 앞에는 조슈어 와인버거 시니어와 조슈어 와인버거 주니어가 앉아 있었다. 찰스는 그 두 사람과 직무상의 회합으로 가끔 만나왔다. 부친 시니어는 80살에 가깝지만 아들 주니어보다도 건강해보여서 눈에도 생기가 넘쳐 빛나고 있었다. 시니어 쪽은 상당한 흥미를 갖고 찰스를 주시했다.

조슈어 와인버거 주니어는 완벽하고 전형적인 실업가로, 아주 조심성 있게 앉아 있는 모습이었다. 그는 따분한 듯이 찰스를 경멸하는 눈으로 바라보았으나 곧 이바네스 쪽으로 주의를 돌렸다.

책상 오른쪽에는 닥터 모리슨이 앉아 있었는데, 그 복장은 조슈어 와인버거 주니어를 본받아서 정성스럽게 접은 실크 손수건을 넌지시 과시하듯이 가슴의 포켓에서 비어져 나오게 꽂고 있었다.

"자, 들어와요!"

닥터 이바네스는 상냥하게 말했다.

찰스는 이바네스의 큰 책상에 가까이 갔으나 자신이 앉을 의자가 없음을 알고, 결국 두 와인버거와 닥터 모리슨 사이에 섰다. 양손을 어떻게 해야 할지 몰라서 포켓에 찔러 넣기로 했다. 닳아 떨어진 옥스퍼드 셔츠에다 유행에 뒤진 폭넓은 넥타이, 바지 주름이 없어진 슬랙스 복장이 이 비즈니스맨들 속에 어울리지 않게 보였다.

"그럼 본론으로 들어가지."

이바네스 소장이 먼저 말문을 열었다.

"두 분 와인버거 씨는 부장회의의 정 · 부의장으로서 현재의 위기를 타개하기 위해 특히 후원에 뛰어들었다네."

"실은……."

와인버거 주니어는 찰스의 얼굴을 올려다보기 위해 의자를 약간 돌렸다. 그에게는 머리를 좌우로 갑자기 돌리는 버릇이 있었다.

"닥터 마텔, 독창적인 연구의 진행을 방해하는 것이 결코 부장회의의 방침은 아니지만, 그러나 그 방침을 변경하지 않으면 안 될 때도 있네. 특히 이런 현재의 위기에 즈음해서는 말일세. 캔서랜이 레슬리 제약회사의 중요한 제품이 될지도 모른다는 것은 자네도 인정해야 하네. 사실대로 말하면 레슬리 제약회사의 재정은 지금 매우 불안한 상태에 있지. 요 수년 동안에 항생제나 신경안정제의 특허 효력이 다 돼서 어떻게든 신약을 시장에 내놓고 싶다는 절실한 요구가 있는 거라네. 다시 말해서 그 부족한 공급을 어떻게든 화학요법의 개발로 보충하려고 하는데, 캔서랜은 이 연구의 산물인 셈이야. 그들은 캔서랜의 특허를 독점적으로 가지고 있지만 그것을 어떻게든 시장에 내놓지 않고서는 얘기가 될 수 없는 거지. 그것도 빠르면 빠를수록 좋다는 걸세."

찰스는 좌중을 둘러보았다. 요컨대 그들은 자기의 면직을 생각하고 있지 않은 것 같았다. 현재의 관건은 재정적인 문제라는 것을 알자 마음이 편해지고 캔서랜의 일을 재개하기만 하면 될 것이라는 확신이 섰다. 일말의 희망이 솟았다. 찰스는 어떻게 하면 유독성 물질로 만들어진 캔서랜을 약으로 만들기에는 맞지 않아서 이 연구소에 투자한 것은 잘못된 것이라고 와인버거 부자를 설득할 수 있을지 생각해보았다.

"자네가 캔서랜의 독성을 발견했다는 것은 이미 우리도 들어서 알고 있네."

이바네스 소장은 시거를 한 모금 빨며 무의식중에 찰스의 기를 꺾어놓고는 말했다.

"닥터 브라이튼이 내놓은 실적도 전적으로 옳다고 할 수는 없다는 것을 알았네."

"그것을 인정해주신 것은 참으로 관대한 조치라고 생각합니다. 브라이튼 씨가 한 캔서랜 실험은 확실히 모두가 속임수였습니다."

찰스는 그렇게 말하면서도 자기의 결정적인 수를 갑자기 상대가 낚아채간 듯한 놀라움을 느꼈다. 그는 곁눈으로 두 와인버거의 반응을 살피면서 그것을 기대했으나 아무런 변호도 없었다.

"정말 불행한 일이었지만 이 기회에 될 수 있는 한 빨리 추진시켜서 절박한 이 상황으로부터 벗어나야만 하네."

이바네스 소장이 말했다.

"하지만 저의 실험으로는 그 약이 아주 강한 독성을 지니고 있다는 것을 알았습니다. 그렇기 때문에 만약 사용한다면 미량을 투여하는 수밖에 없습니다. 그 정도로 독성이 강합니다."

찰스는 필사적으로 말했다.

"우리로서는 그런 건 문제가 되지 않아. 문제는 시장에 내놓을 수 있느냐 없느냐에 달렸어. 레슬리 제약은 캔서랜이 시장에 출시될 수 있기만 하면 그것으로 끝이거든. 그들의 능력은 실로 우수해서 에스키모에게 얼음을 판매할 정도라고."

조슈어 와인버거 주니어가 말했다.

찰스는 당황했다. 자신이 도덕적인 사람이라서가 아니었다. 제품이 사람들에게 도움이 되든 안 되든 그런 것이 문제가 아니라 만사가 돈벌이만 되면 그만인 것이었다. 그것도 크면 클수록 더욱 매력적인 것이었다.

"찰스!"

모리슨이 비로소 입을 열었다.

"자네가 이 약의 효과와 독성을 아울러서 앞으로 해결할 수 있는지 없는지 우리는 그것을 묻고 있는 거네."

찰스는 모리슨 쪽으로 시선을 옮겨서 경멸하는 눈길로 그를 노려보았다.

"이런 일을 제대로 하려면 당위성을 가지고 풀어나가기보다 오히려 경험에 바탕을 두고 해나가야 할 거요."

"자네가 어떻게 부르든 그런 건 문제가 아니야. 그것이 실행 가능한지 어떤지를 알고 싶을 뿐이라고."

이바네스 소장은 미소를 띠며 말했다.

조슈어 와인버거 주니어는 웃어보였다. 그는 시비를 가리려는 사람과 적극적으로 의견을 교환하기를 좋아했다.

"그러기 위해 자네가 실험동물을 아무리 많이 사용하든 상관없어."

모리슨은 도량이 크다는 것을 내보이듯 말했다.

"그렇다네. 생쥐는 비교적 싸니까 사용하기를 권장하는 것이지만, 실제 쓰고 싶은 대로 충분히 사용해도 좋다는 걸세. 그리고 실험결과 독성의 정도가 추정되고 브라이튼이 실험한 본래 독성검사의 가짜 데이터를 수정해주기만 하면 되네. 그건 간단할 것이고 시간도 훨씬 절약할 수 있지! 뭐 할 말 있나, 찰스?"

이바네스 소장도 찬성했다.

"자네가 대답하기 전에 한마디 해두겠는데, 만약 자네가 거절한다면 자네를 그만두게 하고 캔서랜의 가치를 인정해줄 누군가 다른 사람을 물색하게 될 걸세. 이것이 이 연구소가 내놓는 최선의 고려라는 걸 잊지 말게."

모리슨이 소장의 말에 끼어들었다.

찰스는 한차례 방안의 사람들을 둘러보았다. 처음에 느꼈던 공포나 당황해서 어쩔 줄 몰랐던 기분은 사라졌지만 분노와 경멸만은 그대로 남았다.

"제 연구 노트는 어디에 있습니까?"

그는 피로에 지친 목소리로 물었다.

"금고 안에 틀림없이 보관되어 있네. 그건 연구소의 재산인 데다 자네가 캔서랜 일을 끝내면 즉시 돌려주겠네. 알겠나? 우리는 자네가 캔서랜에 전념해주기를 바라고 있는데 자네가 그 노트를 가지고 있으면 그만큼 다른 유혹에 빠지기 쉬우니까 말일세."

이바네스 소장이 대답했다.

"그것도 가급적 빨리 해주었으면 하네. 이건 아무리 강조해도 부족할 정도라고. 그리고 만약 자네가 5개월 이내에 그 준비단계를 마쳐준다면 포상금으로 1만 달러의 보너스를 주겠네."

조슈어 와인버거 주니어가 덧붙여 말했다.

"이거야말로 정말 관대한 얘기 아닌가. 지금 바로 결정하지 않아도 돼. 사실상 우리는 24시간만 기다리기로 하겠네. 이것을 우리가 특별하게 강요한다고 생각지는 말아주게. 자네도 알고 있겠지만 자네를 대신할 사람을 물색하기 위해 예비회의까지 생각하고 있으니까……. 그럼 이제 가보게, 미스터 찰스 마텔."

이바네스 소장도 말했다.

찰스는 넌덜머리를 내고 돌아서서 문 쪽으로 걷기 시작했다. 그러나 문 앞까지 당도했을 때 이바네스 소장이 다시 말했다.

"또 한 가지, 부장회의에서나 관리 쪽에서도 자네 딸에 대해서는 진심으로 가슴아파하고 있다네. 하루라도 빨리 완쾌되기를 빌겠네. 말이 나온 김에 한마디 하자면, 자네가 여기를 그만두지 않는 한 연구소의 건강보험을 사용할 수 있지 않겠나. 그럼 가보게, 닥터."

찰스는 소리치고 싶은 마음을 억제하면서 관리과를 빠져나와 비상계단을 분주히 내려가서 자기 사무실로 향했다. 그러나 거기에 도착해보니 자기가 정말 여기에 머물고 싶다는 생각을 하고 있는지 어떤지도 모르게 되어버렸다. 와인버거 연구소 일원이라는 것이 수치스럽게 생각되었다. 그들이 미셸의 병에 대해서 알고 있다는 것도 싫었다. 게다가 미셸의 병을 미끼로 이용하고 있지 않은가. 이것은 실로 괘씸한 일이었다. 빌어먹을!

그는 지난 8년간 정들었던 자신의 연구실을 둘러보았다. 온갖 유리기구, 기계, 시약병 하나하나를 다 알고 있는 듯한 느낌이 들었다. 이 방에서 제멋대로 남의 것을 함부로 꺼내간다는 것은 용서할 수 없었다. 게다가 이렇게 궤도에 오르고 있을 때 말이다.

그의 시선은 미셸의 백혈병 세포를 넣은 배양기 쪽으로 향했다. 그는 간신히 세포의 배양조직에 멈췄다. 그리고 가까이 다가가서 조심스럽게 진열해둔 시험관을 들여다보았다. 아주 순조롭게 되어가고 있는 것처럼 보였다. 그래서 찰스는 자신이 정말 필요로 했던 만족감을 절실히 맛보았다.

지금까지는 암 항원을 분리, 증강하는 실험이 동물의 세포에서와 같이 인간의 세포에서도 성공하고 있는 모양이었다. 이미 다음 단계에 들어갈 시기에 와 있었기 때문에 찰스는 소매를 걷어 올리고 넥타이를 와이셔츠에 끼워 넣었다. 그에게 있어서 일은 마취약과도 같았다. 그는 몸을 구부려서 일에 몰두하기 시작했다. 아무튼 관리자 측 요구에 굴복할 때까지 24시간이라는 유예기간이 있었다. 미셸을 위해 굴복해야 한다는 것을 알고 있으면서도 그는 그것을 인정하고 싶지 않았다. 사실 그에게 선택의 여지가 없었다.

부작용

마지 숀하우저에게 위로가 될 수 없는 문병을 마치고 베스 이스라엘 병원에서 돌아온 캐서린은 이제 인내력의 한계에 달해버린 듯한 느낌이었다.

마지는 상태가 아주 나쁜 모양이었다. 그렇지 않으면 입원까지는 하지 않았을 것이라고 캐서린은 처음부터 그렇게 생각했었지만, 테드의 죽음으로 인해서 팽팽하게 긴장했던 마지의 뇌가 탁 터져버린 것처럼 보였다. 아무리 불러도 대답이 없는 무의식상태에 빠져서 마지는 잠도 못 자고 식사도 전혀 하지 못했다.

캐서린은 말없이 마지와 마주보고 있는 사이에 그녀 자신의 긴장도 완전히 산산조각이 나 흩어져버린 듯한 느낌이 들었다. 마치 마지의 울병이 전염된 게 아닌가 하는 생각이 들 정도였다. 캐서린은 하나의 비극에서 또 다른 비극이 도사리고 있을지도 모를 소아병원을 향해 비틀거리며 걸어갔다.

붐비는 엘리베이터를 타고 앤더슨 6병동으로 올라가면서 마지를 문병한 운명이 자신이나 찰스에게도 일어나지 않을까 하고 캐서린은 생각했다. 찰스는 의사이기 때문에 아무래도 자기보다 이런 현실에 잘 대처할 수 있을 것이라고 생각했다. 그렇다고는 하지만 그의 행동에는 안심할 수 없는 면이 있었다. 병원이나 병에 대한 대처능력도 미흡하고, 장래에 대해서도 준비가 되어 있지 않은 것 같았다.

엘리베이터가 앤더슨 6병동에 도착했다.

미셸은 그녀가 외출하는 것을 아주 싫어했기 때문에 병실로 급히 돌아가야 했다. 점심식사 후 30분이면 돌아오겠다고 미셸에게 약속하고 나왔는데 벌써 1시간 가까이 되어 있었다.

미셸은 오늘 아침 일찍 찰스가 나간 뒤 아빠가 자기에게 화내고 있다고 하면서 캐서린이 무슨 말을 해도 듣지 않았다.

캐서린은 미셸이 몸을 꼼짝하지 않고 있어서 잠을 자나 보다 하고 생각했다. 그러나 미셸은 침대에서 이불을 밀어젖히고 한쪽 다리를 몸 밑으로 넣은 채 온몸을 뒤로 젖히고 있었다. 가슴은 거칠게 뛰고 있었고 얼굴색은 백지장처럼 창백했으며 입술은 짙은 적갈색으로 변해 있었다.

캐서린은 침대로 급히 달려가서 미셸의 어깨를 끌어안았다.

"미셸, 왜 그래? 미셸……, 나야 미셸……."

미셸은 입술을 움직이고 눈을 깜박거리며 떴으나 흰자위밖에 보이지 않고 완전히 움푹 들어간 상태였다.

"살려주세요!"

캐서린은 복도로 뛰어나가며 외쳤다.

"살려주세요!"

담당간호사가 간호사실에서 나오고 그 뒤로 간호학교 학생들이 뒤따라 나왔다. 그리고 반대쪽 병실에서도 다른 간호사가 달려왔다. 그들은 몹시 당황한 채 캐서린을 밀어젖히고 즉시 미셸의 병실로 뛰어갔다.

"호출을 부탁해줘."

담당간호사가 고함쳤다.

발밑에 있던 간호사는 실내전화로 간호사실 직원에게 호출을 부탁했다. 한편 담당간호사는 맥이 빠르고 희미하게 뛰고 있음을 알고는 말했다.

"심실성 빈맥 같은데. 심장의 고동이 너무 빨라서 하나하나 구별할 수가 없어."

"그런 것 같아."

다른 간호사가 그렇게 말하면서 미셸의 팔에 혈압계를 감았다.

"호흡은 하고 있지만 치아노제(혈액 중의 산소가 결핍되어 피부나 점막이 검푸르게 보이는 상태)가 있어. 입으로 호흡을 시켜야 할까?"

담당간호사가 말했다.

"글쎄, 어떨까. 치아노제에는 좋을지도 모르지."

혈압계를 부풀리면서 제2간호사가 대답했다.

제3간호사가 침대 옆으로 돌아가서 미셸의 다리를 쭉 폈다. 담당간호사는 자신의 몸을 굽혀서 미셸의 코를 잡고 미셸의 입에 자기 입을 대고 숨을 불어넣었다.

"혈압이 나왔어. 60에서 40, 하지만 변동이 있어."

제2간호사가 말했다.

담당간호사는 숨을 계속 불어넣었으나 미셸의 호흡이 빨라서 좀처럼 잘 되지 않았다. 그녀는 일어났다.

"이건 호흡을 돕는다기보다 방해하고 있는 것 같아. 그만두는 게 좋겠어."

캐서린은 눈앞에 전개되는 광경에 부들부들 떨면서도 간호사들에게 방해가 될까 봐 벽에 몸을 바짝 붙이고는 꼼짝도 하지 않고 있었다. 그리고 잘 알 수는 없지만 굉장히 나쁜 상황이 전개되고 있음을 직감했다. 찰스는 어디 있는 거지!

맨 먼저 달려온 것은 레지던트인 여의사였다. 복도를 뛰어오느라 비닐을 깔아놓은 바닥에 발이 미끄러져 하마터면 넘어질 뻔한 것을 문 가장자리를 잡고 간신히 자세를 바로 잡았다. 그녀는 침대 곁으로 달려가서 미셸의 손목을 잡고 맥을 짚었다.

"심실성 빈맥인 것 같습니다. 이 아이는 골수성 백혈병입니다. 치료 스케줄 두 번째예요."

담당간호사가 말했다.

"동공은 열려 있지 않네. 심장 발작 전력은?"

여의사는 상체를 앞으로 내밀어 미셸의 눈꺼풀을 위로 올리면서 물었다. 3명의 간호사는 서로 얼굴을 마주보았다.

"심장 발작은 없었던 것 같습니다. 기록에 기재돼 있지 않습니다."

담당간호사가 대답했다.

"혈압은?"

여의사가 급히 물었다.

"지금 60에서 40이었습니다. 하지만 변동이 있습니다."

제2간호사가 대답했다.

"심실성 빈맥이야."

여의사는 단언했다.

"잠깐 물러서 봐요."

여의사는 주먹을 쥐고 미셸의 여윈 가슴을 내리쳤다. 그러자 '쿵' 하는 소리가 났고 캐서린은 두려워서 움츠러들었다.

아주 젊게 보이는 주임 레지던트가 들어오고, 그 뒤를 이어서 의사 2명이 여러 가지 의료용 기구와 맨 위에 전자기계를 실은 수레를 밀고 들어왔다.

여의사가 미셸의 병상을 간단히 설명하는 한편 간호사들은 심전계 도선을 미셸의 사지에 허둥지둥 붙였다.

담당간호사는 다른 한 사람에게 다가가서 카이츠맨 의사를 호출해 달라고 말했다.

수레 위의 전자기계가 가는 롤지를 뽑아내기 시작했다. 캐서린은 그 위에 그려지고 있는 심전도 그래프를 볼 수 있었다. 의사들은 잠시 미셸의 존재를 잊은 듯 기계 주위에 모였다.

"심실성 빈맥이 틀림없군. 호흡곤란과 치아노제를 보면 분명히 혈류에 장애를 일으키고 있는 게 분명해. 그러니 어떡하지, 조지?"

주임 레지던트가 말했다. 의사 한 사람이 놀라서 얼굴을 들었다.

"즉시 제세동을 해야 한다고 생각합니다."

"그래, 하지만 우선 리도카인(국소마취제이자 항부정맥제)을 사용해 보지. 그런데 이 아이의 체중은 얼마나 되지? 50킬로 정도?"

"그보단 적겠죠."

여의사가 대답했다.

"됐어. 리도카인 50밀리야. 그리고 맥이 너무 늦어지지 않게 아트로핀을 1밀리 첨가하지."

의사 전원이 신속히 움직이기 시작했다. 한 사람이 주사약을 준비하고 다른 한 사람은 전극을 꺼내고, 또 다른 사람은 미셸의 자세를 바르게 하는 것을 거들었다. 전극이 한 줄은 등에, 또 한 줄은 가슴에 붙여졌다.

"좋아, 이제 모두 물러서. 1초에 50와트 자극으로 시작한다. R파에 작용하도록 말이야. 자, 시작한다."

주임 레지던트가 말했다.

그가 버튼을 누르자 미셸의 몸은 순간적으로 경련하여 두 손발이 침대에서 튕겨져 올랐다.

의사들은 미셸의 거친 몸부림을 뒷전에 두고 기계 쪽으로 상체를 내밀고 있었다. 미셸은 그저 몽롱하게 눈을 뜨고 침대에서 머리를 들고 있었고, 캐서린은 마음을 가라앉히지 못하고 물끄러미 그 모습을 바라볼 뿐이었다. 고맙게도 얼굴색은 곧 정상으로 되돌아왔다.

"나쁘지 않아!"

주임 레지던트가 컴퓨터의 출력 정도를 보고 외쳤다.

"존, 이걸 쓰길 잘했군요. 존은 이걸로 먹고살 수 있겠어요."

의사 전원이 웃으며 미셸 쪽을 보았다.

카이츠맨이 긴 가운의 포켓에 손을 찔러 넣은 채 숨을 헐떡이며 들어왔다. 그는 곧장 침대로 다가가서 안경너머로 미셸의 몸을 바라보며 손을 잡고 맥을 보았다.

"놀랐겠네, 우리 아가씨, 괜찮지?"

그는 청진기를 꺼내면서 말했다.

미셸은 고개만 끄덕였다. 몹시 어지러운 모양이었다.

캐서린은 주임 레지던트 존이 자기를 전혀 이해할 수 없는 의학용어로 간단히 설명을 시작하자 물끄러미 그를 바라보았다.

카이츠맨이 미셸의 몸 위로 몸을 굽혔을 때 그 윗입술이 버릇대로 실룩실룩 경련을 일으켰다. 환자의 가슴을 청진하고 그는 만족한 듯이 심전도의 흐름을 보았다. 그 순간 그는 벽에 바짝 붙어 서 있는 캐서린을 발견했다. 그러자 그는 이상한 표정으로 담당간호사 쪽으로 눈을 돌렸다. 그의 시선을 받은 간호사는 어깨를 움츠렸다.

"이분이 여기 있는 걸 모두 모르고 있었어요."

그녀는 변명하듯이 말했다.

카이츠맨 의사는 캐서린에게 다가가서 그녀의 어깨에 손을 얹었다.

"미세스 마텔? 괜찮습니까?"

캐서린은 대답하려고 했으나 아무 말도 나오지 않았다. 그저 아까의 미셸처럼 머리를 숙일 뿐이었다.

"이런 광경을 보여드려서 죄송하군요. 하지만 미셸은 좋아진 것 같습니다. 아마 미셸 자신도 아무것도 몰랐을 겁니다. 많이 놀라셨죠? 잠깐 복도로 나가실까요, 말씀드릴 것도 있고 해서요."

카이츠맨이 말했다.

캐서린은 카이츠맨의 어깨너머로 미셸을 보려고 발돋움했다.

"미셸은 당분간 괜찮을 겁니다."

카이츠맨은 단호하게 말하고 담당간호사 쪽을 돌아보았다.

"나, 바로 이 근처에 있을 거야. 여긴 심장감시 장치를 뒀으면 좋겠는데. 그리고 심장을 진찰해줄 사람도 말이야. 닥터 블루베이커한테 바로 와서 진찰해줄 수 있는지 한번 물어봐."

카이츠맨은 캐서린과 함께 복도로 나갔다.

"간호사실로 갑시다. 거기라면 조용히 얘기할 수 있을 테니까요."

카이츠맨은 캐서린을 안내해서 복잡한 복도를 지나 차트실로 들어갔다. 거기에는 합성수지판으로 된 작은 책상과 의자 그리고 구술용 녹음기 2대와 큰 차트 선반이 있었다. 카이츠맨은 미셸의 차트를 꺼냈다. 캐서린은 휴~ 하고 한숨을 쉬며 앉았다.

"뭘 좀 마시겠습니까? 물이라도?"

"아니 괜찮아요."

캐서린은 기진맥진한 상태로 간신히 대답했다. 카이츠맨의 아주 진지한 태도가 새로운 걱정거리가 되어서 그녀는 상대의 얼굴 표정에서 뭔가를 찾아보려고 물끄러미 살폈다. 그러나 두꺼운 안경을 쓰고 있는 그의 눈에서 뭔가를 찾아내기란 쉽지 않았다.

담당간호사가 문을 열고 머리를 들이밀었다.

"닥터 블루베이커가 자기 방으로 환자를 데려올 수 없느냐고 하던데요."

카이츠맨은 골똘히 생각하면서 얼굴을 찌푸렸다.

"지금 막 심실성 빈맥의 발작을 일으켰었으니까. 움직일 수 있기 전에 진찰해줬으면 한다고 얘기해봐."

"알겠습니다."

담당간호사가 대답했다.

카이츠맨은 캐서린 쪽으로 돌아서 한숨을 쉬었다.

"미세스 마텔, 탁 터놓고 얘기하자면 미셸의 상태는 결코 좋지 않습니다. 그리고 이건 특히 지금의 발작만을 말하는 것이 아닙니다."

"지금의 발작이란 건 뭐죠?"

캐서린은 지금까지와는 다른 목소리를 냈다.

"심장의 박동이 빨라진 겁니다. 박동 변화의 시작은 보통 심장의 윗부분에서부터지만……."

카이츠맨 의사는 이해를 잘 시켜보려고 어색한 몸짓까지 동원했다.

"그런데 미셸의 심장은 아랫부분에서부터 박동 변화를 시작한 겁니다. 그 원인이 무언지는 우리도 모릅니다. 아무튼 심장은 혈액이 가득 채워지기 전에 빨리 움직여버려서 펌프 작용이 제대로 이루어졌는지 잘 모르게 됩니다. 아무튼 그것도 지금 진정된 것 같지만, 가장 걱정스러운 건 화학요법이 그 애에게 듣지 않는 것 같은 느낌이 드는 겁니다."

"하지만 이제 막 치료를 시작했잖아요!"

캐서린은 외쳤다. 희망이 없어지다니 당치도 않은 일이었다.

"그렇긴 합니다만 미셸의 백혈병 같은 경우는 최초 3, 4일이면 효과가 나타나야 하는데 나도 지금까지 경험한 적이 없을 만큼 격하게 진행되는 형이라 걱정입니다. 어제는 다우노루비신이라는 가장 강력하고 좋은 약을 투여하고 오늘 아침 혈구수를 검사해봤는데, 놀랍게도 백혈병 세포에는 거의 효과가 나타나 있지 않았습니다. 정말 큰 충격이었습니다. 가끔 이런 경우가 없는 건 아니지만 그래도 아주 드문 일입니다. 그래서 이번에는 치료를 약간 바꿔보기로 했습니다. 보통은 이 약을 5일 간격으로 2회 투여하는데 이번에는 치오구아닌과 시타라빈을 첨가해봤습니다."

"왜 제게 그런 말씀을 하시는 거죠?"

캐서린은 물었다. 그의 얘기를 거의 이해할 수 없었기 때문이었다.

"어제 부군께서 분명한 말씀을 하지 않았기 때문입니다. 그리고 닥터 와일리나 나나 부인께 말씀드린 대로 부군이 흥분해서 방해하지 않을까, 다시 말해서 투여하는 것을 막지나 않을까 하는 것이 걱정입니다."

"하지만 효과가 없으면 그만두는 게 좋지 않을까요?"

"부인, 미셸은 대단한 중병환자여서 이런 약만이 그 애를 구할 수 있는 유일한 희망입니다. 아직 효과가 없다는 건 정말 유감입니다. 그리고 환자가 치유될 가능성이 희박하다고 부군께서 말씀하시는 것도 틀린 말은 아닙니다. 그렇지만 화학요법 없이는 환자를 구제할 수 있는 방법이 전혀 없으니까요."

캐서린은 죄의식에 가슴이 찔리는 듯한 아픔을 느꼈다. 몇 주 전만이라도 미셸을 병원에 데려왔더라면 좋았을 텐데…….

카이츠맨 의사가 일어나며 말했다.

"아무쪼록 내 얘기를 이해해주시기 바랍니다. 미셸에게는 부인의 도움이 필요합니다. 부군께 전화해서 오시도록 해주십시오. 오늘 어떤 일이 있었는지 알고 계셔야 하니까요."

찰스는 자동식 방사능 계수판이 일렬로 나열된 병에서 방출되는 전자 기록을 시작하기 전에 미셸의 백혈병 세포에 방사성 뉴클레오티드(핵산 구성 성분의 하나)가 이미 흡수되고 결부되어 있다는 것을 알았다.

이제는 미셸의 병든 세포와 정상 세포를 구별할 세포 표면 단백질의 농축용액을 준비할 최종단계에 접어들고 있었다. 이 단백질은 미셸의 몸에 있어서는 이질적인 것이지만 미셸이 가지고 있는 신비적인 저지인자로 인해 거부반응이 일어나서는 안 되는 것이었다. 이 저지인자야말로 찰스가 어떻게든 밝혀내고 싶었던 물질이고, 그것이 어떻게 움직이는가를 알기만 하면 그것을 억제하거나 제거할 수도 있는 것이었다.

이 용액을 만드는 데 한걸음만 더 나아가면 마칠 수 있는 단계에까지 와서 그만두어야 한다는 것은 유감천만이지만, 동시에 이것은 5개년 계획이며, 게다가 성공한다는 보장도 전혀 없는 것이라고 생각했다. 그는 조직배양을 하는 배양기에 커버를 씌우고 책상에 다가가면서 엘렌은 왜 모습을 보이지 않는 것일까 하고 멍하니 생각했다. 누군가 이해할 수 있는 사람과 캔서랜 계획에 대해서 얘기하고 싶었다. 그런 의미에서 의지할 수 있는 사람은 엘렌 한 사람뿐이었다.

그는 이바네스 소장과 와인버거 부자와의 굴욕적인 만남에 대해 될 수 있으면 생각하지 않으려 애썼다. 환경보호국 사무실에 헛걸음질한 것도 별로 기분 좋은 일이 아니었다. 정부 관공서에 가면 얘기가 잘 되겠지 하고 생각했던 순진한 자신이 우스웠다. 그는 리사이클 회사의 불법폐기 증거 사진을 어떻게 찍을 수 있을지 모르지만 아무튼 부딪혀 보기로 했다.

증거를 잡을 수 있는 역할을 자신이 할 수 있다면 환경보호국이 움직여주기를 기다릴 필요 없이 직접 리사이클 회사를 고발하는 것이 좋을 것 같았다. 법률에 대해서는 거의 아는 것이 없었지만 그것을 아는 방법은 있었다. 와인버거 연구소에는 법률고문이 있었다.

찰스는 책상의 왼쪽 서랍에 넣어두었던 '감사합니다. 이것이 여러분의 와인버거 암 연구소입니다'라는 빨갛고 얇은 조그만 책자를 꺼냈다. 그 뒤에는 여러 중요한 전화번호가 기재되어 있었다. 각 부와 국에 이어 '휴버트 휴버트 갤러크닉과 피어슨, 스테이트가 1번지'라는 주소와 전화번호 몇 개가 나란히 있었다. 그는 첫 번째 번호로 전화를 걸었다.

찰스는 우선 자기 이름을 대고 곧 갤러크닉 사무실을 부탁했다. 비서는 아주 친절했다. 곧이어 갤러크닉이 전화를 받았다. 와인버거는 확실히 큰 고객인 모양이었다.

"좀 문의드릴 것이 있어서 전화했습니다. 공공하천에 독극물을 버리는 회사를 고발하는 건에 대해서입니다만."

"그건 우리 사무실에서 환경을 전문적으로 다루는 사람이 담당하면 가장 적합하겠군요. 하지만 일반적인 문제라면 내가 담당해도 상관없을 것 같소. 그런데 와인버거 연구소가 환경문제 해결에 관심을 가지고 있기는 한 거요?"

갤러크닉이 대답했다.

"아니 그게 아니고, 내가 개인적으로 관심이 있어서요."

"하하."

갤러크닉은 얘기를 듣자마자 어조가 차가워졌다.

"이 휴버트 휴버트 갤러크닉과 피어슨은 와인버거 직원의 개인적인 문제는 취급하지 않고 있습니다. 그 개인에 대해서 특별한 계약이 돼 있다면 얘기는 다르지만 말입니다."

"계약은 얼마든지 가능합니다. 모처럼 전화에 응해주셨으니 그 고발방법 정도만이라도 가르쳐줄 수 없겠습니까?"

잠시 얘기가 끊겼다. 갤러크닉은 찰스가 의논해온 문제가 이 공동경영자로서의 대선배인 자기에게는 적합하지 않다는 것을 알아주었으면 하고 바랐다.

"개인이든 집단이든 소송을 제기할 수는 있습니다. 만약 그것이 개인적인 소가 된다면 특별한 손해를 입었다는 사실이 필요할 것이고, 또……."

"벌써 손해를 입고 있죠! 내 딸이 백혈병에 걸렸습니다!"

찰스는 상대의 말을 가로막았다.

"닥터 마텔, 당신은 의사로서 그 불법폐기와 백혈병 사이의 인과관계를 입증하는 것이 극히 어렵다는 것을 알고 있겠죠? 하지만 공장에 대해서 금지명령을 승소하기 위해 집단소송을 제기하려면 특별한 손해의 입증이 필요합니다. 또 30명 내지 40명의 참여가 있어야 합니다. 이 문제를 해결하고 싶다면 토머스 윌슨이란 사람에게 연락을 취해보시죠. 우리의 젊은 신진 변호사입니다. 특히 환경문제에 관심을 가지고 있습니다."

"그 공장이 뉴햄프셔 주에 있는데 상관없습니까?"

"네, 뉴햄프셔 법원에 제소하면 되니 문제없습니다."

캘러크닉은 전화를 빨리 끊고 싶어하는 것이 분명했다.

"만약 그 회사 소유주가 뉴저지 주에 있으면 어떻게 됩니까?"

"글쎄요, 그건 잘 모르겠습니다."

갤러크닉은 애매하게 대답했으나 갑자기 흥미를 보이는 것 같았다.

"당신이 말하는 곳이 뉴햄프셔 뭐라고 했죠?"

"섀프츠베리에 있는 리사이클 회사 공장입니다."

"그럼 뉴저지의 브루어 화학이 가지고 있는 공장이군요?"

"그렇습니다. 어떻게 아시죠?"

찰스는 놀랐다.

"우리가 가끔 브루어 화학의 전담변호 업무를 맡고 있으니까요. 그런데 모르신다면 알려드리겠는데, 브루어 화학은 비영리 단체로서 경영하고 있긴 하지만 와인버거 연구소의 소유주이기도 합니다."

찰스는 어이가 없어서 말이 안 나왔다.

갤러크닉은 계속해서 말했다.

"브루어 화학은 레슬리 제약을 손에 넣고 약품산업에 적극적으로 개입했을 때 그 와인버거 연구소를 설립한 겁니다. 나는 그것에 반대했지만 와인버거 시니어가 그 생각을 인정하는 바람에 말이죠. 나는 독점금지법에 걸리는 게 아닐까 하고 걱정했지만 비영리라는 표면상의 명목으로 통한 겁니다. 아무튼 닥터 마텔, 당신은 본질적으로는 브루어 화학을 위해 일하는 사람이기 때문에 그런 상황에서 고발한다는 건 재고하시는 게 좋을 겁니다."

찰스는 천천히 수화기를 놓았다. 지금 들은 이야기는 도저히 믿을 수가 없었다. 와인버거가 자기에게 장소와 설비를 제공해주고 있다는 점을 제외하고는 별로 연구소의 재정문제를 걱정할 필요는 없었다. 그러나 공공하천에 암을 일으키는 폐기물을 흘려보내는 데 대한 최종 책임을 져야 할 자가 동시에 암 치료를 위한 연구시설을 경영하고 있다는 것과 자기 자신이 그런 복잡기괴한 단체를 위해 일하고 있다는 사실을 비로소 알게 된 것이다. 그리고 캔서랜에 대해서 본다면 하나의 모회사가 특허를 독점하고 있는 제약회사와 그 효과를 확인시키는 연구소를 함께 관리하고 있는 것이었다. 그러니 와인버거가 캔서랜에 관심을 갖는 것은 당연한 일이 아닌가!

찰스가 뻗치고 있는 손 밑에서 전화벨이 울려서 긴장된 신경을 건드렸다. 지금 비로소 싫은 얘기를 막 들었기 때문에 찰스는 전화를 받을까 말까 잠시 망설였다. 틀림없이 관리과에서의 호출일 것이라 생각하고 중압감과 함께 기만당하고 있다는 생각에 괴로워하면서 찰스는 전화기 쪽으로 몸을 돌렸다.

그 순간 미셸의 일이 머리를 스치고 지나갔다. 그 전화인지도 몰랐다. 그는 수화기를 들어서 귀에 갖다 댔다. 직감은 맞았다. 그것은 캐서린의 전화였다. 어제와 마찬가지로 목소리가 굳어 있었다. 그는 가슴이 철렁했다.

"별일 없나?"

"미셸의 상태가 좋지 않아요. 합병증이 일어난 모양이에요. 와보시는 게 좋겠어요."

찰스는 코트를 낚아채고 방을 뛰쳐나갔다. 현관에서 큰 유리문이 열리기를 기다리다 못해 그는 주먹으로 문을 두드렸다.

"네, 알았어요!"

미스 앤드류가 책상 밑의 도어 버튼을 눌렀다. 찰스는 문이 채 열리기도 전에 빠져나가서 눈 깜짝할 사이에 사라졌다.

"저 사람 어떻게 된 거지? 머리가 이상해진 거 아냐?"

미스 앤드류는 문을 닫는 버튼을 누르면서 말했다. 수위인 로이는 허리에 찬 권총의 위치를 고치고 어깨를 으쓱해보였다.

찰스는 미셸의 몸에 무슨 일이 일어났는지 가급적 생각지 않으려고 서둘러 걸었다. 그러나 그는 다리를 지나자 매사추세츠 거리의 교통 정체에 묶이게 되었다. 서서히 운전하는 사이에도 찰스는 소아병원에 도착하면 어떤 일이 기다리고 있을까 하고 걱정하지 않을 수 없었다. 캐서린의 말이 머릿속에서 메아리치듯 맴돌고 있었다.

'미셸의 상태가 좋지 않아요. 합병증이 일어난 모양이에요.'

찰스는 뇌를 단단히 죄는 듯한 공황상태에 빠져버렸다.

병원에 도착하자 그는 안으로 뛰어들어 만원 엘리베이터에 억지로 끼어들었다. 6층에 당도하자 찰스는 북적이는 사람들을 제치고 미셸의 병실로 서둘러 갔다. 문은 거의 닫혀 있었으나 노크도 하지 않고 안으로 들어갔다.

누워 있는 미셸의 심장에 바짝 귀를 대고 있던 조금은 품위 있게 생긴 블론드의 여자가 일어났다. 그녀는 찰스가 들어오기 전부터 미셸의 심장 고동소리를 듣고 있었다. 침대 반대쪽에는 흰 가운을 입은 젊은 레지던트가 서 있었다.

찰스는 그 여자를 힐끗 보고 나서 지금까지 복잡하게 얽혀 있던 다른 감정들은 씻은 듯이 잊어버리고 애처로운 눈으로 딸을 내려다보았다. 딸을 껴안아 주고 싶었지만 너무도 여위어서 몸이 홀쭉해진 것을 보니 몹시 마음이 아팠다. 노련한 의사의 눈으로 재빨리 미셸의 상태를 파악해보니 오늘 아침보다 상태가 더 나빠졌음을 알 수 있었다. 얼굴은 녹색을 띤 색조가 감돌았고, 자신이 의학을 배울 당시, 죽음에 임박한 환자에게서 흔히 보았던 그 변화가 나타나고 있었다. 볼은 움푹 들어가서 피부가 얼굴뼈에 바짝 붙어 있었고, 두 팔에는 점적 튜브가 붙어 있었지만 구토와 고열로 인한 탈수 증세를 보이고 있었다.

미셸은 반듯이 누워서 피로해진 눈으로 찰스를 올려다보았다. 찰스는 기분이 나쁜데도 어떻게든 가냘프게 미소를 지으려고 애썼다.

"미셸, 기분은 어떠니?"

찰스는 미셸의 얼굴에 자신의 얼굴을 가까이 하고는 조용히 물었다. 그밖에 무슨 말을 해야 할지 몰랐기 때문이다.

미셸은 눈이 흐려지더니 울기 시작했다.

"집에 가고 싶어, 아빠."

미셸은 싫지만 할 수 없이 병이 위중하다는 것을 인정한 모양이었다, 찰스는 입술을 깨물고 가슴이 답답해지는 여러 가지 생각에 갈피를 잡지 못하면서 옆에 있는 여자를 보았다. 그리고 다시 미셸에게 시선을 돌려서 이마에 손을 얹어 검은 머리를 쓰다듬어 올려주었다. 이마는 뜨겁고 축축해져 있었다. 미셸은 손을 들어 찰스의 손을 잡았다.

"그래, 그건 선생님한테 의논해볼게."

찰스는 입술을 떨면서 말했다.

"실례지만, 마텔 선생님이시죠? 저는 닥터 블루베이커입니다. 닥터 카이츠맨의 의뢰를 받고 미셸을 진찰하러 왔습니다. 저는 심장의입니다. 이쪽은 닥터 존 허싱, 우리의 주임 레지던트입니다."

찰스는 그 소개를 귀담아 듣지 않았다.

"도대체 어떻게 된 겁니까?"

"브이택(심실성 빈맥)을 일으키는 바람에 우리가 곧 제세동을 해서 지금은 많이 안정됐습니다."

닥터 허싱이 대답했다.

찰스는 닥터 블루베이커를 보았다. 키가 크고 이목구비가 뚜렷한 미인이었다. 블론드의 머리를 위로 느슨하게 동이고 있었다.

"부정맥은 왜 일어난 거죠?"

여전히 미셸의 손을 잡고 찰스가 물었다.

"아직 잘 모르겠어요. 처음 생각으로는 다우노루비신의 두 배 사용으로 인한 특이 반응인지 원래 체질에서 온 건지, 아니면 뭔가 침윤성 근질환인지 그런 거였어요. 그럼 저는 이만……. 닥터 카이츠맨과 부인께서는 간호사 차트실에서 선생님이 오시기를 기다리고 계십니다."

찰스는 미셸 쪽으로 눈을 돌리고 말했다.

"곧 돌아올게."

"가면 싫어, 아빠. 여기 있어."

미셸이 애원했다.

"멀리 안 가."

찰스는 잡았던 미셸의 손을 살며시 떼어놓으면서 말했다. 다우노루비신을 두 배 사용했다는 블루베이커 의사의 말이 뇌리에 남아 있었다. 이건 부당하기 짝이 없는 조치 아닌가.

캐서린은 찰스의 모습을 보고 벌떡 일어나 그의 목에 팔을 감았다.

"찰스, 와주어서 기뻐요. 저로선 도저히 감당하기 어려웠어요."

캐서린을 안으면서 찰스는 좁은 차트실 안을 둘러보았다. 와일리 박사는 책상에 기대어 눈을 바닥에 떨구고 있었다. 카이츠맨은 그의 맞은편에 다리를 꼬고 앉아서 두 손을 무릎 위에 깍지 끼고 있었는데, 마치 자기의 바지 주름을 살피고 있는 것처럼 보였다. 누구 하나 입을 여는 사람이 없었다. 찰스는 민감한 상황임을 알아차리고 두 의사를 차례로 뚫어지게 쳐다보았다. 왠지 너무 어색하고 꾸며낸 듯한 상황 같았다. 찰스는 무슨 일이 일어날 것만 같은 이 연극 같아 보이는 분위기가 싫었다.

"자, 어서. 무슨 일이 일어났는지 말씀해보시죠."

찰스는 덤벼들듯이 말했다.

와일리와 카이츠맨은 동시에 입을 열었다가 동시에 다물었다.

"미셸의 일입니다만."

카이츠맨 쪽이 얘기하기 시작했다.

"그건 알고 있습니다."

찰스는 뇌가 강하게 죄어드는 것 같았다.

"우리가 바라던 것처럼 잘 되지가 않는군요."

카이츠맨은 이때 비로소 찰스의 얼굴을 보고 한숨을 쉬었다.

"의사의 가족은 언제나 가장 까다롭습니다. 이것을 카이츠맨 법칙이라고 해도 좋겠죠."

찰스는 농담을 듣고 싶은 기분이 아니었다. 그는 원래의 버릇대로 실룩거리며 경련하는 이 종양학자의 얼굴을 주시했다.

"다우노루비신을 두 배 사용했다는 건 무슨 얘기입니까?"

카이츠맨은 놀라서 숨을 죽였다.

"어제 규정량을 투여했는데 전혀 효과가 없어서 오늘 같은 양을 거듭 사용해본 겁니다. 유혈증의 병든 세포를 조치해야겠기에 말입니다."

"그건 예사스런 방법은 아니군요. 그렇지 않습니까?"

"그렇습니다."

카이츠맨은 주저하면서 대답했다.

"하지만 미셸도 보통 증례가 아니니까 말입니다. 그래서 나는 그걸 시험해보려고……."

"시험하다니!"

찰스는 고함쳤다. 그리고 상대의 얼굴에 삿대질을 하면서 말했다.

"이보세요, 닥터 카이츠맨…… 내 딸은 당신의 실험대에 오르기 위해 여기 입원한 게 아닙니다. 그 애의 관해는 가능성이 희박하니 일단 여기서 실험해보자고 얘기하고 싶은 것 아닙니까?"

"찰스! 말이 너무 지나쳐요."

옆에서 캐서린이 말했다.

찰스는 캐서린을 무시했다.

"사실은 닥터 카이츠맨, 이미 틀렸다고 생각하고 진지한 화학요법을 그만뒀다는 거군요. 그래요, 당신의 실험으로 그 애가 살아날 가능성이 더욱 희박해진 것은 아니냔 말입니다. 그런데 심장 발작은 어떻게 된 겁니까? 지금까지 그 애는 심장이 나빴던 적이 한 번도 없었습니다. 다우노루비신으로 심장 발작을 일으킨 건 아닙니까?"

"그건 그럴 수도 있습니다. 하지만 반드시 언제나 그런 건 아닙니다. 이 합병증을 어떻게 해석해야 좋을지 몰라서 심장전문의에게 의뢰했던 겁니다."

"아니, 나는 약 탓이라고 생각합니다. 화학요법에 일단은 동의했지만 그건 정규 분량을 사용할 거라고 생각했기 때문이오. 두 배로 사용하다니 도저히 납득할 수 없는 얘기요."

"그렇다면 다른 종양학자를 만나는 것이 좋겠군요."

카이츠맨은 몹시 피로한 기색으로 말하고 일어나서 자기의 소지품을 챙겼다.

"아니면 당신 자신이 직접 하든가."

"아니에요! 제발!"

캐서린은 찰스에게서 떨어져 카이츠맨의 팔을 잡고 외쳤다.

"부탁이에요. 찰스는 너무 놀라고 경황이 없어서 그러는 것뿐이에요. 제발 그대로 버려두지 마시고……."

그녀는 미친 듯이 찰스 쪽으로 돌아섰다.

"찰스, 미셸에게 도움이 되는 건 약뿐이에요."

"그건 사실입니다. 약의 분량을 과다하게 주입시키는 것이 상식적이지는 않지만 이것이 관해를 기대해보는 유일한 방법입니다. 그리고 아무튼 이 발작을 타개하고 어떻게든 조속히 관해에 도달하게 해야 합니다."

카이츠맨이 말했다.

"자네 의견은 어떤가? 이대로 수수방관하고 있을 텐가?"

와일리 박사도 말했다.

"그 애는 아직 관해되지 않았어."

찰스는 화가 난 말투로 말했다.

"그렇다고만은 할 수 없네."

와일리 박사가 말했다.

"찰스, 유일한 희망이에요."

캐서린도 끼어들었다. 찰스는 실내의 모든 사람이 억지로 자기를 설복시키려 하고 있다고 생각하고 그들 사이에 내내 서 있을 수밖에 없었다.

"아무튼 치료가 필요하다는 걸 자넨 어떻게 생각하나?"

"우리로선 아무것도 할 수 없잖아요."

캐서린도 애원하듯이 말했다.

찰스의 마음은 천 갈래 만 갈래 찢어져 그 자리를 뛰쳐나가고 싶은 생각뿐이었다. 이 병원 안에서는, 게다가 미셸 옆에서는 도저히 조리 있는 생각을 할 수가 없었다. 미셸에게 이 이상 고통을 주는 것은 생각만 해도 가슴이 아팠다. 그러나 이대로 팔짱만 끼고 바라보다가 그녀를 죽게 하는 것은 더 견딜 수 없었다. 그 어떤 길도 다 막혀 있었다. 관해가 불가능하다면 죽어가는 아이를 그저 짓궂게 괴롭히기만 하는 것이 아닌가. 오, 하나님!

갑자기 찰스는 홱 돌아서 빠른 걸음으로 그 방에서 나갔다. 그 뒤를 캐서린이 따라 나갔다.

"찰스, 어디로 가는 거예요? 찰스, 찰스, 가지 말아요! 제발 나와 함께 있어줘요."

계단 앞에서 찰스는 겨우 뒤돌아서서 캐서린의 어깨를 잡았다.

"여기서는 도저히 아무 생각도 할 수가 없어. 뭐가 옳은지 판단할 수가 없어. 어느 쪽이든 좋지 않다는 건 마찬가지야. 이건 전에도 경험한 것이지만, 알고 있다고 해서 결코 일이 쉽게 되진 않아. 나는 어떻게든 내 방법을 찾고 싶어. 자, 그럼 난."

캐서린은 아무리 해도 구원받을 수 없는 기분으로 문을 빠져나가 사라져가는 그의 뒷모습을 배웅하고, 붐비는 복도에 홀로 남겨졌다. 어떻게든 해야 한다면 설사 찰스가 할 수 없다 해도 자기는 이 절박한 고비를 타개하고 미셸을 위해 최선을 다해야 한다고 생각했다. 그녀는 다시 차트실로 돌아갔다.

"두 분께서 그런 일을 내다보고 계셨다는 건 이상하군요."

캐서린은 떨리는 목소리로 말했다.

"유감이지만 우리는 의사의 가족에게 종종 이런 경험을 하고 있답니다. 항상 어려운 일입니다."

"그렇다고 늘 이렇게까지 어려운 건 아니지만."

와일리 박사도 덧붙여 말했다.

"당신네들이 나가 있는 사이에 우리 둘이 얘기했는데 말입니다. 아무래도 미셸의 치료를 계속하기 위해서는 뭔가를 해야 할 듯합니다."

카이츠맨이 말했다.

"말하자면 일종의 보증이죠."

와일리 박사가 말했다.

"우선 무엇보다 중요한 건 시간입니다. 치료가 하루 이틀 지연되면 그것이 성공과 실패의 갈림길이 된다고도 할 수 있습니다."

"찰스의 걱정이 아무런 근거도 없다는 건 아닙니다."

와일리 박사도 옆에서 덧붙여 말했다.

"그 말이 맞습니다. 미셸의 경우 유혈중의 병든 세포에 대해서 다우노루비신이 듣지 않는다면 전망은 밝다고 할 수 없으니까요. 하지만 어떻든 간에 희망은 가져야 합니다. 어떻습니까, 미세스 마텔?"

캐서린은 두 의사에게 뭔가 말하려고 했지만 무슨 말을 해야 할지 얼른 떠오르지 않았다.

"물론이에요."

캐서린은 힘없이 말했다. 그들의 의견에 어떻게 반대할 수 있단 말인가? 물론 미셸에게는 무슨 일이 있어도 희망을 가져야 했다.

"찰스가 미셸의 치료를 멋대로 중단케 하지 않을 확실한 방법은 있습니다."

와일리 박사가 말했다.

"필요하다면 힘을 사용하는 것도 좋죠. 긴급한 경우에는 그것도 괜찮을 겁니다."

카이츠맨 의사도 말했다. 거기서 얘기가 끊어졌다. 캐서린은 의사들이 자기의 대답을 기다리고 있다는 것을 알았지만 그들의 얘기를 이해하지 못하고 있었다.

"한 가지 예를 들어보겠습니다. 가령 아이에게 어떻게든 수혈할 필요가 있다고 합시다. 수혈을 하지 않으면 그 아이는 틀림없이 죽게 되는 겁니다. 그런데 그 아이의 부모 중 한 사람이 여호와의 증인 신자였다고 합시다. 이때 아이에게 적절한 치료를 할 단계에 이르렀다면 의사는 당연히 아이를 살리기 위해 수혈이 필요하다고 생각하지요. 부부간에 충돌이 생겼다면 치료를 승인하는 한쪽 부모에 대해서 법원이 후견인 판결을 내립니다. 법원은 아이의 권리를 보호하기 위해 적극적으로 이런 판결을 내리게 되는 겁니다. 이것은 승인하지 않는 부모의 신앙심을 경시하는 것이 아니라 그저 구명을 위한 치료를 거부하는 사람을 공정하지 않다고 생각하기 때문이죠."

캐서린은 놀라서 와일리 박사의 얼굴을 물끄러미 쳐다보았다.

"내가 찰스한테 비밀로 하고 미셸의 후견인 역할을 맡아야 한다고 말씀하시는 건가요?"

"치료를 속행하기 위해 특별한 목적에 한해서 만입니다. 그렇게 하면 따님의 생명을 구할 수 있을지도 모릅니다. 아무쪼록 이해해주십시오, 미세스 마텔. 부인의 조력 없이 우리는 해나갈 수 없습니다. 우리가 법원에 후견인 지명을 신청할 수도 있지만 그것은 특히 치료를 부모가 모두 거부했을 때 흔히 있는 방법입니다. 하지만 이번 경우는 부인이 우리를 따라주시는 것이니 일은 훨씬 간단합니다."

"하지만 당신들은 벌써 정상적 치료범위를 넘지 않았나요?"

캐서린은 찰스가 한 말을 생각하고 말했다.

"아니, 그건 넘었다고 할 수 없죠. 나는 따님과 같은 어려운 증상에 대해 화학요법의 용량을 증가시키는 것에 대한 보고서를 실제로 발표하고 있습니다."

"게다가 부인은 부군이 묘한 행동을 취하고 있다는 것도 인정하고 계시죠? 그런 정신의 긴장은 대단한 것이어서 부군은 이미 양식 있는 판단을 할 수 없게 돼 있다고 봐도 좋을 겁니다. 사실 찰스는 전문의 진찰을 한번 받아보는 게 좋을 것 같습니다."

와일리 박사도 끼어들어 말했다.

"그건 정신과 의사를 말하는 거예요?"

캐서린이 되물었다.

"그게 좋다고 생각합니다."

와일리 박사가 대답했다.

"아무쪼록 우리의 입장을 이해해주십시오. 우리는 최선을 다해 미셸을 치료할 생각입니다. 그리고 미셸의 주치의로서, 무엇보다도 미셸의 건강을 제일 먼저 생각하고 있습니다. 모든 것에 대해서 힘껏 해볼 테니까요."

카이츠맨이 말했다.

"선생님들의 노력은 정말 고맙게 생각하고 있습니다만……."

"좀 지나치다고도 생각되겠지만, 그러나 법률상의 인가를 얻을 수 있었다고 해도 그 후견인의 임무는 위중한 사태에 이르지 않으면 발동되지 않는 겁니다. 단지 찰스가 미셸의 치료를 방해한다든가 미셸을 병원에서 데리고 나가는 일이 있으면 우리가 그것을 제지할 수 있다는 겁니다."

카이츠맨이 말했다.

"유비무환인 셈이죠."

와일리 박사도 말했다.

"그 생각은 별로 달갑지가 않네요. 하지만 찰스가 이상하게도 방법에 수긍하지도 않고 홱 나가버리니 참 답답하군요."

"나는 알 것 같습니다. 그는 본인이 의사임에도 미셸에게 아무것도 해줄 수 없어서 부아가 치미는 거라 생각합니다. 그는 감정적으로 심한 부담을 안고 있죠. 그러니 전문의에게 도움을 받으면 그도 틀림없이 되돌아설 수 있을 겁니다."

카이츠맨이 말했다.

"설마 정신이 이상해진 거라고 생각하시는 건 아니겠죠?"

캐서린의 불안은 더해만 갔다. 카이츠맨은 자신이 뭐라고 대답해야 좋을지 생각하며 와일리 박사 쪽을 바라보았다. 그러다가 이윽고 입을 열었다.

"제가 이런 말을 할 자격은 없지만, 확실히 정신이 긴장되어서 어찌 할 바를 모르는 것 같습니다."

"그럴 가능성은 있다고 생각합니다. 사실 지금 보기엔 어떤 병적인 증상까지 보이고 있으니까요. 아무래도 자기감정을 억제할 수 없는 것 같습니다. 화내는 것도 이상하게 보여요, 지금이야말로 가장 냉정하게 대처해야 할 때가 아닙니까?"

캐서린은 강한 불안감에 완전히 압도되고 말았다. 사랑하는 남편 찰스와 간신히 사랑하게 된 그의 딸 미셸과의 사이가 자기로 인해 갈라지게 되는 게 아닌가 하는 생각이 들었다. 만약 카이츠맨의 제안을 받아들이지 않고 있다가 찰스의 긴장이 점점 고조되어 미셸의 치료를 방해하는 사태라도 생기게 되면 자신은 결국 용기 없는 엄마가 되고 마는 것이 아닐까, 그런 오명을 남겨서도 안 되는 것이다.

"만약 제가 선생님들 말씀대로 한다면 어떤 절차를 밟게 되는 거죠?"

캐서린이 물었다.

"잠깐만."

카이츠맨은 전화기에 손을 내밀면서 말했다.

"나보다 병원의 변호사 쪽이 더 적절한 대답을 해줄 겁니다."

캐서린은 도통 뭐가 뭔지 모른 채 병원의 변호사와 전화를 끝내고 그 변호사와 함께 허둥지둥 보스턴 법원 청사로 향하게 되었다.

그의 이름은 패트릭 머피였다. 주근깨가 좀 있었고 머리칼은 엷은 갈색에 가까웠는데, 현재까지 그녀가 느낀 바로는 그는 매우 분명한 성격에다 누구나 곧 좋아할 만한 그런 드문 인품의 소유자였다. 캐서린은 그의 점잖고 솔직한 태도와 붙임성 있는 미소에 완전히 매료되었다. 캐서린은 변호사와의 대화가 언제 가정적인 것에서 현실 문제로 변해갈지 알지 못한 채, 찰스에게는 비밀로 하고 미셸의 법적 후견인이 됨으로 해서 혹시라도 찰스와 충돌이 생기지 않을까 걱정이 앞섰다.

패트릭은 카이츠맨과 마찬가지로 이 법률의 권한은 찰스가 미셸의 치료를 방해하는 예측할 수 없는 사태가 벌어지지 않는 한 발동되지 않는다고 책임 있게 말했다. 그러나 캐서린은 이 모든 것이 그저 불안해서 견딜 수가 없었다. 특히 오후 4시 퇴청시간까지 법원에 당도해야 했고, 미셸을 만나고 올 시간도 없었기 때문에 그 불안은 더했다.

"이쪽으로."

패트릭은 좁은 계단을 가리켰다. 캐서린은 지금까지 법원 같은 곳에는 올 일이 없기도 했지만 그곳은 상상하고 있던 것과는 많이 달랐다. 아무튼 법의 정신을 상징한 곳이니 얼마나 웅장하고 아름다운 곳일까 하고 생각하고 있었다. 그런데 그곳은 실은 100년 이상이나 지난 약간 지저분하고 음울한 건물인 데다 경비관계로 일반인은 지하층을 통해서 들어가게 되어 있었다.

일반인이 드나드는 입구라고는 믿을 수 없는 좁은 철제 계단을 올라가서 두 사람은 낡은 중앙 홀 안으로 들어갔다. 그곳은 2층 높이의 아치형 천장에다 기둥과 바닥을 대리석으로 마감한 것이 그 옛날의 호화롭던 모습은 겨우 남아 있는 듯했으나, 석회 벽은 금이 갔고 정교하던 벽의 띠 장식도 벗겨져 있어서 당장에라도 떨어질 것 같았다.

캐서린은 패트릭을 쫓아가기 위해 뛰다시피 하여 검인법원 안으로 들어갔다. 그곳은 길쭉한 방으로, 그로 인해 방안은 더욱 어둡고 침침해보였다. 왼쪽에는 닳아빠진 낡은 책상이 있었는데, 직원들은 거기서 얼마 남지 않은 퇴청시간을 기다리고 있었다. 방안을 둘러봐도 캐서린은 기대하고 온 안도감을 되찾을 만한 느낌이 들지 않았고, 오히려 몹시 거친 분위기에 불안감만 쌓여갔다.

패트릭은 캐서린을 그대로 방 안쪽의 조그만 책상 앞으로 데리고 갔다.

"부검인관을 만나고 싶은데요."

패트릭은 따분해하고 있는 한 직원에게 말했다. 여직원은 담배를 입에 문 채 연기가 눈에 들어가지 않도록 고개를 옆으로 갸웃이 하고 있다가 두 사람의 맞은편에 있는 남자를 가리켰다. 얘기를 들은 남자는 이쪽을 향했지만 전화를 받고 있는 중이어서 기다리라는 듯이 손가락을 위로 올렸다.

전화를 마치고 그는 그들 쪽으로 왔다. 그는 몹시 살찐 중년 남자로, 걸을 때마다 두껍고 넓적한 비계가 흐느적거렸고, 얼굴도 전부 턱과 볼의 늘어진 살덩이와 깊은 주름살로 만들어져 있었다.

"긴급한 일로 판사를 만나고 싶은데요."

패트릭이 말했다.

"병원 후견인 지명 건입니까, 머피 씨?"

부검인관은 의기양양한 얼굴로 물었다.

"네, 그렇습니다. 서류는 전부 갖췄습니다."

"그런데 너무 빠듯하게 오셨네요. 벌써 4시인데 펠그리노 판사가 아직 있는지 확인하는 게 좋겠군요."

그는 두 팔을 몸과 거의 직각으로 흔들며 가까이 있는 문으로 들어갔다.

"저 사람은 분명 내분비계에 이상이 있을 거야."

패트릭은 그의 뒷모습을 보며 낮은 소리로 말하고는 서류가방을 열었다.

캐서린은 이 젊은 변호사에게 매료당하고 있었다. 아이비스타일의 어깨가 부푼 핀 스트라이프 양복을 입었는데 아주 전형적인 변호사다운 복장이었다. 바지는 주로 무릎 언저리가 약간 구겨져 있었고, 길이가 5센티 정도 짧아 뒤꿈치의 검은 양말을 내비치게 하고 있었다. 그는 아주 주의 깊게 캐서린이 서명한 서류를 정리했다.

"정말 제가 이렇게 하는 것이 좋다고 생각하시는 거예요?"

캐서린이 불쑥 물었다.

"그건 절대적인 일입니다. 따님을 위해서니까요."

패트릭은 따뜻한 미소를 흘끗 보이고는 대답했다.

5분 후에 두 사람은 판사의 방에 있었다. 이미 되돌아가기에는 늦었다. 보스턴 법원과 마찬가지로 이 루이스 펠그리노 판사도 캐서린이 상상했던 것과는 전혀 달랐다. 가운을 걸친 소크라테스풍의 노인이었는데 그녀의 바로 앞에는 일류 디자이너의 솜씨로 만든 양복을 입은 기분 나쁠 정도로 잘생긴 변호사가 있었다. 판사는 독서용 안경을 끼고 패트릭이 내미는 서류를 받아들었다.

"놀랍군, 미스터 머피. 무엇 때문에 항상 4시에 나타나는 거지?"

"병원의 긴급을 요하는 일이어서 법원의 시간보다 사람을 위한 시간에 따랐습니다, 판사님."

펠그리노 판사는 날카로운 눈초리로, 독서용 안경너머로 패트릭을 바라보았다. 그렇게 응수하는 그의 태도가 재치 있는 인사인지 아니면 뻔뻔스러운 것인지 판단하려는 것 같았다. 그러나 서류에 시선을 옮겼을 때 그는 엷은 웃음을 띠었다.

"좋아, 닥터 머피. 이걸 수리하지. 자, 이 신청에 대해서 설명하게."

패트릭은 미셸의 병을 둘러싼 상황과 찰스의 태도를 요령 있게 설명했지만 펠그리노 판사는 표면상으로는 이 젊은 변호사에게 별로 주의를 돌리지 않고 그저 서류를 검토하고 있었다. 그러나 패트릭이 문법상으로 약간 틀린 것이 있으면 판사는 고개를 들어서 정정했다.

"닥터 와일리와 닥터 카이츠맨의 선서 진술은 어디 있지?"

패트릭의 말이 끝나자 펠그리노 판사는 물었다.

변호사는 상체를 앞으로 내밀어 판사의 수중에 있는 서류를 훑어보고 있다가, 자신의 서류가방을 열어보고는 안심한 듯이 2통의 문서를 꺼냈다. 그러고는 실례를 사과하면서 상대에게 건네주었다.

판사는 그것을 실눈을 뜨고 읽었다.

"그래서 이분이 양모 되시는 분이군."

펠그리노 판사는 캐서린의 시선을 느끼며 말했다.

"그렇습니다. 이분은 따님에 대한 적절한 치료 속행에 충분한 관심을 가지고 있습니다."

패트릭이 대답했다.

펠그리노 판사가 캐서린을 흘끗 바라보자, 그녀는 엉겁결에 얼굴을 붉혔다.

"이건 중요한 문제라 특히 사전에 말씀드려 두겠습니다만……."

그러자 패트릭이 덧붙였다.

"찰스와 캐서린 마텔 부부 사이에는 아무런 불화도 없습니다. 이건 그저 의학의 권위자로서 적합한 사람들이 주장하는 정평 있는 치료법을 계속하기 위한 겁니다."

"그건 알고 있네. 잘 이해하지 못하는 건, 그리고 마음에 안 드는 건 친아버지가 왜 여기 와서 반대논쟁을 하지 않느냐 하는 걸세."

펠그리노 판사가 말했다.

"아닙니다. 바로 그 때문에 미세스 마텔이 긴급하게, 일시적 후견인 역할을 맡게 된 겁니다. 불과 두세 시간 전에 찰스 마텔은 미셸의 주치의와 대화하는 자리에서 뛰쳐나갔습니다. 마텔 씨는 환자의 생명을 구하는 유일한 희망인 치료에 대해서 자기의 신념을 표명하고, 그것을 저지시키겠다고 회담을 중단하고 나가버린 겁니다. 그리고 이건 여기서만의 얘기입니다만, 주치의들은 그의 불안정한 정신 상태를 걱정하고 있습니다."

패트릭이 덧붙여 말했다.

"그 점은 여기서만의 얘기가 아니라 역시 기록에 남길 성질의 것이라고 생각하는데……."

판사가 말했다.

"저도 그렇게 생각합니다만, 그렇게 되면 불행하게도 마텔 씨는 정신과 의사의 진찰을 받도록 명해지겠죠. 물론 그건 공공연한 심리단계에서 결정되리라 생각합니다만."

"그 밖에 할 말이 있습니까, 미세스 마텔?"

캐서린 쪽을 보고 판사가 물었다.

캐서린은 모기소리만한 소리로 대답했다.

"없습니다."

판사는 뭔가 생각하면서 책상 위의 서류를 정리하며 헛기침을 한번 하고 나서 말했다.

"나는 일반적으로 인정받고 확립된 의료행위를 수행하기 위해 긴급하고 일시적인 목적으로만 후견인 지명의 건을 허가하겠소."

그는 당당하고 좀 과장된 행동으로 서류에 서명하고, 다시 말을 걸었다.

"또 나는 3주일 이내에 예정된 본건의 청문회가 개최될 때까지 잠정적으로 청원소송을 위한 후견인을 지명해두겠소."

"그건 무리입니다. 판사님의 스케줄은 벌써 꽉 차 있습니다."

부검인관은 비로소 말에 끼어들었다.

"스케줄 따윈 될 대로 되라고 해."

펠그리노 판사는 두 번째 서류에 서명했다.

"불과 3주일로는 청문회 준비가 어렵습니다. 전문가의 의학적인 증언을 얻어야 합니다. 게다가 법률적인 조사도 있고, 시간이 더 필요합니다."

패트릭도 항의했다.

"그건 자네 쪽 문제야. 아무튼 이 일시적인 후견인의 예심준비에 자네는 여러 가지 바쁘겠지. 하지만 이건 법령에 의해 3일 이내에 하게 돼 있네. 자네도 가능한 한 분발해주게. 그리고 아이 아버지에게도 될 수 있는 한 속히 이 재정을 알리고 싶군. 늦어도 내일까지는 병원이나 자택 쪽으로 소환장을 발송해주게."

판사는 쌀쌀하게 말했다.

캐서린은 가슴이 철렁 내려앉는 듯해서 의자에 앉은 채 몸이 굳어졌다.

"찰스에게 이 재정을 알리는 겁니까?"

"그야 그렇죠."

판사는 일어서면서 말했다.

"양해도 없이 친아버지로부터 보호자의 권리를 빼앗는 건 공정하지 못하잖소. 그럼 이만."

"하지만……."

캐서린은 말을 하려고 했다. 캐서린으로서는 아직 얘기가 끝나지 않았기 때문이다. 그러나 패트릭은 곧 판사에게 인사하고 캐서린을 재촉해서 판사의 방을 나왔다. 그러고는 어느새 검인법원의 중앙 홀로 나왔다.

캐서린은 놀라서 어찌할 바를 몰랐다.

"변호사님은 찰스가 그 치료를 방해하지만 않는다면 이것을 발동하지 않는다고 말씀하셨잖아요!"

"그건 그렇지만……."

패트릭은 캐서린이 큰 소리로 항의하는 바람에 몹시 난처해졌다.

"내가 한 짓을 찰스가 알게 되잖아요. 그렇다는 걸 변호사님은 제게 한마디도 안 해주셨어요. 이제 와서 전 어쩌란 말예요!"

캐서린은 절규했다.

격렬한 싸움

예정대로 오후 4시에 해는 졌지만 뉴잉글랜드에서는 찰스를 포함해서 누구 하나 지는 해를 본 사람이 없었다. 찰스는 그때 섀프츠베리의 대로가 연결되는 곳에 차를 세웠다. 두껍게 깔린 구름떼가 5대호 쪽에서 흘러와서 언제 멕시코 만에서 흘러드는 온난한 공기와 부딪칠 것인지 뉴잉글랜드의 기상대에서는 그 예상에 고심하고 있었다. 곧 눈이 내릴 거라고 했지만 언제 얼마큼 올 것인지는 아무도 몰랐다.

5시 반, 폐옥이 된 옛날 제분소 그늘에서 찰스는 세워둔 핀토의 핸들을 잡고 앉아서 가끔 창 안쪽에 붙은 성에를 닦으며 밖을 내다보고 있었다. 완전히 어두워지기를 기다리면서……. 히터를 켜기 위해 15분마다 5분간 공회전을 계속했다.

6시가 지나자 하늘이 온통 컴컴해진 것을 확인하고 그는 안심하고 문을 열고 밖으로 나왔다.

그가 노리는 리사이클 회사는 200미터 전방에 있었는데, 사무실 문 가까이에 단 하나의 전등불만 깜박일 뿐이었다. 함박눈이 내리기 시작했고 눈송이는 솜털이 날리듯 작은 소용돌이를 치다가 지면으로 떨어져 내렸다.

찰스는 차의 트렁크를 열고 폴라로이드 카메라, 플래시 그리고 표본채취용 병을 몇 개 꺼내서 벽돌조로 지어진 제분소 그늘에 쌓인 눈을 밟으며 리사이클 회사를 향해 걷기 시작했다. 캐서린을 병원에 내버려두고 나온 후 그는 혼란한 감정을 어떻게든 정리해보려고 했다. 직감으로는 미셸이 아직 관해되지 못했다는 건 알고 있었지만 미셸의 치료를 어떻게 하면 좋을지, 거기까지는 정하지 못하고 있었다. 전적으로 부정할 수는 없었지만 그렇다고 해서 미셸이 고통스러워하는 것을 보고 있는 것을 더 이상 참을 수가 없었다. 그 결과 섀프츠베리로 가서 뭔가 벤젠의 폐기 증거를 손에 넣어야겠다는 생각을 하면서 그 착상에 대해 내심 기뻐했다. 아무튼 몸을 움직이면 불쾌한 기분도 가라앉았다.

건물 끝에까지 다가가 얼굴을 내밀자 낮은 제분소의 폐옥 대신에 공장의 전경이 내다보였다. 찰스는 카메라와 플래시를 코트 포켓에 넣고 두 손에 표본채취 병을 가지고 모퉁이를 돌았다. 잠시 바람막이 담을 따라서 걷다가 포토맥 강을 향해 걸었다. 공장 입구의 불빛이 보이지 않는 곳에서 빈 터를 비스듬히 가로지르고 강둑에 접한 담에 붙었다. 거기서 카메라를 어깨에 메고 담을 오르기 시작했다. 담 꼭대기에 올라 비틀거리면서 반대편으로 뛰어내리자 발이 땅에 닿으며 벌렁 나자빠지고 말았다. 이렇게 확 트인 장소에서 사람들 눈에 띄게 될 것이 두려워 그는 소지품을 그러모으고 낡은 공장 그늘에 숨었다.

건물 안에서 들려오는 귀에 익은 소리를 들으면서 그는 그대로 잠시 기다리고 있었다. 얼어붙은 포토맥 강과 강 건너편의 나무들이 보였다. 강폭은 50미터 정도쯤 되어 보였다. 숨을 가다듬고 그는 강 쪽을 향해 있는 건물 모퉁이를 돌아 열심히 나아갔다. 쓰레기 위에 눈이 쌓여 있어서 걷기가 매우 불편했다.

강 쪽을 향해 있는 건물 벽에 당도해서 조금씩 날리는 눈을 손으로 가리면서 그가 노리는 두 갱의 저장 탱크를 내려다보았지만 유감스럽게도 그것은 건물의 반대쪽 옆에 있었다. 잠깐 쉬고 나서 그는 녹슨 채 구부러진 기계의 잔해로 기어올랐으나 화강암으로 가장자리를 굳혀 놓은 폭 3미터, 깊이 1미터 반 정도의 배수구로 가는 길이 가로막혀 있었다. 이 배수구는 건물 밑으로 빠져나가서 강가 쪽으로 이어져 있었는데, 거기서 두꺼운 나무판자로 물을 막고 있었다. 또 반대쪽 돌담 안에는 커다란 늪으로 이어지는 수로가 있었는데 이 배수구와 늪에 고인 액체는 얼지 않은 채였다. 그런데 그 액체에서는 공업용 폐수의 산성 냄새가 감돌고 있었다.

공장 바로 옆에 2장의 튼튼한 나무판자가 배수구에 가로로 얹혀 있는 것을 발견했다. 그는 채취용 병을 아래에 놓고 그 널빤지 다리를 두드려 위에 쌓인 눈과 얼음을 털어냈다. 그리고 채취 병을 오른쪽 팔에 안고 왼손으로 건물 벽에 몸을 지탱하면서 조심해서 그 널빤지 다리를 건넜다.

배수구 맞은편은 지면이 완만하게 경사져 있어서 찰스는 늪의 폐수가 끊임없이 강으로 흘러들어가고 있다는 것을 알 수 있었다. 이 시럽 상태의 액체를 채취하고 싶은 생각에 그는 늪가에 몸을 굽혔다. 병의 입구를 잡고 천천히 거품이 일고 있는 진흙 섞인 액을 반 리터 정도 병으로 퍼 올렸다. 그리고 병 주위를 눈으로 닦아 마개를 막아서 돌아갈 때 가지고 가려고 그 자리에 놓았다.

한편 이 폐수가 단번에 강으로 흘러들어가지 않도록 막고 있는 봇둑의 사진을 촬영해두려고 몸을 일으켰다.

고무를 녹이는 가마에서 일하고 있던 윌리 크랩은 이른 저녁식사 휴식을 이용해서 두 동료 안젤로 데지저스, 조지 브레조스키와 함께 포커를 하고 있었다. 식당의 접는 책상에 앉아서 그는 건성으로 샌드위치를 먹으면서 블랙잭에 여념이 없었다. 윌리는 오늘 밤은 운이 없어서 6시 20분까지 13달러 정도를 잃고 있었다. 게다가 브레조스키는 한판 승부가 날 때마다 이가 빠진 입을 보이면서 놀리듯이 웃으며 "또 야?" 하고 말했다. 브레조스키는 2년 전에 매사추세츠에 있는 로웰의 술집에서 싸우다가 앞니가 빠졌다.

브레조스키는 윌리에게 뒤집은 카드 한 장과 스페이드 4를 돌리자 또 한 장 달라는 그에게 뒤집은 카드를 던져주었다. 결국 21 이상이 되고 말았다.

"빌어먹을!"

윌리는 외치며 카드를 내동댕이쳤다. 그리고 책상 밑에서 굵은 다리를 끌어내어 일어나 담배 자동판매기 쪽으로 쾅쾅 소리를 내며 걸어갔다.

"너 그만둘 거야?"

브레조스키는 안젤로와 승부를 계속하면서 놀렸다.

윌리는 대답도 하지 않고 자동판매기에 코인을 넣은 뒤 선택 버튼을 누르고 기다렸다. 아무것도 나오지 않았다. 적어도 기계 안에서는 아무 일도 일어나지 않았다. 윌리는 뇌 내부에서 팽팽한 피아노 줄을 튕긴 듯한 느낌이 들었다. 그는 기계를 힘껏 발로 차고 마구 흔들어 벽에 부딪혀 비스듬히 쓰러뜨렸다. 그리고 동전 반환구를 향해 주먹으로 내리치려고 손을 들자 어두운 창밖에서 번쩍하고 터지는 빛이 보였다. 윌리는 들었던 손을 힘없이 내리고 창에다 얼굴을 바짝 댔다. 자동판매기가 부숴지는 것을 보고 싶었던 브레조스키와 안젤로가 실망한 것은 두말할 필요도 없었다.

"무슨 일이야, 지금 뇌우가 오고 있나?"

윌리가 말했을 때 다시 플래시가 터졌다. 그는 이번에는 빛이 나던 곳을 흘끗 보았다. 순간적이었지만 얼굴에 손을 얹고 두 다리를 약간 벌리고 서 있는 사람의 모습이 보였다.

"빌어먹을! 저건 카메라야. 누군가 늪의 사진을 찍고 있는 놈이 있어."

윌리는 놀라서 말했다. 윌리는 상사인 너트 아서에게 전화를 걸어서 지금 본 사실을 보고했다.

"마텔 놈이 틀림없다. 거기 누가 있나!"

"브레조스키와 안젤로뿐입니다."

"셋이 나가서 누군지 확인해. 만약 마텔이라면 잠깐 예의를 가르쳐줘라. 도슨 씨도 말했었다. 그놈이 다시 찾아오면 두 번 다시 오지 못하도록 해주라고 말이야. 그놈은 무단 침입했다는 걸 잊지 마라. 명백한 불법침입이란 말이다."

"알겠습니다."

윌리는 전화를 끊고 동료 쪽으로 돌아서며 손가락 관절을 딱딱 소리 내면서 말했다.

"이제부터 잠깐 재미있는 일이 있다고. 모두 코트를 입어."

봇둑의 사진을 찍고 나서 찰스는 탱크 쪽으로 걸어가서 플래시를 사용해서 많은 파이프와 밸브들의 방향을 정확하게 찍어두려고 했다. 파이프 하나는 주차장의 울타리 친 곳으로 곧장 향해 있었는데 폐기물을 운송할 때 쓰이는 것은 확실했다. 그리고 또 다른 하나는 탱크에서부터 바깥으로 뻗어 있었는데, 강둑으로 이어지기 전 중간 부분에 T자형의 연결부분이 지붕의 배수관과도 연결되어 있었다.

둑에서 미끄러져 떨어지지 않도록 조심하면서 찰스는 강의 수면에서 6미터 정도 위에 있는 모퉁이까지 간신히 당도했다. 나무통과 연결되어 있는 파이프는 그 언저리에서 갑자기 끊어져 액체를 직접 둑으로 모조리 흘려보내고 있었다.

벤젠 냄새가 강렬하게 코를 찌르고 있었고, 파이프 입구 아래에 물이 고여 있었지만 그 앞의 강물은 단단히 얼어붙어 있었고, 그 위에는 눈이 쌓여 있었다. 파이프 사진을 여러 장 찍고 나서 찰스는 몸을 굽혀 다른 병에다 파이프에서 방울져 떨어지는 액체를 담았다. 이 정도면 충분하다 생각하고 병마개를 닫고 처음 채취한 병을 가지러 돌아가기로 했다. 일은 거의 끝났고 예상 이상의 수확이 있었다. 그 다음은 저장 탱크와 나무통을 연결하는 T자형 관 부분과 탱크에서 반대 방향으로 공장에서 나오는 파이프의 사진을 찍어야겠다고 생각했다.

조금씩 내리던 눈송이가 갑자기 바람이 불어와 한꺼번에 찰스의 얼굴에 퍼붓기 시작했다. 그는 사진을 찍기 전에 파이프의 눈을 털어내고 파인더를 들여다보았다. 아무래도 적당치 않았다. T자형과 저장 탱크를 하나의 화면에 넣어야겠다고 생각하고 파이프를 넘어서 쭈그리고 앉았다.

파인더를 들여다보고 됐다 하고 셔터를 눌렀으나 플래시가 작동되지 않았다. 카메라를 검토하고 플래시 스위치를 켜지 않았다는 것을 알고 스위치를 넣고 다시 파인더를 들여다보았다. 이번에는 저장 탱크와 탱크에서 나와 있는 파이프와 덮개가 설치된 나무통과 이어진 부분이 시야에 들어왔다. "좋아." 하고 그는 셔터를 눌렀다.

플래시가 발광하는 순간 찰스의 손은 갑자기 강렬한 힘에 얻어맞았고, 폴라로이드 카메라를 떨어뜨리고 말았다. 쭈그려 앉은 채로 올려다보니 후드가 달린 모피 코트를 입은 3명의 사나이의 모습이 어두운 밤하늘에 그림자처럼 떠 있었다. 사나이들은 찰스를 저장 탱크에 몰아넣으려는 몸짓으로 그가 움직이기 전에 찰스의 카메라를 검은 늪 한가운데로 회전하면서 떨어뜨렸다.

찰스는 일어나서 후드로 씌운 얼굴을 들여다보려고 했으나 몸집이 작은 두 사나이가 말없이 덤벼들어 그의 팔을 잡았다. 허리를 찔린 찰스는 몸을 꼼짝도 하지 못했다. 몸집이 큰 세 번째 사나이는 찰스의 코트 포켓에 손을 넣고 여러 장의 사진을 꺼냈다. 그것을 폐수의 늪을 향해 던져버리자 사진은 하얀 웨하스 과자처럼 물 표면에 둥둥 뜬 상태가 되었다.

그들은 찰스에게서 잠깐 뒤로 물러섰다. 찰스에게는 아직 상대의 얼굴이 보이지 않아 그 때문에 한층 더 무서워졌다. 그래서 작은 사나이와 저장탱크 사이를 달려서 빠져나가려 했다. 작은 사나이는 재빠르게 공격 자세를 취하고 찰스의 얼굴을 향해 주먹을 내밀며 그의 코를 내갈겼다. 턱으로 한 줄기 피가 흐르기 시작했고 찰스는 정신이 아찔해졌다.

"멋진 펀치야, 브레조스키."

윌리가 웃었다. 찰스는 그 목소리가 누군지 알 수 있었다.

사나이들이 그를 폐수의 늪 쪽으로 끌고 가자, 그는 발밑의 파이프에 걸려 넘어질 뻔했다. 사나이들은 여전히 비웃으면서 찰스의 머리와 귀를 손바닥으로 때렸고 찰스는 그 손을 뿌리치려는 헛된 노력을 계속했다.

"이 자식, 무단침입자야!"

안젤로가 말했다.

"이놈이 그걸 발견한 게 틀림없어."

윌리도 말했다. 그들은 고약한 냄새가 나는 폐수의 늪 끝까지 찰스를 몰아넣었다. 빗나간 일격이 그의 모자를 날려 늪으로 떨어뜨렸다.

"잠깐 늪 속에 담가줄까?"

윌리가 비웃었다.

찰스는 한쪽 팔을 얼굴에 대고 다른 손으로 플래시를 꺼내어 가까이 있는 사나이를 향해 덤벼들었지만, 브레조스키는 몸을 홱 돌려 그것을 쉽게 피했다. 공격에 실패하면서 찰스는 녹은 눈에 미끄러져 두 손과 무릎이 고약한 냄새가 나는 진흙 속에 빠지고 말았고, 플래시는 산산조각이 나 버렸다.

공격을 피한 브레조시키는 늪 가장자리에서 휘청거리다 장딴지 절반가량이 진흙 속에 빠졌다. 허우적거리는 그를 윌리가 코트를 잡아서 끌어올렸다.

"제기랄!"

부식성 화학제가 피부에 닿아 얼얼하게 느껴진 브레조스키는 욕지거리를 해댔다. 빨리 다리를 물로 씻어야 했다. 안젤로는 브레조스키의 팔을 어깨에 얹고 2인 3각 경기처럼 리사이클 회사 입구를 향해 달리기 시작했다.

찰스는 간신히 일어나서 낡은 배수구에 걸쳐놓은 2장의 널빤지 쪽으로 도망치기 시작했다. 윌리는 도망치는 찰스를 잡으려다 잡지 못하고 미끄러져 손과 무릎을 짚었다. 그러나 그렇게 몸집이 큰 데도 불구하고 그는 즉시 일어났다. 찰스는 아까의 신중성을 잊고 다리를 쿵쿵 구르며 건너갔다. 그러나 윌리가 바로 뒤따라 쫓아오고 있었다.

화학제가 섞여 있는 늪에 떨어질까 두려워하면서 찰스는 전속력으로 뛰었지만 마음만큼 잘 뛰어지지 않았다. 우선 기계의 잔해 위를 기어올랐다. 다음에는 눈 쌓인 쓰레기장, 그리고 마지막으로 바람막이 담에 간신히 당도했다. 윌리도 같은 장애물에 막히긴 했지만 걷는 데 익숙한 장소인 만큼 조금은 유리했다.

찰스는 담을 뛰어넘으려 했으나 유감스럽게도 두 기둥 사이의 움푹 팬 곳에 손이 걸려서 위로 올라갈수록 힘이 들어 오르기가 점점 곤란해졌다. 윌리 크랩도 담에 당도해서 그것을 거칠게 흔들기 시작했다. 찰스는 매달려 있는 것이 고작이어서 그 이상 오를 수가 없었다. 윌리는 손을 뻗어 찰스의 오른쪽 발을 잡았다. 찰스는 발로 걷어차서 떼어놓으려 했지만 꽉 잡혀 있어서 기껏해야 몸의 중량을 상대에게 안겨줄 정도였다.

결국 담을 잡고 있던 찰스의 손에 힘이 빠져서 그는 그대로 윌리 위로 굴러 떨어졌다. 뭔가 무기가 될 만한 것이 없나 하고 눈 속을 필사적으로 찾다가 헌 구두를 잡을 수 있었다. 그는 그것으로 윌리를 후려갈겼다. 급소는 빗나갔지만 상대에게 약간의 틈이 생겼다. 그 틈을 타서 그는 즉시 일어나 강 쪽을 향해 담을 따라 뛰기 시작했다. 상황은 미친 듯이 날뛰는 맹수와 같은 우리 속에 있는 것처럼 급박했다.

담을 따라서 눈 속을 달린다는 것은 대단히 어려웠다. 단단해진 눈 표면은 때로는 찰스를 돕고 때로는 방해해서 다음 발밑이 어떤 상태인지 전혀 알 수 없었다. 눈 아래에는 새로운 쓰레기, 폐타이어, 쇳조각에 이르기까지 갖가지 폐기물이 흩어져 있어서 끊임없이 그의 진로를 방해했다. 언제 따라잡힐지 몰라 걱정하면서 어깨너머로 뒤돌아보니 이 방해물 투성이 길은 윌리로서도 골칫거리라는 것을 한눈에 알 수 있었다. 찰스는 한걸음 앞서서 간신히 강가에 당도했다.

물가로 가는 곳은 너무 위험했다. 두 손으로 균형을 잡으면서 둑을 미끄러져 내려 얼음이 언 물가에서 아슬아슬하게 멈춘 뒤 수면을 피해 얼음 위를 줄타기하듯 걸었다. 윌리도 둑을 내려갔으나 역시 발 디딜 자리를 찾지 못했다. 이때 찰스는 강가에서 가로질러 다시 반대쪽 둑으로 올라가려고 했다. 그 무렵 윌리는 물가에 겨우 당도하고 있었다.

둑 위쪽에서 찰스는 발이 미끄러져 흠칫하며 뭔가 잡을 곳을 찾았으나 떨어지기 바로 직전에 한 줌의 늘어진 풀잎을 잡았다. 그러나 다시 기어오르려고 해도 몸을 끌어올릴 수가 없었다. 윌리는 벌써 물가를 건너서 찰스를 따라잡으려 했고 그 차이가 눈 깜짝할 사이에 줄어들었다.

윌리는 찰스의 발을 잡으려다 약간의 차이로 잡지 못했다. 그의 움직임은 마치 슬로모션으로 바뀐 것처럼 보였다. 두 다리를 힘껏 버텨봤으나 소용없었다. 처음에는 질질 미끄러지다가 끝내 속도가 더해지면서 그는 뒤로 미끄러져 떨어졌다.

다시 힘을 넣어서 찰스는 나머지 1미터 반 정도를 오르기 시작했다. 발끝으로 둑을 여러 번 툭툭 차서 간신히 디딜 자리를 확보하자 조금씩 기어올라 상체를 둑의 가장자리에 올려놓았다. 이어서 두 발을 끌어올리고 손과 무릎을 이용해서 몸을 조금씩 밀어 올렸다. 그때 눈 밑에서 바위와 벽돌조각들이 발에 닿아 그것을 딛고 겨우 올라갈 수 있었다.

윌리는 다시 둑에 매달려 뒤를 쫓기 시작했다. 그때 간격은 불과 몇 걸음 되지 않았다. 찰스가 팔을 뒤로 돌려서 돌을 던지자 그중 하나가 윌리의 어깨에 맞았다. 쫓던 윌리는 아파서 신음했다. 반대 손으로 지면을 잡으려 했으나 그 때문에 다시 둑에서 미끄러져 떨어지게 되었다. 찰스는 재빨리 발로 돌을 파내어 윌리를 향해 계속 던졌고, 윌리는 두 손으로 머리를 감싸는 바람에 얼어 있는 강물에 떨어지고 말았다.

찰스는 일렬로 늘어선 제분소의 폐옥을 향해 가려고 일단 맨 끝 건물을 돌아서 100미터 앞에 세워둔 차에까지 가기로 했다. 그때 바로 그 방향으로 달려 나가려고 했을 때 바람막이 담의 반대쪽에서 회중 전등 불빛 몇 개가 가까이 오는 것이 보였다. 이리저리 조금씩 방향을 바꾸는 불빛에 눈이 부시기도 하고, 다시 불빛이 사라져서 앞이 캄캄하기도 했다. 분명히 찰스가 있는 곳을 아는 모양이었다. 달리 어찌할 방법이 없었다. 그는 곧장 제분소의 빈 집을 향해 달리기 시작했다.

문이 없는 입구에 뛰어들자 그는 당장에 아주 컴컴한 공간에 둘러싸였다. 두 팔을 휘두르며 살금살금 나아가다 벽에 부딪혀 마치 미로 속을 더듬듯이 벽을 따라가면서 문까지 다다랐다. 거기서 몸을 구부려서 바닥을 더듬어 돌을 발견하고 출입구 저편을 향해 던져봤다. 돌은 다른 벽에 맞아 바닥에 떨어졌다. 그는 문기둥을 잡으면서 손을 뻗었다. 돌이 맞은 벽에 손가락 끝이 닿았다. 그는 다시 문기둥에서 손을 떼고 그 벽을 따라 긷기 시작했다.

뒤쪽에서 외치는 소리가 들려서 찰스는 가슴이 철렁했다. 어딘가 숨을 곳을 찾아야 했다. 분명 리사이클의 패거리들은 화가 나 있어서 자기를 죽이려 할 것이다. 그것도 폐수의 늪에 떨어뜨려서 사고사로 보이게 하려는 게 틀림없었다.

결국 찰스는 침입자이고 어둠 속에 발이 미끄러져 늪에 떨어진 것으로 할 수 있었다. 공공하천에 아무렇지도 않게 독물을 버릴 정도니 그들의 도덕성은 감히 알고도 남을 만했다.

찰스는 벽을 따라서 구석까지 갔지만 눈앞의 자기 손을 움직여도 보이지 않을 정도로 아무것도 보이지 않았다. 다시 몸을 굽혀 돌을 주워 그것을 사방으로 던져 옆의 벽까지 거리를 재보려고 했다. 벽에 맞고 바닥에 떨어지는 소리에 귀를 기울였으나 그 다음은 아무 소리도 들리지 않았다. 상당한 시간이 지나서야 멀리서 물이 튀는 소리가 났다. 그는 무의식중에 뒷걸음질 쳤다. 어딘가 바로 눈앞에 구멍이 있었다. 아마 옛날 엘리베이터의 수갱(竪坑)인 모양이었다.

지금 있는 곳은 복도에 가깝다고 생각하고 찰스는 돌 몇 개를 지금 따라온 벽과 직각방향으로 던져봤다. 돌은 곧 가까이에서 맞아 어둠 속으로 쭉 뻗어나가고 있는 것 같았다. 그는 반대편에 벽이 있다는 것을 알았다.

발로 석회벽이 떨어진 조각을 앞으로 차버리고 찰스는 지금 분명히 갱 옆을 지나쳐가고 있다고 생각했다. 천천히 앞으로 나아가며 약간은 자신이 생겼다. 걸어온 거리는 알 수 없었지만 그것이 중요하다는 느낌이 들었다.

이윽고 다른 문의 기둥이 손에 닿았다. 다시 더듬어가서 반대쪽 손으로 나무문을 잡고 30센티 정도 열어봤다. 손잡이는 없었다. 힘을 줘서 문을 밀자 조금 열리다가 바닥에 있는 쓰레기에 걸려 더 이상 열리지 않았다. 찰스는 아주 조심해서 조금씩 걸음을 옮겼다. 오른발이 뭔가에 닿자 곰팡내 같은 꺼림칙한 냄새가 났다. 닿은 것은 뭔가로 포장한 것이었는데 곧 그것이 썩은 깔개라는 것을 알았다.

뒤쪽에서 실내를 울리는 소리가 들렸다.

"네게 할 말이 있다, 찰스 마텔."

그 소리는 어둠 속에 메아리쳤다. 이어서 육중한 발소리와 얘기를 주고받는 말소리가 들려왔다. 새삼스레 공포가 솟구쳐 올라 그는 문에서 손을 떼고 두 손을 앞으로 휘두르면서 어디 숨을 곳이 없을까 하고 가로지르기 시작했다. 그러자 곧 다시 다른 깔개를 넘어서 뭔가 높이가 낮은 철물에 부딪혔다. 위를 만져보니 아무래도 뒤집힌 선반 같았다. 주위를 한 바퀴 돌고 나서 그는 냄새나는 깔개더미 사이에 쭈그려 앉아서 될 수 있는 한 그 밑으로 몸을 숨겼다. 뭔가 작은 발이 졸랑졸랑 움직이는 것을 느꼈는데 그 방해 대상은 아무래도 쥐 같았다. 아무튼 그보다 더 큰 것이 아니기를 빌었다.

자신의 손목시계 문자판의 빛 외에는 아무것도 보이지 않았다. 그는 꼼짝 않고 기다렸다. 자기의 숨소리가 정적 속에 거칠게 들렸고 심장의 고동마저 귀에 울리는 것 같았다. 도망칠 곳이라고는 달리 없었다. 놈들은 하고 싶은 짓은 뭐든 할 수 있을 것이다. 그 낡은 엘리베이터의 갱에라도 던져 넣어 버린다면 자기의 사체 따위는 아무도 발견하지 못할 것이다. 찰스는 지금까지 이렇게 한없는 공포를 느낀 적은 한 번도 없었다.

불빛이 복도에 가물거리기 시작했고 찰스가 있는 곳에도 희미하게 반사되어 왔다. 이윽고 몇 개의 회중전등 빛이 복도를 통해 곧장 그가 있는 쪽으로 가까이 오고 있었다. 거기서 빛은 잠깐 꺼지고 다시 어둠이 퍼져갔다고 생각하자, 뭔가 큰 물건을 엘리베이터 갱에 던져 넣었는지 희미한 물소리와 그에 이어서 웃음소리가 들려왔다.

이윽고 회중전등 빛이 다시 복도로 돌아오고 여기저기 찾아다니던 소리가 차츰 가까워졌다. 다른 사람의 발소리도 들려왔다. 그러자 갑자기 귀에 거슬리는 소리가 나면서 낡은 나무문이 열리고, 광선이 예리하게 실내를 구석구석 비추기 시작했다.

찰스는 뒤쫓는 사람들이 빨리 살펴보고 가버리기를 마음속으로 빌면서 거북처럼 머리를 움츠리고 있었다. 그러나 수색은 그렇게 적당히 끝나지 않았다. 한 남자가 말아놓은 누더기를 발로 차기도 하고 전등으로 바닥을 구석구석 남김없이 샅샅이 뒤지는 소리가 들렸다. 지금이라도 들키지 않을까 생각하며 찰스는 안절부절 못했다.

자신을 겨우 덮을 만한 누더기 밑에서 뛰어나와 그는 문 쪽으로 달리기 시작했다. 추적자는 불빛을 비춰 출입구의 찰스의 뒷모습을 발견하고는 "그놈이 저기 있다!" 하고 외쳤다.

미로와 같은 길을 다시 되돌아가려고 그는 복도로 나갔다. 그런데 같은 복도를 달려온 다른 추적자와 부딪쳤다. 상대는 회중전등을 떨어뜨리면서도 찰스를 잡았다. 찰스는 어떻게든 도망치려고 몸부림쳤으나 그는 곧 무너지듯이 무릎을 꿇고 말았다. 상대 남자가 곤봉으로 찰스의 무릎 뒤쪽을 내리쳤기 때문이었다.

찰스는 바닥에 쓰러졌고, 추적자는 회중전등을 주워들었다. 아까 찰스가 숨어 있던 방에서 다른 남자가 나와서 그 자리의 광경을 비쳐 댔다. 그때 비로소 찰스는 자기를 때린 남자가 누군지를 알았다. 놀랍게도 그는 섀프츠베리의 경찰서장인 프랭크 닐슨이었다. 그런데 생각보다 별로 무섭게 보이지 않았다.

"자, 마텔, 이제 끝났어. 일어나!"

닐슨은 경찰 곤봉을 가죽 끈에 매달면서 말했다.

그는 우람한 몸에다 블론드의 머리를 매끈하게 빗어 올리고 있었다. 배는 가슴에서 바지 위까지 무섭게 부풀어 올라 있었으며 목은 찰스의 허벅지 정도의 굵기였다.

"만나 뵙게 돼서 기쁘다고 해야겠군요."

찰스는 이와 같은 사태에도 불구하고 극히 진지한 태도로 말했다.

"아마 그렇겠지."

찰스의 옷깃을 잡고 일으키면서 프랭크는 말했다. 찰스는 다리의 근육이 말을 듣지 않아 약간 비틀거렸다.

"수갑을 채울까요?"

부서장이 말했다. 이름은 바니 클로퍼드로, 보스와는 반대로 여위었고 바스켓볼의 전위라고 할 정도로 키가 컸다.

"아니, 괜찮아. 이런 곳에서 빨리 나가지."

바니를 선두로 찰스와 프랭크는 이 폐옥을 빠져나가 엘리베이터의 갱 옆을 지나쳐갔다. 찰스는 아까는 하마터면 그곳으로 떨어질 뻔했다고 생각하니 온몸에 소름이 돋았다. 걸으면서 그는 바니의 '수갑'이란 말을 생각하고 있었다. 리사이클의 패거리들이 분명히 경찰에까지 전화를 건 모양이었다.

낡은 제분소를 나와서 빈터를 지나 다지 아스펜의 순찰차가 있는 곳까지 일렬 행진하는 동안 아무도 입을 열지 않았다. 찰스는 앞에 튼튼한 방호망을 친 뒷좌석에 앉고 프랭크가 차를 발진시켰다.

"이보쇼, 내 차가 이 길 뒤쪽에 있는데."

찰스는 상체를 앞으로 내밀고 망 너머로 말했다.

"당신 차가 어디 있는지 다 알고 있어."

프랭크가 말했다. 찰스는 다시 바로 앉아서 아무튼 침착해지려고 애썼다. 심장은 아직 두근거리고 있고 다리도 몹시 아팠다. 자기를 경찰서로 데려갈 셈인가 하고 생각하면서 창밖을 내다보았다. 그러나 차는 유턴하지 않고 그대로 남쪽을 향해 리사이클 회사의 주차장 입구로 돌았다.

찰스는 다시 상체를 앞으로 내밀었다.

"내 말을 좀 들어주시오. 당신들의 도움이 필요하오. 이 리사이클 회사가 포토맥 강에 독물을 흘려보내고 있기 때문에 그 증거를 잡고 싶어서 이런 행동을 했던 거요. 그런데 놈들은 내게 덤벼들어서 카메라를 부숴버렸소."

"이봐, 우린 당신이 여기 침입했다는 전화를 받았네. 게다가 공원한 사람에게 폭행을 가해서 뭔가 고약한 냄새가 나는 약품이 들어 있는 곳으로 밀어 넣었다던데. 또 어젯밤에는 어젯밤대로 이곳 공장장인 너트 아서에게 트집을 잡았다면서."

찰스는 프랭크가 어떤 조서를 꾸밀지 기다려볼 수밖에 없다고 생각하고 다시 자리에 깊숙이 앉았다. 아마 프랭크는 증거를 모으고 싶어할 것이다. 이대로 잠자코 경찰서까지 갈 수밖에 없다고 생각했다.

차는 입구에서 상당히 안으로 들어간 곳에 정차했다. 프랭크는 세 번 경적을 울리고 기다렸다. 그러자 알루미늄제 문이 열리고 너트 아서와 그에 이어서 왼쪽 무릎에 붕대를 감은 몸집이 작은 남자가 나오는 것이 보였다. 프랭크는 몸을 비집고 운전석에서 나가더니 차를 돌아서 찰스가 있는 뒷좌석 문을 열고 나오라고 했다. 찰스는 그를 따랐다. 주위는 50센티 정도의 눈이 쌓여 있어서 찰스는 미끄러져 비틀거리다 간신히 몸을 바로잡았다. 서 있으려니 프랭크에게 곤봉으로 맞은 자리가 한층 더 아팠다.

너트 아서와 함께 나온 남자는 무거운 발걸음으로 프랭크와 찰스 앞으로 가까이 다가왔다.

"이 자가 맞나?"

프랭크는 그렇게 말하면서 껌을 구부려서 입안 깊숙이 넣었다. 아서는 찰스를 흘끗 노려보며 말했다.

"이 자가 맞습니다. 틀림없습니다."

"그래, 신문 기삿거리가 돼도 괜찮겠나?"

프랭크는 소리 내어 껌을 씹으면서 물었다. 아서는 다시 공장 쪽으로 터벅터벅 돌아가 버렸다. 프랭크는 여전히 껌을 쩝쩝 씹으면서 순찰차에 다시 올라탔다.

찰스는 당황해서 브레조스키 쪽을 보았다. 그는 이가 없는 입에 웃음을 띠고 바로 앞에 서 있었다. 볼 옆에 상처가 있어서 그 때문에 미소도 비틀어져 있었다. 그 순간 브레조스키는 찰스의 명치에 뜻밖의 일격을 가했다. 찰스는 상대의 주먹이 움직이는 것을 보고 약간은 팔꿈치로 막았지만 그래도 복부를 맞아 신음하면서 몸을 구부리며 차가운 땅바닥에 쭈그려 앉았다. 브레조스키는 다시 한방 먹이려고 그의 위를 가로막아 섰으나 그저 눈을 한 번 발로 차버리고는 붕대 감은 다리를 약간 끌면서 가버리고 말았다.

찰스는 손과 무릎에 힘을 주어 일어서려고 했다. 하지만 얼마 동안은 어디가 아픈지도 모를 정도였다. 그러자 차의 문이 열리는 소리가 나고 누군가가 팔을 부축해서 일으키고 있다는 것을 알았다. 그는 옆구리에 손을 대고 간신히 순찰차에 올라타 머리를 좌석 뒤로 젖혔다. 차가 미끄러져나가는 것 같았으나 그런 것은 아무래도 상관없었다. 그는 눈을 감았다. 통증이 점점 심해져서 겨우 숨을 쉴 수 있을 정도였다. 차는 곧 다시 멈추고 문이 열렸다. 찰스가 눈을 뜨자 프랭크 널슨이 뒷좌석을 들여다보고 있었다.

"이리 나와! 이렇게 빨리 방면되다니 고마운 줄 알아."

프랭크는 상체를 앞으로 내밀고 찰스를 끌어냈다. 찰스는 가벼운 현기증을 느끼면서 차에서 내렸고, 프랭크는 뒷문을 닫고 운전석으로 돌아가 창을 내렸다.

"리사이클에는 가까이 가지 않는 게 좋을 거네. 당신이 말썽을 피우면 당장 시내에 소문이 나버려. 한마디 해두겠는데, 당신이 그 미련을 버리지 않는다면 언젠가는 내 말이 무슨 뜻인지 알게 될 거야. 소란이 훨씬 커질 게 분명할 테니. 그게 당신이 원하는 건지는 몰라도 말이야. 이 시내는 리사이클 덕분에 존재하고 있다는 걸 알아야 한다고. 법률을 집행하는 우리 경찰관으로서는, 당신이 그에 저촉되는 짓을 하면 당신의 안전을 보장할 수가 없고 또 당신 가족도 마찬가지야. 그 점을 명심해주게."

프랭크는 창을 닫고 핸들을 돌려 보도 모퉁이에 서 있는 찰스의 다리에 흙탕물을 튕기면서 차를 몰았다. 핀토는 약 6미터 앞쪽에 한 부분이 눈에 묻힌 채 주차되어 있었다. 고통을 느끼면서도 찰스는 가슴 속에 남모르는 분노가 끓어올랐다. 역경은 그에게 있어서 항상 행동을 일으키는 강력한 자극제가 되는 것 같았다.

캐서린과 지나가 부엌 정리를 하고 있을 때 현관 앞으로 들어오는 자동차 소리가 들렸다. 캐서린은 창가로 달려가서 빨간 체크무늬 커튼을 열었다. 그것이 찰스라면 좋을 텐데 하고 하느님께 기도했다. 아무튼 찰스가 병원을 뛰쳐나간 뒤로 전혀 그의 소식을 알 수가 없었다. 연구소의 내선전화는 아무도 받지 않았다. 법원의 소송수속 건에 대해서는 꼭 찰스에게 얘기해두지 않으면 안 되었다. 이튿날 아침 법원의 소환을 받고 나서 얘기할 수는 없기 때문이었다.

전용차도에 라이트가 가까이 다가오는 것을 보고 캐서린은 혼잣말로 중얼거렸다.

"아무쪼록 찰스 당신이기를, 제발."

차는 마지막 커브를 돌아서 창가를 지나쳐갔다. 핀토였다! 캐서린은 안도의 숨을 내쉬었다. 그녀는 거실로 돌아가 지나에게서 행주를 받아들었다.

"어머니, 찰스예요. 저쪽 방으로 가세요. 잠깐 둘이서만 얘기하고 싶으니까요."

지나는 반대하려고 했지만 캐서린이 어머니 입술에 손가락을 대고 살짝 제지했다.

"중요한 얘기예요."

"너 괜찮니?"

"물론이죠."

캐서린은 어머니를 문 쪽으로 살짝 밀었다. 차 문이 닫히는 소리가 들렸다. 캐서린은 입구 쪽으로 가서 찰스가 계단을 오르기 시작하자 문을 열었다.

남편의 얼굴을 확실히 보기도 전에 먼저 냄새가 풍겼다. 그것은 마치 여름에 반침 속에 넣어두었던 습기 찬 타월과 같은 곰팡내였다. 그가 불빛 아래로 오자 그의 코가 부어올라 상처를 입고 있음을 알게 되었다. 윗입술에는 마른 핏덩어리가 약간 묻어 있고 얼굴 전체가 거무스름한 것이 묘하게 보였다. 게다가 양가죽 점퍼도 몹시 더러워져 있었고 바지는 오른쪽 무릎 있는 곳이 찢어져 있었다. 무엇보다도 좋지 않은 것은 긴장되어 있는 그의 얼굴과 간신히 억제하고 있는 분노의 빛이었다.

"찰스!"

뭔가 무서운 일이 일어났음을 직감했다. 그녀는 그날 오후 내내 걱정하고 있었는데 자신의 염려가 괜한 것이 아니었다고 생각되었다.

"지금은 아무 말 하지 마."

캐서린의 손을 피하며 찰스는 단호히 말했다. 그리고 코트를 벗고는 전화기 쪽으로 가서 초조하게 전화번호부의 페이지를 넘겼다. 캐서린은 서랍에서 깨끗한 행주를 꺼내어 한쪽 끝을 적셔 얼굴의 피를 닦으려고 했다.

"이대로 좀 놔두라니까!"

찰스가 그녀를 밀어젖히자 캐서린은 뒷걸음질 쳤다. 눈앞에 있는 남자가 마치 전혀 모르는 타인과도 같았다. 거칠게 전화를 걸고 있는 남편의 모습을 그녀는 물끄러미 바라보았다.

"도슨, 당신이 경찰을 부르든, 이 시 전체를 당신 것으로 만들든 그런 건 내 알 바 아냐. 다만 이대로 끝날 거라는 생각은 하지 마!"

찰스는 수화기에다 대고 고함치고 상대의 말도 듣지 않은 채 수화기를 부숴져라 힘껏 내려놓았다. 그렇게 하고 나서야 비로소 도슨을 한 대 갈긴 듯한 기분이 들었다. 전화를 마치고 그의 긴장은 약간 누그러진 것 같았다. 그는 한동안 관자놀이에다 손가락을 대고 돌리며 비벼댔다.

"우리의 이 깨끗한 마을을 더럽히다니 무슨 배짱이야."

그 목소리는 거의 평상시대로 돌아가 있었다.

캐서린도 그제야 겨우 안심이 되었다.

"도대체 어떻게 된 거예요? 이렇게 상처를 입고!"

찰스는 그녀가 고개를 저으면서 놀라는 것을 보고 웃기까지 했다.

"참을 수 없는 일이야. 아니 상처 따윈 대단치 않아. 대단한 상처가 아니라고. 특히 어떤 의미에서는 끝난 일이니까. 뭐 마실 것 좀 줘야겠어. 과일 주스나 시원한 거 말이야."

"저녁식사를 해야죠. 식지 않게 오븐 안에 넣어놨어요."

"식사 같은 소리 하지 마. 지금 먹을 수 있을 것 같아?"

찰스는 부엌의 의자에 천천히 앉았다.

"지금 지독하게 목이 말라."

식탁 위에 얹어놓은 찰스의 손은 떨리고 있었고, 펀치를 얻어맞은 위 언저리도 몹시 아팠다. 캐서린은 컵에 사과 사이다를 따라서 식탁에 올려놓았다. 그때 지나가 출입구에 서 있는 것을 발견했다. 그녀는 거실 쪽으로 돌아가라는 눈짓을 하고 식탁에 앉았다. 지금은 그 후견인 얘기를 할 수 없다는 생각이 들었다.

"얼굴에 피가 묻어 있어요."

캐서린은 걱정스러운 듯이 말했다.

"개새끼들!"

손등으로 코 밑을 닦고 마른 핏덩어리를 물끄러미 바라보다가 찰스가 내뱉었다.

사이다를 마시는 동안 둘은 잠시 아무 말이 없었다.

"이제 얘기해줘도 되잖아요, 어디서 무슨 일이 있었는지……."

캐서린이 겨우 입을 열었다.

"그것보다 우선 미셸의 얘기를 듣고 싶어."

찰스는 식탁에 컵을 놓았다.

"당신 괜찮아요?"

캐서린은 손을 내밀어서 그의 손 위에 얹었다.

"무슨 뜻이야, 괜찮냐고? 물론 난 괜찮아."

"당신이 걱정하고 있는 건 알아요. 저는 그저 당신이 걱정돼서 그런 거예요. 당신은 미셸의 심장발작 때문에 걱정하고 있는 거죠?"

"무슨 일이 있었나?"

캐서린이 지금이라도 당장 무서운 얘기를 시작하는 게 아닌가 해서 찰스는 말에 힘주어 물었다.

"제발 진정하세요."

캐서린은 부드럽게 나무랐다.

"미셸에게 무슨 일이 있었는지 말해봐."

"열이 있을 뿐이에요. 그래서 의사 선생님이 걱정하고 있어요."

"무슨 소리야!"

"그밖에는 다 괜찮은 모양이에요. 맥박수도 보통이고."

캐서린은 단지 미셸의 머리에 대해서만은 말을 꺼내기가 어려웠다. 머리가 빠지기 시작하고 있었던 것이다. 그러나 카이츠맨의 얘기로는 그것은 예상했던 것이고, 완전히 회복될 수 있는 부작용이라는 것이었다.

"관해의 조짐은?"

"아직 없는 모양이에요. 의사들이 아무 말도 하지 않았어요."

"열은 어느 정도야?"

"상당히 높았어요. 내가 돌아올 때 40도였어요."

"왜 돌아왔어? 왜 같이 있어주지 않았느냔 말이야?"

"저도 그러려고 했지만 의사들이 자꾸 돌아가라고 해서……. 아픈 아이 부모들은 흔히 다른 가족에 대해서는 소홀하기 마련이라면서요. 게다가 제가 할 수 있는 거라고는 아무것도 없다고도 했어요. 그런데도 있었어야 했을까요? 저로서는 정말 어떻게 해야 할지 모르겠더라고요. 당신이 곁에 있으면 좋겠다는 생각밖에는……."

"정말 기가 막히는군!"

찰스는 같은 말을 되풀이했다.

"누구라도 있었어야 했던 거야. 고열은 좋은 징조가 아니야. 약이 건강한 저항력을 빼앗고 게다가 병든 세포에는 효력이 없는 것 같아. 이 시점에서 고열은 감염을 의미한단 말이야."

찰스는 불쑥 일어나서 단호한 어조로 말했다.

"병원에 다녀올게. 지금 바로 말이야!"

"왜요? 찰스, 지금 당신이 가서 뭘 할 수 있다는 거예요?"

캐서린은 불안한 생각에 불쑥 일어났다.

"그 애 곁에 있고 싶어서 그래. 그리고 나는 결심했다고. 어떻게든 그 약을 중지시키지 않으면 안 돼. 적어도 보통 양으로 줄이게 하는 거야. 그 녀석들은 지금 실험을 하고 있단 말이야. 만약 그게 듣는다면 유혈중의 병든 세포가 줄어들 거라고 생각하고 있는 거야. 그런데 그게 오히려 늘어나고 있지 않느냔 말이야."

"약은 다르지만 효력이 있지 않을까요?"

캐서린은 꼭 찰스를 설득해서 병원에 가지 못하게 해야 한다고 생각했다. 만약 간다면 한바탕 소동을 일으킬 것이 뻔했다.

"화학요법이 다른데도 듣는다는 건 나도 알고 있어. 그런데 불행하게도 미셸의 경우는 달라. 보통의 치료법은 이미 실패해버렸어. 내 딸을 실험재료로 하도록 버려둘 수는 없단 말이야. 카이츠맨은 성공하든 실패하든 해본다는 마음으로 하고 있는 거야. 그 애는 내 앞에서는 관해되지 않을 거야, 엘리자베스와 마찬가지로 말이야."

찰스가 문 쪽으로 가자 캐서린은 남편의 소매를 잡았다.

"찰스, 제발. 그런 모습으론 못 가요. 볼썽사납다고요."

아래를 내려다보니 자기의 모습이 아내 말대로 말이 아니었다. 그러나 볼품 따위가 아무려면 어떤가? 그는 망설이다가 2층으로 올라가 옷을 갈아입고 얼굴과 손을 씻었다. 그리고 아래로 내려왔을 때 캐서린은 그의 결의를 알았다. 남편은 오늘밤 안으로 병원에 가서 미셸에게는 유일한 희망인 그 치료를 중지시킬 작정이었다. 주치의들은 이번에도 그가 나오는 태도를 틀림없이 예상하고 있었다. 지금이야말로 후견인에 관한 얘기를 그에게 하지 않으면 안 될 때라고 생각했다. 더 이상 기다리고 있을 수가 없었다.

찰스는 더러워진 코트를 들고 포켓에서 자동차 키를 찾았다. 캐서린은 카운터에 기대서서 찰스를 불러 세웠다.

"찰스."

조용한 말투로 그녀는 말했다.

"당신은 미셸의 약을 중지시킬 수가 없어요."

찰스는 키를 찾았다.

"못할 것도 없지. 당연히 할 수 있어."

찰스는 자못 자신만만했다.

"이미 절차가 끝났기 때문에 당신은 할 수 없어요."

찰스는 걸음을 멈췄다. '절차'라는 말이 자못 어두운 분위기를 감돌게 했다.

"무슨 소릴 하고 싶은 거야?"

"잠깐 들어와서 코트를 벗고 여기 좀 앉아보세요."

그녀는 마치 어찌할 도리가 없는 10대 소년에게 말하는 듯한 말투로 말했다. 찰스는 곧장 그녀 쪽으로 갔다.

"어디 그 절차라는 얘기를 들어보지."

캐서린은 이 얘기가 가능하다고는 예상도 하지 않았지만, 지금 이 순간 험상궂은 찰스의 눈을 보았을 때 약간 두려움을 느꼈다.

"오늘 오후 당신이 그런 태도로 병원을 뛰쳐나간 뒤 나와 카이츠맨과 와일리 박사, 셋이서 얘길 했어요. 그들은 당신이 너무 긴장한 나머지 미셸의 치료에 올바른 판단을 할 수 없는 상태라고 생각하는 것 같았어요."

그녀는 회합에서 들은 법률용어를 그대로 옮기면서 조심스럽게 말했다. 그녀가 가장 두려운 것은 자기도 이 모의에 한몫 끼고 있어서 그것을 들었을 때 찰스의 태도가 어떻게 나올까 하는 점이었다. 그래서 자기는 마지못해 끼게 되었다고 강조하기로 했다. 그의 얼굴을 올려다보니 그의 파란 눈이 쌀쌀하게 보였다.

"병원 측 변호사 얘기로는 미셸에게 일시적인 후견인이 필요한 모양이고 의사들도 그에 찬성이었어요. 제가 이 문제에 협력하지 않아도 자연히 후견인이 되게 되지만, 협력하면 좀 더 간단히 일이 결정될 수 있다는 거였어요. 결심하기가 괴로웠지만 옳은 일을 하는 거라는 느낌이었어요. 우리 두 사람 중 어느 한쪽이 해야 할……."

"그래서 어떻게 됐어?"

찰스의 얼굴이 검붉어졌다.

"판사 앞에서 사전 청취가 있었어요."

그녀는 표현이 서툴렀고 게다가 말을 꺼내는 시기가 적절치 않았다. 얘기는 갈피를 잡을 수 없었지만 그래도 그녀는 계속했다.

"카이츠맨이 환자의 상태에 따라서 결정한 공인된 치료를 미셸에게 계속할 것을 판사가 인정한 거예요. 제가 일시적 후견인으로 지명된 것이고요. 이 신청에 대해서 3일 이상 의견 청취가 있게 되고 3주 이내에 청문회가 열릴 모양이에요. 법원은 그러기 위해 후견인을 결정한 거예요. 여보, 제발 믿어줘요. 전 미셸을 위해 이렇게 한 거예요. 당신을 거역하거나 당신과 미셸 사이를 갈라놓으려고 한 게 아니에요."

찰스가 조금이나마 이해를 했을까 하고 캐서린은 그를 보았다. 하지만 그의 얼굴에는 분노의 빛이 역력할 뿐이었다.

"찰스! 제발 믿어줘요. 당신이 몹시 긴장해 있다는 의사의 말을 듣고 저도 과연 그럴 거라고 생각한 거예요. 당신은 지금 옛날의 당신이 아니에요. 자신을 잘 보세요! 카이츠맨은 아이들 백혈병 치료로는 세계적인 권위자라고 하잖아요. 저는 그저 미셸을 위해서 그랬어요. 이건 불과 잠시 동안이에요. 제발 부탁이에요."

캐서린은 처음에는 절규하듯이 말하다가 얘기를 마치고 왈칵 울음을 터뜨렸다. 그 소리에 놀란 지나가 출입구에 나타나 조심스럽게 말했다.

"괜찮니?"

찰스는 캐서린의 얼굴을 정면으로 보면서 천천히 말했다.

"지금 한 말이 사실이 아닐 거라고 하느님에게 빌고 싶어, 전부가 당신이 꾸며낸 얘기라고 말이야."

"아니에요, 정말이에요. 저는 제가 할 수 있는 한 최선을 다했어요. 내일 아침 당신에게 소환장이 올 거예요."

찰스는 자신에게도 이런 격한 면이 있었는가 할 정도의 무서운 기세로 감정을 폭발시켰다. 가까이 있는 것이라고는 접시더미뿐이었기 때문에 그는 그것을 집어 들고 머리 위로 번쩍 쳐들어 바닥에 냅다 던졌다. 접시는 산산조각 나 버렸다.

"더 이상 참을 수 없어. 모두가 다 나를 몰라. 누구나 다 말이야!"

캐서린은 싱크대 옆에 웅크리고 있었다. 지나도 문 앞에서 못 박힌 듯이 서서 딸이 걱정되어 도망치지도 못하고 있었다.

"미셸은 내 딸이야. 내 살, 내 피, 아무도 내게서 내 딸을 빼앗아갈 수 없단 말이야!"

"그 애는 제 딸이기도 해요. 저도 당신과 같은 생각이에요."

캐서린은 흐느껴 울면서 말했다. 그러고는 두려움도 잊고 찰스의 코트 깃을 잡고 힘껏 흔들었다.

"제발 진정해요. 부탁이에요."

"진정하라니 당치도 않은 소리!"

찰스가 반사적으로 팔을 번쩍 치켜 올려 캐서린이 잡은 손을 힘껏 뿌리치는 바람에 그녀의 얼굴에 손이 맞아 그녀는 등을 돌린 채 식탁에 부딪혔다. 의자가 쓰러지고 지나는 비명 같은 소리를 지르며 부엌으로 뛰어들었다. 그녀는 큰 몸집으로 찰스에게 질려서 말도 못하는 딸 사이에 끼어들었다. 그리고 십자가를 그리며 기도하기 시작했다. 찰스는 손을 뻗어 장모를 거칠게 밀어제치고 캐서린의 어깨를 잡고 헌 인형처럼 흔들었다.

"당장 전화해서 그 따위 법률수속은 취소해. 알았어?"

척이 요란한 소리를 듣고 2층에서 내려왔다. 그는 눈앞의 상황을 보자마자 부엌으로 달려가서 아버지의 겨드랑이 밑으로 양팔을 넣고 목 뒤로 꽉 죄며 양팔을 움직이지 못하게 했다. 찰스는 몸부림쳤으나 떼어놓을 수가 없어서 캐서린을 놓고 팔꿈치를 빼어 척의 배에다 일격을 가했다. 그 순간 척은 숨을 쉴 수 없는 상황이 되었다. 찰스가 뒤돌아서서 척을 밀자, 척은 비틀거리다 쓰러져 머리를 바닥에 세게 부딪혔다.

캐서린은 비명을 질렀다. 소동은 꼬리를 이어서 연쇄반응을 일으켰고, 그녀는 척을 감싸며 찰스로부터 지켜주려고 애썼다. 그때 비로소 찰스도 상대가 자기 아들이라는 것을 깨달았다. 그가 한 걸음 앞으로 나서자 캐서린은 쓰러진 아들을 더 적극적으로 감싸며 다시 비명을 질렀다.

지나는 찰스와 다른 가족 사이에 끼어들어서 뭔가 악마가 씌웠다느니 어쩌느니 하는 말을 외워댔다. 그때 찰스는 출입구에서 어리둥절한 표정으로 서 있는 장 폴을 발견했다. 하지만 장 폴은 찰스가 흘끗 보자 자취를 감추고 말았다. 찰스는 가족 모두에게 갑자기 소외당한 느낌을 받아 충동적으로 몸을 돌이켰다. 그러곤 쏜살같이 집을 뛰쳐나갔다.

지나는 찰스가 나간 뒷문을 닫았고 캐서린은 척을 일으켜 의자에 앉혔다. 그들의 귀에 전용 차도로 나가는 핀토의 소리가 요란하게 들렸다.

"아버지가 싫어! 아버지가 미워!"

척은 두 손으로 가슴을 누르면서 외쳤다.

"아냐, 그렇지 않아. 모두 악몽을 꾸고 있는 거야. 그 꿈에서 깨면 다 끝나는 거야."

캐서린이 달랬다.

"네 눈이!"

지나는 캐서린에게 다가가 그녀의 머리를 힘껏 뒤로 젖혔다.

"괜찮아요."

"괜찮다니, 검푸른 멍이 들었는데도 괜찮단 말이냐? 얼음으로 찜질을 하는 게 좋겠다."

캐서린은 일어나서 복도에 걸려 있는 작은 거울에 얼굴을 비춰보았다. 오른쪽 눈썹 부분에 약간 상처가 났고, 검은 멍이 들어 있었다. 부엌으로 가자 지나가 얼음 접시를 꺼내고 있었다. 장 폴이 다시 문 앞에 나타냈다.

"아버지가 한 번만 더 엄마를 때리면, 그땐 아버지를 그냥 두지 않을 거야."

척이 말했다.

"찰스 주니어, 그런 소린 듣고 싶지 않아. 아버진 지금 자신도 모르고 그런 행동을 하는 거야. 아버지는 큰 짐을 지고 있어. 그리고 나를 때리려고 한 게 아니야. 내가 잡은 손을 뿌리치려다 맞은 것뿐이야."

캐서린은 그렇게 딱 잘라 말했다.

"그 사람은 악마한테 홀려 있는 거야."

지나가 말했다.

"이제 모두 그만 해요, 그만하면 충분해요."

캐서린이 말했다.

"아버지는 미쳤어."

척은 여전히 심한 욕을 해댔다.

캐서린은 척을 달래려고 대단한 일이 아닌 것처럼 말했지만 척의 말대로 찰스가 정말 정신이 이상해진 건 아닐까 하고 생각했다. 주치의들도 그럴 가능성이 있다는 말을 했었다. 가족이 다시 하나로 뭉쳐지기 위한 여유를 어디서 찾아야 한단 말인가, 캐서린은 한없이 괴로워졌다.

5분 후에 카이츠맨에게서 전화가 걸려왔다. 그녀는 오늘 밤에 일어났던 일들을 전부 얘기하고 찰스가 미셸의 치료를 중지시킬 작정이라는 것과 지금 아마 병원으로 가고 있을 거라고 말했다.

"우리가 때맞춰 보호 청원을 잘 낸 셈이군요."

카이츠맨이 말했다. 캐서린은 자기만족에 잠길 기분이 아니었다.

"그럴지도 모르지만 찰스가 걱정이에요. 뭘 생각하고 있는지를 모르겠어요."

"확실히 그게 문제입니다. 그는 위험한 사람이니까요."

"저는 그렇게 생각하지 않는데요."

"그 점은 전문의에게 한번 진찰을 받아봐야 확실히 알 수 있겠지만 틀림없이 가능성은 있다고 봅니다. 아무튼 부인께서는 하루 이틀쯤 집을 나가 있는 게 좋을 것 같아요. 돌봐야 할 가족이 있는 중요한 분이니까요."

"어머니한테 가 있을 수는 있어요."

그녀에게는 자신뿐만 아니라 그 밖에 여러 가지로 돌봐야 할 사람들이 있었다.

"그게 제일 좋을 것 같은데요. 적어도 찰스가 진정될 때까지는 말입니다."

"오늘 밤 찰스가 병원에 가면 어떡하시겠어요?"

"부인께서 그렇게 걱정하실 건 없습니다. 병원에는 주의하도록 얘기해뒀고 그 병동에도 부인이 후견인으로 돼 있다는 걸 알려뒀습니다. 아무쪼록 걱정 마세요. 만사가 잘되고 있으니까요."

캐서린은 전화를 끊고 카이츠맨 의사만큼 낙천적일 수 있다면 얼마나 좋을까 하고 생각했다. 왠지 사태가 점점 나빠져 가고 있는 것 같았다.

30분쯤 후, 불안을 가득 안고 캐서린과 지나와 두 아들은 하룻밤 묵을 수 있는 짐을 챙겨들고는 스테이션왜건에 올라탔다. 가는 도중에 장 폴은 친구의 집에 있길 원해서 친구의 집 앞에다 내려주고 다시 보스턴을 향해 차를 몰았다. 누구 하나 입을 여는 사람이 없었다.

12 구경을 구입하다

9시가 지난 시각에 찰스는 소아과 병원에 도착했다. 낮에 복잡했던 것과는 정반대로 바깥 거리는 한산했다. 그는 의료센터 본 건물 앞에 차를 주차해놓고 중앙 현관을 통해서 안으로 들어가 빈 엘리베이터로 앤더슨 6병동으로 올라갔다.

간호사실을 지나칠 때 누군가 부르는 소리가 났지만 그는 그 소리에는 돌아보지도 않고 곧장 미셸의 병실로 가서 약간 열린 문 안으로 들어갔다. 실내는 바닥 가까이 있는 작은 야간 등만이 켜져 있었고 복도보다도 어두웠다. 어둠에 눈을 익히면서 잠시 멈춰 서서 안의 모습을 살피니, 침대 쪽으로 심장감시 장치가 보였다. 신호음은 낮게 해두었지만 되풀이 주사(走査)하는 영상이 작은 스크린에 떠오르고 있었다. 2개의 정맥 튜브가 하나는 미셸의 팔에, 또 하나는 포터블의 연결기에 이어져 있어서 그것이 화학요법의 약을 주입하기 위해 사용되고 있구나 생각되었다.

그는 살짝 다가가서 딸의 잠자는 얼굴을 들여다보았다. 그런데 가까이 가보니 놀랍게도 미셸은 눈을 뜨고 그의 일거일동을 물끄러미 바라보고 있었다.

"미셸!"

찰스는 조그만 소리로 딸을 불렀다.

"아빠."

미셸도 낮은 목소리로 대답했다. 미셸은 병원의 다른 기사가 또 피를 뽑으려고 살며시 들어온 것으로 생각하고 있었다. 찰스는 다정스럽게 딸을 안아 올렸다. 확실히 가벼워져 있었다. 미셸도 아버지를 껴안으려고 했으나 손발에 힘이 없었다. 그는 딸의 가슴을 자기 가슴에 꼭 껴안고 천천히 흔들었다. 아이의 피부는 열로 인해 불타듯이 뜨거웠다.

얼굴을 들여다보니 입술에는 궤양이 생겨 있었다. 찰스는 눈물도 나오지 않을 만큼 무서운 비애감이 들었다. 인생은 결코 공정하지 못하다는 것, 그것은 잔인하고 혹독한 경험이며 희망도 행복감도 순간의 환상에 지나지 않고 필연적인 비극만을 오로지 강조하기 위해 있는 게 아닐까 하고 생각했다.

딸을 안으면서 찰스는 문득 리사이클 회사에서 자신이 취한 태도를 생각하고는 어리석은 짓을 했다는 생각이 들었다. 물론 불타오르는 복수심을 자제하기는 어렵지만 이 판국에는 좀 더 중요한 일에 시간을 이용해야 한다고 생각했다.

리사이클 놈들은 12살 소녀가 지금 죽어가고 있는데도 그런 것은 아랑곳없을 것이고 책임감 따위는 조금도 없겠지. 그리고 소위 암 연구 시설은 어떤가? 그들은 정말 관심을 가지고 있긴 한 걸까? 자기 연구실에서 품고 있는 의기 왕성한 탐구심에 비춰본다면 그것은 의심스럽다는 느낌이 들었다. 거대한 암 연구 시설을 운영하는 사람들도 결국은 일반인과 마찬가지로 이 병에 걸릴 위험성을 가지고 있는 것이니 얄궂은 일이었다.

"아빠, 왜 코가 부었어?"

찰스의 얼굴을 들여다보면서 미셸이 물었다.

찰스는 자기도 모르게 미소 지었다. 이렇게 병든 몸인데도 아빠를 걱정해주고 있다! 믿을 수 없는 일이다!

"눈길에서 미끄러져 얼굴을 스쳤단다. 우습지?"

찰스가 재빨리 얘기를 꾸며대자 미셸은 웃었으나 곧 진지한 표정을 지었다.

"아빠, 나 정말 좋아지고 있는 거야?"

그럴 생각은 아니었는데 찰스는 대답을 주저하고 말았다. 이 질문에 허를 찔린 꼴이 된 것이다.

"물론이지."

그는 자신의 감정을 어떻게든 숨기려고 웃으면서 말했다.

"사실 이런 약은 이제 사용할 필요가 없는 거란다."

찰스는 일어나서 화학요법에 사용하는 점적주사를 가리켰다.

"이 따위 떼어버릴까?"

미셸은 걱정스러워서 어두운 표정을 지었다. 점적주사를 주무르는 것이 아주 싫었다.

"조금도 아프지 않단다."

찰스가 말했다.

능숙한 솜씨로 그는 미셸의 팔에서 플라스틱 주사 줄을 빼고 그 자리를 꽉 눌렀다.

"맥박이 또 빨라지면 안 되니까 다른 점적주사는 좀 더 붙여두자."

찰스는 미셸의 가슴을 다독여 주었다.

그때 갑자기 방안의 등이 켜지고 형광등 빛이 실내를 밝게 했다. 간호사와 그 제복을 입은 수위 두 사람이 들어왔다.

"마텔 씨, 안됐지만 이 방에서 나가주세요."

간호사는 아래로 늘어져 있는 점적주사를 보고 몹시 화가 난 듯이 머리를 가로저었다. 찰스는 그 말에는 대답도 하지 않고 미셸의 침대 가장자리에 걸터앉은 채 다시 미셸을 껴안았다.

간호사가 수위들에게 도움을 요청하는 몸짓을 하자, 수위는 얼른 다가와 찰스에게 방에서 나가달라고 말했다.

"당신이 협력하지 않으면 체포할 수도 있다는 걸 아셔야 합니다. 하지만 그렇게는 하고 싶지 않아요."

간호사가 말했다. 찰스는 수위가 하라는 대로 미셸을 눕혔다. 미셸은 수위와 아버지를 번갈아 보았다.

"이 사람들이 왜 아빠를 체포할 수도 있다고 하는 거야?"

"글쎄, 모르겠는걸. 아마 환자 면회시간이 아니기 때문인가 보다."

찰스는 일어나서 몸을 굽혀 미셸에게 키스를 하고는 말했다.

"얌전하게 있어야 해, 미셸. 알겠지? 아빠 다시 올게."

간호사는 머리 위의 불을 껐다. 찰스는 출입구에서 손을 흔들었고, 미셸도 손을 흔들어 답했다.

"점적주사를 빼면 안 돼요."

간호사실로 가는 도중에 간호사가 말했다. 찰스는 아무런 대답도 하지 않았다.

"따님을 면회하실 때는 정해진 면회시간에 오시고 간호사와 함께 들어가셔야 합니다."

"그 애의 차트를 봤으면 하는데요."

찰스는 간호사의 얘기를 건성으로 흘려듣고는 정중하게 부탁했다.

간호사는 계속해서 걸었다. 그의 제안이 아무래도 마음에 들지 않는 모양이었다.

"내게는 그럴 권리가 있소. 그리고 나도 의사고……."

간호사는 마지못해 허락했다. 찰스는 인기척이 없는 차트실로 들어갔다. 미셸의 차트는 규정 장소에 무심하게 매달려 있었다. 그는 그것을 꺼내서 앞에다 펼쳤다. 그날 오후 채취한 혈구 계산치가 기입되어 있었다. 그것을 본 그는 낙심하고 말았다. 예상은 했었지만 백혈병의 세포가 조금도 줄지 않은 것은 그에게 커다란 타격이었다. 오히려 약간 늘어 있었다. 이것으로 화학요법이 전혀 효력이 없다는 것은 확실해졌다.

전화기를 끌어당겨서 찰스는 카이츠맨 의사를 호출했다. 전화가 되걸려올 때까지 차트의 다른 부분을 훑어보았다. 미셸의 열의 경과는 놀라운 것이었다. 오늘 오후까지는 대체로 38도 전후였는데 갑자기 40도로 올라가 있었다. 찰스는 심장에 대한 기록도 읽었다. 결론적으로 그 심실성 빈맥은 2배의 다우노루비신을 너무 빨리 넣었기 때문이거나 심장의 백혈병에 의한 침윤, 아니면 이 두 가지가 공조했기 때문이라고 기록되어 있었다. 그때 전화벨이 울렸다. 카이츠맨이었다. 카이츠맨이나 찰스나 모두 마음속에 있는 것을 숨기지 않고 털어놓으려는 노력을 아끼지 않았다.

"의사로서……."

카이츠맨이 먼저 말을 시작했다.

"당신도 기억하고 있겠지만, 우리 의사는 일반적으로 인정된 최선의 치료를 언제까지 계속할 것인가, 아니면 환자나 가족의 희망을 받아들여 양보할 것인가 하는 딜레마에 맞닥뜨리게 되는 일이 흔히 있는데 나 개인으로서는 전자의 길을 취할 것이오. 아무리 정당화하더라도 예외를 만들기 시작하면 끝이 없고 마치 판도라의 상자를 여는 것과도 같은 것이니까 말이오. 그래서 경우에 따라서는 법원의 힘을 빌려야 할 때도 있지요."

"하지만 분명히……."

찰스는 계속 자제하면서 말했다.

"화학요법은 미셸에게는 효과가 없었어요."

"지금으로서는 그렇지요."

카이츠맨도 인정했다.

"하지만 속단하기에는 일러요. 아직 희망은 있어요. 게다가 다른 방법도 없으니까 말이오."

"당신은 마치 자신을 치료하고 있는 것 같군요."

찰스가 빈정거렸다. 카이츠맨은 대답하지 않았다. 찰스의 말에도 약간의 진실은 있다고 생각한 모양이었다. 아무것도 할 수가 없었다, 특히 자식에 대해서 취할 수 있는 아무런 방법도 없다고 생각하는 것은 카이츠맨으로서도 견딜 수 없는 것이었다.

"말이 나온 김에 한마디만 더 하겠는데, 벤젠이 미셸의 백혈병의 원인이 됐다고 생각할 수는 없을까요?"

찰스가 말했다.

"그건 있을 수 있지요. 그런 종류의 물질이 백혈병을 일으켰다고 해서 별로 이상할 건 없어요. 그런데 그 애가 그걸 접촉한 적이 있었나요?"

"오랫동안요. 강에다 그것을 버리고 있는 공장이 있는데 우리 집 정원의 못에 그 강물이 흘러들어오고 있었어요. 그런데 미셸의 백혈병이 벤젠으로 인해 일어났다고 당신은 단언할 수 있겠어요?"

"그야 할 수 없지요, 유감이지만 그건 순전히 환경문제니까 말이오.

동물실험으로는 벤젠이 백혈병을 일으킨다는 것을 확실히 증명할 수 있지만……."

"당신이나 나나 인간에게 같은 일이 일어날 수 있다고 생각하는 셈이군요."

"그렇지요. 그러나 이건 법정에서도 증거로 받아들여주지 않을 거요. 의심의 요소는 충분히 있는데도 말이오."

"그럼, 당신한테 도움을 받을 수는 없겠군요?"

"안됐지만 나로서는 할 수 없소. 다만 나로서 할 수 있는 게 하나 있지요. 이건 내 책임이라고 생각하기 때문에 말하겠는데, 당신이 정신과 진찰을 받았으면 하오. 지금 심한 쇼크를 받고 있으니까 말이오."

찰스는 참다못해 거절한다고 말할까 하다가 아무 말도 하지 않고 전화를 끊어버렸다. 그리고 다시 미셸의 병실로 들어가려고 일어났지만 그럴 수가 없었다. 바로 옆에 담당간호사가 매처럼 눈을 번뜩이고 있었고 제복을 입은 수위 1명이 남아서 '피플' 잡지를 훌훌 넘기고 있었기 때문이었다.

찰스는 엘리베이터가 있는 곳으로 가서 버튼을 눌렀다. 그리고 기다리고 있는 동안 앞으로 어떤 행동을 취할 것인가를 생각했다. 내일 이바네스 소장과 만난 뒤부터는 혼자서 싸워야 할 것이다.

엘렌 셀던은 여느 때보다 늦게 와인버거에 도착했다. 그런데도 출입구까지 길이 험했기 때문에 그녀는 서두르지 않았다. 보스턴의 기후는 전날 밤부터 비에 섞여 눈이 오다가 다시 비가 내리는 사나운 날씨가 계속되고 있었다. 게다가 그것이 꽁꽁 얼어붙어 있었다. 그래서 엘렌이 출입구에 당도한 것은 8시 반이나 되어서였다.

그녀가 늦은 이유는 두 가지였다. 우선 그 하나는 오늘 출근해서 찰스를 만나지 못할 수도 있다는 생각에서였다. 따라서 연구실 준비도 필요치 않을 것이라고 생각했다. 그리고 또 하나는 전날 밤에 너무 늦게까지 밖에 있었기 때문이었다. 지금까지는 그때그때 되어가는 대로의 데이트 신청에는 절대로 응하지 않았었는데도 어젯밤에는 그 철칙을 어기고 만 것이다.

찰스가 이미 캔서랜의 일에서 손을 뗀 것 같다고 모리슨에게 일러바쳤을 때 그는 오늘은 그대로 돌아가도 좋다고 하면서 또 찰스와 와인버거와의 회담결과를 알려줄 테니 전화번호를 알려달라고 했다. 설마 전화가 오리라고는 생각지도 않았는데 막상 걸려 와서 찰스가 그 일을 받아들일 것인지 아니면 거부할 것인지 24시간의 유예를 주었다고 했다. 그러고는 함께 식사라도 하지 않겠느냐고 제의해왔다. 사무적인 데이트라고 생각한 엘렌은 그에 응하고 나서 오히려 기뻤다. 피터 모리슨이 폴 뉴먼이라고까지야 할 수 없지만 일단은 매력이 있고 무엇보다 연구소 안에서는 실권자였기 때문이었다.

엘렌은 연구실 문을 열쇠로 열려고 하다가 이미 열려 있는 바람에 놀랐다. 찰스가 일찌감치 일을 시작하고 있었던 것이다.

"오늘은 출근을 안 하는 줄 알았어."

찰스가 대놓고 입바른 소리를 했다. 엘렌은 코트를 벗으면서 약간 미안한 생각이 들었다.

"오늘 나오시리란 생각을 못했어요."

"응? 아, 어젯밤부터 쭉 일 좀 하고 있었지."

엘렌은 그의 책상으로 향했다. 찰스가 펼쳐놓은 새 연구 노트는 작은 글씨로 아주 빽빽하게 쓰여 있었다. 그러나 그의 모습은 형편없었다. 머리는 더부룩하고 꼭대기 숱이 적은 곳이 눈에 확 띄었으며 눈은 피로로 충혈되어 있었고 수염도 깎지 않고 있었다.

"뭘 하고 계세요?"

그의 기분을 헤아리려고 엘렌은 상냥하게 물었다.

"몹시 바빠. 한데 상당히 좋은 성적을 올렸어. 동물의 암에서 단백 항원을 분리하는 방법이 인간의 암에도 잘 적용돼서 말이야. 미셸의 백혈병 세포에서 인공 종양 세포를 만드는 데 하룻밤이나 걸렸다고."

병을 들어 올리면서 찰스는 말했다. 엘렌은 고개를 끄덕였다. 그녀는 이 찰스 마텔이 점점 딱하게 여겨지기 시작했다. 찰스는 계속해서 말했다.

"게다가 유암 항원을 주사한 생쥐를 전부 조사해봤어. 물론 적은 숫자지만 두 마리에 확실한 항체반응이 나와 있었어. 정말 기뻤다고. 엘렌은 이걸 어떻게 생각하지? 아무튼 오늘 항원의 양을 늘려서 주사하는 일을 해줬으면 좋겠어. 새 생쥐에게 미셸의 백혈병 항원을 사용해줬으면 좋겠는데 말이야."

"하지만 찰스. 우리 이 일은 하지 않기로 한 게 아니었나요?"

엘렌은 동정하듯이 말했다.

찰스는 마치 병 안에 니트로글리세린이라도 들어 있는 것처럼 두 손으로 살며시 그것을 놓고 돌아서서 엘렌을 마주보았다.

"나는 아직 이 방의 책임자야."

그 목소리는 어디까지나 여느 때처럼 침착하고 자제되어 있었다. 지나치게 자제하고 있는 것 같기는 했지만. 엘렌은 고개를 끄덕였다. 솔직히 말해서 찰스가 약간 무서워졌다.

그녀는 아무 말도 하지 않고 자기 자리로 가서 생쥐에게 주사할 준비를 시작했다. 그리고 찰스가 자기 책상으로 돌아가 접은 종이를 펼쳐서 읽기 시작하는 것을 곁눈질로 보았다. 그녀는 9시가 지나면 일을 거절하고 연구실을 나가 모리슨을 만나리라 생각했다.

오늘 아침 일찍 찰스는 일방적인 후견인 지명의 심리에 대한 소환장을 받았었다. 집달리에게서 서류를 받은 뒤 지금까지 그것을 읽지도 않고 있었다. 그는 법률의 허튼소리에 참을 수가 없어서 틀에 박힌 말을 휙 훑어보다가 3일 이내에 열리는 심리에 출두하라는 것을 읽고는 봉투에 도로 넣어 옆으로 내던졌다. 그는 변호사를 선임해야 했다.

시간을 확인하고 찰스는 수화기를 들었다. 처음에 건 곳은 뉴햄프셔 주 섀프츠베리의 시정사무관 존 랜돌프였다. 그가 그 고장의 철물점을 경영하고 있을 무렵 그와는 안면이 있었다.

"좀 애로사항이 있어서요. 섀프츠베리 경찰에 대해서인데……."

우선 인사부터 마친 후 그는 말했다.

"어젯밤에 공장에서 일어났던 얘기가 아니면 좋겠는데 말입니다."

존이 말했다.

"실은 그 얘깁니다."

"역시 그렇군요. 그 소동에 대해선 벌써 전부 들어서 알고 있습니다. 프랭크 닐슨과 3명의 행정위원과 P.J. 식당에서 아침식사 때 만났었지요. 전부 들었습니다. 프랭크가 갔던 것이 당신에겐 운이 좋았다고 생각했죠."

"처음엔 나도 그렇게 생각했는데 리사이클로 되돌아갔을 때는 그렇지가 않았죠. 멍청한 놈한테 얻어맞았답니다."

"그런 얘기는 듣지 못했는걸. 하지만 당신이 공장에 침입해서 누군가를 산(酸)이 들어 있는 액체 속에 처넣었다고 하던데 도대체 무엇 때문에 공장에 가서 소란을 일으킨 겁니까? 당신은 의사지 않습니까? 아무래도 의사로서는 이해할 수 없는 행동 같은데."

갑자기 찰스의 가슴에 걷잡을 수 없는 분노가 치밀어 올라서 그는 맹렬한 기세로 벤젠 같은 독물을 강에 폐기하고 있는 리사이클 회사에 대해 애기하기 시작했다. 그리고 사회를 위해서는 어떻게 하든 그 공장을 폐쇄해야 한다고 했다. 찰스의 애기가 끝나자 존이 말했다.

"그 사회가 말입니다. 공장을 폐쇄하는 데 대해 호의적이라고는 생각할 수가 없는데요. 그 공장이 조업을 시작하기 전까지는 실업자들이 너무 많았거든요. 이 시의 번영은 리사이클 회사와 직결되어 있습니다."

"당신이 말하는 시의 번영은 세탁기 판매에 달려 있다고 생각하는데 말입니다."

"그 점도 있지만."

"무슨 말씀을 하시는 겁니까!"

찰스는 소리를 질렀다.

"아이들의 백혈병이나 재생 불량성 빈혈같이 치료 불능한 병을 일으키는 것은 시 번영의 대가로서는 너무 비쌉니다. 당신은 그렇게 생각지 않습니까?"

"그런 건 전혀 몰랐는데."

존은 태연하게 말했다.

"당신은 알고 싶지도 않겠죠?"

"나를 비난하고 있는 겁니까?"

"당연한 말씀이죠. 당신의 무책임성을 비난하고 있는 겁니다. 리사이클 회사가 독성 화학물질을 강에 버리고 있는 것 같다는 말만 나와도 철저하게 조사를 마칠 때까지는 공장을 폐쇄해야 합니다. 사소하면서도 하찮은 일을 하는 동안에 위험 수위가 올라간다는 겁니다."

"의사로서 말하는 건 쉽겠지만 돈 걱정은 하지 않는 모양이군요. 그곳에서 많은 사람들이 일하고 있다는 사실을 아셔야 합니다. 게다가 우리 경찰의 직무에 너무 깊이 관여하는 것 같군요. 그건 오늘 아침 행정위원도 말했던 것이지만 우리로서는 대단히 훌륭한 하버드박사 칭호를 가지신 분이라고 해서 그분으로부터 업무지침까지 받을 이유가 없으니까요!"

전화가 끊기고 귀에 익은 찰카닥 하는 소리가 들렸다. 첫 번째 싸움이란 으레 이런 것이겠지 하고 찰스는 생각했다. 분한 마음을 삭일 수가 없어 찰스는 환경보호국 집행과의 미세스 아멘들러에게 전화를 걸었다. 그러자 전화가 곧 연결되고 미세스 아멘들러의 약간 코멘소리가 들려왔다. 찰스는 자기 이름을 대고 리사이클 회사에서 보았던 것을 이야기했다.

"벤젠 저장 탱크에서 나온 파이프가 덮개가 있는 나무통과 직접 연결되어 있었습니다."

"그건 너무 막연해요."

미세스 아멘들러가 말했다.

"그보다 더 확실한 건 없을 겁니다. 게다가 화학물질이 그곳에서 강으로 끊임없이 스며들게 하고 있었는데도 말입니까?"

"사진은 찍으셨어요?"

"찍으려고 했지만 실패했습니다. 그곳 직원이라면 나보다 잘할 수 있을 것 같습니다만."

찰스는 카메라를 잃어버린 얘기를 환경보호국에다 해봤자 별수 없다고 생각했다. 얘기를 해서 관공서가 흥미를 가져준다면 좋지만 그렇지 않다면 오히려 그들의 의기를 꺾을 뿐이라는 생각이 들었다.

"아무튼 여러 곳으로 문의해보겠습니다. 하지만 아무것도 약속할 수는 없어요. 전에 당신이 보내 주시겠다던 진정서와 썩 잘 찍힌 것이 아니더라도 사진을 두어 장 첨부해서 보내주시면 더 좋겠고요."

찰스는 될 수 있는 한 빨리 그것을 착수하겠다고 그녀에게 말하고 다시 한 번 지금까지의 얘기를 근거로 그녀 자신이 직접 행동에 나서 주었으면 고맙겠다고 덧붙여 말했다. 찰스는 전화를 끊었지만 이제부터 무엇을 어떻게 해야 할지 별 뚜렷한 대책이 없었다.

긴 의자에 앉아서 찰스는 일하고 있는 엘렌을 물끄러미 바라보았다. 하지만 그녀는 찰스보다 훨씬 눈치가 있었기 때문에 별로 말참견을 하지 않았다. 찰스는 미셸의 백혈병 항원 희석액을 생쥐에게 주사할 준비를 했다. 병도 소독해두었기 때문에 찰스는 균이 들어가지 않도록 용액의 양을 정확히 측정해서 그것을 멸균한 일정량의 생리식염수에 가해서 원하는 농도액을 만들었다. 그리고 나머지 항원이 든 병은 냉장고에 다시 넣었다. 용액이 다 만들어지자 찰스는 그것을 엘렌에게 넘겨주고, 변호사를 만나고 점심때까지는 돌아올 테니 일을 계속해달라고 부탁했다.

문이 닫히자 엘렌은 시계 초침이 도는 것을 바라보면서 꼬박 5분은 거기에 그대로 서 있었다. 찰스가 돌아오지 않았기 때문에 그녀는 접수계에 전화를 걸어서 그가 연구소에서 나갔는지 확인했다. 그러고 나서 모리슨에게 전화를 걸어서 찰스가 아직도 자기 일을 하고 있을 뿐만 아니라 더욱 진전시켜나가고 있다고 말했다.

"저런, 이젠 어쩔 수가 없구먼. 이걸로 끝난 거야. 무리하게 일을 밀어붙였다고 해서 우리가 별로 나쁜 건 아니야. 아무튼 찰스 마텔은 이제 이 와인버거하고도 굿바이야."

법정에 나가기 위해 변호사를 선임하는 것은 찰스가 생각했던 만큼 쉽지가 않았다. 그는 보스턴의 다운타운으로 가서 관청가의 중앙 주차장에 차를 세웠다. 처음에 눈에 띈 고층빌딩은 스테이트가 1번지였는데, 분수와 윤이 나게 닦은 넓은 대리석 벽과 갖가지 컬러 유리로 장

식되어 있었고 표지판에는 많은 법률사무소 이름들이 나란히 있었다. 찰스는 그중에서 위층에 가장 가까운 것을 택했다. 비겔만 캐너릿과 오마리, 그 사무실이 차지한 장소의 높이만큼 변론에서도 뛰어났으면 하고 생각했지만 그것은 오히려 사례금액과 관계되는 것 같았다.

법률사무소가 혼잡한 줄을 예상하지 못한 찰스는 딱딱한 2인용 의자에 걸터앉아서 기다릴 수밖에 없었다. 그 의자는 공원에서 남녀가 껴안는 돌 벤치만큼 좁았다. 겨우 얼굴을 비친 변호사는 이 공동경영자 중에서는 최연소자인지 찰스의 눈에는 25살 정도로밖에는 보이지 않았다.

처음에는 대화가 거침없이 잘 진행되었다. 판사가 육친이 아니고 계모만을 일시적인 후견인으로 인정했다는 얘기를 듣고 젊은 변호사는 진심으로 놀란 모양이었다. 그러나 전문의가 주장하는 치료를 중지시킬 작정이라는 말을 하자 별로 동감하지 않는 듯했다. 그리고 더 이상 리사이클 회사와 섀프츠베리에 대해서 감정적인 공격을 하지 않는다면 될 수 있는 한 후원하겠다고 변호사는 말했다.

그런데 찰스의 우선권을 병원 변호사가 문제 삼기 시작하고 나서 집에서 언쟁이 벌어지고 소송으로 몰고 가게 된 것은 찰스 탓이라고 변호사는 힐책했고 찰스 쪽은 무슨 뜻인지 모르겠다며 화를 냈다.

결국 찰스는 변호사를 의뢰하지 못했지만, 같은 빌딩 내의 다른 법률사무소에는 들어가지 않기로 했다. 그는 근처에 있는 약국에 들어가서 직업별 전화번호부에서 변호사를 찾아보기로 했다. 번화한 지역은 피해서 자택에서 개업하고 있는 변호사를 6명 정도 골라서 한 사람씩 전화를 걸어서 지금 바쁜가, 일이 필요한가 하고 질문을 했다. 그리고 대답을 주저하는 곳은 전화를 끊었다. 다섯 번째 전화를 건 곳은 변호사 자신이 직접 전화를 받아서 찰스는 마음에 들었다. 그의 질문에 상대방은 지금 일이 없다고 말했다. 그래서 지금 바로 찾아가겠다고 한 다음 이름과 주소를 메모했다. 웨인 토머스, 케임브리지 브래틀가 13번지였다.

거기에는 분수도 대리석도 컬러 유리도 없었다. 사실 브래틀가 13번지는 협곡과 같은 좁은 길을 통해 들어가야 하는 뒤쪽이었다. 철문을 들어가자 나무 계단이 있고 그것을 오른 곳에 문이 2개 있었다. 하나는 수상을 보는 집이고, 다른 하나는 변호사 웨인 토머스의 사무실이었다. 찰스는 그곳으로 들어갔다.

"좋습니다. 거기 앉아서 얘기를 들려주십시오."

웨인 토머스는 등이 곧은 의자를 끌고 와서 말했다. 웨인이 노란 표지의 노트를 가지고 오는 동안 찰스는 실내를 한 바퀴 둘러보았다. 에이브러햄 링컨의 그림이 한 장 걸려 있었고 벽은 하얀 석회벽으로 새로 도장되어 있었다. 그 밖에 창이 하나 있었고, 거기서 하버드 스퀘어의 일부가 보였다. 비닥은 떡갈나무재였는데 최근에 닦아서 마치 왁스를 칠한 것 같았다. 방안은 추웠고 치장에만 신경을 쓴 느낌이 들었다.

"아내와 둘이서 사무실을 꾸몄는데, 어떻습니까?"

둘러보는 찰스의 시선을 보고 웨인이 말했다.

"마음에 듭니다."

찰스는 짤막하게 대답했다. 웨인 토머스는 일이 없어서 곤궁한 것처럼 보이진 않았다. 나이는 30대 초에다 건장하고 180센티 정도 되는 흑인으로 얼굴 전체에 수염을 기르고 있었고, 세로무늬 양복에 조끼를 받쳐 입은 당당한 풍채였다.

찰스는 후견인의 소환장을 건네주고 자초지종을 설명했다. 여기저기 메모하는 것 외에 웨인은 열심히 얘기를 들었고 비겔만 캐너릿과 오마리의 풋내기처럼 도중에 끼어드는 일도 없었다. 찰스가 얘기를 마치자 웨인은 몇 가지 날카로운 질문을 한 뒤 마지막으로 이렇게 말했다.

"심리까지는 이 후견인 지명에 대해서 별로 할 일이 없을 것 같습니다. 이 소송을 위한 후견인에 대해서는 은밀하게 한 기미가 있군요. 그러나 아무튼 준비에 시간이 걸립니다. 다만 리사이클 회사와 섀프츠베리 건은 곧 착수합시다. 그리고 요금에 대해서 묻고 싶은데……."

"대출로 3천 달러가 들어오게 되어 있습니다."

웨인은 후유~ 하고 휘파람을 불었다.

"그렇게 무리할 필요는 없습니다. 500달러면 어떻습니까?"

찰스는 돈이 들어오는 대로 곧 보내겠다는 약속을 하고 악수를 했다. 그때서야 웨인이 오른쪽 귀에 금 귀걸이를 하고 있는 것이 찰스의 눈에 띄었다.

와인버거로 돌아가면서 찰스는 조그만 만족감을 느꼈다. 이것으로 적어도 법정 소환에 응할 수 있게 되었고, 또 설사 웨인의 일이 최종적으로 잘 되지 않아도 적에 대해서 극히 미세하지만 상처를 입힐 수 있을 것 같았기 때문이었다.

연구소 출입구의 두꺼운 유리문 밖에서 찰스는 문이 열리기를 초조하게 기다렸다. 미스 앤드류는 그를 보고 있으면서도 타이프를 한 행을 다 치고 나서야 문을 열었다. 그리고 그가 앞을 지나쳐갔을 때 수화기를 들었다. 이것은 적어도 행운의 조짐은 아니었다.

연구실은 비어 있었고 엘렌을 불렀으나 대답이 없었다. 동물실을 들여다보았지만 역시 없었다. 시계를 보고 그는 과연 하고 생각했다. 돌아오겠다고 했던 시간이 훨씬 지나 있었기 때문이었다. 점심식사를 하러 갔을 거라고 생각하고 그녀의 작업장에 가보았으나 아까 준비했던 미셸의 백혈병 항원용액은 전혀 손을 대지 않은 채였다.

그는 책상으로 돌아와서 환경보호국의 미세스 아멘들러에게 다시 한 번 전화를 걸었다. 감시반이 뭔가를 잘해주었는지 알고 싶었기 때문이었다. 그러나 그녀는 화가 나는 것을 드러내지 않고 지금 취급하고 있는 것이 그 문제만이 아니라고 말하고 그쪽에서 전화를 하겠다고 말했다.

침착성을 잃지 않고 찰스는 관청 조직의 늑장 대응에 대한 정식 고충을 신고하려고 환경보호국의 담당 계장에게 전화를 걸었지만 새로 일어난 골칫거리인 쓰레기처리 문제의 회의 때문에 워싱턴에 가 있다는 것이었다.

이 미국 대의원제 정치체제의 개념을 어떻게든 믿고 싶은 생각에 그는 뉴햄프셔 주와 매사추세츠 주의 지사에게 전화를 걸어봤다. 그러나 대답은 모두 마찬가지였다. 수질오염통제국의 이름만 들먹거리는 비서들을 통과할 수 없었다. 그는 벌써 그쪽에는 얘기해봤다고 아무리 말해도 막무가내로 듣지 않았다. 그는 체념할 수밖에 없었다.

또 한 번 용기를 내어 매사추세츠 주 선출 민주당 상원의원에게 전화를 시도했다. 워싱턴으로부터의 대답은 희망이 있을 듯했다. 환경문제에 대해서 상세하게 알고 있는 사람이 없느냐고 말단직원 한 사람씩 부딪쳐 보았으나 그의 고충이 특수한 것인 데다 말단직원은 일반론밖에 대답하지 못했다. 마치 준비된 원고를 읽듯이 상원의원이 얼마나 환경문제에 관심을 기울이고 있는가를 꼬박 10분간 선전에 애쓰는 꼴이었다.

얘기가 끝나기를 기다리고 있는 동안 방으로 들어오는 피터 모리슨의 모습이 보였다. 상대의 얘기 도중에 찰스는 전화를 끊었다.

윤이 나게 닦은 연구실의 바닥 양끝에서 두 사람의 눈이 마주쳤다.

들의 태도는 보통 때보다 많이 달라보였다. 모리슨은 이날 특히 용모에 신경을 쓰고 있었고, 찰스 쪽은 이 방에서 선잠을 자고 난 뒤의 피로가 여실히 드러나 있었다. 모리슨은 의기양양하게 미소를 띠고 있었고, 찰스 쪽은 그렇지 못했다.

찰스는 이제 겨우 모리슨이라는 인간을 알게 된 것 같은 느낌이 들었다. 본래 연구가였는데 자신의 영달을 위해 관리자로 전향한 사나이였다.

"곧 소장실로 가게. 수염은 깎지 않아도 돼."

모리슨이 말했다.

찰스는 그 마지막 말이 자기에 대해 최대의 모욕을 한 셈이겠지 생각하고는 큰 소리로 웃었다.

"자넨 어쩔 수 없는 사람이군, 마텔."

방에서 나가면서 모리슨은 뱉어버리듯이 말했다.

찰스는 이바네스 소장실로 가기 전에 어떻게든 마음을 진정시키려고 애썼다. 이제부터 무슨 일이 일어날 것인지 알고 있었고, 맞닥뜨려야 할 싸움이 걱정되기도 했다. 소장실로 가는 것은 이미 일과처럼 되어 있었다. 전임 소장들의 근엄한 초상화 앞을 지나서 그는 누구랄 것도 없이 머리 숙여 인사를 했다. 그리고 미스 에번스를 만났을 때 그저 미소를 지어보이고 필사적으로 제지하고 있는 것도 모르는 채 지나쳐 갔다. 그는 노크도 하지 않고 이바네스 소장실로 천천히 들어갔다.

이바네스 소장을 향해 몸을 굽히고 있던 모리슨은 재빨리 자세를 바로 잡았다. 두 사람은 함께 뭔가 서류를 보고 있는 중이었다. 이바네스 소장은 당황한 표정으로 찰스를 쳐다보았다.

"그런데……."

찰스는 도전하듯이 입을 열었다.

소장은 모리슨을 흘끗 보았고 모리슨은 그저 어깨를 움츠렸을 뿐이었다. 이바네스 소장은 헛기침을 했다. 확실히 마음의 준비를 할 여유가 필요했던 모양이었다.

"자넨 지쳐 있는 것 같군."

이바네스 소장은 불안한 듯이 말했다.

"염려해주셔서 감사합니다."

찰스는 빈정대는 말투로 대답했다.

"미스터 마텔, 자네는 아무래도 우리에게 전혀 선택의 여지를 주지 않는 것 같군."

이바네스는 생각을 정리하면서 말했다.

"네?"

찰스는 그 말뜻을 모르는 듯한 표정으로 반문했다.

"그렇다네. 어제 자네에게 경고한 대로 부장회의의 결정에 따라서 자네는 이 와인버거 연구소에서 해고당하게 됐다네."

찰스는 분노와 불안이 뒤섞인 기분을 맛보고 있었다. 지위에서 쫓겨난다는 이전부터의 악몽이 결국 공상에서 현실이 되고 말았다. 그는 감정을 신중히 감추고 알았다는 표시로 고개를 끄덕이고는 몸을 돌이켜 나가려고 했다.

"잠깐 기다리게, 미스터 마텔."

책상 뒤에서 일어난 이바네스 소장은 찰스를 불러 세웠다. 찰스는 다시 소장을 향해 돌아섰다.

"아직 얘기가 끝나지 않았네."

그 자리에 머물러 있을 것인지, 나갈 것인지 궁리하다가 찰스는 두 사람을 물끄러미 바라보았다. 그들은 이미 자기에게 아무런 지배력도 없지 않은가.

"이건 자네를 위해서 하는 말이네만, 찰스. 지금까지 자네를 뒷받침해온 이 연구소에 자네는 일정기간 어느 정도의 법적 의무를 지고 있다는 것을 잊지 말길 바라네. 지금까지 자신의 과학적 연구를 추구할 수 있는 자유재량을 누려왔다는 것일세. 그래서 하는 말이라네."

"아마 그렇겠죠."

찰스는 이바네스 소장이 모리슨만큼 악의를 갖고 있지 않다고 생각했다.

"예를 들어서 말일세, 자네가 리사이클 회사에 어떤 사적인 감정을 품고 있다는 말을 우리는 들었네."

이바네스가 말했다. 찰스는 무의식중에 계속 귀를 기울였다. 이바네스 소장은 계속해서 말했다.

"자네도 기억해두기를 바라고 싶은 건 리사이클과 와인버거는 함께 같은 모회사인 브루어 화학의 것이라네. 이 형제의 제휴를 인정하고 자네도 지금부터 공공연한 불만은 표하지 말아줬으면 하는 것일세. 만약 문제가 있다면 내부에서 의논해서 조용하게 해결하고 싶은 거라고. 그것이 사업하는 태도라는 거야."

"리사이클은 벤젠을 강에다 마구 버려서 그것이 내 집으로 흘러들어오고 있습니다! 그 때문에 내 딸이 백혈병에 걸려 죽어가고 있습니다!"

찰스는 고함치듯이 말했다.

"그런 비난은 아무런 증거도 없는 억지야!"

모리슨도 질세라 큰 소리로 외쳤다. 찰스는 그 순간 울컥해서 앞뒤를 분별하지 못하고 모리슨 쪽으로 한 걸음 내디뎠으나 간신히 장소가 장소인 만큼 참아야 한다는 생각이 들었다. 그리고 그는 사람을 때릴 만큼의 포악한 성격의 소유자가 아니었다.

"찰스, 나는 그저 자네의 책임감에 호소하고 싶은 생각이야. 그래서 캔서랜의 연구를 하는 동안만 잠시 자네의 일을 중단해주기를 부탁하고 싶은 걸세."

이바네스 소장이 말했다. 찰스에게 다시 한 번 기회를 주려고 하는 그 말에 모리슨은 노골적으로 초조감을 나타내며 대화에서 빠져 창밖을 물끄러미 내려다보고 있었다.

"그렇게는 할 수 없습니다. 딸의 병상을 생각하면 나는 그 애를 위해서 내 일을 계속할 수밖에 없습니다."

찰스는 단호한 태도로 말했다. 모리슨은 다시 돌아서서 그것 보라는 듯한 표정을 지었다.

"그럼 자네는 딸의 치료에 늦지 않게 그 발견을 할 수 있단 말인가?"

이바네스 소장은 믿을 수 없다는 듯한 표정으로 물었다.

"가능하다고 생각합니다."

이바네스와 모리슨은 서로 얼굴을 마주보았다. 모리슨은 다시 창밖을 내다보았다. 잠시 그 경과를 조용히 보고 있자는 생각에서였다.

"그 얘기는 좀 과장된 망상 같은 느낌이 드는군. 그렇지만 자네에 대해서는 선택의 여지가 없다네. 하지만 여기서 선의의 표시로 자네에게는 2개월분의 퇴직수당을 지급하도록 할 것이고 의료보험도 30일간 연장해두겠네. 다만 연구실은 이틀 이내로 비워주게. 자네의 후임은 이미 교섭하고 있는데, 그 사람은 지금까지 같은 캔서랜을 열심히 연구하고 있었다고 하네."

찰스는 언짢은 표정으로 두 사람을 노려보았다.

"나가기 전에 한마디 해두겠습니다. 제약회사와 암연구소의 시설을 같은 모회사에서 경영하고 있다는 것은 그야말로 범죄라고 생각합니다. 특히 이 두 개의 단체 간부가 국립 암연구소의 요직에 앉아서 자기가 자신에게 연구비를 받고 있으니 말입니다. 캔서랜은 한마디로 재정상의 근친상간의 좋은 예가 될 겁니다. 그 약은 앞으로의 테스트 때 속임수를 계속 쓰지 않는 한 인간에게는 도저히 사용할 수 없는 물건입니다. 그리고 언젠가 이 사실을 세상에 공표할 작정이니 더더욱 쓸모없는 물건이 되고 말겠죠."

"이제 그만하면 충분해!"

이바네스 소장은 소리 지르며 책상을 탕 치고 서류를 집어던졌다.

"이 와인버거의 완벽한 시설이라든가 캔서랜에 대해 얘기하는 건 그만두는 게 좋아. 자, 빨리 나가. 모처럼 자네에게 제시한 배려를 철회하기 전에 어서 나가란 말이야!"

찰스는 방을 나가려고 돌아섰다.

"자네는 정신과 진찰을 받아보는 게 좋을 것 같아."

모리슨은 의사다운 말투로 말했다. 찰스는 충동적인 흥분을 억제하지 못하면서도 한편으로는 이 꺼림칙한 연구소에서 해방된다는 기쁨에 소장실을 나오기 전에 모리슨을 향해 손가락질을 했다.

"저런 고약한 게 있나! 저 작자가 도대체 어떻게 된 거야!"

문이 닫혔을 때 이바네스 소장이 외쳤다.

"유감스럽게도 제가 말씀드린 대로지만."

모리슨이 말했다. 이바네스 소장은 조그만 몸을 의자에 깊숙이 파묻었다.

"나도 엉겁결에 그런 소릴 하고 말았지만, 저 찰스라는 작자는 위험인물인걸."

"사실은 세상에 공표한다느니 어쩌고 하고 있는데 저걸 어떻게 생각하십니까?"

모리슨은 의자에 앉아서 바지 주름을 깔끔하게 바로잡았다.

"그 자의 말을 듣고 보니 몹시 불안해지네. 캔서랜 계획에 결정적인 타격을 주지는 않을지 말일세. 이 연구 자체에 대한 영향은 말할 것도 없지만."

"정말 어떻게 해야 할지 모르겠습니다."

모리슨이 그 말에 동의한다는 표정을 지으며 말했다.

"아무튼 찰스가 무슨 짓을 하는지 그걸 보고 손을 쓰는 수밖에 없겠지. 신문에는 가까이 하지 못하도록 하는 게 좋겠어. 그러려면 그를 해고했다는 건 당분간 알리지 않도록 하는 게 역시 좋을 것 같군. 누가 물으면 딸의 병 때문에 휴가 중이라고 해두는 게 어떻겠나?"

"딸의 병에 관한 얘기는 꺼내지 않는 게 좋을 것 같습니다. 그런 얘기는 신문기자들이 기뻐할 테니까요. 잘못하다간 그 자한테 얘기의 실마리를 만들어 줄 수도 있으니까 말입니다."

"과연 그렇겠군. 그럼 그저 휴가 중이라고 해두지."

"찰스가 직접 신문기자들한테 지껄인다면 어떻게 하죠? 틀림없이 저쪽에선 귀가 솔깃할 텐데요."

"그건 아직 어떨지 모르지. 그는 신문기자를 싫어하니까 말이야. 하지만 마지막 순간에 가서는 그를 신용할 수 없는 인간으로 꾸며댈 수밖에 없겠지. 그 정신 상태를 문제 삼을 수도 있겠고 그 때문에 그를 해고시켰다고 해도 괜찮겠지. 이건 사실이니까 말이야!"

모리슨은 남을 비웃는 듯한 웃음을 지었다.

"그건 멋진 생각입니다. 제 친구 중에 정신과의가 있으니 그 친구라면 틀림없이 중증환자로 꾸며댈 수 있으리라 생각합니다. 필요시에는 곧 대응할 수 있게 지금부터 미리 손을 써두면 어떻겠습니까?"

"피터, 난 여기 이 책상에 어울리지 않는 인간이 앉아 있다는 느낌이 가끔 들곤 한다네. 자네는 감정이란 것을 결코 일에 개입시키지 않는군."

모리슨은 그것이 칭찬인지, 아니면 인간미에 대해 말하는 것인지 눈치 채지 못하고 그저 미소를 지었다.

찰스는 분노와 절망감에 괴로워하면서 천천히 계단을 내려갔다. 아무 죄도 없는 12살 소녀가 백혈병으로 죽어가고 있는데 무슨 놈의 세상이 이런 식으로 고개를 돌리고 있단 말인가.

방에 들어가자 엘렌이 높은 의자에 앉아서 멀거니 잡지를 넘기고 있는 것이 보였다. 그녀는 찰스가 들어온 것을 알아채고 잡지를 놓고 일어나 가운의 매무새를 고쳤다.

"정말 안됐어요, 찰스."

슬픈 듯한 표정으로 그녀가 말했다.

"무슨 얘기야?"

찰스는 아무렇지 않게 되물었다.

"면직되신 거 말이에요."

찰스는 그녀를 뚫어지게 바라보았다. 이 연구소 내부의 일들이 금방금방 알려진다는 것을 알고는 있었지만 그렇다고 해도 너무 기가 막혔다. 그것도 24시간 유예의 얘기를 그녀가 들었고 게다가 그녀는 자신의 뒤를 이어받아 일하게 되고……. '망상도 어지간하군.' 하고 찰스는 고개를 가로저었다.

"이건 알고 있었던 거야. 내가 캔서랜 일은 도저히 할 수 없다는 것을 납득하는 데 2, 3일 시간이 걸렸지만 말이야. 더구나 지금은 미셸의 용태가 좋지 않아서……."

"앞으로 어떻게 하실 거예요?"

엘렌이 물었다. 찰스가 연구직에서 물러나게 된 현재로서 이것은 단지 그녀의 흥미에서 나온 질문이었다.

"할 일은 얼마든지 있지. 사실은……."

찰스는 거기서 입을 다물고 엘렌이 믿을 수 있는 여자인지 잠시 생각하고는 그렇지 않다는 결론을 내렸다. 지금까지 24시간, 그가 뼈저리게 느낀 것은 몹시 고독하다는 것이었다. 가족도 동료도 그리고 정부 공무원들까지 모두 소용없거나, 방해하거나 무조건 반대만 해오지 않았던가. 그렇지만 고독한 만큼 특별한 용기와 책임이 필요해졌다.

"사실 뭐예요?"

엘렌은 그 순간 자기의 도움이 필요하다는 것을 그가 인정하는 게 아닌가 하는 느낌이 들었다. 필요하다고 한마디만 해준다면 그녀는 그럴 준비가 되어 있었다.

"사실……."

그는 엘렌에게 등을 돌리고 자기 책상으로 가까이 가면서 말했다.

"엘렌이 관리과 친구들과 교섭해준다면 고맙겠는데. 나는 이제 그들과는 얘기하지 않기로 작정했고 연구 노트를 되찾으려고도 생각지 않아. 그런 담보를 가지고 있어 봤자 아무 소용도 없을 테니 그들이 그걸 어떻게 하든 내버려둘 거라고."

엘렌은 의기소침해져서 의자에서 내려 문 쪽으로 향했다. 찰스의 일시적 기분에 아직도 놀아나고 있는 자신을 어리석게 생각하면서 걷기 시작했다.

"그런데,"

그는 문 쪽을 향해 걷기 시작한 엘렌을 불렀다.

"오늘 아침 부탁했던 일은 좀 해봤나?"

"별로 하지 않았어요. 오늘 아침 선생님이 나가고 나서 곧 선생님이 면직됐다는 소리를 들어서 그럴 필요가 있는지 몰라서. 노트는 되찾아 놓겠어요. 하지만 난 이 이상 관여하는 건 힘들겠어요. 그럼 오늘은 이만 퇴근하겠습니다."

찰스는 그녀가 문을 닫는 것을 보면서 자기는 절대로 몽상가일 수 없다고 생각했다. 엘렌은 분명히 관리과 패들과 한통속이 돼 있음이 틀림없었다. 그녀는 너무나 빨리 무엇이든 알고 있었다. 하마터면 그녀를 신용할 뻔했지만, 말하지 않기를 정말 잘했다고 안도의 숨을 내쉬었다. 연구실의 문을 안에서 잠그고 찰스는 일을 시작했다. 중요한 화학약품이나 시약은 대량으로 준비해두었기 때문에 그것을 작은 용기에 옮겨서 하나하나 신중하게 라벨을 붙여 동물실 옆에 절반 이상이나 비어 있는 선반에 올려놓았다.

1시간 정도의 시간이 흘렀다. 그는 책상 앞에 앉아 전에 했던 실험의 개요를 기록해둔 메모를 찾았다. 그것만 있으면 설사 소장이 연구노트를 돌려주지 않아도 세밀한 데이터 없이 실험을 다시 할 수가 있었다.

한참 정신없이 일을 하고 있는데 전화벨이 울렸다. 만일 상대가 관리과 패라면 어떻게 대응할까를 재빨리 생각하고 그는 수화기를 들었다. 그런데 퍼스트 내셔널 은행 대부계에서 걸려온 전화임을 알자 마음을 놓았다.

은행 직원의 얘기로는 벌써 3천 달러가 준비되어 있는데 곧 자신의 명의로 되어 있는 당좌예금계좌에 입금해도 괜찮겠느냐는 문의 전화였다. 찰스는 그것을 거절하고 나중에 직접 받으러 가겠다고 말했다. 그러고 나서 곧 웨인 토머스에게 전화를 돌려놓고 상대가 나올 때까지 그 대부계가 자기가 면직 당했다는 것을 알게 되면 어떻게 할까 하고 생각했다. 아까와 마찬가지로 웨인 토머스 자신이 직접 전화를 받았다. 그는 대출금이 들어왔으니 오후에 500달러를 가지고 가겠다고 말했다.

"그거 잘됐군요, 선생. 수수료를 받기도 전에 나는 일을 착수했소이다. 리사이클 회사에 대한 서류는 벌써 작성했고 심리가 열릴 때까지는 곧 결과를 알 수 있을 겁니다."

웨인이 말했다.

"그거 다행이군요."

찰스는 진심으로 기뻐하며 말했다. 이쪽에서 선수 치면서 아무튼 일은 시작된 것이었다.

일이 거의 끝날 무렵 누군가 문을 여는 소리가 들렸다. 키를 꽂으려고 해도 안 되는 모양이었다. 찰스가 몸을 돌려 문 앞에 섰을 때 엘렌이 들어왔다. 그녀 뒤에 올이 굵은 모직물 재킷을 입은 젊고 몸집이 큰 사나이가 따라 들어오고 있었는데 찰스의 연구 노트를 그녀가 절반, 그 사나이가 절반 가지고 있었다. 찰스는 매우 만족했다.

"문을 잠갔었어요?"

엘렌이 이상하다는 듯이 물었다. 찰스는 고개를 끄덕였다. 엘렌은 눈빛을 빛내면서 사나이 쪽을 뒤돌아보고 말했다.

"거들어주셔서 감사해요. 아무 데나 놓아주세요."

"거기 카운터 위에……."

찰스는 화학약품을 올려놓는 선반 쪽을 가리켰다.

"이분은 닥터 마이클 키틴저예요. 관리과에서 소개 받았는데 캔서랜 연구를 해주실 분이에요. 제가 거들어드리게 될 것 같아요."

엘렌이 말했다. 닥터 키틴저는 손가락이 짧은 손을 내밀고 고무제품 같은 얼굴을 찌푸리며 따뜻한 미소를 띠었다.

"만나 뵙게 돼서 반갑습니다. 마텔 선생님, 선생님의 훌륭하신 소문은 많이 들었습니다."

"글쎄 말입니다."

찰스는 중얼거리듯이 말했다.

"정말 훌륭한 연구실이군요."

닥터 키틴저는 찰스의 손을 놓고 공들인 설비를 갖춘 인상적인 실내에 경탄하고는 마치 크리스마스를 맞이한 5살짜리 아이처럼 눈을 번뜩였다.

"야아! 피어슨의 초원심 분리기, 게다가 믿을 수 없군…… 딕슨의 전자 현미경! 어떻게 이런 천국에서 선생님은 손을 뗄 수 있습니까?"

"조수가 있었으니까요."

찰스는 엘렌을 흘끗 보고 말했다. 엘렌은 찰스의 시선을 피했다.

"방안을 둘러봐도 괜찮겠습니까?"

닥터 키틴저는 열심히 말했다.

"아니! 그건 곤란하오."

"찰스, 닥터 키틴저는 호의적이신 분이에요. 모리슨 부장님도 나중에 오신다고 했어요."

엘렌이 말했다.

"그런 건 아무래도 상관없어. 앞으로 이틀은 내 연구실이야. 그러니 모두 방에서 나가줬으면 좋겠어."

찰스는 거칠게 말했다. 엘렌은 날렵하게 뒷걸음질 쳐서 닥터 키틴저에게 눈짓했고, 두 사람 모두 방에서 나갔다.

찰스는 문을 잡자 힘껏 닫고 나서 잠시 주먹을 쥔 채 서 있었다. 이것으로 완전히 혼자만 있을 수 있게 되었다. 엘렌이나 후임자에게 별로 적의를 보일 필요는 없었는데 하고 후회했다. 자기의 무분별한 태도를 그들이 관리과 패한테 고자질해서 연구실을 사용할 수 있는 이틀간의 시간이나마 줄어드는 것이 아닌가 걱정되었다. 아무튼 일은 서둘러야 했다. 사실 오늘밤에라도 철수할 필요가 있었다. 그는 마음을 가다듬고 다시 일하기 시작했다. 그 결과 그로부터 1시간 후에는 필요한 것을 전부 하나의 선반에 얹어놓을 수 있었다.

찰스는 더러워진 코트를 입고 방문을 잠근 다음 밖으로 나왔다. 접수계의 미스 앤드류 옆을 지날 때 그는 여느 때처럼 "여어~." 하면서 바로 돌아온다는 인상을 그녀에게 주었다. 만일 그녀가 소장에게 통보라도 한다면 오랫동안 자리를 비울 모양이라고 해서 곤란해지기 때문이었다.

3시가 지나고 있어서 보스턴 거리는 러시아워에 들어가기 전의 혼잡이 시작되고 있었다. 잠시 후 그의 차는 국도 93번에 들어가려고 마비상태가 되어 있는 속에 둘러싸여 있었다.

그는 마침내 찰스 강의 파크 플라자에 차를 세우고 퍼스트내셔널 은행지점에 들어갔다. 약간 안면이 있는 부지점장은 부재중이었기 때문에 그는 초면의 젊은 여직원과 만났다. 그녀는 찰스의 더러워진 재킷과 하루 반나절이나 깎지 않은 수염을 의아한 듯이 유심히 바라보았다.

"나는 과학도여서 언제나 약간은 그렇구먼……."

그는 말끝을 흐리며 그녀의 의아심을 풀어주기로 했다.

은행원은 알겠습니다, 하는 듯 고개를 끄덕였으나 그의 얼굴과 뉴햄프셔 주 발행의 운전면허증 사진을 잠깐 비교해보고 틀림없음을 확인하고는 안심한 모양인지 찰스에게 물었다.

"어떻게 드릴까요?"

"현금으로 주십시오."

찰스가 말했다.

"현금요?"

약간 당황했는지 그녀는 "실례하겠어요." 하고 안으로 들어가서 부지점장에게 전화를 건 뒤 3천 달러의 빳빳한 지폐뭉치를 가지고 나왔다.

찰스는 차로 돌아가서 다운타운의 복잡한 상점가 길을 누비듯이 몰았다. 그리고 스포츠 용구를 파는 가게 앞에 주차하고 낯익은 가게로 달려가서 자기 엽총에 맞는 12구경의 속사용 2호 산탄을 100발 샀다.

"무엇에 쓸 겁니까?"

점원은 붙임성 있게 물었다.

"물오리."

찰스는 상대가 말을 붙이기 곤란한 말투로 대답했다.

"그럼 4호나 5호가 좋을 것 같은데요."

점원이 말했다.

"2호가 필요해."

"지금은 물오리 시즌이 아닐 텐데요."

"응, 알고 있어."

찰스는 손이 베일 듯이 빳빳한 100달러짜리 지폐로 지불했다. 자동차로 돌아가서 다시 보스턴의 좁은 거리를 달려 아까 왔던 길의 찰스 거리와 케임브리지 거리 모퉁이까지 갔다. 세 번째 주차를 하려고 지하철 밑에 있는 센트럴 아일랜드 주차장에 차를 세워놓고 내렸다. 그리고 매사추세츠 종합병원 뒤에 유리한 위치를 차지하고 철야영업을 하는 약국으로 달려갔다. 전에 개업하고 있을 무렵 거래하고 있었을 뿐인데도 점원은 찰스의 얼굴을 기억하고 있었고 성이 아니라 이름으로 그를 불렀다.

"내 왕진가방에 보충하고 싶은 게 있네."

찰스는 가게의 처방약 리스트를 보면서 그렇게 말했다. 그리고 몰핀, 데메롤, 콤파진, 실로케인, 주사기, 플라스틱 튜브, 정맥주사용 용액, 베나드릴, 에피네프린, 프레드니존, 펠코단, 그리고 주사용 바륨 등을 적었다. 약사는 그 처방전을 받아들더니 휴우 하고 휘파람 소리를 냈다.

"맙소사, 어떤 가방을 가지고 오셨죠? 여행용 가방이라도?"

찰스는 그 유머를 알았다는 듯이 약간 웃어 보이고 100달러짜리 지폐로 지불했다.

와이퍼에 끼워두었던 주차위반 딱지를 빼들고 그는 차를 출발시켰다. 그는 메모리얼 드라이브를 서쪽으로 돌아 와인버거를 지나서 하버드 광장의 주차장으로 들어가 담당이 보고 있는 앞에서 조심스럽게 차에서 내렸다. 그리고 브래틀가 13번지로 급히 달려가서 계단을 뛰어올라가 웨인 토머스의 집 현관문을 두드렸다. 찰스가 빳빳한 100달러짜리 지폐 5장을 건네주자 젊은 변호사는 눈을 번뜩였다.

"선생님, 돈으로 살 수 있는 최고의 서비스를 받을 수 있겠군요."

웨인이 말했다. 그런 다음 리사이클 회사의 제지 명령을 위한 긴급 심리가 내일 열릴 수 있게 수속을 마쳤다고 말했다.

그는 변호사 사무실을 나와서 한 블록 남쪽에 있는 하트 렌터카 회사로 가서 거기 있는 차 중에서 가장 큰 차를 빌렸다. 사원이 꺼내온 차에 올라타자 그는 하버드 스퀘어를 천천히 빠져나가서 핀토를 세워둔 주차장으로 들어갔다. 그리고 엽총 탄환과 의료용품 보따리를 렌터카에 옮겨 싣고 와인버거로 향했다. 시계를 보니 오후 4시 30분, 얼마나 기다려야 될까 하고 그는 생각했다. 조금만 기다리면 어두워진다는 것을 알고는 있었지만.

내 딸 유괴 작전

캐서린은 일어나서 굳어진 몸을 쭉 펴고는 병실 안의 욕실로 살며시 들어가서 거울이 있는 곳으로 갔다. 침침한 오후의 햇볕 속에서도 그녀의 보기흉한 얼굴은 감출 수가 없었다. 찰스의 실수로 맞은 눈의 거무스레한 멍은 윗 눈꺼풀에서 아래쪽으로 퍼져 있었다.

그녀는 가방에서 빗과 브러시와 작은 립스틱을 꺼내들고 욕실로 들어가 천천히 문을 닫았다. 화장을 약간 하면 기분도 좋아지겠지, 하고 형광등을 켠 후 거울을 들여다보고 그녀는 깜짝 놀랐다. 눈부신 인공 광선 아래서 보니 무섭도록 새파랗고 검은 멍이 한층 더 두드러져 보였다. 뿐만 아니라 그 얼굴빛 이상으로 여위고 걱정스런 표정이 더 형편없어 보였다. 입언저리에는 지금까지 없었던 주름살까지 생겨 있었다.

두세 번 빗질을 하고 나서 캐서린은 불을 끄고 컴컴한 어둠 속에 얼마동안 서 있었다. 더 이상 자기의 얼굴을 바라볼 수 없었기 때문이었다. 너무 지독한 나머지 기분이 좋아지기는커녕 오히려 화장을 하는 바람에 더 나빠지고 말았다.

보스턴의 노스엔드에 있는 어머니 집으로 피난을 가서 찰스의 폭력에 대한 두려움은 없어졌다고는 하나 그런 후견인 따위를 맡아서는 안 되는 게 아니었을까 하는 괴로운 마음은 조금도 해소되지 않았다. 그 때문에 악몽 같은 이번 사건이 무사히 끝난 후에도 자기에 대한 찰스의 애정이 식어버리는 게 아닐까 하고 캐서린은 염려스러웠다.

조심스럽게 욕실 문을 열고 침대 쪽을 들여다보니 미셸은 그대로 잠들어 있었다. 캐서린이 서 있는 곳에서도 딸의 얼굴이 뒤틀리며 경련하고 있는 것이 보였다. 오늘 아침 병실에 왔을 때부터 미셸에게는 고통스런 하루였던 모양이었다. 미셸은 점점 허약해져서 팔이나 머리를 드는 것도 고통스러워했다. 여러 개 솟아났던 입술의 작은 궤양이 하나로 뭉쳐서 큰 입을 벌리고 있어서 얼굴을 움직일 때마다 아파했다. 머리도 한 묶음씩 뭉쳐서 빠지고 있었는데, 그 자리가 파르스름하게 보였다. 그러나 무엇보다 걱정되는 것은 열이 떨어지지 않아서 의식이 뚜렷한 시간이 점점 적어지고 있다는 것이었다.

캐서린은 미셸 곁으로 갔다.

'찰스한테서는 왜 전화가 걸려오지 않는 걸까?'

비참한 기분으로 자문해보았다. 연구소로 전화를 걸어볼까 했지만 수화기를 들었다가 다시 놓곤 했다. 지나는 전혀 도움이 되지 못했다. 격려하거나 이해해주기는커녕 기회가 있을 때마다 캐서린에게 13살이나 연상인 데다가 세 아이가 딸려 있는 사람과 결혼한 것 자체가 잘못이었다고 푸념하는 것이 일이었다. 이렇게 될 것이 애당초부터 빤한 일이었지 않느냐, 친절하게 아이들을 양자로 받아들였는데도 찰스는 자기만의 아이라고 생각하고 있으니 다 소용없다는 등 푸념이 이만저만이 아니었다.

미셸이 갑자기 눈을 뜨고 고통스러워하며 얼굴을 찡그렸다.

"왜 그러니?"

캐서린은 걱정스러워서 의자에서 상체를 앞으로 내밀었다. 미셸은 대답도 하지 않고 가냘픈 몸을 이쪽저쪽으로 뒤틀며 괴로워했다. 캐서린은 지체하지 않고 뛰쳐나가서 간호사를 불렀다. 간호사는 몸을 비비 꼬고 있는 미셸을 언뜻 보고는 카이츠맨을 호출했다.

캐서린은 침대 곁에 선 채 자신이 할 수 있는 일은 없을까 하고 두 손을 꽉 쥐고 있었다. 고통스러워서 몸을 뒤틀고 있는 아이 곁에서 멍하니 지켜보고 있는 것은 무엇보다도 괴로운 일이었다. 캐서린은 미셸이 왜 그리 고통스러워하는지 확실히 알지 못한 채 욕실로 뛰어 들어가 타월 끝에 물을 묻혀서 아이의 이마를 닦아주었다. 그것이 환자에게 도움이 되는 것인지 어떤지 모르지만 적어도 뭔가를 해주었다는 약간의 만족감을 느꼈다.

카이츠맨이 가까이 있었는지 곧 달려와서 익숙한 솜씨로 미셸을 진찰했다. 심장 감시 장치의 규칙적인 발신음을 듣고 그는 심장의 고동에 변화가 없다는 것을 알았다. 호흡도 정상이고 흉부에도 이상이 없었다. 그는 복부에 청진기를 대고 여기저기 짚어보고 난 다음 청진기를 떼고 복부를 살며시 촉진했다. 그가 몸을 일으켜 간호사에게 뭔가 속삭이자 간호사는 즉시 달려 나갔다.

"기능적인 장의 경련입니다."

카이츠맨 의사는 안심한 듯이 캐서린에게 설명했다.

"가스가 많이 차 있는 모양입니다. 관장하도록 지시했으니 좋아질 겁니다."

캐서린은 한숨을 크게 쉬고 나서 고개를 끄덕이고는 의자에 털썩 주저앉았다. 카이츠맨은 그녀의 찌푸린 얼굴과 괴로워하는 표정을 알아채고 그녀의 어깨에 손을 얹었다.

"부인, 잠깐 저와 함께 밖으로 나가시죠."

카이츠맨의 진찰을 받고 나서 기적처럼 잠든 미셸을 보며 캐서린은 말없이 의사를 따라 밖으로 나갔다. 의사는 이미 익숙해진 차트실로 그녀를 안내했다.

"부인, 저는 부인이 걱정입니다. 부인도 심한 스트레스를 받고 있으니 말입니다."

캐서린은 그저 고개를 끄덕일 뿐이었다. 울음이 왈칵 터져 나올 것 같아서 말하기가 무서웠다.

"찰스에게서는 전화가 왔었습니까?"

캐서린은 고개를 가로저었다. 그리고 몸을 쭉 펴서 한숨을 크게 쉬었다.

"이렇게 돼버려서 정말 미안하게 생각하지만 그래도 부인은 옳은 일을 하신 겁니다."

캐서린은 정말 그럴까 하고 생각했지만 역시 잠자코 있었다.

"유감이지만 이것은 아직 끝난 것이 아닙니다. 미셸의 병세가 좋지 않다는 것은 너무나 뚜렷한 사실이니 말할 필요도 없겠지만 지금까지 미셸에게 사용한 약은 그 애의 병든 세포에 아무런 효력이 없었고 관해를 일으킬 기미도 없습니다. 그야말로 제가 경험한 중에서도 가장 악질적인 골수성 백혈병입니다. 하지만 우리는 결코 단념하지 않습니다. 사실은 오늘 다른 약을 사용해볼 작정인데, 그건 저와 또 다른 두어 학자가 실험단계에서 좋은 결과를 얻은 약입니다. 부인께 부탁드리고 싶은 건 만일 미셸의 형제들이 내일 와줄 수 있다면 미셸의 형과 맞는지 검사해보고 골수이식을 해보고 싶습니다만……."

"아마 올 거예요. 그렇게 말해보겠어요."

"그럼 잘됐습니다."

캐서린의 얼굴을 보면서 카이츠맨이 말했다. 그 시선을 느낀 그녀는 얼굴을 돌렸다.

"심한 멍이 들었군요."

카이츠맨은 딱하다는 듯이 말했다.

"찰스가 일부러 그러려고 한 게 아니에요. 손을 뿌리치다가 부딪친 것뿐이에요."

캐서린은 카이츠맨의 말이 떨어지자마자 말했다.

"어젯밤 찰스한테서 전화가 왔었습니다."

"네? 전화요? 어디서요?"

"이 병원에섭니다."

"그래, 뭐라던가요?"

"벤젠으로 인해 미셸이 백혈병에 걸리게 됐다고 말할 수 있느냐고 물었습니다. 저는 그럴 가능성은 있지만 단언할 수 없다고 했죠. 유감이지만 그걸 증명할 방법이 없으니까요. 그리고 마지막에 정신과 의사와 상담하라고 권했습니다."

"그랬더니 뭐라고 하던가요?"

"별로 그 때문에 흥분한 것 같진 않더군요. 그를 설복시킬 수 있는 좋은 방법이 있으면 좋으련만. 아주 무서운 스트레스여서 저는 그의 일이 걱정입니다. 이건 부인을 위협하려는 게 아닙니다. 결국 폭력을 휘두르는 증례를 우리는 많이 봐왔으니까요. 혹시 정신과 의사의 진찰을 받을 수 있는 방법이 부인에게 있다면 부디 해주셨으면 합니다."

캐서린은 빨리 미셸에게 가고 싶어서 차트실을 나왔다. 간호사실 쪽 휴게실에 공중전화가 있는 것이 보였다. 지금까지는 대단한 일이 아니면 찰스에게 전화를 하지 않기로 했지만 어떻든 연구소로 전화를 걸었다. 와인버거의 교환수가 찰스의 연구실로 연결해준 뒤 신호가 10번 정도 울렸으나 아무도 받지 않았다. 교환수가 다시 나와서 찰스의 조수 엘렌이라면 지금 도서실에 있는데 그녀와 통화하겠느냐고 물었다. 캐서린이 그렇게 해달라고 부탁하자 전화가 연결되었다.

"그분 연구실에 없어요?"

엘렌이 물었다.

"전화를 받지 않아요."

"전화를 받지 않으려는지도 몰라요. 하는 일이 아무래도 이상해요. 정말 저도 그 방에 들어가기가 무서울 정도니까요. 선생님이 와인버거에서 해고당했다는 건 알고 계시겠지만……."

"아뇨, 전혀 몰랐어요!"

캐서린은 충격을 받고 소리를 질렀다.

"무슨 일이 있었어요?"

"얘기하자면 길어지는데 그건 제가 아니라 선생님이 부인께 직접 얘기해야 할 것 같은데요."

"그이는 몹시 심한 스트레스를 받고 있었어요."

"네, 그건 저도 알고 있어요."

"만약 그이를 만나게 되면 제게 전화하라고 해주시겠어요? 저는 병원에 있으니까요."

엘렌은 그러겠다고 대답은 했지만 아마 만날 일이 없을 거라는 말을 덧붙였다.

캐서린은 천천히 수화기를 놓고 잠깐 생각하고 나서 지나에게 전화해서 찰스에게서 전화가 없었느냐고 물었다. 지나는 없었다고 말했다. 캐서린은 다시 집으로 전화했으나 아무도 받지 않았다. 찰스는 도대체 어디에 있는 걸까? 무얼 하고 있는 걸까? 캐서린은 미셸의 병실로 향하면서 지금까지 편안하고 무사했던 자신의 세계가 모조리 무너져버린 것만 같아 두려워졌다.

찰스는 무엇 때문에 해고당했을까? 캐서린은 그가 가장 훌륭하고 사회의 모든 사람들로부터 존경받는 학자 중 한 사람이라고 생각해왔다. 그런데 도대체 무슨 일이 있었던 것일까? 설명은 단 한 가지, 카이츠맨이 말하는 그대로인지 모른다. 찰스는 틀림없이 정신이 이상해져서 가족이고 일이고 모두 버리고 혼자 정처 없이 헤매고 있을지도 모른다.

"오, 하느님!"

그녀는 될 수 있는 한 조용히 미셸의 방으로 들어가서 희미한 불빛 속에 딸의 얼굴을 비쳐보았다. 미셸이 잠들어 있기를 바랐는데 들여다보니 미셸은 문 쪽을 보고 있었다. 머리를 들 힘도 없는 모양이었다. 캐서린은 미셸에게 다가가서 그녀의 뜨거운 손을 잡았다.

"아빤 어디 있어?"

미셸은 궤양 때문에 헌 입술을 될 수 있으면 움직이지 않으려고 애쓰면서 물었다. 캐서린은 어떻게 대답해야 할지 망설였다.

"아빤 말이지, 미셸이 걱정돼서 기분이 별로 좋지 않단다."

"어젯밤에 오늘 온다고 했었는데……."

"올 수 있으면 올 거야. 기다려보자, 응?"

한 줄기 눈물이 미셸의 얼굴에 흘러내렸다.

"나 같은 건 죽어버리면 좋을 텐데 말이야."

캐서린은 미셸의 말에 놀라서 순간 가슴이 섬뜩했다. 몸을 굽혀 딸을 꽉 껴안자 울음이 왈칵 터지고 말았다.

"안 돼! 안 돼! 미셸. 조금도 그런 소릴 하거나 생각하면 안 돼."

하트 렌터카의 사원이 여러 가지 도구와 함께 친절하게 서리를 긁어내는 기구를 넣어주어서 찰스는 그것을 사용해서 차 앞창 안쪽에 생긴 서리를 긁어냈다. 입김이 유리에 얼어붙어서 와인버거의 입구가 보이지 않았기 때문이다.

5시 반이 되자 메모리얼 드라이브에이의 리본과 같은 차의 불빛 외에는 아무것도 보이지 않게 되고 6시 15분에는 이바네스 소장을 제외한 연구소원 전원이 돌아갔다. 소장이 나온 것은 6시 반이었는데 발뒤꿈치까지 내려오는 코트를 걸쳐 입고 얼음같이 차가운 바람 속에 몸을 움츠리면서 멜세데스 벤츠 쪽으로 걸어갔다.

찰스는 7시 20분까지 기다렸다가 이제 괜찮겠지 하고 라이트를 켜고 차를 몰아 건물 뒤쪽으로 돌아서 고갯길을 내려와 주차장에 넣었다. 차에서 내리자마자 얼른 뒤쪽 계단으로 올라가 벨을 울렸다. 응답을 기다리는 동안 이제부터 하려는 행동에 그는 처음으로 불안을 느꼈다. 앞으로 몇 분간이 최대의 고비라고 생각하고 생전 처음으로 찰스는 괴로울 때 하느님을 찾는 심정을 맛보았다.

벨 위의 조그만 스피커가 울리고 뒷문 위에 붙어 있는 텔레비전 카메라의 작은 등이 켜지며 "네." 하는 소리가 들렸다.

"닥터 마텔이다!"

찰스는 카메라를 향해 손을 흔들었다.

"기구를 가지러 왔다."

잠시 후에 철문이 삐걱 소리를 내면서 천천히 오르기 시작하고 장식이 없는 시멘트로 마감한 현관이 보이기 시작했다. 갓 배달된 판지 상자가 왼쪽에 쌓아올려져 있었다. 안쪽 문이 열리고 두 야경원 중 하나인 체스터 윌리스가 나왔다. 그는 72살의 흑인으로 시공무원을 그만두고 이 와인버거에 취직해 있었다. '집에서 텔레비전을 보면서 지내도 되지만 여기에 있으면 그만한 보람은 있으니까요.' 하고 말하고 있지만 그가 일하는 진짜 이유는 손자를 의대에 다니게 하기 위해서라는 것을 찰스는 잘 알고 있었다.

척이 노스이스턴에 들어가기 전에는 몇 년 동안 밤늦게까지 일하는 습관이 있었기 때문에 야경하는 사람들과는 아주 친한 사이가 되어 있었다.

"또 밤에 일합니까?"

체스터가 물었다.

"어쩔 수 없는걸. M.I.T.에 있는 어떤 그룹과 함께 연구하는 일이 있는데, 실험도구를 옮겨야 돼. 그런데 기구 취급에 믿을 만한 사람이 있어야지."

"어쩔 수 없겠군요."

찰스는 안도의 한숨을 쉬었다. 그가 해고당한 것을 야경원들은 아직 모르는 모양이었다.

현관 입구에서 큰 운반차 2대를 골라서 찰스는 자기의 연구실로 향했다. 아까 그곳을 나간 이후 실내에는 아무도 손대지 않았다. 특히 노트와 화학약품을 넣어둔 선반이 무사한 것을 보고 그는 기뻐서 부지런히 기구를 꺼내다 운반차로 옮기기 시작했다. 방과 뒷문 사이를 오가기를 18번, 체스터도 다른 야경원 조반니에게 거들게 하여 현관 입구 한가운데에 전부 쌓아올렸다. 마지막으로 연구실에서 가지고 나온 것은 미셸의 항원을 넣은 병인데 지금까지 냉장고에 넣었던 것을 조심스럽게 아이스박스에 옮겼으나 그렇게 해서 화학적으로 안정성을 유지할 수 있을지 모르지만 그렇다고 그밖에 다른 방법도 생각할 수가 없었다.

일이 전부 끝난 것은 9시가 지나서였다. 찰스는 연구실로 돌아가서 동물 해부에 사용하던 메스와 소독용 비누로 하루 반나절 만에 수염을 깎았다. 그는 빗으로 머리를 빗어 붙이고 넥타이를 바로 고친 다음 와이셔츠를 바지 속에 넣고 전신을 거울에 비춰보고는 자신도 놀랄 정도로 단정하게 되었다는 것을 알았다. 뒷문으로 나가는 도중에 그는 중앙의상실로 들어가서 연구자용 흰 가운을 한 벌 꺼냈다.

그는 밖으로 나가자 다시 한 번 버튼을 눌러 인터폰으로 두 야경원에게 고맙다는 인사를 했다. 그리고 차에 올라타면서 두 옛 친구를 속인 것에 약간 양심의 가책을 느꼈다.

소아과 병원까지 드라이브는 쉽게 끝났다. 오가는 차도 별로 없었고 추위가 혹독해서 외출하는 사람도 없었기 때문이었다. 병원에 도착하고 나서 그는 잠시 망설였다. 차에 귀중한 기구들을 생각하면 길가에 세워두고 싶지 않았다. 그렇다고 차고에 넣어버린다면 재빠르게 나올 수가 없을 것이다. 그는 잠시 생각하고 난 뒤 역시 차고에 넣기로 했다. 만약 차를 도둑맞기라도 한다면 모처럼의 계획이 수포로 돌아가고 만다. 확실히 하는 것이 첫째였고 빨리 나오는 것은 둘째 문제였다.

찰스는 수위실이 보이는 곳에 차를 세우고 열쇠로 잠그기는 했지만 잠근 것을 확인하기 위해서 문을 한번 살펴보았다. 그리고 양가죽 재킷을 일부러 차에 벗어놓고 긴 흰 가운을 입었다. 그것으로 약간의 추위는 막을 수 있었다. 그는 붐비는 응급실로 뛰어들었다. 접수계 책상 앞으로 가서 바삐 움직이는 직원에게 방사선과를 물으니 앤더슨 2병동이라고 가르쳐주었다. 그는 고맙다는 인사를 하고 병원 본관으로 통하는 이중문으로 들어가서 스쳐 지나가는 수위에게 가볍게 인사를 했다. 수위는 미소로 인사를 받았다.

방사선과에는 사람들이 거의 없었다. 단지 기사 한 사람이 근무하고 있었는데 빽빽이 들어찬 응급실에서 보내온 흉부와 접질린 손목 등 산더미처럼 쌓인 사진들을 정리하는 데 정신이 없었다. 찰스는 곧장 비서실로 들어가서 엑스레이 사진 신청서와 이름이 인쇄된 레테르 페이퍼를 손에 넣고 책상 위에서 신청서에 써 넣었다. 미셸 마텔, 12세, 병명 백혈병, 복부 정면 사진, 그리고 레터 페이퍼에서 적당한 방사선 의사의 이름을 골라 신청서에 서명했다.

중앙 복도로 나가 찰스는 벽에 나란히 세워둔 환자운반용 차 한 대의 브레이크를 벗겨서 밀고 갔다. 가까이 있는 린넨 실에서는 새 시트 2장, 베개 그리고 베개 커버를 꺼내서 재빨리 환자 운반용 차에 올려놓고 기사 1명이 대기하고 있던 방을 빠져나갔다. 그리고 환자운반용 차와 함께 환자용 엘리베이터를 타고 앤더슨 6병동으로 향했다.

한 층마다 움직여가는 숫자를 바라보면서 그는 두 번째 불안을 느꼈다. 여기까지는 모든 일이 예정대로 되었고 실행도 어렵지 않았지만 앤더슨 6병동에 도착하게 되면 성가신 일이 시작될 것이다.

엘리베이터가 멈추고 문이 열렸다. 큰 한숨을 쉬고 그는 인기척이 없는 복도로 나갔다. 면회시간은 훨씬 전에 끝나 있었고 소아과 병원인 만큼 환자는 전부 침대에 누워 있었다. 첫 난관은 간호사실이었다. 그때 방에는 간호사가 한 사람밖에 없었고 카운터 위로 모자가 보일 뿐이었다. 찰스는 앞으로 나가면서 비로소 환자운반용 차바퀴에서 약간 삐걱거리는 소리가 나고 있음을 깨닫고 될 수 있는 한 소리가 나지 않도록 속도를 늦춰봤으나 소용이 없었다. 곁눈질로 간호사를 보았지만 움직일 기미는 보이지 않았다. 조심조심 간호사실을 지나고 긴 복도로 들어서자 불빛이 약간 어두워졌다.

“잠깐요.”

간호사가 불렀다. 그것은 마치 유리를 깬 것같이 정적을 깨뜨렸다.

몸속에 아드레날린이 급격히 흘러 자기도 모르게 손가락 끝이 떨리는 것을 느낄 수 있었다. 뒤돌아보니 간호사는 카운터에서 상체를 앞으로 내밀고 있었다.

"무슨 일이세요?"

간호사가 물었다. 찰스는 엑스레이 신청서를 찾았다.

"엑스레이 촬영할 환자를 데려가려고요."

될 수 있는 한 침착한 체하며 그는 대답했다.

"엑스레이 지시 같은 건 받지 못했어요."

간호사는 이상하다는 듯이 말했다. 그녀의 시선이 책상 위로 옮겨져 서류를 넘기는 소리가 들렸다.

"긴급 촬영이오."

찰스는 불안해지기 시작했다.

"하지만 지시대장에도 기재되어 있지 않고 보고도 없었어요."

"신청서는 여기 있소."

그는 차에서 손을 떼고 간호사 곁으로 갔다.

"닥터 카이츠맨이 닥터 라레이넌에게 전화를 걸어왔습니다."

그녀는 신청서를 받아들고 훑어보자 곤란한 듯이 고개를 저었다.

"그렇다면 전화라도 있었을 텐데요."

"글쎄 말입니다. 하지만 이런 일은 흔히 있죠."

"그럼 어떻게 된 건지 담당근무자한테 물어볼게요."

"그게 좋겠죠."

찰스는 환자운반용 차로 돌아갔다. 손바닥에 땀이 촉촉이 배어 있었다. 이런 일에는 익숙하지 못하기 때문이었다. 간호사가 책임상 방사선과나 카이츠맨에게 전화를 걸어서 확인하지 않으면 좋을 텐데 하고 생각하면서 신중하면서도 빠른 걸음으로 찰스는 복도를 걸어갔다.

미셸의 병실에 도착하자 그는 환자운반용 차 앞으로 돌아서 문을 밀어 열었다. 그런데 앉은 채 침대에 머리를 얹어놓고 있는 사람이 보였다. 그것은 캐서린이었다. 찰스는 얼굴을 돌려 방 밖으로 나가 문을 본래 위치대로 닫았다. 그리고 황급히 운반차를 끌고 간호사실과는 반대쪽 복도 끝까지 가서 캐서린이 나오지 않을까 하고 생각했다. 그녀가 그의 얼굴을 보았는지는 확실하지 않았다. 그녀가 이런 시간까지 미셸 곁에 있다는 것은 예상도 하지 못했다. 그는 여러 가지로 생각했다. 캐서린을 어떻게 해서든 방에서 나오도록 해야 한다, 순간적으로 단 한 가지 방법밖에는 떠오르지 않았다. 그러나 아무튼 급히 해야 했다.

약 2, 3분 기다렸다가 캐서린이 병실에서 나오지 않은 것을 확인한 그는 간호사실에서 약간 떨어진 곳에 있는 치료실에서 세면대 옆에 수술 마스크와 모자가 있는 것을 발견했다. 그는 모자를 쓰고 마스크를 한 다음 따로 모자 하나를 주머니에 쑤셔넣었다. 간호사실을 곁눈질로 보면서 그는 복도를 가로질러 어두운 휴게실로 들어갔다. 그곳 안쪽 깊숙이 공중전화가 있었다. 그는 버튼을 눌러서 앤더슨 6병동을 호출했다. 그러자 곧 간호사실의 전화벨이 울리는 소리가 들렸다. 여자의 목소리가 수화기에서 들려왔다. 찰스는 급한 일이 있으니 마텔 부인을 바꿔달라고 했다. 간호사는 "그대로 전화를 끊지 말고 기다리세요." 하고 말했다.

곧 수화기를 놓고 휴게실 출입구로 가서 간호사실을 엿보자 야근 간호사가 간호학교 학생과 함께 복도로 나가는 것이 보였다. 찰스는 급히 휴게실에서 뛰어나와 앞질러서 미셸의 병실을 지나쳐서 복도 끝에서 캐서린이 나오기를 기다렸다. 간호학교 학생은 곧장 이쪽으로 걸어오다가 미셸의 병실로 들어갔다. 10초 정도 지나자 학생과 그 뒤를 따라서 눈을 비비면서 캐서린이 복도로 나오는 것이 보였다. 두 사람이 간호사실로 들어간 것을 확인한 다음 찰스는 곧 운반차를 미셸의 병실로 밀고가 반쯤 열린 문을 열고 안으로 들어갔다.

벽의 스위치를 켜고 나서 찰스는 운반차를 침대 곁으로 밀고 가서 딸의 잠든 모습을 들여다보았다. 언뜻 보더라도 24시간 안에 병세가 더 악화되었다는 것을 알 수 있었다. 그는 살며시 딸의 어깨를 흔들었다. 그러나 잠에서 깨어나지 않았다. 다시 한 번 흔들었으나 몸을 꿈틀하다가 또다시 잠이 들었다. 혹시 혼수상태에 있다면 어떡할까?

"미셸!"

그가 부르자 미셸은 천천히 눈을 떴다.

"나다! 아빠야. 자, 어서 잠을 깨봐."

다시 한 번 흔들어 깨웠다. 시간이 없었다.

마침내 미셸이 잠을 깨고 간신히 팔을 들어 아버지의 목을 감았다.

"아빠가 와줄 줄 알았어."

"미셸, 아빠 말 잘 들어. 네 병이 몹시 위중하니까 의사 선생님들이 이 병원에서 너를 치료해주고 있는 거란다. 그런데 여기 있어도 별로 좋아지지 않아. 그건 제일 좋은 약을 쓰고 있는데도 네 병이 그 약을 이기고 있기 때문이야. 그래서 널 아빠가 데리고 가려는 거야. 의사 선생님은 반대하겠지만 너만 좋다면 지금 곧 아빠가 데리고 갈 거야. 어디 네가 대답해봐."

미셸은 아빠의 말을 듣고는 깜짝 놀랐다. 정말 뜻밖이었다. 미셸은 아빠의 얼굴을 찬찬히 보았다.

"아빠 기분이 좋지 않다고 엄마가 그러던데."

"미셸, 아빤 나쁘지 않아. 네가 함께라면 더 좋아. 하지만 시간이 없다. 미셸, 어떻게 하겠니, 함께 가겠니?"

미셸은 아버지의 눈을 들여다보았다.

"나 데려가줘 아빠, 제발."

찰스는 미셸을 껴안고 나서 일을 착수하기 시작했다. 우선 심장감시 장치를 끈 다음 도선을 벗기고 점적주사를 뺐다. 그리고 딸의 어깨 밑과 무릎 아래에 손을 넣어 안았다. 찰스는 미셸의 몸이 너무 가벼운 데에 새삼 놀랐다. 그래도 될 수 있는 한 천천히 운반차에 눕히고 위에서 시트를 덮었다. 그리고 찬장에서 딸의 옷을 꺼내서 시트 밑에 감췄다. 그런 다음 미셸의 머리에 수술용 모자를 씌우고 삐져나온 머리를 밀어 넣고는 운반차를 복도로 밀고 나갔다. 간호사실로 향하는 도중에 캐서린의 모습을 발견하고 그는 흠칫했다. 멀리 떨어져 있기는 했지만 이렇게 되고 보면 달리 방법이 없었다. 그는 뛰지 않고 될 수 있는 한 보통 걸음으로 엘리베이터를 향해 갔다.

한편 캐서린은 간호학교 학생이 어깨를 흔들어 깨웠을 때 잠에 푹 빠져 있었다. 귀에 들린 것은 단지 전화가 왔다는 것과 급한 일이라는 것뿐이었는데 그녀는 곧 찰스의 신상에 무슨 일이 생겼다는 생각이 제일 먼저 떠올랐다. 그녀가 간호사실로 뛰어갔을 때 학생의 모습은 이미 보이지 않았고 어느 전화인지도 몰라서 야근 간호사에게 물었다. 간호사는 기록하고 있던 서류에서 얼굴을 들고 차트실로 가보라고 말했다.

캐서린은 "여보세요." 하고 세 번 부른 다음, 점점 큰소리로 불렀으나 응답이 없었다. 잠시 간격을 두고 몇 번씩이나 "여보세요."를 되풀이했으나 여전히 아무 소리도 들리지 않았다. 수화기의 후크를 눌러도 변화가 없었다. 수화기를 놓고 다시 병원 교환수를 불렀다. 교환수는 앤더슨 6병동의 마텔 부인에게 온 전화는 없었다고 말했다. 캐서린은 전화를 끊고 간호사실로 통하는 복도를 걸어갔다. 간호사는 책상에 놓인 차트 위에 몸을 굽히고 있었다. 캐서린이 말을 걸자 엘리베이터 앞의 희미한 불빛 아래로 수술용 마스크와 모자를 쓴 흰 가운 모습의 남자가 운반차를 밀고 오는 것이 보였다. 캐서린은 감수성이 예민해져 있는 만큼 이렇게 밤늦게 수술을 받는 아이가 있다니 가엾은 생각이 들었다.

중요한 일을 하고 있는 간호사를 방해한다는 것이 미안한 줄 알면서도 다시 말을 걸었다. 간호사는 기다리고 있었다는 듯이 의자를 돌려 캐서린 쪽을 향했다.

"전화에 아무도 나오질 않아요."

케서린이 말했다.

"이상하네. 분명히 급한 일이라고 하던데."

"남자예요, 여자예요?"

"남자요."

캐서린은 찰스였을까 하고 생각했다. 아마 지나한테 전화를 했을지도 모른다.

"장거리 전화 좀 할 수 있을까요?"

"보통은 안 되는데 급한 일이라면……. 다이얼 9를 먼저 돌리고 거세요."

캐서린은 급히 전화가 있는 곳으로 가서 재빨리 어머니 집으로 전화를 했다. 지나가 나오자 캐서린은 곧 안심했다. 그 목소리는 평소와 조금도 다름이 없었기 때문이었다.

"뭣 좀 먹었니? 먹어야 한다."

지나가 말했다.

"배고프지 않아요."

"먹어야 돼!"

마치 먹으면 만사가 해결된다는 듯이 지나는 명령조로 말했다.

"찰스한테서 전화 없었어요?"

캐서린은 어머니의 말을 무시하고 물었다.

"없었어. 도대체가, 세상에 아비라는 게!"

지나는 비난하는 투로 말했다.

"척은요?"

"여기 있다. 전화 바꿔줄까?"

캐서린은 골수이식 얘기를 할까 하다가 일전에 척의 반발하던 태도가 생각나서 나중에 천천히 얘기하기로 했다.

"아니, 됐어요. 저 곧 돌아갈게요. 미셸이 잠을 잘 잘 수 있는지 확인하고요."

"스파게티 만들어놓고 기다리고 있을게."

캐서린은 전화를 끊고 그 이상한 전화를 건 사람이 찰스임에 틀림없다고 직감적으로 생각했다. 급한 일이라니 대체 뭘까? 그리고 왜 기다려주지 않았을까? 간호사 옆을 지나면서 그녀는 전화를 사용할 수 있게 해준 데 감사하다고 말했다.

코를 찌르는 약내를 맡고 가끔 울기 시작하는 아이의 목소리를 들으면서 그녀는 반쯤 열린 다른 병실 앞을 빠른 걸음으로 지나쳐갔다.

미셸의 방에 도착해서 캐서린은 문이 활짝 열려 있는 것을 보고 방으로 들어가면서 복도의 불빛이 미셸의 잠을 방해하지 않았을까 하고 생각했다. 그리고 손을 뒤로 돌려 조용히 문을 닫고 침침한 안을 더듬다시피 해서 자기 의자로 돌아왔다. 그런데 자리에 앉으려다가 침대가 비어 있다는 것을 깨달았다. 순간 미셸이 바닥에 굴러 떨어져 있다가 밟히기라도 한다면 큰일이라고 생각하고 몸을 굽혀 침대 주위를 살펴보았다. 복도에서 비쳐드는 가는 불빛이 닦아놓은 비닐 바닥을 비치고 있어서 미셸이 바닥에 떨어지지 않았다는 것을 알 수 있었다. 곧바로 욕실로 뛰어가서 불을 켜보았으나 거기에도 없었다. 방으로 돌아와서 그녀는 머리 위의 등을 켰다. 미셸의 모습은 어디에서도 찾아볼 수 없었다! 캐서린은 방을 뛰쳐나가 복도를 달려 다시 간호사실로 갔다.

"간호사님! 미셸이 방에 없어요! 없어졌어요!"

뭔가를 쓰고 있던 간호사는 얼굴을 들었다가 다시 서류집게로 시선을 돌렸다.

"미셸이?"

"그래요! 전화 받으러 나갈 때만 해도 잘 자고 있었어요."

"담당간호사 말로는 많이 쇠약해져 있었다던데?"

"그게 문제예요. 못된 생각을 했을지도 몰라요."

설마 거짓말이라고 생각한 간호사는 병실에 돌아가 있으라고 말해놓고는 그녀 자신도 따라와서 욕실까지 찾아보았다.

"정말이군요. 없어요."

캐서린은 비난을 퍼부어주고 싶은 것을 꾹 참았다. 간호사는 경비원들에게 12살짜리 여자아이가 앤더슨 6병동에서 없어졌다고 연락했다. 그리고 작은 비상 신호등을 명멸시켜서 그 층에 근무하는 간호사와 학생들 전원을 불러 모아놓고 미셸의 실종을 얘기하고 병실을 남김없이 찾아보도록 했다.

"마셸이라면 생각나요. 방사선과 사람이 긴급 사진을 촬영한다면서 데리고 간 여자아이의 이름 같은데요."

캐서린은 간호사가 자기에게 얘기하는가 하고 약간 당황했다.

"틀림없이 그럴 거야."

간호사는 수화기를 들고 방사선과를 호출했다. 20번 정도 벨이 울린 끝에 기사가 귀찮다는 듯이 전화를 받았다.

"여긴 간호사실인데요, 앤더슨 6병동 환자 긴급 사진 찍었죠? 그 환자 이름이 뭐죠?"

"긴급 사진 같은 거 찍지 않았소. 혹시 조지가 찍었는지도 모르겠는데. 지금 수술실에 포터블로 흉부를 찍으러 갔으니 곧 돌아올 거요. 전화 걸도록 하죠."

그러고는 간호사가 대답도 하기 전에 그는 전화를 끊어버렸다.

찰스는 응급실로 미셸을 데려갔다가 곧 여기가 아니었다는 표정으로 진찰실 쪽으로 운반차를 밀고 갔다. 거기서 비어 있는 작은 방을 발견하고 커튼을 열고는 테이블 곁으로 운반차를 밀고 가서 다시 커튼을 닫고 옷을 꺼냈다.

미셸은 쇠약해져 있음에도 불구하고 힘을 내어 자기에게 옷을 입혀주는 아버지를 거들었다. 찰스는 처음부터 서툰 데다 당황하고 있었기 때문에 점점 손놀림이 어설퍼졌다. 미셸은 단추 끼는 것과 구두끈을 묶는 것을 혼자서 했다.

옷을 다 입자 찰스는 미셸을 잠시 혼자 두고 붕대를 찾았다. 다행히 가까이 있어서 그는 미셸에게로 가서 그녀를 일으켰다. 그리고 물끄러미 아이를 바라보았다.

"네가 사고로 부상당한 것처럼 보이게 하는 거야. 그렇게 하면 잘 될 거야!"

그는 붕대꾸러미를 찢고 마치 피부가 찢어진 듯이 미셸의 머리를 칭칭 감고 나서 한걸음 뒤로 물러서서 "훌륭하다!" 하고 말했다. 그리고 마지막으로 미셸에게 입을 열게 해서 콧날에 붕대를 대고 감았다. 그는 오토바이를 타다 머리를 다친 아이처럼 보인다고 미셸에게 말했다.

그는 체중이 마치 100킬로나 되는 듯이 딸을 안고 커튼 뒤에서 비실거리며 나왔다. 그러나 복도로 나오자 진지한 표정으로 현관 쪽을 향했다. 다행히 응급실은 들어올 때보다 훨씬 붐비고 있어서 온갖 상처 입은 아이들이 울고 있었고, 기침하는 갓난아기를 안은 어머니가 접수구에서 수속을 밟고 있는 등 분주한 모습이었다. 그런 소란 덕분에 찰스는 사람들의 눈에 띄지 않았다. 한 간호사와 함께 두 사람이 스쳐 지나갔는데 그녀와 눈이 마주치자 찰스는 미소를 지으며 "수고하십니다."라고 말하자 상대도 수줍어하면서 마치 안면이라도 있는 것처럼 손을 흔들었다.

출입구에 가까워졌을 때 제복을 입은 수위가 의자에서 벌떡 일어나는 것을 보고 찰스는 가슴이 철렁했으나 제지하러 온 것이 아니라 문을 열어주려고 온 것이었다. "빨리 완쾌됐으면 좋겠네요. 조심해서 가십시오."라고 그는 말했다.

이것으로 이제 자유로워졌다는 안도감을 느끼면서 찰스는 미셸을 병원에서 데리고 나왔다. 그리고 걸음을 빨리하여 차고로 들어가자 미셸을 차에다 태우고 주차료를 지불한 다음 차를 몰았다.

항체를 만들다

캐서린은 애써 참기도 하고 이해하려고도 했으나 시간이 지나면서 점점 초조해질 뿐이었다. 그때 미셸을 혼자 두고 전화를 받으러 나갔던 게 잘못이었다는 생각이 들었다. 미셸의 병실로 전화를 돌려 달라고 했더라면 좋았을 텐데 하고 자신을 나무랐다.

휴게실 쪽으로 걸으면서 그녀는 무심코 미셸이 하던 말을 생각해보았다.

'나 같은 건 죽어버리면 좋을 텐데.'

그녀는 처음에는 그런 말을 생각하지 않으려고 했으나 아무리 찾아도 미셸이 보이지 않게 되자 또다시 그 말이 생각나면서 머릿속에서 떠나질 않았다. 미셸이 자살하리라고는 생각지 않았으나 무서운 얘기를 이것저것 들을 때마다 불안은 점점 더해갈 뿐이었다.

캐서린은 휴게실을 나와 간호사실로 갔다. 걷지도 못할 것 같은 12살짜리 여자아이가 어떻게 병원에서 사라질 수 있을까?

"뭐 알아낸 거 없어요?"

캐서린은 야근 간호사에게 물었다. 간호사 몇 사람이 방에 모여서 얘기하고 있었다.

"아직은요. 수위가 계단 부근을 전부 찾아봤어요. 난 방사선과 전화를 기다리고 있는 중이에요. 방사선과에서 데려간 아이 이름이 틀림없이 미셸이었어요."

간호사는 다른 동료들과 하던 얘기를 중단하고 말했다.

"벌써 30분이나 됐잖아요. 난 무서워서 못 견디겠어요. 다시 한 번 방사선과에 물어봐주실 수 있겠어요?"

불쾌한 빛을 나타내면서 간호사는 다시 전화를 걸었다. 기사가 아직 수술실에서 돌아오지 않았는데 돌아오는 대로 그쪽에서 전화를 걸어줄 거라고 캐서린에게 말했다.

그녀는 간호사실에서 돌아섰으나 병원 사람들이 언제까지 자신을 불안에 떨게 할 것인가를 생각하자 정말 화가 나서 견딜 수가 없었다. 그러나 그렇다고 해서 드러내놓고 화를 낼 수도 없었다. 오히려 간호사에게 인사를 하고 미셸이 없는 병실로 휘청거리는 다리를 옮겼다. 그리고 건성으로 욕실을 들여다보았으나 일부러 거울은 피했다. 욕실 다음으로 찬장을 열고 안을 들여다보았는데, 문을 닫다가 다시 확인하고는 그녀는 흠칫 놀랐다.

간호사실로 되돌아가서 그녀는 야근 간호사의 주의를 끌고 싶었다.

야근하는 사람들은 근무가 끝나서 심야근무 간호사와 교대하고 아직 기재되지 않은 기록을 들고 방 한가운데 모여 있었다. 의료 등의 긴급한 일이 끝난 때여서 캐서린은 주의를 끌기 위해 큰 소리로 말해야 했다.

"방금 딸의 옷이 없어진 걸 알았어요!"

모두가 조용해졌다. 야근 간호사는 헛기침을 했다.

"우리 일은 이제 끝났어요, 마텔 부인."

캐서린은 불끈해서 돌아섰다. 간호사들에게 긴급한 일이라면 병동의 근무만큼 중요한 것이 어디 있단 말인가. 그건 그렇다 치고 미셸의 옷이 없어진 것을 보면 그녀는 확실히 병원 밖으로 나간 것이 틀림없었다. 그 전화는 틀림없이 찰스한테서 걸려왔을 것이다. 그렇다면 자신을 그 병실에서 끌어내기 위한 계략이었단 말인가. 그때 아까 수술실로 아이를 데려가던 남자의 이미지가 뚜렷이 떠올랐다. 키도 몸매도 같았다. 그 남자가 찰스였음이 틀림없었다! 캐서린은 다시 한 번 간호사실로 뛰어갔다. 미셸을 데리고 간 것이 확실해졌다.

"자, 분명히 해주세요."

어깨가 딱 벌어진 몸매의 보스턴 경찰관이 말했다.

캐서린은 그의 명찰을 보고 그가 윌리엄 카네이라는 것을 알았다.

"간호사가 어깨를 두드렸을 때 당신은 잠자고 있었단 말이죠?"

"그래요! 그렇습니다!"

그 느릿느릿한 취조에 정나미가 떨어져서 캐서린은 큰 소리로 말했다. 경찰을 부르면 전모를 곧 알 수 있으리라 생각했었다.

"그 얘긴 벌써 열 번도 더 자세하게 말했어요. 빨리 나가서 딸을 찾아줄 수 없어요?"

"보고서를 다 써야죠."

윌리엄이 말했다. 그는 왼쪽 팔꿈치 안쪽에 더러워진 페이퍼 홀더를 올려놓고 오른손에 든 연필에다 자꾸만 침을 묻히면서 열심히 기재하고 있었다. 많은 사람들이 미셸의 빈 병실에 서 있었다. 캐서린, 보스턴 경찰관 2명, 야근 간호사 그리고 관리과장 대리였다. 이 과장대리는 키가 큰 핸섬한 남자로 고상한 회색 양복을 입고 말을 끝낼 때마다 눈을 가늘게 뜨고 히죽 웃는 묘한 버릇이 있었다. 게다가 마치 방금 카리브 해에서 휴가를 마치고 돌아온 사람처럼 얼굴이 새까맸다.

"부인은 얼마나 방을 비웠습니까?"

윌리엄이 물었다.

"벌써 그 얘긴 했어요. 5분이나…… 10분… 정확히는 모르겠지만."

"흠."

윌리엄은 중얼거리면서 대답을 기록했다. 또 다른 경찰인 마이클 글레이디는 후견인 서류를 읽고 있었는데 그것을 다 읽자 관리과장에게 건네주었다.

"이건 아이의 유괴사건이군. 틀림없어."

"흠, 아이의 유괴라고 해서……."

윌리엄은 서류에 기록하면서 중얼거렸다. 그는 그것이 형법 몇 조에 해당하는지 몰라서 서에 돌아가면 알아보려고 메모해두었다.

캐서린은 더 이상 참을 수가 없어서 관리과장 쪽으로 돌아섰다.

"어떻게 손을 쓸 수 있는 방법이 없을까요? 죄송해요. 성함을 아직 기억하지 못해서."

"폴 맨스퍼드라고 합니다."

그는 그렇게 말하고 언뜻 미소 지었다.

"사과하실 것까지는 없습니다. 우리는 온갖 수단을 다 쓰고 있습니다. 그리고 경찰도 와 있고요."

"하지만 조사하는 데 이렇게 시간이 걸려서야. 아이 신변에 무슨 일이나 일어나지 않았을까 걱정입니다."

"그래서 아이를 운반차에 태워서 데려가는 남자를 봤습니까?"

윌리엄이 물었다.

"봤다니까요!"

캐서린이 외쳤다.

"하지만 수술실로 간 아이는 없었습니다."

간호사가 말했다. 윌리엄은 간호사 쪽을 보았다.

"엑스레이 사진 신청서를 가지고 있던 남자는 어땠습니까. 얼굴을 자세히 봤습니까?"

간호사는 천장을 올려다보았다.

"중키에 알맞게 살찐 갈색 머리의……."

"그래선 별로 특징이 없는데."

윌리엄이 말했다.

"파란 눈이었어요?"

캐서린이 물었다.

"눈은 보이지 않았어요."

간호사가 대답했다.

"어떤 복장이었습니까?"

윌리엄이 물었다.

"오, 제발! 빨리 어떻게 해주세요!"

캐서린은 실망하고 소리를 지르듯이 말했다.

"흰 가운을 입고 있었어요."

"좋아. 누군가가 전화를 걸어왔다, 마텔 부인을 아이의 병실에서 유인해냈다, 그리고 가짜 엑스레이 사진 신청서를 보이고 수술실로 데려가는 것처럼 보인 다음 아이를 차에 태우고 데려갔다, 이걸로 된 거죠?"

일동은 수긍했으나 캐서린만은 이마에 손을 대고 애써 마음을 가다듬으려 했다.

"수위에게 알릴 때까지의 시간은 얼마나 걸린 거죠?"

"불과 3, 4분일 거예요."

간호사가 대답했다.

"두 사람은 아직 병원 안에 있다고 생각합니다."

관리과장이 말했다.

"그렇지만 그 아이의 옷이 없어졌어요. 두 사람은 분명히 병원을 빠져나갔어요. 그러니까 더 늦지 않게 어떻게 손을 쓰지 않으면 안 됩니다. 제발!"

일동은 캐서린을 마치 분별력이 없는 어린애처럼 보았다. 그녀는 그들의 시선을 뿌리치고는 두 손을 들어올렸다.

"오, 이게 무슨 일이야."

윌리엄은 관리과장 대리를 돌아보며 물었다.

"이 병원 안에 아이를 넣어둘 장소가 있을까요?"

"그야 잠깐 동안이라면 숨길 장소는 얼마든지 있죠. 하지만 언제까지나 발각되지 않을 만한 곳은 없겠죠."

"알았어요. 한데, 아이를 데려간 게 아버지라면 왜 그랬을까?"

"그이가 아이의 치료를 반대하고 있었으니까요. 그래서 치료를 계속할 수 있게 일시적인 후견인이 인정된 거예요. 불행한 건 제 남편이 심한 스트레스를 받고 있다는 것이에요. 아이의 병뿐만 아니라 일 때문에도……."

윌리엄은 휘익 하고 휘파람소리를 내고 말했다.

"그가 딸의 치료에 반대했다면 뭐 다른 게 하고 싶은 게 있었을까요? 레이어트릴(항암제) 요법이라든가."

"그런 얘긴 없었어요. 하지만 레이어트릴 같은 것을 생각하지 않았다는 건 저도 알고 있어요."

"레이어트릴 건은 두어 건 알고 있지만 말이야. 이봐, 멕시코로 간

아이 얘기를 기억하고 있겠지?"

윌리엄은 캐서린의 마지막 말을 무시하고 동료 마이클 글레이디를 돌아보며 말했다.

"응, 기억하고 있지."

마이클이 대답하자, 윌리엄은 다시 일동을 돌아보며 말했다.

"아이들을 위해 정상적이 아닌 치료법을 찾고 있는 부모의 얘기는 많이 들어왔지만 아무튼 공항에도 경계하도록 해두는 게 좋을 것 같군요. 국외로 나갈지도 모르니까요."

이 긴장된 움직임의 소용돌이 속에 카이츠맨 의사가 나타났다. 캐서린은 그를 보자 진심으로 안도감을 느꼈다. 그는 곧바로 이 작은 모임의 주도권을 쥐고 사정을 남김없이 얘기하도록 명했다. 폴 맨스퍼드와 야근 간호사가 간추려서 설명했다.

"지독하군! 이렇게 되고 보면 결국 그 찰스 마텔은 정신이 이상해졌다고 밖에는 생각할 수 없겠군."

카이츠맨은 테 없는 안경을 고쳐 쓰면서 말했다.

"그 애가 치료하지 않고 얼마나 살 수 있겠습니까?"

윌리엄이 물었다.

"그건 뭐라고 할 수 없군요. 며칠이나 몇 주일, 아무튼 고작해야 1개월 정도가 되겠죠. 그 애에게는 그밖에도 몇 가지 다른 종류의 약을 사용해볼 작정이었죠. 그것도 늦어지기 전에 빨리 사용하는 게 좋을 텐데. 완쾌의 가망은 아직도 있으니까요."

"그럼 최대한으로 빨리 찾아봅시다. 보고서를 작성해서 즉시 형사과로 보내겠습니다."

30분 후에 두 경찰관은 병원에서 나갔다. 마이클 글레이디는 동료를 돌아보며 말했다.

"어떻게 이런 일이 있나! 난 섬뜩했네. 백혈병에 걸린 아이라는 말에……."

"정말 그래. 아무튼 자네 아이가 건강하다는 걸 적어도 고맙게 생각해야지, 안 그런가?"

"형사과 패들이 곧 출동해줄까?"

"곧? 농담 같은 소리하고 있군. 이런 아이들 사건은 손대기가 묘한 문제지. 보통은 24시간도 채 못 돼서 저절로 해결되거든. 아무튼 형사과는 내일이나 돼야 손을 대기 시작하겠지."

두 사람은 순찰차를 타고 무선으로 출발한다는 연락을 취하고 나서 차를 몰고 갔다.

캐서린은 눈을 뜨고 이상한 듯이 주위를 둘러보았다. 우선 눈에 띈 것은 노란 커튼, 꽃병 깔개와 골동품이 들어 있는 하얀 찬장, 고교 때 책상으로도 사용했던 핑크빛 화장품 상자, 선반 위의 연감, 그리고 견진성사 때 얻은 플라스틱 십자가 등이었다. 캐서린이 이상하게 여긴 것은 왜 이곳에 그런 것이 있을까 하는 것이었다.

카이츠맨이 권한 수면제 탓으로 나른해진 기분을 떨쳐버리려고 그녀는 머리를 흔들었다. 그리고 기지개를 켜고 시계를 들어 몇 시인지 보려고 했다. 믿을 수 없었다. 12시 15분전. 캐서린은 눈을 깜박이고 나서 다시 한 번 보니 9시였다. 그래도 평소 일어나는 시간보다 늦어 있었다.

낡은 바둑무늬 플란넬 옷을 입고 캐서린은 갓 구워낸 비스킷과 베이컨 냄새가 감도는 부엌으로 급히 내려갔다. 그녀가 들어가자 어머니는 딸이 집으로 돌아온 것을 매우 기뻐하는 듯이 얼굴을 들었다.

"찰스한테서 전화 안 왔어요?"

캐서린이 물었다.

"아니. 하지만 너를 위해 멋진 아침식사를 준비했단다."

"다른 데서 온 전화도 없었어요? 병원이나 경찰에서도?"

"없었어. 자, 마음을 좀 편히 하고 있어라. 네가 좋아하는 베이킹파우더 비스킷을 만들었다."

"지금 먹을 수 없어요."

생각은 천 갈래 만 갈래 흐트러져 있었으나 캐서린은 어머니의 표정이 갑자기 침울해진 것을 알아채지 못할 만큼 정신이 흐트러져 있지는 않았다.

"그럼, 비스킷만 조금."

지나는 갑자기 기분이 좋아져서 컵과 접시를 가져다주었다.

"척을 깨우는 게 좋겠어요."

캐서린이 복도로 나가려고 했다.

"벌써 일어나 밥 먹고 나갔다."

지나는 우쭐해진 채 말했다.

"그 애도 너처럼 비스킷을 좋아하더구나. 아무튼 9시 수업에 가야 한다더라."

어머니가 커피를 따르는 사이에 캐서린은 식탁으로 가서 앉았다. 그녀는 매우 낙심하고 있었다. 지금까지 아내로서, 어머니로서 역할에 충실해왔다고 생각했는데 전부 실패한 듯한 기분이었다. 의붓자식들을 깨워서 학교에 보내는 것이 반드시 현모의 귀감이라고는 할 수 없지만 그렇다고 해서 깨우지 않았던 것은 자기의 무능함을 보여주었다는 생각이 자꾸만 들었다.

그런 기분과 싸우면서 그녀는 뜨거운 줄도 모르고 커피 잔을 들어서 한 모금 홀짝 마시다가 당장에 입술을 데었다. 그녀가 기겁을 하고 잔을 떼는 바람에 다시 뜨거운 커피가 손에 엎질러졌다. 엉겁결에 잔을 놓자 식탁에 떨어지면서 커피 잔은 받침 접시까지 산산조각이 나 버렸다. 그와 동시에 캐서린은 왁~ 하고 울음을 터뜨렸다. 지나는 재빨리 깨진 조각을 주워모으며 "울 것 없다. 이런 낡은 잔쯤 깨지면 어떠냐." 하며 딸을 달래고 원기를 북돋워주었다. 그 잔은 그녀가 세상에서 가장 가고 싶었던 아름다운 도시 베니스에 갔을 때 어머니 선물로 사온 것이었다.

캐서린은 마음을 가다듬었다. 깨진 커피 잔은 어머니의 보물 중 하나라는 것을 알고 있었기 때문에 미안하고 마음이 아팠지만 어머니가 자꾸만 달래고 위로해주는 바람에 기분도 가라앉았다.

"나 섀프츠베리 집에 잠깐 다녀올까 해요. 척의 옷도 좀 더 가져오고 싶고 장 폴도 어떻게 지내고 있는지 보고 올게요."

캐서린은 간신히 그렇게 말했다.

"척의 옷은 충분하다. 거기 갈 돈이 있으면 파일린 지하상가에서 새 옷을 사줄 수도 있잖니."

"그렇겠군요. 하지만 찰스한테 전화가 걸려올지도 모르니까 다녀오고 싶어요."

"전화를 걸다 아무도 없으면 이리로 걸겠지. 그 사람도 바보가 아냐. 도대체 미셸을 데리고 어디로 갔다는 거냐?"

"모르죠. 어젯밤 경찰이 멕시코에서 일어났던 얘길 하던데 암을 고친다는 말을 듣고 멕시코로 가는 사람이 많은가 봐요. 하지만 찰스는 갈 리가 없어요. 그건 확실해요."

"이런 말은 하고 싶지 않지만 세 아이가 딸린 나이 많은 사람과 결혼하는 건 잘못된 거라고 그렇게 말했잖니. 내 말이 맞지 않니? 그래서 이렇게 밤낮 복잡한 일이 일어나는 거다."

복잡하게 되는 원인이 바로 어머니 때문이라고 생각했지만 그녀는 그 분노를 꾹 참았다. 그때 전화벨이 울렸다. 지나가 나가자 캐서린은 숨을 죽였다.

"얘, 전화 받아라. 패트릭 오설리번이라는 형사라는데."

나쁜 소식은 아닐까 하고 캐서린은 수화기를 들었다. 패트릭 오설리번은 곧 찰스와 미셸에 대해 새로운 정보가 없다고 캐서린을 안심시키고 이 사건에 재미있는 진전이 있으니 와인버거 연구소까지 와주었으면 좋겠다고 말했다. 그녀는 곧 승낙했다.

15분 만에 외출 준비가 끝나고, 그녀는 와인버거에 갔다가 뉴햄프셔 집에까지 다녀오겠다고 지나에게 말했다. 지나는 반대했으나 캐서린은 당분간 혼자 있고 싶다고 고집했다. 그리고 저녁때까지는 척과 함께 돌아오겠다고 말했다.

보스턴에서 메모리얼 드라이브웨이로 들어갈 때까지 아무 생각 없이 달리다가 와인버거 주차장으로 낡은 다지를 넣었을 때 그녀는 2년 전 여름, 찰스와 처음 만났던 때를 떠올렸다.

'그게 정말 겨우 2년 전의 일이었다니.'

입구 바로 옆에 경찰차가 2대 서 있고 그 옆으로 지날 때 캐서린은 흔히 듣는 차의 무전기에서 나오는 소리를 들었다. 경찰차를 보는 것은 기분이 썩 좋은 것은 아니었지만 그녀는 가급적 그런 것은 생각하지 않으려고 했다.

연구소 입구의 문이 그녀를 맞아들이고 그녀는 찰스의 연구실 쪽을 향해 걸어갔다.

절반쯤 열려 있는 문을 통해 캐서린은 안으로 들어갔다. 방안이 휑뎅그렁하게 정리되어 있는 것이 우선 눈에 띄었다. 연구실에는 지금까지 여러 번 온 적이 있었기 때문에 그전과 같으려니 생각하고 들어갔다. 하지만 SF소설에 나오는 것처럼 기계들이 완전히 비어 있었고, 카운터 위에는 마치 파산한 상점처럼 깨끗하게 아무것도 없었다.

방안에는 여섯 사람이 있었는데, 낯익은 엘렌은 뭔가를 자주 기록하는 정복경찰관과 얘기를 주고받고 있었다. 열심히 기록하고 있는 경찰관을 보자 캐서린은 어젯밤 일이 생각났다. 이바네스 소장과 모리슨 부장은 찰스의 책상 옆에 서서 파란 폴리에스터 스포츠 코트를 입고 있는 주근깨투성이의 남자와 얘기를 하고 있었다. 그 남자는 캐서린을 보자 곧 다가와서 "미세스 마텔이십니까?" 하고 물었다.

캐서린이 그렇다고 하고 내민 남자의 손을 잡았다. 그 손은 부드러웠지만 땀이 배어 있었다.

"전 패트릭 오설리번 형사입니다. 부인의 사건을 담당하게 되었습니다. 와주셔서 감사합니다."

패트릭의 어깨너머로 캐서린은 엘렌 쪽을 보았다. 엘렌은 아무것도 없는 카운터를 가리키며 다시 뭔가를 얘기하고 있었다. 무슨 얘기를 하고 있는지는 모르지만 아무래도 기구 얘기인 것 같았다. 의사들 역시 뭔가를 열심히 얘기하고 있었다. 말소리는 들리지 않았지만 화가 난 듯이 손바닥을 치고 있는 모리슨의 몸짓은 뚜렷이 보였다.

"대체 무슨 일입니까?"

형사의 담녹색 눈을 쳐다보며 캐서린이 물었다.

"남편께서 이 연구소에서 쫓겨나면서 기구를 태반 훔쳐갔답니다."

캐서린은 믿을 수 없다는 듯이 눈을 크게 떴다.

"그건 도저히 믿을 수가 없어요."

"의심할 여지가 없는 증거가 있습니다. 두 야경원이 찰스의 짐 운반을 거들었답니다."

"하지만 무엇 때문에 그런 짓을?"

"부인에게서 그에 대한 얘기를 들을 수 있으리라 생각했는데요."

캐서린은 찰스의 어리석은 짓을 알고 싶어서 방안을 둘러보았다.

"저는 아무것도 몰라요. 어이가 없군요."

형사는 눈썹을 치켜 올리고, 방안을 둘러보고 있는 캐서린의 시선을 좇으면서 이마에 주름살을 지었다.

"정말 어이없기도 하지만 큰 절도사건이기도 합니다. 마텔 부인."

캐서린은 형사 쪽을 돌아다보았다. 형사는 그녀를 내려다보고 발을 어색하게 움직였다.

"자취를 감춘 남편을 다시 봐야겠습니다. 부모가 아이를 유괴했다는 것 하나면 솔직히 별로 문제시하지 않습니다. 하지만 절도가 된다면 문제가 다릅니다. 엄밀히 조사한 연후에 마텔 씨의 체포영장을 신청해야 합니다."

캐서린은 무서워서 소름이 끼쳤다. 불길한 일이 일어날 것 같다는 생각이 들었는데 그 내용이 확실해지자 사태는 더욱 악화되어가고 있었다. 찰스는 지금 도망자 신세가 되어 있었다.

"정말 뭐라고 해야 할지 모르겠네요."

"안타까운 일입니다, 마텔 부인."

이바네스 소장이 그녀의 뒤로 와서 말했다.

그녀는 뒤돌아서 소장의 동정어린 표정을 보았다.

"이건 비극입니다. 찰스도 전에는 전도가 유망한 학자였다는 것을 생각하면 더욱 그렇습니다."

소장과 같은 표정으로 모리슨도 말했다.

불쾌한 침묵이 계속되었다. 모리슨의 말에 캐서린은 불끈 화가 치밀었지만 아무 말도 할 수 없었다.

"엄밀하게 말해서 마텔 씨가 왜 해고당했습니까?"

패트릭 오설리번이 침묵을 깨고 입을 열었다.

캐서린은 형사 쪽을 향했다. 그녀에게 용기만 있다면 그것은 그녀가 묻고 싶은 질문이었다.

"근본적으로 미스터 마텔의 언행에는 기괴하고 기발한 데가 있었죠. 우리는 그의 정신적 안정성에 의문을 갖기 시작했습니다."

이바네스 소장은 여기서 잠깐 말을 끊었다가 다시 말을 이었다.

"그는 또 소위 팀플레이를 할 수 없는 사람이었죠. 사실 한 마리의 유능한 늑대 같은 기질을 가졌었어요. 마침내는 비협조적으로 변하게 되었고요."

"그가 하던 일은 어떤 연구였습니까?"

형사가 물었다.

"비전문가에게는 약간 설명하기 어려운데, 기본적으로는 암을 면역학적으로 연구하고 있었습니다. 유감이지만 이건 약간 시대에 뒤떨어진 것이어서 말입니다. 10년 전에 대단한 진보를 이루었지만 그 후 계속 발전되었음에도 불구하고 최초의 전망대로 이루어지지 않고 있습니다. 찰스는 그에 순응하지 않았고 또 하지도 못하고 있었습니다. 아시다시피 과학의 진보라는 것은 누구를 막론하고 기다려주지 않는 것이어서 말입니다."

모리슨은 그렇게 말을 마치고 해쭉 웃었다.

"마텔 씨가 여기 기구를 전부 가져간 건 무슨 이유에서라고 생각하십니까?"

오설리번은 손으로 방안을 한 차례 휘둘러 보이면서 물었다.

이바네스 소장은 어깨를 움츠렸다.

"전혀 알 수 없군요."

"이건 분풀이라 여겨집니다. 아이들에게 흔히 그런 일이 있죠. 다른 아이가 자기 식대로 놀아주지 않을 때 볼을 가지고 집으로 돌아가고 마는 바로 그런 거죠."

모리슨이 말했다.

"마텔 씨는 이 기구를 가져가서 자기 연구를 계속할 수 있습니까?"

"아니, 절대로 할 수 없어요! 이런 연구의 비결은 우리가 공들여 사육하고 있는 동물에 있습니다. 이 동물은 연구에 절대로 필요한 것인데 그는 쥐를 단 한 마리도 가져가지 않았습니다. 그리고 도망치고 있는 몸으로는 그것을 가져가기가 어려울 겁니다."

모리슨이 말했다.

"잃어버린 기구의 리스트를 줄 수 있습니까?"

형사가 말했다.

"물론이죠."

모리슨이 대답했다.

안쪽에서 전화 벨 소리가 나자 캐서린은 왠지 모르게 섬뜩했다. 엘렌이 나갔다가 오설리번 형사를 불러냈다.

"부인에게는 지금이 가장 괴로운 때로군요."

이바네스 소장이 캐서린에게 말했다.

"선생님은 도저히 이해할 수 없을 거예요."

캐서린이 말했다.

"우리가 뭐 도와드릴 게 있으면 좋겠는데."

모리슨도 말했다.

캐서린은 어떻게든 미소 지어 보이려고 했다.

패트리 오설리번이 돌아와서 말했다.

"그의 차가 발견됐습니다. 하버드 수퀘어 주차장에 세워져 있었던 모양입니다."

국도 301번으로 차를 몰면서 캐서린은 점점 더해지는 슬픔을 맛보았다. 찰스가 전화를 걸어올지도 모르는 집이 가까워지고 있다는 것은 별도로 하고, 집으로 가고 싶은 또 다른 이유 중의 하나는 자신의 기분을 어떻게든 밝게 하고 싶어서였는데 오히려 슬퍼지는 것이 이상했다.

그녀는 어머니가 도와주는 그 노력에는 감사하고 있었지만 반면에 찰스를 비난하는 말과 그 독선적 태도에는 화가 났다. 어머니는 남자라면 무조건 경시하는 버릇이 있었다. 특히 찰스처럼 신앙심이 없는 남자에 대해서는 더더욱 그랬다. 그녀는 캐서린의 결혼을 철저하게 반대했고 그런 마음을 솔직하게 드러냈다.

캐서린은 자기의 집이 이미 행복한 피난처가 아니라는 것을 알고 있었지만 그래도 역시 그곳으로 돌아가기를 줄곧 바라고 있었다. 집 뜰로 들어가서 캐서린은 액셀러레이터와 브레이크를 번갈아 밟았다. 우선 눈에 띈 것은 우체통이었는데 그것은 부숴진 채 쓰러져 있었다. 전용차도로 들어가서 여름이면 긴 응달을 만들어주는 가로수 사이를 빠져나오니 지금은 완전히 벌거숭이가 된 나뭇가지 사이로 집이 보였다. 헛간 쪽 상록수의 아주 새까만 그늘을 배경으로 또렷하게 하얀 집이 보였다.

뒷문과 마주 대하고 있는 곳에 스테이션왜건을 세우고 캐서린은 엔진을 껐다. 집을 바라보자 인생이란 참으로 잔혹한 것이구나 하는 것이 절실하게 느껴졌다. 그것은 마치 일렬로 나열한 도미노의 말처럼 한 가지 일이 일어나면 연쇄적으로 쓰러져버리는 것과 같았다.

차에서 내렸을 때 캐서린은 놀이집 문이 바람에 흔들려 바깥쪽의 널빤지 벽에 반복해서 부딪히는 소리를 들었다. 자세히 보니 창유리가 거의 전부 깨져 있었다. 그녀는 열쇠를 꺼내어 뒷문까지 걸어가서 문을 열고 부엌으로 들어갔다. 그 순간, 캐서린은 비명을 지르고 말았다. 뭔가가 홱 움직이더니 문 뒤에서 사람의 그림자가 나타나 그녀 쪽으로 달려오는 것이 아닌가. 다음 순간 그녀는 부엌 벽에 떠밀렸고, 문이 쾅 닫히며 그 충격으로 낡은 집의 뼈대가 진동했다.

그때 캐서린이 지르려던 비명은 목구멍에서 사라졌다. 눈앞에 찰스가 있지 않은가! 말도 못하고 물끄러미 바라보고 있는 사이에 찰스는 미친 듯이 창에서 창으로 뛰어다니면서 문 밖을 살피고 있었다. 게다가 오른손에는 12구경의 낡은 엽총이 들려 있었다. 문득 정신을 차리고 보니 창이란 창은 모조리 거칠게 판자를 붙였고 찰스는 그 판자의 틈 사이로 바깥을 엿보고 있었다.

그녀가 마음을 가다듬지 못하고 있는 동안 찰스는 그녀의 팔을 잡고 부엌에서 끌어냈다. 그리고 짧은 복도를 지나 거실로 데리고 가서 그녀의 손을 놓고는 곧 다시 창에서 창으로 뛰어다니면서 바깥을 엿보았다.

캐서린은 놀라움과 불안으로 어찌할 바를 몰랐다. 찰스가 그녀의 곁으로 돌아왔을 때 비로소 그의 얼굴에서 피로의 기색을 읽을 수 있었다.

"당신 혼자야?"

찰스가 물었다.

"그래요."

캐서린은 그 말밖에 할 수가 없었다.

"고마워."

긴장했던 그의 얼굴 표정은 확실히 풀려 있었다.

"당신, 여기서 뭘 하고 있어요?"

"여긴 내 집이야."

찰스는 숨을 깊이 들이마신 뒤 오므린 입으로 내뿜었다.

"이유를 모르겠어요. 난 당신이 미셸을 데리고 틀림없이 어디론가 도망쳤다고 생각하고 있었어요. 여기 있으면 발각돼요!"

캐서린은 비로소 찰스에게서 눈을 떼고 주위를 둘러보았다. 거실 안은 완전히 달라져 있었다. 와인버거에서 가져온 고도의 전문기구가 희미한 빛을 내며 벽 쪽에 나란히 놓여 있었다. 방 한가운데에는 대형 환자 침대가 놓여 있었고 거기에 미셸이 자고 있었다.

"미셸."

캐서린은 외치며 달려들어 미셸의 손을 잡았고, 찰스도 뒤를 따랐다. 미셸은 눈을 뜨고 알았다는 듯이 눈을 깜빡거렸으나 곧 다시 눈을 감았다. 캐서린은 찰스 쪽을 돌아다보았다.

"찰스, 도대체 뭘 한 거예요?"

"이제 얘기할게."

찰스는 미셸의 점적주사를 약간 조절하고 나서 캐서린의 손을 잡고 다시 부엌으로 돌아가자는 몸짓을 했다.

"커피는?"

찰스가 물었다. 혼자서 커피를 잔에 따르는 찰스를 물끄러미 바라보면서 캐서린은 고개를 저었다. 그는 그녀의 맞은편에 앉았다.

"우선 말하고 싶은 건……."

찰스는 캐서린을 정면으로 뚫어지게 보며 말했다.

"내게 생각할 수 있는 여유가 생겼다는 거야. 지금에서야 병원에서의 당신 입장을 잘 이해할 수 있게 됐어. 미셸의 치료에 대해서 내가 확실한 결단을 내릴 수 없었기 때문에 어쩔 수 없이 당신이 말려들게 된 처지가 됐던 거라고. 그건 정말 미안해. 의사란 놈들은 자기 방침을 관철시키기 위해 환자고 가족이고 강제로 끌고 가는 거야. 그걸 나는 누구보다 잘 알고 있어. 아무튼 당신이 후견인을 받아들인 사정도 알고, 또 아무에게도 악의가 없었다는 것도 알아. 특히 당신에게 그럴 마음이 없었다는 것도 잘 알고. 내가 그런 태도를 취한 건 정말 미안하게 생각하지만 그밖에 다른 방법이 없었던 거야. 당신에게 용서를 구하고 싶어. 당신이 미셸을 위해 잘하려고 한 일이란 것을 잘 알고 있다고."

캐서린은 꼼짝도 하지 않았다. 찰스가 절대로 정신 이상이 아니라는 것을 비로소 알았기 때문에 그에게 달려들어 껴안고 싶었지만 몸이 말을 듣지 않았다. 게다가 이렇게까지 여러 가지 일들이 일어났고 아직도 모르는 일들이 너무 많이 있었다.

찰스는 커피 잔을 들었다. 손이 떨리고 있어서 왼손으로 그것을 받치지 않으면 안 될 정도였다.

"미셸을 어떻게 해야 좋을지 결정하기가 정말 어려웠어."

찰스는 계속해서 말했다.

"당신과 마찬가지로 나도 병원 약이 그 애를 살아나게 해주기를 바랐지만 그것이 실패했다는 것을 안 시점에서 난 뭔가를 하지 않으면 안 됐던 거야."

캐서린은 찰스의 성실성을 헤아릴 수 있었다. 결정하기 어려웠던 것은 그가 제정신인가 하는 점이었다. 모든 사람이 말하고 있듯이 심한 긴장에 견디다 못해서 그가 착란을 일으킨 것은 아닐까?

"완쾌 가망이 있는 건 약밖에 없다고 의사측은 모두 그렇게 말하고 있고, 카이츠맨은 그것만이 희망이라고 단언하고 있었어요."

캐서린은 아직 그의 행동에 동조하지 못한 채 반론을 제시했다.

"카이츠맨이 자기 말을 그대로 믿고 있는 건 확실해."

"그럼, 그게 사실이 아니에요?"

"물론 완쾌되지 않으면 곤란하지. 하지만 그들이 하고 있는 화학요법은 실험적으로 대량을 사용해도 그 애의 병든 세포에는 효력이 없었단 말이야. 또 그와 동시에 정상 세포까지 파괴하고 있으니 큰일이지. 더구나 면역 계통까지도 말이야."

찰스의 얘기를 전부 이해한다고는 할 수 없었지만 적어도 이치에 맞는 것 같아서 캐서린은 그가 착란을 일으킨 것 같지는 않다는 생각이 들었다.

"그 애에게 관해의 기회가 오게 하려면 어떻게든 면역체계가 파괴되지 않도록 해야만 돼."

"그렇다면 달리 치료방법이 있다는 거예요?"

찰스는 한숨을 쉬고 말했다.

"그렇게 생각하고 있고, 또 그렇게 되기를 바라고 있어!"

"하지만 나른 의사들도 화학요법밖에 없다고 하던데요."

"물론이지. 그건 바로 외과의사가 수술밖에 믿지 않는 것과 마찬가지지. 인간이란 어떻게든 자기 지식의 범위 내에서만 이야기하게 되어 있다고. 하지만 암에 대한 연구는 지난 9년 동안의 내 인생이었고, 이젠 그 성과를 보여야 할 때가 된 것 같아."

찰스는 거기서 숨을 돌렸다. 분명히 그는 자신이 해낼 수 있다고 믿고 있었다. 그러나 그것이 사실에 바탕을 두고 있는지 아니면 환상의 산물인지 캐서린은 필사적으로 그의 말을 믿으려고 했지만 지금의 상태에서는 그것이 쉽지 않았다.

"당신이 미셸의 병을 고칠 수 있다는 건가요?"

"거기에 너무 큰 기대를 걸어서는 곤란하지만 가능성은 있다고 생각해. 완전하지는 않지만 가능성은 가능성이니까. 그리고 중요한 것은 내 치료가 통증이나 부작용이 없다는 거야."

"당신 혹시 암에 걸린 연구실의 동물을 낫게 한 적 있어요?"

"아직 없어."

찰스는 그렇게 말했으나 곧 덧붙여 이렇게 말했다.

"비현실적으로 들릴지 모르지만 나는 일을 천천히 신중하게 해왔기 때문에 아직 동물에서는 성공하지 못했어. 순수한 목적의 연구였기 때문이지. 하지만 병든 생쥐를 치료하는 중간에 건강한 생쥐를 사용하는 새로운 방식을 막 시작하려는 참이야."

"하지만 여긴 동물이 없잖아요."

캐서린은 오설리번 형사의 질문이 생각나서 말했다.

"아니, 그렇지 않아. 큰 실험동물이 있잖아. 바로 여기!"

캐서린은 가슴이 섬뜩했다. 오늘의 대화에서 비로소 찰스의 정신상태를 의심할 만한 적신호가 생긴 것이다.

"이런 말을 해서 당신을 놀라게 한 모양인데 놀랄 것 없어. 과거 위대한 의학자들은 흔히 자신의 몸을 실험대에 사용했다고 하잖아. 아무튼 지금 내가 하고 있는 것을 설명해줄 테니 잘 들어봐. 우선 내 연구는 암세포를 개체에서 꺼내서 정상 세포와 판이하게 다른 그 표면에서 항원이라는 단백질을 분리하는 데까지 진보시켰어. 이것이 주된 진보라고 할 수 있지. 문제는 이 단백질에 반응시켜서 개체에 면역성을 얻게 해서 암세포를 소멸시키는 데 있는 거야. 이건 건강한 개체에서 일어나는 현상이라고 나는 믿고 있어. 암이란 건 상당한 암세포로 발병하게 되는 건데 몸의 면역계가 그것을 억제한다고 생각해. 이 면역계가 약해지면 특수한 암이 뿌리를 내려서 증식하게 되는 거라고. 여기까지 얘기를 이해하겠어?"

캐서린은 고개를 끄덕였다.

"그런데 이 분리한 단백질을 직접 암에 걸린 동물에게 작용시키려고 했는데 실패한 거야. 그건 어떤 저지기능이 있기 때문이라고 생각했는데 마침 그 무렵에 미셸이 발병한 거라고. 하지만 거기서 문득 생각나게 된 건 이 분리한 세포의 항원을 한번 건강한 동물에게 주사해서 거기서 면역을 만드는 방법이야. 이 실험을 해볼 시간은 없었지만 이건 쉽다고 생각했지. 왜냐하면 암에 걸린 동물에게는 그 항원이 보통의 단백질과 그렇게 차이가 없지만 건강한 동물은 이 항원을 완전히 다른 이물로 보기 때문이야."

캐서린은 미소 지으려고 했으나 얘기가 차츰 알 수 없게 되었다. 찰스는 충동적으로 식탁너머로 손을 뻗어서 캐서린의 어깨를 잡았다.

"캐서린, 이해해줘. 제발 내가 하는 일을 믿어줘. 아무래도 당신이 나를 거들어주지 않으면 안 될 것 같아."

캐서린은 뭔가 마음을 붙들어 매는 고삐가 풀려나간 듯한 느낌이 들었다. 찰스는 그녀의 남편이었고 그런 그가 자기를 필요로 하고, 자기가 그것을 인정했다는 사실은 멋지고 자극적인 것이 되었다.

"디프테리아의 항혈청을 만드는 데 말을 사용한다는 건 당신도 알고 있지?"

"알고 있어요."

"당신한테 설명하고 있는 건 그와 비슷한 얘기야. 백혈병 세포가 정상세포와 다른 건 그 표면에 있는 항원인데, 미셸의 세포에서 그 항원을 분리해서 나 자신에게 주사한 거라고."

"그래서 당신이 미셸의 백혈병 세포 때문에 알레르기를 일으켰다는 거예요?"

캐서린은 어떻게든 그의 말을 이해하려고 필사적이었다.

"맞았어. 바로 그거야."

찰스는 흥분해서 말했다.

"그리고 당신에게 생긴 그 항원을 미셸에게 주사하려는 거예요?"

"아니야, 그 애의 면역계는 내 항체를 받아들이지 않아. 그러나 다행히 현대 면역학은 세포면역 혹은 감수성이라는 것을 하나의 개체에서 다른 개체로 전달하는 방법을 발견했어. 다시 말해서 내 T림프구가 미셸의 백혈병 항원에 감작된 시점에서 이 림프구에서 전달인자라는 것을 뽑아내서 그것을 미셸에게 주사하는 거야. 그게 틀림없이 미셸의 면역계를 자극해서 백혈병의 세포에 작용하게 될 것이고, 지금 있는 세포와 앞으로 나오게 될 세포를 모두 소멸시키게 될 거야."

"그것으로 미셸이 낫게 된다는 거예요?"

"그것으로 미셸은 낫게 되는 거지."

찰스는 그녀의 말을 반복해서 말했다. 캐서린은 찰스의 말을 전부 이해했다고는 할 수 없지만 그의 계획은 분명히 진지하다고 느껴졌다. 만약 그가 정신이 이상해져 있다면 절대로 이런 식으로 조리 있게 얘기할 수는 없을 거라고 생각했다. 그리고 그의 관점에서 본다면 그가 한 일은 모두가 이치에 맞는다고 여겨졌다.

"그럼 시간이 얼마나 걸릴까요?"

캐서린이 물었다.

"그게 효력을 나타내기 시작하는 것이 얼마나 될지는 확실히 알 수 없어. 하지만 내 몸이 항원에 반응하는 것을 비추어본다면 아마 2, 3일 정도가 될 거라고 생각해. 그래서 이렇게 집에다 못질을 한 거야. 미셸을 병원으로 데려가려는 놈들과 한바탕 싸움을 벌일 작정으로 말이야."

캐서린은 부엌을 둘러보고 판자를 붙인 창을 다시 확인했다. 그리고 다시 한 번 찰스 쪽을 돌아다보았다.

"보스턴 경찰이 당신을 찾고 있는 건 알고 있죠? 그들은 당신이 레이어트릴을 사용하기 위해서 멕시코로 갔다고 생각하고 있어요."

찰스는 웃었다.

"어이가 없군. 그런데 나를 찾아내는 건 그렇게 어렵지 않을 거야. 이 고장 경찰은 내가 여기 있는 걸 잘 알고 있으니까. 당신, 우편함하고 놀이집 봤지?"

"우편함과 놀이집이 모두 부숴졌던데요?"

"그건 전부 이 고장 경찰 덕분이야. 어젯밤에 리사이클 놈들이 찾아와서 실컷 날뛰다 갔어. 그래서 경찰을 불렀더니 길가에 순찰차가 한 대가 와서 있는 거야. 그런데 이쪽에서 알아챌 때까지 놈들은 모르는 체하고 있더라고. 분명히 이 사건을 눈감아줄 속셈이었던 것 같아."

"어떻게 그런 일이?"

캐서린은 몹시 놀라면서 물었다.

"내가 팔팔하게 젊은 변호사한테 의뢰했는데 그가 멋지게 리사이클을 괴롭혀준 거야. 그래서 나를 협박하면 그 변호사와 관계를 끊을 것이라고 생각한 모양이야."

"어머, 어쩌면!"

캐서린이 외쳤다. 그제야 찰스가 지금까지 얼마나 고독했는지 캐서린은 알게 되었다.

"아이들은 어디 있지?"

찰스가 물었다.

"척은 어머니한테 가 있고, 장 폴은 섀프츠베리 친구 집에 묵고 있어요."

"됐어. 그럼 문제는 우선 이것뿐이군."

찰스와 캐서린은 감정을 될 수 있는 한 억제한 채 식탁을 사이에 두고 서로 마주보았다. 갑자기 사랑이 샘솟아 두 사람은 일어서서 마치 뭔가가 두 사람 사이를 갈라놓을까 두려워하는 듯 힘껏 껴안았다. 그들은 아직 아무것도 해결하지 못하고 있다는 것을 알면서도 다시 서로가 확인한 사랑에 새로운 힘을 얻은 듯했다.

"아무쪼록 나를 믿고 사랑해줘."

찰스가 말했다.

"사랑해요. 이런 건 모두 문제가 아니에요. 문제는 미셸뿐이에요."

캐서린은 눈물로 볼을 적시면서 말했다.

"나도 그 애를 가장 생각하고 있어. 그것만을 믿어줘. 내가 얼마나 미셸을 사랑하는지 당신도 알고 있잖아."

캐서린은 찰스에게서 떨어져 찰스의 얼굴을 지그시 바라보았다.

"당신한테 정신이상이 생겼다고 모두들 생각하고 있어요. 저도 어떻게 생각해야 좋을지 몰랐어요. 더구나 미셸의 치료가 가장 중요한 때 당신은 그 리사이클과 다투고 있었잖아요."

"리사이클과는 어떻게든 방법이 있었어. 그렇지만 미셸의 병에는 무엇 하나 해줄 수가 없었어. 마치 엘리자베스 때와 마찬가지로 말이야. 이것이 가장 비참했던 거야. 이전에 내가 할 수 있었던 일은 그녀가 죽는 것을 그저 말없이 바라보고 있는 것이었어. 미셸의 경우도 똑같은 일을 반복하게 되는 게 아닌가 하는 느낌이 들어서 말이야. 나로서는 뭔가 정신을 집중해서 할 수 있는 일이 필요했어. 마침 리사이클이 내가 활약할 수 있는 좋은 상대가 된 거야. 그런데 그놈들이 저지르고 있는 짓에는 정말 화가 났고 어떻게든 그놈들을 그만두게 해야 한다는 생각이 들었던 거야. 그러나 뭐라 해도 미셸에 대한 게 제일 문제야. 그렇지 않으면 여기 이렇게 있지도 않을 거야."

캐서린은 무서운 중압감에서 해방된 듯한 느낌이 들었다. 찰스가 현실에서 눈을 떼지 않고 있다는 것을 확실히 알 수 있었다.

"미셸의 증상은 어때요?"

캐서린이 물었다.

"좋지가 않아. 몹시 심해. 너무 빨리 증세가 변해서 놀랄 정도야. 게다가 위경련까지 심해서 모르핀 주사를 놓아줬어."

찰스는 다시 캐서린을 껴안으면서 얼굴을 돌렸다.

"내가 함께 있을 때도 몹시 아파했어요."

캐서린은 말했다. 찰스가 나오려는 눈물을 참느라 몸을 떨고 있는 것을 느낀 캐서린은 있는 힘을 다해 찰스를 껴안았다. 5분 정도 두 사람은 그렇게 서 있었다. 말 한마디 없어도 마음은 서로 완전히 통하고 있었다. 찰스가 몸을 빼서 등을 돌렸지만 그의 눈이 새빨개졌고 진지한 표정을 짓고 있음을 그녀는 알 수 있었다.

"둘이서 이렇게 얘기할 수 있게 돼서 정말 기뻐. 하지만 당신은 여기 있지 않는 게 좋아. 여기서 한바탕 소란이 일어날 건 빤하니까. 함께 있기 싫어서가 아니야. 생각 같아서는 있어줬으면 하는 게 진심이지만 역시 당신은 장 폴을 데리고 어머니한테 가는 게 좋겠어."

찰스는 자신을 납득시키려는 듯이 고개를 끄덕였다.

"당신은 당신 뜻대로 하세요. 여긴 내 집이에요. 장 폴도 척도 걱정 없어요."

캐서린은 자기가 버젓한 아내라는 사실 때문에 새로운 자신감에 불타고 있었다.

"하지만 캐서린."

"하지만은 필요 없어요. 저는 여기서 당신을 거들겠어요."

찰스는 아내의 얼굴을 찬찬히 보았다. 일보도 뒤로 물러서지 않겠다는 표정이었다.

"게다가……."

그녀는 지금까지 해본 적이 없는 거친 말투로 말을 계속했다.

"당신이 하는 일이 옳다는 것을 알게 해준 이 마당에 나를 쫓아낼 수 있다고 생각한다면 당신은 잘못 생각했어요! 나를 완력다짐으로 쫓지 않는 한 안 돼요."

"알았어, 알았어. 쫓긴 왜 쫓아. 안 쫓을게. 하지만 이제 곧 무서운 일이 닥칠 거야."

"제게도 당신만큼 책임이 있어요. 이건 우리 가족의 문제고 저도 가족의 일원이에요. 그건 우리가 결혼했을 때 둘이서 인정한 거잖아요. 행복을 서로 나누기 위해서만 여기 있는 건 아니에요."

찰스는 복잡한 감정의 갈등을 느꼈지만 그중에서도 으뜸가는 것은 가족애였다. 그녀가 하는 말은 옳았다. 찰스는 가정의 힘든 일이 있을 때마다 캐서린을 제외시키려고 노력해왔지만 그것은 잘못이었다. 좀 더 넓은 의미로 상대를 믿어도 되었던 것이다. 캐서린은 아내이지 아이가 아니었다.

"있고 싶으면 있어줘."

찰스가 말했다.

"있고 싶어요."

찰스는 살짝 그녀의 입술에 키스하고 뒤로 물러나서 넋을 잃은 듯 물끄러미 그녀의 얼굴을 바라보았다.

"당신이 실제로 거들어줘야 할 게 있어."

그는 시계를 보고 나서 말을 이었다.

"슬슬 미셸의 항원을 내 몸에 주사할 시간이야. 준비할게. 당신이 해줄 건 나중에 얘기할게. 괜찮겠지?"

찰스는 고개를 끄덕이는 캐서린의 손을 살짝 잡고 나서 거실 쪽으로 갔다.

캐서린은 가벼운 현기증을 느껴 부엌의 의자 등을 잡았다. 요 며칠 동안에 일어난 일은 모두가 뜻밖의 일뿐이었다. 찰스가 미셸을 이 집으로 데려오리라는 것은 전혀 생각지 못했었다. 이쯤에서 그녀는 후견인 지명수속을 거절하기로 하고, 찰스가 경찰에게 발각되는 것을 조금이라도 막을 수 있는 방법이 없을까 하고 여러 가지로 생각해보았다.

수화기를 들고 그녀는 어머니에게 전화했다. 그리고 전화가 연결되는 동안 찰스가 여기 있다는 것을 얘기하면 틀림없이 이러쿵저러쿵 옥신각신하게 될 것 같아서 그것은 말하지 않기로 했다.

벨이 두 번 울리고 지나가 나왔다. 캐서린은 와인버거에 갔었던 일이나 찰스가 절도혐의를 받고 있다는 것은 말하지 않고 애써 명랑하게 얘기하다가 잠깐 사이를 두고 헛기침을 하고 나서 이렇게 말했다.

"척에게 서넉을 먹이고 내일 아침 학교 가게 해주세요. 난 오늘밤 여기서 잘까 하는데……. 혹시 찰스한테 전화가 올지 모르니까 기다려봐야겠어요."

"거기서 그 작자 전화 오기를 기다릴 필요가 뭐 있어. 만약 자기 집에 걸어서 아무도 없는 줄 알면 이리로 걸어올 건데 뭘 그러니? 그리고 오늘 저녁은 멋진 음식 준비를 할까 하는데 내 솜씨를 믿고 와서 먹도록 해라."

캐서린은 살짝 한숨을 쉬었다. 맛있는 음식만 있으면 만사가 해결된다고 언제나 믿고 있는 어머니한테는 정말 할 말이 없었다.

"어머니, 어머니 요리솜씨에 대해선 잘 알고 있어요, 하지만 오늘밤은 여기서 자고 싶어요."

이런 말을 하면 어머니의 기분을 상하게 하리라는 건 알고 있었지만 캐서린은 지금의 상태로는 어쩔 수 없다고 생각하고 무례하지 않을 정도로 가급적 빨리 전화를 끊었다.

식사를 생각하고 캐서린은 냉장고를 열어보았다. 우유와 달걀은 얼마 없었지만 옛날식 지하 움에는 꽤 많은 음식이 저장되어 있다. 그녀는 냉장고를 닫고 판자를 붙인 부엌을 둘러보고 나서 자신이 자기 집에 감금된 몸이 되었다는 데에 새삼스레 놀랐다.

그녀는 찰스가 미셸을 치료하는 것에 대해 생각했다. 상세한 것은 모르지만 그래도 나쁘지 않을 것 같은 느낌이 들었다. 그와 동시에 카이츠맨과 함께 있었으면 그쪽 얘기도 틀림없이 믿었을 거라고 생각했다. 의학이란 것은 그녀에게 있어서 너무 복잡해서 도저히 자신 있게 질문할 수가 없었다. 의사가 반대하면 그녀는 비전문이기 때문에 어쩔 수 없게 되는 입장에 있었다.

거실로 들어가자 찰스가 바늘에 붙은 주사기를 위를 향해 들고 집게 손가락으로 두드려 안에 있는 기포를 빼내고 있었다. 그녀는 살며시 앉아서 그를 주시했다. 미셸은 하얀 베개 위에 가는 팔을 올려놓은 채 계속 잠자고 있었다. 창에 붙인 판자너머로 그쳤던 눈이 다시 내리기 시작했다. 지하에서는 오일버너의 스위치 켜지는 소리가 들려왔다.

"자, 이걸 내 정맥에 찌르는 거야. 이런 것을 해보는 게 내키기는 않겠지만."

찰스는 주사기를 보면서 말했다.

캐서린은 문득 갈증을 느꼈다.

"할 수 있어요."

마지못해 말했지만 그녀는 주사기 같은 건 만지기도 싫었고, 보기만 해도 정신이 아찔해지는 것 같았다.

"할 수 있겠어? 마약상용자가 아니라면 자기 정맥을 스스로 찌르는 것은 아주 어려운 일이야. 그리고 만약 필요하게 되면 에피네프린을 사용하는데 그 사용법을 알려줄게. 미셸의 항원을 맨 처음 내 손으로 정맥에 주사했을 때 약간 과민증을 일으켰었어, 다시 말해서 알레르기 반응으로 호흡이 곤란해졌던 거야."

"어머, 어쩌면 좋아."

캐서린은 혼잣말을 중얼거리고 나서 찰스를 향해 말했다.

"항원을 넣는 다른 방법은 없어요? 말하자면 마신다든가……."

찰스는 고개를 저었다.

"해봤지만 위산으로 인해 파괴되고 말아. 코카인처럼 코로 들이마셔 봤지만 코의 점막이 무섭게 부어올랐어. 방법은 정맥주사밖에 없는 것 같아. 문제는 내 몸이 단순한 알레르기, 과민증이라는 반응을 일으키는 것인데 단백질을 약간 바꿔서 그 효과를 줄이도록 해보긴 했어. 그 과민증이 즉시 일어나지 않게 하긴 했지만 말이야."

캐서린은 알았다는 듯한 표정으로 고개를 끄덕이긴 했지만 주사기의 차가운 감촉 외에는 아무것도 알 수가 없었다. 마치 자기가 찔리는 것처럼 그녀는 그 주사기를 손가락으로 겁먹으면서 잡고 있었다. 찰스는 의자를 끌어당겨서 그녀 앞에 놓고 카운터의 손닿는 곳에 작은 주사기를 2개 놓았다.

"이 다른 주사기는 에피네프린이야. 만약 내가 새빨개져서 호흡곤란을 일으키게 되면 즉시 이 한 개를 어디든 좋으니 근육에 주사해줘. 30초가 지나도 효력이 나타나지 않으면 다시 한 개 찌르는 거야, 알겠지?"

캐서린은 묘한 두려움을 느꼈다. 그러나 찰스는 쾌활한 표정을 보이며 조금도 걱정을 내비치지 않았다. 그러고는 소매의 단추를 벗겨 팔꿈치까지 걷어 올리고 지혈대 끝을 입에 물고 자신의 팔뚝에 감았다. 혈관은 순식간에 부풀어 올랐다.

"플라스틱 캡을 뽑고 정맥에 침을 밀어 넣는 거야."

찰스는 지시했다. 캐서린은 떨리는 손으로 바늘에 끼워진 캡을 뽑았다. 날카로운 끝이 반짝 빛난다. 그는 알코올 거즈 꾸러미를 입에 물고 오른손으로 찢어 그 자리를 싹싹 문질렀다.

"좋아, 이제 됐어. 해봐."

찰스는 얼굴을 돌렸고, 캐서린은 숨을 한 번 쉬었다. 자신이 왜 의사가 될 마음이 없었는지 새삼스럽게 뉘우쳤다. 그녀는 될 수 있는 한 주사기를 단단히 잡고 찰스의 피부에 대고 살짝 밀었다. 피부는 그저 움푹 들어갔을 뿐이었다.

"힘을 주고 꽉 눌러야 돼."

여전히 얼굴을 돌린 채 찰스가 말했다. 캐서린은 좀 더 눌렀지만 역시 아까보다 약간 깊이 움푹 들어갈 뿐이었다. 찰스는 자기 팔을 내려다보고 다른 손으로 바늘을 힘껏 찔러 넣었다. 바늘은 피부를 뚫고 들어가서 정맥에 꽂혔다.

"됐어. 자, 바늘 끝을 움직이지 말고 주사기 피스톤을 약간 빼봐."

캐서린이 찰스가 시키는 대로 하자 새빨간 피가 주사기 속으로 쑥 빨려 들어왔다.

"성공이다."

찰스는 그렇게 말하고 지혈대를 풀었다.

"다음은 천천히 넣는 거야."

캐서린은 피스톤을 밀었다. 이번에는 쉬웠다. 액이 절반 이상 들어갔을 때 손가락이 미끄러져서 바늘이 깊이 꽂히고, 액이 다 들어가자 팔에 작은 달걀형 모양이 부풀어 올랐다.

"이제 됐어. 처음 솜씨론 나쁘지 않은데? 자, 빼줘."

찰스는 바늘을 빼고 그 자리를 거즈로 눌렀다.

"미안해요."

상처 입힌 것을 걱정하며 캐서린이 말했다.

"괜찮아. 피하로 샌 항원도 아마 도움이 되겠지. 그런 건 아무도 모르지만."

그러자 갑자기 찰스의 얼굴이 새빨개지며 떨기 시작했다.

"제기랄."

그는 간신히 그렇게 말했지만 그의 목소리가 변한 것을 캐서린은 알아차렸다. 찰스는 큰 소리로 한마디 "에피네프린." 하고 말했다. 그녀는 작은 주사기 하나를 들고 캡을 뽑았다. 하지만 곧바로 바늘을 구부러뜨리고 말았다. 다시 다른 한 개를 들었다. 찰스는 너무 빨리 발진이 나타난 왼쪽 팔뚝을 가리켰다. 그녀는 숨을 죽이고 이번에는 힘껏 찔러 피스톤을 밀어서 약을 주입했다. 그리고 재빠르게 주사기를 던져버리고 처음의 주사기를 들어서 구부러진 바늘을 바로잡으려 했다. 그것을 다시 팔에 찌르려고 하자 찰스가 그 손을 막았다.

"그만 됐어."

목소리는 여전히 변해 있었다.

"이제 부작용이 사그라진 것 같아. 후유! 당신이 있어줘서 정말 다행이야."

캐서린은 주사기를 놓았다. 시작하기 전부터 떨리고 있었지만 끝났는데도 여전히 떨림이 멎지 않았다. 캐서린으로서는 찰스에게 주사한다는 것이 최대의 시련이었다.

경찰의 포위 속에서

9시 반까지 두 사람은 계속 분주했다. 캐서린은 일찍부터 식사준비를 했고 찰스는 그 나름대로 연구실에서 일하고 있었다. 우선 자기 혈액을 빼어 세포를 분리하고 양(羊)의 적혈구를 사용해서 T림프구를 빼냈다. 그리고 그 T림프구를 미셸의 병든 세포와 자신의 조직 세포와 함께 배양했다. 식사하는 동안 그는 세포가 매개한 지연성 과민반응이 나올 기미가 아직 없다는 것, 따라서 24시간 내에 다시 한 번 미셸의 항원을 자기 몸에 주입해야 한다는 것을 캐서린에게 설명했다.

미셸은 모르핀으로 인해 잠들었다가 깨어나서 캐서린을 보자 몹시 반가워했다. 캐서린이 돌아온 얼마 후 한번 얼굴을 보았지만 그것을 기억하지 못하는 듯했다. 아이는 컨디션이 좋아졌는지 음식을 조금 먹었다.

"기분이 약간 좋아진 것 같아요."

캐서린이 부엌에서 접시를 들고 와서 조용히 말했다.

"실제보다 좋게 보일 뿐이야. 병원 약의 부작용이 겨우 제거되기 시작한 것뿐이라고."

찰스는 불을 지피고 대형 매트리스를 거실로 들고 왔다. 언제라도 필요한 때 미셸 곁에 있어주려고 생각했기 때문이었다.

캐서린은 자리에 눕자 심한 피로를 느꼈다. 그러나 요 이틀 사이에 미셸의 컨디션이 매우 좋아진 것 같아서 비로소 편안한 기분이 되었다. 바람이 바깥 창에 눈을 세차게 뿌리고 있었지만 그녀는 찰스와 몰려오는 잠에 깊이 빠져들었다.

쨍그랑, 쨍그랑 유리 깨지는 소리에 캐서린은 무슨 소리인지도 모르고 반사적으로 일어났다. 찰스는 벌써 일어나서 신중히 행동하면서 매트리스를 말아놓고 엽총을 집어 들고는 안전장치를 풀었다.

"무슨 일이에요?"

두근거리는 마음으로 캐서린이 물었다.

"손님이야. 아마 리사이클 놈들일 거야."

집 앞에 뭔가가 부딪히고 현관 바닥으로 꽝 하고 떨어지는 소리가 났다.

"돌이로군."

찰스는 불을 켜기 위해 방에서 뛰쳐나갔다. 미셸이 무슨 소리인지 중얼거려서 캐서린은 미셸 곁으로 갔다.

"생각했던 대로군."

찰스와 캐서린은 창에 붙여놓은 판자 틈새로 밖을 내다보았다.

집에서 30미터 정도 앞쪽 전용차도에 한 무리의 사람들이 횃불을 들고 서 있었고, 길 쪽으로는 자동차들이 아무렇게나 세워져 있었다.

"술에 취해 있군."

찰스가 말했다.

"어떻게 할 거죠?"

캐서린이 속삭였다.

"아무렇게도 안 해. 안으로 들어오거나 횃불을 들고 가까이 오지 않는다면 말이야."

"사람을 쏠 거예요?"

"모르겠어. 정말 모르겠어."

"경찰을 부를게요."

"소용없어. 저쪽은 빤히 알고 있어."

"하지만 하는 데까지 해볼게요."

그녀는 창가의 찰스에게서 떨어져 부엌으로 돌아가서 교환수를 불러 섀프츠베리 경찰을 부탁했다. 전화벨이 여덟 번 울려서야 졸린 듯한 목소리가 전화를 받더니 바니 클로퍼드라고 이름을 댔다.

캐서린은 술에 취한 무리에게 집이 습격당하고 있으니 급히 구조해달라고 말했다.

"잠깐 기다리세요."

바니가 말했다. 바니가 서랍을 열고 뭔가 찾고 있는 소리가 캐서린에게 들렸다.

"잠깐만, 지금 펜을 찾고 있는 중이니……."

캐서린이 말도 하기 전에 바니는 다시 전화기에서 멀어져갔다. 밖에서 외치는 소리가 들리자, 찰스는 부엌으로 뛰어가서 못 쪽을 향해 있는 북쪽 창가로 갔다.

"주소는?"

바니는 다시 돌아와서 말했고, 캐서린은 빨리 주소를 알려주었다.

"우편번호는?"

"우편번호라고요? 곧바로 구조하러 와주세요."

"부인, 서류 작성은 서류 작성이고 구조는 구조예요. 나가기 전에 서류에 기록해둬야 하니까요."

캐서린은 우편번호를 가르쳐주었다.

"그 그룹이란 게 몇 명 정도죠?"

"잘 몰라요. 여섯 명 정도?"

펜으로 쓰는 소리가 들렸다.

"그 패거리가 젊은 놈들이오?"

"캐서린!"

찰스가 외쳤다.

"집 앞을 살펴봐줘. 놈들이 놀이집에 불을 지르고 있어. 단지 주의를 끌기 위한 작전일지도 몰라. 앞쪽을 살펴보고 있어야겠어."

"알았어요."

캐서린은 전화에다 대고 고함쳤다.

"더 얘기할 시간 없어요! 빨리 순찰차를 보내세요!"

전화를 찰칵 끊고 그녀는 거실로 뛰어갔다. 난로 곁의 작은 창을 통해서 놀이집이 가물가물 타고 있는 것이 보였다. 그녀는 집 앞의 잔디 쪽으로 눈을 돌렸다. 횃불을 든 무리는 가버렸지만 한 대의 차 트렁크에서 뭔가를 들어내고 있는 사람의 그림자가 보였다. 컴컴한 어둠을 통해서 보니 그것은 물통 같았다.

"오, 하느님, 휘발유가 아니기를……."

캐서린이 말했다.

집 뒤쪽에서 유리가 깨지는 소리가 들렸다.

"당신 괜찮아요?"

"이쪽은 괜찮아. 놈들이 당신 차 유리를 깨고 있다고."

찰스가 뒤쪽 문을 여는 소리가 들리고 이윽고 탕 하는 엽총소리가 났다. 그 울림이 집안에 온통 메아리쳤다. 그리고 문이 닫히는 소리가 났다.

"어떻게 했어요?"

캐서린이 외쳤고, 찰스는 거실로 돌아왔다.

"하늘을 향해 공포를 쏘았지. 총 앞에는 놈들도 기겁을 할 수밖에 없지. 저쪽으로 뛰어가버렸어."

캐서린이 뒤쪽을 엿보니 패거리들은 트렁크가 열려 있는 차 쪽으로 모여 있었다. 밝은 햇불 덕분에 사나이가 1갤런짜리 통을 들고 있는 것이 보였다. 사나이가 땅에 무릎을 대고 그것을 열고 있는 것 같았다.

"페인트 같아요."

캐서린이 말했다.

"틀림없어."

지켜보고 있는 사이에 그들은 '코뮤니스트의 노래'를 부르기 시작했다. 페인트 통을 든 사나이가 집으로 다가오고 있었다. 다른 무리에게 용기를 고무시키기 위해서인 모양이었다. 캐서린은 그들이 가까이 다가옴에 따라 각자가 곤봉 같은 것을 들고 있다는 것을 알았다. 노랫소리는 점점 커지고 있었다. 찰스는 윌리 크랩과 자기를 때린 사나이의 얼굴을 확인할 수 있었다.

패거리들은 집에서 15미터 정도 거리까지 와서 멈춰 서더니 그중 페인트를 든 사나이만 다가오고 있었다. 다른 무리들은 그를 선동하고 있는 모양이었다. 찰스는 캐서린을 창가에서 떨어지도록 자신의 등 뒤로 보내고 문을 활짝 열었다. 그리고 방아쇠에 손가락을 걸었다.

발소리가 멈추었고, 이어서 널빤지를 문지르는 브러시 소리가 났다. 5분 후에는 마지막으로 바깥문에 페인트를 뿌리는 소리와 그에 이어서 현관 입구에 부딪히는 깡통소리가 들렸다.

창가로 뛰어 돌아온 찰스는 웃음소리와 함께 환성을 올리고 있는 사나이들의 모습을 볼 수 있었다. 그들은 눈 속을 서로 밀치락달치락 하면서 전용차도로 천천히 돌아갔다. 그리고 도로가에서 큰 소리로 지껄이면서 2대의 차에 나눠 타고 경적을 울리면서 섀프츠베리를 향해 국도 301번을 달려갔다.

시작과 마찬가지로 갑자기 겨울밤의 정적이 다시 돌아왔다. 찰스는 한숨을 크게 쉬며 엽총을 놓고는 캐서린의 손을 잡았다.

"자, 이제 힘들다는 걸 잘 알았지? 이 일이 끝날 때까지 당신은 장모님한테 가 있는 게 좋겠어."

"싫어요."

캐서린은 고개를 저었다. 그리고 미셸의 용태를 보러 뛰어갔다.

15분 후, 섀프츠베리 경찰의 순찰차가 전용차도로 들어와서 스테이션왜건 뒤에 급정차했다. 프랭크 닐슨이 자못 긴급히 달려왔다는 모습으로 앞좌석에서 내렸다.

"차를 돌려 빨리 돌아가슈, 어이가 없군."

찰스가 현관에 나가 말했다.

프랭크는 두 다리를 벌려 허리에 손을 얹고 뻔뻔스런 태도로 서 있다가 어깨를 약간 으쓱 올리고 나서 말했다.

"그래, 용건이 없다면."

"내 땅에서 나가슈."

찰스가 말했다.

"이 주변에는 괴짜들만 있군."

프랭크는 차로 돌아가면서 큰 소리로 부하에게 말했다.

높게 깔린 흰 구름에 덮여서 얼어붙은 전원풍경 위에 살며시 아침이 다가왔다. 찰스와 캐서린은 교대로 망을 보고 있었으나 난폭자들은 다시 돌아오지 않았다. 날이 샐 무렵 찰스는 이제 괜찮겠지 생각하고 난로 앞의 침대로 돌아가 캐서린 옆으로 들어갔다.

미셸은 아직 쇠약하긴 했지만 많이 좋아져서 찰스가 웨이터처럼 아침식사를 운반해왔을 때는 일어나서 웃음을 띠는 원기도 보였다.

찰스가 자기 혈액을 빼어 T림프구가 미셸의 세포에 지연성 과민반응을 나타내고 있는지 어떤지 검사하고 있는 동안 캐서린은 엉망이 된 집안을 조금이라도 정리하려고 애썼다. 찰스의 실험기구와 시약 사이에 미셸의 침대와 대형 매트리스가 있었는데 그 모습이 거실을 마치 미로처럼 보이게 했다. 거기는 캐서린도 손을 댈 수 없었지만 부엌 쪽은 조금이나마 그녀가 노력한 표가 났다.

"내 림프구가 아직 적절한 반응을 일으키고 있지 않아. 나중에 다시 한 번 미셸의 항원을 내게 주사해줘야겠어."

찰스가 커피를 더 가지러 와서 말했다.

"네, 알았어요."

캐서린은 자신도 배짱이 좀 있는 것처럼 대답은 했지만 다시 그것을 할 수 있을지 자신이 없었고 생각만 해도 소름이 끼쳤다.

"그리고 방비를 좀 더 튼튼히 할 방법을 생각해야겠어. 놈들이 어젯밤 뒷문을 습격해왔을 때 조금만 더 늦장 대응을 했었다면 어떻게 되었을지 모르겠어."

"난폭한 놈들은 그렇다 치고 경찰이 당신을 체포하러 오면 어떻게 할 작정이에요?"

찰스는 캐서린을 돌아다보았다.

"이 일이 끝날 때까지는 아무도 집안에 들이지 않을 거야."

"경찰이 오는 건 시간문제예요. 그들을 못 들어오게 하는 건 더 어렵잖아요. 버티고 있으면 그만큼 법을 어기는 결과가 돼서 경찰도 실력행사를 하게 될 텐데……."

"그럴 것 같진 않아. 놈들도 노력에 비해서 공이 적어질 테니까 말이야."

"미셸의 치료를 다시 해야 한다고 그들도 생각할 테니까 그 애의 일이 자극이 될지도 몰라요."

찰스는 천천히 고개를 끄덕였다.

"당신 말이 맞을 거야. 뭐 좋은 방법이 없을까?"

"달리 좋은 방법이 있겠어요? 경찰이 당신을 찾는 걸 내가 나가서 막아볼게요. 담당형사를 만나서 무리하게 고소하고 싶지 않다고 얘기하겠어요. 고소하지 않으면 당신을 찾아내는 것도 할 수 없잖아요? 지금 경찰서로 바로 가볼게요."

찰스는 커피를 한 모금 마셨다. 캐서린의 말이 맞았다. 만약 경찰이 전력으로 공격해오면 자기를 집에서 내쫓는 것은 시간문제일 것이다. 최루탄이나 뭔가를 사용할 경우를 대비해서 창에다 판자를 굳게 방비한 것도 그 때문이었다. 정말로 경찰이 가장 큰 골칫거리였다. 다시 리사이클 놈들이 쳐들어올 때 어떤 수단을 취할지는 생각하고 싶지 않았다.

"좋아, 그럼 차고에 넣어둔 저 렌터카로 가야할 거야. 스테이션왜건은 창이 다 깨졌을 테니."

두 사람은 코트를 입고 손을 잡고는 새로 내린 눈을 밟으면서 차고 쪽으로 갔다. 못가에 있는 놀이집의 검게 그을린 잔해를 보았지만 두 사람은 아무 말도 하지 않았다. 아직도 연기가 나고 있는 잿더미가 어젯밤의 두려움을 생생하게 드러내고 있었다. 캐서린은 차고에서 차를 뒤로 빼면서 뒷머리가 끌리는 듯한 느낌을 받았다. 그러나 미셸은 눈에 띄게 좋아져 있었고 난폭자에게 습격을 받았음에도 불구하고 찰스와의 사이가 긴밀하게 된 것이 캐서린에겐 새로운 기쁨이었다. 이렇게 큰 차를 운전하는 것은 처음이었기 때문에 약간 걱정하면서도 그녀는 차를 돌려 찰스에게 작별의 손을 흔들고 미끄러지기 쉬운 전용차도로 천천히 몰고 갔다.

고갯마루까지 가서 집 쪽을 돌아다보니 바람이 찬 데다 잎이 떨어진 나무들 사이로 보이는 집이 마치 폐옥처럼 보였다. 집 앞에는 '코뮤니스트'라고 쓴 큰 글자가 페인트로 여기저기 낙서되어 있었고 나머지 빨간 페인트가 현관문에 뿌려져서 밖의 포석에까지 흘려져 있는 것이 마치 피를 흘린 것처럼 보였다.

곧장 버클레이 거리의 보스턴 경찰본부를 향해 가면서 캐서린은 패트릭 오설리번과 대화할 내용을 되뇌어 보았다. 가급적 간단한 게 좋을 것 같아서 들어갔다가 바로 나오기로 마음을 먹었다.

주차할 자리를 찾느라 몹시 고생하던 끝에 금지된 노란선 구역에 차를 주차하고 말았다. 그리고 엘리베이터로 6층에 올라가 쉽게 오설리번의 방을 찾았다. 그녀가 들어가자 형사는 일어나 책상을 돌아서 나왔다. 그는 24시간 전에 만났던 것과 똑같은 복장을 하고 있었다. 진한 감색 넥타이 옆에 커피 얼룩이 묻어 있던 것을 그녀는 기억하고 있었다. 이렇게 점잖게 보이는 신사가 때로는 필요하면 얼마든지 폭력을 휘두른다니 캐서린으로서는 믿을 수가 없었다.

"앉으세요. 코트를 벗겨 드릴까요?"

패트릭이 말했다.

"아니, 괜찮아요. 감사합니다. 시간은 별로 오래 걸리지 않을 테니까요."

캐서린이 대답했다.

형사의 방은 텔레비전에 나오는 멜로드라마의 세트와 비슷했다. 벽에는 제복 차림의 고위급 경찰관 사진이 몇 장 걸려 있었고 코르크로 된 게시판에는 수배자 사진과 포스터가 덕지덕지 붙어 있었다. 또 형사의 책상 위에는 온갖 서류들이 뒤덮여 있었고, 수프 깡통 속에는 연필꽂이, 낡은 타자기, 그리고 붉은 머리의 아이들 5명과 함께 찍은 오동통하고 귀여운 붉은 머리의 여자 사진 등이 어지럽게 널려 있었다.

오설리번은 몸을 뒤로 젖히고 의자에 앉아서 깍지 낀 손을 배 위에 얹고 있었다. 그의 얼굴은 아주 무표정해서 이 사람이 과연 무엇을 생각하고 있는지 전혀 알 길이 없을 것 같았다.

"저~."

그녀는 지금까지 가졌던 자신감을 잃고는 불안한 기분으로 말을 꺼냈다.

"제가 온 것은 남편의 고소를 강행하지 말아달라고 말씀드리고 싶어서입니다."

오설리번 형사의 표정은 조금도 변하지 않았다. 캐서린은 얼굴을 약간 돌렸다. 대화는 계획대로 진행되지 않았고, 그녀는 계속해서 말했다.

"다시 말해서 저는 아이의 후견인이 되고 싶지 않습니다."

형사는 여전히 입을 다물고 있어서 캐서린을 더욱 불안하게 했다.

"돌보지 않는다는 게 아닙니다. 찰스는 친아버지인 데다 의학박사이기도 해요. 그래서 아이의 치료를 맡기는 것에 가장 적임자라고 생각하고 있어요."

"남편은 어디 있습니까?"

오설리번이 물었다. 캐서린은 눈을 끔뻑거렸다. 이 형사의 질문이 마치 그녀의 얘기를 듣고 있지 않은 것 같았기 때문이다. 그러나 여기서 얘기가 중단되어서는 안 되므로 캐서린은 "모릅니다."라고 대답했다. 그러나 아무래도 그럴 듯하게 들리지 않은 것 같았다.

오설리번은 갑자기 상체를 앞으로 내밀고 두 팔을 책상 위에 얹어 놓았다.

"미세스 마텔, 이번에는 내가 당신에게 얘기하는 게 좋겠군요. 설사 부인이 법률 수속을 밟지 않기로 해도 청문회까지는 일방적으로 중지할 수 없습니다. 일시적인 긴급 후견인을 부인에게 지명한 판사는 벌써 소송을 위해 후견인으로서 로버트 티버의 이름을 정하고 있습니다. 티버 씨는 미셸을 병원으로 다시 데리고 돌아가기 위해서 남편에 대한 고소를 추진하는 건을 포기한다고 하면 어떻게 생각할까요?"

"모르겠어요."

캐서린은 이 복잡하게 얽힌 얘기에 어찌할 바를 몰라 얌전히 대답했다.

"나는 말이죠. 환자가 빨리 특별한 치료를 받지 않으면 생명이 위태롭다고 믿고 있습니다."

캐서린은 아무 말도 할 수 없었다.

"부인은 분명히 남편과 의논한 것 같군요."

"남편과 얘기했습니다. 그리고 아이는 걱정 없습니다."

캐서린은 인정했다.

"치료는 어떻게 하죠?"

"남편은 의사입니다."

캐서린은 찰스의 자격을 말하면 그것으로 상대의 질문에 대한 대답이 된다고 생각했다.

"그야 그렇겠죠, 미세스 마텔. 하지만 법원은 동의한 치료 외에는 인정하질 않습니다."

캐서린은 용기를 내어 일어났다.

"전 이만 실례하겠어요."

"남편이 어디 있는지 그걸 얘기해주시지 않으면 안 되겠는데요."

"그건 말씀드릴 수 없습니다."

캐서린은 지금까지 모르는 체하던 태도를 바꿔서 말했다.

"우리는 남편의 체포영장을 가지고 있습니다. 그것을 잊지 마세요, 그리고 와인버거 연구소 간부들도 집행을 강력히 원하고 있습니다."

"그 사람들은 기구 전부를 돌려받을 겁니다."

"당신 자신이 범죄를 방조해서는 안 됩니다."

"바쁘신데 시간을 빼앗아서 죄송합니다."

문 쪽을 향하면서 캐서린은 말했다.

"찰스가 어디 있는지 우리는 벌써 알고 있습니다."

오설리번 형사가 말했다.

캐서린은 멈춰 서서 형사 쪽으로 다시 돌아섰다.

"아무튼 이리 돌아와 앉으세요."

캐서린은 그대로 잠시 움직이지 않았다. 처음에는 돌아갈 작정이었으나 그들이 어느 정도 알고 있는지, 그리고 좀 더 중요한 것은 앞으로 어떻게 할 셈인지 아는 것이 좋으리라 생각하고 마지못해 자리로 돌아갔다.

"좀 다른 얘기를 합시다. 우린 오늘 아침까지 남편의 체포영장을 발부할 생각은 없었습니다. 내 느낌으로는 이것이 흔히 있는 사건도 아니고 와인버거 사람들이 말하듯이 남편이 기구를 훔쳐갔다고도 생각지 않았습니다. '가지고 가긴 했지만 훔친 건 아니다.' 라고 말입니다. 내가 바라는 건 사건이 저절로 해결돼주는 겁니다. 다시 말해서 남편이 누군가에게 전화를 걸어서 '죄송하다, 기구는 전부 여기 있고 아이도 있다. 나는 그만 내 자신을 잊고…….' 라는 식으로 말입니다. 만일 그렇게 된다면 우리도 고소하지 않고 끝낼 겁니다. 그런데 와인버거에서나 병원에서 압력이 가해져서 남편의 체포영장이 오늘 아침 전송되고 우리도 곧 그것을 들었습니다. 섀프츠베리 경찰에서 전화가 걸려 와서 찰스 마텔은 자기 집에 있으니 이제부터 나가서 체포할 수 있을 거라고 했습니다. 그래서 나는……."

"어머, 안돼요!"

캐서린은 얼굴이 창백해진 채 외쳤다. 오설리번 형사는 얘기를 중단하고 캐서린의 얼굴을 꼼짝도 않고 쳐다보았다.

"괜찮습니까, 부인?"

캐서린은 눈을 감고 손을 얼굴에 댔으나 곧 손을 내리고 오설리번을 보았다.

"어쩌면 악몽이 아직도 계속되다니."

"무슨 얘기를 하고 있는 겁니까?"

형사가 물었다.

캐서린은 리사이클 회사에 대한 찰스의 십자군적 투쟁 이야기, 지방경찰의 태도, 그리고 집을 습격한 데 대해 경찰이 취한 태도 등을 자세히 얘기했다.

"그 패들이 좀 지나치게 열을 쏟았군요."

오설리번은 프랭크 닐슨과 나눈 얘기를 생각하면서 맞장구쳤다.

"형사님이 그분을 불러서 기다리도록 얘기해주시면 안 될까요?"

"그건 이미 늦었을 겁니다."

"그저 전화로 연락해서 지방 경찰이 멋대로 움직이지 않도록만 얘기하면 안 될까요?"

오설리번은 수화기를 들고 교환대를 불러 섀프츠베리를 연결하라고 말했다. 캐서린은 형사가 직접 뉴햄프셔로 나가서 사정을 살펴줄 수 없겠느냐고 부탁했다.

"나는 그쪽에서는 아무런 힘도 없습니다."

형사가 대답했다. 전화가 연결되고 그는 가만히 주의를 기울였다.

"우리가 완전히 포위했습니다."

바니가 큰 소리로 말했다. 오설리번이 귀에서 수화기를 뗐기 때문에 캐서린에게도 그 소리가 들렸다.

"그런데 마텔은 정신이 이상해져서 말입니다. 집을 요새처럼 판자로 둘러치고 있는 겁니다. 게다가 그는 엽총을 가지고 있고 사용법도 터득하고 있는 데다 아이를 인질로 잡고 있습니다."

"아무래도 상황이 어렵게 된 것 같군요. 주 경찰에 구원을 요청하는 게 좋을 것 같은데요."

오설리번이 말했다.

"아니, 그건 안 됩니다! 그는 우리가 체포합니다. 지원자도 많이 모여 있으니까요. 아무튼 그를 체포하면 곧 연락할 테니 보스턴으로 호송하는 건 그쪽에서 수배하도록 해주십시오."

패트릭이 바니에게 고맙다고 하자 바니는 인사할 필요가 없고 섀프츠베리 경찰은 언제나 준비가 되어 있으며 기꺼이 조력하겠다고 말했다. 오설리번은 캐서린 쪽을 보았다. 바니의 장황한 얘기는 그녀의 얘기를 뒷받침하고 있었다. 섀프츠베리의 서장은 프로 경찰관이라고는 도저히 생각할 수 없었다. 첫째, 지원자를 모집한다는 즉흥적인 착상은 마치 크린트 이스트우드의 서부극에 나오는 얘기와 조금도 다를 바가 없잖은가.

"정말 큰일 났군요. 정면충돌하게 될 거예요. 미셸 때문에 찰스는 조금도 물러서지 않을 텐데요. 틀림없이 부딪치게 됩니다."

"그것 참!"

오설리번은 그렇게 말하고 일어나 캐비닛에서 코트를 꺼냈다.

"그러니까 나는 인질 사건이라는 걸 싫어하는 거요. 자, 함께 갑시다. 기억해주셔야 할 건 나는 뉴햄프셔에서는 아무런 힘도 없다는 겁니다."

캐서린은 차를 타고 최대한의 속도로 달렸고 그 뒤를 패트릭 오설리번이 파란 세비노바의 보통차로 따랐다. 섀프츠베리가 가까워짐에 따라 캐서린의 맥박은 빨라졌고 집으로 가는 마지막 모퉁이를 돌 무렵에는 거의 반 광란상태가 되어 있었다. 차가 마텔 가의 소유지로 들어가자 많은 군중들이 보이고 국도 301번 약 50미터 사이에 차들이 여러 방향으로 주차하고 있었다. 집의 전용차도 입구에는 2대의 순찰차가 길을 막고 있었다.

될 수 있는 한 집 가까이에 차를 세워놓고 캐서린은 오설리번이 오기를 기다렸다. 이런 영하의 기온에도 불구하고 군중들은 마치 사육제 같은 광경을 펼쳐놓고 있었다. 약삭빠른 장사꾼들은 길가에 포장마차를 내다가 피터팬에 끼워 막 구워낸 이탈리안 소시지를 2달러 50센트에 팔고 있었다. 그 옆에는 버드와이저 맥주와 얼음 포장마차가 있었다. 또 가게 뒤에서는 아이들 한패거리가 눈싸움을 하기 위해 눈성을 쌓고 있었다.

오설리번은 캐서린에게로 와서 말했다.

"이건 마치 중학교 소풍 같군. 아이고, 맙소사."

"총들만 없으면 말이죠."

캐서린도 말했다.

길을 막은 2대의 순찰차 뒤에는 군 작업복에서 스키용 아노락까지 갖가지 잡다한 복장을 한 많은 사람들이 손에 엽총을 들고 모여 있었다. 그중에는 한쪽 손에는 총, 다른 손에는 맥주를 들고 있는 사람도 있었다. 그 한가운데 프랭크 닐슨이 있었다. 순찰차의 범퍼에 한쪽 발을 걸쳐놓고, 작은 무전기를 귀에 대고 완전히 집을 포위한 무장집단을 몰래 지휘하고 있었다.

오설리번은 캐서린에게서 떨어져서 프랭크 닐슨에게 다가가 자기소개를 했다. 섀프츠베리의 서장이 캐서린 앞에서도 닐슨을 구경꾼처럼 제멋대로 취급하고 있었다. 닐슨은 어색하게 범퍼에서 발을 내려놓고 오설리번보다 30센티 정도 큰 키를 과시해보여서 두 사람을 같은 경찰관이라고는 도저히 생각할 수 없었다. 닐슨은 파란 정복을 착용하고 큰 가죽벨트에 홀스터를 찬 완벽한 차림으로 머리에는 러시아풍의 인조 모피 모자를 쓰고 있었는데 모자 양쪽의 덮개는 모자 꼭대기에서 묶여 있었다. 한편 오설리번은 오래 입어서 낡은 안감을 울로 받친 다갈색 코트에다 모자도 쓰지 않고 머리는 흐트러진 채였다.

"어떻습니까?"

오설리번은 무관심한 말투로 물었다.

"좋습니다. 만사가 잘 되고 있습니다."

닐슨은 말하면서 그의 들창코를 손등으로 닦았다. 무전기가 울리기 시작해서 닐슨은 '실례'하며 무전기에다 100미터 앞까지 전진해서 대기하라고 지시했다. 그리고 오설리번 쪽을 향해 말했다.

"용의자가 뒷문으로 도망치지 않도록 지키고 있어야 하니까요."

오설리번은 닐슨에게서 시선을 돌려 무장한 무리 쪽을 바라보았다.

"이렇게 총을 가진 사람들이 많이 필요할까요?"

"상황 파악 방법을 가르쳐주시려는 겁니까?"

닐슨은 빈정대는 듯한 말투로 반문해놓고 말을 이었다.

"아시겠습니까, 형사님. 여기는 뉴햄프셔지 보스턴이 아니란 말이오. 여기서 당신은 아무런 권한도 없습니다. 그리고 내 본심을 말한다면 당신들처럼 대도시의 사람이 여기 나와서 이러쿵저러쿵 말하는 건 아무래도 마음에 들지 않습니다. 나는 여기 책임자로 인질사건의 취급방법 정도는 알고 있으니까요. 우선 지역을 확보하고 교섭을 개시합니다. 그럼, 이만 실례하고 일을 시작하겠습니다."

닐슨은 오설리번에게 등을 돌리고 다시 무전기와 말씨름을 하기 시작했다.

"수고하십니다."

키가 껑충한 남자가 오설리번의 어깨를 두드렸다.

"저는 보스턴 글러브지의 하리 버커 기자입니다. 형사님은 보스턴 경찰의 오설리번 형사님이시죠?"

"당신들 시간 낭비하지 않는 게 좋을 거요."

오설리번이 말했다.

"섀프츠베리의 센티넬지가 우리에게 좋은 기삿거리를 알려줘서 말입니다. 이건 대단할 것 같군요. 모든 사람의 흥밋거립니다. 이 사건의 배경에 대해서 들려주시겠습니까?"

오설리번은 프랭크 닐슨을 가리켰다.

"저기 책임자가 있소. 그에게 물어보면 되지."

오설리번이 가만히 보고 있으려니 닐슨이 메가폰을 들고 그것을 사용할 준비를 한창 하고 있는데 하리 버커가 다가가서 말을 걸었다. 두세 마디 서로 얘기하고 나서 기자는 옆으로 물러서고 프랭크 닐슨은 메가폰 스위치를 넣었다. 그리고 그의 쉰 목소리가 겨울 풍경 속으로 울려 퍼져갔다. 지원자들은 웅성거림을 멈추었고 놀고 있던 아이들마저 조용해졌다.

"좋아, 마텔. 너는 완전히 포위됐다. 손을 들고 고분고분 나와라."

군중은 완전히 조용해졌고 움직이는 것이라고는 나뭇가지에서 떨어져 내리는 눈뿐이었다. 빅토리아 양식의 하얀 집 안에서는 아무 소리도 들리지 않았다. 닐슨은 같은 말을 되풀이했지만 결과는 역시 마찬가지였다. 들리는 소리라면 헛간 뒤의 소나무 가지를 스치는 바람 소리뿐이었다.

"좀 더 가까이 가자."

닐슨은 누구랄 것도 없이 말했다.

"그게 과연 옳은 생각일지 어떨지 알 수가 있어야지."

오설리번은 바로 옆에 있는 사람들에게 들릴 정도로 말했다.

형사 쪽을 노려보고 닐슨은 메가폰을 오른손에 들고 위풍당당하게 순찰차 옆을 떠났다. 그리고 오설리번 옆을 지나가면서 말했다.

"이 프랭크 닐슨이 의사 나부랭이 하나 다루지 못한대서야 배지를 반납하고 말지."

닐슨은 군중이 흥분해서 웅성거리는 속을 지나서 전용 차도를 막고 있는 2대의 순찰차에서 15미터 정도 앞까지 육중하게 걸어갔다. 그 무렵 눈이 약간 많이 내리고 있어서 그의 모자 꼭대기는 눈으로 덮여 있었다.

"마텔."

그는 메가폰을 입에 대고 고함쳤다.

"경고한다. 고분고분 나오지 않으면 이쪽에서 들어간다."

마지막 말이 메가폰을 통해서 울려 퍼지자 갑자기 다시 조용해졌다. 닐슨은 군중 속으로 돌아와서 벌레 씹은 듯한 씁쓸한 표정을 지었다가 다시 집 쪽으로 다가가기 시작했다.

구경꾼들은 누구 하나 꼼짝하거나 지껄이는 사람이 없었다. 뭔가 시작하면 좋을 텐데, 하고 흥분해서 기다리고 있는 것 같았다. 닐슨은 집 정면에서 30미터 정도 앞까지 다가갔다. 그러자 갑자기 빨간 페인트가 뿌려진 현관문이 열리면서 엽총을 든 찰스 마텔이 나왔고, 그 즉시 2발의 총소리가 났다.

닐슨은 길가의 눈 쌓인 곳에 고개를 처박았고, 구경꾼들은 도망치거나 자동차나 나무 뒤로 몸을 숨겼다. 찰스가 현관문을 닫았을 무렵 산탄이 주변 일대에 내리쏟아졌다.

군중 속에서 속삭이는 소리가 약간 흘러나오고 프랭크가 간신히 일어났을 때 갈채까지 터져 나왔다. 그는 육중한 몸을 지탱하면서 간신히 뛰어 돌아와 차 있는 곳으로 다가가려다 발을 헛디뎌 엉덩방아를 찧었다. 3미터 정도 미끄러져 나가 뒷바퀴에 부딪힌 그를 지원자 몇 사람이 달려가 부축해 일으켰다.

"저 빌어먹을 놈! 좋다! 저놈한테 따끔한 맛을 보여주지."

"탄에 맞지는 않으셨습니까." 하는 소리를 듣고 서장은 고개를 저었다. 그리고 거칠게 눈을 털고 정복과 권총 홀스터를 단정히 고쳤다.

"내가 민첩하게 움직였으니까."

텔레비전 지방방송국 뉴스 차가 왔다. 카메라맨들은 차에서 내리자마자 재빨리 서장에게로 다가갔다. 뉴스 해설자는 쾌활한 청년으로 밍크 모자에 더부룩한 긴 코트를 입고 있었다. 닐슨과 두어 마디 얘기를 나눈 다음 라이트가 켜지고 주위가 휘황해졌다. 청년은 빠른 말씨로 소개하고 서장을 향해 그 들창코 앞으로 마이크를 들이댔다. 프랭크 닐슨은 태도를 180도 바꿔 약간은 난처한 모습으로 말했다.

"최선을 다해서 임무를 수행하고 있습니다."

텔레비전 카메라가 도착하는 것을 보고 시정사무관인 존 랜돌프가 군중 속에서 모습을 나타내더니 서장이 인터뷰하는 쪽으로 다가갔다. 그리고는 그를 끌어안았다.

"서장은 훌륭하게 임무를 수행하고 있습니다. 우리 서장에게 그 얘기를 들어보지 않겠습니까?"

존 랜돌프는 서장의 몸에서 팔을 풀어 손뼉을 치기 시작했다. 군중도 그에 따랐다.

해설자는 마이크를 걷어 들이고 이 상황을 어떻게 생각하고 있는지 구경하는 사람들에게 얘기해줄 수 없겠느냐고 물었다. 프랭크는 마이크를 입 가까이 대고 말했다.

"네, 우리는 정신이 이상해진 과학자를 포위했습니다."

프랭크는 어색하게 집 쪽을 손가락으로 가리키며 계속 말했다.

"저 남자는 병원에서 병든 자신의 아이를 유괴해와서 주치의들에게 넘겨주지 않는 겁니다. 무기를 가지고 있어서 위험하기도 하고 아이의 유괴와 절도죄로 체포영장이 발부되어 있습니다. 우리는 그를 완전히 포위하고 있기 때문에 결코 위험한 사태는 일어나지 않을 겁니다."

오설리번은 군중 가운데서 천천히 빠져나와 캐서린을 찾았다. 그녀는 차 곁에서 입에 손을 대고 어린애처럼 무서움에 떨고 있었다.

"형사님이 중간에 서서 어떻게 해주시지 않으면 엄청난 일이 벌어지겠어요."

캐서린이 말했다.

"나는 끼어들 수가 없어요. 여기 오기 전에 얘기한 대로입니다. 하지만 신문이나 매스컴이 여기 있는 한 괜찮겠죠. 서장이 미치광이처럼 날뛰지 않게 해줄 겁니다."

"저는 집에 들어가서 찰스와 함께 있고 싶어요. 제가 경찰을 데려왔다고 그이가 생각하고 있을지도 몰라요."

"정신이 온전한 겁니까? 총을 가진 40명의 남자들이 저 집을 포위하고 있습니다. 그들이 부인을 집으로 들어가게 하지 않을 겁니다. 인질이 또 하나 늘 뿐이니까요. 조금만 참고 계십시오. 내가 프랭크 닐슨한테 다시 한 번 얘기해서 어떻게든 주 경찰을 부르도록 설득해볼 테니까요."

형사는 역시 자기 관할인 보스턴에 있었더라면 좋았을 텐데 하고 생각하면서 순찰차 쪽으로 갔다. 임시 사령탑에 도착했을 때 메가폰을 통해 서장의 목소리를 들었다. 눈은 점점 많이 내리고, 지원자 중의 한 사람이 "집에까지 들릴까요?" 하고 묻고 있었다. 들렸는지 안 들렸는지 모르지만 찰스는 전혀 대답이 없었다. 오설리번은 닐슨에게 다가가서 휴대용 전화를 사용해서 직접 찰스를 불러 얘기해보는 게 좋을 것 같다고 말했다. 서장은 꼼짝도 하지 않고 서서 대답조차 하지 않았으나 순찰차에 올라타 찰스의 전화번호를 누르자 곧바로 찰스가 나왔다.

"찰스 마텔인가. 아이를 석방하는 데 네 조건이 뭐냐?"

찰스의 대답은 그저 한마디뿐이었다.

"지옥에라도 가라, 닐슨."

전화는 끊어졌다.

"대단한 제안이다."

닐슨은 전화를 차에다 도로 놓고 오설리번에게 말했다. 그리고 누구에게랄 것도 없이 중얼거렸다.

"아무 요구도 없는데 교섭이 될 수 있겠나? 누구 말 좀 해봐!"

그때 "서장님," 하고 부르는 소리가 났다.

"저와 제 동료가 들어가는 게 어떨까요?"

그 제안을 듣고 오설리번은 흠칫했다. 그리고 어떻게든 서장이 주 경찰을 부르도록 설득할 수 있는 방법은 없을까 하고 궁리했다. 군복 비슷한 모자가 달린 아노락에 하얀 바지를 입은 세 남자가 닐슨 앞에 나섰다.

“그렇습니다. 저기는 벌써 우리가 잘 조사했기 때문에 말입니다. 뒤쪽으로 가면 간단합니다. 헛간 옆으로 뛰어가서 뒷문을 날려버리면 저놈은 끝장입니다.”

앞니가 빠진 몸집이 작은 남자가 말했다. 닐슨은 그 남자들의 얼굴을 기억하고 있었다. 그들은 리사이클 회사 직원들이었다.

닐슨이 말했다.

“어떻게 할지 아직 결정하지 않았다네.”

“최루탄은 어떻습니까? 그거라면 저 의사도 밖으로 나오겠죠?”

오설리번이 제안하자 닐슨은 형사를 노려보았다.

“아시겠습니까, 당신의 의견을 듣고 싶을 때는 이쪽에서 묻겠습니다. 우리 수중에는 최신식 무기라는 건 아무것도 없소이다. 그런 고충이 있는 거요. 그걸 손에 넣으려면 주 경찰을 불러야 하는데 이 사건은 우리 고장 힘으로 해결하고 싶으니까요.”

그때 외치는 소리가 오후의 대기에 울려 퍼지고, 그 뒤를 이어 제각기 고함을 지르기 시작했다. 오설리번과 닐슨이 일제히 돌아다보니 캐서린이 차 앞을 비스듬히 지나서 뛰어가고 있었다.

“저건 뭐야!”

닐슨이 외쳤다.

“미세스 마텔입니다.”

오설리번이 말했다.

“아차! 큰일 났군.”

닐슨이 외쳤다. 그리고 가까이 있는 지원자들에게 소리를 질렀다.

“저 여자를 잡아라! 집으로 못 들어가게 해!”

캐서린은 빨리 뛰려고 하면 할수록 얼어붙은 눈에 미끄러져 어려움을 겪었다. 전용차도로 들어가자 긁어 모아놓은 눈이 조그만 산처럼 되어 있어서 그녀는 어쩔 수 없이 손을 바닥에 대고 기다시피 올라갔다가 반대쪽으로 미끄러져 내려가서 일어났다.

흥분한 채 큰 소리를 지르며 5, 6명의 지원자가 순찰차 주위로 모였다. 두 남자가 차 주위에서 나와 전력을 다해 전용 차도를 향해 뛰기 시작했다. 군중 속에서는 흥분해서 웅성거리는 소리가 터져 나왔다. 한편 오설리번은 그녀가 집안으로 들어가게 되면 사태가 한층 더 악화될 뿐이라고 생각하면서도 주먹을 꽉 쥐고 캐서린에게 분발하라고 응원하고 있는 자신을 발견했다.

캐서린은 숨을 헐떡이고 있었다. 쫓는 사람의 거친 숨소리가 들리고 거리가 좁혀지고 있다는 것을 알았다. 그녀는 필사적으로 달리 도망칠 방법은 없는지 생각하려고 했으나 옆구리가 점점 아파와서 생각하기조차 어려웠다. 전방에 빨갛게 페인트가 뿌려진 현관문이 활짝 열리고 오렌지 빛이 번쩍하는 동시에 총소리가 울려 퍼졌다. 캐서린은 숨을 죽이고 멈춰 서서 무슨 일이 일어났는가 하고 뒤를 돌아보았다. 그러자 쫓던 사람들은 눈 속에 엎드려 있었다. 다시 뛰어가려고 했으나 뛸 수가 없어서 그녀는 현관 입구의 계단 앞에서 간신히 팔로 몸을 가누었다. 오른손에 엽총을 든 찰스가 그녀에게로 달려 나와서 그녀를 질질 끌다시피 해서 집안으로 데리고 들어갔다.

캐서린은 숨을 헐떡이며 바닥에 쓰러졌다. 미셸이 부르는 소리가 들렸지만 움직일 수가 없었다. 찰스는 이 창문에서 저 창문으로 뛰어다니고 있었다.

잠시 후 캐서린은 간신히 일어나 미셸에게로 갔다.

"어디 갔었어, 엄마?"

미셸은 그녀의 팔에 안겼다. 캐서린은 이렇게라도 해서 들어오기를 정말 잘했다고 생각했다.

찰스는 거실로 돌아와서 다시 바깥을 엿보았다. 그리고 괜찮다고 생각되자 캐서린과 미셸 곁으로 와서 총을 놓고 두 사람을 팔로 껴안았다.

"자, 이제 두 여자 모두 내 손에 들어왔군."

그는 윙크하면서 말했다. 캐서린은 곧 사정을 설명하고 자기가 경찰을 데려온 것이 아니라는 말을 몇 번이고 되풀이했다.

"그런 건 조금도 생각지 않았어. 당신이 돌아와줘서 정말 다행이야. 혼자서 양쪽을 지켜볼 수는 없으니까 말이야."

찰스가 말했다.

"이 고장 경찰은 믿을 수 없어요. 닐슨이란 자는 미치광이예요."

"그래, 당신 말이 맞아."

"우리 여기서 체념하는 게 좋지 않을까요? 닐슨과 지원자들이 무서워요."

찰스는 머리를 흔들며 한마디로 "안 돼."라고 말했다.

"……하지만 제 말을 들어봐요……. 그 자들은 난폭한 짓을 하고 싶어 하니까 틀림없이 쳐들어올 거예요."

"그야 쳐들어오겠지."

찰스도 인정했다.

"만약 우리가 항복하고 기구를 와인버거에 돌려주고 카이츠맨 의사에게 미셸의 치료를 직접 하고 싶으니 병원에서 실험을 계속할 수 있게 해달라고 하면 어떻겠어요?"

"소용없어."

찰스는 캐서린의 순진한 말에 히쭉 웃고 나서 말했다.

"나한테 그렇게 하라고 할 것 같은가. 그들은 내가 정신적으로 불안정하다고 말하겠지. 만약 미셸에 대해서 내가 지배권을 잃는다면 두 번 다시 그 애에게 손을 댈 수 없게 된다고. 그건 곤란해. 그렇잖나?"

찰스가 미셸의 머리를 손바닥으로 흐트러뜨리자, 미셸도 그렇다는 듯이 고개를 끄덕여보였다.

"그리고 말이야."

찰스가 얘기를 계속했다.

"내 몸에 지연성의 과민반응이 나타나기 시작한 것 같아."

"정말요?"

캐서린은 말했지만 지금 밖에서 미쳐 날뛰는 무리들을 목격한 만큼 걱정이 태산이었다. 그런데 찰스의 침착한 태도에는 정말 놀라지 않을 수 없었다.

"마지막으로 내 T림프구를 검사해봤더니 미셸의 백혈병 세포에 약간 반응이 나타난 거야. 반응하기 시작하긴 했지만 아직은 속도가 늦어. 그러니까 이것이 어느 정도 진행되는 것을 보면서 다시 한 번 항원주사를 맞아야 할 것 같아."

캐서린의 귀에 메가폰 소리가 들렸으나 그것은 내리는 눈 때문에 거의 들리지 않을 정도였다. 그녀는 이대로 시간이 멈춰주었으면 좋겠다고 생각했다. 문 밖에서 일어나는 불길한 움직임은 느낄 수 있었지만 당분간은 안전하리라는 생각도 들었다.

내리는 눈 때문에 밤은 좀 일찍 찾아왔다. 찰스는 캐서린에게 미셸의 항원주사를 거들게 하기 위해서 저녁식사 시간을 조절했다. 그는 다른 방식으로 캐서린을 격려하면서 자신의 정맥에 주사를 놓게 했다. 캐서린은 몇 번씩이나 고쳐 시도하다가 마지막에 가서야 성공리에 마칠 수 있었다. 정맥에 주입하기 시작했을 때 찰스는 일어날 수 있는 과민반응에 대처할 방법을 정확히 캐서린에게 일러주었다. 항원을 주사하자 곧 에피네프린을 사용해서 전보다 오히려 격심했던 반응을 바로 억제시킬 수 있었다.

캐서린은 저녁식사를 준비했고, 그 사이에 찰스는 집을 지킬 방법을 강구했다. 그는 2층 창문도 전부 판자를 붙이고 문 뒤의 바리케이드도 보강했다. 가장 걱정되는 것은 최루탄 가스였다. 그는 난롯불을 피우고 연통을 막아 연통을 통해 최루탄을 던져 넣지 못하게 했다.

밤이 되자 군중들이 흩어지기 시작하는 것이 보였다. 그들은 아무 일도 벌어지지 않아서 실망하거나 화가 나기도 한 모양이었다. 여전히 몇 사람인가 구경꾼이 버티고 있었지만 그들도 9시 반쯤 되고 기온이 영하 15도까지 내려가자 다들 자취를 감추고 말았다. 찰스와 캐서린은 교대로 창을 통해 망을 보기도 하고 미셸의 용태를 보러 가기도 했다. 분명히 호전되고 있던 미셸의 증상은 큰 진전이 없다가 다시 약해졌다. 게다가 위경련도 재발해서 놀라게 했는데, 다행히 곧 가라앉았다. 10시가 되자 미셸은 잠들었다.

오일버너에서 가끔 불꽃이 튕기는 소리 외에는 집안이 쥐 죽은 듯이 조용해지자 찰스는 서 있는 것이 더욱 힘들었다. 에피네프린 때문에 생기는 쇠사슬로 묶인 듯한 느낌은 이미 없어졌지만 그 뒤를 이어서 무서운 피로감이 느껴졌다. 그는 미지근한 커피를 따라서 거실로 들고 갔다. 집안의 불을 전부 꺼버렸기 때문에 발돋움으로 걸어가야 했다. 정면 쪽 창 옆에 앉아서 판자를 붙인 틈새로 순찰차를 보려고 했으나 아무것도 보이지 않았다. 잠시 머리를 기대는 순간 그대로 어쩔 수 없이 그는 깊은 잠에 빠지고 말았다.

총격전

새벽 2시에 바니 클로퍼드는 순찰차 앞좌석에서 조심스럽게 팔을 뻗어 코를 골며 자고 있는 서장을 깨우려고 했다. 서장이 자게 되면 깨우라는 명령을 내렸기 때문이다. 그러나 문제는 서장은 남이 깨우는 것을 싫어하는 것이었다. 일전에 잠복근무 중에 서장을 깨운 적이 있었는데 그때 서장은 바니의 옆머리를 사정없이 갈겼다. 결국은 잠이 완전히 깼을 때 서장은 사과했지만 그렇다고 아픈 것이 나을 리는 없었다. 바니는 팔을 오므려서 다른 팔을 사용하려고 했다. 그는 일단 차에서 내렸다가 새로 온 눈이 벌써 8센티나 쌓인 것을 보면서 뒷문을 열고 안으로 들어가 뒤에서 서장을 쿡쿡 찔렀다.

닐슨은 머리를 들고 바니를 잡으려고 했지만 바니는 몸을 뒤로 뺐다. 서장은 그 육중한 체구에도 불구하고 차에서 뛰어내려 다시 바니를 잡으려고 했지만 바니는 벌써 국도 301번을 향해 도망치고 있었다. 닐슨은 갑자기 영하 15도의 추위가 몸에 스미자 얼떨떨한 채 그 자리에 멈춰 섰다.

"괜찮습니까, 서장님?"

15미터 저쪽에서 바니가 소리쳤다.

"물론 난 괜찮지. 지금 몇 시야?"

닐슨이 중얼거렸다. 순찰차 앞좌석으로 돌아간 닐슨은 3분 정도 계속 기침하면서 담배에 불도 붙이지 못했다. 그러다가 겨우 불을 붙이고 몇 번 연기를 들이마시자 무전기를 들고 윌리 크랩을 불렀다. 닐슨은 그의 계획에 전면 만족하는 것은 아니었지만 그의 말대로 달리 좋은 방법이 없었다.

한밤중이 되자 모두 참을 수 없게 되었고 닐슨도 어떻게든 손을 써야만 했다. 그렇지 않으면 사람들에게 경멸당하게 될지도 모른다는 생각이 들었기 때문이다. 그가 윌리 크랩의 계획에 찬성한 것은 바로 그런 이유 때문이었다.

윌리는 해병대 출신으로 전에 베트남에 상당히 오랫동안 있었다. 그는 재빠르게 뛰어들면 집 안 사람들이 저항할 수 없으니 일은 간단하다고 닐슨에게 재차 강조했었다. 그리고 일이 끝나면 용의자는 보스턴으로 보내고 아이는 병원으로 데려가면 된다는 것이었다. 그럼 나는 영웅이 된다고 말했다.

"저놈의 엽총은 어떤가?"

프랭크가 물었다.

"저놈이 항상 총을 손에 들고 앉아 있다고 생각합니까? 뒷문을 날려 보내면 우리는 즉시 뛰어들어 그놈을 잡겠습니다. 놈은 기겁을 해서 전혀 움직이지 않을 겁니다. 비록 잘 될지 어떨지는 몰라도 아무튼 해보긴 할 테니까요, 믿어주십시오. 나는 멍청하지만 제정신까지는 잃지 않았으니까요."

이것으로 닐슨의 마음도 누그러졌다. 영웅이 될 수 있다는 말이 마음에 들었던 것이다. 시간은 2시로 정해져 있었고 문을 부수는 역할은 윌리 크랩, 조지 브레조스키, 안젤로 데지저스 3명으로 정해졌다. 닐슨은 이들을 몰랐지만 윌리 크랩은 모두 베트남에서 함께 있던 동료로 굳건한 신념의 소유자들이고 또 전원이 지원한 사나이들이라고 말했다.

프랭크가 가지고 있던 무전기가 울리고 윌리의 목소리가 차 안에 울려 퍼졌다.

"서장님의 기분은 잘 압니다. 우리는 모두 준비가 됐습니다. 정문 현관을 열면 곧 들어오십시오."

"잘될 것 같나?"

닐슨이 물었다.

"안심하십시오. 빌어먹을 놈!"

"좋다, 대기하고 있겠다."

닐슨은 무전기를 끄고 뒷좌석에다 던졌다. 이것으로 현관문이 열릴 때까지 아무것도 할 일이 없었다.

윌리는 무전기를 점퍼 속에 집어넣고 지퍼를 올려 채웠다. 그의 큰 몸집은 흥분으로 떨렸다. 윌리에게 있어서 폭력은 섹스와 마찬가지로 즐거운 것이었다. 일이 간단한 만큼 더욱 좋은지도 몰랐다.

"모두 준비됐나?"

그는 뒤에 있던 두 사람에게 말했다. 두 사람은 고개를 끄덕였다. 일동은 마텔의 집 남쪽으로부터 접근해서 솔밭을 빠져나가 헛간이 있는 곳으로 나갔다. 리사이클 회사 관리과의 호의로 빌린 하얀 가운을 걸치고 있어서 약간은 뜸해졌지만 여전히 내리는 눈 때문에 거의 눈에 띄지 않았다. 헛간에 도착하고 나서 동쪽 모퉁이를 돌아 앞장선 윌리는 거기서부터 집을 바라볼 수가 있었다. 뒷문의 불빛을 제외하고 집

안은 컴컴했다. 거기서 뒷문까지는 약 30미터 거리였다.

"좋아, 소지품을 검사해봐. 산탄총은 어디 있나?"

윌리가 말했다. 안젤로가 총을 브레조스키에게 건네주고 브레조스키가 윌리에게 넘겨주었다. 총은 2연발, 12구경인 레밍턴으로 차의 문을 뚫고 나갈 정도의 강력한 탄환을 장진하고 있었다. 윌리는 안전장치를 벗겼다. 그밖에 전원 38구경의 경찰용 권총을 휴대하고 있었다.

"모두 각자 할 일은 알고 있겠지?"

윌리가 물었다. 리더인 윌리의 계획은 뒷문을 부수고 브레조스키와 안젤로를 안으로 뛰어들게 할 셈이었다. 윌리는 이것이 좋은 계책이라고 생각했다. 이런 식으로 베트남에서 5년 동안 살아남았던 것이다. 공격할 때는 언제나 안전한 쪽에만 지원하는 것을 일삼았다. 안젤로와 브레조스키는 흥분으로 얼굴이 굳어진 채 고개를 끄덕였다. 세 사람은 서로 내기를 걸었다. 민저 마텔을 잡는 사람은 100달러의 상금을 받기로 되어 있었다.

"좋아, 내가 먼저 간다. 안젤로에게 신호할 테니까."

윌리가 말했다. 컴컴한 집을 다시 한 번 확인하고 나서 윌리는 헛간 모퉁이를 살짝 나와서 몸을 굽히면서 뛰었다. 그는 30미터 거리를 민첩하게 가로질러서 뒷문 계단 뒤에 몸을 숨겼다. 집안은 여전히 조용했다. 그래서 그는 안젤로에게 손을 흔들었다. 안젤로와 브레조스키는 회중전등과 권총을 들고 그의 뒤를 따랐다.

윌리는 두 사람을 돌아다보았다.

"이봐, 그놈은 뒷문 쪽이 아니라 현관 쪽에서 공격해올 거야."

용기를 내서 윌리는 계단을 뛰어올라 문의 열쇠구멍을 노렸다. 굉음이 밤의 정적을 깨고 문의 일부가 날아갔다. 윌리가 그 끝을 잡아 끌어당겨서 여는 것과 동시에 브레조스키가 계단을 뛰어올라가 윌리의 옆을 지나 부엌을 향해 뛰어들려고 했다. 안젤로가 곧 뒤를 이었다. 그러나 윌리가 연 문에는 찰스가 함정을 파놓았다. 문 바로 위에는 움막에 넣었던 2, 3백 킬로나 되는 아이다 호 감자부대가 튼튼한 끈으로 못에 매달려 있다가 핀이 뽑히면 부대는 무서운 기세로 밑으로 떨어지도록 되어 있었다.

브레조스키가 막 회중전등을 켰을 때 떨어져 내리는 감자부대를 발견하고 손으로 얼굴을 감쌌으나 동시에 안젤로가 그의 등에 부딪혔다. 부대가 정면으로 브레조스키를 내려치면서 눈 속으로 날려 보냈을 때 그는 나가떨어지면서 권총의 방아쇠를 당기고 말았다. 탄환은 안젤로의 장딴지를 관통하고 출입구 기둥에 꽂혔다. 안젤로는 출입구에 나자빠지면서 싸구려 장식을 붙여놓은 난간 일부와 함께 쓰러졌다. 윌리는 무슨 일이 일어났는지도 모른 채 울타리를 넘어 헛간 쪽으로 도망쳤다. 안젤로는 총에 맞은지도 모르고 일어나려고 했으나 왼발이 말을 듣지 않았다. 브레조스키도 간신히 일어나 안젤로를 도와주러 갔다.

찰스와 캐서린은 총소리에 놀라 벌떡 일어났다. 찰스는 잠에서 완전히 깨어나 필사적으로 총을 찾아들고 부엌으로 뛰어갔다. 캐서린은 미셸에게 달려갔으나 미셸은 여전히 잠들어 있었다.

부엌으로 들어가자 찰스는 감자부대 2개가 활짝 열린 뒷문 안팎으로 매달린 채 아직도 흔들리고 있는 것을 발견했다. 뒷문 위에 켜져 있는 불빛으로는 전방이 잘 보이지 않았으나 헛간 쪽을 향하고 있는 2개의 그림자를 간신히 확인할 수 있었다. 부숴진 문을 연 뒤 찰스는 로프로 그것을 묶고 부엌 의자의 쿠션으로 탄환 구멍을 막았다. 그리고 다시 힘들여서 감자부대를 매달았다. 또다시 쳐들어오리라 생각했기 때문이다. 구급차가 다가오는 소리가 들렸다. 감자부대가 그렇게 심한 상처를 입혔는가 하고 찰스는 의아해했다.

거실로 돌아가서 찰스는 캐서린에게 일이 어떻게 된 것인지 그 사정을 들려주었다. 그리고 손을 뻗어 미셸의 이마에 살짝 댔다. 열은 다시 몹시 높아져 있었다. 그는 처음에는 살짝, 다음에는 세게 흔들어 미셸을 깨웠다. 미셸은 겨우 눈을 뜨더니 곧 다시 잠들고 말았다.

"이건 좋은 징조가 아닌데."

찰스가 말했다.

"어떤데요?"

캐서린이 물었다.

"백혈병 세포가 중추신경에 침투했는지도 몰라. 만약 그렇다면 방사선 치료가 필요한데."

"그럼 다시 병원에 들어가야 한다는 건가요?"

"응, 그래."

새벽녘까지는 아무 일도 없었고 캐서린과 찰스는 3시간씩 교대로 망을 보기로 계획을 세웠다. 날이 새고 캐서린이 밖을 내다보았을 때 새로 온 눈이 15센티나 쌓여 있었다. 전용차도 끝에는 순찰차가 1대밖에 없었다.

캐서린은 찰스를 깨우지 않고 아침식사를 준비했다. 이제 포위 따위는 잊고 싶었다. 그러기 위해서는 바쁘게 일하고 있는 것이 제일이었다. 우선 갓 끓인 커피에 여러 가지를 섞어 만든 비스킷, 냉동고에서 베이컨을 꺼내서 계란 수프를 만들었다. 그리고 그것들을 거실로 가져가서 찰스를 깨워 함께 식사했다. 미셸도 일어나 앉았다. 미셸은 어젯밤보다 원기가 좋아진 것 같았으나 식욕은 없는 듯했다. 캐서린이 열을 재보니 38.9도였다. 찰스는 감염이 걱정이라고 캐서린에게 말했다.

만일 그 열이 아스피린으로 내리지 않는다면 할 수 없이 항생물질을 사용해야 할지도 모른다고 했다.

부엌을 다 치우고 나서 찰스는 자기 혈액을 빼어 T림프구를 정성스럽게 분리한 다음 자기의 대식세포와 미셸의 세포를 전부 섞었다. 그러고 나서 위상차 현미경을 사용해서 들여다보았다. 전날보다는 확실히 반응이 강해졌지만 아직 충분하다고는 할 수 없었다. 그래도 찰스는 성공했다는 확신에 차서 환성을 올리며 캐서린 주위를 맴돌았다. 그는 겨우 진정한 캐서린에게 자기의 지연성 과민반응을 내일이면 사용할 수 있을 것 같다고 말했다.

"그럼 오늘은 주사를 놓지 않아도 되는 거예요?"

캐서린은 기뻐하며 물었다.

"그렇게 되기를 바라고 싶은데 유감이지만 아직 성공이라고 단정할 수는 없어. 오늘 다시 한 번 주사하는 게 좋을 것 같아."

프랭크 닐슨 서장은 마텔의 집 전용차도 끝에 차를 세웠으나 브레이크를 밟았을 때 옆으로 미끄러져서 밤새도록 세워두었던 순찰차 앞부분에 부딪혔다. 눈이 확 흩어지고 바니 크로퍼드가 졸린 듯한 얼굴로 차에서 내려 다가왔다.

서장은 윌리 크랩과 함께 차에서 내렸다.

"자네 잠자지 않았나?"

"자지 않았습니다. 밤새도록 지켜보고 있었는데 아무런 움직임도 없었습니다."

닐슨이 집 쪽을 바라보니 새로 온 눈으로 덮여 있는 집은 아주 평화롭게 보였다.

"총 맞은 자는 어떻게 됐습니까?"

바니가 물었다.

"괜찮아. 주립병원으로 데려갔어. 이게 뭐람. 마텔은 지원자를 총으로 쏘기나 하고, 점점 곤란하게 됐군."

"하지만 그는 쏘지 않았습니다."

"아무튼 이러거나 저러거나 마찬가지지 뭐야. 마텔이 저런 짓을 하지 않았으면 그는 총에 맞지 않았을 테지. 그 따위 함정이나 만들어 놓고……. 그것만으로도 충분히 범죄가 성립돼."

"베트남 놈들이 생각나는데, 저 집을 송두리째 날려버리고 싶군."

윌리가 말했다.

"그만둬. 병든 아이와 여자가 있다는 걸 생각해야지. 난 저격용 라이플을 가져왔네. 마텔이란 놈만 떼어놓으면 돼."

낮까지는 거의 아무 일도 일어나지 않았다. 시내에서 구경꾼들이 몰려오는 모습이 보였다. 전날 정도의 인원수는 아니었지만 그래도 상당히 혼잡했다. 서장은 저격용 라이플을 준비하고 집 주위 여기저기에 사람을 배치하여 메가폰으로 찰스를 불러서 할 말이 있으니 현관까지 나오라고 했다. 하지만 찰스는 전혀 반응을 보이지 않았고, 전화를 걸어도 곧바로 끊어버렸다. 프랭크 닐슨은 한시라도 빨리 사건을 성공리에 매듭짓지 않으면 주 경찰이 개입해서 이곳 통제권을 자기 손에서 박탈해갈 것이라는 사실을 잘 알고 있었다. 그런 일은 어떤 일이 있어도 막아야 했다.

아무튼 이것은 얼마 전 일어난 제분 공장주의 아이 유괴사건 이래 최대인 동시에 가장 화제가 되는 사건이니만큼 이것을 해결할 수 있는 영예를 꼭 차지하고 싶은 생각이었다.

화가 난 듯이 메가폰을 순찰차 뒷좌석에 내던지고 닐슨은 피터팬에 끼워 구운 이탈리안 소시지를 파는 포장마차 쪽으로 길을 가로질러

갔다. 그가 막 샌드위치를 먹으려고 할 때 검고 큰 리무진이 모퉁이를 돌아와서 멎었다. 남자 5명이 내렸는데 그중 2명은 고급스런 옷을 입고 있었고, 1명은 백발에 긴 모피 코트를 걸쳤으며 또 한 사람은 거의 털이 없고 윤이 나는 가죽 코트를 입고 허리에 밴드를 매고 있었다. 다른 2명은 아주 짧고 푸른 양복을 입고 있는 것으로 보아 이 두 사람은 보디가드임이 틀림없다고 닐슨은 생각했다.

프랭크가 샌드위치를 입에 넣고 씹기 시작했을 때 그 남자들이 다가왔다.

"닐슨, 나는 닥터 카로스 이바네스요. 만나게 돼서 영광입니다."

프랭크 닐슨은 의사의 손을 잡았다.

"이쪽은 닥터 모리슨."

모리슨을 가리키며 이바네스가 소개했다. 닐슨은 모리슨과 악수하고 나서 다시 한 번 샌드위치를 베어 먹었다.

"당신도 여기서 고생이 많군요."

이바네스는 마텔의 집 쪽을 바라보면서 말했다. 프랭크는 어깨를 으쓱 움츠렸다. 그것을 인정한다는 것은 탐탁한 일이 못되었다. 서장 쪽으로 돌아서서 이바네스는 계속해서 말했다.

"우리는 용의자가 저 집에 가져다놓은 비싼 기구 주인인데, 그게 괜찮은지 몹시 걱정스럽습니다."

프랭크는 고개를 끄덕였다.

"뭐라도 거들었으면 해서 이렇게 찾아왔습니다."

이바네스가 뭔가 도움을 줄 수 있는 것처럼 말했다.

프랭크는 한 사람씩 얼굴을 둘러보았다. 점점 마음에 들지 않는 일만 벌어지고 있었다.

"사실은 브루어 화학에서 프로 경비원 두 사람을 함께 데려왔습니다. 엘리엇 호이트와 안소니 펠로 씨입니다."

프랭크는 어느새 두 사람과 악수를 하고 있었다.

"물론 당신이 모든 것을 통솔하고 있다는 건 알고 있지만 이 사람들이 도움이 되리라는 것을 이제 곧 당신도 알게 될 것이고, 당신이 관심을 갖게 될지도 모르는 도구를 휴대하고 있습니다."

모리슨이 말했다. 호이트와 펠로라는 자가 씽긋 웃었다.

"그건 당신에게 맡기겠습니다, 물론."

모리슨이 말했다.

"그야 그렇죠."

이바네스 소장도 덧붙여 말했다.

"현재 나는 충분한 인원을 확보하고 있습니다."

프랭크 닐슨은 그렇게 말하고 볼이 미어지게 샌드위치를 입에 넣고 씹기 시작했다.

"글쎄, 아무튼 우리도 잊지 마시기를……."

이바네스 소장이 말했다. 닐슨은 실례한다고 말하고 임시 사령탑으로 돌아갔으나 이바네스와 그 동료를 만나고 나서는 완전히 곤혹을 치르고 있었다. 그는 바니에게 저격용 라이플을 가지고 있는 자들한테 연락을 취해서 별도 명령이 있을 때까지 쏘아서는 안 된다고 전하라고 하고는 차에 올라탔다.

'브루어 화학에서 온 자들에게 응원을 받는 것도 나쁘지는 않겠지. 그들의 관심은 명예가 아니라 기구일 테니까.'

이바네스와 모리슨은 닐슨이 자기들에게서 떠나갔을 때 다른 경찰과 두어마디를 나누고 닐슨이 순찰차에 타는 것을 보았다. 모리슨은 값비싼 자라 등딱지로 만든 안경을 고쳐 쓰고 나서 말했다.

"저런 식으로 남에게 겁주는 건 권력의 자리에 있는 자들한테서나 있을 법한 일이겠죠."

"속이 빤히 들여다보이는군. 자, 차 타지."

이바네스 소장도 맞장구쳤다. 일동은 리무진 쪽으로 걸어갔다.

"이런 상황은 좀 마음에 안 드는걸. 이런 기사가 신문에 보도되면 찰스에 대한 동정을 마구 부추기기밖에 더하겠나. 외부의 압력에 저항해서 가정을 지키는 전형적인 아메리카니즘이라는 거지. 만약 이것이 오래 끌게 되면 매스컴은 지방 텔레비전의 스크린에 대대적으로 방영한단 말이야."

이바네스 소장이 말했다.

"저도 전적으로 동감입니다. 얄궂은 건 저 찰스 마텔이군요. 아무튼 신문을 싫어하는 작자니까 열심히 했다고 해도 이보다 자기에게 유리한 입장을 쌓지는 못하겠죠. 형편에 따라서 저자는 온갖 암 연구 시설에 구제 불가능한 손해를 입힐 수도 있을 겁니다."

모리슨이 말했다.

"특히 캐서린과 와인버거에는 말이지. 아무튼 저 어리석은 서장이란 친구한테 우리 사람을 쓰도록 해보지."

이바네스가 덧붙였다.

"그의 머릿속에 벌써 우리 생각을 충분히 주입시켰습니다. 이 시점에서는 우리가 달리 손쓸 방법이 없습니다. 이건 그가 제안한 것처럼 꾸며야 하니까요."

얼어붙은 순찰차의 창을 두드리는 소리에 닐슨은 식사 후의 선잠에서 눈이 번쩍 뜨였고 제정신으로 돌아왔다. 창을 열자 우유병같이 두꺼운 유리 안경을 낀 남자가 히쭉히쭉 웃고 있는 것이 보였다. 남자는 눈을 뒤집어쓴 잡초 같은 곱슬머리를 내밀고 있었다. '이건 또 다른 보스턴에서 온 손님이군.' 하고 서장은 생각했다.

"당신이 닐슨 서장이십니까?"

남자가 물었다.

"그러는 당신은?"

"내 이름은 닥터 스티븐 카이츠맨. 또 이분은 닥터 조던 와일리."

서장은 무슨 일이냐고 물으며 카이츠맨의 어깨너머로 뒤에 선 남자의 얼굴을 보았다.

"잠깐 얘기할 수 있겠습니까?"

카이츠맨 의사는 얼굴에 내리는 눈을 털면서 말했다. 닐슨은 정말 귀찮게 구는군, 하는 표정을 노골적으로 나타내면서 차에서 내렸다.

"우린 저 집에 있는 소녀의 주치의입니다. 뭐 거들 수 있는 건 없을까 하고, 여기 오는 것이 의무라는 느낌이 들었습니다."

"마텔이 당신들 얘기에 귀를 기울일까요?"

서장이 말했다.

두 의사는 얼굴을 마주보았다.

"그건 의문인데요. 그는 아무하고도 얘기를 안할 겁니다. 대단한 적의를 가지고 있으니까요. 정신이상을 일으키고 있다고도 생각할 수 있죠."

카이츠맨 의사도 그것을 인정했다.

"뭐라고요?"

서장이 물었다.

"정신이상을 일으키고 있습니다."

와일리 박사가 덧붙였다.

"그랬군요."

"아무튼 우리는 그 소녀가 무엇보다 걱정돼서 말입니다. 그 소녀의 증세가 얼마나 중증인지 알고 계신지 모르지만, 사실 치료를 하지 않고 있으면 시시각각으로 죽음에 다가가는 상태입니다."

카이츠맨 의사는 제스처를 해가면서 말했다.

"그래서야 되겠소."

마텔의 집을 보면서 닐슨이 말했다.

"정말입니다. 시간을 너무 오래 끌게 되면 모처럼 구출한다 해도 그때는 죽어 있을지도 모르죠."

카이츠맨 의사가 말했다.

"우린 미스터 마텔이 딸에게 뭔가 실험하고 있는 게 아닐까, 그걸 걱정하고 있습니다."

"당치도 않은 소리!"

닐슨은 소리를 크게 질렀다. 그러고는 다시 말을 이었다.

"저 미친놈을 어떻게 해. 아무튼 감사합니다. 이 얘기를 지원자들에게도 들려줍시다."

닐슨은 바니를 불러서 잠깐 얘기하고 나서 무전기를 손에 들었다.

오후가 되자 구경꾼들은 전날보다 더 많아졌다. 무슨 사건이 일어났다는 소문이 섀프츠베리 시내로 퍼져가고 학교도 여느 때보다 일찍 끝났다. 교장 조슈어 위텐버그는 민법 공부를 위해 이런 기회를 놓칠 수 없다고 생각했다. 아무튼 과부의 고양이가 톰 블랙맨의 냉동고 속에서 꽁꽁 얼음이 된 채 발견된 사건 이래로 섀프츠베리에서의 대사건이었기 때문이다.

장 폴은 군중 속에 섞여 정처 없이 이리저리 헤매고 있었다. 그는 지금까지 이런 조소의 표적이 된 적이 없었고 이런 경험은 그를 몹시 불안하게 했다. 아버지는 언제나 왠지 무서운 존재였지만 결코 미친 사람은 아니었다. 사람들이 아버지에 대해서 정신이상자라고 비난하는 소리를 들으면 부아가 났다. 게다가 왜 가족들은 자기에게 아무 연락도 하지 않았는지 그것을 도저히 알 수 없었다. 모두들 자기를 위로해 주려고 하지만 그 사람들도 아버지의 행동은 이상하다고 말하고 있었다. 장 폴은 집으로 들어가고 싶었지만 경찰 가까이 가기가 두려웠다. 게다가 집 주위가 완전히 포위되어 있다는 것을 한눈에 알 수 있었다.

친구 하나가 던진 눈덩어리를 피하면서 장 폴은 군중들을 빠져나가 뒤로 가서 길을 가로질렀는데 조금 후에 낯익은 사람을 발견했다. 척이었다. 여전히 모피 후드가 달린 너덜너덜한 군용 아노락을 입고 있었다.

"척!"

장 폴은 열심히 불렀다. 척은 장 폴 쪽을 흘끗 보고 몸을 돌려 나무 그늘에 숨었다. 장 폴은 자꾸만 이름을 부르면서 그의 뒤를 쫓았다.

"멍청이! 왜 좀 더 큰 소리로 부르지? 사람들한테 들리잖아."

장 폴을 나무 그늘로 끌어들이며 척이 말했다.

"왜?"

장 폴은 어찌할 바를 몰라 당황하며 물었다.

"난 남몰래 숨어서 상황을 살피고 있었단 말이야. 그런 줄도 모르고 큰 소리로 내 이름을 부르고 있어. 바보같이!"

장 폴은 숨어 있어야 한다는 생각은 아직 한 번도 해본 적이 없었다.

"상황은 알았어. 아버지가 공장을 폐쇄하려고 했기 때문에 마을 사람들이 온통 아버지한테 덤비고 있는 거야. 정신이 이상해졌다고들 말하고 있어."

척이 분연한 어조로 말했다.

"마을뿐만이 아니야. 어제 저녁에는 보스턴에서도 뉴스로 나오고 있었어. 아버지가 미셸을 병원에서 유괴했다고 말이야."

"정말?"

장 폴이 큰 소리로 말했다.

"정말? 넌 그 소리밖에 할 수 없냐? 이건 정말이지 기적이다. 그런데도 네가 할 수 있는 소리가 겨우 '정말'이라니. 아버지는 빌어먹을 놈들에게 뭔가 제재를 가하고 있단 말이다. 난 마음에 들었어!"

장 폴은 형의 얼굴을 찬찬히 보았다. 형은 이 상황을 걱정하는 게 아니라 통쾌하게 생각하고 있는 모양이었다.

"야, 우리가 힘을 합치면 뭔가 도움이 되리라 생각한다."

척이 말했다.

"정말?"

척이 다른 사람과 협력하자고 제안한 것은 정말 드문 일이었다.

"바보같이, 넌 좀 더 재치 있는 말은 할 수 없냐?"

"어떻게 돕는다는 거야?"

장 폴이 물었다.

두 사람이 타협하는 데 5분 정도 걸렸다. 그러고 나서 길을 가로질러 순찰차 옆으로 갔다. 척은 지껄이는 역을 맡겠다고 혼자 정하고 프랭크 닐슨에게 접근했다. 서장은 마텔의 아들이 나타나자 몹시 기뻐했다. 그러나 그들이 나와서 도대체 무엇을 할 속셈인지 알 수 없었다. 집에 들어가서 아버지와 교섭하고 싶다는 그들의 제안을 거절했지만 메가폰은 사용하도록 허락하고 꼬박 30분이나 무슨 말을 할 것인가를 그들에게 코치했다. 상대가 협력적이어서 프랭크는 별로 의심하지 않았다.

모든 준비를 마치자 프랭크는 메가폰을 들고 구경꾼들에게 인사하고 집 쪽으로 향했다. 찰스에게 문을 열어 아들들의 얘기를 들으라고 말한 서장의 목소리는 전용차도 일대에 울려 퍼졌다. 닐슨은 메가폰을 내리고 기다렸으나 집 쪽에서는 아무런 소리도, 움직임도 없었다. 그는 메시지를 되풀이하고 다시 기다렸지만 결과는 마찬가지였다. 그는 투덜거리며 척에게 메가폰을 건네주고 얘기해보라고 말했다. 척은 떨리는 손으로 메가폰을 들고 버튼을 눌러 얘기하기 시작했다.

"아버지, 나 척이야. 그리고 장 폴도 있어. 내 말 들려?"

세 번째 페인트가 뿌려진 문이 약간 열리고 "들린다, 척." 하는 찰스의 목소리가 들렸다. 그 순간 척은 메가폰을 내던지고 2대의 순찰차 범퍼에 올라갔다. 장 폴도 뒤를 따랐다. 아이들이 움직이기 시작했을 때 지원자를 포함한 전원은 집 쪽으로 정신이 팔려 있어서 곧 대처할 수 없었다. 그로 인해 아이들은 차를 타고 넘어서 전용차도로 뛰어나갈 여유가 생겼다.

"잡아라, 빌어먹을! 저놈들을 잡으란 말이다!"

닐슨이 고함쳤다. 군중들 속에서 속삭이는 소리가 새어나왔고 바니 클로퍼드가 인솔하는 지원자들 몇 사람이 차 뒤로부터 뛰어나갔다.

나이는 어렸지만 장 폴은 스포츠맨이어서 미끄러지기 쉬운 전용 차도를 달려가는 데 어려움을 겪고 있는 형을 따라잡았다. 순찰차에서 10미터쯤 달려 나간 곳에서 척의 발이 앞으로 미끄러져 무서운 기세로 땅바닥에 쓰러졌다. 숨을 헐떡이면서 간신히 일어났지만 그때 바니가 너덜너덜한 그의 아노락을 잡았다. 척이 뿌리치려고 몸부림치는 바람에 바니는 균형을 잃고 척을 위로 올려놓은 모습으로 뒤로 자빠졌다. 뼈가 앙상한 엉덩이가 바니의 명치를 세게 치자 바니는 주위에도 들릴 정도로 숨을 헐떡였다.

두 사람은 뒤얽힌 채로 전용차도 뒤로 미끄러져 가다가 뒤를 따르던 두 지원자의 발밑에 굴렀다. 몽땅 범벅이 되어 쓰러진 모양은 마치 무성영화의 추적 장면과 같았다. 이 혼란을 이용해서 척은 추적자를 뿌리치고 일어나 장 폴의 뒤를 따랐다.

바니는 한동안 숨을 쉬지 못했으나 다른 두 사람은 재빨리 다시 추적하기 시작했다. 만약 찰스가 없었으면 벌써 척을 잡았을 텐데 찰스가 문에서 엽총을 내밀고 한 발 쏘았다. 영웅을 자처하던 지원자들의 용기는 다 어디로 갔는지 전용차도에 심어놓은 떡갈나무 그늘에 확 몸을 숨겼다.

아이들은 현관 입구에 당도하여 찰스가 연 문을 통해 쏜살같이 집 안으로 뛰어 들어갔다. 찰스는 문을 닫고 빗장을 채워 창으로 엿보고 쫓는 사람이 없는 것을 확인한 후 안심하고 아이들 쪽을 보았다. 두 아이는 숨을 헐떡이면서 겁먹은 모습으로 문 옆에 서 있다가 마치 SF소설에 나오는 연구실처럼 변해버린 거실을 보고 깜짝 놀랐다. 옛날 영화의 팬인 척은 창에 판자가 붙어 있는 것을 보고 "정말 프랑켄슈타인 영화 세트 같아." 하고 말했다. 두 사람은 히죽히죽 웃다가 아버지의 아주 못마땅한 표정을 보고는 진지한 얼굴이 되었다.

"너희들 둘만은 걱정 안 해도 될 거라고 생각하고 있었다. 어떻게 된 거냐! 도대체 여긴 뭐 하러 왔니?"

찰스는 엄한 말투로 말했다.

"아빠가 틀림없이 도움이 필요할 거라 생각한 거야. 모두가 아빠에 대해 나쁘게 얘기하고 있으니 말이야."

척은 더듬거리며 말했다.

"아빠의 소문은 도저히 듣고 있을 수가 없었어."

장 폴도 말했다.

"우린 가족이잖아? 우린 함께 여기 있어야 하는 게 아냐? 더구나 미셸에게 도움이 된다면 더욱 그럴 거고."

척이 말했다.

"미셸은 어때요, 아빠?"

장 폴이 물었다. 찰스는 대답할 수가 없었다. 아이들에 대한 못마땅한 마음은 이미 사라지고 없었다. 척의 말에 무척 놀랐지만 그 말은 정말 옳았다. 우리는 가족이다. 아이들도 결코 제외될 수 없다. 게다가 찰스가 아는 한 척의 행동은 처음으로 사심이 없어 보였다.

"이놈들아!"

찰스는 갑자기 싱긋 웃었다.

아버지의 기분의 급격한 변화에 안심하며 잠시 망설이던 아이들은 달려들어 아버지에게 꼭 안겼다.

찰스는 언제부터 이 아이들을 안지 않게 되었는지 잘 기억이 나지 않을 정도였다. 아이들이 들어오는 것부터 줄곧 옆에서 지켜보던 캐서린도 찾아온 두 아이에게 키스했다. 이윽고 일동은 미셸에게로 갔다. 찰스는 미셸을 살며시 깨웠고, 미셸은 모두에게 생긋이 웃음을 보냈다. 척은 몸을 굽혀서 미셸을 꽉 껴안았다.

투항

닐슨은 지금까지 리무진 같은 것은 타본 적도 없었지만 그것을 막 상 타고 보니 그렇게 나쁜 것만도 아니었다. 지금은 근무 중이라고 해서 칵테일은 사양했지만 추위에는 약이 될 수도 있다는 생각으로 스트레이트로 브랜디를 부탁했다.

마텔의 아이들이 집으로 뛰어 들어가고 나서 사태가 점점 악화되었다는 것을 닐슨은 인정하지 않을 수 없게 되었다. 인질을 구출하기는 커녕 그 인질이 오히려 늘어나고 만 것이다. 머리가 이상한 놈과 병든 아이까지 합해서 집안에 굳게 버티고 있는 가족 전원을 상대하지 않으면 안 되었다. 이렇게 된다면 당장에라도 어떤 수단을 강구할 필요가 있었다. 주 경찰을 부르자는 의견도 있었지만 닐슨은 그것만은 받아들이지 않겠다고 고집했다. 이제 12시간 이내에라도 사건을 해결하지 않으면 결국 그런 사태가 오고야 말 것이다. 의사들과 의논하려고 결심한 것은 시간적 제약이 있었기 때문이었다.

"여자아이의 증상이 심하다는 말을 들은 이상, 당신네들이 조력하겠다는 제안을 딱 잘라 거절할 수는 없다고 여겨져서 말입니다."

닐슨이 말했다.

"그래서 여기 온 겁니다. 호이트 씨와 펠로 씨는 준비가 완전히 돼 있어서 당신의 명령을 기다리고 있습니다."

이바네스 소장은 말했다. 손잡이 양쪽에 자리를 차지하고 있던 두 경비원은 동의한다는 듯이 고개를 끄덕였다.

"그거 멋지군요."

프랭크 닐슨이 말했다. 그러나 곤란한 것은 어떤 명령을 내려야 좋을지 용단을 내리지 못하는 것이었다. 잠시 생각하다가 문득 이바네스 소장이 하던 말이 떠올랐다.

"뭐 특별한 도구가 있다고 하셨는데?"

"예, 그렇습니다. 미스터 호이트, 잠깐 보여드리지."

이바네스 소장이 말했다. 화이트는 핸섬한 남자로 호리호리했지만 확실히 근골은 늠름했다. 프랭크는 그의 옷 속에 어깨부터 매단 권총 홀스터가 있는 것을 알았다.

"예, 기꺼이."

프랭크 쪽으로 상체를 내밀고 호이트가 말했다.

"이게 뭐 같습니까, 닐슨 서장님?"

그는 손잡이가 끝에서 튀어나와 있는 송곳 같은 무거운 물건을 프랭크에게 건네주었다. 프랭크는 손 안에서 돌려보고 어깨를 으쓱 움츠렸다.

"모르겠는데요. 최루탄 가스나 뭐 그런 겁니까?"

호이트는 고개를 저었다.

"아니, 이건 수류탄입니다."

"수류탄?"

프랭크는 그것을 멀리 떼어놓고 큰 소리로 되물었다.

"이건 충격탄이라는 건데요. 대테러리스트 부대원들이 인질을 구출할 때 사용합니다. 이것을 실내라든가 비행기 안에 던져서 폭발시키면 아무도 상처를 입지 않고—고막이 상하는 사람은 있지만—전원을 10초 내지 20초, 때로는 30초 정도 멍청하게 만듭니다. 이번의 경우 이것을 멋지게 사용할 수 있을 것 같습니다."

"음, 과연 이건 사용할 수 있겠군요. 하지만 그걸 던진다고 해도 그놈은 창이란 창을 완전히 막고 있으니까요."

"창문이 전부 막힌 게 아닙니다. 다락방의 창문이 2개 남아 있어요. 그곳에는 지붕을 타고 쉽게 갈 수 있습니다. 내 제안을 그림으로 보여드리죠."

호이트는 말하고 마텔의 집 평면도를 꺼냈다. 그때 서장이 놀라는 것을 보고 호이트가 다시 말을 이었다.

"이런 것을 잠깐 조사한 것만으로 수확이 큰 것에 놀라시겠죠. 아무튼 보십시오. 다락방의 계단이 2층의 홀로 내려가 있으니까 이 계단으로, 예를 들면 안소니 펠로처럼 이런 일에 달관한 사람이 용의자가 있다고 여겨지는 거실에 충격탄을 던지기란 극히 쉬운 일입니다. 이 시점에서 앞뒤 입구에서 뛰어 들어가 인질을 구출하기가 용이하다고 생각합니다."

"그럼 언제 하시겠습니까?"

프랭크 닐슨이 물었다.

"당신이 보스니까요."

호이트가 대답했다.

"오늘 밤이면?"

"오늘 밤, 좋습니다."

닐슨은 흥분을 억제한 채 리무진에서 내리고 모리슨이 손을 뻗어 문을 닫았다. 호이트는 웃었다.

"이건 아이들한테서 캔디를 빼앗는 것과 같군요."

"이걸 정당방위처럼 꾸며댈 수 있겠나?"

이바네스 소장이 말했다. 펠로는 일어나서 말했다.

"어떤 것이든 당신이 원하는 대로 해 보여드리겠습니다."

오후 10시 정각에 찰스는 손을 뻗어 투석기의 스위치를 끄고 마치 세상에서 가장 귀중한 물건을 다루듯이 될 수 있는 한 신중하게 작은 병에 넣은 투석액을 꺼냈다. 그리고 맑은 용액을 멸균기에 넣자 그의 손가락이 떨렸다.

분리하는 최종단계인 병 안의 이 작은 분자 구조는 그것이 투석 가능했다는 것과 DNA나 RNA를 분해하거나 단백질의 펩티드 구조를 분해하는 효소에 의해서도 영향을 받지 않았다는 것 외에는 그것이 어떤 것인지 그로서도 전혀 알 수 없었다. 그러나 그 분자 구조를 모른다는 것은 이 단계에서는 그다지 중요하지 않았고 오히려 그 효과를 아는 것이 훨씬 중요했다. 이것이 그의 지연성 과민반응을 필시 미셸에게 전달해주게 될 신비적인 전달인자였다.

이날 오후, 찰스는 미셸의 백혈병 세포에 자기의 T림프구가 어떻게 반응하는지 검사했다. 검사는 극적이었다. T림프구는 이미 백혈병의 세포를 용해하고 파괴하고 말았다. 그것을 위상차 현미경으로 들여다보고 확인했을 때 그는 그 반응 속도를 믿을 수가 없었다. 분명히 백혈병 세포의 표면항원에 감작한 T림프구는 이 병든 세포의 피막을 꿰뚫을 수가 있었다. 찰스는 이 반응을 발견했을 때 큰 기쁨에 환호성을 질렀다.

자기의 지연성 과민반응이 멋지게 나타난 것을 보고 그는 예정한 두 번째 항원주사를 그만두기로 했다. 이 조작이 점점 싫어진 캐서린은 그것을 듣고 기뻐했으나 대신 1리터 정도의 피를 빼달라는 그의 말을 듣고 새파랗게 질렸다. 그러나 피를 싫어하는 척이 그것을 극복하고 장 폴과 함께 채혈작업을 거들었다.

저녁식사 전에 찰스는 와인버거에서 가져온 정교한 기계를 사용해서 천천히 백혈구를 분리했다. 그리고 저녁때는 멸균한 그 백혈구에서 작은 분자를 빼내는 성가신 일을 시작했다. 이 시점에서 그는 맹목적으로 실행했다는 것을 자신도 인정했다. 미셸과 함께 하기 전까지는 적절한 상태에서 몇 년 동안이나 계속 한 걸음 한 걸음 점검하면서 실험하고 몇백 번이나 반복해서 만들게 된 것이다. 예를 들면 결핵균과 같은 다른 항원을 사용해서 기초적으로 한 것에 불과했다. 그러나 지금 찰스가 얻은 용액은 분자구조도 모르고 농도도 모르고 또 그 효과도 모르는 것이었다. 그것을 실제로 투여하는 데 있어서 최선의 방법을 결정할 시간이 없었던 것이다. 그가 얻은 것은 모두가 이론이며 그것을 미셸의 체내에서 그녀의 면역계가 백혈병의 세포에 작용하는 것을 막는 저지인자가 있음에 틀림없다는 것 그것뿐이었다. 그리고 그 전달인자가 저지 또는 멸살하는 그 작용을 극복하고 미셸의 암세포에 작용해주리라는 것을 찰스는 믿고 또 믿고 있었다. 그러나 어느 정도를 투여하면 좋을까? 어떤 방법으로 투여하면 될까? 단 한 번의 기회밖에 없기 때문에 결과는 기적을 바라는 수밖에 없었다.

미셸은 그 치료를 좋아하지 않았지만 찰스는 다시 다른 점적을 주사하기로 했다. 캐서린은 미셸의 손을 잡고 될 수 있는 한 기분을 달래주려고 노력했다. 두 아들들은 2층에서 밖의 수상한 움직임을 감시하고 있었다.

캐서린이나 미셸에게 아무 말도 하지 않고 찰스는 딸에게 첫 번째 전달인자를 투여했을 때 예측할 수 없는 사태에 대비할 준비를 했다. 그 용액은 멸균수로 희석은 했지만 그로 인한 부작용을 걱정하고 있었다. 우선 소량을 투여한 후, 미셸의 맥과 혈압을 재고 아무 반응이 없다는 것을 확인하고 그는 안도의 숨을 쉬었다.

한밤중에 가족 모두가 거실에 모였다. 찰스는 미셸에게 약 16분의 1 분량의 전달인자를 투여했다. 그때 미셸의 몸에 나타난 단 한 가지 변화는 약간의 열이 나는 것이었다. 그리고 미셸은 곧 잠들었다.

그들은 2시간씩 교대로 망을 보기로 했다. 모두가 피로에 지쳐 있었는데도 척이 먼저 망을 보겠다고 2층으로 올라갔다. 찰스와 캐서린은 곧 잠이 들었고, 장 폴은 얼마 동안 자지 않고 2층 방들을 돌아다니는 형의 발소리를 듣고 있었다.

그러고 나서 장 폴이 일어난 것은 척이 살짝 흔들어 깨웠을 때였다. 장 폴은 방금 잠든 것 같았는데 척의 말소리를 듣고 깬 것이다.

2시였다.

"밖은 조용해. 단지 1시간 전에 차 한 대가 와서 순찰차 옆에 정차한 것뿐이야. 그런데 사람이라곤 그림자도 보이지 않았어."

장 폴은 고개를 끄덕이고 세수를 하러 욕실로 갔다. 그리고 어두운 거실로 돌아왔을 때 계단 아래 있는 것이 좋을지 아니면 2층에 올라가 있는 것이 좋을지 잠시 생각했다. 결국 거실에서 돌아다니는 것은 곤란했기 때문에 2층 자기 방으로 올라갔다. 침대가 어서 들어와, 하는 것 같았으나 그 유혹에 빠지지 말자고 생각하고 창에 판자를 붙인 틈으로 밖을 엿보았다. 정말 아무것도 보이지 않아 눈이 쌓이고 있는지 바람이 불고 있는지도 분명하지 않았다. 그저 많은 눈이 공중에서 날아 내려오고 있었다.

그는 척이 하던 것처럼 방에서 방으로 걸어 다니면서 어두운 밖을 엿보았다. 가끔 창을 흔드는 바람소리 외에는 아무 소리도 들리지 않았다. 안방에 앉아서 전용 차도를 내려다보고 나중에 왔다는 차를 확인하려고 했으나 아무것도 보이지 않았다.

이윽고 그는 금속이 돌에 부딪히는 듯한 소리를 들었다. 소리가 난 곳은 난로가 있는 쪽이었다. 그것은 거실의 난로와 같은 연통으로 통해 있었다. 소리가 다시 들렸다.

그는 지체하지 않고 거실로 뛰어 내려갔다.

"아빠, 일어나."

장 폴은 속삭였다. 찰스는 눈을 깜빡거리며 일어나 앉았다.

"4시니?"

"아니야, 안방에서 소리가 들렸어. 난로 쪽 같아."

찰스는 벌떡 일어나서 캐서린과 척을 깨웠다.

"장 폴, 그냥 그렇게 느낀 거 아냐?"

척도 낮은 목소리로 말했다.

"분명히 들렸단 말이야."

장 폴은 불끈해서 반박했다.

"그래, 그래. 잘 들어. 적어도 앞으로 하루라는 시간이 더 필요하다. 만약 놈들이 쳐들어오면 어떤 일이 있어도 막아야 한다."

찰스가 말했다. 찰스는 캐서린에게 총을 건네며 뒷문 쪽으로 가도록 하고 아들들은 장 폴의 야구 배트를 가지고 현관 쪽으로 가라고 지시했다. 그리고 찰스는 불쏘시개를 가지고 2층으로 올라가서 자기 침실로 들어갔다. 그는 난로 곁에 서서는 연통을 막아두기를 잘했다고 생각했다. 처마 밑의 바람소리 외에는 아무 소리도 들리지 않았다.

잠시 후 침실을 나와 미셸의 방으로 갔다. 거기서는 전날 밤 사격이 시작되었던 헛간을 내려다볼 수 있다. 그러나 지금 보이는 것은 바람에 흔들리는 솔밭뿐이었다.

안소니 펠로는 알루미늄 사다리를 굴뚝에 걸어놓고 지붕으로 올라가서 고양이처럼 용마루를 따라 다락방의 창으로 향했다. 그리고 미끄러지지 않게 조심해서 로프를 사용하면서 지붕의 경사를 따라 창 밑으로 갔다.

유리에 작은 구멍을 뚫고 천천히 창을 열자 다락방의 곰팡내가 났다. 회중전등을 켜서 안을 들여다보니 거기에는 트렁크와 판지상자 등이 놓여 있었고 간격이 넓은 기둥들보다 바닥이 있는 것을 보자 '됐다.' 하고 생각했다. 그는 소리를 내지 않고 방 안으로 내려섰다. 집 안에서 무슨 소리가 나지 않는가 하고 잠시 귀를 기울였다. 그는 결코 서두르지 않았다. 닐슨은 지원자도 두 사람 함께 쓰라고 했었다. 그 두 사람은 폭발 후에 뒷문으로 뛰어 들어가게 되어 있었다. 만약 자신의 계획대로 일이 진행되면 뒷문으로 들어가기 전에 일은 끝나게 되는 것이다.

너무 조용해서 그는 만족해하며 천천히 앞으로 나아가 한 발 내디딜 때마다 바닥에 실리는 체중에 주의했다. 바로 찰스의 머리 위에 다다르고 있었다.

찰스는 5분 정도 헛간을 지켜보다가 아무런 움직임도 없다는 것을 확인하고는 장 폴은 대체 무슨 소리를 들었다는 것일까, 하고 생각하면서 복도로 나왔다. 그러자 갑자기 머리 위 천장 판이 삐걱거리는 소리가 들렸다. 찰스는 흠칫하고 귀를 기울이면서 자기가 잘못 들은 것은 아닐까 하고 생각하고 있는데 또다시 소리가 들려왔다.

피로에 지친 그의 몸에 전율이 흘렀다. 누군가 천장 안에 있었다!

불쏘시개를 잡은 땀이 나는 손을 꽉 쥐고 찰스는 머리 위의 소리를 좇기 시작했다. 곧 미셸의 방 벽까지 갔다. 그 뒤에 다락방으로 통하는 계단이 있었다. 복도를 엿보자 어둠 속에서 그 계단의 문이 희미하게 보였다. 닫혀 있기는 했지만 빗장은 채우지 않았다. 마스터키가 열쇠 구멍에서 유혹하듯 튀어나와 있었다.

계단의 맨 꼭대기 층을 밟는 발소리를 듣고 그의 가슴은 물결치듯 울렁거렸다. 리사이클 회사 사람들에게 쫓길 때만큼이나 두려웠다. 그는 문을 열쇠로 잠글 것인가 아니면 침입자가 나타나기를 기다릴 것인가를 골똘히 생각했다. 계단을 내려오는 자가 누군지는 모르지만 그 발걸음은 숨이 막힐 정도로 느렸다. 찰스는 있는 힘을 다해서 불쏘시개를 꽉 쥐었다. 그러자 발소리가 멈추고 아무 소리도 들리지 않았다. 그는 불안감이 점점 심해지면서 꼼짝 않고 기다렸다.

계단 아래쪽에서 미셸이 잠을 자면서 몸을 움직이는 소리가 났다. 그는 몸이 오그라드는 듯한 느낌으로 제발 아무도 이쪽을 부르지 말아주기를 바라면서 계단을 올라가는 것은 더더욱 안 된다고 생각했다. 장 폴이 뭔가 척에게 속삭이는 소리가 들렸다. 거실에서 울리는 소리가 다락방의 계단에 있는 자의 움직임을 재촉했는지 다시 계단을 밟는 소리가 들리고, 이윽고 문의 손잡이를 아주 천천히 돌리는 것 같은 낌새가 느껴졌다. 찰스는 몸이 오싹해지면서 불쏘시개를 두 손으로 잡고 머리 위로 치켜들었다.

안소니 펠로는 문을 4센티 정도 천천히 열었다. 짧은 복도 저편에 계단 난간의 기둥이 보이자 이쪽에서 곧바로 거실로 내려가도 될 것 같았다. 홀스터의 위치를 확인하고 그는 벨트에서 충격탄을 빼어 신관 핀을 뽑았다.

찰스는 더 이상 참고 기다릴 수가 없었다. 자신이 침입자를 실제로 내동댕이칠 수는 없다는 것을 잘 알고 있었기 때문에 더욱 초조했다. 그는 충동적으로 발을 들어서 다락방 문을 찼다. 약간 저항이 느껴지고, 문은 완전히 닫히지 않았다. 그래서 앞으로 달려들어서 열쇠를 채우려고 했다.

찰스가 문에 다다르기도 전에 갑자기 무서운 폭발음이 울려 퍼졌다. 다락방 문이 꽝 하고 열리면서 귀가 멍멍한 찰스가 미셸의 방에까지 내동댕이쳐졌다. 그는 납죽 엎드리면서 다락방의 계단에서 복도 마룻바닥으로 비틀거리면서 걸어오는 펠로의 모습을 보았다.

캐서린과 아들들은 폭발소리에 놀라서 펄쩍 뛰었다. 그에 이어 현관과 뒷문에서 사람들의 발소리가 들렸다. 다음 순간 현관 문 옆 척의 머리에서 얼마 떨어지지 않은 유리창과 창에 댄 판자가 부숴지고 어떤 손이 쑥 들어와 문의 손잡이를 찾기 시작했다. 척은 그 손을 잡아 끌어당겼다. 그 순간 장 폴은 들고 있던 야구 배트를 놓자마자 형을 응원하기 위해 뛰어왔다. 두 사람은 있는 힘을 다해 그 손을 힘껏 끌어당기면서 창에 남아 있던 유리 파편에 밀어붙였다.

모습이 보이지 않는 상대는 고통스런 비명을 질렀다. 그때 권총소리가 들리면서 문의 파편이 사방에 흩날렸다. 아이들은 몸을 피했다.

한편 부엌에서는 두 사나이가 이미 때려 부순 뒤쪽 문에서 들어오려고 문을 흔들고 있었으나 캐서린은 거기서 엽총으로 쏠 자세를 취했다. 사나이들은 묶었던 로프를 풀어서 마침내 문을 열었고, 매달았던 감자부대가 날아갔다. 하지만 이번에는 그것을 피해서 윌리 크랩이 그것을 힘껏 미는 사이에 브레조스키가 안으로 뛰어 들어갔다.

캐서린은 총구를 아래로 향해서 방아쇠를 당겼다. 산탄은 굉음과 함께 리놀륨 바닥에 맞고 튀어 올라서 출입구와 브레조스키에게 파편을 흩뿌렸다. 브레조스키는 당황해서 방향을 바꿔 윌리의 뒤를 쫓아 출입구로 뛰어나갔고, 캐서린은 탄환을 장전해서 사람이 없는 출입구를 향해 다시 한 발을 발사했다.

갑자기 시작된 공격은 전과 마찬가지로 맥없이 끝났다. 장 폴이 부엌으로 달려가 보니 생전 처음으로 총을 쏜 캐서린은 너무 놀라 꼼짝도 못하고 있었다. 장 폴은 뒤쪽 문을 다시 단단히 걸어 잠그고 떨고 있는 캐서린의 손에서 총을 받아들었다. 한편 척은 아버지가 걱정되어서 2층으로 올라갔다. 그런데 화상을 입고 기절한 낯선 사나이를 아버지가 몸을 굽혀 들여다보고 있는 것이 아닌가.

척의 도움을 받아 찰스는 사나이를 아래층으로 끌고 내려와서 거실의 의자에 묶었다. 캐서린과 장 폴도 부엌에서 나왔다. 모두들 긴박한 사태에서 온 피로와 흥분에서 벗어나 겨우 제정신을 차릴 수 있었다.

미셸 이외는 이제 아무도 잠을 잘 수가 없었다. 아들들은 곧 자처해서 망을 보기 위해 2층으로 올라갔고 캐서린도 커피를 끓이러 부엌으로 갔다. 찰스는 아직도 가슴이 두근거렸지만 마음을 가다듬고 자신의 일에 집중했다. 미셸에게 다시 한 번 전달인자를 점적주사에 넣어 투여했으나 이번에도 아무런 부작용이 나타나지 않았다. 사실 그녀는 잠에서 깨어나지도 않았다. 전달인자는 무해하다고 확신한 찰스는 나머지 용액을 절반쯤 빈 점적병 속에 넣어서 앞으로 5시간이면 전부 들어갈 수 있도록 조절했다.

그 일을 마치고 찰스는 뜻하지 않게 포로가 된 사람에게로 갔다. 사나이는 이미 의식이 회복되어 있었다. 그는 화상을 입고 있었음에도 불구하고 상당히 핸섬하고 지적인 눈을 하고 있었으며 생각했던 것과 달리 시골의 난폭자라고는 볼 수 없었다. 가장 곤란한 것은 이 사나이가 프로처럼 보이는 것이었다. 어깨에 매달고 있는 홀스터를 벗겨보니 스미스 앤드 웟슨의 스테인리스제 38구경 스페셜이 들어 있었다.

이것은 보통 화기가 아니었다.

"자넨 누구야?"

찰스가 물었다. 안소니 펠로는 석상처럼 앉은 채 아무런 대꾸도 하지 않았다.

"여기서 뭘 하고 있었지?"

그래도 답이 없었다. 찰스가 조심스럽게 사나이의 재킷에 손을 넣어서 지갑을 꺼냈는데도 몸을 조금도 움직이지 않았다. 지갑을 열자 놀랍게도 그 안에 100달러 지폐뭉치가 있었다. 그 밖에는 보통의 현금카드와 운전면허증이 들어 있었는데, 면허증을 꺼내 불빛에 비쳐보니 안소니 L. 펠로, 레오니어 뉴저지라고 쓰여 있었다. 그는 지갑을 뒤집어서 업무용 명찰을 발견했다. 안소니 L. 펠로, 브루어 화학 경비원. 브루어 화학이라고! 찰스는 몸속에 전율이 일어나는 것을 느꼈다.

지금까지 그토록 조직화된 병원이나 회사의 힘에 대항해서 싸운 위험은 언젠가 법정에서 해결할 수 있다고 생각했다. 그러나 안소니 펠로의 개입은 그 위험이 상당히 대규모적인 것임을 알 수 있었다. 가장 걱정되는 것은 가족에게 미칠 위험이었다. 펠로의 경우 '경비'란 탄압과 폭력의 직접적인 표현일 것이다. 우선 경비원은 개인 그 자체라기보다 악의 상징이라 할 수 있었다. 찰스는 분노를 참지 못해서 사나이를 한 대 치고 싶은 것을 꾹 참았다. 대신 그는 집안의 불을 켰다. 이제 어둡게 해야 할 필요도 없었고, 사람의 눈을 피할 필요도 없었다.

2층에 있는 아들들을 불러서 온 가족이 부엌에 모이게 했다.

"내일이면 모두가 끝난다. 여기서 나가서 항복한다."

찰스가 말했다. 캐서린은 기뻐했으나 아들들은 놀라서 얼굴을 마주보았다.

"왜?"

척이 물었다.

"미셸에게 해주려고 생각했던 건 전부 마쳤다. 그리고 이제 미셸은 병원에서 방사선 치료를 받을 필요가 있단다."

"미셸이 좋아진 거예요?"

캐서린이 물었다.

"아직 나로서는 모르겠어."

찰스는 솔직히 인정했다.

"이론적으로는 모를 리야 없겠지만 내가 대답할 수 없는 의문들이 너무 많아. 이건 일반적으로 인정된 치료의 테두리 밖의 방법이었어. 이 시점에서 가능한 건 오로지 희망이 있을 뿐이라고."

찰스는 전화가 있는 곳으로 가서 생각나는 모든 매스컴에 전화를 걸었다. 그중에는 보스턴의 텔레비전 방송국도 있었다. 그리고 자기와 가족은 정오를 기해 집에서 나간다고 말했다.

그런 다음 섀프츠베리 경찰에 전화를 했다. 전화를 받은 부서장에게 프랭크 닐슨에게 전해달라고 말하고 이 사실을 전했다. 많은 신문과 텔레비전 기자들 앞에서 설마 폭력은 휘두를 수 없을 거라고 생각했기 때문이었다.

12시 정각에 찰스는 현관문에 댔던 판자를 떼고 열쇠로 잠갔던 문을 열었다. 맑게 갠 날씨에다 시원히 트인 푸른 하늘에 겨울 태양이 걸려 있었다. 전용차도 끝에는 군중 앞에 구급차와 많은 텔레비전 뉴스의 보도 차량이 대기하고 있었다.

찰스는 가족을 돌아다보고 복받치는 긍지와 애정을 느꼈다. 가족은 그가 바라고 있던 것보다 훨씬 더 많은 도움을 주었다. 그는 침대로 가서 미셸을 팔에 안았다. 미셸은 눈꺼풀을 떨었지만 눈은 감은 채였다.

"자, 미스터 펠로, 자네가 먼저다."

찰스가 말했다. 경비원은 현관 입구로 걸어 나갔다. 화상 입은 얼굴에 햇볕이 내리비쳤다. 그 다음에 두 아들, 이어서 캐서린이 따랐고 미셸을 안은 찰스가 맨 마지막으로 나와 한 떼를 지어서 전용 차도를 걷기 시작했다. 찰스가 놀란 것은 이바네스, 모리슨, 카이츠맨, 와일리 등 모든 의사들이 구급차 옆에 서 있는 것이었다.

찰스 일행이 다가가도 아무런 소란도 일어나지 않아서 군중, 특히 리사이클 회사의 패거리들 사이에서 '우' 하는 소리가 났다. 단 한 사람 손뼉 친 사람이 있었는데, 그것은 사건이 이처럼 평화리에 막을 내리게 된 것을 진심으로 기뻐한 패트릭 오설리번 형사였다.

나무 그늘에 서 있는 월리 크랩만은 말이 없었다. 그는 애용하는 수렵용 라이플의 방아쇠에 오른손 집게손가락을 걸고 차가운 개머리판에 볼을 댔다. 조준을 하려고 하자, 아침에 마신 버본 위스키 덕분에 총 끝이 흔들렸다. 옆의 나뭇가지에 몸을 기대고 안정을 취했지만 빨리 빨리하라고 다그치는 브레조스키에게 신경질이 났다. 곧바로 예리한 총소리가 침묵을 깼다. 찰스 마텔이 비틀거리자 군중은 무슨 일인가 하고 전방을 주시했다. 그는 바로 쓰러지지 않고 무릎을 땅에 짚고는 마치 갓난아기를 다루듯이 미셸을 눈 위에 살며시 눕히고 그 옆에 엎어졌다. 캐서린이 돌아다보며 비명을 질렀다. 찰스가 중상이 아닌가 하고 그녀는 그 곁에 무릎을 꿇었다.

맨 먼저 움직인 사람은 패트릭 오설리번이었다. 프로답게 반사적으로 그는 권총 손잡이에 손을 댔지만 그것을 뽑지 않고 손을 얹은 채 군중들을 헤치고 전용 차도를 향해 뛰어나갔다. 그리고 마치 둥지를 지키는 매처럼 캐서린과 찰스의 주위를 맴돌면서 수상한 움직임을 발견하기 위해 군중 쪽을 향해 꼼짝 않고 노려보았다.

두 번째 제안

찰스는 한 번도 병원에 입원한 적이 없었기 때문에 정말 괴로운 체험을 맛보고 있었다. 지금까지 공학기술이 의학으로 침투하는 문제에 대해 보도한 기사들을 읽기는 했지만 이처럼 불안한 무력감을 맛보리라고는 상상도 하지 못했다. 총을 맞은 지 3일이 지났다. 수술도 받았다. 튜브, 병, 감시 장치 그리고 기록장치 등이 뒤얽혀 있는 것을 올려다보고 있으려니 자신이 마치 실험동물이 된 듯한 느낌이 들었다. 이제 집중치료실에 옮겨졌는데, 이 병원에서는 최고급 입원실에 한 점 고깃덩어리처럼 몸을 눕히고 있는 것이다. 잠깐씩 어제의 끔찍했던 일들이 스쳐지나갔다.

몸의 위치를 바로 잡으려다가 찰스는 가슴을 세찬 기세로 뚫고 지나가는 무서운 통증을 느꼈다. 상처 자리가 벌어진 것은 아닌가 하고 잠시 숨을 멈추고 다시 통증을 기다렸으나 다행히 통증은 더 이상 찾아오지 않았다. 그래서 이제는 움직이지 말자고 다짐하고 그대로 가만히 누워 있었다. 왼쪽 늑골 사이에서 고무관이 밖으로 나와 침대 옆에 있는 병에 이어져 있었다. 왼팔은 철사와 도르래로 조립된 복잡한 기구에 의해 위로 끌어올려져 있었다. 그는 전혀 몸을 움직이지 못하고 가장 기초적인 기능조차도 의사가 하는 대로 내맡기고 있었다.

작은 노크 소리가 나더니 그가 대답하기도 전에 문이 소리도 없이 열렸다. 찰스는 4시간마다 강제로 폐를 부풀리기 위해 찾아오는 기사가 아닌가 하고 걱정했다. 그 치료법은 옛날에 자행되었던 고문에 견줄 만큼의 통증을 겪어야 했다. 그러나 들어온 사람은 카이츠맨 의사였다.

"잠깐 실례해도 괜찮을까요?"

그가 물었다. 찰스는 고개를 끄덕였다. 오늘은 얘기할 기분이 아니었지만 미셸의 용태를 꼭 듣고 싶었다. 캐서린은 나빠지지 않았다고만 할 뿐 그 이상의 것에 대해서는 말을 하지 않았다.

카이츠맨은 기가 죽은 듯한 모습으로 들어와서 찰스의 침대 곁으로 의자를 끌어왔다. 그가 긴장할 때면 항상 넌지시 나타내는 경련이 얼굴에 잠시 스치더니 안경을 고쳐 썼다.

"기분은 어떠시오, 찰스?"

"좋다고 할 순 없군요."

빈정대는 듯한 말투를 감추지 못하고 찰스는 대답했다. 얘기하는 것도 호흡하는 것도 위험을 내포하고 있어서 언제 통증이 되살아날지 걱정이었다.

"그런데 좀 좋은 소식을 가지고 왔죠. 약간 시기상조일지 모르지만 당신도 알아두는 게 좋을 것 같아서 말입니다."

찰스는 아무 말도 하지 않고 너무 기대를 거는 것이 두려워서 그저 물끄러미 종양학자의 얼굴을 바라보았다.

"우선 미셸의 방사선요법이 아주 잘 듣고 있습니다. 단 한 번에 중추신경계로 침투하는 것을 멋지게 막아낸 것 같습니다. 반응도 빠르고요. 그 요법이 딱 맞은 겁니다."

찰스는 좀 더 그밖에 할 얘기가 있어서 와준 게 아닌가 하고 생각하면서 고개를 끄덕였다.

침묵이 계속되었다. 그러자 병실의 문이 쾅 하고 열리면서 호흡기과 기사가 징그러운 양압 호흡기를 가지고 들어왔다.

"치료 시간입니다, 마텔 선생님."

기사는 마치 멋지게 즐거운 대접이라도 하려고 온 것처럼 쾌활하게 말했다. 그러다가 카이츠맨이 있는 것을 알고는 갑자기 정중한 말투로 변했다.

"실례했습니다, 선생님."

"괜찮아. 이제 나가려던 참이야."

카이츠맨은 방해자가 들어온 것을 오히려 기뻐하고 있는 것 같았다. 그는 찰스를 내려다보며 말했다.

"또 한마디 더 하고 싶었던 건 미셸의 암세포가 완전히 소멸되었다는 것이오. 무사히 관해로 들어간 것 같더군요."

찰스는 몸속에 따뜻한 것이 뭉클하고 넘쳐오는 것을 느꼈다.

"아, 정말 다행이다!"

그는 흥분해서 말했다. 그때 역시 입원중의 몸이라는 것을 통감하게 하는 예리한 통증이 스쳤다.

"그렇소."

카이츠맨도 동의했다.

"우리는 모두 대단히 기뻐하고 있어요. 그런데 찰스, 집에 있는 동안에 미셸에게 뭘 어떻게 치료한 거요?"

찰스는 기쁨을 억제할 수가 없었다. 희망이 생긴 것이다. 반드시 미셸은 완쾌될 것이다. 만사가 뜻대로 될 것이었다. 카이츠맨의 얼굴을 올려다보면서 찰스는 찬찬히 생각했다. 그리고 지금의 시점에서 상세한 설명은 하고 싶지 않다는 생각으로 이렇게 대답했다.

"나는 그저 그 애의 면역계를 자극했을 뿐입니다."

"그렇다면 BCG 같은 보조 약을 사용한 건가요?"

"아마, 그런 셈이죠."

찰스는 맞장구를 치고 의학적인 얘기는 더 이상 하지 않았다.

"그런데."

카이츠맨은 문 쪽으로 향하면서 말했다.

"그에 대해서는 조만간 서로 얘길 해야겠지요. 당신이 무엇을 어떻게 했든 그 애가 병원에 있는 동안 실시했던 화학요법을 도와준 건 틀림없으니까. 앞으로의 추이는 알 수 없지만 당신이 완쾌되면 부디 의논하고 싶군요."

"네, 조만간 완쾌되면 그렇게 해보죠."

"아무튼 당신도 이미 알고 있겠지만, 그 후견인 얘기는 이제 그만두겠소."

카이츠맨은 안경을 고쳐 쓰고 기사에게 약간 머리를 숙이고 나갔다. 카이츠맨이 가지고 온 뉴스 덕분에 마음이 가벼워진 찰스는 호흡기 치료의 아픔도 별로 느껴지지 않았다. 이것은 모르핀보다 효과가 있었다. 기사가 준비를 끝내자 기계가 찰스의 폐를 강제로 부풀리기 시작했다. 이것은 심한 고통 때문에 환자가 자발적으로 할 수 없는 폐의 움직임을 기계가 대신해서 진행시켜주는 치료였다. 20분 정도 치료가 끝나고 기사가 물러가자 찰스는 축 늘어져서 아직 아픔이 남았는데도 푹 잠들고 말았다.

시간이 얼마나 지났는지 찰스는 방의 반대쪽에서 나는 인기척에 잠에서 깼다. 머리를 문 쪽으로 돌려보고 병실에 자기가 혼자 있는 것이 아니라는 것을 깨닫고 그는 깜짝 놀랐다. 침대에서 1미터도 안 되는 곳에 카로스 이바네스 소장이 앉아 있었다. 뼈가 앙상한 손을 무릎 위에 깍지 끼고 여윈 얼굴에 은회색 머리를 흩트린 채 무슨 생각에 골몰해 있었다.

"잠자는 데 방해가 되지나 않았는지……."

이바네스 소장은 부드럽게 말했다. 찰스는 화가 불끈 치밀어 올랐지만 카이츠맨의 얘기를 들은 뒤였기 때문에 분노를 가라앉히고 무관심한 체했다.

"좋아져서 기쁘네. 외과에서 말하길 자네는 대단한 행운아라더군."

'행운! 이 얼마나 기회주의적인 말인가.'

찰스는 반사적으로 생각했다.

"가슴에 총 맞은 게 행운이라는 겁니까?"

"그런 뜻으로 말한 게 아니야. 탄환이 왼팔에 맞아 탄환의 속도가 둔해져서 가슴을 뚫고 들어갔어도 심장에까지 닿지 않았던 거라네. 그게 행운이 아니고 무엇이겠나?"

이바네스 소장은 미소를 띠면서 말했다.

찰스는 약간 통증을 느꼈다. 별로 특별하게 운이 좋았다고는 생각지 않았으나 그런 것을 이것저것 말할 기분이 아니었다. 상대의 말을 인정하고 머리를 약간 흔들어보였다. 실은 이 노인이 무엇 때문에 찾아왔을까 하고 생각하고 있었다.

"찰스!"

이바네스 소장은 새삼스럽게 센 어투로 말했다.

"난 자네와 협상하러 왔다네."

'협상이라니?'

찰스는 어찌할 바를 몰라 당황하는 듯한 눈을 하며 생각했다.

'이 작자가 도대체 무슨 소리를 할 작정인가?'

"나는 여러 가지로 생각해봤네. 그래서 내가 잘못했다는 걸 솔직히 인정하고 싶네. 만일 자네의 협력을 얻을 수 있다면 난 그에 대한 대가를 충분히 지불하려고 하네만……."

찰스는 고개를 돌려서 그의 머리너머로 링거 병을 올려다보았다. 정맥 주사액이 가는 필터를 통해 방울져 떨어지고 있었다. 그는 이바네스에게 욕설을 퍼붓고 싶은 심정을 간신히 참았다. 소장은 찰스의 대답을 기다리고 있었으나 대답이 없자 헛기침을 한 번 했다.

"사실대로 말하면 말일세, 찰스. 자네 이름이 널리 알려지게 된 지금, 그 반대급부로 우리에게 막대한 손해를 입힐 수도 있다고 생각하네. 하지만 그것은 양쪽 모두에게 도움이 되지 않는 것일세. 여기서 난 부장회의를 설득시켜서 자네에 대해서 절대로 어떤 고소도 하지 않도록 하고 자네는 자네의 일로 돌아갈 수 있도록……."

"자네의 일이라니 원, 그렇게는……."

찰스는 신경질적인 말투로 말하면서 통증 때문에 얼굴을 찌푸렸다.

"좋아, 자네가 와인버거로 돌아오기 싫다는 그 기분은 이해하겠네. 그러나 우리가 지원하고 자네가 하고 싶은 일을 할 수 있는 연구소는 와인버거 외에도 얼마든지 있어. 게다가 남의 간섭을 받지 않고 연구를 할 수 있는 지위도 말일세."

찰스는 미셸을 생각했다. 그 애에게 무엇을 해줬다는 건가? 정말 잘 되었을까? 그로서는 알 수 없었지만 꼭 밝히지 않으면 안 되는 것이 있었다. 그러기 위해서도 연구소의 설비가 필요했다. 그는 이바네스 소장의 얼굴을 물끄러미 바라다보았다. 찰스는 모리슨과는 달리 이 소장이 결코 싫지는 않았다.

"협상은 내 쪽에서도 도움이 될 것이 있다고 말해두겠습니다."

사실 찰스는 자기가 완쾌된 후에 무엇을 할까 하는 것은 전혀 생각해보지 않았다. 그러나 그 자리에 누워 소장의 얼굴을 보면서 어느 길을 택할 것인가를 마음속에서 여러 가지로 급히 생각했다.

"자네의 요구가 지당한 거라면 들어주도록 하겠네."

이바네스 소장이 말했다.

"그래서 내가 어떻게 해주기를 원하십니까?"

찰스가 물었다.

"더 이상 와인버거를 곤란하지 않게 해달라는 것뿐일세. 지금까지도 스캔들 투성이였으니 하는 말일세."

찰스는 그 순간 소장의 말뜻을 알아들을 수가 없었다. 다른 일은 별도로 치더라도 지난 1주일 동안의 사건으로 그는 자기의 무력과 약점을 그야말로 뼈저리게 느꼈다. 처음에는 집에서 격리되고 다음에는 집중치료실로 실려 와서, 그는 자신이 어느 정도 매스컴에 알려졌는지 알 방법이 없었다. 그러나 매스컴들은 목숨을 걸고 딸을 구한 고명한 과학자의 입에서 나오는 와인버거에 대한 비판을 기꺼이 듣고 싶어 할 것이다. 그 연구소는 이전부터 악평이 있었으니 더 말할 것도 없었다. 찰스는 어렴풋하게나마 협상에 즈음해서 자기 입장의 유리함을 깨닫기 시작했다.

"좋습니다. 내 자신이 보스가 될 수 있는 연구소로 가고 싶군요."

그는 천천히 말했다.

"그건 벌써 준비돼 있다네. 이미 버클레이에 있는 친구와 연락을 취해뒀다고."

"그리고 캔서랜에 대한 평가입니다만, 지금까지의 테스트는 전부 폐기하지 않으면 안 됩니다. 그 약의 연구는 소장님이 지금 시작한다는 생각으로 다시 시작해줬으면 합니다."

"우리는 이미 그것을 충분히 알고 있네. 그래서 전적으로 새로 독성 검사를 시작하고 있는 중이라고."

찰스는 이바네스의 말을 듣고 얼굴에 놀라는 빛을 그대로 보이면서 물끄러미 상대를 바라보았다.

"그리고 리사이클 회사의 문제가 남아 있습니다. 강에다 화학물질을 버리지 못하도록 해야겠습니다."

이바네스 소장은 고개를 끄덕였다.

"자네 변호사의 활약으로 환경보호국이 적극적으로 나서게 됐네. 그 문제는 곧 해결되리라 생각하네."

"그리고……."

찰스는 자기가 주장하고 싶은 말이 어디까지 통할까 하고 의아해하면서 계속해서 말했다.

"브루어 화학에서 숀하우저 댁에 대한 보상금을 지불하도록 해줬으면 합니다."

"그것도 어떻게 될 수 있을 것 같네. 소문을 내지 않고 끝날 수 있다면 말일세."

침묵이 계속되었다.

"그밖에 또?"

이바네스 소장이 말했다. 찰스는 상당히 여러 가지 요구를 제시했구나 하고 스스로도 놀랐다. 그밖에 또 뭐가 있을까 하고 생각했지만 생각이 떠오르지 않았다.

"그 정도면 됩니다."

이바네스는 일어나서 의자를 본래 있던 자리로 가져다놓았다.

"자네가 와인버거 연구소를 떠난다는 건 유감스러운 일일세, 찰스.

정말일세."

찰스는 다시 한 번 미국 횡단 드라이브를 할 때는 아이들과 함께 하고 싶지 않다는 생각을 했다. 뉴햄프셔 주를 지날 때까지도 세 아이들은 계속해서 떠들고 있었다. 그렇지만 유타 주의 광대한 사막을 보고는 두려웠는지 약간 조용해졌다.

찰스는 백미러를 들여다보았다. 장 폴은 앉아서 옆 창으로 창밖을 물끄러미 바라보고 있었고, 미셸은 그 옆에서 따분해하면서 어딘지 불안한 모습을 보였다. 척은 완전히 고친 스테이션왜건의 뒷좌석에다 자기의 둥지를 만들고 있었는데, 이 여행을 하는 동안 그는 계속 책을 읽고 있었다. 게다가 그것은 화학교과서였다. 또한 대학의 여름강습에 나가고 싶다는 둥 종잡을 수 없는 말을 하기도 해서 찰스는 고개를 저었다. 그리고 일시적 기분일지는 몰라도 의사가 되겠다는 말을 꺼냈을 때 찰스는 몹시 기뻤다.

차가 솔트레이크 시티의 서쪽 보누빌 솔트 플랫을 지날 때 찰스는 옆에 앉아 있는 캐서린을 흘끗 바라보았다. 그녀는 출발할 때부터 스킬 자수에 골몰해 있었다. 그러다가 그의 시선을 느낀 그녀가 얼굴을 들어 눈과 눈이 마주쳤다. 미셸의 병과 그 소동의 괴로운 체험이 완전히 과거의 것이 된 지금, 아이들에게 시달리면서도 두 사람은 차츰 솟구쳐 오는 기쁨을 서로 나누었다.

캐서린은 손을 뻗어 찰스의 다리에 놓았다. 그는 몹시 여위고 말랐지만 옛날보다 더 핸섬해진 것 같았다. 지금까지 눈언저리에 떠돌던 긴장도 풀려 있었다. 캐서린에게 있어서 무엇보다 고마운 것은 찰스가 달리는 길과 어렴풋이 안개 낀 경치에 마음을 빼앗기고 있으면서도 매우 편안해 한다는 것이었다.

"저는 무슨 일이 있었는지 생각하면 할수록 알 수 없어져요."

캐서린이 말했다. 찰스는 깁스를 감은 왼팔의 위치를 바로잡으려고 고쳐 앉았다. 지금까지 일어났던 사건으로 인해 완전히 동요되었던 감정을 아직 정리하지 못하고 있었지만 단 한 가지는 확실한 것이 있었다. 그것은 캐서린이 자신의 최고의 친구가 되어 있었다는 것이다. 다른 어떤 일보다도 이 경험은 귀중한 것이었다.

"그런 걸 생각하고 있었나?"

찰스는 무엇이든 그녀가 하고 싶어하는 얘기를 끌어내주고 싶었다. 캐서린은 캔버스 천에 선명한 색실을 계속 찌르고 있었다.

"아무튼 짐을 싼다, 출발을 한다, 계속 소란스러웠잖아요. 그런 가운데서 도대체 무슨 일이 있었는지 도저히 생각할 수 없는 거예요."

"알 수 없다니 뭘 모른다는 거야?"

"아빠!"

뒷좌석에서 장 폴이 갑자기 불렀다.

"혹시 버클레이에서 하키 할 수 있어? 얼음 위에서든 잔디 위에서든 말이야."

찰스가 고개를 길게 빼고 백미러를 보자 장 폴의 얼굴이 보였다.

"얼음은 없을 거다. 버클레이는 연중 봄 같은 곳이니까."

"넌 어쩌면 그렇게 바보 같으냐?"

척은 장 폴의 머리를 툭 쳤다.

"듣기 싫어. 형하고 얘기하고 있는 게 아냐."

장 폴은 몸을 틀어서 척의 책을 낚아챘다.

"이제 그만 됐다, 조용히 해."

찰스는 불쾌한 듯한 목소리로 말하다가 약간 말을 부드럽게 해서 "아마 서핑은 할 수 있을 거다, 장 폴." 하고 말했다.

"정말?"

장 폴의 얼굴에서 생기가 났다.

"남 캘리포니아라면 서핑 정도밖에 할 수 없어. 이상한 곳이야."

척이 말했다.

"누구하고 얘기하고 있니?"

장 폴이 응수했다.

"그만 해!"

찰스는 캐서린에게 머리를 흔들며 말했다.

"괜찮아요. 아이들의 말다툼을 듣고 있으면 그 심정을 헤아릴 수 있어요. 지금 그러는 게 모두 정상이에요."

"정상이라고?"

찰스가 놀려대는 말투로 말했다.

"아무튼 제가 알 수 없는 건 와인버거가 왜 이런 식으로 돌아섰는가 하는 거예요. 언제나 비협력적이던 사람들이……."

캐서린이 찰스 쪽을 돌아다보고 말했다.

"나도 처음에는 이해할 수 없었어. 그런데 이바네스 소장이 정말 머리가 좋은 사나이라는 걸 깨달았을 때 그걸 알게 됐어. 그는 매스컴의 취재를 두려워하고 있었던 거야. 기자들한테 시달리게 되자 내가 암 연구의 더러운 이면을 폭로하면 큰일이라고 생각한 거지."

"어머! 그렇다면 모두가 사실을 알게 되면 어떨까?"

"내가 경험이 많은 협상자였다면 새 차를 내놓으라고 했을 거야."

찰스는 웃었다.

뒤에서 멍하니 엄마, 아빠의 얘기를 듣고 있던 미셸이 천으로 된 핸드백에서 가발을 꺼냈다. 그것은 미셸이 고른 것 중에서 캐서린의 머리색과 가장 비슷한 갈색이었다. 엄마, 아빠는 자신의 머리에 맞는 검은색으로 하라고 권유했지만 미셸은 한사코 듣지 않았다. 어떻게든 엄마처럼 되고 싶다고 생각했었지만 지금은 그것도 마음이 썩 내키지 않았다. 꺼림칙한 헤어스타일 그대로 새로운 학교에 간다는 것이 몹시 두려웠다. 결국 처음 2, 3개월은 갈색으로 하고 나중에 검은 머리가 된다는 것은 도저히 안 되겠다고 생각했다.

"나 머리가 날 때까지 학교에 가고 싶지 않아."

찰스는 어깨너머로 돌아다보며 갈색 가발을 멍하니 만지작거리고 있는 미셸을 보자 그 아이가 무엇을 생각하고 있는지를 알 수 있었다. 어울리지 않는 색을 어리석게 고집한 그 애에게 한마디 해줄까 했지만 그만두고 부드럽게 말했다.

"다른 가발을 네가 원하는 대로 사면 어떻겠니? 이번에는 검은 색깔로 한다든가 말이야."

"이게 뭐 어떻다는 거야?"

장 폴이 놀리면서 가발을 낚아채서 자기 머리에 썼다.

"아빠! 오빠한테 내 가발 주라고 해요!"

미셸이 외쳤다.

"네가 계집애였다면 좋았을 텐데, 장 폴. 가발을 쓰니까 훨씬 멋져 보인다."

척이 비아냥거리며 말했다.

"장 폴! 동생한테 가발 돌려줘!"

캐서린이 뒤로 손을 뻗어서 미셸을 다독거리며 크게 소리쳤다.

"자, 대머리야."

장 폴은 미셸에게 가발을 던지고 미셸이 때리려고 휘두르는 손을 막았다.

찰스와 캐서린은 서로 얼굴을 마주보았다. 투덜댈 정도로 건강이 좋아진 미셸을 볼 수 있게 된 것이 이렇게 기쁠 수가 없었다. 찰스의 실험이 효력을 나타내줄 것인지, 미셸에게 차도가 나타날 것인지 오로지 그것만을 지켜보며 지내온 그 무서운 나날을 두 사람은 회상하고 있었다. 그리고 그 기대가 이루어졌을 때 과연 미셸에게 효력을 나타나게 한 것이 정말 그 면역주사였는지 아니면 입원해 있는 동안 받은 화학요법 때문이었는지 그것을 전혀 모른다는 사실을 인정하지 않을 수 없었다.

"설사 정말 그 주사로 인해 완쾌되었다고 해도 그것이 모두 당신의 공이라고는 하지 않겠죠?"

캐서린이 말했다. 찰스는 어깨를 으쓱 올렸다.

"아무도 증명할 수가 없어. 나를 포함해서 말이야. 아무튼 1년 안에 해답을 찾아야 해. 버클레이 연구소는 암 연구에 대해서 내 방법을 적극 추진할 수 있게 해주겠지. 미셸에게 시도한 건 진단이 확정된 인간의 백혈병을 면역 항체에 의해 치료한 최초의 일이었어. 좀 운이 좋으면 내가 그걸 증명할 수 있을 거야. 만일 그것이……."

"아빠! 다음 주유소에서 차 좀 세워주실래요!"

장 폴이 뒷좌석에서 소리쳤다.

찰스는 핸들을 손가락으로 톡톡 두드렸다. 캐서린은 손을 뻗어 찰스의 팔을 껴안았고, 그는 액셀러레이터에서 발을 뗐다.

"아직도 80킬로 정도는 더 가야 마을이 나와. 여기서 차를 세우도록 하지. 모두 몸을 좀 펼 수 있게 말이야."

찰스는 길가 한쪽에 먼지투성이인 차를 세웠다.

"좋아, 모두 내려서 운동 좀 해라."

"어휴, 여긴 오븐 속보다도 더 덥네."

장 폴은 실망하고 어디 그늘이라도 없을까 하고 두리번거리면서 말했다. 찰스는 캐서린의 좌석을 약간 높게 해주고 들쭉날쭉한 산줄기로 이어지는 메마르고 황량한 서부의 사막을 보여주었다. 척과 미셸은 뒤에서 서로 여전히 떠들고 있었다.

'그래, 맞았어. 이게 정상인 거야.' 하고 찰스는 생각했다.

"사막이 이렇게 아름다우리라고 생각도 못했어요."

캐서린은 그 풍경에 완전히 매료되어 있었다. 찰스는 심호흡을 한 번 했다.

"이 공기를 맡아봐. 섀프츠베리 따위와는 비교도 안 되는 별천지 같은 느낌이야."

찰스는 캐서린을 오른팔로 끌어안았다.

"내가 지금 제일 두려워하는 게 뭐 같나?"

"뭘까요?"

"다시 만족한 기분이 돼가고 있는 거라고."

"그거라면 걱정 없어요. 버클레이에 도착할 때까지 기다려보세요. 집도 없고 돈도 얼마 없고 게다가 배고파하는 세 아이들이 있고……."

찰스는 미소 지었다.

"당신 말이 맞군. 아직 비극의 씨앗은 얼마든지 있으니……."

에필로그

봄이 오면 뉴햄프셔의 눈으로 덮인 높은 산에서 흘러내린 수많은 물줄기가 포토맥 강으로 쇄도한다. 불과 이틀 사이에 몇 미터씩 수위가 높아져 바다로 향하는 평소의 느긋한 흐름은 성난 물결로 변한다. 섀프츠베리 마을을 지날 때 그 맑은 물은 폐옥이 된 제분소 앞의 오래된 화강암에 부딪힌다. 그리고 사납게 놀치어 안개를 흩뿌리며 맑은 하늘에 작은 무지개를 그려낸다.

기후가 따뜻해지니 강변에 연녹색 싹이 돋아나서 살아나기에는 너무나 독성이 강했던 그 주변에도 이제는 여기저기 싹이 트고 자라기 시작했다. 리사이클 회사의 주변에도 수년 사이에 올챙이가 겁 많은 소금쟁이를 좇으면서 모습을 나타냈다. 그리고 옥새송어도 이전에는 독을 품고 있던 물을 빠져나가 남쪽으로 이동해갔다.

밤이 차츰 짧아지고 더운 여름이 다가올 무렵, 새 화학 저장 탱크에서 나온 파이프 이음새에서 처음으로 벤젠 한 방울이 흘러나왔다. 설비를 감독하는 사람은 누구 하나 방심할 수 없는 무서운 벤젠의 성질을 잘 알지 못하고 있었다. 그때부터 최초의 분자가 새로운 장치에 흘러들어가 관을 막는 고무마개를 녹이기 시작했다.

이 독액이 고무를 완전히 녹이고 저장 탱크의 화강암 토대에 방울져 떨어질 때까지 2개월이 걸렸지만 일단 떨어지기 시작하자 그 물방울의 템포는 빨라졌다. 독성을 가진 분자는 저항이 가장 작은 길을 통해 모르타르 속으로 흘러들고 옆으로 스며들어 마침내는 강으로 흘러들어갔다. 그 존재를 알 수 있는 단 하나의 증거라면 희미하게 풍기는 향기로운 냄새, 약간 달콤하다고 할 수 있는 향뿐이었다. 맨 처음 죽은 것은 개구리였고 그 다음은 물고기였다.

여름 햇볕이 점점 뜨거워지고 강의 물이 줄었을 때 독액의 농도는 점점 높아져갔다.

옮긴이의 말

환경오염과 의학소설의 진수를 맛보다

S전자의 백혈병 사태로 온 나라가 떠들썩한 적이 있었다. 지금 이 시간에도 그런 사건이 우리가 의식하지 못하는 가운데 전국의 어느 곳에서 일어나고 있는지도 모른다. 또한 매스컴에서 오염된 물에 죽어가는 고기떼를 보는 것은 어제 오늘의 일이 아니다.

이 소설은 환경오염 문제를 고발한 보기 드문 작품일 뿐만 아니라, 박진감 넘치는 스토리 전개로 흥미진진한 오락성까지 곁들이고 있는 수작이다.

암의 면역요법을 연구하는 닥터 마텔은 사랑하는 딸 미셸이 혈액암(급성백혈병)에 걸렸다는 선고를 받는다. 절망감에 빠져 있던 그는 우연히 집 근처의 못에서 이상한 냄새를 맡게 된다.

그는 마침내 강 상류에 있는 공장에서 흘려보낸 벤젠이 미셸을 병들게 만들었다는 것을 알게 된다.

환경오염의 주범은 플라스틱과 고무를 재생하는 리사이클 주식회사, 그리고 그 회사의 모회사인 브루어 화학이었다. 또 같은 계열의 와인버거 암연구소에서는 부작용이 있을 수도 있는 암 치료약을 대량으로 생산해내고 있다는 것도 알게 된다.

마텔은 '병 주고 약 주는' 이 거대기업과의 고독한 싸움에 도전하는 한편, 스스로 딸의 생명을 구하기 위해 최후의 방법을 동원한다.

의학 미스터리의 흥미는 과학성을 뒷받침한 리얼리즘에 있다고 생각한다. 인체의 구조를 침해하는 병의 공포, 그리고 그 병의 원인을 확인하고 치료법을 찾아내려고 분투하는 의사. 대개의 경우, 범인은 병 그 자체이며 탐정은 의사다. 병이란 것은 하나의 메커니즘이기 때문에 이것은 이미 어떤 살인자, 인간병기보다 무서운 존재다.

이러한 무서움을 묘사하는 데 전문적인 지식과 그에 적합한 필력이 없으면 불가능하다. 의학서적 등에 기록되어 있는 객관적인 증상을 나열한 것 같은 묘사로서는 병의 무서움이 피부에 와 닿지 않는다. 독자가 환자를 대신해서 고통과 괴로움, 그리고 임박해오는 죽음의 공포를 느끼지 않으면 안 되는 것이다. 다시 말해서 의학 미스터리의 작가에게는 의학지식 외에도 인간 묘사의 기법이 요구되는 것이다.

이런 것을 쓰면 본격 미스터리 팬들은 화를 내겠지만, 본격 미스터리의 경우 우선 중요한 것은 범죄에 사용되는 어떤 트릭이다. 살해의 수단, 혹은 알리바이 조작, 사체의 처리 등등. 물론 훌륭한 본격 미스터리에는 훌륭한 인간 묘사가 갖춰져 있지만, 트릭을 핵심으로 한 작품이란 것은 아무래도 복잡한 인간 묘사를 멀리하는 경향이 있다. 탐정 역이나 범인이나 모두 어떤 부류의 스테레오타입에 맞추지 않을 수 없는 흠이 있다.

다시 말해서, 의학 미스터리의 경우 환자의 고통을 묘사하고(즉 피해자에 대한 섬세한 묘사), 증례를 세밀하고 리얼하게 묘사하고(범인의 옆얼굴을 천천히 부각), 여기에 사건은 병이므로 제한 시간적 서스펜스의 전개가 요구되는 것이다.

로빈 쿡의 멋진 솜씨는 터무니없는 기이한 병을 범인으로 꾸미지 않는 데 있다. 범인이 드문 병이라고는 하지만 우연성에 의존하지 않는 빈발, 혹은 누구나 한 번은 병명을 들은 적이 있는 병을 범인으로 하고, 그 원인에 대한 흥미를 수수께끼의 시초로 하여 독자를 이끌어 간다는 것이다.

이것은 예를 들어 말하면 미스터리의 최종 장에 이르러 갑자기 지금까지 등장하지 않았던 인간이 진범이라는 불균형을 절대로 범하지 않는다는 자세와도 같다.

단지, 감히 직언한다면 로빈 쿡은 약간 현대 문명과 의학에 대해서 너무 비극적으로 비평하고, 인물 묘사를 할 때 등장인물 전원에게서 냉정성을 느끼게 한다. 즉 이것을 내가 좋아하는 모험소설에 비유한다면 패자를 열거하기에 여념이 없는 난공불락의 적의 성곽(많은 희생자를 낳는 무서운 병)에 도전하는 맨주먹의 주인공(물론 의사다)이 갖가지 곤란을 자신의 육체와 정신력으로 뚫고 나가(원인 규명, 치료법의 발견 과정), 끝내는 승리에 도달한다는 구도의 '승리' 부분이 약간 허전해지는 듯한 형태로 묘사하는 면이 많은 것 같은 느낌이 든다.

모험소설이란 것은 대개의 경우 어딘가 낙천적으로 인간의 착한 성품을 믿고 있어서, 문명이나 과학보다 인간의 육체와 마음 쪽이 귀중하고 또 강한 것이라는 식으로 생각하는 주인공이 활약한다. 이것은 주인공이 막다른 곳에까지 몰려 결국은 몸 하나와 마음 하나로 일어서지 않을 수 없도록 저자가 이끌어가는 것이다.

나는 별로 의학 미스터리가 모험소설이라고 단정할 마음은 없다. 본격 미스터리에 상당히 가까운 요소를 지니면서도 그 인간 묘사의 농밀성에 있어서 모험소설에 가까운 면이 있다고 생각한다.

'코마'에 이어 다시 한 번 로빈 쿡의 박진감 넘치는 이 작품을 소개하게 된 것을 더없이 기쁘게 생각한다.

홍영의

옮긴이 홍영의

일본 구례(吳) 제2고등학교를 졸업하고 고려대 대학원을 졸업했다. 번역 전문가로, 다수의 역서가 있으며 번역서는 50여 종에 이른다. 주요 역서로 《코마》, 《중독》, 《태아》, 《근대 조선사》, 《젊은 미국인의 승리자》, 《샐러리맨의 처세훈》, 《모스크바 25시》, 《내 아들아, 너는 인생을 이렇게 살아라》 등이 있다.

중독

중판 1쇄 인쇄 2017년 9월 25일 | **중판 1쇄 발행** 2017년 9월 30일
지은이 로빈 쿡 | **옮긴이** 홍영의 | **펴낸이** 최효원 | **펴낸곳** (주)도서출판 오늘
출판등록 1980년 5월 8일 제2012-000082호
주소 서울시 영등포구 선유서로 15, 209호 | **전화** (02)719-2811(대) | **팩스** (02)712-7392
홈페이지 http://www.on-publications.com | **이메일** oneull@hanmail.net

* 잘못 만들어진 책은 바꾸어 드립니다.
ISBN 978-89-355-0532-6 03840